建党百年百篇文学短经典

第四卷

走进辉煌　新时代

贺绍俊
李云雷
丛治辰
主编

人民文学出版社

图书在版编目(CIP)数据

建党百年百篇文学短经典. 第四卷,走进辉煌新时代/贺绍俊,李云雷,丛治辰主编. —北京:人民文学出版社,2021(2022.1重印)
ISBN 978-7-02-014636-9

Ⅰ.①建… Ⅱ.①贺… ②李… ③丛… Ⅲ.①中国文学—当代文学—作品综合集 Ⅳ.①I217.1

中国版本图书馆 CIP 数据核字(2021)第 104605 号

责任编辑 徐晨亮 谢 欣
装帧设计 刘 远
责任印制 宋佳月

出版发行 人民文学出版社
社 址 北京市朝内大街 166 号
邮政编码 100705

印 刷 三河市宏盛印务有限公司
经 销 全国新华书店等

字 数 412 千字
开 本 680 毫米×960 毫米 1/16
印 张 38 插页 3
版 次 2021 年 6 月北京第 1 版
印 次 2022 年 1 月第 2 次印刷

书 号 978-7-02-014636-9
定 价 98.00 元

出版说明

为庆祝中国共产党成立一百周年，以符合广大读者欣赏习惯的内容和形式，弘扬红色传统，传承红色基因，凝聚爱党爱国之情，砥砺强国兴邦之志，我社策划推出了这套“建党百年百篇文学短经典”，邀请密切关注和深刻了解现当代文学发展的专家，经反复讨论，从反映建党百年光辉历程的优秀文学作品中，精选出思想精深、艺术精湛、篇幅精悍的中短篇小说与散文纪实类作品共一百篇。

“建党百年百篇文学短经典”按作品发表时间分为四卷：第一卷《开天辟地新航船》，收入中华人民共和国成立之前作品；第二卷《崛起东方新中国》，收入中华人民共和国成立至改革开放之前作品；第三卷《劈波斩浪新征程》、第四卷《走进辉煌新时代》，收入改革开放以来作品。这些作品政治性、思想性和艺术性高度统一，其中既有经过时间考验、读者广为传诵的“红色经典”，也有以饱满的热情书写“十八大”以来党领导下各项事业历史性成就的新篇，既有以艺术手法刻画革命战争时期和社会主义建设阶段英烈楷模形象的精品，也有聚焦普通党员群众生活、展现社会全方位变革的佳作，从不同角度反映了百年来中国共产党团结带领全国各族人民不懈奋斗，争取民族独立、人民解放，实现国家富强、人民富裕这一波澜壮阔进程，也代表了中国现当代文学创作的高度与成就。

编者简介：

贺绍俊，1951年生于湖南长沙。毕业于北京大学中文系。现为沈阳师范大学特聘教授，中国当代文学研究会副会长。著有《文学的尊严》《重构宏大叙述》《铁凝评传》《建设性姿态下的精神重建》《当代文学新空间》等。曾获鲁迅文学奖等多种奖项。

李云雷，1976年生于山东冠县。北京大学中文系博士。现为《小说选刊》副主编。著有评论集《如何讲述新中国的故事》《重申"新文学"的理想》，小说集《父亲与果园》《再见，牛魔王》《到姐姐家去》等。曾获冯牧文学奖等多种奖项。

丛治辰，1983年生于山东威海。北京大学中文系博士。现为北京大学中文系副教授，中国当代文学研究会副秘书长。著有《世界两侧：想象与真实》，译有《电脑游戏：文本、叙事与游戏》等。曾获唐弢青年文学研究奖等多种奖项。

目　录

小　说

散文纪实

小说

俄罗斯陆军腰带

马晓丽

秦冲没想到这辈子还能见到鲍里斯，更没想到会在远离中俄边境的地方见到鲍里斯。

秦冲迅速地瞥了一眼鲍里斯的肩章，心当即就被狠狠地抓挠了一下，妈的，这家伙都上校了！

秦冲中校，虽然看上去只比上校差一级，但中俄两军编制不同，鲍里斯的上校上一级就是准将了，秦冲的中校上面还有上校、大校，然后才是将军，这中间差了不止三级呢。秦冲立刻觉得两个臂弯同时发痒，心想这回神经性皮炎指定是要犯大发了。

你好，秦！鲍里斯离老远就大叫。秦冲赶紧迎上去，一边喊，老鲍，你好！一边瞄住鲍里斯的手臂动作，恰到好处地跟他同时抬手敬礼，既避免了低一级先敬礼的尴尬，又不失热情和礼节。

直到跟鲍里斯的手握在一起之后，秦冲才正式开始兴奋。鲍里斯的手仍旧很不军人，厚软且潮热。从前秦冲每次跟鲍里斯握手都会有一种怪异的感觉，觉得自己握的不是鲍里斯的手。换句话说，就是秦冲认为鲍里斯这家伙的手不该这么温厚，因为秦冲尝过这只手出拳的滋味。但今天，鲍里斯那多毛而温厚的手却让秦冲备感熟悉和亲切。毕竟，他们是老相识了，不管当年秦冲多么烦这个倒霉的鲍里斯，但多年之后意外相见，特别是在中俄联合军事演习的野营村相见，还是令秦冲十分高兴的。

秦冲和鲍里斯是名副其实的老对手了，当年他俩都是边防连长时，曾守过同一段国境线，只是他们各为其主，一个在国境线这边，一个在国境线那边。一般情况下，国境线两边的边防军人是难得互相照面的，因为两国的哨所之间有固定的距离，巡逻线路也大多只并行不交叉。但他们这里不同，秦冲和鲍里斯守的是一段黑龙江，这江冬天封冻，夏天开化，所以哨所和巡逻线路就总得随着季节不断变化。夏天的情况比较简单，宽阔的江面把他们分别隔在两岸，两个边防连只隔江对峙着就是了。偶尔会发生一些行船偏离江心进入对方国界的情况，但大多不用你管他就会自行调整回来，不会有太大的麻烦。麻烦的是冬季。冬季黑龙江会封冻，封冻之后江面上不仅能走人，跑载重车都没问题。所以一到了这个季节，方方面面就都活泛起来了，偷越国境的想趁这个时候跑人，偷关的想趁这个时候倒腾货，还有那些在江面上凿冰捕鱼的，你一眼看不住他就可能凿到外国领土上了，稍不留神就会给你凿出个边境纠纷来。所以，每当进入冬季，两岸的哨位就开始跟着冰冻的江面，从岸边一点点地向江心推进。也就是在这个时候，秦冲的神经性皮炎开始准时发作。随着哨位不断地向江心的国境线推进，秦冲的两个臂弯内侧的皮肤就会越来越红越来越痒。直到哨位推到了江心，直到两国哨兵鼻子碰上了鼻子，直到秦冲跟鲍里斯两个眼儿对上了眼儿，秦冲的神经性皮炎就彻底大发起来了，痒得那叫一个抓心挠肝，扛不住劲儿时真恨不得拿刀把整块皮给片了去。

起初秦冲并不怎么烦鲍里斯。鲍里斯会讲汉语，是莫斯科大学汉语专业的，比较好沟通。但这还不是主要的，主要是秦冲觉得鲍里斯虽说不是陆军专业，没有伏龙芝那样令人信服的背景，但看上去很军人，身姿挺拔，着装严谨。俄军那时的服装比咱讲究，鲍里斯即便外面套着迷彩短大衣，也会束紧腰带，领口处露出一截体面的领带，而且无论什么时候出现，鲍里斯脚下的皮靴都擦得锃明瓦亮。尽管后来秦冲知道鲍里斯的皮靴并不是他自己擦的，但秦冲还是很欣赏鲍里斯的军容军姿。军人嘛，秦冲说，就得有军人气质。秦冲是很在意军人气质的，可惜那时咱的军装不给撑腰，想御寒就得把自己穿成个棉花包。秦冲是坚决鄙视棉花包的，所以在棉花包和气质中间他当然地选择了气质，也就是说在保暖和挨冻之间他当然地选择了挨冻。这就把秦冲弄得很悲壮，无论是巡岗查哨还是处理边境问题，只要是出现在俄军面前，特别是出现在鲍里斯连长面前时，秦冲准穿得周吴郑王的，而且冻死不服软，嘴都瓢了还叫硬，声称自己是耐高寒优良品种。其实，连刚下连的新兵蛋子都看得出，秦连长是在跟对面的鲍连长较劲儿，比的是军人气质。

秦冲开始烦鲍里斯是因为菜地的事。秦冲的连队有一块著名的菜地，之所以著名是因为在高寒地区开出这么一片菜地不容易。要知道，这里一年只有三个月的无霜期，只能抢在这三个月里种菜，而且还不是什么菜都能长，什么菜都能长得好。秦冲的连队不仅在这里种出了菜，而且还把菜种得瓜有瓜样、果有果样，很给连队争脸面。这菜地自然就成了秦冲的宝贝，只要有人来连队，秦冲准会领着人家去菜地参观。

边境气氛趋于缓和之后，两边的连队有了较多的接触，时不时就在一起搞个联欢。有一次联欢后，秦冲为了表达热情，当然也是为了在鲍里斯面前显摆，就把他们领到菜地参观。而且当场发给俄军官兵每人一个塑料袋，让他们进菜地自己摘点黄瓜西红柿带回去。这下可把俄罗斯兵们乐疯了，他们争先恐后地冲进菜地，不一会儿一人就摘了满满一袋子黄瓜西红柿。秦冲注意到鲍里斯没进菜地，但当时没往心里去，以为鲍里斯是端着，或是不想弄脏了自己的皮靴。

不久后，他们又搞了一次联欢活动，联欢活动的最后一项仍旧是安排俄军去菜地里摘菜。令秦冲万万没有想到的是，刚要给他们发塑料袋，他们就一人从腰间拽出了一个大编织袋，人家自己早就准备好了。一看这架势，秦冲就知道坏了，地里哪有那么多黄瓜西红柿呀，要是把那些大编织袋都装满，这菜地立马就得罢园了。可既然把人家领来了，就不能不让人家把口袋装满。秦冲翻眼去看鲍里斯，见鲍里斯竟像没事人儿似的，兴致勃勃地看着眼前的热闹场面。秦冲心下一沉，立刻稳住神儿，命战士们赶紧抢在俄军前面砍大头菜往里装，尽量减少我军的损失。

送鲍里斯走之前，秦冲意味深长地问鲍里斯，老鲍，看来你们很喜欢我们的菜地呀。

鲍里斯说，是的是的你们的菜地很有趣。

秦冲立刻跟上一句，你们也可以种菜地嘛。

不不，鲍里斯连连摇头。

不会种不要紧，秦冲说，我们可以给你们提供技术帮助。

不不，鲍里斯还是摇头。

菜种菜苗也没问题，秦冲又说，我们育苗时给你们带出来就是了。

不不，鲍里斯更加坚决地说，不是这个问题。

那还有什么问题？秦冲问。

鲍里斯说，问题是，我们不是农庄，是军队。

秦冲当时就卡壳了。

秦冲怎么也没想到鲍里斯竟能连骨头带筋地扔出这么难啃的一句话。这句话让秦冲在暗地里悄悄地啃了好长时间。啃没啃出名堂不知道,反正打那以后秦冲对菜地的热情明显不如从前那么高涨了。也就是从那时起,秦冲开始越来越烦鲍里斯了。只是那时秦冲的烦基本上还控制在正常范围之内,没达到后来那种剑拔弩张的地步。

眼前的鲍里斯仍旧身姿挺拔,皮靴锃亮。这么多年过去了,老鲍除了军阶有变化,其余方面似乎毫无变化,连神情都跟原来一样。见鲍里斯也在打量自己,秦冲下意识地挺了挺胸脯子。

秦冲今天穿的是作训服,脚蹬一双高腰作战靴,裤脚松松地塞在靴腰里,头戴一顶特种兵的贝雷帽,帽舌斜斜地压在眉锋处。秦冲知道自己身上这套装束野战味十足,更知道这种粗野的美很适合自己。好好看看吧,秦冲不无得意地想,今非昔比,现如今该轮到你老鲍眼馋我了吧?

果然,秦冲如愿以偿地在鲍里斯的眼里看到了赞许羡慕的亮光。

秦冲对鲍里斯他们这支部队印象一般化。

秦冲的特战营一进野营村就开始清理营区环境,整理内务。秦冲检查了一圈,以他的严苛都没挑出什么毛病。鲍里斯那边的俄罗斯兵可倒好,背包都没拆就撒丫子放了羊,眨眼间就把七个球场全占满了。秦冲过去看了一眼,简直没个样,光大膀子的光大膀子,穿大裤衩子的穿大裤衩子,满场呜嗷乱叫不说,没过多大一会儿就当场打断了一根胳膊。

这事要发生在我军这边就完了,还没上战场就自损战斗力,从上到下谁也别想躲过这个处分了。秦冲想到鲍里斯情绪不会好，丢人丢到外军面前，把人丢大发了。所以秦冲趁午后的空隙时间，特地整了两瓶好白酒去看望鲍里斯。鲍里斯喜欢喝白酒，大多数俄罗斯人都喜欢喝烈性酒，而且特别喜欢喝中国的白酒。从前他俩每次在一起喝酒，鲍里斯都会喝得酩酊大醉。秦冲却从来不醉，秦冲的酒量一般人都比不了。其实鲍里斯的酒量也不小，只是他太贪恋酒，鲍里斯喝酒那架势活像是在讨便宜，多讨一杯是一杯。秦冲挺瞧不起鲍里斯酒桌上的那副德性，但这并不妨碍秦冲每次喝完酒都张罗着给鲍里斯带两瓶好酒回去。一码是一码，秦冲说，我跟鲍里斯之间是国际关系，都国际了咱就得表现得大气。

跨过野营村中间那条象征国境线的小路，穿过俄军野战帐篷群，秦冲注意到每个俄军帐篷门口都有一个擦皮靴的搭脚架，心想，看来前苏联军队的传统一直没丢弃。秦冲听说五几年我军向苏军学习时，学的第一课就是擦皮靴，想到鲍里斯脚上那双永远锃明瓦亮的皮靴，秦冲不由笑了。

俄军军官公寓在野战帐篷群的后面，是几排专门为他们搭建的轻体房。在这一点上，俄军跟我军完全不同，他们可不搞什么官兵一致，他们官就是官，兵就是兵，等级森严得很。秦冲这个营长可以和士兵一样住野战帐篷，但他们一个小排长都得住在军官公寓。

秦冲挺不屑地走进俄军军官公寓，发现这里的设施真他妈的全，不仅有洗衣间、淋浴间，甚至还有个台球室。秦冲站在连接几排轻体房的回廊中间，一时竟不知该向哪里去寻鲍里斯了。左面那排房间有声音，秦冲转向左面，却猛然撞见了一个肥胖的俄罗斯女人。那女人只穿了短裤和胸罩，正在用一条大毛巾擦湿漉漉的头发，见一个中国军人闯了进来，胖女人尖叫了一声跑回屋去，随着房门嘭的一声碰死，里面传出一阵哈哈大笑。

秦冲十分尴尬，知道自己误闯了厨娘们的住处，赶紧退了回来。秦冲知道俄军士兵不做饭，部队走到哪儿都得带着这些厨娘。今天秦冲还特地安排分管伙食的副营长去俄军食堂参观，让他了解外军的配餐方式。结果副营长一回来就乐不可支地向秦冲学，说那些厨娘做饭像配药，土豆削了皮再称重，最可笑的是一锅下好几十斤土豆，多一个也得从秤上拿下来……这有什么可笑的？秦冲没好气地瞪了副营长他一眼，这叫科学配餐懂不懂？这叫严格按体能需要控制卡路里懂不懂？不懂就向人家学！

秦冲让副营长去跟人家学是有缘由的。俄军刚进驻当天后勤来不及展开，所以第一顿饭是联合指挥部安排的。我们中国人热情啊，而且我们表达热情最重要的方式就是让客人多吃，吃得越多越说明我们心诚，越显得我们大方好客。负责分餐的那几个兵也不知是得了谁的令，铆足了劲儿抡大勺子，个个餐盘都装得溜满。秦冲在一旁冷眼观看，发现许多俄罗斯兵看到面前那一大盘食物都面露难色，心里真替他们愁得慌。秦冲毕竟跟俄军有过接触，知道人家俄军的食物都是经过计算配比的，吃饭不允许剩，分给你多少就得吃进去多少，不像我们剩了可以随便倒掉，心想这吃又吃不进，剩又不能剩，倒又不让倒，还不把人撑出毛病呀？果然，没过一会儿那边就出毛病了。原来一个列兵实在吃不下去了想偷偷倒掉，结果被鲍里斯当场抓住。鲍里斯把那个列兵按在墙上足足地训了半个小时，最后到底逼着列兵把半盘子剩菜全部塞进了嘴里。秦冲知道鲍里斯这是在杀鸡给猴看，更知道鲍里斯这是故意做给中国军人看，否则他犯不上在大庭广众之下足足训上半个小时。

秦冲看出鲍里斯做得很成功，那个列兵被逼着往嘴里塞食物的痛苦模样，的确把在场的所有中国军人都镇住了。秦冲也看出在场的中国军人普遍对鲍里斯产生了不满，但秦冲心里没有不满，因为秦冲一直很赞赏外军的配餐制度。当年秦冲在土耳其接受魔鬼训练时，就曾得益于那里的配餐制度。SAT 特训营严格按照体能配餐，学员给什么就得吃什么，给多少就得吃多少，那时秦冲被逼得连生牛肉都能吃了。回想 SAT 的训练那么艰苦，如果没有严格的配餐制度，身体恐怕是很难支撑下来的。

秦冲终于找到了鲍里斯。鲍里斯正在轻体房围成的院落中间晒太阳，他看上去似乎心情不错，闭目仰靠在躺椅上，只穿着一条短裤，全身都沐浴在阳光里。午后的阳光流金一样从鲍里斯那多毛的身体上流淌下来，漫过青草地，漫过矮树丛，在鲍里斯的周围蔓延出一片金黄色的宁静。

秦冲刚想招呼鲍里斯，突然看见了鲍里斯脱在旁边的衣服，目光一下子定在了搭在衣服上的那条腰带上。那是一条皮质优良的俄罗斯陆军腰带，棕黄色的皮带条上用明线扎出规则的菱形图案，纯铜卡头在阳光下闪着油亮的光。秦冲熟悉这种腰带，这腰带最独特的地方就在卡头，一般的腰带卡头上只有一个钉，这种腰带的卡头上却有两个钉，腰带上的钉眼也相应地有两排。秦冲曾在身上比量过这种腰带，说实话他很喜欢，他觉得这种双钉的腰带比单钉的扎在腰上更牢靠。秦冲觉得最不牢靠的就是我军现在用的这种腰带，卡头太民用化，时尚但不踏实。

默默地盯着那条俄罗斯陆军腰带，秦冲忽然间就没了兴致，连招呼都没跟鲍里斯打，就扭头匆匆离开了。

正式演习之前的两军合练进行得很顺利。这次演习主要是为加强中俄两军的联合反恐能力，要求多兵种配合，运用多种手段打击恐怖分子。所以秦冲的特战营在演练中就显得十分抢眼，他们一会儿出现在空中，跳伞在指定地点降落，一会儿从超低飞行的直升机中直接跃向地面，一会儿又沿着立陡立崖的墙壁向上攀爬……俄军的表现也相当不错，他们对陌生环境的适应能力极强，很快就进入了情况。特别是他们的空降兵部队，虽然没展示他们的伞兵战车，但空降兵天女散花般突然密集地出现在空中，然后迅速落地集结，眨眼间就能投入战斗，还是很令人赞叹的。

一切正常，只需再预演一次，就开始正式演习了。但秦冲的神经性皮炎此时却莫名其妙地发作了。秦冲总觉得心里不踏实，但又想不出为什么不踏实。演习前的各项准备工作检查过无数次了，各个关键环节也交代过无数次了，问题到底出在哪儿呢？

近两天野营村的空气明显轻松了许多，我军的北方军区歌舞团来慰问过了，俄军的远东军区歌舞团也来演出了，演习前的紧张气氛因此掺进了一些类似年节的喜庆味道。但这都不是问题，秦冲挠着臂弯想，而且按照我们通常的说法，这还有鼓舞士气、提高部队战斗力的作用，所以问题应该不在这。

秦冲的神经性皮炎果然不是白犯的，他很快就追本溯源嗅出了野营村里的异样味道。秦冲发现有士兵在暗地里悄悄地跟俄罗斯士兵交换物品，而且这种情况大有愈演愈烈之势，最令秦冲担心的情况终于还是发生了。

按说，两个不同国家的军人整天碰鼻子碰脸地在一起厮磨，互相赠送点小礼物算不得什么。但以秦冲的边防工作经验来看，外事无小事，只要沾了外事的边，即便是小事也能演化成大事。所以从打一进野营村，秦冲就在特战营里多次强调不许私自与外军交往，不许与外军交换物品。但在野营村里住着的可不只是秦冲一个特战营，眼巴巴地看着人家与俄军你来我往弄得挺热乎，兵们自然就会好奇眼馋，自然就会心头发痒。何况那些俄军士兵又经常主动出击，说不定什么时候就从兜里掏出个领花、帽徽、兵种符号什么的，强烈要求跟你换东西。天下的军人没有不喜欢军品的，这些东西谁看见谁动心，谁摸着了都不想撒手。如果只是偶尔换个一两次倒也罢了，小来小去的换换也就罢了，可你想，士兵身上能有多少东西可换，换来换去不就开始动用下发给个人的装备了嘛，一动装备问题不就大了嘛。在秦冲看来，装备是军人躯体的一部分，是军人战斗力的一部分，躯体和战斗力怎么能随便拿去交换呢？要论喜欢，恐怕秦冲比谁都喜欢这些东西，但喜欢归喜欢，规矩归规矩，不能因为喜欢就坏了规矩。

秦冲决定今天晚上亲自蹲坑，看看到底是个什么情况。

月亮白亮白亮地顶在头上，连眼都不眨一下。这样的夜晚不适合隐蔽，却很利于观察。好在对秦冲来说根本不存在适合不适合的问题，什么样的环境下隐蔽都不成问题。秦冲选的地方不仅能藏身，还能清楚地观察到中俄两军联合岗哨的位置，甚至能借助远红外夜视望远镜看到临时国境线附近的大部分活动区域。

秦冲很快就发现，其实进入这个区域活动的大多是军官而不是士兵。他看到几个中俄军官在一起比比画画地交谈着什么。大概是我方的一个军官在跟一个俄军少校商量换个徽章，只见我方军官准备充分地掏出两条丝巾递到俄军少校手中，俄军少校马上痛痛快快地把一枚徽章递了过来。我方军官立刻拿出一面中俄联合军演的旗标，当场就把徽章别在了上面。中俄军官们个个伸长了脖子看着那旗标，嘴里不停地发出阵阵惊叹。秦冲好奇地把望远镜聚焦过去，看见那面旗标上面竟然别满了各式各样的徽章。还真有有心人啊，秦冲的馋虫顿时被勾了出来，一拱一拱地直往上顶，在心里把人家羡慕得一塌糊涂。没办法，秦冲咬住牙根想，眼馋也没鸟用，人家机关干部这么干行，咱不行，谁让咱屁股后面跟着一大群兵呢。

晚些时候兵们才开始活动。兵们显然不像军官那么张扬，但似乎更加默契。联合岗哨设在临时国境线的两边，之间相距只有几米。秦冲看见刚换下岗的两国哨兵会意地相视一笑，就向对方走去，站在临时国境线两边比比画画地交流起来……

月光洒在地上，地面泛起一层亮白色的光。秦冲心中不由一动，这情景太熟悉了，仿佛是在那个冰封的江上，白亮的月光照着宽阔的江面，照着江心的国境线，也照着竖立在国境线两边的哨所。秦冲隐蔽在一个雪堆后面蹲坑，看见那个大个子俄罗斯兵比比画画地做出喝酒的样子，中国兵会意地一笑，从怀里掏出了一瓶酒。俄罗斯兵的眼睛立刻红了，不顾一切地冲了过来。中国兵却笑着把酒瓶揣进了怀里。俄罗斯兵急切地伸出手去要，中国兵指了指他的腰，意思是让他用腰带来换。大个子俄罗斯兵明白了，马上毫不犹豫地抽出了腰间的皮带……

不，秦冲晃了晃脑袋，赶紧把思绪从江边上拉回来，这才看到眼前竟是俄罗斯兵指着中国兵的腰，向中国兵要腰带。中国兵掏出一样东西给他看，但俄罗斯兵显然不满意，坚持要腰带。中国兵又比画了几下，俄罗斯兵就有些急了，一把抽出了自己腰间的皮带……

就在这个时候，秦冲突然从暗处跳了出来。令秦冲没有想到的是，几乎就在同时，鲍里斯也出现在这里。

秦冲和鲍里斯惊讶地互相对视着，这情景竟然与多年前一模一样，他们谁也没想到多年前曾经发生过的一幕，会在这里重新上演！

接下来应该是什么呢？接下来应该是他俩同时发出野狍子般的吼声，顿时把那两个兵吓堆了。中国兵虽然还站得住，但脸却已经贴到了胸脯上。大个子俄罗斯兵则面孔煞白浑身发抖，像个被卡住了脖子的小动物。

再接下来就是那条俄罗斯陆军腰带了，是鲍里斯抢过腰带狠命地抽打大个子俄罗斯兵，又扒掉俄罗斯兵身上的衣服抽打，后来干脆就把腰带调过来，用那个带双钉的铜制卡头抽打，直打得大个子俄罗斯兵在雪地上不停地翻滚号叫。

后来就该是秦冲上场了。秦冲本想拔腿就走的，妈的丢人还来不及呢，凭什么看上人家的腰带？人家的腰带就那么好？就值得你转磨磨想辙整瓶白酒跟人家换？亏这损兵做得出来，回去看我怎么收拾你！见鲍里斯上来就开打，秦冲心里极其不屑，心想自家的孩子自家领回去关上门管教就是了，犯不上在这撒野打给外人看。说老实话，秦冲急眼了也打兵，此刻他就恨不得照自己那兵的后屁股上狠狠地踹上一脚。但打也不是鲍里斯那么个打法。首先你得爱兵，得做他的家长，待你和他都认可了这种关系，即使急眼时打他几下子，下手也会带着亲情，双方都能接受。鲍里斯下手没有情，只有暴虐，但这不关他秦冲的事，秦冲只想赶紧把自己的兵带回去处理这事。但就在秦冲转身要离开的时候，却偏巧看见了血——大个子俄罗斯兵的头被鲍里斯打出血了。血汩汩地从那兵的头顶流出，流过眼眶，流过嘴角，顺着稚嫩的下巴滴答滴答地落在坚硬的冰面上。鲍里斯是不该让秦冲看见血的，看见血秦冲就管不了那么多了，在血滴落冰面上的那一瞬间，秦冲突然凌空弹射出去，一把夺下了鲍里斯手中的腰带。鲍里斯迅速回转身毫不含糊地当胸就给了秦冲一拳，两个人就势就扭打在一起了……

按秦冲后来的说法，这是他这辈子打得最具有国际影响的，也是最没名堂，最不讲章法，最有失军人气质的一场架。根本就谈不上打，秦冲说，脚下溜滑净摔跟头了，那也能算是打架？

秦冲和鲍里斯默默地对视着，这一次他们谁都没朝自己的兵吼叫。月光投射在他们的眼中，悄无声息地修改着从前的脚本——

鲍里斯不仅没发火，还微微地笑了一下。秦，鲍里斯说，你们的腰带很好，我们的士兵都很喜欢。

秦冲有些意外地看着鲍里斯，一时竟不知说什么是好了。

鲍里斯说，他只是想交换一下留个纪念，可以吗？

秦冲没说话，狐疑地望着鲍里斯。

好吧，鲍里斯耸了耸肩说，没关系。

直到鲍里斯的背影在黑暗中消失很久了，秦冲依然站在白亮的月光下一动没动。

下午突然下了一场暴雨。这雨下得毫无来由，中午还响晴白日的，转眼间就狂风大作暴雨倾盆了。很少见这么大的雨，就像头顶上决了口似的，大水倾泻而下，没几分钟野营村的大小排水沟就都爆满了。眼看帐篷就要进水了，官兵们立刻冲出去冒雨排水。紧急情况下最能看出一支部队的素质，根本不用秦冲多说，官兵们就挖沟的挖沟，培土的培土，舀水的舀水，紧张而有序地干了起来。

对面的俄军帐篷也进水了，秦冲跑过去看了一眼，差点没笑喷，水漫进帐篷把盆都漂起来了，俄罗斯兵却什么都不顾只顾皮靴，光脚站在水里把皮靴提得高高的，好像只要把皮靴保住就什么都有了。秦冲赶紧派人去帮他们排水，俄罗斯兵这才纷纷跑出来，学着我们士兵的样子用盆往外淘水。

像来时一样突然，大雨说停眨眼间就停了。秦冲把俄军的帐篷挨个检查了一遍才放心。在检查俄军帐篷时，秦冲有了个意外的发现，他发现俄军竟然在悄悄地学我们的内务，他们也开始追求整齐划一，把牙缸摆成了一排，而且牙刷都朝一个方向倾斜。只是他们学得还不够地道，新牙刷都没开封，一看就是摆样子给人看的。秦冲心里暗自发笑，心想这形式主义真是害死人啊，一不留神把老毛子都给拐带坏了。尽管秦冲很赞成两军间应该互相学习，但毕竟文化背景不同，有些东西学得来，有些东西是学不来的，硬学恐怕也只是学个皮毛而已。别的不说，俄军光膀子这一手我们就学不来。俄军喜欢光膀子，不光休息光膀子，打球光膀子，连出操都个个光着个大膀子。开始秦冲看了很兴奋，心想这招好啊，光膀子出操多痛快多酷，而且还低碳环保，出身臭汗回来冲冲就行，连衣服都不用换洗了。但细想想还真就不能跟人家学。人家俄罗斯民族就是那文化，讲究的是个“放”。咱中国人不行，咱们讲究的是“收”，凡事都得收着点，捂着点。真要是突然间拉出一个营的光膀子兵，别说老百姓会吓一跳，连自己都觉得不对劲儿。

一个俄罗斯士兵引起了秦冲的注意，这兵年龄很小，脸上泛着一层淡黄色的茸毛，一副胎毛还没褪尽的模样。秦冲经过他身边时，把他手里的毛巾碰掉了。捡起毛巾递给他之后，秦冲随手亲热地拍了拍他的后脑勺，就像平常对待自己的兵那样。后来秦冲就发现自己挨个帐篷检查时，小俄罗斯兵一直跟在他身后。说不清这个小俄罗斯兵怎么会让秦冲心里忽悠一下，猛地想起了那个大个子俄罗斯兵。秦冲站住脚回过头,认真地打量了小俄罗斯兵一眼,发现他跟大个子俄罗斯兵一点都不像。但是,他的目光让秦冲觉得很熟悉。秦冲忽然明白了,正是他的目光让自己想起了大个子俄罗斯兵。秦冲其实很不愿意想到他,他是秦冲心中的一个痛。

秦冲和鲍里斯打架之后,秦冲顺理成章地获得了个处分。之后不久,那个被鲍里斯痛揍的大个子俄罗斯兵就偷越国境跑过来了。令秦冲哭笑不得的是,当哨兵把大个子俄罗斯兵抓住带到秦冲面前时,他竟高兴得扑过来想拥抱秦冲。秦冲这会儿躲还躲不及呢,哪能还跟他往一块儿搅和,赶紧打发人把他送给边境代表去处理。

后来边境代表来找秦冲,说大个子俄罗斯兵是因为实在受不了军队的体罚才跑过来的,他说自己如果再不跑就会被打死。还说他喜欢中国,愿意到中国来生活,表示他可以在中国做点生意养活自己。后来听说要把他遣送回去就号啕大哭,强烈要求见秦冲。

秦冲连连摆手,说不见不见。

见边境代表一脸内容地盯着他不吭气,又负气地说,别这么看着我好不好,好像他是我什么人似的,我跟他什么关系都没有,为他背个处分就已经够傻的了。

边境代表说,大个子俄罗斯兵说不见到秦冲就绝食,他现在已经好几顿没吃饭了。

秦冲这才没了辙,只好答应去见面。路上秦冲还想,见面非得狠训这家伙一顿,但一看到大个子俄罗斯兵的眼神儿,秦冲立刻半句狠话都说不出来了。那大个子俄罗斯兵的眼神儿是那么的单纯,那么的无助。在见到秦冲的那一刻,他的眼睛像焰火般忽地亮了起来,就像看到了亲人一样,目光中充满了希望。秦冲让他坐下，他立刻就坐下。秦冲让他吃饭，他二话不说端起来就吃。他那充满了无条件的信任和依赖的眼神儿，把秦冲的心弄得乱七八糟的。秦冲知道自己承受不起他这样的信任和依赖，自己没有办法帮助他留下来，也没有办法保证他不回到那个令他恐惧的军队。最让秦冲受不了的是，自己不仅得劝说他回去，还得亲自押送他回去。

秦冲永远也忘不了那个寒风凛冽的冬日，他亲手把大个子俄罗斯兵交给了鲍里斯。

一看到鲍里斯，大个子俄罗斯兵的眼里立刻充满了恐惧。他扭过头来眼巴巴地望着秦冲，似乎在乞求秦冲的保护。但秦冲无法保护他，只能硬着心肠，做出一副无动于衷的样子。大个子俄罗斯兵被鲍里斯从秦冲身边带走的时候，像个无助的孩子一样，目光中充满了不解、悲伤和失望。那目光真让秦冲心里受不了，这感觉就像是把自家孩子往狼窝里送一样。秦冲咬紧牙根，目送着鲍里斯往回押送那个兵。在跨过国境线之前，大个子俄罗斯兵的脚步踉跄了一下，然后突然站住了，转过身来定定地看了秦冲一眼。这一眼，看得秦冲心里悚然一惊，那张稚嫩的脸仿佛顷刻间就荒芜了，苍老了，目光中所有的光亮似乎都熄灭掉了，像无月的夜一样没了一点生机，里面只有一种令人不安的濒死的绝望。

秦冲的牙根终于咬不住了，他一脚踢飞了脚下的积雪，头也不回地离开了现场。

秦冲的感觉没错，不久之后就得到消息，说大个子俄罗斯兵自杀了。

从听到这个消息的那一刻起，秦冲就再也没能摆脱过负疚心理。秦冲做过很多努力，想要把自己从这件事里择出来。他无数次地告诉自己，那个大个子俄罗斯兵的死跟自己没关系，自己在这件事情上无能为力。他也无数次地告诉自己，造成这个兵自杀的是鲍里斯，鲍里斯当然不会饶过一个偷渡的兵，当然要对这个兵施暴，这个兵实在受不了就只好自杀了。可是无论秦冲怎样说服自己，只要一想到那个兵的目光，秦冲就无法安放自己的内心，无法摆脱是自己跟鲍里斯合谋把那个兵逼上了死路的念头。

秦冲坚决地躲开了小俄罗斯兵的目光，他不想回忆过去，不想在回忆中败坏心境。

待到秦冲检查完俄军帐篷往回走的时候，鲍里斯才在远处出现。看着鲍里斯一身光鲜地朝这边走来，秦冲突然感到鼻子眼里一阵难耐的巨痒，冷不防打了一个响亮的大喷嚏。

演习进行得很成功，秦冲的特战营在演习中表现得极为突出，最后在解救恐怖分子扣押的人质时，特种兵在人们最意想不到的方向突然出现，迅速制服了恐怖分子，成功地解救出人质，表现出了极强的机动能力和极高的特战素质，获得了联合军演指挥部的高度评价。一切都很完美，只是演习过程中我军后勤部队出了点事，一辆保障车在完成夜间无照明快速机动科目时发生侧翻，驾驶员当场死亡了。

秦冲是从联合军演指挥部下发的通报中得知这件事的，通报要求各参演部队认真做好各项安全检查，保证演习结束后部队回撤的安全。说实在的，秦冲没太把这件事放在心上。在秦冲看来，这么大规模的军事演习，上天入地地动用那么多飞机坦克、武器弹药、车辆人员，不出事是侥幸，出个把事实属正常。所以秦冲只按惯例把通报精神传达了，让各分队按要求进行安全检查，这事在他这就算过去了。

但很快，秦冲就发现这件事过不去了。

清晨，俄罗斯士兵一出来，秦冲就觉得哪地方不对劲儿，仔细看过才恍然大悟，原来是没光膀子。真新鲜，自从入住野营村以来，这些俄罗斯士兵还是第一次在早上出操的时间没光膀子。不仅没光，而且个个还穿戴得十分整齐。秦冲心想，看架势今天早上俄军是不准备出操了。

果然，秦冲见鲍里斯把部队带到了野营村的小广场上。小广场中间并排竖立着两根旗杆，上面分别悬挂着中俄两国的国旗。鲍里斯就在国旗下面整队，像是要搞什么仪式。秦冲的好奇心骤起，决定在一旁看个究竟。

只见鲍里斯在队伍前面讲了一番话，秦冲虽然听不懂，但看得出鲍里斯的神情很严肃，所有俄军官兵的神情都很严肃。讲完话之后，鲍里斯发出了一连串的口令，只见全体俄军官兵一起摘下了帽子，低头默哀。与此同时，旗杆上的那面俄罗斯国旗开始缓缓下降，直降到半旗的位置停了下来。

秦冲心头一震，原来俄军是在为在演习中死去的中国军人举行哀悼仪式！

就像当年被鲍里斯当胸打了一拳一样，秦冲突然觉得心口发紧，好半天都喘不过气来。内心里沉睡了很久的一些东西似乎在这突然的重击下猛然惊醒了，用力地牵动着那些久已麻木了的神经，秦冲竟然感到了痛，而且是那种直抵内心的痛。秦冲依稀记起，自己已经很久都没有过这种真切的痛感了。

野营村里所有的中国军人，在那天的清晨过后都显得格外地沉闷。没有人去小广场，即使经过那里也尽量绕开中间的旗杆走，而且尽量不去看广场上空那两面一升一降的国旗。有一种暗暗的期待在军人们的心中蔓延，希望上面会通知我军也举行一个哀悼仪式。尽管过去从来没有过这样的哀悼，但过去与今天不同，因为过去军人们一直把这种情况叫作“事故”，今天他们才幡然醒悟这其实是牺牲，是与在战场上阵亡同样的一种牺牲。在心中同时蔓延开来的还有对降半旗的期待，军人们忽然觉得这很重要，在他国的国旗为我军的士兵降了半旗之后，他们希望我们的国旗也会为一个在演习中牺牲的士兵降下。

秦冲很清醒，他知道这两个期待一个都不可能实现。首先，在演习中举行哀悼仪式我军没有先例，其次降半旗需按死者级别报请有关部门批准。但清醒归清醒，却并不妨碍秦冲的两个臂弯越来越瘙痒难忍。果然，一整天也没有得到一点关于这方面的消息。

晚饭前秦冲再次提着没送出去的那两瓶酒去找鲍里斯。演习结束了，俄军明天就开始撤了，今晚他怎么也得跟鲍里斯单独喝上一顿，给鲍里斯送个行。别说，今天请鲍里斯喝酒，秦冲还真有点心甘情愿的意思，秦冲特地在我军餐厅定了一个小单间，还点了几个记忆中鲍里斯爱吃的菜。

鲍里斯的精神头都在酒上，还没坐稳就开喝，没等动筷子呢两杯已经干进去了。还是那副讨便宜没够的德行，一点没长进。但今天秦冲愿意，喝多少不吝，结果不大一会儿，鲍里斯就没形了。

鲍里斯举着酒杯说，秦，你和我喝一杯。

秦冲问，为什么？

鲍里斯说，不为什么，就是喝一杯。

秦冲说，不行，你得说出个道儿，我不喝没名堂的酒。

鲍里斯问，什么是道儿？

秦冲说，就是说出喝这杯酒的道理。

鲍里斯想了想说，道理是我爱你，可以吗。

秦冲乐得不行，说，不可以，我又不是女人。

鲍里斯问，那怎么说？

秦冲说，对男人只能用喜欢、尊敬这类的词。

鲍里斯说，那就是我尊敬你。

老鲍你搞错了吧，秦冲笑着指了指自己的肩章，又指了指鲍里斯的肩章，说我有什么可尊敬的？

不，鲍里斯摇着头说，你是个好军人。

秦冲认真地看着鲍里斯，问，老鲍，你真是这么想？

鲍里斯把手放在心的位置上说，是，你是好军人，从前到现在，都是。

好，秦冲说，就冲你这句话，我跟你连喝三杯！

喝完这三杯，鲍里斯突然问秦冲，秦，你看我是不是好军人？

秦冲迟疑了一下说，你让我想一想。你知道，我一直不喜欢你……

为什么？鲍里斯惊讶地问，我不知道。

这下倒轮上秦冲惊讶了，你不知道？

不知道。鲍里斯说，你等等，我知道了，是为了那次你和我打架？可那是你的问题，是你先动手打的我。

那我问你，那个兵，就是我交回给你的那个兵是不是死了？秦冲问。

鲍里斯点点头说，是。

秦冲一下子站了起来，逼视着鲍里斯问，他是怎么死的？

在车臣，我们去车臣参战的时候，鲍里斯耸了耸肩摊开手说，他运气不好。

秦冲一屁股跌坐在椅子上，半天没说话。

别难过，鲍里斯拍了拍秦冲的肩膀安慰说，他战斗很英勇，还被授予了总统签发的“勇敢”勋章。

秦冲忽然觉得小房间里烦闷得要死，两个臂弯奇痒，便起身对鲍里斯说，老鲍，我们出去走走吧。

鲍里斯莫名其妙地看着秦冲，焦急地说，不不，我们喝酒……

秦冲一把抓起酒瓶子塞到鲍里斯手里，说走吧，咱们出去喝。

秦冲和鲍里斯两人一人拎着半瓶酒，穿过小广场，向野营村后面的小树林走去。

老鲍……秦冲刚张嘴，鲍里斯就把他制止了。秦，鲍里斯认真地问，你为什么总叫我老鲍？

秦冲一愣，说不为什么，中国人就这习惯。

鲍里斯摇了摇头说，不好。

秦冲问为什么不好，叫老鲍是对你尊重。

不不，鲍里斯说，我叫鲍里斯不叫老鲍，秦，你知道鲍里斯是什么意思吗？

什么意思？

为荣誉而战。

为荣誉而战，秦冲沉吟了一下说，老鲍，你这名字……

不是老鲍，是鲍里斯。鲍里斯坚持道。

秦冲笑了，说，好，鲍里斯，你这名字很军人，真不错。见鲍里斯高兴地咧开了嘴巴，又不无醋意地点着鲍里斯的肩章说，为荣誉而战，鲍里斯，你下一步该升准将了吧？

不，鲍里斯说，这是我最后一次参加军事演习了，演习回去之后，我们部队就撤编了。

秦冲一愣,那你要离开部队了?

鲍里斯说,是的。

部队知道吗?秦冲问。

已经宣布过命令了。鲍里斯说。

你们是在宣布命令之后来参加演习的?秦冲问。

是的,鲍里斯说,因为是最后一次,所以大家都很努力。秦,鲍里斯问,我们部队的表现可以吗?

当然,秦冲充满敬意地对鲍里斯说,不是可以,是很好,是非常非常地好。

谢谢,秦!鲍里斯高兴地说,可你还没回答我,我是不是好军人?

你是好军人,鲍里斯,秦冲毫不迟疑地回答,从前到现在,都是!

小树林里凉风习习,果然清爽得很,秦冲觉得好受多了。两人坐在草地上,举起瓶子狠狠地撞了一下,咕咚咕咚地一口气连喝了好几口。

鲍里斯,秦冲问,你去车臣了?

两年,鲍里斯竖起两个指头说,在车臣打了两年仗。

我真羡慕你,秦冲说,当了这么多年兵,我还没上过战场呢。

鲍里斯看着秦冲说,秦,没上战场之前我也像你这样想。

秦冲有些意外地看了鲍里斯一眼,问,那现在呢?现在你怎么想?

现在?鲍里斯迟疑着把目光转向一边,忽然又狡黠地笑了,现在我想,应该让你去上战场。

秦冲审视着鲍里斯说,鲍里斯,你没说实话。

鲍里斯拍了拍秦冲的肩膀说，秦，说实话你是好军人，你们是好军队，上战场，鲍里斯做了个坚决的手势说，没问题。

秦冲笑了笑，默默地用酒瓶子撞了一下鲍里斯的酒瓶子，两个人一起仰头对着瓶嘴又喝了几口。

小树林里看不到月亮，但有月光。月光被切成碎末洒在地上，洒出了满目的斑驳，眼前的一切就显得不那么清晰了。秦冲和鲍里斯抬眼向远处望去，远处天空中飘扬着的两国国旗，在月夜里却显得分外清晰。

秦，鲍里斯指着那两面一高一低的国旗问，这是为什么？

怎么说呢？秦冲想了想说，这么说吧，我在土耳其接受训练时有个体会，两个军队就像两个完全不同的家庭，各家有各家的生活方式，习惯了就只觉得自己的好，就算发觉了人家的好，也不会轻易就学，因为不习惯，还因为没有积累一时学不来。你能明白我说的意思吗？

不，鲍里斯说，我不明白。

原来我也不明白，秦冲说，后来到了土耳其才深有体会，等到学习回来以后，我想把从外面学到的东西移植到我们军队时，这种体会就更加深刻了。

鲍里斯说，我明白了，就是我们的腰带好，你们的腰带也好，但不可以换？

秦冲大笑，说，胡扯，这哪跟哪呀？腰带有什么不能换的？

鲍里斯立刻跳将起来，大叫了一声，好，那我和你换腰带。

换就换，秦冲也跳了起来。其实秦冲一直希望能得到一条俄罗斯陆军腰带，只是没有机会。在边防当连长时他得在战士面前绷着，离开边防后就再没这种可能性了。现在鲍里斯主动送上门了，他心里正巴不得呢。

秦冲抽下自己的腰带在手里掂了一下，腰带很打手，皮质厚实，卡头漂亮。要离手了，秦冲才发现这腰带真的很好，难怪俄罗斯兵红着眼到处寻摸着换呢。可自己为什么一直没觉出好呢？是因为自己的东西不新鲜，整天系在腰上没感觉，就把好给忽略掉了吗？

秦冲接过鲍里斯的腰带仔细地端详着。没错，正是他喜欢的那种俄罗斯陆军腰带，纯铜的卡头上面并排有两个钉，棕黄色的皮带条上也相应地打了两排孔，整条皮带都用明线扎出了规则的菱形图案。往腰上扎的时候，秦冲才觉出有些不方便，两个钉眼不是一下就能找准，皮质也显得过于粗硬了些。但这腰带系在身上真的很妥帖，很紧实，很有束缚感。

换完腰带，两人笑看着对方。

干了怎么样？秦冲举着酒瓶子问。

没问题！鲍里斯也举起酒瓶子回答。

为什么干呢？秦冲问。

为了……鲍里斯在腰上拍了拍说，为了腰带。

对，秦冲说，就为了腰带。

两个瓶子重重地撞在一起，撞出了一声清脆的响声。一仰头，两人把瓶里的酒全干了。

痛快，秦冲说，鲍里斯，我那还有两瓶好酒，明天给你带上，回去……话音未落，就见鲍里斯站不住脚地开始往下出溜。秦冲赶紧伸手去拉，一把没拉住，竟和鲍里斯一起摔倒在地上了。

醉中的鲍里斯把秦冲抓得很紧，他们像当年打架似的在地上打起了滚，秦冲好不容易才把压在身上的鲍里斯掀掉，两个人就那样摊手摊脚地并排躺在了草地上。

斑驳的月光从林间洒落下来，迷彩一样涂满了他们的全身。

借着月光，秦冲惊讶地发现，自己的胳膊平整光滑，神经性皮炎竟奇迹般地好了……

（原载《西南军事文学》2012年第2期）

作者简介：马晓丽（1954—　），女，辽宁沈阳人。1969年入伍。著有长篇小说《楚河汉界》，中短篇小说《白楼》《云端》《舵链》等。

革 命 者

朱山坡

一

黄昏,家门外突然传来马的嘶鸣。我打开门,看见一匹枣红色的高头大马,朝着我家张望。只有一匹马,没见人影。我兴奋地往屋子里喊:

"祖父回来了。"

祖母几乎是小跑着从屋子里走出来,欣喜得像一匹刚挣脱缰绳的小马驹。我们对这匹马都很陌生。而马却像一匹对我家熟门熟路的老马,用嘴巴亲热地舔我们的脸。虽然浑身是泥水,却无法遮掩它的健硕和矫美。是一匹年轻的母马。马背上驮着两袋子沉重的物品,快要把马压垮了。仔细一瞧,两个袋子上都用炭黑墨水写着一个人的名字:银兴邦。尽管字迹模糊,但也足以让我们知道是大伯回来了,而非祖父。

他在井那边给马打水,向我们招手。井太深了,大伯够不着。其实是大伯太矮小了,连提一桶水的力气都凑不够。我跑过去帮他。折腾了半天终于打上来半桶水。

"这不是你的功劳。"大伯提着水对我说,"你还小,革命,你不配。”

马一口气便把半桶水吸干。大伯要祖母帮忙把物件卸下来。祖母警惕地问，这是什么？

“你放心，不是军火，是书。”大伯说。马比他高出一大截。他拍拍马背上的鞍子，意思是说他是骑马从省城回来的。我不知道他是如何骑上去的。平时，去往省城，人们都是乘船。

祖母说：“书比军火更危险，让它离家远一点。”

祖母从没出过远门，近年患胃疾，更是足不出户，但她似乎知道世界上所有的事情。比如，每隔一段时间，省城里总要枪杀一些不听话的读书人。那些读书人被押到大学的北面，一堵著名的“南墙”前，面朝墙壁，士兵们端起枪，朝他们的脑袋开枪。血就顺着排水沟绕过孔庙，往东流过灯笼巷、潘家祠、旧戏院，最后跟江水汇集在一起。枪决前，那些读书人可以提一个要求，但几年来他们只有一个要求，就是不要让他们跟土匪、杀人犯、盗窃犯、贩夫走卒一起共赴黄泉；如果不是枪决而是斩首示众，就请政府同意将他们的下半身都标贴上名字，好让亲友辨认收一个全尸，而不至于张冠李戴……这些传闻祖母都知道。祖父每半月一信，核心内容便是让祖母提防大伯，不要让他跟那些所谓的革命者有染。祖父在广州做生意，很少回来。这个家由祖母做主，事无巨细，她都打理得井井有条，却无法掌控大伯。

大伯在省立大学里教政治学，三年前竟然也开始迷醉上画画，是西洋画，人体肖像，而且竟然在政治课上讲授西洋美术，教学生画油画。学校无法容忍他教授学生画男女裸体，三番五次警告他，并以开除教职相威胁。大伯说，政治学并不能救国，画裸体也是革命。还没等学校开除，他自己便辞了职，很快便在一家报社谋到了一份差事。但他激愤的文风不适合继续待在那里，而且，他经常出现在某些游行、集会上，用夹杂着浓郁客家口音的国语发表慷慨激昂的演说。演说的时候，摇头晃脑、手舞足蹈、疯疯癫癫的，却文采飞扬、排山倒海、气势如虹。小个子大伯是天生的演说家。本来，这些举止尚不足以让他被驱逐出校门，但是有一次他咬牙切齿地对着莅临学校视察的省政府主席大声说：

“你们得意不了多长时间了，革命的烈火将把你们化为灰烬。”

喊完这话的第二天，学校便将他驱逐。有一千条理由让人相信，他被警察局的人盯上了，没有人敢收留他。善意的朋友劝他离开省城，躲避一阵子。但固执的大伯哪儿也不去，就留在省城。他被禁止在公众场合演讲。有人恶狠狠地警告他了，再妖言惑众，煽动民意，便割下他的舌头。后来他改写文章，很快连文章也不写了，他的文章写得不好，激烈有余理据不足，满嘴跑火车，招人厌烦。那就改行画画。画得也不好，充其量，就一个三四流画家。但有人从他的画里看到了反意，告他的密。警察一次又一次上门，将他的画当场付之一炬，并将他驱逐。大伯露面的次数便越来越少，越来越隐蔽。他不断地换地方，最后连祖母也搞不清楚他到底在干什么，究竟要干什么。有一次，祖母让我父亲去找他，让他回来跟伯母圆房，做一个正常的人。伯母是高州一个药商的女儿，八岁就跟大伯订了婚，进我们家门已经有五年了，结婚时，是按大伯的要求，只搞了一个简单的新式婚礼。然而，大伯从来就没有要跟伯母圆房的意思。结婚仪式一结束，便趁祖母不注意，一个人乘船离开了，留下伯母一个人张灯结彩。从此，大伯和伯母再也没有见面。伯母孤独地守着婚房，还帮着祖母经营这个家。她最大的愿望便是跟大伯圆一次房，生一个儿子，把大伯这一脉香火传下去。

伯母长得白净，不胖不瘦，眉清目秀，知情达理，从不抱怨，不发脾气，深得祖母喜欢。伯母也喜欢我。五年前，我母亲突然染上恶疾去世，伯母几乎代替了我的母亲。她每晚都从祖母怀里"抢"过我，让我睡在她的怀里。直到有一天，她察觉我长大了，才让我回到祖母的身边。一年前，祖母曾让伯母去省城找大伯，但伯母坚决不去。她不愿意给大伯增添任何不快。

我父亲在城北离大学不远的一家破落妓院找到了大伯。正值黄昏，妓院门前冷落鞍马稀。在昏暗的灯光中，大伯正在给七个妓女画裸体画，毫无疑问，这是父亲生平第一次看到如此不堪入目的一幕。父亲不敢抬头，侧着身，压着声音对大伯说："母亲令你回家……"七个妓女若无其事，只是眼皮轻轻地动了一下，身子依然牢牢地保持原来的姿态——那是最合适的姿态。她们不愿意为了招揽客人而错过成为画布上最美的风景。

大伯根本不抬眼看一下他的弟弟，背对着我父亲，责备道："你没看见我正忙吗？"

父亲回来向祖母汇报，说大伯虽然声名狼藉，身无分文，走投无路，但不可能回家了，因为他满脑子都是革命，连妓女都相信了他。

祖母满脸不屑，但很紧张，她意识到了危险，让我父亲再次进省城催促大伯："母亲病危，速归。"我父亲对自己的谎言没有一点底，知道肯定欺骗不了大伯，对大伯的回家也不抱任何希望。大伯仍然热衷于跟政府对着干，他的画张贴到大街小巷，他的美名或臭名随着车流和人流带向了每一个角落，他放荡不羁的照片和不堪入目的画作上了各种小报的八卦新闻。我父亲恨不得马上离开让他丢脸的省城。大伯对他说："我是随时准备死于南墙的。我的背上写上了我的名字。”大伯脱掉上衣，果然看到他的背上文着“银兴邦”三个字，当他身首异处时，凭此三字便可以将他重新组合成一个原来的模样。

我父亲再次从省城里回来对祖母说：“你当他死了吧。”

祖母对大伯的归来越来越不抱希望，在给祖父的去信中，她甚至激愤地写道：“兴邦或许已经死了吧，我们就认命吧。”

伯母经常对着大伯睡过的床哭泣。祖母劝慰她，如果他真死了，我替你张罗改嫁。但伯母是不会离开我们银家的，哪怕守寡一辈子。即便是为了我，她也会留下来。

然而，四个月后，大伯回来了。身上散发着西洋画颜料的气味，似乎，还有廉价胭脂的残香。他回家唯一的理由可能是：要跟伯母圆房。

伯母远远地躲在屋子里，从窗户眺望。高头大马挡住了她的视线。她还像新婚姑娘那样羞涩、胆怯。

大伯搬不动书，只好央求我帮忙。我和他合力把两袋子书从马背上卸下来。祖母仿佛闻到了那些书散发出来的邪气和危险，坚决不让这些书进家门。我们只好把书抬进小粉河畔一间废弃的猪舍。马也安顿在那里。

猪舍是草房子，长满了荒草，屋顶上的蘑菇和野花生机勃勃，干稻草散发出来的霉臭夹带着残留猪粪的气味。猪舍坐落在山坡上，对着弯曲的河流。时值汛期，河面开阔，停靠的唯一的一条船好久没有离开过码头了，它肯定已经长出了根，稳稳地扎在河里。

“母亲病危”这个幌子的虚假性果然已经被大伯看穿。因此他一点也不慌张，更犯不着担心，也不准备郑重地向他母亲请安。伯母刻意躲开大伯，亲自下厨和下人一起重新准备了一桌丰盛而精致的饭菜，准备一家人坐下来好好地吃一顿晚饭。但大伯在院子里转了一圈，对着厨房里的人说："把晚饭送到猪舍来，顺便把被褥也搬过来。"他要在猪舍生活。

大伯没有为自己的行为给出一个合适的理由。祖母好像受到了天大的冒犯，很生气，也对着厨房发泄愤怒：什么也别给他吃，让他吃猪屎去。院子里弥漫一股剑拔弩张之气，下人们无所适从，战战兢兢。大伯让伯母转告祖母，如果他自由选择的权利受到干扰和阻挠，他将连夜返回省城。

我父亲脸有惊慌之色，赶紧调和一触即发的战争，一面让我把饭和被褥送到猪舍去，一面悄声告诉祖母一个惊天秘密："省城里的刽子手已经磨好刀等着他。"

二

关于游击队的传闻由来已久。但我们从来就没有见过游击队。听说就在附近，最远也就隔着一两座山，也许涉过小粉河，穿过一大片树林，越过一个山坳，就能找到游击队。村里有人说在乌鸦岭见过游击队，个个蒙着面，肩扛长枪，背驮大刀，行走如飞，像传说中的土匪。他们不扰民，只打官府，去年趁着洪水袭击了县衙，取走了县长张仁和的首级，轰动全省。他们还扬言要占领省衙门，解放全中国。尽管这支游击队行踪不定，神秘莫测，没有谁见过他们的真面目，但还是不时传来游击队员被捕杀的噩耗。好几次官方刚说游击队全部被剿灭，可马上又传来游击队袭击衙门的消息。外村有憎恶我们的人，尤其是那些赖租的佃户，谣传我们银村有游击队员，指望有一天官府来围剿。这是不可能的，银村只有两百来口人，人人安分守己，连抗捐税的事情都没有发生过，更没有人参与暴力活动。但有人坚称，他们亲眼看见过有游击队员走进银村。这是危言耸听。对银村的恶意揣测和诬蔑，使祖母怒火中烧，令我父亲加紧催促那些有意拖欠田租的佃户交租，给他们最后通牒。

在我父亲的帮忙下，大伯很快将猪舍修葺得焕然一新。除了屋顶加了一层稻草，将四周封闭起来，还清理杂草，地面填上了沙土，平整干净，看上去不再像是猪舍。大伯把那些书摆到用木板临时搭起来的书架上。都是一些西方哲学书，也有美术和建筑方面的书籍，还有一些没有完成的画作。依然是裸体女人，有的才画了半边乳房，有的已经画到了下半身。有的画的是年轻女人，也有的画的是老妇。大伯开始架起支架，调配颜料，继续完成他的作品。大伯并不忌讳，专心致志地作他的画，不刻意让我躲避。我父亲说那些粗陋之作低级下流，有损斯文，呵斥我不要窥视，把饭菜送到门外便离开。开始时，我不敢直视那些画作，后来有意无意地观看，最后习以为常了。每次送饭菜时，我都趁机远远地驻足张望，偷看大伯作画。我父亲也懒得阻拦。画累了，大伯便坐在门槛之内，看书，或对着小粉河发呆，心事重重的样子。有时候，我想恳求他说说省城的新鲜事，比如说“南墙”杀头的事，但我脑子里马上涌现出来的无非是他在集会上声嘶力竭的演讲，或在妓院里乱七八糟的画面，除了这些，他还能给我说什么呢？罢了。有一次，他竟然向我提出了一个过分的要求：“去把你伯母请过来，我要她给我当模特——即使是画一头母猪，我也不能凭空想象。”

一想到要画伯母的裸体，我断然拒绝了他的要求，并将他的一顿饭菜倒进了水沟以示惩罚。我想这个我称之为大伯的人，真的是一个疯子,读书读坏了脑子。

有一次,伯母来到大伯的猪舍,要把他的衣服拿去河里洗。大伯却紧张而尖刻地说,你不要碰我的衣服,你不要管我。他粗野地扔掉手中的画笔,脸上有愠色,是认真的,不容抗拒的。伯母并不觉得受到了伤害,眼里依然充满了温柔和羞涩之色。伯母要离开,大伯突然用恳求的语气对伯母说:“你应该给我当一次模特。”

伯母听明白了,脸红得像火,犹豫了一下说,我没有空,我得回去做饭了。实际上,婉拒了大伯的无理要求。

我不能白白每天给他送饭。我请他给我画一笔画像,当然不是裸体画,是肖像。祖父有一幅碳素肖像,挂在祖母的房间里,很好看。大伯抬眼瞧了我一眼:“你还不配。”

我顿时有些生气。但当他每隔一段时间便把寄往省城的信件交到我的手上时,我愿意替他效劳,踏着泥泞的道路跑一趟镇邮政局。尽管我知道,信封里装的并不是什么信函,而是他刚好完成的裸体女人。一路上,我觉得手里的东西有点脏,有点龌龊,且毫无价值,甚至觉得手上拿的不是什么画,而是下流的女人,玷污了我的手。但有时候也想着拆开信封,仔细看看女人的每一个部位。

祖母牢牢地控制着这个家。她要对家里的一切明察秋毫,了如指掌。连千里之外的祖父,她也自认为了然于胸。家里的三百多亩良田,佃户的一举一动,甚至每一个短工的言行,她都掌握。祖母对我父亲一直不满意,认为他胆小如鼠、畏首畏尾,对人唯唯诺诺,好行妇人之仁,在佃户面前一副奴颜,颠倒了位置,经常无法把田租收上来。此等性情难以继承祖业,幸好,有大伯垫底,祖母对我父亲的窝囊、懦弱才无比宽容。我父亲除了外出去催收田租,几乎什么也干不了,聪颖肯干的伯母逐渐成了祖母的左膀右臂。

祖母常常向我打听大伯的动静。当她知道大伯还在画裸体，特别是提出要伯母给他当模特时，气得直跺脚：

“背经离道，伤风败俗，他永远不要踏进银府半步！”祖母骂道，“允许他待在猪舍都纵容了他。他父亲不在，我能拿他怎么样呢？”

祖母是不会靠近猪舍半步的。似乎是，她对大伯的恨超出了对他的爱。但只要大伯在，她便放心了。令祖母担心的是祖父。

已经一个月不见祖父的信了。

三

大伯瘦小单薄的身躯很不显眼，以致过了不短的一段时间了，银村的乡亲还没有注意到他的存在。倒是那匹马，引起了人们的惊奇。他们纷纷围观，并不吝用最好的言辞表达了对马的赞美。伯母对那匹高头大马也颇感兴趣。她每天都要把马喂得饱饱的，把马的身子洗刷得干干净净，皮毛闪烁着柔和的光泽。我想骑马，伯母俯下身子，让我踩着她的肩膀跨上马背，然后小心地牵着马的缰绳，抚慰着马，让它缓缓地行走在路上。我父亲看到我在马背上会骂我。我知道他是假骂。伯母反复向他保证，我是不会从马背上摔下来的。但远远看到祖母，伯母会紧张地把我从马背上劝下来。然而，过了不到半月的时间，我能熟练地单独驾驭这匹马了。骑在马背上看大伯，他显得更矮小。

我父亲去见大伯的次数越来越多。每次从猪舍走出来，我父亲的脸色都很凝重。有时候，我能听到他们的争吵。有一次，他们的争吵与伯母有关。

“我早就预想到你们总有一天会睡到同一张床上。但应该是我死后。我没想到你们那么迫不及待。”大伯用嘲笑的语调怒斥我父亲。

我父亲当然不接受大伯的指责。村里早有过关于我父亲和伯母的风言风语，甚至祖母对此也没有激烈的抗拒。然而，我敢担保，所有的猜测都是空穴来风，毫无实据。伯母和我父亲向来规规矩矩，从无半点越礼之举。

我父亲不知道用什么语言来表达自己的委屈和愤怒，只是用足够响亮的吼叫回应了大伯：“你就是一头猪！”

大伯一拳头将画架上的裸女砸成两半。

我以为他们从此分道扬镳，反目成仇，至少冷战上半个月。但他们并没有因此翻脸，第二天又在一起聊天了，好像争吵从没有发生过。他们有时候坐在一起，各看各的书，半天也不说一句话。大伯嫌猪舍夜里诸多蚊虫侵扰，我父亲找来好几种草药制作一种香囊放在他的床头。没有了蚊虫，大伯对夜晚山野里传来的蛙叫鸟鸣甚为烦恼，难以入眠。我父亲对此一筹莫展。伯母却想出了一个好办法。她让我父亲在猪舍屋顶上放一桶水，屋檐下放一个铜盆。有了水滴的声音，大伯便可以安然入睡了。后来，我看见我父亲带着不同的人穿过夜色涉过小粉桥来见大伯。我看不清楚他们的面容，有胖的，有瘦的，有高的，有矮的，戴着大草帽，来去匆匆，鬼鬼祟祟，神神秘秘的。有时候大伯对他们的大声呵斥引发一阵阵犬吠。

四

有一天，一个陌生男人急匆匆闪进我家，拔掉嘴上的假胡子，露出一张年轻而白净的脸。他从广州带回来一条让我们震惊的消息：祖父被杀头了！

那人说，祖父是共产党，跟他一起被杀头的有十六人，他是年纪最大、官阶最高的一个。祖母惊愕地张开嘴巴，断然否认来人所言，恨不得马上赶到广州为祖父申辩，并且怀疑来人是来欺骗的，但那人从怀里掏出一封祖父留下的亲笔信，祖母看后才慢慢安静下来。

“一个老傻瓜！”祖母将信揉成一团塞进口袋里，朝着我父亲和大伯说，“你们告诉我，天底下究竟有多少我不知道的秘密！”

伯母在低声哭泣。那些不明真相的下人也跟着伯母啜泣。祖母瞪了我父亲和大伯一眼，转身回房间里去了。

当天夜里下了一场大暴雨，我能感觉得到屋顶上水流成河。有雷鸣声滚过天际，彻夜不绝。下人们在外面喧嚷着收拾东西，疏浚下水道。祖母房间灯火通明，人来人往。祖母苍老的怒骂声和悲叹声穿透窗户和雨幕震动着我的耳膜。我家从没有过如此紧张得让人揪心的气氛，仿佛祖父的头颅挂在大门外。

天还没有亮，伯母将我从床上拎起来，令我马上到大伯那里去，帮他办一件大事。

“马上，来不及穿鞋了。”这是伯母第一次如此粗暴地对我。

我有点迷糊，我要找我父亲，因为我昨晚梦见他远走高飞了。我父亲不在。伯母悄声告诉我，他昨晚连夜过小粉河逃跑去了。

为什么要逃跑？我睁大眼睛。

“你爸爸是共产党游击队队长！”伯母说，“贪官县长就是他们杀的……事情败露了，宪兵马上就要到了！”

这是天下最不可思议的事情。没有任何蛛丝马迹表明，我父亲跟游击队有瓜葛。但伯母这时候不可能说假话。她从不会说谎。

“你大伯也是共产党。还是一个大官……像你祖父那样。”伯母此时倒显得很平静，“如果他真是共产党，我也愿意加入。”

我蒙了。伯母摸了摸我的头。我推开她的手：“革命是要杀头的！”

“一定不要告诉祖母！”伯母叮嘱我，“她什么都不知道，不能连累她。”

外面雨停了。黑暗中有了曙光。一切都安静下来。小粉河涨水。那条船高出了河面，颠簸着。迅猛而慌乱的河水冲击河床发出“轰轰”的声响。

大伯在猪舍里淡定地收拾东西，烧毁书籍和信笺，还有没完成的裸体画，屋子里弥漫着呛人的气味。

我咳嗽一声，让大伯知道我在静候他的吩咐。他直起身，拍掉身上的尘土，命令我去一趟省城，十万火急。

“把画送给‘南墙’对面的宏远火锅店老板，一个叫屠三的人。”大伯说。

画还在架上，还没完全干，还是一幅裸体画。尽管脸部面目模糊，但一眼便能看出，画布上的主人是伯母。很小的时候，我看见过她的裸体，跟画布上的一模一样。

“四十八个人的安危全靠这幅画了。”大伯说，“我所有的画都隐藏着生死攸关的秘密。”

大伯将画布卷起来，装进一只信封里，郑重地交给我说：“这是四十八条革命者的命。”

伯母牵马在门外等候了。

乘船和乘车都来不及了。大伯让我骑马去。马上就走。

“你怎么办?”我问。

大伯遥指小粉河上那条船:“我跟你伯母一起从水路逃跑。”

但那条船多少年没有离开过河湾了！小粉河多少年不行船了！又遇上洪水,连鱼都无法逃跑,何况一条废弃多年的船?

伯母含着惶恐的泪慈爱地拥抱了我一下,在我耳边轻声说:“你的骑术比你大伯好太多了。”

我既兴奋,又害怕。天色越来越明亮。远处的群山像刚睡醒的巨人艰难地蠕动,那里好像藏着千军万马。

“不能走大道,宪兵已经沿着大道朝这里来了。”大伯说,“我已经听得见他们杀气腾腾的马蹄声——你尽管跑,不要管那些蠢驴。”

我从没有出过远门,不知道省城离此有多远,甚至搞不清楚省城到底往哪个方向走。

“朝着血腥味最浓的方向走!”大伯厉声提醒我。

我记住了。我拼命张开鼻子,仿佛闻到了从遥远的“南墙”飘过来的血腥味,那是来给我引路的。

“你已经配得上革命了,现在你已经是一个革命者,好好干!”大伯鼓励我说。他眼里满是哀求。现在他真的需要我。

伯母和大伯合力将我扶到马背上。我抬头看到祖母远远地站在家门口,拄着拐杖朝这边张望。一宿未眠,她突然臃肿、衰老了许多。我要沿着河畔泥泞的小道,出发往省城去了。在离开前,我希望祖母能跟我说些什么。至少,我得向她告别。她是世界上最善良最疼爱我的人。

像生离死别,我朝她招了招手。晨光中,祖母一手扶着墙,一手举起了拐杖，颤巍巍地朝我做出了一个果断的“快走”的动作。

我双腿一夹，缰绳一拉，这匹枣红色的高头大马扬起蹄脚，驯顺地奔跑起来。

（原载《芙蓉》2016年第5期）

作者简介：朱山坡（1973— ），原名龙琨，广西北流人。著有长篇小说《懦夫传》《风暴预警期》，小说集《灵魂课》《喂饱两匹马》《蛋镇电影院》等。

鲜花岭上鲜花开

徐贵祥

一

就像许多成功人士一样，毕伽索也遇到了那个绕不过去的问题，挣那么多钱干什么？随着财富和年龄的增长，这个问题越来越是个问题。

毕伽索的事业是从打工子弟小学开始的，然后中学，后来又办了几所职业大学，再回过头来办幼儿园，形成了一个规模较大的民营教育体系。从报表上看到不断刷新的数字，毕伽索突然觉得哪里不对劲。是啊，挣那么多钱干什么？缺钱的时候这不是个问题，钱多了这就是个问题。大约从去年秋天开始，一个念头越来越清晰，他想把钱花出去一部分，为故乡干街做点儿事情。

毕伽索把这个想法对妻子说了，唐多丽以她惯有的思维方式对毕伽索说了三点看法：第一，有钱就烧包，那是诗人。作为一个企业家，理性永远是成功的前提。第二，在家乡做生意，赚了是为富不仁，赔了是搬起石头砸自己的脚。

毕伽索对妻子的观点向来嗤之以鼻，但是他又不得不和她商量。和她商量只是一个程序，并不指望她支持。回答唐多丽的反对，他最经常的一句话就是，不要和成功者唱对台戏，成功者是不应该受到指责的。

但是唐多丽还有第三，这是在毕伽索彻底忽视她的意见之后被迫说出来的——第三，不要以为你有钱了，你就是人物了，其实在干街人的眼里，你永远是一个逃兵的儿子。

唐多丽讲这话是在她动身去美国的头天晚上，这番近乎人身攻击的话语在毕伽索的心头狠狠地插了一刀。要不是她即将背井离乡去给女儿陪读，毕伽索真想给她两耳光。他忍住了。毕伽索说，老子就是要在干街烧一把钱，要让干街人仰起脑袋看看那个逃兵的儿子。

这个夜晚，毕伽索辗转反侧，唐多丽的话对他刺激很大。这么多年来，他毕伽索可以不在乎很多事情，但是干街他不能不在乎。在毕伽索的意识里，即使他混得再体面，如果得不到干街的认可，那种体面就要大打折扣。何况，干街还有个韦梦为呢。

诚然，干街的历史并不是从韦梦为开始的，但是，只要提起干街的历史，就不能不说起韦梦为。从毕伽索记事起，韦梦为这个名字就像星星一样悬挂在他的脑海里。韦家三少爷、中学校长、红军师长、文学翻译家、北上抗日支队司令，这些互不关联的头衔莫名其妙地集中在同一个人的身上，曾经给少年毕伽索带来了无穷的想象。小时候他听大人说，过去的韦家三少，穿西装、喝咖啡都要用外国货，韦家良田遍布三省五县，上海、北平、安庆都有韦家的商号钱庄，号称马行千里不吃别人家的草，人走万里不住别人家的店。民国十六年（一九二七），韦家遭遇了一场奇特的变故，刚从俄国留学回来的韦梦为被当地的农民绑架，韦家斥资千金赎票，从此之后家业逐年败落。后来才知道，策划绑架韦梦为的，正是韦梦为本人，他把他们家的钱财都倒腾出去买枪了，拉起了一支队伍开进了西边的山区，那支队伍后来成为声名显赫的红军模范师。模范师师长韦梦为，跟士兵一样穿草鞋吃住草棚，数次抵御了国民党军和军阀的围剿，并且在根据地建立了苏维埃政权和英特纳尔大学城。直到全面抗战爆发前夕，韦梦为的部队北上途中被国民党军伏击，韦梦为本人在激战中牺牲。

在干街，韦梦为的故事流传很广，他作词作曲的一首歌，毕伽索很早就会唱——鲜花岭上鲜花开，花开时节红军来，红军来了为平等，平等世界人是人……会唱这首歌的时候，毕伽索还不大清楚歌的含义，他的问题有两个：一个是“平等世界”是什么？为什么那么重要？第二个是，韦梦为那么大的家业，他为什么要去吃那份苦受那份罪？直到考进师范后，毕伽索读到一本俄国小说《苦难英雄》，他才好像明白了，原来韦梦为要当英雄，韦梦为和韦梦为们，要救天下。那本书的译者，正是韦梦为。这个发现让毕伽索激动得泪花闪烁，那天他甚至把自己想象成了韦梦为，他也要救天下。

当然，很快他就发现，他当不了韦梦为，因为他那时候别说穿西装喝咖啡，这两样东西他连见都没有见过。再往上讲，他的爷爷是韦氏庄园的挑水工，而他的父亲毕启发，在参加新四军之前，也是韦家的挑水工，尽管那时候的韦氏庄园已经败落了十之八九，也仍然是干街的标志性家族。

几十年过去了，毕伽索凭借独特的眼光和智慧，终于成就了一番事业，财富总量甚至超过了当时的韦氏庄园。但是，他还是没有办法跟韦梦为相比，韦梦为的事业天大地大，而他的事业再大，也不过是一个民营企业。他之所以把他的企业注册为梦为集团，感情是非常复杂的。

农历二月上旬，妻弟唐斌在电话里给他讲了一个笑话，前不久退休干部乔大桥回到干街，发了一通牢骚，说街道不能建在公路两边，电线不能架在房顶上，还说希望部分恢复干街过去的光景，在十字街搞一个唐宋村，健全空巢老人和留守儿童的教育和服务设施。副县长韦子玉还为这件事情到干街，要走了唐宋时期的干街图。

乔大桥，毕伽索认识，老县委书记乔如风的儿子，当过军分区司令，过去一直是干街人羡慕的对象，如今也解甲归田了。毕伽索突然在电话里哈哈大笑，对唐斌说，啊，那个乔大桥，站着说话不腰疼啊，你要是见到他，给我带个好，问他愿不愿意到梦为集团工作，给我当工会主席。唐斌似乎吃了一惊，什么？姐夫你说什么？让乔大桥给你打工？毕伽索说，如果他愿意来，我给他开的报酬是他工资的十倍。唐斌说，姐夫你开玩笑，乔大桥，乔司令啊，给你民营企业打工，这不可能。毕伽索说，一切皆有可能，有钱能使鬼推磨，有钱也能让磨推鬼。

当然，这话只是说说，说说就过去了，唐斌没有当真，毕伽索自己也没有当真。

就在跟妻弟通话不久，毕伽索又接到干街小老弟韦子玉的电话，说他近日要到深海市拜访自己。

韦子玉是受县政府委派，专程到深海招商引资的。县里决定在干街兴建文化街，需要钱。韦子玉首站拜访毕伽索，足见毕伽索在干街商人中的地位。老乡见老乡，两眼泪汪汪，那几天，说不完的乡情喝不完的酒，行则同车，卧则邻榻。有一回，两个人醉了之后，又带上一瓶酒到房间喝醒酒，果然越喝越清醒。毕伽索说，我总觉得，咱们的干街就是一座城市，在历史上曾经很风光的。

韦子玉醉眼蒙眬，扯过自己的皮包，找出一张复制的图纸，在毕伽索面前摇晃，老大哥你看，这就是干街的过去，宋朝年间，设州治，文峰州。

毕伽索接过图纸，仔细端详，隐隐约约可见天穹一座尖塔刺破晨曦，一条大河由远及近，河面帆影点点，岸边楼宇鳞次栉比错落有致。近处是一个阔大的庭院，花木葳蕤，绿荫深处，掩映灰楼一角。

看清楚了吧，这就是传说中的韦家大院。韦子玉斜着眼睛，在酒的氤氲中睨视毕伽索。

韦子玉是韦梦为的侄孙，韦氏庄园的传人，毕伽索感觉这个小老弟今天跟他讲干街的历史，隐隐流露出一丝优越感。毕伽索不悦地说，就是说，这就是你们家的老宅。那我们家呢，在哪里？

喏，这里。韦子玉伸出一个指头，戳在照片的一角，这里，你们毕家，在“干”字下面一横的左下边，二十世纪六七十年代，这里叫工农兵成衣店。

毕伽索怔怔地看着韦子玉，酒醒了大半。他回忆起来了，十字街东南角，是成衣店，他的残了一条腿的父亲毕启发是这个成衣店唯一的男性，夹杂在六七个中老年妇女中间，尽管有个技术员的头衔，实际上就是量尺寸剪布。小学四年级那年，有一回放学从成衣店门口过，韦子玉的二哥韦二毛喊了一声，看，毕得宝的爹——那当口，毕伽索的名字还叫毕得宝——毕得宝看见他爹肩膀上搭着一溜蓝布，弯腰哈背正在一个妇女的身上上下丈量，然后一高一低地走到案子前面，拿粉笔在布上左画一道右画一道，那副模样，简直就是一个小丑。毕得宝不知道哪里来的火气，冲上去揪住韦二毛，两个人打得不可开交。韦二毛一边挣扎一边大喊，我又没说你什么，你怎么打人啊！毕得宝一言不发，只是揪住韦二毛不松手，后来还是毕裁缝听到动静，颠着鸡步奔出来，把毕得宝拉开，照他脸上就是一顿老拳，这才把风波平息下来。

多少年打拼在外，什么都有了，但在毕伽索的骨子里，总感觉还缺什么，毕裁缝的名号，是毕家投在他身上的第二道阴影。如今韦子玉提到工农兵成衣店，让他心里很腻味。毕伽索说，你什么意思？你是提醒我，你们家书香门第，毕家血统低贱是不是？

韦子玉哈哈大笑说，大哥，你想多了，我只是回忆你们家的位置。

毕伽索冷冷地说，我们家住在西头，不住成衣店。

韦子玉说，那是我无知了，我原来以为你们家就是成衣店，成衣店就是你们家。

毕伽索不吭气。韦子玉明白了，讲干街的历史可以，讲干街人的身份地位，对毕伽索来说是个敏感话题。

韦子玉坐起来说，这些年我在县里工作，同政协文史办的人打交道，把干街的历史搞得差不多。原来我们干街，有五大家族，韦、戈、乔、毕、洪，你们毕家排在第四，退回一百五十年前，干街毕家也是方圆百里的望族。

毕伽索吃了一惊，问韦子玉，你说的是真的？

韦子玉揉着眼睛说，早点儿睡吧。

那天夜晚，他没有再问下去，在酒精的作用下，两个人“前仆后继”地进入梦乡，扯着很响的呼噜，嘴角挂着向往的傻笑，很幸福地度过了一个美好的夜晚。

第三天下午，毕伽索安排韦子玉参观他的梦为集团，然后在自己的办公室喝茶。韦子玉感到时机已经成熟了，但是他没有提乔司令回干街的事,也没有说唐宋村的事,只是把县里关于在老街兴建文化街的意向和盘托出,说完之后,就等着毕伽索拍手叫好,慷慨解囊。可是他从毕伽索的脸上没有看出惊喜,而是看到了一种奇怪的表情。毕伽索说,你们搞这些东西有什么意思?

韦子玉说,建设啊,乡村文化建设啊!

毕伽索略微思考了一下,意味深长地说,哦,乡村文化建设,名目很好,可以考虑赞助,十万八万的没问题。

韦子玉怔了一下,冲口说道,毕总,就连乔司令那样拿工资的退休干部,都拿出十八万给老街买变压器,你这么大个老板,只拿十万八万的,说得过去吗?

毕伽索说,你们那个文化街,其实就是个面子工程,没有什么实际意义,我不能把钱扔到水里,老弟你说是不是?

韦子玉说,怎么叫面子工程呢?它有文化价值,也是长远价值。再说,就从眼前看,文化街一建成,就会带动老街的综合发展,改变乡亲们的生活状态。你知道那里还有多少空巢老人和留守儿童吗?

毕伽索说,改善群众生活是你们政府的事,我要是把这个事做了,不是夺你们的饭碗吗?

韦子玉这才发现自己过于天真了,太不了解毕伽索了,他说,毕总你这样说我很难受,社会转型时期,问题太多,政府也不是万能的,有些事情,我们确实需要借助社会力量。

毕伽索一声冷笑,提高嗓门说,借助社会力量?乔大桥回去讲几句大话,你们就当真了。说好听一点儿是书呆子,说白了就是拿个鸡毛当令箭。他乔大桥算什么?他有什么资格对干街指手画脚?

韦子玉没想到毕伽索会发那么大的火，意识到这件事情很复杂。他曾听说，毕伽索因为父辈的原因，与乔司令有些芥蒂，看来不是空穴来风。韦子玉解释说，兴建文化街，不是乔司令的主意，而是县里的规划。乔司令只是说，街道不应该建在马路两边，街道要像街道的样子。

毕伽索从鼻孔里哼出一声，为什么街道不能建在马路两边？难道建在深山老林就能提高生活质量了？

韦子玉基本上绝望了，怀着最后的希望说，那，我们的文化街，毕总到底支持不支持？毕伽索说，我为什么要支持？我支持了，我能得到什么？

韦子玉盯着毕伽索，克制地问，毕总，你想得到什么？

毕伽索哈哈一笑说，如果你们能把我爹的像挂在文化街上，我可以拿出一个亿来。

韦子玉终于忍无可忍了，提高嗓门说，毕总，我尊重你，但是我也提醒你，文化街是爱国主义教育基地，是文明发展的象征。别说你拿一个亿，你就是拿出一百个亿，我也没有办法把令尊的像挂在文化街上。

毕伽索说，那不就得了嘛，我怎么会拿钱给别人捧臭脚呢？老弟，恕我直言，这件事情我不能帮忙。不过，我答应给老街赞助十万元，说话算数，明天我就让财务转账。

韦子玉没有吭气。

毕伽索顿了顿又说，这笔钱，你们得用到正处，可不能让它打水漂了……

毕伽索话还没有说完，韦子玉已经站了起来，冷冷地看着毕伽索说，毕总，你那十万元钱给叫花子吧。毕总，请你记住，你也曾经是个穷人。

毕伽索也站了起来，想拦住韦子玉，老弟，你听我说完，我有我的难处……

韦子玉淡淡一笑说，那还说什么呢？没有你的钱，干衔照样能过上好日子。

韦子玉说完，扬长而去。

二

直到韦子玉的脚步声消失在楼道里，毕伽索才反应过来，赶紧派人去追。追是追上了，但是韦子玉坚决不回来，挡也挡不住，不由分说地上了出租车。到了晚上八点钟，还是没有找到韦子玉，毕伽索估计，他已经上飞机了。

毕伽索琢磨韦子玉传递的信息，那个文化街，主体工程是名人墙。也就是说，政府更关注的是对红色资源的开发和利用。干衔确实是个特殊的集镇，除了韦梦为，在二十世纪抗战时期又出了一个洪文辉，当时是梦为中学的校长，就地拉起了一支队伍，带到新四军，洪文辉担任这个团的团长，二十年后他官至淮上省省长。再往下，就数到于诚志了，于诚志抗战时期是洪文辉手下的连长，是西华山战役赫赫有名的英雄。当然，有了这几个人，又带出一批人，所以说，在干衔，最不缺的就是名人，大大小小十几个，就连毕伽索的爹也是，尽管是反面的。

抽了两根烟后，毕伽索给他的中学同学、在淮上做文化生意的戈德福打了电话，让戈德福打探干衔文化街的进一步情况。

没过多久，戈德福的电话就回了过来，他告诉毕伽索，这次修建干街文化街,不仅县里和市里高度重视,连省里也很重视,副省长何敏亲自勘察了地形,确定文化街的位置,在韦氏庄园旧址。据说这是整个淮上地区红色旅游战略格局的一部分。

毕伽索这才真正地后悔起来,他觉得今天下午同韦子玉的争论,确实因小失大。为什么他会那么反感呢?原因有两个:一个是家乡建文化街,可能会把一些尘封的往事抖搂出来,这是他极其不愿意看到的。第二就是因为乔大桥。当年他爹毕启发和乔大桥的爹乔如风同时跟随洪文辉参加新四军,在茅坪战斗中还相互配合打死一个鬼子,两个人一道当了排长。可是后来,在西华山战役中,他爹一念之差,当了逃兵,而乔如风则在战斗中,带领最后的三名战士诱敌深入,完成了阵地阻击任务。这以后,两个人的命运有天壤之别,二十世纪六七十年代,乔如风是皋唐县的县委书记,而毕启发则终生蒙耻,在干街当个小裁缝,最后连话都不会说了。毕伽索记得,小时候乔大桥从县城回到干街爷爷奶奶家度暑假,穿着海魂衫,让他羡慕极了。那时候他不止一次想过,为什么逃跑的不是乔大桥的爹,或者说,为什么他的爹不是乔如风而是毕启发。

天色渐渐暗了下来,从三十六层楼看出去,身下波光粼粼地闪烁着霓虹灯,这让毕伽索没来由地生出一阵伤感。唐多丽到美国陪女儿去了,这段时间毕伽索享受未婚待遇。直到楼道清洁工从门外闪过,他才想起晚上还没有吃饭。按了一下电铃,那边很快出现亓元的声音,毕总,我在。

他怔了一下,我在?不知道为什么,最近一个时期,这个听了七年的声音常常让他感到陌生。这个像谜一样的女人,居然在他身边坚持了七年。七年啊,窗外的马路变窄了,树木变高了,云彩变少了,可是她还像当初进门那样,不言不语,悄无声息,除了二十五岁变成三十二岁，她简直就没有怎么变化，甚至连男朋友也没有，没有听说过她在感情方面的任何信息。她近乎吝啬地经营着她的美貌，而又近乎挥霍地使用她的才智，她用她的才智保护了她的美貌。她在干什么？难道她想把自己修炼成一个圣女？

三

毕伽索第一次见到亓元，是接受电视采访。当时她即将新闻系硕士毕业，在电视台实习。在断续的访谈中，毕伽索先后四次注意到一个身材高挑的女孩，并看清了她胸牌上的“亓元”两个字。女孩形象端庄，眼睛里始终闪烁一丝平静的微笑，略黑的脸庞泛着健康的光泽，透着自信，看着舒服。离开电视台之前，跟送行的人打过招呼后，毕伽索向跟在后面的亓元大大咧咧地打了个招呼，丫头，你过来。亓元便微笑着向前走了两步。

你这个姓怎么念？

亓，和整齐的齐同音。

几天之后，毕伽索安排副总董华民去电视台找亓元，要聘她到集团工作，暂定担任行政处副处长，年薪三十万起步。董华民当时愕然地问，什么情况都不清楚，就当副处长，还年薪三十万？毕伽索说，要那么清楚干什么？我只关心这个人能不能用。董华民便不再多嘴，到电视台一谈，没想到亓元并不领情，说，不去，我只想当一个记者。

董华民碰了壁，回来跟毕伽索说了，毕伽索比董华民还要吃惊，瞪着眼睛说，啊，这个世道，还有这么清高的女孩啊，再把工作做深入一点儿，查查她的背景。

不久董华民就向毕伽索报告说，查清楚了，上海人，父亲是考古学家，母亲是中学音乐教师。

毕伽索说，我有点儿明白了，一家书呆子。

董华民第二次约见亓元，亓元一口回绝，只是在电话里说了几句。董华民对亓元说，我们老总看中你了，你开个价，什么条件都可以。

亓元回答，只有一个条件，不去。

董华民说，你先不要挂机，听我把话说完。我知道你担心什么，可我们老总不是那样的人，我们老总真的是怜香惜玉，不，我们老总他是爱才如命……董华民有些语无伦次了，这样的女孩，他还是第一次遇见。

电话那头十分难得地传来轻微的笑声，你们老总根本不了解我，他怎么知道我有才？

董华民说，我们老总他是个天才，他有第三只眼，他的直觉是非常厉害的。你想想，他从一个普通教师，赤手空拳到深海打天下，把学校办得大中小都有，全国各地都有，他不是天才行吗？

电话那头传来含意不明的笑声，也许是讥讽吧。

然后，董华民就把毕伽索的原则、毕伽索的信条、毕伽索艰苦创业的历程等，说了足足十分钟。最后说，小亓，你不要马上回答我，你再考虑考虑，三天之后，不，十天之后再回话也行。

电话那头说，现在就回话，不去。

董华民后来向毕伽索大诉其苦，说这回真的见到鬼了，油盐不进，刀枪不入。

毕伽索听了，半天没吭气，抽了一支烟后对董华民说，你说得对，算了。

那个夏天，正是集团大发展的时期，连续在中原两个市开辟了局面，一次性上马七个项目，毕伽索频繁奔波于深海和中原，忙得不可开交，这件事情也就不了了之了。

就在毕伽索决定忘掉亓元的时候，太阳从西边出来了，亓元突然现身，找到董华民说，可以受聘。

毕伽索在他的办公室里听董华民汇报事情的前因后果，盯着窗外的太阳看了大约半分钟，然后问，好马不吃回头草，她为什么改主意了？董华民说，原因不详。毕伽索抖着亓元的求职简历，一挥手说，拒绝，请她另谋高就。

董华民的嘴巴张了张，半天没合拢。拒绝？这是何苦，众里寻他千百度，那人却在……送上门来的，何必……这也太小家子气了吧？

毕伽索一拍桌子说，她以为她是谁？她以为我这是饭店啊？想来就来，想不来就不来。老子……

毕伽索正说着，突然闭嘴，他看见亓元就站在门外。还是一身蓝紫色的连衣裙，眉目间已经少了许多冷漠，尽管低眉顺眼，却又不卑不亢。

毕伽索久久地打量着亓元，感觉这个女孩像她的名字一样生僻，周身似乎萦绕着一个神秘的气场，吸引你的目光，又把你的目光挡在咫尺之外。毕伽索不由自主地换了一副腔调说，好啊，承蒙亓小姐看得起，本集团欢迎。我的条件不变，说说你的条件。

亓元说，我只是来找工作，有饭吃就行了，没有条件。

亓元仍然没有接受行政处副处长的职务，也没有接受年薪三十万的待遇。亓元说，我一天班没上，就当副处长，拿那么高的年薪，不合适。

毕伽索说，好，那就从头做起吧。

那一年，亓元二十五岁。这个谜一样的女孩从行政处秘书干起，不动声色地张罗了很多事情，每个月都要给毕伽索提交一份集团内情报告，还要提交一份创新建议。

几年以后，在一次电视访谈中，毕伽索侃侃而谈，访谈结束后他才意识到，亓元到集团之后，实际上暗暗做了一件很大的事，就是改变了毕伽索的形象。每当遇到棘手的事情，毕伽索准备大发雷霆的时候，只要她在场，毕伽索挥舞在空中的手臂就会不自觉地换成一道弧线，骂人的话就会变成“不着急”或者“再商量”。她就像一面镜子一样让毕伽索不断地调整着自己的风度。毕伽索有一次对亓元说，跟你在一起，我发现我越来越像一个好人了。

这七年中间，亓元和毕伽索始终保持着严格意义上的雇佣关系。两千五百多天里，他们至少有一万次面对面。她陪同他出席各种会议、聚会和谈判活动，她始终是一个得体的助手，微笑经常挂在脸上，再也不像七年前那样青涩了，说话委婉了许多。有一天亓元亲自上阵，在电视台做了一个“民营教育的难度与高度”的演讲，历数中外历史上民营教育的成功范例，对于当下民营教育的种种障碍和本集团的战略以及前景展望，做了条分缕析的说明。在屏幕上的亓元同平常的亓元判若两人，落落大方侃侃而谈，形象气质远在节目主持人之上。加上她本来就是新闻专业的硕士，在集团工作期间，又读了在职博士，学问滋养自信，自信滋养容颜，益发显得成熟和清高。毕伽索有时候甚至觉得，是亓元的存在，提高了梦为集团和他本人的价值。

她是怎样变化的，为什么变化，谁也说不清楚。或者可以用毕伽索的话来解释，时间可以改变一切。

四

十分钟后，亓元便出现在门口，工装已经换成蓝紫色的连衣裙，亭亭玉立，却又平静得像个蜡像。

毕伽索说，能陪我吃饭吗？

亓元迟疑了半秒钟，平静地说，可以，但我这段时间不能喝酒，我陪你吃西餐。

毕伽索不高兴地说，谁说你这段时间不能喝酒？

亓元说，医生，否则我脸上会长痘的。

毕伽索大手一挥说，嗨，听医生的话得吓死，你看我爹，吃大鱼大肉，喝了一辈子酒，活到八十多岁。

亓元还是站着不动。

毕伽索不耐烦了，怎么，长痘就这么重要，你有男朋友了吧？

亓元说，我们有言在先，不过问个人隐私。

毕伽索顿时觉得无趣，生硬地说，算了，我不要你陪了。又想了想，拉开抽屉，取出一摞资料，扔到老板台的对面，这是我老家一个招商引资项目，你帮我研究一下。

亓元迟疑了一下，接过资料，看着毕伽索说，我还是陪毕总吃饭吧，喝一杯也行。

毕伽索本想说算了，看看亓元的眼睛，很平静，便阴阳怪气地说，那好，谢谢你啊。

毕伽索下楼，亓元已经从地库里把车开上来了。

这天晚上，或许是受到韦子玉和乔大桥的刺激，毕伽索的情绪大起大落，一杯接着一杯喝酒。他还没有拿准该用什么态度对待家乡的招商引资，但是，一个现实的项目却越来越迫切地燃烧着他。

饭后叫了代驾。毕伽索坚持让亓元和他一起坐在后座上，亓元没有拒绝。毕伽索的心中壮怀激烈。

毕伽索对司机说去碧水山庄的时候，亓元只是异样地看了他一眼，但是没有反对。在驶向碧水山庄的途中，他把脑袋靠在她的肩膀上，然后手从坐垫上面向她接近。她还是没有做出激烈的反应，只是略微欠了欠身体。他把这个微小的动作理解为一种姿态，这个姿态甚至让他感觉到鼓励，他闭上眼睛，想象着即将到来的幸福时光……

就在快到高速出口的时候，亓元悄悄地把毕伽索的手向外推了推，低声说，毕总，你今天喝了不少酒，碧水山庄有人照顾你吗？

毕伽索差点儿就说出来，不是有你嘛，但是话没有出口，又咽下去了，他担心亓元会说出让他难堪的话来，毕竟还有代驾坐在前面。他控制了一下情绪说，我没喝多。

亓元说，碧水山庄没有人，要不，我叫小陈过来，也好照应一下，万一夜里要喝水。

毕伽索明白了，庆幸自己没有唐突，口气很冲地说，没事，不用你管。

车子依旧按照原来的路线，但是毕伽索的计划已不是原先的计划。进了碧水山庄门口，亓元下车把毕伽索送上台阶，才反身上车，向毕伽索挥挥手，抛出一个意味深长的微笑，车子拐了一个弯，驶出碧水山庄。

毕伽索没有马上开门，像个傻子一样站在台阶上，看着渐行渐远的小车屁股，一股悲凉油然而生。亓元再一次拒绝了他，好在不算太难堪，没有怎么扫他的面子。

五

第二天上班，亓元到毕伽索办公室送文件，毕伽索为了掩饰尴尬，故意瞪着眼睛看着她，看她的步态，看她的表情。她的脸上居然看不出一点儿痕迹，把文件夹放在他写字台上说，毕总，下周三省政协有个调研会，内容是少数民族地区发展教育意见建议，点名请您参加。

你去，这方面的情况你比我熟。毕伽索不容置疑地说。

对不起，我可能参加不成了，这是我的辞职申请。

亓元说完，从文件夹里拿出辞职报告，放在毕伽索的面前。

毕伽索嘴巴张了半天才合上，一声冷笑说，辞职？为什么？我又没有强迫你。

亓元不说话。

毕伽索愤怒地喊了一声，我不会批准的！

亓元说，批准不批准是您的事，走不走是我的事。我并没有同集团签订卖身契约，这次我真的要走了。

毕伽索冷冷地看着亓元，亓元仍然一脸平静的微笑。毕伽索冲动地说，亓元，你到底想干什么？

我只是想按照我自己的意志生活。

亓元，你摸着良心想想，自从你到集团，亏待过你吗？

为什么要亏待我？我尽职尽责，从来没有给集团添乱。

可是，你对我呢？你把我当作一个老总吗？你表面上毕恭毕敬，关怀体贴，可是你的心呢？我明白了，在心里，你把我当作暴发户，你认为我小人得志，你认为我为富不仁，你认为我浅薄、嚣张、膨胀，你在跟我演戏，你在观察我、取笑我，你看不起我！

亓元的微笑收敛了，毕总，你真的这么认为？

毕伽索直视亓元，难道不是吗？

亓元沉默了片刻说，是有那么一点点儿，我们彼此都有让人看不起的地方。但是，公正地说，和众多的成功人士相比，你的人品还不算太差。

毕伽索在暗中攥紧了拳头，啊，仅仅是人品不算太差，你就这么看我？

你知道，我的原则是，能不说假话，尽量不说假话。我在您面前，尽量说真话。

那我问你，亓元，你爱我吗？

什么？毕总你说什么？

我是说，你爱我吗？或者说，你爱过我吗？

亓元突然变脸，久久地凝视毕伽索，毕总，我们之间，有谈论这个话题的理由吗？

毕伽索说，当然有！你为什么到集团来，我为什么要把你放到这么重要的岗位，你应该心知肚明。

亓元的脸由白变红，嘴唇哆嗦着，控制着语速说，毕总，您想错了，我到集团工作，集团给我很高的地位和待遇，这是我的能力和努力的报偿，这同爱情没有关系。我知道，在当今社会，一个集团老总和他的员工暧昧，甚至发生爱情，是再普遍不过的事情。可是，毕总您也要明白，即使一万个女秘书都和老板上床，但是还有万一，总会有一个人不会。请您不要轻易使用“爱情”这个字眼。

在毕伽索的记忆中，除了会议和访谈，亓元和他单独在一起，说这么多话，是第一次。他觉得他对亓元的了解实在是太浅薄了，实在是太想当然了。这时候他意识到一个危险正像一根针落进大海一样不可挽回。他表面平静，冷汗却无声无息地从发根和脖子上流了下来，衬衣的后背很快就贴在身上。

亓元，毕伽索突然哀婉地喊了一声，亓元，也许我想错了，也许一开始就错了，可是什么还没有开始，让我们重新开始好吗？如果你愿意，我们可以成为真正意义的朋友。你说呢？

亓元站着没动，肩膀轻微地晃了一下，好像有点儿动摇，最终还是笑笑说，不，毕总，请珍惜我们彼此的自尊，这对于你我都很重要。

毕伽索无语了，久久地看着亓元。亓元把脸稍微侧向一边。宽大的落地窗外面，城市的楼群触摸着蓝天。那正是初夏，淡淡的云絮在远处缓缓行走。毕伽索突然挺直了身体，站起来抓过亓元的辞职报告，颤抖地写上了“同意”两个字和自己的名字。

亓元提醒他说，日期。

毕伽索咬紧牙关，写下了日期。在将辞职报告还给亓元的时候，他又缩回手，打开支票夹，快速地签署了一张一百万元人民币的支票，递给亓元，泪花闪烁地说，这，这是集团对你的报答。

亓元接过支票，看了看，又把支票轻轻地放在老板台上，然后转身走了。最初的几步很慢，快到门口的时候，步伐轻盈起来，蓝紫色的连衣裙裙摆旋动着像一面旗帜，在毕伽索的眼前弥漫成一片紫色的氤氲。

毕伽索卸下千斤重担一般颓然缩回到老板椅里，微微闭上了眼睛。就在这时候，他听见一个奇异的声音，隐隐约约却又实实在在，天哪，那是口哨声，是亓元。亓元的口哨是一段似曾相识的旋律，那声音在毕伽索的办公室里、在楼道里、在毕伽索的心里，经久不息，挥之不去。

六

这个夏天，对于毕伽索来说，是漫长的。他发现他老了，多愁善感了。亓元离开了半个月，他基本上没有做出大的决策。他经常不自觉地站在落地窗前，眺望远处鳞次栉比的高楼大厦，思想无限辽阔。他不知道亓元是否已经离开了这座城市，或许亓元并没有走远，也许就在附近的某一个地方。可是，她是为了什么？毕伽索后悔得要死，他不缺女人，为什么还要一再进攻亓元？这个女人，她是女人吗？不，她简直就是一块砸不烂啃不动的硬骨头。都什么年代了，还有这样不食人间烟火的女人，简直荒唐。

在梦为教育集团，最初同干街发生联系的，的确是亓元。去年接待老家的县委书记弓珲，调研论证马岩湖投资方案，都是亓元参与策划的。在这件事情上，亓元充当了毕伽索的私人秘书。

但是，毕伽索此刻想起亓元，还不仅仅因为这些。

前年年底，毕伽索专门腾出碧水山庄别墅，把父母接到南方过春节。别墅建在近郊，三层小楼，配有厨师两名、保姆两名，每天派专车从本市最大的超市采购新鲜食材和水果。毕伽索还买来两吨茅台酒，当着很多人的面告诉父亲，从此以后，茅台管够，爱怎么喝就怎么喝。这一次，他要补偿对父亲的所有愧疚，要让这个一辈子抬不起头的老裁缝安享晚年。

不可思议的事情发生了，毕启发和他的老伴于兰花在碧水山庄只住了一个晚上，第二天母亲就给儿子打电话，说老爷子犯病了,嚷嚷要回干街。

毕伽索吓了一跳,匆匆赶到,问了半天才明白,老爹在碧水山庄住不下去,原因很简单,用不惯抽水马桶。毕伽索说,这个好办,马上调工程队来,在院子里造一个简易旱厕,限令十二个小时完工。旱厕造好之后,老两口住了两天,母亲又打电话嚷嚷要走,毕伽索问到底是什么原因,母亲说老爷子又犯病了。这次毕伽索带来了亓元。到了碧水山庄,看见老爷子坐在别墅门外的台阶上,嘴里嘟嘟囔囔说,鬼子来了,鬼子来了。毕伽索跟母亲聊了一会儿,亓元就明白了,原来老人嫌这里人少,看不见人。亓元出主意说,淮上会馆人多,而且能听到家乡的口音,住在那里也许老人适应一些。

毕伽索想想,这确实是个好主意,就在淮上会馆旁边租了一套大房子,把老人接过去,情况果然有所好转。

那段时间,按照毕伽索的安排,亓元经常到淮上会馆看望二老,虽然她对毕启发犯病的时候就说"鬼子来了"有点儿好奇,但是并不打听。倒是毕伽索,有一次不高兴地问亓元,你对我父母的事情不感兴趣吗?亓元说,作为一名员工,我没有必要对老总的家事感兴趣。毕伽索说,可是我爹,他犯病的时候老是说"鬼子来了",你不觉得奇怪?亓元说,是有点儿奇怪,我猜测老人是个抗战老兵。

毕伽索听了这话,愣了好一阵子,问亓元,你真的认为我爹是抗战老兵?

亓元说,要么就是在战争年代受过刺激,可能同抗日有关。

亓元这么一说,毕伽索又是半天没说话。

又过了一些日子,毕伽索对亓元说,你说对了,我爹是个抗战老兵。一九四四年夏天参加茅坪战斗，我爹打死过一个日本鬼子，被提升为排长。一九四五年春天西华山战役前夕，我爹奉命率领一个班征粮，因迷路同主力部队走散，途中被不明炮火袭击，我爹身负重伤，经国军医院抢救，然后就返回干街了。在我爹的档案里，结论是，战前离队。也就是说，组织上认为我爹是个逃兵。

亓元说，毕总告诉我这些情况，需要我做什么吗？

毕伽索说，几十年了，我们毕家都被这件事情压得抬不起头来。我爹他毕竟打过鬼子，立过战功，可就是因为没有参加西华山战斗，就成了逃兵，他在战斗中被打断了一条腿，抚恤金却一分没有。现在，我觉得时机成熟了，我要把这件事情弄清楚。

亓元没有说话。

毕伽索说，你是不是觉得我的想法不靠谱？

亓元说，我理解毕总的心情，但是要搞清这件事情，恐怕不是我力所能及的。

毕伽索说，这件事情，最有可能帮我的就是你，你那么聪明，你都帮不了我，别人就更是不能指望了。

亓元说，毕总，你太抬举我了。不过，从你陈述的情况看，我倒是真的有一个疑点，那就是老人家在同主力失散之后，在西华山战役展开那几天，这段时间他在哪里？做了什么？如果把这些弄清楚，那么，无论是什么结果，后人也只能面对了。

毕伽索说，亓元，你确实聪明，看问题一针见血，直奔要害。你说的那段时间，确实是关键。问题是，那段时间又很复杂，我爹年轻的时候都说不清楚，现在更是胡说八道了，他的话连我都不信。

亓元还是不动声色，问道，那么毕总，我请教您一个问题，您相信您的父亲是逃兵吗？

毕伽索说，这不是我相信不相信的问题，战场上的情况是复杂的。

亓元说，既然这样，毕总，我认为这件事情暂时还是不提为好。

七

在整个童年少年时期，在毕伽索的名字还叫毕得宝的漫长岁月里，他最痛恨的就是父亲，不仅因为他给家庭带来贫穷，更因为他给自己带来屈辱。七岁那年，他亲眼看见干街的“文攻武卫”战斗队把毕启发从成衣店里抓小鸡一样抓走，毕启发挣扎着一瘸一蹦跶，又喊又叫，“鬼子来了，鬼子来了”，不时被挥舞红白棍的“战斗队员”往屁股上戳一下。红白棍戳一下，毕启发就号一声“鬼子来了”，丑态百出。

以后毕伽索回忆这段往事，心里充满了悲哀。他的悲哀不在于他的父亲被批斗，而在于他父亲不是被批斗的主角，而是陪斗。

被批斗的主角是乔如风，这个从干街走出去的老革命，跟毕启发一个年纪，那年都是四十三岁。可是乔如风什么风度啊，即便被揪到台上，也是威风凛凛，上衣兜里别着两支钢笔，脚上还穿着皮鞋，油亮的头发被造反派弄乱了，乔如风站稳后自己挥手把它捋平了。造反派头目、镇文化馆的查林踮着脚尖，想把乔如风的脑袋按下去。乔如风纹丝不动，猛然一甩脑袋，鼻子里狠狠地出了一口气，居高临下地瞥了查林一眼。查林居然被吓住了，再也不敢去按乔如风的脖子，灰溜溜地走向主席台一侧，路过毕启发身边的时候，顺便照他屁股上踢了一脚，毕启发又是一声号叫——“鬼子来了！”

这一幕成了童年毕伽索——毕得宝脑海里的彩色电影，一次又一次地播映，画面上的乔如风就像样板戏《红灯记》里的李玉和，大义凛然，而他爹则好比《智取威虎山》里的小炉匠栾平，猥琐不堪。那时候他甚至想，他为什么不是乔如风的儿子，而偏偏是毕启发的儿子呢？

毕得宝读高一那年，老省长洪文辉魂归故里，干街东南方开辟了一块很大的墓地，中学师生到墓地参加安葬仪式。站在毕得宝身旁的韦二毛嘀咕了一声，看，毕得宝好像，好像洪大爷。毕得宝吓了一跳，差点儿又跟韦二毛动手了。可是那天他没动手，只是使劲地看了遗像一眼。这一看，真的感觉自己很像洪大爷。仪式结束后，学生整队带回之前，他又若无其事地溜到洪文辉遗像前面细看，这次他觉得他更像洪文辉了。

那天夜里，毕得宝做了一个很奇怪的梦，梦见他背着书包到了一座大城市，并且坐上了那种被干街人称为"乌龟壳"的小汽车，进入一个人间仙境一样的庭院。有人给他开门，毕恭毕敬地喊他少爷，同学中最漂亮的女生像喜鹊一样在他身边喳喳叫。

梦里醒来，他发现他还是躺在自家的破床上，黑乎乎的蚊帐上一动不动地蹲着几只蚊子，这些不劳而获的寄生虫，趁他做梦的工夫，穷凶极恶地饱餐他的血肉。

他是被他的老爹打醒的，老爹站在床前，瞪着眼睛，手里的棍子还在他的肚子上一轻一重地戳着。老爹的嘴里嘟囔着，滚去，上、上、学、学、上！

自从毕得宝记事，他爹说话就不利索，只会说出极短的句子，而且把句子组合得奇形怪状，还经常倒装，比如他永远说不好"喝水"这两个字，只能说出"水喝"。最好的情况是，他在费力地说出

“水、喝、喝、喝”之后，再用尽最后一丝力气突出一个短促的“水”的音节。这已经成为毕启发特殊的语言风格，别人同他交流十分困难，当然，别人也没有必要同他交流，只有毕伽索的母亲于兰花，能够破译出他的唇语和肢体语言。

美梦被老爹惊醒，让青春期的毕得宝十分恼火。就是那一次，他从床上跳下来，恶狠狠地推了父亲一把，吼了一声，你干什么！有本事跟鬼子干去！

他爹愣住了，哆嗦着盯着他，上半截身体猛地往前斜了几度，两只胳膊一上一下地在胸前摆动，好像随时准备扑上来把他掐住。

毕得宝并没有被他爹的气势汹汹所吓倒，一边套裤子一边嚷嚷，你这个逃兵，把我害惨了！

他爹果然扑上来了，毕得宝一闪身躲过，他爹扑了个空。等毕启发爬起来，一高一低地撵到门外，毕得宝早就远走高飞了。

千街的人都知道毕启发是逃兵，但究竟他是怎么逃的，却又传说不一。毕得宝师范毕业那年做了两件事情，一是把自己的名字改成了毕伽索，二就是到县市两级档案馆去查西华山战役，终于把他爹的那段历史查清楚了。当时的新四军团长洪文辉后来在《关于毕启发西华山战役中离队经过和处理意见》上的批示是：茅坪战斗有功，西华山战斗离队，功过相抵，复员回籍。

那次调阅档案，毕伽索虽然接受了他爹的逃兵事实，却也有一个重大发现，洪文辉批示中有一句“茅坪战斗有功”，点燃了他的希望之火。

在西华山战役之前一年，日军偷袭淮上抗日根据地茅坪医院，连长于诚志率领七连二十里急行军增援茅坪。战斗打响后，刚刚入伍不久的乔如风和毕启发跟在班长后面迂回，爆破鬼子火力点。

眼看就要接近了，一阵弹雨飞过来，毕启发被吓蒙了，听到乔如风在路边喊，毕启发，卧倒！毕启发不知道往哪里卧，猫着腰找地方。乔如风发现侧面有鬼子包抄过来，调转枪口，一扣扳机，没响，瞎火了。乔如风大喊，毕启发，左侧，开枪！毕启发抱着大枪，躲在一棵树下，战战兢兢地开了一枪，再战战兢兢地开了第二枪。乔如风也从战友身边捡了一支枪，拉开枪栓就打，一边打一边大喊，好！打死一个，再开枪！毕启发一听说打死了一个鬼子，突然跳了起来，大叫，老子打死一个鬼子！老子打死一个鬼子！说完就往前冲，刚冲了十来步，被乔如风从后面扑倒。乔如风说，卧倒打，你不要命了！十多分钟后，排长带着几个人从右翼攻了上去，战斗结束了。

战后评功评奖，要记账，那个鬼子是谁打死的，于诚志让毕启发和乔如风自己说。乔如风说，是毕启发打死的，我亲眼看见的，当时我枪里的子弹瞎火了。毕启发说，我没看见打死鬼子，是听乔如风说的。于诚志哈哈大笑说，好，瞎猫碰只死老鼠，碰得好，既然是碰的，我看这样，见面一半。两个新兵一齐说，好。

为了感谢毕启发分了半个鬼子的功劳，乔如风后来送给毕启发半包洋烟，还为此作诗一首：打虎亲兄弟，上阵父子兵。见面分一半，咱们是乡亲。

后来，让毕伽索不堪回首的是，又发生了西华山战役。西华山战役结束，毕启发被遣送回乡，那时候偶尔还能说几句明白话，说，老子不是逃兵，老子打干街了，老子指挥三个人，打了鬼子四次进攻，守住了东头学校，救了蒋夫人。

显然这是一派胡言，没有任何人当真。好在有洪文辉给干街镇的干部捎回来一句话，说毕启发虽然在西华山战斗中溜号，但是在茅坪战斗中还是有功劳的，功过相抵，不要为难他，让他安度余生吧。这样才给他分配了三亩地、三间房。人民公社时期，又给他安排到大集体企业，当裁缝，量尺寸。

毕得宝十岁那年，毕启发说话开始出现严重障碍，到了毕得宝上中学后，他基本上只会说“鬼子来了”，有时候还加上一句“卧倒”，其他的话语一律颠三倒四。再后来，连裁缝也当不成了，全家就靠他娘卖油条过日子。

西华山战役中乔如风是七连二排长，带人征粮的任务本来是他的。但是连长布置任务的时候，他恰好在解手，连长等了他五分钟，见他没来，就对身边的毕启发说，三排长，干脆你去，弄到多少是多少，晚上到长岗会合。在西华山战役中乔如风跟着连长坚守长岗阵地，连长牺牲后他接替指挥。抗战结束后部队整编为华东野战军，他留在地方当县长，然后是县委书记。中华人民共和国成立初期，乔如风经常回干街看望老人，偶尔还到成衣店里见见毕启发，对当地的人讲毕启发分了半个鬼子算他战果的故事。后来经过几次运动，乔如风就不太讲这个故事了，因为毕启发颠三倒四的，不承认自己是逃兵不说，还经常扯上蒋夫人。别说这事是假的，倘是真的，恐怕更麻烦，那年头跟蒋介石扯上瓜葛可不是什么好事。

二十世纪七十年代末乔如风官复原职，然后当了地区副专员。有一年带着一家老小回干街老宅过年，十六岁的毕得宝远远地看见乔如风的女儿乔乔，个子高高的，穿着黑白格子呢大衣，围着紫色围巾，从街上亭亭走过，好像是一棵移动的杨柳。当时毕得宝产生一个强烈的愿望，就是要当大官，当了大官，首先把查林捆起来打个半死，然后把乔乔娶回家当老婆。可是这两个愿望一个也没有实现。查林后来改行写剧本，剧本写得还不错，七十年代末调到县里去了。而乔乔在毕得宝还没有来得及娶她之前，就已经考上大学走了，后来嫁给一个处长。前几年毕伽索到上海开发业务，拐弯抹角找到乔乔，本来踌躇满志地要实现一下少年时期的抱负，可是临到见面，他很快就取消了计划，这个女人已经胖得让他无从下手了。

八

这些年，随着事业蒸蒸日上，毕伽索对父亲的感情也发生了很大的变化。父亲老了，安静多了，口齿越发不清楚，常常嘟嘟囔囔不知所云。倒是身体还算健朗，饮食不仅正常，而且超常，每顿喝二两茅台是吹牛——毕启发拒绝喝茅台，他只喝老家干街的土酒杂粮烧，每次喝两杯，约二两，标准定量，直到如今还没有减量。

时光荏苒，当年干街的风光人物相继离开人间，毕伽索开始重新审视父亲当逃兵这件事情，并向亓元讲了。那是他心理素质最好的时期。

毕伽索把毕启发接到深海的那一年，亓元被任命为行政处副处长。集团抓住这个未婚未恋的劳动力，最大限度地榨取她的才华。毕伽索对副总董华民说，要一刻不停地使用她，不能让她闲着，要让她迅速成为集团的顶梁柱。

亓元担任副处长不久，向毕伽索提议，要规范工会建设，要让工会确实起到维护员工的福利、保障员工权益的作用。毕伽索半开玩笑问亓元，你是给老总打工，还是给员工打工？亓元回答，我是给集团打工。既然成立集团，那么它就关系到全体员工的利益，只有老总和员工的利益一致，集团才有长久的生命力，集团越做越大，不能搞一锤子买卖。

亓元的观点引起毕伽索的重视，后来他还是同意了亓元的建议，把形同虚设的工会重新整顿了一番，办了一个名为《梦为之声》的杂志，下发各分公司和一线学校。杂志除了报道集团重大活动，还设有“把脉问诊”“对症下药”等栏目，特别让毕伽索感到耳目一新的，是杂志的文学栏目，刊登新人新作，小说、诗歌、散文都有。毕伽索看得眼热，几次产生冲动给亓元投稿，读书人，谁没有文学梦呢？

杂志越办越好，成了毕伽索的必读。有一次他在上面读到了一篇作品，名曰《夏日之晨》，时代背景不详、地理背景不详、人文背景不详，写了一个远离喧嚣的小城镇，城堡巍峨，街衢优美，法制井然，人们淡泊名利，耕读狩猎，相亲相爱，俨然是原始共产主义阶段。小说还配有版画插图，街道建在小河两岸，情窦初开的男女乘坐小船欢声笑语，小船上摆着鲜艳的水果，桌子上是一瓶倒了一半的红酒……看了一半，毕伽索觉得奇怪，回过头来看看作者署名，吓了一跳，作者居然是韦梦为。亓元从哪个故纸堆里找出了这篇小说，他不知道。显然，亓元是欣赏韦梦为的，这个发现让毕伽索有点儿激动，他甚至把这件事情看成是他的原因，是因为他的存在而引起亓元对韦梦为的重视。

就是受那篇文章的触动，毕伽索又赋予亓元一个特殊的任务，写一篇毕启发的抗战事迹。亓元虽然迟疑，还是接受了，用了一个多月的时间，从图书馆和网上查阅了大量的资料，并同毕伽索家乡市里的政协文史办取得联系，终于写成了《茅坪战斗中的毕启发》。毕伽索看了之后大加称赞，说，这就是我爹，我爹就是茅坪战斗的英雄。

毕伽索说这话的时候，亓元没有接茬，只是平静地看着他。毕伽索非常想让毕启发给集团总部的员工做一次战斗报告，跟亓元商量，能不能让他爹坐在主席台上做个样子，然后由她来做报告。这个意见被亓元委婉地拒绝了。毕伽索也没有为难亓元，因为当时毕启发正在闹着回家，这件事情不了了之。

后来毕启发住到淮上会馆附近，稳定下来之后，有一天毕伽索把亓元叫到他的办公室，再次提出来，要让他爹做一次报告，而且不是讲茅坪战斗，要讲就讲西华山战斗。

毕伽索对亓元说，这件事情我想了很多年，梦里都在想，我爹既然能在茅坪战斗中打死一个鬼子，西华山战役中怎么会当逃兵呢？这太不符合逻辑了。还是你说的话提醒了我，我爹在同主力失散之后，在西华山战役展开那几天，他在哪里？做了什么？我想啊想啊，终于想明白了——那几天他并没有回干街。但是他在哪儿呢？他干了什么呢？

亓元说，这确实是问题的关键，毕总你查清楚老人家干什么了吗？

毕伽索神秘一笑，从抽屉里取出一张报纸复印件说，你先看看这个。

亓元拿过复印件，那上面的大标题赫然入目——《西华山大战在即，蒋夫人前线劳军》。

亓元说，这个我也查了资料，事实上宋美龄在西华山战役之前并没有去前线，这个报道没有可信度。

毕伽索说，你想啊，我爹在还能说话的时候为什么老是念叨他救了蒋夫人？不是空穴来风啊。我们现在来推理，一定是我爹在同主力失散之后，遇到了一群特殊的人，即便他没有同宋美龄本人见面，也有可能听说那是护送宋美龄的队伍，然后他们和鬼子遭遇了，交火了。在战斗中我爹被打断了一条腿，后来又被国民党的军队救下了，不然的话，为什么我爹后来出现在国民党军队的医院里呢？

亓元静静地听着，再看一遍报纸复印件，然后抬起头来说，毕总，你的想象有一定的合理性，可是，谁能证明呢？

毕伽索说，那次跟我爹去征粮的，还有三个战士，后来都死了，死无对证，只能合理想象了。

亓元的眉头稍微蹙了一下。

毕伽索说，如果没有别的解释，我的推理就是对的。亓元，这件事情只有你来做，这篇文章你帮我做。做成了，我回报一百万元，美金。

亓元愣住了，眼皮跳了跳，把那张报纸复印件往毕伽索的老板台上一放，轻轻地说，毕总，你解雇我吧，这件事我做不了。

后来呢？后来发生的事情，毕伽索想想就恨不得给自己一记耳光。后来他还是一意孤行了，他只花了十万元人民币，把查林请来，让他写了一篇八千多字的文章《西华山战役中不为人知的秘密》，文章"合理想象"出毕启发等人在出发前就听说宋美龄要到国军前线劳军的消息，征粮途中巧遇国军转移家眷的队伍，误认为那是宋美龄的车队。后来遇到鬼子偷袭，毕启发等人就地阻击，掩护国军家眷脱身，战斗中三名战士牺牲，毕启发身负重伤，昏迷不醒。战斗结束后，国军打扫战场的收容队发现毕启发，将其救起。经国军医院抢救，毕启发虽然活下来了，但神经受到伤害，丧失记忆。

毕伽索虽然没有解雇亓元，但是至少冷落了她一个多月。亓元应弓珲书记之邀到淮上地区调研，就是那段时间，查林把文章写好了，毕伽索很是得意，等亓元从淮上回来，毕伽索亲自把文章送到亓元的办公室说，看看吧，只要思想不滑坡，办法总比困难多。

亓元看了之后说，我是学新闻的，不会虚构，我不再对这件事情发表意见。

毕伽索说，已经用不着你发表意见了，我让你看看，就是要让你知道，离了张屠夫，不吃带毛猪。

亓元说，毕总，你准备拿这篇文章做什么用？

毕伽索说，那就是我的事了。

亓元说，毕总，我建议你还是冷静一下，等一段时间再拿去发表。

毕伽索没有听从亓元的劝告，不仅准备花钱在报纸买下版面刊登这篇文章，还当真举行了一次抗战老兵英雄事迹报告会。但临门一脚，他想起了亓元的忠告，报告会没有在集团礼堂召开，而是在淮上会馆布置了一个小会场，从下面的学校选来一名女教师，先试讲一次。整个会场不到二十人，他爹坐在台上，下面坐着查林等老乡，充当听众。

文章写得好，女教师的口才也好，女教师声情并茂地讲述了西华山战役中的一场战斗和战斗中的毕启发。可是谁也没有想到，讲到半截，毕启发突然犯病，口齿清楚地喊了一声，鬼子来了，卧倒！

还没有等人反应过来，毕启发就地出溜到主席台下。

当时毕伽索就在台下，他计划演讲一结束，就把演讲稿和照片拿到报社，哪里想到会出这样的事情？在事情发生的第一时间，是亓元冲到台上，把老爷子架了起来。不知道亓元说了什么，老爷子才慢慢地爬起来，由亓元扶着坐上了轮椅。

亓元对毕伽索说，毕总，不要折磨老人家了。

毕伽索表情复杂地看着亓元，嘴巴张了张说，我爹，我爹，他真是烂泥糊不上墙啊，你看这事闹的……

就在这时候，他看见他爹扭头瞪了他一眼，那一眼，不像一个疯子。

洋相还不仅于此。尽管毕伽索采取了封锁措施，但是风声还是走漏了。试讲会搞砸的第二天，网上出现一篇文章——《为富不仁暴发户篡改往事，丑态百出逃兵爹原形毕露》，后面还有很多跟帖，都是讥讽和谴责这件事情的。毕伽索在网上浏览一圈，惊出一身冷汗，叫来亓元，让她尽快处理。万一带出别的什么事来，那真是烧香引出鬼来，后果不堪设想。

亓元当时说了一句什么话，毕伽索记不得了。第二天，网上不仅看不到骂声了，还出现一篇点击率很高的文章——《茅坪战斗中的毕启发》，附有作者亓元的声明：我对我写下的每一个字负责，如有疑义，我可以配合调查。后面是亓元的手机号码和座机号。

毕伽索注意看了跟帖，网友似乎对毕启发宽容了许多，甚至还有人表示了同情。

毕伽索对这个结果十分满意，到亓元的办公室赔礼道歉，动情地说，亓元，你是对的。

亓元似乎也很感动，对毕伽索说，毕总，我理解您，我只是希望您放下这件事情。

毕伽索点点头。直到如今，干街修建文化街，委实给他出了一道难题。这时候他自然想起了亓元，可是，亓元她在哪里呢？

九

亓元走了，查林的位置陡然上升，成了毕伽索的私人顾问。毕伽索对查林讲了他同韦子玉的争吵，查林很快就揣摩出毕伽索的心思。查林说，老街建文化街，建名人墙，势在必行，老街那些人物势必要重新浮出水面。毕总作为干街最大的成功人士，无论从哪方面讲，都不能袖手旁观。

毕伽索说，我也是这么考虑的，袖手旁观就是任人摆布。

查林笑笑说，其实，以毕总的实力，只要略有表示，他们那个文化街也好，名人墙也好，就不能不考虑毕总的感受。

毕伽索说，感受，什么感受？

查林说，令尊啊，令尊的形象啊，他毕竟在茅坪战斗中打过鬼子，把亓元写的《茅坪战斗中的毕启发》贴在名人墙上，也是一种态度。

毕伽索说，可是，他们会这么做吗？

查林说，他们需要经费，招商引资，总得有回报吧。

毕伽索说，那你说说，我表示多少为宜？

查林说，太多没必要，少了不合适，我看一百万就差不多了。

毕伽索抬起头来，向远处看了看，把手一挥说，不，太少了，我出一亿三千万。

查林吓了一跳，冲口而出，啊！这么多！

毕伽索说，查大哥，你说我要钱干什么？我拿一亿三千万，就是要把这件事情的主动权牢牢地控制在手里。

查林怔怔地半天才说，毕总，这是好事啊。

毕伽索说，可是怎么把这个信息告诉韦子玉呢？我已经同他闹翻了。

查林说，这个我来做工作，那个小老弟，虽然有点儿书生气，毕竟是政府的副县长。

查林给韦子玉打了一个电话，说毕总准备为家乡捐赠一亿三千万。说完了，电话那边并没有查林想象的惊喜。韦子玉只是淡淡地说，现在捐赠文化街的人还真不少，捐赠也不是轻易就能接受的。这样吧，我直接和毕总谈。

韦子玉给毕伽索打来电话，首先对上次不辞而别表示歉意。

毕伽索说，老弟不必计较，说到底还是大哥我缺乏涵养，这段时间我也在反思，确实应该为家乡做点儿实事了。

韦子玉说，梦为集团捐赠的事，我已经向县委汇报了，家乡领导和人民对于这种慷慨解囊支持家乡建设的行为十分感谢，我们将把梦为集团的功德铭记在心上。

毕伽索没有吭气。

韦子玉说，不过有个情况我得说明，文化街第一期工程是名人墙，上墙的名单不仅县里论证，市里和省里都要过问，红色名人墙上只能是对革命有重大贡献的同志，与毕总心里想的恐怕有很大的差距。

毕伽索沉吟了一会儿说，我懂。但是我想知道，名人墙的内容确定了吗？

韦子玉说，基本上确定了，韦梦为、洪文辉、于诚志、乔如风这些人都没有太大的争议，现在又多出一个戈璧山来。

什么？毕伽索冲口喊了一声，戈璧山？那个国民党反动派？

韦子玉说，是的，文化街名人墙的方案公布之后，引起各方关注,戈壁山的问题,省政协和统战部过问了,他是原国民党军的旅长,在西华山战役中抗日有功,省里要求我们认真调查,提出明确意见。

毕伽索说,那就是说,戈壁山很有可能上名人墙?

韦子玉老老实实地回答,是的,从目前掌握的情况看,这种可能性很大。

毕伽索又问,名单里还有谁?

韦子玉说,目前主要的就这些。

同韦子玉通完电话,毕伽索的脸色十分难看。他居然问"名单里还有谁",这话才出口他就后悔了,还有谁?你希望还有谁?你希望还有你爹?这才是真正的癞蛤蟆想吃天鹅肉,痴心妄想。别说名人墙上的名人数量有限,就是把干街的男男女女都搬到名人墙上,也轮不到他爹。就是把自己搬到名人墙上,也轮不到他爹。

现在,情况越来越明朗了,毕伽索的压抑和愤懑也越来越有了方向,连戈壁山都能上干街名人墙,而一个抗战老兵不仅无缘上墙,而且他的过去极有可能因为这个名人墙而重新成为笑柄。

十

自从亓元离开之后,毕伽索晚上的时间多数都到淮上会馆,他在会馆旁边买了一块地,让他娘种地养鸡,他爹在一旁看。只要老家有人到深海,住在会馆里,吃饭的时候,就让老人出席,啥话也不说,就是看看家乡人。

现在照顾老人的,既不是保姆,也不是司机,而是查林。

查林的爹是干街的修表匠,据说查林出生前后那些年,干街还有不少钟表,可是到了二十世纪六七十年代,钟表越来越少,修钟表的人自然更少。挨饿的事情是经常发生的,有时候为了一块锅巴,一家兄弟姐妹数人打成一锅粥,哭声骂声尖叫声直冲云霄。

那个年代,不要说读书人,干街所有人的日子都过得斯文扫地。倒是查林,始终怀着远大理想,要当作家,要像浩然那样写出《艳阳天》和《金光大道》,所以他在当造反派的时候也写小说、写剧本。二十世纪七十年代,干街的文艺宣传队经常在县里调演拔得头筹,然后代表县里去地区参加调演,在全地区八个县的代表队中,干街宣传队的名次基本是第一。这就给查林带来了很大的声誉,所以早在二十世纪七十年代末,他就被调到县里文化局当了股长。

毕得宝在县城读师范的时候,韦子玉的二哥韦二毛在县城做生意,贩蛤蟆镜赚了钱,有一次请家乡人到城西的小馆子里喝酒,毕得宝被叫去陪同。不知道怎么就谈到那次批斗,毕得宝说,别的都没有什么,我就是想问问,为什么你们把乔如风拉去批斗,却不敢对他怎么样,反而踢了我爹一脚?查林想了半天才想起这件事情,一拍脑门说,嗨,你说这事啊,我跟你说,别看那时候乔如风是走资派,可是瘦死的骆驼也比马大,你看看那气势、那做派,真是老革命风采啊。至于踢了你爹一脚,我记不得了,你说踢了就踢了。因为你爹他是个……嘿嘿,说了你也别在意,不说了。

于兰花的菜地和养鸡场同会馆一墙之隔,其实这个会馆就是毕启发的厅堂,于兰花的菜地就是会馆的后花园。毕启发终于安居乐业了,每天坐在门外的台阶上看老伴种地喂鸡,偶尔还到鸡圈外面看鸡打架,气色越来越好,酒量也有所增加,好几次定量之后还把杯子推到老伴面前。于兰花跟儿子说了,老爷子要求增加一杯，毕伽索坚决地说，不行，他老糊涂了，我不糊涂。

毕伽索对他爹似乎返老还童有点儿意外的惊喜，他琢磨其中的原因，固然是他事业的成功，光宗耀祖，滋养着老人，可能还有一个重要的原因，让爹娘离开干街，逃兵这座压在他爹头上几十年的大山终于被搬掉了，再过一些年，也许他会彻底忘掉。

一年前毕伽索把查林接到深海，是因为亓元的拒绝。毕伽索想到了查林，激动得眼泪都快出来了，倒不是因为查林可以完成亓元不愿意完成的任务，而是，在毕伽索的心里，这一次，他终于可以实现童年的梦想了。他要朝查林的屁股上踢一脚，不，踢两脚，不，不是踢在查林的屁股上，而是要踢在查林的心上。他要把查林对毕家的羞辱加倍还给查林。

果然，查林一接到董华民的电话，说毕总要请他到梦为集团当文化顾问，这个刚刚退休的文化官员喜出望外。这些年，家乡人都知道毕伽索在外面发了大财，光皋唐县，就有一百多名教师辞去公职，投靠到毕伽索的门下。查林现在正闲着，写了半辈子剧本、小说也没有写出大名堂，仅限于在皋唐县小有名气。能给毕伽索当文化顾问，还不仅是挣钱的问题，而是面子，面子大了去了。

查林第二天就带上简单的行李南下了，买的是卧铺票。一路上想着即将到来的荣光，那种感觉不亚于金榜题名。到了深海，接站的不是毕伽索，也不是副总董华民，而是一个自称小江的女孩子，把他接到一个小旅馆住下，晚上小江陪他吃自助餐。小江告诉他，毕总在外地开一个重要的会，等两天才能接见他。然后就把一堆资料交给他，说毕总有交代，让他先熟悉情况。

查林有点儿失落，却也没有多想。晚上打开那个厚厚的档案袋，都是抗战的资料，其中一篇是打印稿《茅坪战斗中的毕启发》，还有一张旧报纸复印件《西华山大战在即，蒋夫人前线劳军》，上面有一段批注："经查，西华山战役前后，蒋夫人未前往西华山前线，疑为以讹传讹，毕启发在西华山战役中的表现与此无关。但毕启发在战役前夕因征粮同主力部队走散，三名战士牺牲原因不详，毕启发重伤原因不详。仅国军医院出具的出院证明——为战场乱炮误伤。为何误伤？时间、地点、事件均有漏洞。毕启发记忆混乱，战后尚未失去语言功能，但回忆前后矛盾，因此被组织上定性为'战前离队'，复员回乡。毕启发同主力走散的原因、走散后的表现，存疑难查。"

这段文字是用毛笔写的，小楷，工工整整，能看出很深的功底。查林细细咂摸，顿时惊出一身冷汗，原来毕伽索的集团不缺文化人，而且有高手，看这一手字，没准儿还是个师爷，那么，他这个文化顾问怎么当呢？

那天夜晚，查林辗转反侧，想到即将接手的任务，看样子同毕启发有关。可是，这件事情还真的难办。"战前离队"是什么意思？是书面语言，是往好听里说，其实就是逃兵。

想到后半夜，查林突然来了灵感，又坐起来看那蝇头小楷，渐渐地把注意力集中在"记忆混乱""漏洞"和"存疑难查"三句话上。第一，既然记忆混乱，那么前言不搭后语和自相矛盾就不能作为否定毕启发回忆的依据；第二，既然国民党医院证明毕启发为乱炮误伤的结论有漏洞，那么毕启发负伤就有另外一种可能，就有可能是战斗致伤；第三，既然存疑难查，说明还有重新调查的空间，难查是因为当事人都已作古，毕启发自己说不清楚，那么换个思路，当事人都不在了……后半夜，查林被"换个思路"的思路燃烧着，他打算明天见到毕伽索，就把这个思路作为见面礼献给毕伽索。

可是第二天早晨他没有见到毕伽索，中午没见到毕伽索，晚上也没有见到毕伽索。查林这才发现小旅馆条件很差，早晨的自助餐还不如本县宾馆的好，心里就有些发凉，隐隐有一种不祥的感觉，委屈渐渐涌上心头。

到了第三天上午还没有见到毕伽索，查林沉不住气了，吃了中午饭，回到房间，悲从中来，在镜子面前看着自己的白发，突然生出一股豪气，对着镜子里的自己念念有词地骂毕伽索，你以为你是谁？一个暴发户而已。就算退休了，老子也是个国家干部，我犯得着来给一个逃兵的儿子当狗腿子吗？算了，此处不留爷，自有留爷处，老子还是回去安度晚年去。

那一阵子，查林当真下了决心，并动手整理行李了。可是整理到一半，又停手了。真的打道回府，还不是那么容易的：一则，他临走时已经把话放出去了，是到深海给毕伽索当文化顾问；二则，梦为集团丰厚的待遇到底还是有诱惑力的。查林怀着复杂的心情，把快要收拾好的行李重新打开，睡了一个忍辱负重的午觉。

一觉醒来，小江已经在外面按门铃了。小江告诉他，毕总从上海回来了，今晚在南湖大酒店设宴给他接风。

查林差点儿热泪盈眶了，他为自己及时地扼制了冲动而感到庆幸，几天来的郁闷一扫而光。他穿上来深海之前斥资两千元买的西服，拿不定主意要不要扎领带。小江微笑着告诉他，不必那么正规。

在前往南湖酒店的路上，查林问小江，今晚参加宴会的还有什么人。小江告诉他，这个她也不太清楚，老总的事情向来是董副安排的。

到了南湖大酒店，但见大堂金碧辉煌，乘电梯上了三楼一号包间，小江引查林进门，里面已经高朋满座。查林一眼就看见沙发上的毕伽索，穿着样式新潮的衬衣，正在同几个人谈笑风生。见查林进来，毕伽索欠欠屁股，挥挥手说，来了？我给大家介绍一个老乡，老家的作家。老查，这边来，坐。

查林听毕伽索喊他老查，心里很不是滋味，等毕伽索向他介绍客人，心里就更不是滋味。原来是老家几个县的父母官，其中一个查林认识，是本县的书记弓珲。一见到弓书记，查林愣了一下，尽管他已经退休了，可还是不由自主地上前两步，弯下腰，把双手伸了出去。倒是弓珲很客气，站起来招呼他说，查局长，老前辈，没想到在这里见面了。您请坐。

查林的心里这才好受了一点儿。

介绍完毕，毕伽索说，各位领导有所不知，我这个老乡老查，他原来是我们老家的大笔杆子，七十年代想当浩然，要写出皋唐县的《艳阳天》和《金光大道》。后来写了不少小戏，从县里演到市里，名气大得很，谱也大得很。

查林脸上发烫，手足无措地说，那都是少年轻狂，毕总笑话了。

毕伽索说，老查你不要谦虚，你们文人都有傲骨，有傲骨是好事，有傲骨才能冰清玉洁。你说是不是？不过，李白也有傲骨，可是朝廷一旦召唤，马上就“仰天大笑出门去”，傲骨也是看对谁傲，你说是不是？

查林马上说，是的是的，毕总博览群书，博闻强识。

毕伽索说，老查，你要向李白学习，斗酒诗百篇，今天来的都是家乡的父母官，你一次见到这么多县委书记，也是荣幸，一会儿你可得好好敬酒啊！

查林一听这话，心里一下子凉到了冰窟，天哪，说是为我接风，却原来让我敬酒，真是不拿村长当干部啊！嘴上却说，那是应该的，应该的。再往下，就不知该说什么好了。

说话间，大门洞开，一个身材高挑的女孩子出现在门口，又稍稍侧身，做了个优雅的手势，接着便鱼贯进来五六个人。毕伽索和老家的父母官们纷纷站起。毕伽索介绍说，这是深海市的邱市长、张秘书长、马主任。然后向邱市长等人介绍家乡的县委书记，再向书记们介绍集团副总董华民、财务总监赵虞山、行政处长亓元。毕伽索还特意说，这个亓元，她的姓氏很特别，一般人不认识，字形就像圆周率符号。

邱市长说，这个字我认识，我分管电视台的时候，电视台给我打报告，说这个女孩素质极高，人也漂亮，一定要留在电视台。可是她放弃那么好的工作，跑到你梦为集团来了，可见梦为集团有魅力哦，你毕总有魅力哦！

毕伽索说，市长这是挖苦我了，小亓她到梦为集团来，或许是因为私营企业更自由一些。

张秘书长说，在梦为集团的年薪，比在电视台多十倍，她当然选择在梦为集团。现在的年轻人，更实际了。我这样说，小亓你同意吗？

亓元微笑说，这确实是一种可能。

邱市长打岔说，老张你恐怕还没有说到点子上，小亓到梦为集团，可不是冲着钱去的。这个孩子我知道一些，她的心大得很哦。好，人到齐了没？

毕伽索说，到齐了，就座吧。

亓元注意到毕伽索没有介绍查林，正要提醒，毕伽索却把目光转到邱市长身上说，今天是邱市长接见我家乡的见学团，市长你坐主席吧。

邱市长已经站在一号座的背后了，把椅子往后一拖，一屁股坐了下去才说，我是首席，当仁不让，主席还是你来当。

见邱市长已经落座，毕伽索赶紧招呼弓珲，弓书记你看，几个书记……几个书记一齐推搡弓珲说，老弓，你是毕总家乡父母官，这二把交椅你不坐谁坐啊？

弓珲看着查林说，查局长是刚刚从老家来的吧，您是大哥，这个座还是您坐吧。

查林正寒冷着，听弓珲这么一说，心里一热，嘴上却赶紧推辞，弓书记，您就是处分我我也不敢，弓书记，您就坐吧。

弓珲说，那就恭敬不如从命了。然后招呼同行的几个县委书记，基本上按年龄大小排座。

毕伽索招呼董华民、赵虞山和亓元穿插陪同当地和家乡两拨官员。眼看大家都要落座了，只有查林还没有着落，站在一边看别人让座，强作笑颜，脸皮越来越木、越来越僵硬。

毕伽索安排亓元坐在张秘书长的身边，亓元迟迟不落座，走到查林面前说，查局长刚到深海，你往上坐坐吧，我在下面好招呼。

查林的心里五味杂陈，却没有挪步，僵硬的脸动了动，说了一句，谢谢孩子，我就坐在这里，我是毕总的老大哥，我在这里不是客人。

这句话说完，查林的眼泪都快出来了。亓元说，查局长，您以后就是我的老师了，查老师您往上坐坐吧。

查林还是没动，拿眼看了毕伽索一下。毕伽索这才挥挥手说，老查，你就往上坐坐吧，你跟她一个小字辈客气什么啊！

十一

那顿晚宴，是查林终生难忘的。在宴会开始之后，他暗暗给自己定下三条原则：一是滴酒不沾，就说自己血压高。读书人是有骨气的，他打算以罢酒来表现自己的骨气。第二，绝不主动敬酒，不吃菜不喝酒不说笑不动地方，他将像一根木头杵在那里。第三，酒过三巡就借口肚子疼，开溜。

可是，宴会开始不到三分钟，他就意识到这三条原则一条也兑现不了。毕伽索代表家乡五百万人民感谢深海市对老区的支持、对外地打工劳动者的关爱、为家乡见学团提供方便，提了三杯酒，大家共同敬邱市长。

直到三杯酒喝完，查林才想起他的三条原则，刚才端杯子的时候，他完全忘了。在这种场合，不要说他的手，连他的大脑都不属于他自己了。至于说到敬酒，虽然他坚持了一会儿没有主动，可是当弓珲端着酒杯走到他面前之后，他慌忙站了起来，弯下腰说，弓书记为家乡人民连日奔波，辛苦了，你随意，我喝干。弓书记没有随意，而是一饮而尽。他一激动，接着给自己倒了两杯说，那好，弓书记你喝一杯我喝三杯。等到邱市长等人敬酒，他更是受宠若惊，连续三杯三杯地喝，一口菜没吃就晕乎了。这时候他不能溜，溜不动，也不想溜了。

不过，在最初的半个小时之内，他只是晕乎，还没有完全喝醉，他坚持没给毕伽索敬酒。毕伽索似乎注意到了他有点儿不正常，端着杯子走到他的面前说，老大哥辛苦了，老弟敬你一杯。

查林的心在滴血。你他妈的现在叫我老大哥了，你总算知道给我敬酒了,可是你知道吗?老子不领这个情,老子受够了!

他听见自己的嗓子眼里拼命地往外冒这几句话,可是这些话并没有从嘴巴里冲出来,冲出来的话是,毕总,谢谢你,请毕总多多关照。毕总有事,尽管吩咐。愿为毕总效犬马之劳。

说完这几句话,他抓过酒瓶,干脆把茶杯里的剩茶倒在地上,咕咕咚咚倒了一满茶杯,摇摇晃晃地举到毕伽索的面前,像牛一样往下灌。

毕伽索预感到要出事,赶紧示意亓元把杯子从查林的手里夺下,查林挣扎着又把杯子抓到自己的手里,然后——他威武不屈地向四周看了看,这时候四周在他面前像一片波浪,翻滚着升腾着——他费力地睁开双眼,迈动发软的双腿,走一步突然腿一软,差点儿单腿跪在地上。他昂起头来,瞪着一双茫然的眼睛,再向四周看去,突然笑了一下。然后他端着茶杯,向邱市长走去,向弓书记走去,向张秘书长走去……所有的人都看清楚了,他走一步就要瘸一下,好像一只腿长一只腿短,走起来一高一低,走一步喝一口。

毕伽索的脸顿时白了,厉声吼道,老查,你要干什么?别喝了!

亓元等人赶紧围上去想夺下查林的茶杯,他用胳膊肘挡住了,哈哈大笑说,别夺我的杯子,毕总让我敬酒,我要喝个够,轻伤不下火线,老子绝不当逃兵!

后来的事情一发不可收拾。

查林是在第二天上午醒过来的,当时还在输液。毕伽索就坐在他的床边,等着他醒来。查林感觉哪里不对劲,睁开眼睛,看见毕伽索,癔症了半天,突然从床上翻下来说,毕总,毕总,你怎么在这里?

毕伽索面无表情地说,我倒是要问问你,你说你为什么在这里？

查林说，不知道啊，奇怪啊，我记得昨天晚上咱们在一块儿喝酒，我怎么会到这里？这是哪里？

毕伽索冷冷地说，这是医院。然后又指着输液瓶问查林，知道这是什么吗？

查林怔怔地看着输液瓶说，离得太远，你把它拿下来我看看。

毕伽索还是毫无表情地说，不用了，这是稀释酒精的药，溶剂是生理盐水。可是医院里给醉汉解酒，通常都用葡萄糖。

查林看着毕伽索，一脸无知，突然瞪大了眼睛说，啊，不是给我输葡萄糖吧，我有糖尿病啊。

毕伽索说，这个你放心，你昨天住进来的时候，我就交代过他们，不能给你输葡萄糖。你知道吗？如果一个人想弄死一个人，他有一千条办法，所以他不会采用最愚蠢的办法。

查林倏然睁大了眼睛，惊恐地问，毕总，你这话是什么意思？

毕伽索并不理会查林，两眼望着输液瓶，继续沿着自己的思路说，一个人不想弄死一个人，他也有一千条办法，而且每条办法都是好办法。

查林半天没吭气，好像想起了什么，不安地看着毕伽索说，毕总，我是不是做错了什么，让你不高兴了？

毕伽索说，无所谓，我毕伽索，大丈夫能屈能伸，逃兵的儿子我当了五十年，我还在乎什么？

查林彻底醒了，突然号啕大哭，继而掩面而泣，毕总，我昨天喝多了，出丑了，我对不起毕总的厚爱，刚到深海就给毕总丢脸。毕总，我对不起你啊……

毕伽索面无表情地看着查林，似乎在判断什么。等查林的哭声稍微拉长了节奏，毕伽索说，当然，我也有粗心的地方。老查，我请你来，可不是让你喝醉的，只要你把事情做好，怎么都好商量，钱不是问题。但是，如果你想在我毕伽索面前做点儿什么文章，那后果你是清楚的。

毕伽索说这话的时候，亓元陪同弓珲来看望查林，刚刚走到病房门外，两人不约而同地放慢了脚步。弓珲做了个手势，把亓元引到病房外面说，小亓，昨天晚上喝酒，查林同志好像有点儿不太正常，他和毕总之间到底是什么关系？

亓元想了想说，查老师是毕总请来的。

弓珲见亓元回避，就把话题扯开，关切地问集团的一些情况，还问了一些个人的事情。末了问了一句，去过毕总的家乡吗？

亓元回答，没有，但是很想去，我就是因为毕总的家乡才到毕总的集团上班的。

弓珲惊讶地说，啊，还有这么回事？

亓元说，我在网上百度“梦为集团”，没想到百度出一个“韦梦为”，我把梦为集团和韦梦为联系在一起，所以，就选择了梦为集团。

弓珲意味深长地问，你现在还这么认为吗？

亓元沉默了一阵，避开话头说，那个韦梦为，太让我敬佩了。

弓珲若有所思地说，哦，原来是这样。我代表韦梦为的后人，欢迎你到韦梦为的故乡，也希望你能领略韦梦为的时代。

亓元说，我会去的，事实上我已经去了很多次，梦里。我还会唱他写的歌，鲜花岭上鲜花开，平等世界人是人。

弓珲不说话了，看着亓元。亓元看着远处。远处是上午的蓝天，水洗一般纯净。蓝天下面堆积着初夏的白云，宛如簇拥的城堡。

作为皋唐县的一把手，弓珲对韦梦为自然不陌生，但他没有想到亓元是因为韦梦为才误打误撞到了梦为集团，毕伽索的事业，沾了“梦为”这个品牌不少光。弓珲说，是啊，这个人，确实不同寻常，一个连咖啡和牙粉都要进口的阔少，把全部家产都交给革命了，天下为公，追求平等，这种境界，非凡夫俗子能够理解的。

亓元说，我很小的时候，奶奶给我讲过一个童话，小动物联合起来战胜老虎的故事，让我非常着迷。后来我研究生毕业，找工作的时候，查询梦为集团资料，引出一个链接，这才知道，那个童话的作者是韦梦为，童话的名字叫《鲜花岭上鲜花开》。我觉得这太神奇了，好像冥冥之中我和这个人有一种联系，必然让我找到他。

弓珲说，是很神奇啊，我没有读过那个童话，但是我知道他写的歌：鲜花岭上鲜花开，花开时节红军来，红军来了为平等，平等世界人是人。还有他那句名言：一个人幸福是不道德的幸福。

亓元说，我很喜欢他翻译的作品《苦难英雄》，对照了几个版本，包括修订本，还是韦梦为翻译得最好，我感觉其中有他自己的体验。据说，他是最早提倡红军干部读文学作品的。

弓珲说，惭愧，这个情况我还真的不太了解，没想到韦梦为还是个文学家。

亓元说，很多革命家都是文学家，比如陈独秀、毛泽东、瞿秋白、方志敏、沈泽民，这些人让我对中国革命有了新的认识。

弓珲叹道，如今这个世界，还有你这样的年轻人，真是难能可贵。

亓元笑笑说，我喜欢，喜欢就是理由。

弓珲说，听说毕总对他父亲的事情一直没有放下？

亓元说,是的,已有的结论确实有疑点,可是证据不足。

弓珲说,哦,是这样啊,我倒是希望能够弄个水落石出。我们党讲究实事求是。如果亓处长有兴趣,到实地考察一下,也许会有新的发现。

亓元说,等时机吧,我暂时还脱不开身。他们走进查林的病房。

弓珲对查林说,我们在深海的见学任务已经完成,下午就要回皋唐了,特意来向查老师告辞。弓珲交代查林,毕总在为家乡人争光,家乡人要给毕总提供正能量。老家那边请放心,有什么事,组织上会关照的。

那一年的春天,毕伽索的事业进入良性循环状态。毕伽索的办公室里有一幅巨大的中国地图,上面密密麻麻地插着小红旗,标注着集团麾下学校的分布情况。毕伽索在集团中层以上管理人员大会上说,知道我们为什么叫梦为集团吗?因为我的家乡有个韦梦为,田地横跨三省五县,商号遍布大江南北。今天,我毕伽索的梦想,至少在中国,凡是有人的地方,就有梦为集团属下的分公司和学校。

毕伽索的讲话很有煽动性。在这次讲话之后,梦为集团的新人们才知道,梦为集团之所以叫梦为集团,原来有这样一个背景。但是有一点毕伽索没有告诉大家,韦家这庞大的产业,都被韦梦为送给革命了。

那一年亓元认识了弓珲,恰好不久之后因为毕启发的宣传问题同毕伽索闹了点儿意气,弓珲邀请她去皋唐县看看毕伽索的家乡,她就向毕伽索递了请假条。一个意外的收获是,在干街,她遇到了一个人,乔司令的儿子乔梁,小伙子是理科留学生,假期回国,被乔大桥强行派到干街调研西华山战役的历史。更让她意外的是,乔大桥给儿子的任务是,调查毕启发离开队伍那几天的去向。虽然她不知道乔大桥此举的目的,但是这个课题还是吸引了她,两个年轻人很快就达成共识,并且一道考察了西华山战役旧址,果然有了新的发现和线索。不尽如人意的是,后来因为乔梁假期已满,这项调研半途而废了。

亓元在淮上采风的日子,正是查林峰回路转的日子。等他彻底酒醒之后,毕伽索派人把他接到一个去处,这回是个总统套间。

安顿下来之后,小江拿出一份协议书,让查林过目。他一条一条看了,最关心的当然是年薪那一款,还没看完心脏就突突地跳了起来,二十万,天哪,二十万元人民币,这在皋唐县,差不多可以买一套房子了。

且慢,小江告诉他,这只是底薪,毕总有话,如果工作出色,还有额外奖励。

查林睁着一双受惊的眼睛,抠抠眼窝问,可是,到底让我干什么工作?

小江说,毕总说了,他的心思你最懂。

查林不说话了,发了一阵呆,突然站起来对小江说,孩子,你转告毕总,我老查,老骥伏枥,一定不负重望,坚决完成组织上交给我的任务……

查林的声音越来越小,说到最后,小江感觉就像有一只蚊子在她的耳边嗡嗡。

查林果然进入了他一生中创作的泉涌阶段,前十天里,他每天都要把《茅坪战斗中的毕启发》和旧报纸复印件上的批注看上一遍。那时候他知道了,那些漂亮的小楷字不是出自老学究之手,而是亓元写的。他简直不敢相信，觉得那个脸上始终挂着平静的微笑的女孩不是人，简直就是一个狐仙。批注的每一个字都熠熠闪光，每一个字都能幻化成灵感，灵感就像夏天原野上空噼里啪啦的闪电，照亮了他思维世界的天空。终于，在亓元从皋唐县回来之前，他完成了《西华山战役中不为人知的秘密——“逃兵”毕启发九死一生的奇迹》。把稿子发到毕伽索的信箱之后，他决定狠狠地奖励一下自己，独自到街上的小酒馆喝了两瓶啤酒，回到豪华包间，坐在马桶上，眼泪无声无息地流了十几分钟。

第二天下午，毕伽索把他叫到集团的办公室，客气地让他坐下，然后拿出稿子问他，老查，你觉得你写得怎么样？

他忐忑地观察毕伽索的表情，毕伽索没有表情。他的心顿时又慌乱起来，结结巴巴地说，毕总，我水平有限，可是，我是尽心尽力的，我可以改，只要您不满意，我就继续修改，直到您满意为止。

毕伽索站了起来，还是一副公事公办的面孔，是需要改，必须改！

他的心呼啦一下提到了嗓子眼，惶惶地站了起来，毕总，您吩咐，我一定实现您的愿望……

毕伽索看着查林，像看一只奇怪的动物，看了好久才把稿子往桌子上一拍，大喊一声，老查！

查林吓得腿都打战了，冷汗直冒，毕总，我在。

毕伽索走到他面前，拍拍他的肩膀，左一下右一下，拍得查林神情恍惚。毕伽索拍够了，把查林的脸扳起来，看着他的眼睛说，老查，查大哥，你终于开窍了，你终于干了一件正经事情。记住这个日子吧，这是你创作生涯中最值得纪念的一天。

转眼之间恍若隔世，查林的嘴巴张了几下，什么也没有说出来，只是嘟哝了一句，毕总……

毕伽索说，哈哈，我也不跟你卖关子了，这是一篇非常科学、非常客观、非常艺术的文章。

查林还是不放心，试探着问，毕总，您不是说需要改吗？

毕伽索说，是需要改，只要改一下标题，把“逃兵”两个字去掉就行了。

查林如梦初醒，长长地呼出一口气来。这时候他才明白，毕伽索实在太在意“逃兵”这个字眼了，加上引号也不行。

离开毕伽索的办公室之前，毕伽索扔给他一张支票，三十万元。查林拿着支票的手不禁剧烈地抖动起来，三十万元是个什么概念？这是他几十年笔耕全部稿费的若干倍，如果让他重新回到文化局，恐怕他写到死也挣不来这么多稿费。他眼泪汪汪地说，毕总，您待我真是天高地厚，您指向哪里，我就打向哪里。

不料才过去一个星期，风向大变，先是毕伽索精心组织的试讲会被老爷子搞砸了，幸亏是试讲，洋相仅限于小范围。接着网上出现质疑，毕伽索也很紧张。毕伽索挨骂的第二天早晨，查林就神秘地到银行，把钱转到老伴的账户上，他寻思，万一毕伽索反悔，要收回那三十万，那他就横下心来，要命一条，要钱没有。

好在毕伽索并没有反悔，似乎早就把那三十万忘了。

这件事情发生在一年前，这一年里，毕伽索很少再提“不为人知的秘密”了，而是让他协助亓元办报纸，经常去陪老爷子和老太太吃饭，年薪仍然是二十万元。

十二

这段时间，亓元第二次出走，而且一去不返，《梦为之声》再次由查林负责。集团麾下几千名教师，政治、历史、地理各个专业的人才都有，但是文章写得一般。查林盘算，毕伽索给他年薪二十万，还是合适的，他当这个主编是称职的。自从得到干街要建名人墙的信息，隐藏在他心里的那颗种子又蠢蠢欲动了。毕总待他不薄，毕总的心思他最懂，他要为毕总分忧，要主动作为。所以这一个多月，只要有时间，他就到老爷子家里吃饭。

毕伽索难得回来吃饭，照例要喝一杯。吃过饭，于兰花推着老伴在院子里溜达，毕伽索和查林跟在后面散步。毕伽索说，老查，干街要建文化街的事情你知道了吧？查林说，知道了。毕伽索说，你对这件事情怎么看？查林说，经济发展了，有钱了，各个地方都在搞文化建设，这也是趋势。

毕伽索说，是啊，是好事，可是……毕伽索不说了。

查林说，毕总是考虑名人墙的事吧？

毕伽索看看查林，又抬头看着远处。

查林说，这些天我也在想这件事情，修名人墙，有些往事就会被重新提起，可能会有一些负面的东西。不过，老爷子在茅坪战斗中的表现，组织上是有结论的。可以扬长避短，不提西华山战役，我想当地政府不会不顾及毕总的感受。

毕伽索说，这个我想过，确实存在这种可能，但我心里还是不舒服。茅坪战斗不能说明问题。

查林不语，他知道，毕伽索的心结还是在西华山战役上。

毕伽索说，我就一直不明白，我爹参加新四军之后，很快就在茅坪战斗中立了一功，为什么会在西华山战役之前开小差？不符合逻辑啊。

查林心想，这有什么不符合逻辑的，战场是复杂的，人的心理也是复杂的，什么情况都有可能发生。但是，他只能想一想。查林说，还是亓处长那句话，关键要搞清楚，老爷子在同主力失散之后，在西华山战役展开那几天，他在哪里？做了什么？

毕伽索说，查大哥，你陪我爹吃了那么多次饭，有没有什么新线索啊？

查林说，毕总，你看老爷子，能吃能喝，就是不能说，他要是能说，不早就说清楚了吗？

毕伽索怔怔地看着查林说，那你说，这件事情就这样了？

查林听出了毕伽索的不快，沉吟片刻才说，毕总，我不是这个意思，我觉得，老爷子在西华山战役中的表现一定另有隐情。那年你把我调到深海来，我连夜看了那篇报道《西华山大战在即，蒋夫人前线劳军》，还有亓处长写的《茅坪战斗中的毕启发》。那一夜我都没有睡好，一直琢磨亓处长写在文章外面的"记忆混乱""漏洞"和"存疑难查"这三点。

毕伽索来了精神，嗯，你是这么看的？

查林说，关键还是亓处长说的，那几天老爷子在哪里，他既没有回部队，也没有回干街，他总不能到天上转一圈等战斗结束后再下来吧？

毕伽索回忆了一下说，国民党的医院不是有证明嘛，被乱炮误伤。

查林说，亓处长的批注写得明白，国民党医院的证明不足为信啊！

毕伽索皱着眉头说，不要老是被亓元牵着鼻子走，再说，她已经背叛集团了。你就不能换个思路？

查林这次没有退却，以肯定的口气说，不，亓处长说得对，必须把那几天老爷子的行踪搞清楚。

毕伽索说，你是不是有线索了？

查林说，是的，这段时间我一直在做功课，终于发现，我们过去都是被那张旧报纸带到迷雾中了，被老爷子说的“救了蒋夫人”这句话给害了。

毕伽索异样地看了查林一眼。

查林马上改口说，老爷子那个说法，把我们的思路引偏了。毕总我向你报告，昨天，我的研究有重大突破。

毕伽索吃了一惊，停住步子，侧过脸来，看看查林问，重大突破？

查林说，昨天，我在网上看见一篇文章，西华山战役前期，还发生过一次规模虽小却很激烈的战斗。那是国军家眷转移的途中，被日军一个班和汉奸一个中队追击，在长岗北侧黄庄发生激战。眼看日军快要追上家眷队伍，从敌后传来枪声，打乱鬼子阵脚，国军一个排掩护家眷突围，由国军蜀涧埠阵地派出主力，将家眷接走。

毕伽索问，这同老爷子有什么关系？

查林说，关系重大。敌后，敌人的背后，传来的枪声，是谁打的？完全有可能是老爷子和他的三个战士，因为征粮来到黄庄，遇到鬼子尾随国军家眷，出其不意从背后包抄，从而掩护了国军家眷转移。

毕伽索眯起眼睛想了一会儿说，我爹他说救了蒋夫人，这个怎么解释？

查林说，至于宋美龄到前线劳军，是个谣传，可能是国军旅长戈璧山他们为了鼓舞士气放出的烟幕弹。参战的新四军应该也听到了这个谣传，遇到有女人的队伍，想当然认为这就是宋美龄和她的卫队，所以他们认为救了蒋夫人。

毕伽索说，有点儿道理，可是我爹还说是在干街打的啊！

查林说，这个确实是个疑点，只能解释老爷子在那次战斗之后精神错乱，张冠李戴了。

毕伽索不说话了，看他娘推着他爹从远处缓缓地走过来，然后对查林意味深长地笑笑说，老查，你别急，还是把事情搞清楚。说完，到爹娘面前打个招呼，进门夹起皮包，走了。

查林碰了个软钉子，很是郁闷，回到住处，打开电脑，再去看那篇新出现的文章。这篇文章虽然发在网站上，公开征询信息，可在查林的心里，隐隐感到这篇文章就是为他而发的。

自然，长岗战斗不是西华山战役的全部。查林殚精竭虑，在三十多场大大小小的战斗中，试图找到毕启发的踪迹，但是没有。

恰巧就在这天夜里，查林发现信箱里面出现了一封电子邮件，提示他注意发生在流波的战斗。

流波战斗发生在西华山战役前期，一架美军战斗机被日军击落，飞行员跳伞后被流波民众藏匿，国军派出马彪少校率领一个特务排和翻译黎露女士前往流波寻找，遭遇日军搜查部队。双方在流波基督教堂南侧的林家大院僵持，持续巷战，战斗一昼夜，马彪少校率部救出美军飞行员，获青天白日勋章一枚。

这件事情跟毕启发有什么关系，查林想破脑袋，还是没有想明白。

十三

韦子玉给毕伽索打电话，问他那一亿三千万考虑好了没有。

毕伽索想了想说，再考虑考虑。

韦子玉在电话里说，毕总，前几天选址，我回老街了，老街现在只有一些老人和孩子，稀稀拉拉十几幢破房子，有的还是草顶土墙。西头你家那块，一间房子都没有了，杂草齐腰深，看着凄凉。

毕伽索说，是啊，年轻人都到新街去了，老街很快就彻底消失了。以后，只能回忆了。

韦子玉说，我有个想法，还不成熟……

毕伽索说，咱们兄弟谁跟谁啊，有话尽管说。

电话里传来嗤嗤啦啦的声音，感觉韦子玉下了很大的决心，才把话说出来。韦子玉说，你在深海老乡中一呼百应，能不能考虑为干街做点儿实事？

毕伽索警觉地说，做什么实事？我们要在马岩湖建度假村，不就是为干街做实事吗？可是你们不支持。我打算拿一亿三千万赞助你们的文化街，可是你们连我最起码的要求都不能满足。我还要做什么事？

韦子玉说，实话说，我不是太希望你拿钱赞助文化街，况且文化街也用不了多少钱。我的真实想法……话到此处，韦子玉打住了。

毕伽索静静地等待。

韦子玉说，我有一个梦想，可是我没有能力实现。我的梦想其实也是你的梦想，而且你有能力实现。

毕伽索说，县长老弟，又跟我绕什么弯子？

韦子玉说，在跟你通这个电话的时候，我不是县长，我是你的干街乡亲，是你的街坊老弟。

毕伽索说，你这么一绕我明白了，你还是想搞你的那个唐宋村，解决空巢老人和留守儿童的问题。这不是我力所能及的事情。

韦子玉说，你带个头，就会有更多的企业家开辟这个事业。

毕伽索说，我就算带这个头，也没有人会响应，企业家是要赚钱的。

韦子玉说，金钱本来就是泥土，一切都是泥土，也包括你和我，都将成为一抔黄土。要钱何用？

毕伽索说，要钱没用你还跟我谈什么？

韦子玉说，要钱有用，做有用的事，做有价值的事。

毕伽索说，企业不是慈善机构，你跟一个企业家谈这个问题，合适吗？

韦子玉说，我认为是合适的，因为你是个有长远眼光的人，是个大企业家。

毕伽索说，你是家乡政府的副县长，我认为你应该做的事情，首先是集中精力把文化街建好。

韦子玉的声音突然变了，好像注入了一种叫作情感的东西，毕伽索似乎从韦子玉的声音里看到了他神往的目光。韦子玉说，憩园，憩园，你知道憩园是什么吗？

毕伽索心里一震，猛地喊了一声，你说什么？亓元，亓元在哪里？

韦子玉说，憩园就在你的家乡，唐宋村就是你的憩园。

毕伽索愣了半天才说，老弟，我看你是走火入魔了。我真的要提醒你，你有今天不容易，你不能跟着乔大桥不着边际了，他已经退休了，你的路还很长。

韦子玉没有理会毕伽索的劝告，仍然沉浸在一种忘我的情绪中，喃喃地说，憩园，不仅是你的憩园，它也是我的憩园。在这个世界里，我们最需要的就是心灵的一块净土。毕大哥，毕总，今天我是鼓足勇气来跟你交流感情的，事实上，我是在帮你。帮你找回一颗爱心，有爱心的企业家才是真正的企业家，而不是商贩。

说完这话，韦子玉把电话挂了。

毕伽索不由自主地把手机举到了眼前，似乎想从屏幕上再把韦子玉拉回来，抓住他的衣领问问他，亓元她到底在哪里？一分钟后再拨韦子玉的号码，韦子玉已经关机了。

这一切来得那么突然，消失得那么彻底，让毕伽索恍若隔世。

愣了半晌，毕伽索把妻弟唐斌的电话拨通了，怎么回事？韦子玉的脾气突然大起来了，是不是受到什么刺激了？

唐斌想了一下说，脾气大了吗？我没怎么觉得，倒是感觉他有点儿消沉了。这兄弟别看当个副县长，还是个书呆子。

毕伽索说，书呆子不错，可是也不至于胡言乱语啊。

唐斌惊讶地问，怎么胡言乱语了？

毕伽索说，我问你，梦为集团的亓元最近有没有出现在干街？

唐斌一头雾水，没有啊，你那个能干的助手我是见过的。

毕伽索说，她已经辞职了。可是，就在刚才，我跟韦子玉通电话，他居然说，我的亓元在干街，干街就是我的亓元，我们大家都需要亓元。这不是胡说八道吗？

唐斌愣了半晌，在电话那边叫起来了，姐夫，我明白了！他说的那个憩园，不是你说的那个亓元，他那个憩园就是他的唐宋村，它不是人，是一个……唉，我也说不清楚它是个啥，反正不是你说的那个亓元。

毕伽索怒吼道，到底怎么回事？一个个都不会说话了，简直中邪了！

唐斌说，前几天韦子玉又去了干街一趟，他听镇长郑弋阳说，省里电视台有人到干街考察，要在老街搞个项目——憩园，主要目的是帮助空巢老人和留守儿童。据说这个项目同当初乔大桥提出的唐宋村有很多相似的地方。自从那次之后，韦子玉就经常跟我们念叨，说这个创意好，名字好，政府给土地和税收方面的优惠政策，吸引成功人士归根，就可以带动老街建立另一种生活方式。

毕伽索这才明白，他说的亓元同韦子玉说的憩园确实是两码事，但是他还是被韦子玉的憩园拨动了一下心弦。他问唐斌，韦子玉到老街干什么？他以为他是乔司令，衣锦还乡啊！

唐斌说，主要是找洪雨声了解老街的历史。那个洪雨声你记得吧？

毕伽索说，有点儿印象，供销社的老职工，一辈子没娶老婆，疯疯癫癫的。

唐斌说，就是他，棺材里放个电话机，说他经常跟韦梦为通电话，韦梦为告诉他，革命就是要让所有的人过上好日子。你听听，韦梦为死了都七十多年了，通个鬼电话啊。上次乔大桥去干街，他又这么说，把乔大桥都吓了一跳。不过老街现在确实像个鬼街，一群黄土埋到脖子的人住在里面，也没有电，夜晚阴森森的，万户萧疏鬼唱歌啊！

毕伽索问，韦子玉就是为这事消沉吗？不至于吧，当今像老街这样的空心街多的是，他一个副县长能管得过来吗？

唐斌说，所以我说他是书呆子呢。那个唐宋村，虽然在招商引资洽谈会上立项了，但是各级政府都把注意力放在文化街上。韦子玉可能是受乔司令的影响，对所谓的唐宋村偏偏格外上心。

毕伽索说，什么唐宋村，异想天开。

唐斌说，是啊，完全痴人说梦，眼下，各级关注的都是文化街。只有乔大桥和韦子玉，好像得了复古病，偏偏这时候，有人提出要在干街建憩园，同乔大桥和韦子玉不谋而合。

毕伽索怔了半天，说了一句，见鬼了。

放下电话，抽了一支烟，毕伽索习惯性地按了一下按钮，说了声，到我办公室来一下。

进来的女孩让毕伽索吃了一惊，是小江。

这时候他才想起来，亓元已经辞职两个多月了。

毕伽索挥挥手，让小江离开了。

直到亓元离开十多天后，毕伽索才从董华民的嘴里知道了亓元当初来到集团的原因。原来在她硕士毕业前夕，市电视台已经非常看好她了，但是程序很复杂，宣传部一位领导暗示她可以帮忙。亓元说，像我这样一直读书的女孩子，钱是没有的，色嘛有一点儿，可是，我有我的原则。

领导说，我不是那个意思，我的意思是，以后你就是我的人了，你得听我的话。

亓元说，那就更不可能了，我不是任何人的人，包括我未来的丈夫。我是我自己的人。

领导还从来没见过这么油盐不进的女孩，有些恼羞成怒，但是最后还是给自己找了一个台阶，说他就喜欢这样有个性的女孩，他会帮助她进电视台的，如果电视台进不了，他分管的所有和文化有关的单位都可以考虑。

亓元说了声谢谢，转身离开，不久就到了梦为集团。

董华民介绍的这个情况，同此前毕伽索分析的可能性八九不离十，但是董华民又讲了另外一件事情，则是毕伽索始料不及的。

董华民说，我听小江说，亓元爱上了一个人。

毕伽索问，谁？

董华民说，韦梦为。

毕伽索怔住了，目光空洞地说，爱上了一个死了七十多年的人，这可能吗？

董华民说，当初她之所以选择梦为集团，是因为她在网上查询梦为集团的时候，网页上弹出了"韦梦为"。小江说，她的资料夹里，关于韦梦为的资料，有上千万字。

毕伽索倒吸一口冷气，叹道，这个人，这个人啊，她想干什么？她要考古吗？

一个火花从记忆深处炸开，毕伽索终于想起了一件事情。那是在亓元进入梦为集团不久，有一次他到行政处的办公室，发现亓元的写字台上有一张黑白照片，一个戴着金边眼镜、西服革履的年轻人，从领带样式看，应该是二十世纪初的人物。他当时好像还问了亓元一句，亓元是怎么回答的，他记不清了，应该没有正面回答。以后，他再也没有看见过那张照片了。难道，那是韦梦为？联想到他在《梦为之声》杂志上看到的小说《夏日之晨》，毕伽索的心脏突然一阵悸动，那时候他认为，是因为他的存在而引起亓元对韦梦为的重视，而真相极有可能是，因为她发现了韦梦为，才选择了梦为集团。她到梦为集团是来寻找那个幽灵的。

终于，毕伽索想起来了，亓元辞职离开他办公室的时候，楼道里响起的口哨的旋律——鲜花岭上鲜花开。

十四

这天毕伽索没有回父母那里，而是把查林叫到集团的餐厅，两个人喝酒聊天。毕伽索说,老查,我现在越来越反感名人墙,你知道为什么吗?

查林当然知道毕伽索为什么反感,可那是说不出口的理由啊。

毕伽索说,我知道你想的是什么,但不是这个原因。他们拉的那个名单,都是硬邦邦的。可是,在干街的历史上,名人多了去了。中华文明五千年,谁家没有几个七品官呢?你知道这话是谁说的吗?

查林笑笑说,韦梦为啊,这句话在淮上地区家喻户晓,当年还拿出来作为批判韦梦为的依据。

毕伽索说,对了,这些天我在想,韦梦为他们闹革命的时候,想过要上名人墙了吗?扯淡。韦梦为他们闹革命,就是要与所有人有福同享,有难同当。可是现在为什么还要分高低贵贱呢?

查林的眼睛瞪得老大,他发现毕伽索好像突然换了一个人,思想境界超凡脱俗,不得了啊!他只是不明白,毕伽索的境界为什么突然间升华了。

但是关于那一亿三千万到底要不要投进去,查林自然不能替毕伽索拿主意。两个人聊了一会儿就散了。

这天夜里,查林辗转反侧,后半夜披衣下床,打开电脑的同时也打开一瓶啤酒,他突然发现,信箱里又出现一封信,就是简单的几句话:时间,时间,空间,空间。

查林稳稳神,开始按照电子邮件提供的链接,打开一篇文章《西华山战役之流波战斗》,上面详细地介绍了马彪少校率领小分队寻找美军飞行员的过程。在这篇文章的下面,还有马彪等人在流波镇基督教堂南侧同日军激战的照片,那是美军飞行员拍摄的。查林对照了一下时间,发现那个时间正是毕启发等人不知去向的时间，也就是说，那几天，毕启发完全有可能出现在流波镇，参加了一场遭遇战，同马彪一起营救美军飞行员。至于国民党的报纸为什么只字不提，只能理解为，马彪贪天之功据为己有。

查林一个激灵，找出放大镜，开亮了房间所有的灯，撅起屁股去看那张照片，依稀看到一个角落，几个士兵正伏在断墙上射击。他翻来覆去地研究，试图认出其中的一个，果然他成功了，或者说他感觉他成功了，那里面有一个人，他越看越像毕启发，后来他简直认为，那就是毕启发。

那一瞬间，查林差点儿晕了过去，把半瓶啤酒喝完，拿起手机就要给毕伽索打电话，按了两个按键之后，他又把手机挂了。

查林冷静下来，考虑的第一个问题是，谁给他发了这篇文章？他坚信不疑，是亓元，那个来无影去无踪的神秘女子，只有她会这样做。至于她为什么要这样做，他不清楚，也不想清楚，总之，是有原因的。

查林考虑的第二个问题是，最好能找到马彪，但他很快就打消了这个念头，因为从网上查了无数次，里面既有记者的报道，也有马彪等人的回忆文章，但绝口不提关键时刻有人相助，那时候讳莫如深，现在更是死无对证了。第三个问题是，如果说毕启发参加了流波营救美军飞行员的战斗，那为什么毕启发口齿尚清的时候老是说"老子不是逃兵，老子打干街了，老子指挥三个人，打了一天一夜，守住了东头学校，救了蒋夫人"。这是白纸黑字留在档案上的毕启发的自供状，就是因为这句话，所有的人都认为毕启发胡扯。

关于"救了蒋夫人"，查林一直坚持认为，当时确实有宋美龄到西华山国军部队劳军的传说，这个传说新四军的部队应该也有耳闻。甚至，像毕启发这样没有见过世面的人，在前线遇见家眷，把女翻译当成宋美龄，都是有可能的。

现在剩下最后一个问题，那就是毕启发为什么一直强调“老子打干街了”，整个西华山战役，干街并没有发生战斗，毕启发此言从何而来？

直到天亮，查林也没有想明白，他感到自己确实无能为力了。他庆幸自己没有贸然向毕伽索报喜，否则又会遭到鄙视。

一个星期后，毕伽索打电话告诉查林，皋唐县近日要召开“干街镇文化街研讨会”，邀请他参加，他现在有点儿犹豫，请查林也帮他权衡一下。

毕伽索又问查林，最近有没有新的发现？查林老老实实地说，有一线火光，可是很快就熄灭了。然后就一五一十地讲了这段时间得到的信息。尽管他一再强调，还是没有解决老爷子为什么说“老子打干街了”的疑问，但是他能感觉到，毕伽索对这个情况非常重视。

果然，放下电话不到半个小时，毕伽索的汽车就到楼下了。毕伽索到了查林的房间，二话不说，盯着网上的文章和照片，看着看着眼睛就直了，出气就粗了。

毕伽索惊愕地看到，在一个网页上，干街的老照片和流波的老照片放在了一起，在照片的下面，一个署名“秋水”的人在《迷雾》一文中这样写道：这就是所有的迷雾的根源，也是所有迷雾的答案。

毕伽索怔了一会儿，突然一拍桌子，激动地说，查大哥，你看见了吗？所有的答案都清楚了，都清楚了！

查林却傻傻地看着毕伽索，不知所措。他没有从照片里看出他想看出来的东西。

毕伽索说，我爹他不是逃兵，我爹他确实参加了流波战斗，他同鬼子打了一场遭遇战，他在流波抗击鬼子，协助国军马彪少校营救了美军飞行员。

查林怀疑毕伽索走火入魔了，小心翼翼地说，毕总，你怎么啦？就这两张照片，就能说明问题吗？

毕伽索说，太能说明问题了。你不懂吧？我告诉你，你看这教堂，看看教堂旁边他们战斗的这个建筑，这是学校，这个教堂和学校，跟干街的教堂和学校是一个人设计的。时间，是同一个时间；空间，被误认为同一个空间。我明白了，我明白了，我总算明白了……我明白得太晚了……不，现在明白正是时候……我爹他没有出过远门，他在征粮的途中，在山上，看到了山坳里的教堂和学校，他以为那就是干街，他要回到干街去征粮。可是，就在他前往的途中，遇到鬼子搜寻美军飞行员，在那里展开战斗。营救美军飞行员的，不仅是国民党军马彪少校的部队，还有我爹指挥的小分队啊！

毕伽索语无伦次了，上气不接下气，两眼迷离，泪花闪烁。

查林怔怔地看着满脸通红的毕伽索，不知所措，喃喃地说，毕总，你这样说牵强附会啊！

咚的一声，毕伽索把鼠标扔在桌子上。

查林说，可是，所有的资料、所有的报纸，没有说老爷子参加这场战斗啊！

毕伽索咬牙切齿地说，查林，老查，你查的资料，你查的报纸，都是国民党的。那时候，国民党表面统一抗战，背地里摩擦反共，他能把真相告诉世人吗？他能像我爹那样把打死一个鬼子的功绩分一半给乔如风吗？不可能！

查林怔怔地看着毕伽索，诚惶诚恐地说，毕总，你这么说，我太高兴了，我太……也许，这件事情真的要水落石出了。

毕伽索斗志昂扬地说，你等着，我必须回去参加他们的研讨会，不仅我回去，我还要让我爹回去，让我爹站起来告诉他们，他不是逃兵，他是西华山战役流波战斗的英雄。

第二天，查林怀着一颗五味杂陈的心，跟着毕伽索把老爷子推到机场，推上飞机。坐在头等舱里，他才没话找话地问，毕总，你说，是谁帮咱们把事情搞清楚了？

毕伽索说，除了她还有谁？

查林说，可是她，她为什么帮我们？她已经离开了啊。

毕伽索说，你问我，我问谁？

查林说，这太奇怪了。

毕伽索没有马上回答，突然仰起脑袋，望着远处说，一个幽灵，在干街，在西华山，在梦为集团，在我们的头顶上游荡……

查林愣住了，他感觉这话有点儿耳熟，可是眼前的毕伽索却让他感到陌生了。

十五

这年的七月七日，皋唐县召开"干街镇文化街研讨会"，参加会议的省市县各级领导和专家共有二百多人。住进宾馆后，毕伽索翻阅会议资料，发现乔大桥也来了，就住在同一楼层。放下会议秩序册，毕伽索的心里五味杂陈，他突然产生一个冲动，按图索骥找到了乔大桥的房间。开门的是一个理着寸头的年轻人，自我介绍是乔大桥的儿子乔梁。问明来意，乔梁高兴地说，你就是毕伽索叔叔啊，我爸爸去干街了，明天才回来。毕伽索心里一动，问，你爸爸去干街干什么？乔梁说，去找洪雨声爷爷，还是为唐宋村的事。说到这里，乔梁神秘一笑说，毕叔叔是大老板，当心哦，你们见了面，我爸爸恐怕要敲诈你。

毕伽索拍了拍乔梁的肩膀说，这小子，你以为你爸是军阀啊？你爸就算是军阀，你毕叔叔也不是财阀，他敲不出多少油水。

乔梁说，那可不一定。我爸爸退休了，他要把你的钱敲出一部分给干街的空巢老人和留守儿童。

毕伽索哦了一声，半天才回过神来说，啊，你爸爸还这么看得起我？

乔梁说，我爸爸说，毕叔叔是他的发小，是干大事的人。

毕伽索笑笑说，这小子，你是帮你爸爸忽悠我吧。

乔梁说，哪能呢，我说的是真话。

回到自己的房间，回味乔梁说的几句话，毕伽索觉得心里怪怪的。

第二天早餐过后，毕伽索在宾馆院子里散步，一辆车子缓缓进了大门，在毕伽索的身边停下来。一个头顶闪亮的半大老头冲出车门，大呼小叫地扑过来，毕得宝，毕得宝，你这家伙，三十年没见了，发大财了！毕伽索顿时明白了，这是乔大桥，这家伙，已经老得让他认不出来了。

毕伽索说，乔大桥，乔司令啊，没想到在这里见到你了。

乔大桥说，什么乔司令，我现在是光杆司令了，叫我乔大哥啊，你是我失散三十年的兄弟啊！

毕伽索怔怔地说，失散三十年的兄弟？哈哈，乔司令，乔大哥，你还是那个率领我们在干街走南闯北的胡传魁啊！

乔大桥哈哈大笑。韦子玉凑上来说，乔司令，毕总早就不叫毕得宝了，他现在叫毕伽索。

乔大桥眼睛一瞪，什么毕伽索，不伦不类的，我就叫他毕得宝。

韦子玉看看毕伽索，毕总，你看，你们兄弟之间……

毕伽索说，毕得宝就毕得宝吧，乔司令他是不忘旧情，我听着舒服。

上午无事，毕伽索请乔大桥喝茶，两个人讲了这三十多年各自的经历，然后就进入主题，讲到了“西华山战役中的毕启发”。毕伽索讲得很细，讲得很动感情，讲到了毕启发多年的屈辱，讲到了他调查掌握的证据。最后毕伽索说，说到底，我父亲和你父亲是一起参加革命的，冒昧地说，我们两个的父亲是战友，乔大哥你说是不是？

乔大桥说，这话还用讲吗？我父亲活着的时候，经常给我们讲他和你家老爷子一起打鬼子的事。

毕伽索受到鼓励，神色庄重地说，那我就把话挑明了，你要帮帮我。

乔大桥没有马上搭腔，沉思一会儿才说，老弟，你做这个事情，想达到什么目的呢？

毕伽索说，不同的阶段有不同的目的，我的初衷是改变我父亲的逃兵身份，但是现在，我想的不仅仅是这些了。

乔大桥说，你觉得有把握吗？如果没有把握，我建议你此事还是不提为好。

毕伽索说，原先是没有把握，牵强附会，但是现在，我看到希望了，我掌握了足够的材料。

乔大桥说，那我再问你一句，这件事情如果澄清了，你是不是要把老爷子的像挂到干街的名人墙上？

毕伽索迟疑了一下说，这个，我还没有想好。

乔大桥说，此前我听说，你不遗余力地做这件事情，就是为了这个目的。

毕伽索老老实实地说，是的。可是，就在这两天，我突然有了更多的想法。

乔大桥深沉地看了毕伽索一眼，点点头说，哦，原来是这样，那就再想想，我们都静下心来想一想，我们做这件事情的目的是什么。

乔大桥和毕伽索喝茶的时候，预备会也在紧锣密鼓地进行。其他的议程都很顺利，但是在名人墙名单上出现了意外。韦子玉宣读了毕伽索来之前提交的意见，他坚持要把毕启发的像挂在名人墙上，这个意见成为预备会的一个笑话。县政协一名常委义愤填膺地宣布，如果皋唐县敢把毕启发的照片挂在名人墙上，他将退出筹备组。

中午饭后，县委书记弓珲安排了一个小小的会谈，专题研究这个情况，请副省长何敏一起听取了毕伽索的理由。最后何敏决定，给毕伽索一个机会，让他讲述“西华山战役中不为人知的秘密——毕启发九死一生的奇迹”。

决定性的时刻到来了。

七月八日下午，在皋唐县小礼堂里，一百多人济济一堂，各自怀着复杂的心情，等着看毕伽索的表演。毕伽索深深地吸了一口气，登上讲台，打开电脑，先放了一段西华山战役的资料片，然后播放流波战斗的推理片。毕伽索娓娓道来，从毕启发奉命征粮离开主力部队讲起，讲到误入流波镇，阴差阳错同国军马彪少校相遇，共同阻击日军，并掩护马彪少校和美军飞行员撤离的全过程。

毕伽索最后说，我爹的悲剧在于他不能准确地表述他的战斗经历，他的关于“在干街打鬼子，救了蒋夫人”等胡言乱语，把我们带到一团迷雾之中。而今天，这个迷雾被太阳驱散了。我爹失踪的那天，他没有逃跑，而是执行征粮任务到了流波，到了那个被他误认为是干街的地方，在那里同日军相遇，阻击了鬼子，掩护马彪少校护送美军飞行员离开了战场。我爹他是个抗日英雄。

毕伽索讲完了，会场一片安静，过了很长时间，才有人小声嘀咕，这是真的吗？这太传奇了。

韦子玉站起来说，毕总，你的推理确实很精彩，可是，推理不等于事实，我们不能把你的推理作为证据。

毕伽索面无表情地说，我不是推理，这就是事实。

韦子玉说，我们尊重事实。你的证据呢？

毕伽索指着屏幕说，证据都在那上面，你们为什么就不能相信我？

韦子玉说，我们只相信证据。

就在这时候，从后排传来一个声音，我这里有证据。

大家愣住了，举目望去，后排站起来一个亭亭玉立的年轻女子。

弓珲站起来介绍说，各位领导，我现在介绍一位专家，亓元同志，她已经受聘为我们干街文化街的文史顾问。请亓元同志为我们介绍她的最新研究成果。

毕伽索愣住了，亓元走过他身边的时候，他控制了自己的情绪，湿润地问了一声，亓元，我读不懂你啊！

亓元笑了笑说，你用不着读懂我，你能读懂这段往事就行了。

亓元走到坐在轮椅上惴惴不安的毕启发的面前问，老人家，您还认识我吗？

毕启发的眼睛突然睁大了，看着亓元，嘴里嘟嘟囔囔不知说些什么。

亓元笑笑，拍拍毕启发的肩膀说，老人家，请你看一样东西。

说完，亓元转身，走上讲台，走到电脑旁边，插入U盘，播放了一段视频。画面上出现一个满脸紫斑的外国老人，吃力地向亓元比画着，佝偻着腰蹒跚走向书柜，从里面找出一个相册，取出一摞照片，一张一张地翻检。突然，画面上的亓元将其中的一张照片重新找回来，久久地凝视。亓元又找了几张照片，向美国老人征询意见。

外国老人书写了一段话，交给画面上的亓元。

屏幕下面，现实中的亓元移动鼠标，出现了另一幅画面，在一条“抗战老兵英雄事迹报告试讲会”的横幅下面，毕启发趴在地上，作射击状。

亓元说，这一切要从两年前毕总组织的那次抗战老兵英雄事迹报告试讲会讲起。在讲到流波战斗的时候，老人家突然反常，当时就是这个姿势，这个姿势让我十分震惊。他喊“鬼子来了”，并不是怕鬼子，因为他在喊这一声之后，还有一句“卧倒”，并且是射击的姿势，而没有抱住脑袋。于是我想，在抗日战争时期，在西华山战役中，他作为一名排长，下达的是战斗的命令，卧倒之后是射击。正是因为这个发现，我对毕启发的逃兵身份产生了怀疑。

毕伽索看着侃侃而谈的亓元，百感交集。

电脑旁边的亓元说，此后，我从政协文史资料委员会调出一篇关于流波战斗的回忆文章，顺藤摸瓜找到了原美军飞行员威廉的消息，在弓珲书记的帮助下，我于一周前到美国找到了这位老人。终于，一切迷雾都澄清了，就像毕总推理的那样。

毕伽索望着神情自若的亓元，恍若隔世。

亓元没有顾及毕伽索，又点击了几下鼠标。

屏幕上，照片被不断放大。前面远处，隐隐约约看见钢盔，那是树林里的日本兵。照片上近处的军人，正伏在一截断墙后面射击，枪口处飘着一缕硝烟。他的臂膀被放大了，臂章上面的字迹模糊不清。镜头移动，放大，再放大，虽然那是一张面孔的大半个侧面，但是没有人认识这张面孔。

随着画面移动，出现几行英文笔迹，下面配有中文翻译：就在日军快要追上我们的时候，从右边的树林里冲出来几个士兵，向日军猛烈射击。我亲眼看见领头的士兵，在变换位置的时候腿上中了一枪，他仍然向其他的士兵呼喊什么，同时向日军连续扔了两颗手雷，他的战斗姿势给我留下了极其深刻的印象。当时我问马彪少校，这几个士兵是不是他的下属，马彪少校只是含糊地告诉我，那是友军的士兵。我判断这个“友军”应该是新四军的部队。我不顾马彪少校的催促和阻挠，匍匐到侧面拍下了这一组照片，我希望以后找到这些英勇的士兵。后来在中国军队的一个指挥部里，翻译黎露女士告诉我，那确实是新四军的士兵，带队的是一个排长。此后中国军队打扫战场，发现他们中间已有三人阵亡，排长再次负伤。我委托黎露女士到医院调查，但是迟迟没有消息，后来我就回国了。直到二十年后，黎露女士才从台湾给我寄了一个包裹。

偌大的播映厅里，静悄悄的。亓元移动鼠标，屏幕上的美国老人，用长满老人斑的手颤颤巍巍地打开一个箱子，一层一层地打开绸布，里面出现了一个破旧的臂章，正面“新四軍”字样清晰可见。镜头旋转，呈现臂章背后的表格，向人们的眼前推出三个字：畢啟發。

亓元说，我所了解到的，就是这些了。

大厅里传来轻微的骚动，轮椅上的毕启发嘴里发出含糊不清的声音，用手拍打着轮椅。主持会议的韦子玉站了起来，走到毕启发的面前，毕启发不再作声了，瞪着韦子玉，显然他已经认不出韦子玉了。

韦子玉转过身去，对亓元点点头说，亓元同志，我相信你说的一切。只是，我还有一个小小的问题，你和毕总都坚持说，老爷子误把流波当成干街，所以造成了迷雾，我也接受这个观点，因为这两个地方确实很像，老人家过去没有到过干街以外的集镇，他把二者混为一谈是完全有可能的。我的问题是，你们是如何判断出老人家这个误会的，这是揭开谜底最重要的一个环节。

毕伽索说，这个我来说。我最初的困惑就是，我父亲脱离部队，那三天他在哪里，亓元和查林也被这个问题难住了。直到前不久，有一个神秘的人连续给查林发来了几封邮件，附了两张老集镇的照片，下面的说明文字只有八个字：时间，时间，空间，空间。就是这两张照片和这八个字，让我醍醐灌顶，茅塞顿开——时间，是同一个时间；空间，被误认为同一个空间。这就是问题的症结所在。所以我们得出结论，老爷子嘴里的干街，其实就是流波。

韦子玉说，我完全相信这个判断，可是，到底是谁发来这八个字和两张照片呢？亓元同志，是你最早发现的吗？

亓元说，这是一道十分复杂的方程，不是我能够解开的。也许，乔梁博士能帮我们解开最后的谜底。

亓元说完这句话，大家便都转过头去，只见小礼堂中间靠后的位置，站出来一个理着寸头的年轻人，微笑着走上讲坛。年轻人站定，笑容可掬地说，干街乡亲，我是乔如风的孙子，乔大桥的儿子乔梁，奉我父亲之命，今天来向家乡父老乡亲汇报。关于毕启发爷爷的事情，我爷爷在世的时候一直惦记着，他多次对我父亲说，他不相信毕启发会当逃兵，因为在茅坪战斗之后，两位爷爷又参加过几次战斗，他们互相见证了对方的成长和勇敢。刚才大家看到的毕爷爷臂章上的“畢啟發”三个字，就是茅坪战斗之后我爷爷帮毕爷爷写上去的。可是，由于毕爷爷记忆混乱，使得问题越来越复杂，越来越说不清楚，我爷爷也无能为力。爷爷去世前仍然交代我父亲，要关心这件事情。直到有一年假期，父亲让我回到干街，研究这段往事，恰好遇到亓元姐姐。她告诉我，最后的难题就是毕爷爷说的那句“在干街打仗”，无法解释。我后来向我父亲禀报了这个情况，我父亲调来西华山战役资料，在家研究了很长时间，有一天他告诉我，他终于明白了，毕爷爷把流波误认为干街了。我问父亲，他是怎么发现这个奥秘的，父亲告诉我，他是军人，军人对时间和空间比常人更加敏感，正确的时间到达正确的位置，就是胜利。在那场战斗中，毕爷爷没有在指定的时间到达指定的位置，却意外地到达了更需要他的位置。

乔梁说完，会场的空气出现了凝固。在人们期待的目光中，乔大桥站了起来，走到前排，向毕启发走去。在毕启发的面前，乔大桥缓缓地举起右臂，敬了一个礼，庄重地说，毕叔叔，我代表我父亲向你道歉，直到今天才为你恢复名誉。老人家，请看，这是我父亲留给你的最后的礼物。

屏幕上出现了两张照片，一张是乔如风和毕启发的合影，另一张，就是亓元刚刚介绍过的威廉拍摄的战地照片。台下的人们很快发现，原先不认识的那个正在射击的战士，现在认识了，他和乔如风身边的那个人是同一个人——年轻时的毕启发。

不知是谁带的头，一个人站起来了，两个人站起来了，接着，所有的人都站起来了，大家把目光投向毕启发。就在这个时候，出现了意想不到的一幕——毕启发双手撑着轮椅，扭动着，挣扎着，突然站了起来，并且伸出一只手在胸前拼命地舞动，嘴巴一张一合，声音很大，却没有人听得明白。亓元挤到前面，抓住毕启发的手，听了一会儿，直起腰说，老人家，你是说，还有三个，对吗？

毕启发顿时安静下来，混浊的眼睛看着亓元，突然咧嘴笑了，笑着笑着，两行老泪滚滚而下。

十六

毕启发的这个插曲，使得研讨会的方向在不知不觉中发生了变化。但是有一个共识，既然毕启发是抗战英雄，上名人墙应该是顺理成章的，如此，满足了毕伽索的夙愿，毕伽索捐赠的一亿三千万也是水到渠成的。

乔大桥没有参加后来的会议，带着儿子向毕启发父子告别之后，就到干街去了。

组织上委托韦子玉到毕伽索下榻的宾馆去跟毕伽索磋商，毕伽索问韦子玉，你认为这个名人墙能说明什么问题？

韦子玉被他问得愣住了，反问道，你想让它说明什么问题？

毕伽索说，不管它能不能说明什么问题，我都不想花这个钱了。我的钱，也是血汗钱，我得把它用到需要它的地方。

说完这番话的当天下午，毕伽索就带着老爷子离开了皋唐县城，亓元和弓珲一直送到机场。

话别的时候，亓元对毕伽索说，毕总，把那一百万元给我吧。

毕伽索诧异地问，你，亓元，你需要钱？

亓元说，我为什么不需要钱？

毕伽索怔怔地看着亓元，亓元还是不见波澜地微笑，蓝紫色的连衣裙在微风中像一面款款飘动的旗帜。毕伽索点点头说，我明白了，如果我说给你一千万，你不会觉得我是冒犯你吧？

亓元说，我只接受我应该得到的那一部分。

毕伽索抬头看看天，又转头看看亓元说，好的。

亓元说，谢谢。

毕伽索挥挥手，向弓玶和亓元致意，然后推着轮椅过安检了。

一年后，干街文化街建成，不过，远远不是当初设计的规模。名人墙的项目被取消了，只是在韦梦为故居的基础上塑了一尊韦梦为的雕像，建了一块占地五亩的广场，周边安上了路灯，供老人跳广场舞，据说全部预算也就是五十万元。一度成为空巢的干街镇渐渐地又活泛起来了，文化街东西两侧，分别竖起两座门楼。东边是十几幢摩肩接踵的仿古房屋，商铺饭馆茶楼药店戏台手工作坊一应俱全。西边多是一些实用而时尚的建筑，学校医院工厂宾馆超市错落有致。东边的日子逍遥自在，西边的事业红红火火。两年后，干街被省里评为特色集镇，很多在外地打工的年轻人回到了故乡。

（原载《人民文学》2017 年第 8 期）

作者简介：徐贵祥（1959—　），安徽六安人。1978 年入伍。著有长篇小说《历史的天空》《八月桂花遍地开》《明天战争》，中篇小说《潇洒行军》《弹道无痕》等。

科恰里特山下

董夏青青

车刚开出连队，七十五就抽搐起来。军医给他戴上吸氧机，来回检查了一下气体的流动。命令我和李健给他捏手捏脚，和他大声说话。一刻钟后，七十五第一次停止呼吸。指导员叫黄民停车，军医给七十五做人工呼吸，掐他人中。七十五醒了过来。

车子继续跑。与其说跑，还不如说在跳。从三连通往山下的几十公里山路，顺河而去。路面常被山溪冲断，在每年秋季早早冻成了冰。山路地势高，路面时常急转直下又蜿蜒而上，穿过像快坍塌的峭壁。每一座山头都有大片骆驼刺。落上雪的茎秆看着又粗又密。没有全萎掉的苔草，沾着一点青绿色的薄冰。太阳把草叶上的霜晒得发白。

依维柯的过道放不下一个担架。右边驾驶座后面两排座位，左边一排座位。只能放在两排座位上担着担架。依维柯车韧性不行，很颠。指导员和军医跪在座椅上扶着担架。我用肩膀扛着担架靠不到座位上的一头，不让担架侧滑。一过五公里的地方，手机信号中断，想和山下联系，问120的车到没到柏油路口也没办法。

今早，李健带他们班做十一收假后的恢复训练。连队对面新修了一座与吉尔吉斯斯坦的会晤站，李健让他班上的人往会晤站跑，绕过门口的混凝土堆再跑回来。跑过去的时候，七十五第一个到。他们跑回程的时候，指导员问李健谁会第一个到。李健说，七十五。刚跑出三四十米，七十五扑倒在地。李健看到了，跳起来喊一个士官，让他去看看七十五，那个士官还以为在给他加油，拼命冲刺。李健冲了过去。

七十五说这两天晚上烧锅炉没睡好。李健送他回到班里，他拉开被子睡下了。到中午开饭时，七十五已经昏迷，身体发凉。

车还没到二道卡，七十五第二次停止呼吸。头一偏，手从担架边耷拉下去。

指导员再次叫黄民停车。军医趴上去给七十五连做三次人工呼吸。现在问题不止是蜿蜒狭窄、时有时无的土路，以及被冲断的结成冰层的打滑路面。更要命的是与以烽火台为界的对面那个世界中断联系时，逐渐流失的信心。

做第五次人工呼吸时，军医拽了我一把。

等我喊一二三，第三下一起最大力朝他胸口按下去。军医说。

我和军医朝七十五胸口全力按下去，七十五身体向上弹起两三厘米，再次恢复了极为微弱的呼吸。指导员贴到七十五脸上去听。

喘气了。指导员说。

李健低下头捶了自己脑袋两下，指导员扶他起来时，他干呕了一声。

没事吧？军医问他。

指导员给了军医一个眼色，示意他扶稳担架。

开车。指导员对黄民说。

我们继续在坑坑洼洼的路面上颠来颠去。依维柯像大地上新长出来的一口棺材。

两个多小时黄民才把车开过烽火台。一上柏油路，信号恢复，车也跑起来。团政委的电话进来，告诉指导员，他和救护车就等在哈拉布拉克乡那一排杨树跟前。团里的人都知道那排杨树。那十几棵树排得整齐过了头。

依维柯停在杨树底下。医护人员把七十五放到一张带轮子的担架上，抬上救护车开走了。指导员带李健上了政委的车跟着救护车。临走前，团政委叫我和军医去人武部，那边安排我们吃住一晚，明天再跟物资车返回连队。

我和军医站在路边。军医盯着涝坝里的杨树叶子，眼睛很久没有动一下。

他用火机点烟，打了两次火都灭了。他猛吸了口气，把烟扔了，用后脚跟把烟踩进了土里。又站住不动了。

我没有催他。我一点也不着急。大概还没有人跟七十五的母亲说这件事。

几年之前，我也有过军医这样的时候——对于本职工作，抱着一种很宏大的看法。那时候，全部生活，无论家庭、事业、个人情感都在正常、积极的轨道上。女儿在我对人生最得心应手的时期出生。第一次见她，她晃着小小的脑袋。圆圆的、无毛的脸上没有微笑。而那一晚，她的脸是警觉的，绷得紧紧的。我也记得我的老婆也就是她母亲投向我的既讶异又悲哀的目光。

侯哥，去人武部吗现在？军医问。

都行。我说。

我请你喝酒吧。军医说。

可以。我说。

你等我买个火。军医说完，转身往路边一个小商店走。我奇怪他怎么走得那么灵活，刚才看他，好像腿已经断掉了。

军医去的那家小商店旁边的小学，铁门忽然开了。五颜六色的小孩蜂拥而出。有一个穿紫色棉袄的小女孩，走得很慢，边看边舔自己手里的一个苹果，像是决意要把苹果全舔了才下口咬它。她的皮肤不白。那时候四连指导员说京京随我，皮肤黑，我给那狗屌骂了一顿。他说，我有孩子了也给你开玩笑不就行了。去年他有了孩子，有段时间每天抱在怀里，听我们聊他孩子时严肃得要死。我们说，你捏着拳头干吗？说你孩子不好就要打人吗？

我是家里的独子。父母这一辈从湖南过来的知青，有不少在体制里终老。他们照自己的方式运作家庭，尽量跟随时代不掉队。前些年股市还可以的时候，我母亲也赶上了一点运气，给我成家打下了基础。他们的不安全感很强，怕积累的一点点财产忽然蒸发，怕院墙外面一夜之间乱掉。那时我找易敏谈恋爱，他们很高兴。易敏是长沙人，跟她小姨在阿克苏开干果店，还往长沙批发。战友羡慕我，说你多明智，早找好了退路。说这些话的人，因此比我更有上进心，挖空心思调职、搞副业，他们想攒更多的人脉和钱，认为有钱就能从任何乱局中抽身。

今年春天，易敏和我回父母家吃饭。席间说到如果我不离开部队，就先分居。易敏走后，母亲去刷碗。我和父亲坐在客厅沙发，父亲抽着烟。我去够茶几上的火，也想点一根。刚拿上，被父亲一脚踢掉了。

我喜欢易敏，她说话的声调，她穿每件衣服所表现出的，故意和本地女人十分不同的姿态。喜欢别的男人看见她在我身边时露出的眼神。但这两年她越来越焦虑。我的调职停滞不前。结婚时那个年纪持有的完美履历，已开始逐渐失去给她带来希望的价值感。我能感到她注意力的分散，无论白天夜晚，她的热情都更像前两年用剩下的。更重要的，她不想再带京京在阿克苏生活。京京该上小学了，应该去教育环境更好的地方念书，为初中去美国做准备，到时我们在美国再生一个。她姑妈在佛罗里达州。她希望我脱掉军装，先把出国的铺底资金赚出来。

目所能及，社会上掀起了创业和房产的热潮，大家除了谈钱还是谈钱。但除了在部队每天按要求做好分内事，我还有什么额外的才干和本领？也想象不到京京去美国以后会什么样子，还有在美国出生的孩子如何长大。作为父亲，我没有把握让孩子尊重和依赖。也不相信，自己能先于孩子喜欢那里。

去年元宵，我陪易敏从长沙去宁波看她姑妈。在高铁站安检口，易敏抱着京京，看着我被带到一旁，两位安保人员过来对我进行再一轮检查。我说明身份，找出证件给他们。他们接过证件，端详对比我的本地身份证。再将证件还给我，示意我可以离开。直到列车开动，易敏才开口说话。她说到了宁波想先带京京去医院体检，每天进出超市、银行、商场、饭店这些地方的安检门，辐射会怎样影响孩子的身体？我当然明白，她并非在说体检这件事本身。以前我们还能用不相互威胁的口气谈这件事的时候，我说过很多。讲这是整个世界都在面对的两难局面，一个欧洲和半个亚洲都被胁迫。尽管我也知道，只有不在这里生活的人才会这样谈论它的境况。易敏说，人活着为当下，而不是为了活进历史课本。

下午的阳光照耀黑色柏油路和学校新架起的高高的钢质拒

马。一切都那么平淡无奇。不论是天山百货门前和成都街熙熙攘攘的人群,还是少见的高楼后面凋敝的小巷,都在力证自己毫无危险性。现在,这里大概是整个国家治安最为良好的地方,秩序和巨额援建资金都力图帮我们重建信心。房价看涨,基础设施不断完善,一带一路的利好消息不断传入。一部分本地人身处其间,逐渐产生备受重视的自豪感。同时,时间紧迫,这一切都发生得很快。让另一部分人心怀焦虑,孤立无助。网络新闻和街头议论左右他们的心情。让他们一会儿从沮丧冲上乐观的巅峰,转瞬又跌回谷底。

我的为人,我的生活方式,多少年来,在这个地方具备了自己脆弱的形态。这种脆弱与无能和持有何种学历、办事能力无关。我有自己的老师、同事和朋友,有常去的集市和饭馆,怎么会不习以为常?与此同时,当我开车经过多浪河边的凤凰广场,穿进没有半点装饰的小路,路旁一排九五年建盖的楼房正在拆除。我知道,过去的生活也已被新的洪流全部冲走,不可能为我重现。

军医叫了一瓶伊力柔雅,就着一份大盘羊肚,我俩一杯一杯地喝。他手机搁在一边,边喝边刷微信。说李参写了首诗,配了巡逻路上一张雪景。

军医锁了屏幕,抬起头来。

他们说李参离婚,是因为那个不行了。他说。

怎么不行了?

太久没用,再用不好使了。他说。

放屁。

真的。

那么多人结婚之前从来没用过。我说。

家里新买的水龙头，刚用是挺好的，但用了一段时间不用，再用不就锈住了吗？他说。

我俩干了一杯。

李参明天也上山吗？他问。

不知道，晚上你问问，走的话接上他。我说。

好。军医说。

指导员说李参办好手续了。军医说。我嗯了一声。我们举杯又碰了一下。军医把杯子搁在桌上，盯着杯里的酒，动了动身子。

喝不动了？我问他。

他摇头，还是定定地看着杯子。能喝。他说。

喝急了。他说。缓缓。

他拿起筷子，夹起一块羊肚放进嘴里，很慢地咀嚼。等咽下去，他端起酒说，侯哥，敬你。我女朋友说，给你朋友打电话了，下礼拜过去实习。

好。我说。我俩碰杯。

你俩还好着呢？我问。

他喉咙里发出来一点“嗯”的声音，可能代表任何意思。

李参在山上十七年，辗转三个连队。工资在全团干部中仅次于政委。每年九月下山探家。结婚十来年，生了一个男孩，今年十一岁。年初，他妻子要求离婚。李参说，考虑到孩子还小，能不能再等两年，孩子考上大学再离。他妻子强调，必须今年。

李参办完手续从陕西老家回来那晚，我和宣保股长去阿克苏接他。回到房子，李参把他母亲做的馍和辣菜蒸上，我们喝起酒来。喝两杯，他就点上烟，三根五根地抽。李参除了抽烟，没什么爱好。话少，牌也打得不好。婚后，他的工资保障卡放在妻子手上，妻子按月给他转五百块烟钱。这回离婚，李参没有把卡要回来。过了一个夏天，李参才向团里提出补办新的工资保障卡。

他以往探家，还会按照部队作息时间起床，收拾屋子做好早餐再叫醒妻儿。妻子要买车，他买车。坐上车，妻子让他滚下去，他就下车步行回家。他知道妻子已开始怀着嫌恶的心情回避他，但他还在吃力地考虑应该说什么、做什么，分散她的注意力。只差三年就上岸了，偏在这时一无所有。

看着军医，难免想到他费力争取的婚姻，会不会过十几年也是一场终日针对对方的讽刺挖苦。上山之前的周末晚上，参谋长给我打电话，说他在百味鱼庄安排了一桌饭，给我饯行。等人到齐了，桌前落座。参谋长开局，说这顿饭有三层意思：首先，团组干股的郭昕干事马上调广州军区，即将大展宏图，我们要庆祝；其次，军区总医院骨科来阿克苏代职的苏主任，马上到县医院就任，对她表示欢迎；再有是侯副参谋长即将上山代职，离开战友们一段时间，为他饯行。

百味鱼庄是乌什县以前给县委书记做菜的厨师开的，招牌是一鱼多吃，一条鱼烤半条煮半条。我们团里的饭大多也有点这个意思，一饭多请。参谋长说要吃饭的时候，就知道那顿饭不是专为我准备的。但没想到郭昕的调动真的办成了，他马上就不是九团的人，也不再是新疆人。对于他的去向，我既不感到愤恨，也不觉得嫉妒。调广州、调正营，这完全是他的风格。之所以有些不快，是因为他老四处说，再在这种地方待下去，就是对自己对家属的不负责任。同为入疆第二代的他挑明了对我们的看不上。他早已脱离现状，做好打算，喝酒时十分兴奋。我为他这样离开却无半点酸楚而感到心态陡然一变。开始反省到底自己的内心和头脑受到了怎样的桎梏，才使得无法再跨出一步？我们的家庭都是从那个起点开始的，但年纪更轻的他已遥遥走在了我的前面，马上可以心平气和地谈论自己的通达之道了。

那天晚上，参谋长在军总的苏主任面前十分活跃。郭昕大讲参谋长娶到了阿克苏最好看的汉族女人，妻子能歌善舞。参谋长则向苏主任聊起，说他当时靠一首《黑走马》的舞步赢得了当时还是地委副秘书长的老丈人的青睐。平时他去儿子的中学打篮球，必定引起轰动，他一个对五个。苏主任说她的爱人是搞网络技术的，不爱运动，搞得儿子现在对什么球也不感兴趣。参谋长说他不喜欢在房子里待着，每年要跑几十趟边防连队，各个点位的哪块石头动一下他都能看出来。每次回家，妻子会叨叨他，水龙头坏了啦、灯泡不亮了啦。他说这就很奇怪，在办公室里怎么从来没有这些事。他只好一样一样去修理，烦了就对妻子说，信用卡给你，你别糟蹋我了，糟蹋钱去吧。

参谋长家在市里农一师供销大楼后面的小区。团里家在阿克苏的干部，通常会想办法每个月下两趟阿克苏。但参谋长周末从不回家，白天待在办公室，晚上吃完饭还会回到办公室。团里没人见过他的妻子和小孩来过院子。在座的，除了苏主任都知道事实，他也知道我们知道。不过他说得逼真，有几秒钟，我们怀疑是不是自己没有恰好撞见这个家庭含情脉脉的时刻。或者只是意识不到，我们和参谋长一样，都需要一点这个。我们在桌前配合参谋长，无人面露嘲讽。他是那样的一种领导：你可以开他的玩笑，他也能叫你笑不出来。只有一个人，文化股股长李西林，好像被感染得过分了。他突然站起来给苏主任敬酒，说，我爱人也在医院上班，她是急诊护士，儿童医院的。

参谋长听完愣住了。李西林离婚一年多了，团里没人不知道。李西林站起来，一手扶住椅背，一只手挥出去指向我。说，老侯，老侯今年差一点离了，有家有口的都跟他喝一个。

确实。我拿回了离婚申请，易敏带京京再次回到阿克苏，我们重新回到一家人的状态。然而只有我们知道这是如何实现的。桌边这些人，也像是为了表示同情，才从椅子上冒出来并坐在这里的。像李参，心里过不去的时候就去弄勺盐放手心里舔舔。真想这时手心里能有一撮盐。我还想跳起来摁倒李西林，给他揍哭。

军医叫老板娘把羊肚拿去热一下，他又跑去柜台拿来一瓶托木尔峰。

这个酒好，比喝小老窖舒服。军医说。

是。我点头。

下次整几瓶寄回家去。军医说。

你去他们酒厂买，找门口的大姐，说我叫你找她，她能给你便宜。我说。

可以单瓶买还是必须拿一箱？军医问。

只能一箱箱拿，一箱六瓶。我说。

那可以。军医说。

你和我嫂子怎么样了？他们说你把报告又拿回去了。军医说。

对，拿回来了。我说。

不离了？他又问。

我点着头干了一杯。

去看看七十五吧。我把酒杯倒扣在桌上，站起身来。

军医抬起头看我。我不去了。他说。

喝多了？我问他。

不是，怕见了难受。军医说。

要不一起过去，我在外头等你。他又说。

我俩拿起外套。

病床前，李健在给七十五揉腿。

看见我，李健起身让座。

侯参，坐。李健说。

你吃饭了吗？我问他。

他们给我买饭去了，政委刚走，你们碰见了吗？李健说。

没有，我爬楼上来的。我说。

七十五戴着吸氧机，只有口鼻罩住了。我却觉得他整个人都塞在一个大泡沫里。他眨着眼睛看我。

他好多了。李健说。

七十五也尽力点了下头。

别动。我说。

七十五向我眨了两下眼睛。

一位年轻的护士推着护理车走进来。她握住七十五的手，跟他说话。

听得到我说话吗？听到就眨眨眼睛。她说。

七十五眨了眨眼睛。

好着呢，好孩子。护士用不流利的汉语说。动手从护理车上准备输液的工具。

你今年多大？就叫他孩子？李健把左腿搭在右腿上，兴致很高地看着她。

你管我多大干吗？护士说。

李健朝她笑了笑。

那你先说他为啥叫七十五。护士又说。

他爸七十五岁有的他。李健说。

我才不信！护士叫起来。

七十五的脑袋偏过来看着护士。伸出大拇指，晃了两下。

他老子可能耐了，他妈还不到五十岁呢。李健说。

护士笑起来。李健凑上去问她几点下班，她说得等到明天早晨。

护士推着护理车出去时，指导员和黄民拎着餐盒走进来。

军医在楼下抽烟。指导员说。我们让他上来，他不来。

你们晚上睡哪？我问。

黄民指了指门口。

外面有椅子。他说。

要是七十五一直躺着不刮胡子，会不会长到脖子下边？黄民在李健对面坐下，摸起自己的下巴。

你刮过屌毛吗？它长过膝盖了吗？李健说着放下餐盒，去找水喝了。

今年夏天，给在长沙的易敏打电话，说我同意和她离婚。挂上电话，我进小龙坎点了个小火锅，叫了两瓶常温的乌苏。端着洗洁精喷壶，在一旁收拾桌子的是个岁数不大不小的女人。我忽然觉得她很美。她的姿态，她身体里尚存不多的青春气息，都让我想到易敏。易敏这些年，给了她能给的最好的一切。可当她提出要另一种生活，我拿不出任何可改变现状的行动。说话也没用。如果我说抱一下就能抱得到吗？说句都会好的就会好吗？我从没在愚昧、平庸和愚蠢的事上消磨自己的生命。理想也从没半点虚假。到这时，却貌似只有那不变的、时常舔盐的生活，才是最看得见、摸得着的部分。

春朝雪舞沁人心，半谷遥闻百雉鸣。苦守寒山还几岁，陪君度日了余情。

再过个几年，就叫上写这首诗的人去哈拉布拉克乡那排整齐过了头的杨树后边买几亩地，盖个土房子。自己打粮食，自己酿酒喝。砌堵院墙，养上退役的军犬军马。

养犬，我就要四连的格蕾特。格蕾特一岁半时从北京昌平军犬基地到了四连。不到半年，连队的人都看出来格蕾特抑郁了。她还想着回北京，拒不接纳山风的气味和响声。从不和其他军犬废话，只跟一条牧民家的细狗来往。有时在连队一整天形影不离。但细狗太瘦小了，一来就被连队正在放风的军犬欺负。之前我和参谋长在山上，听说细狗的屁股被咬掉一半。参谋长把细狗抱到哨楼上的暖气旁边，啰嗦他怎么看着细狗长大的。格蕾特伏在一侧盯着细狗，前一晚她咬死了一只跑哨楼上来蹭食吃的狐狸。格蕾特肯定愿意老了来和我住。她一下就能嗅出我、她还有细狗共有的气息。

那晚我想尽快上山一趟找格蕾特，听听她的吠叫。但过后我被团里留下来督建新的招待所。检查组来一拨走一拨，我用剩下的半截屁股扛过了每一次查账和问话。

一天下午，易敏打电话来，让我马上订机票赶回去。她在电话那边说了几句开始哭，话语不清。是京京的事。下午我从阿克苏飞到乌鲁木齐，转机再飞长沙，凌晨抵家。

易敏说，中午京京的幼儿园园长打电话给她，让她马上过去。京京在幼儿园把一个女孩推进厕所的蹲便器，摁下了水阀。老师说，京京反感任何人对她的碰触和抚摸，这个女孩之前摸了京京的头发。还有不止一个同学，因为做游戏时抱住京京或拉她的手，被京京推倒。易敏说，老师认为京京目前的表现是感觉统合失调，在儿童医院给出诊疗意见之前这段时间，京京不适合回幼儿园上课。

易敏抱着京京从屋里出来。京京躲在男孩气的短发里的脸，警觉地，绷得紧紧的。易敏投向我既讶异又悲哀的目光。少见的，没有描画过的眉毛，承担了她脸上绝大部分无措和虚弱的神情。

我伸出手从易敏怀里接过京京。她扭过脸问我，爸爸，你捉了几只老鼠？

我们带京京到儿童医院，在门诊楼下转了一圈，没有进去挂号便离开了。我们不愿京京在五岁的年纪，就在不打针吃药的问话中意识到自己可能是一个特殊病人，从此满心恐惧。我们需要时间找出京京这些表现背后的原因，并已经依据新闻和个人经验开始艰难地猜测。但先默认的，最希望如其所是的，是我和易敏对各自的强调，环境的辗转，让京京难以辨认那些抚触动作背后的善意。我们无法再漠然相对，无法假装能再展开各自新的生活。孤立无援，唯有彼此。

我们带京京回到阿克苏，决心先牢牢相伴。周日，易敏带着京京随我父亲去教堂礼拜。很快京京受洗，有了一位在电力公司上班的教父。在我即将上山代职之前，易敏搬来团部家属院。在科恰里特山上的每一晚，我们仨都在视频中见面。我在连队荣誉室里将笑声一再压低，同时也知道等李参回到山上，无论身处连队哪个位置，都能听见来自另一个家庭运转时亲密的声音。

此时，我和军医躺在人武部的招待室。军医在旁鼾声正响。我想叫醒军医，告诉他。我和我的妻子，就是在准备分道扬镳之前，才真正认出了彼此往后的模样。但我一个字也不能提，不管我说什么，都像把失而复得的一部分又交了出去。

我会跟军医讲，等明天接上李参，可以逗一下他，问他晚上怎么入睡的。军医也许会马上反问，李参怎么睡觉的？两年前，连队进科恰里特山巡逻。大雪阻路，进点位必须骑行。排长带一行六人过冰河时，冰面破裂，排长的马打滑侧摔，排长跌进冰窟，顺水而下。随行的人下马去追。透过冰层他们看见排长仰起的脸，却无法抓住他。排长手机信号不好，以前老让李参上“为你读诗”的公众号下载朗读音频。俩人边听边抽烟。自从他出事，李参每晚都会戴上迷彩作训帽睡觉。李参说排长没成家，也许没回南京的老家，还在这里逛荡。他不希望排长在夜晚的梦里叫醒他，这不文明。

如果不是他，掉下去的会不会是自己？如果掉下冰窟的是自己，有谁会追出去那样的一段距离？科恰里特山下的人都想过这个。对我来说，这些已称不上是值得多想的事。

（原载《人民文学》2017 年第 8 期）

作者简介：董夏青青（1987—　），女，山东安丘人。著有小说集《科恰里特山下》等。

躺在山上看星星

万　宁

一

窗外是瓢泼大雨，林岚的眼睛越过正在讲话的县委书记谢一民，穿过对面的落地窗，望向远处，她甚至长嘘了一口气，心里对会前把窗帘拉开的人充满感激。此刻，那些重重叠叠的山峦，墨黛凝重，云烟翻涌，近前的雨水呈疯狂状，往玻璃窗上扑打，一阵一阵地，汇成一股股水流，时不时花了人的视线。看着这雨，林岚心口发紧，今天是周五，这雨下得真不是时候。

县里关于"脱贫攻坚"的协调会，开过多次了，下边反映出来这样那样的问题，一个又一个，县长石在研眉头拧得紧紧的，所有的人都低着头，在黑色笔记本上做记录。脱贫工作对于乡村还真不是一两句话、一两笔资金就可解决的问题，更不是帮着建几间房、送点钱就能解决的事。乡村长久以来浸透着固有的思维方式，在天地良心、公平公正前，有些扶贫措施，居然激起个别群众的愤怒，说是有违祖训，纵容了懒汉，天天游手好闲，反而可以不劳而获，说怎么可以帮扶懒汉。这些意见在林岚耳朵里聒噪着，上面要来检查，不在贫困村立起几栋房子、种几片果林，怎么说得过去？工作就是这样，按上面提的要求落实到下面，满意买账的少，苦就苦了做事的人，立在中间，明明茫然，却不能做出茫然状。扶贫要精准，乡村要避开等、靠、要。这句话上上下下经常说，此时书记谢一民又在强调，他眼睛朝望着窗外的林岚瞟了一眼。林岚赶紧低头，捏着笔像模像样地在笔记本上写着字。

早几天，林岚去了市里大领导蹲点的罗潭村，一片畦地的土基上，整整齐齐地建起了十几栋红砖房，结构一模一样，当时她想都没想，从几个角度拍下几张照片，并写上“建设美丽乡村”发到朋友圈里，结果遭到好多人吐槽，有位定居国外的同学留言：“授人以鱼，不如授人以渔。你们分明是在破坏乡村，农户坐落在不同的山头田埂，才是乡村，乡村屋舍怎可整齐划一，反对乡村城市化！”这个社会，任何时候都不缺少指手画脚的人，他们指望乡村原生态，可是自己却又要逃离。当然面对各种置疑，林岚应对的方式是删除所发的内容，她的身份不容她争辩，不过，说到底是她还没有进入角色。

林岚来青水县任副县长不到三个月，她之前是大学里的教园林设计的教师，几个月前，她评正教授失利，情绪低落，一张关于招考县处级干部的启事，也不知是谁丢在了她办公桌上，她安安静静地看着，内心却在翻江倒海，她抬头望着格子间的同事。每天上课下课，面对总是青春的脸庞，每年每年说着类似的话，说是在传授知识，而这些知识在他们今后的工作或是生活中，能用多少却是未知。一抹夕阳照在她座位上，这抹夕阳似乎已洞见若干年后自己的样子，她突然觉得乏味，她想过一种与现在不一样的生活。那刻，她毫不犹豫地给她硕士导师，目前在蓝山市任副市长的谢存明发信息，说自己想考今天报纸上那些个职位，可以不？没想到谢老师马上就回话了:“可以试试。”谢老师是从省高校考到市里来的,属无党派人士,目前管工商联这一块,正春风得意着。在高校做学问苦,到政界也许是一个不错的选择。林岚在那刻是真的想告别讲台,去开始一种新的职业。

她也没有想到会如此顺利,她居然就考上了。只是她的老公郝民很不高兴,说她神经病,好好的老师不当,去做公务员。得知她被分到青水县时,气得跟她拍桌子。“妮妮怎么办?”他推了推眼镜框,“你去那么远,妮妮怎么可以不要妈妈陪?”林岚吓了一跳,她没有想到郝民反应如此激烈,她让脸上尽量保持微笑,不敢把冲到嘴边的“有你啊”说出来,而是说“我爸妈会照顾好的”。但话里没有藏住心虚。郝民当然也没再说什么,因为妮妮一直由外婆带着,他们两口子彻底放手,自己没带,讲起话来底气不足。本来郝民想,妮妮上小学时,父母多陪陪,哪知林岚闹了这么一出。

到了县里,林岚像是被人架了起来,所做的事、所讲的话,都有人帮忙导演,一个会议下来,她拿着刚刚在台上念的文件,吓出一身冷汗,怀疑自己是不是真的照念了。办公室总有人把她的工作行程安排好,有时她也会删掉一些,但一些规定动作是必须完成的。她突然懂得,人原来有很多不得已,她被框住了。问题是她不能在郝民面前发牢骚,发了,他肯定会给她一个白眼,丢下一句:自找。好在林岚所面临的工作还有新鲜感,走在乡村,住在山区,她会觉得精神抖擞,而且从周一至周五她逃离家庭,又过上了单身生活,她确实有些小欣喜。

今天是回家的日子,除了思念妮妮,这个周末她必须回家,因为明天是婆婆七十大寿,老公早已订好餐,两边的亲戚都会来祝贺。平常可以缺席，但这个日子林岚无论怎样都不敢不到场。可是，此时的雨，气势汹汹，下得人心里长草。

会议在五点一刻结束。

林岚撑着伞往办公楼后边的宿舍走，顾不上皮鞋里的水渍，噌噌地上楼，在房间里拿几样东西，下楼坐车经过办公楼前坪时，除了雨声，一片空寂，刚才的喧闹仿佛不曾有过。她愣愣地望，想这些人走得真快。刚刚开会的，只有两三个本县人，其余的全部来自市里，周末了，谁不归心似箭？林岚抿了抿嘴唇，心里兀自怅然。

司机小邓不理会林岚的情绪，他想早点赶到市里去，所以踩着油门，溅出一路水花。天瞬间黑下来，车灯照射下的雨，像一根根斜线，扑向前面的挡风玻璃，公路两边的山峦，如同黑色鬼魅。林岚没来得及提醒小邓慢点开，手机在手上振动起来，一看是县长石在研的来电。林岚不自觉地正襟危坐，然后接听，还没说话，声音就冲了出来："喂，你赶快调头，回县里，市里七点半召开防汛电视电话会议，你马上赶往会场。"

"小邓，下一个匝道调头，去电信局。"

车在路上仿佛迟疑了一下，尽管有千般的不愿意，但车子还是毫不犹豫地往前边的匝道口开下去。

电信局的电视电话会议会场，稀稀拉拉的，没坐多少人，宣传部部长田小壮在不停地打电话，很显然，他在调度人马，喊人来开会。电视电话会的会场，市里方方面面的领导是可以看到的，人坐满是首要的；其次，县里的主要领导坐了哪些人，会通过影像传到市里。所以开会前五分钟时，石在研端着水杯、夹着个黑色笔记本坐到了座位上，他扭转头，看后边的与会人员，好家伙，机关里什么人都来了，即便这样，后排还是空了一些位子。他皱了皱眉，正要发话，前方电子屏来图像了，接着同期声也传来，会议开始了。

这是一个临时的紧急会议。

连日来全市频降大雨及暴雨，城市内涝，境内河水大涨，多地山洪爆发，为此，市委市政府要求各县市区抓好防汛抗灾工作，提出了具体的要求，比如要加强会商研判、组织群众转移、保护基础设施、加强隐患排查等等，市里几位大领导都在会场，并轮流作了指示。窗外的雨作为背景，以示严峻，林岚背心窝里微微冒汗，她有些紧张，她抬头环顾四周，本地领导除了统战部部长、宣传部部长及一名管教育的副县长，就只有她与石县长，林岚想，难道其他人没有接到会议通知？她心里打鼓，工作这么具体，明天肯定要下乡。

会议一散，石县长在会场就开始布置任务，明天大家兵分五路，去乡镇去督促防汛抗灾工作，会议开到夜里十点，走出会场，林岚回望着电子屏上明天的工作分工，她长长地叹了一口气，气还没叹完，口袋里的手机振动了，是郝民打过来的，“喂，怎么还没到?”林岚用手掩着嘴，嗯嗯地拖了几声，才说：“回不来啊，临时召开防汛工作会，明天要下乡。”

郝民那边一片寂静，然后是挂断电话的嘟嘟声，林岚怔怔地望着夜色。

二

第二天早上八点，县政府门口，林岚正准备坐进自己的车里，跟石县长跑的小于走过来，他指着边上一辆吉普车，请她过去坐。后车门开着，林岚正要往上跨，见石县长已经坐在副驾驶位，望着她,“我们的车,底盘都太低,下乡没走两步,就会走不动,更何况我们今天是奔赴灾区现场。”他拍了拍车靠垫,“这是武警的车,我们借来用用。”说着车子就开始驶向通往罗霄山脉的古罗镇。

林岚望着窗外的雨,忍不住叹了一口气。

石县长在闭目养神,冷不丁问:“你去过古罗镇吗?”

“没,还没来得及去。”她停顿了一下,“主要是知道县长会带我去。”

石县长回头看了她一眼,嘿嘿地笑了几声,“你哪像老师啊,嘴这么滑。”

林岚脸有些热,她不能断定自己是否脸红了,只能让脸皮继续厚下去,“这不换了新环境,想学着拍马屁,却总是拍得不到位,还让人笑话。”

“其实当个老师多好,干吗跑到这来瞎折腾?”

“人类有个通病,就是对未知的事都想尝试。”

闲聊中,车已在山里蜿蜒,窗外满眼苍翠,只是这些苍翠水滴滴的,山涧溪水哗啦啦地奔腾,紧靠山岩的路旁,时不时有山顶或山间的流水直挂而下,如同瀑布。

林岚哎了一声,“这山上,会不会来山洪?”

车内一片寂静。车外山道崎岖,水声大肆喧哗。

“离古罗镇还有多远?”石在研抬头望着山顶落下的水柱,面色凝重,“往前赶吧,有山洪也不会来得这么快。”

“快了,还有十里的样子,”司机盯着前方,“这里地势高,水是往下走的,没事的。”

林岚捏着手机,手心里是一层层的汗,她不想看雨,低下头看手机。家人群里亲人们对婆婆的祝福,一拨又一拨,她赶紧也发去祝福，她怕等下一忙给忘了，同时她告诉大家，自己正在往古罗镇的路上，随时会遇上山洪。她随手拍了两张图发过去，再附上卫星定位，她想对老公说，假如我失踪了，来这里收尸。想想今天是婆婆的生日，这个玩笑发过去，后果无法想象，于是她改成：假如我失踪了，来这里找我。消息一发，群里的人瞬间寂静，再不见一个人说话。林岚怕老公骂，赶紧退出来，抬起头茫然地望着山野。近前一棵一棵的树干一闪而过，从树干间的缝隙看去，密密的植被遮蔽了陡峭的溪谷，而水流的落差在急缓中显现一切。

车子开始下坡，随着下坡的进度，视野在一点一点开阔，见梯田见菜地还见零星的房屋，雨也似乎小了一些。走在镇上公路时，看见水田、瓜田、菜地全浸在水里，路上几乎没有往来车辆，从山里奔腾而来的水汇入罗水河，又急匆匆地往前奔，满满的河水随时有溢出河床的可能。车在堤上跑，林岚的脸白得像一张纸，她不敢说任何话，一心只想着这截路快点跑完。倒是真的到了一个岔路口，车从堤上斜冲下去，拐向了镇政府。

林岚又一路回望，想河水溢出来，这个镇肯定要被浸泡，只是到时，人往哪里跑呢？她不敢把这个问题问出来，她心里知道，这不是一个副县长该问的话，别人听了，除了嘲笑，还会认为她幼稚，更会动摇军心。沉默是最好的武器。她想水来了，又不是淹她一个人，到时县长往哪儿跑，她也往哪儿跑，怕什么。这么想着，车就到了镇政府。

院子里异常安静，门口没有一个人迎接，两辆车子在坪里停好，石在研从车上下来，抬头望了望四周，脸色极度难看。林岚撑起伞，站在坪里，她穿着一条黑色中腿裤，一件有衣领的T恤，脚上一双 crocs 的塑料凉鞋，站在雨中，她没有把伞移过去，而是把眼角的余光移过去，T 恤与长布裤，脚上踩了双运动鞋。她嘴角微微扯动一下，便跟着穿着这身衣服的人迈向镇政府办公楼。

楼道里扑来一股潮湿的霉味，林岚没来得及掩鼻，“唔啊、唔啊”的啼哭声从一间敞开的办公室里传来，他们走进去时，一位三十岁左右的女人在给五六个月的婴儿穿衣服，桌上扔着换下的衣物，奶渍一片。女人见到来人，紧张得手忙脚乱。“突然回奶了，”她抬起头，继续说，“不好意思，马上就好。”

林岚很想伸手把这孩子接过来，但她没有，她的身份不让她这样做，她站在县长后边等着。

小家伙被放进摇窝里，看着一行人，情绪似乎有所好转，开始“咿咿呀呀”自娱自乐。

县长瞅着办公桌上的工作牌，“你叫夏花花？夏副镇长？”石在研双目盯着站回到办公桌前的夏花花，“上班怎么可以带孩子？”

夏花花鼻尖上沁出细细汗珠，“今天是周六，带孩子的阿姨休息，临时接到通知要值班，我只能带孩子来。”她抬起头，挺了挺胸，噘起嘴，又补了一句，“我还在哺乳期。”

石在研顿了顿，意识到责问她毫无意义，可是没法停下他的咄咄逼人，“镇里的其他人呢？”

夏花花的鼻尖依然冒汗，“镇长在家保胎，书记带人在王家湾协助村民转移。”石在研猛然记起，这个镇的女干部几乎都生崽去了，因为二胎政策，生孩子的扎堆，他面无表情看着夏花花，耐着性子听她说。“王家湾上游的罗溪水库告急，所以一大早他们赶往王家湾了，要我一个人留守，书记还交代，你们不要过去了，山洪说来就来，随时有生命危险。”

最后一句话戳到石在研的脊梁骨上，他挺了挺，眼睛盯着墙上古罗镇的行政地图，尽管心里认可镇党委书记的做法，可是他石在研既然来了，不去一线，那是孬种，以后怎么好意思坐在台上讲大道理。他闷声闷气，看着地图，看罗溪水库周边的村落，除王家湾村，还有罗家坪村，也在水库下游。他沉思掂量时，进来三个人，为首的边说边拱手，“石县长，对不起，接到通知，就从县城火速赶往，无奈车况不好，熄了几次火。”石县长沉着的脸拉得老长。夏花花指着来人，“这是我们镇党委副书记古河里。”然后也对另外两人进行了介绍。林岚早听人说了，如今的乡镇干部基本上住在县城，而县里的干部又基本上住在市里，依此类推，所以到了周末，很多机关几乎就空巢了。

“好！你们来得正好！我们先去看看河堤，然后一起去罗家坪。”石县长说着就往外走。

几经奔跑，车子最终丢在一段公路的断崖边。古河里说必须在山脊上行走，否则山洪来了，跑都跑不赢。山脊上有的地方有路，有的没有，而且雨一直在下，时大时小，林岚开始还打着伞，走了一阵后，伞仅仅是个道具，完全不具备遮雨的功能。林岚全身湿透，头发粘在头皮上，不停地用手抹着水珠。石在研看着她，几次想开口，要她别去了，可终究把话咽下去。荒郊野岭的，大家只能抱团，丢下谁，都是一种危险。走在山的脊背上，俯视下去，山失去了高昂与挺拔，它只是匍匐在大地上，以四散的姿态，静静地趴着，脊梁骨以细线的形式，起伏略带僵硬，却延绵得无穷无尽。说它僵硬，山脊多是岩石构成，尽管周围长了植被，但坚硬的岩石时不时裸露。石县长走得飞快，跟在后边的人同样飞快，林岚没办法飞快，她踩在山路上，脚被岩石硌得喔喔痛，加上湿滑，脚指头一齐往前挤，脚掌两侧勒得紧紧的，箍出一道红印子。她的苦还不能与人说，这里没有她可以依靠的人，尽管有一群人，她必须独自承受。幸亏石县长停在那儿看山下的村庄，古河里站在他旁边，在山风的吹动下，指手画脚显得格外卖力。顺着他们的目光，林岚也望过去，这一望便让她惊呼起来，“天啊，”她用手抹着脸上的雨水，“这是哪儿？这么美！”

山下一畦平地，白墙黑瓦的古建筑，成片成片地落在长满青苗的水田间，中间一条溪水，从山这边流到山那边，弯弯曲曲地，从村中间招摇过市。

“这里是王家湾。”一直跟在林岚后面的小伙子说。

在山顶绕了几个圈，中午时分，他们一行人到达罗家坪。途中，石在研对着山坡上的高压电线、供水管道、基站，向古河里询问，洪灾来了，这些垂直管理或跨区域管理的基础设施谁来维护？还有冲毁的省道国道，如何保证在第一时间通知他们？林岚边听边佩服石县长，看似走马观花，其实是在用心想事，时时对重要地段进行巡查，对隐患逐一排查。

罗家坪的村委与学校都建在山坡上，他们到达时，学校与村委会里已有部分村民，有村干部说，本来都在这儿了，这不，要吃午饭哒，又跑下山回家搞饭去了。

石在研四处看了看，古河里与县防汛抗旱指挥部联系，罗溪水库暂不会人为泄洪，但怕山洪，在雨没停之前，村民必须转移到高处。于是，村委会的广播又响起来，要大家马上回到学校来。林岚站在村委会坪里，看到村民们陆陆续续从屋里汇聚到村道上，挎着大包小包的，手里提桶的，端盆的，吆喝喧天的，往这边跑来。这些人一到，空气里立马有了食物的气味，苞谷的，各类米粑粑的。林岚望着空气，吞下涌上来的口水。古河里似乎听到了她肚子的咕咕叫声，在村委边上买了几盒方便面，就着刚刚烧开的水，端到大家面前。林岚扶起筷子，居然吃了个精光，甚至还想来一碗，好在古河里拿来几个热气腾腾的苞谷，林岚也不客气，感觉不啃下它，心里会发慌。古河里在忙活时，嘴里不停地念叨，“对不住啊。”石在研挥着手，“非常时期，能饱上肚子，已属不易。”

一个县长下到乡村，怎么着都会有几碗土菜招待，可是今天，谁都顾不上了。石在研唆下方便面就去了隔壁的学校。村民们好像都已吃过午饭，落脚在每间教室，情绪里兴奋占多数，大人闲聊，孩子打闹，场面甚是热闹，有几间教室里，居然有几桌牌，看牌的人里三层外三层，安静与喧哗轮流坐庄。

走过一圈后，石在研说：“我去村里看看，你们只是广播，肯定还有村民待在家里。”他说话时，林岚一个喷嚏冲了出来，石在研看了看她，全身淋透了，他皱了皱眉，“你就别去了，去换身干衣服，别感冒了。”能说出下属想要说的话，肯定是个好领导。

林岚被人带着去换衣服，只是衣服摆在她面前时，她犹豫再三，不知该穿还是不穿。给她衣服的女村干部说：“保证干净，你换上，我们一会儿就把你的衣服烤干。”

林岚穿上后，本想找个镜子看看，可是哪有镜子呀，于是稀里糊涂地就出去了，想着只是穿一会儿，况且她还一不做二不休，脱了打脚的凉鞋，穿上她们拿来的军跑鞋，在学校各处走了走，跟校长与几位老师交谈，有老师给她拍照，她也随他们拍。

下午两点的时候，雨停了，云也散开，所有的人嘘了一口长气。石县长喊来村支委，坐下来仔细听情况，一聊就是两小时，天近黄昏，才启程往回赶。又要走山路，林岚想哭，但她没有哭的资格，只能跟随。有几位村民主动请缨，带他们抄近路，七拐八拐，在山脊上转悠。林岚在一些地段发现了城墙，城墙被树木、茅草遮蔽，残存的泥墙上有内大外小的长形方孔，站在城墙边，外是连绵不绝的群山，内是石坪、石阶，以及砖木结构的建筑群。村民说这是王家湾的古城堡。虽然破败得看不清原貌，山风戚戚中，它们的沉默不代表这里没有发生过故事。林岚惊讶山野中会隐藏这些神秘，她在心里一路感叹，想着下次一定要与村里的老人们聊聊，听他们说说古罗镇里所有村落的过往。如此唏嘘时，她听到众人兴奋地欢呼，一抬眼，见到了他们的车，在路旁悬崖边的空地上，沐浴着清新的空气。

三

这晚，深夜十二点多，林岚回到家。

老公郝民睡在床上，抬了抬眼，嘟囔着："这个时候回来，干啥哈？"林岚不管他的嘟囔，冲上去，一把抱住他，总归是自己的老公，一星期不见，怎么都要抱一下。郝民也有回应，他把头埋进她的头发里，可是瞬间就推开她，"你干啥啦？一股子馊味。"林岚抽了抽鼻子，想着今天自己又是淋雨又是出汗，不馊才怪，可是郝民说自己，她不干，偏要凑过去，"怎么啦？就开始嫌弃俺们乡下人？"郝民四处躲闪，他缩在床的一角，举起双手，说："真不是嫌弃，是鼻子受不了。"弄得林岚不得不确信那味儿的浓重，丢下他冲进浴室。

洗好弄好，背贴着床，骨架子就散开了，林岚上眼皮与下眼皮一下子粘住了。郝民却在这时凑过来，小狗样在林岚身上蹭来蹭去，林岚眯着眼推开他，嘟囔出一句："不行，这几天正是危险期。"就翻身睡去。郝民嬉皮笑脸的，又拱上去，"人算不如天算，怀了，我们生个二胎。”林岚头皮一麻，一脚踹过去，搂起毯子就往妮妮房里跑，“要生你去生，男人做个爸，几分钟的事，几多容易，我不陪你。”

其实之前与郝民商量过，不生二胎，好好把妮妮带大。当时郝民尽管不愿意，但必须面对现实。岳母岳父早说了，他们不会再带，而自己的父母身体非常不好，根本就指望不上，想着要把两个孩子从幼儿园、小学、中学、大学培养到工作直至结婚，自己头就大，况且还没有想其间的意外情况。譬如老大人家成绩好，要求留学，作为家长能拒绝吗？送了老大留学，老二即使成绩不咋地，也有理由要求到外边去看看，到那时，俩老骨头只有被啃的份儿，日子过得紧巴巴，仿佛活着就是为了他们长大，自己的人生意义完全不存在。

林岚不想没有自我地度过一生，都是一辈子，自己得活出自己的味道来。有时，林岚也会撇着嘴，故意气郝民，“你如果像林蒙老公那样有钱，莫说二胎，我三胎都会生。”

林蒙的老公叫言咏，蓝山市的房产商，他家生个孩子，保姆请了三四个。林蒙是林岚的姐姐，大她七八岁，都四十五了，今年生了对龙凤胎。林岚说她疯了，为了生孩子，简直不要命。好在她命大，林岚永远都记得姐姐躺在产房里奄奄一息的笑容，那是向死而生后的笑容，像如释重负，却分明又是一种胜利，看得林岚心口绞痛。摊上有钱人家，人生其实是另一番苦。尽管林蒙从不说，可是从她的眼神里能知道她的世界并不全是外人羡慕的那些。

这一觉，林岚沉入海底。

醒来时，女儿妮妮挨在身边，低头看着童话书，窗外一缕阳光沐着她的脸，几乎透明的肌肤上，细细的茸毛在光影中生机勃勃。

林岚伸手揽过去,使劲在她脸上亲了一下。妮妮扔下书,环抱着妈妈,头朝客厅,“爸爸,妈妈醒了。”郝民跑过来,嘻嘻地笑,“这下好了,我家出了个名人。”林岚用脸在女儿身上蹭,朝郝民翻了个白眼,郝民还是自顾自地傻笑,看林岚的神情愈加怪异,还一个劲地摇头,说:“你也敢穿。”

林岚下巴抵在妮妮肩上,眨巴着满是眼屎的眼睛,“哎,你有屁就放,干吗呢?”

郝民举着手机,打开一幅照片,送到妮妮面前,“妮,看看,这是谁?”妮妮偏着头,看了一秒钟,便惊愕地回头望着林岚,“呀,妈妈,你这是在干啥?”

林岚把头凑过去,她看见照片里自己正与人谈笑风生,不同于平常的是她的装扮,她穿着蓝布镶了点花边的斜衩罩衫,一条蓝布裤子,脚上一双黄色军跑鞋,独与这身衣不搭调的是头发,齐耳的螺丝卷过于洋气地中分下来,倒是这身衣服让她格外秀丽,而且从侧面拍摄过来,这是林岚最美的角度。

“哎,昨天去罗家坪村,一身湿透了,村里女干部拿来的这身衣服,有什么好稀奇的。”林岚解释着。

“问题是这事情闹大了,你看看,朋友圈里都刷爆了,点击上十万了,都上腾讯新闻了,标题为:最美女县长。”话说完了,郝民的嘴还在咂巴。

林岚想事情真的闹大了,第一个不高兴的肯定是石在研,她把他的风头全抢了,况且自己在整个过程中,就是一个打酱油的可有可无的人,尽管这事不是她林岚整出来的,但风头林岚出了,没有责任也有责任啊。正思量该如何跟石县长解释,林蒙打来电话,还没讲话,就笑个不停,“岚啊,你这个美女县长,微信里全是你的照片，都刷屏了，美得你姐夫忍不住与人说，这是他小姨子，别人说他吹牛，哈哈，如今讲真话，大家都以为是假的。”林蒙还在笑，“人要出名，门板都挡不住，穿了件村姑衣裳，一下子就成网红了，哎，你姐夫要请你吃饭哩。”

姐夫请吃饭，林岚吃得多，不过多半都是跟着父母蹭吃，而专门请她，倒是从来没有过。林岚与父母住在姐夫开发的楼盘里，在一栋楼的一个单元里打着对门，如同一家，又各有自己的空间。两个女儿中，父母照应多的是林岚，除了她是满女，还应验了一句老话：爹娘痛背时崽。在他们眼里，林岚、郝民只有一点死工资，又怎么能够把日子过漂亮，所以他们明里暗里地补贴着。姐夫喊吃饭，其实是家人团聚，又正好孝敬了老人，逗乐了孩子。

这天中午亦是如此，只是姐夫居然要与林岚合影，郝民看着看着也来一出，说：“你与我老婆合影，那我要抱着你的两个小崽子拍一张。”

郝民坐在一张太师椅上，一手抱一个，啧啧着，“呀，此生何求？一儿一女。”

林岚喝着汤，脚却被边上的林蒙踢了一下，“赶紧生吧，趁着还年轻。”

林岚望着林蒙，撇了撇嘴，“养那么多干啥，我又没家产，等着他们来瓜分。”

林蒙又是一脚踢过来，并且横了她一眼，“岚啊，怎么什么话到你嘴里，就格外难听。”

姐夫倒是习惯了，他起身，说隔壁还有客人。他走了，仿佛就有了真正意义上的家人聚会，他在时，俩老人寡言，林蒙常常欲言又止，只有林岚东一棒子西一锤子，像是指桑骂槐，又像没心没肺。

妈妈老担心她这张嘴，火车样，四处乱跑，林岚嬉皮笑脸的，搂着妈妈，“有啥好怕的？你怕什么呢？”妈妈有时狠劲地拧她一下，林岚夸张地尖叫一声，“干啥咧，亲人在一起，干啥不能畅所欲言？”

其实不能畅所欲言的原因出在姐夫身上。

林蒙当初要嫁给姐夫言咏时，家里极力反对，大了林蒙五岁，没个正经学历还没正式工作，用爸爸的话说，“他就是个乡下来的混混。”可是这个时代的迅速变化，爸爸没来得及看明白，这个乡下来的混混却奇迹般地完成了第一次乃至N次的资本积累，成为蓝山市的成功商人。人一有钱，很多很多的变化会逐渐显现，最终一些观念又会回到从前，譬如他觉得自己奋斗至此，没有儿子，等于白搞了。言咏萌生这种想法时，他曾经宠爱有加的女儿刚去英国留学，而林蒙正满足着所拥有的富裕生活，在中国与英国的上空飞来飞去，她从没想过再去生个孩子，确切地说，去生个儿子。

如果不是邵武阳的夫人田姐找她喝茶，林蒙对家里局势变化是不会产生警觉的。

邵武阳跟言咏是生意上的朋友，因为是老乡，相互之间走得比较近。那天，林蒙在柯蒂缇娜做完脸部护理，刚好遇见田姐从包间里出来，平常她们会相互点个头，然后各自该干吗就干吗去了，可是这次田姐上前，“小林，正想找你呢，”林岚猝不及防，她又说，“你完了吗？完了我们一起喝个茶。”

于是她们来到湘江边的唐羽茶馆。林蒙看不出田姐的年龄，她脸上的肌肤紧致，腰身也没走形，她性格里存有豪气，听说在与他老公创业的最初阶段，她可是里外一把好手。茶小姐烧好水，淋烫过茶盏，温浸过茶叶，泡过一轮后，又满上水，便掩门出去了。林蒙端起茶盏，轻吹水雾，小口小口地抿，田姐也在低头喝茶，时光静得有些诡异。林蒙看着田姐端茶的手指，短短粗粗的，纹路深黑，这不是只做了一般家务的手，世间很多的脏活重活她这手指都留有印记。田姐望过来时，林蒙赶紧把目光移向窗外的湘江，此时正是丰水季节，江面辽阔腴肥。田姐突然细着嗓子咳嗽，林蒙为她续茶，她们开始有一句没一句地聊起她们的熟人。

她们的熟人其实就是她们老公的熟人，也基本上是他们的老乡，文冈人，那是个吃得苦、霸得蛮的地方，曾经这方水土在黑道白道间名声鹊起，三言两语没讲好，便有刀子挥过来，砍人脚筋，江湖上一听是文冈人，即刻避让三分。文冈离蓝山市有三四百公里，可是他们在这里的人却有不少，生意人中，一听是文冈的，相互之间能照应的肯定会照应，像林蒙的老公言咏，除去生意往来的人，朋友多是文冈人，一起吃个饭，打场球，喝个茶，或者带着家人聚个会什么的，基本以文冈老乡为主。早几年，类似的家庭聚会比较频繁，只是到后来，他们中有了家庭变故，其实是找了“小三”，丢了原配，再聚会时，气氛便有些怪怪的，男人们貌似照样谈笑风生，可是女人们的神情却开始游离，她们中肯定有人会想，下一个会不会是自己出局，自然而然，在言语与行动中，对新来的“小三”不会有太多的客气，故意时不时地提起“小三”的前任，某某姐姐，说她的各种好，面前的“小三”自然格外尴尬与孤立。几个回合后，男人好像意识到了，这类家庭聚会也就戛然而止。林蒙与田姐的见面，基本上也戛然而止。

田姐问林蒙的女儿，林蒙问她家女儿在澳大利亚的大学是否读完。聊着聊着，林蒙觉得田姐话里有话。

田姐说到言咏他们文冈人在蓝山最大的老板戚海平时，停了下来，眼睛望着林蒙，问：“你家老言没对你说起老戚家？”

林蒙努力回忆，似乎找不到一点影子，况且言咏不太爱跟林蒙说他的老乡，林蒙摇着头，认真地等待她的下文。

“老戚啊，哎呀呀，好多男人羡慕死他了，知道他家今年过年几多热闹不？一桌牌，打得风生水起，看着还风平浪静，”林蒙一字一句听进去了，却没听明白，偏偏这时，田姐又停下来，端起茶盏喝茶，“他家刘姐居然让他的二老婆三老婆一同住进家里来，过年时，四个人一起打牌，别人都传疯了，说老戚好本事，说刘姐好风度。”话说完了，田姐像是气到了，缓了缓语气，又说，“有次遇到刘姐，她说有什么法子，好在她是原配，还是老婆中的老大，算了，随他在外边去花，人赚了钱，不花好像就跟没赚到钱一样，那些个女人要跟他，随她们跟，没法律保障的，再过几年，我儿子本事硬了，外边的人迟早要被捏走。”

林蒙喝了几盏茶，口还是干干的，她睁着眼睛望着田姐，听见她又说：“哦，忘了告诉你，小游也离婚了，她家老杨也找了个妖精，为他生了个儿子，宝贝得不得了，男人到了一定岁数，就想要儿子。”

后面的话，田姐不说，林蒙也明白。她在旁敲侧击。林蒙想，朋友都这样，言咏肯定不能免俗。

“现如今，他们这帮文冈人中，只有你家我家没儿子，当然，这不能保证他们没在外边生，我们只能祈祷，但如果，我们的结局最终跟小游一样，我们又何必坐以待毙？”田姐把话敞亮了说，“我们可以生时，他妈的狗屁男人自己都难养活，哪有狗胆生二胎，如今家大业大了，便死活惦记起儿子来。”她眨巴着眼睛，望着林蒙，“我瞅着你比我小几岁，这些年也不见你再生一个，如今你家老言的生意如日中天，不管他从前跟你说过什么，那都是狗屁，你可不要傻哈。”

一直是田姐在说话。关于二胎，林蒙不是没想过，只是起念时，已过四十，终归下不了决心。

“尽管以我的年龄再怀个孩子风险很大，但我打听了，代孕是没问题的，这世上没有办不成的事。”田姐豁出去了，她停了停，又说，“你也可以，赶紧的，生个自己的儿子吧。”

林蒙有些蒙，嗫嚅着，“代孕，孩子不在自己肚子里怀，那不是别人的吗？”

田姐笑了，“你还真不懂，只要卵子与精子是自家的，成胚胎后，放到别人肚子里寄养，血脉是我们的啊。”

林蒙没做声，眼前湘江里的水仿佛一涌而上，自己坐到了江底，黑黢黢的绸缎，在头顶呼啦啦作响，她完全被淹没了，耳朵里是咕咚咕咚的进水声，田姐的声音在远处缥缈。

这些是林蒙想明白后，告诉林岚的。此后，林岚就不断地陪林蒙去医院，最庆幸的是言咏几年前留在医院的精子依然完好，她们奔波医院，直到胚胎在林蒙肚子里正常发育已足四月，才告诉言咏，言咏的惊讶以及感激，可想而知。

四

周一，林岚如期上班，迎面而来的目光，总会在她脸上停留片刻，当她走上四楼去自己的办公室时，楼道里站了五六位扛着家伙的人，见她走来，一齐对准她。林岚本能地举起手，骇然吼道：“你们干什么？！”

这些人有的说是电视台的，有的说是蓝山新闻网的，有的说是报社的，还有哪儿的，林岚没听清，反正她迷惑，不明白这些人要干啥。好在隔壁办公室的两位干事走过来，拦住这帮记者，说：“林县长马上要下乡，没时间接受采访。”

林岚今天不要下乡，她要去对面的县委开会。她之所以上楼，是想去下石在研办公室，解释一下网红的事，可是，石在研不在。林岚一个人步行去县委东头会议室，十分钟的路程，这条路她常走，平日里很少有人跟她打招呼，可今天迎面碰到的几乎都是熟人，都向她点头，喊她“林县长”，喊得她心里慌慌的。

走进会议室，刚好书记谢一民跟在后面也进来了，林岚还没落座，谢一民向众人说：“呀，呀，最美县长到，你们也不鼓掌一下。”林岚脸通红，平常的伶牙俐齿全部跑光，脑袋空空地望着众人傻笑，当然这个时候，她没有忘记看一眼石在研，石县长仿佛置身异处，别人的调侃他根本没听到，手里正拿着一摞材料认真阅读。今天县委县政府听取有关部门的灾情汇报，然后研究有关救灾的具体措施。青山县总的来说，情况良好，灾情没有想象的那么严重，所以，谢一民的脸色看起来是舒缓的，他在长篇大论时居然不忘表扬林岚，说她作为女干部，能在第一时间深入灾区一线，值得表扬，值得学习！林岚没明白的是他的通篇讲话没有提一下石在研，而自己明明就是一个打酱油的，竟如此被表扬，感觉本末倒置，她只能在心里替石县长难过。

很多事情，她还明白不了，比如这个会，林岚就是一个陪会的，没有她的具体事情，会议对于她唯一的益处是通过会议，能了解一些情况。可是，如果情况了解了，还要陪会，那简直痛苦至极，一上午或一下午，就听别人东讲西讲，却没有具体眉目，也落不了地，可是各部门的人都坐在这儿耗着，很多人突然顿悟，难怪很多官员书法好，那是无数个会议修炼而成。以前有次在市里参加导师谢长明他们的一个饭局，桌上有政协、人大的副手，他们都感慨陪会很累，特别是开大会坐主席台，他们自嘲就是一个木偶，还总结出木偶的“四个一”，即：一套西装，一本正经，一言不发，一坐到底。当时，听他们嘻嘻哈哈地抱怨，林岚觉得有趣，世上居然有这样的职业，可如今这种烦恼落在了自己身上。

与其开会，不如下乡。林岚真是这样想的。距离上次去古罗镇，又隔了十来天，这天阳光里还存留着春光，而且明媚，虽然已立夏，时光里的一些细碎还停在春天里，空气湿润，泥土清香。

这次来古罗镇，林岚的心情是愉悦的，县里每个领导要选个村作为自己的扶贫点，林岚想都没想，就点了古罗镇的王家湾，因为那天站在山顶望了一眼，便忘不了，她很想去看看，了解这个村子的前世今生。至于要怎么去扶贫，她一脑袋糨糊，这么多年没解决的事，她能一去就逆转？她扪心自问，自己真没有这个能力。但不管怎样，先去村里看看，看他们为何而贫穷。

车在古罗镇停了一下，接上那次在办公室带孩子的副镇长夏花花，便朝另一个方向的大山里开进。

阳光斑驳得很微弱，树林过于密布，潺潺溪水，在公路下边哗哗地歌唱，地面低处是腐叶，凸起的岩石上布满茸茸青苔。车窗是打开的，林岚用力吸着空气，然后又吐出来，夏花花静静地笑着。

在山上盘旋了四十分钟，车才开始下坡，才看见梯田与人家，紧接着就到了王家湾。

成片成片的黑瓦木房，坐落在水田上，禾苗成了房前房后的绿色地毯，重重叠叠的山峦在远处围合，山峦间飘着紫蓝色的雾，走进村庄，心陡地静了下来。

林岚慢慢走着，抬头看着木屋的窗花，左边是一头鹿，踩在鲜花祥云上，右边是用吉字与钱币组合成的“福”字，寓意多子多田、锦衣玉食，阁楼上边是造形独特的“寿”字，可见“福禄寿”曾是这栋房子主人的人生梦想，只是没想到主人后代的后代最后沦为深度贫困，要国家来帮扶。就在这时，夏花花扯了一下她的衣角，指着面前的一位孕妇，“林县长，这是我们镇长全乖妹。”

“欢迎！欢迎！”全乖妹伸出手来，林岚赶紧握住，认真打量，她就是古罗镇在家保胎的镇长全乖妹，单单瘦瘦的，五官用当地话说长得很乖，几乎找不出瑕疵。林岚对她的肚子瞄了一眼，胎儿大概有四个月了，应是稳妥了，在家保胎，真是没必要。虽然这样想，林岚脸上满是笑意，不时招呼，喊她不要走得疾。全乖妹回头笑着，步子却在田埂上打飞脚。

村委在村头，房子呈“人”字形，坐南朝北，环抱整个村落，房前是个巨大的石坪，一块一块的青石板光溜溜的，那是无数脚板踩踏的结果，石坪的后面有口偌大的池塘，中间有座石桥伸向几丘水田，水田后是一字形的并排白墙黑瓦的老房子，目光往后延伸，水田、房子也在延伸。林岚忍不住对全乖妹说：“你们村太美了。”

听村支委细数村里的贫困户，老弱病残占了一大半，得过且过不思进取的有几位，缺强壮劳动力的有几户。村委会的人说，最最关键的是，咱村落在深山里，农产品变不了钱，村民基本自给自足，而年轻人又都进城打工，这些进了城的人，最后几乎不回来了，看看留在村里的人，大多数是老人家，孩子也在逐渐往外迁。一个地方，少了青年与孩子，风景再美，破敝跟随而来，所有的景致都处在沉沉暮气中。林岚看了看几位村干部，都是上六十岁的人，她在心里叫苦，怎么做，才能脱贫，才能致富？她面有难色，镇长全乖妹似乎也在轻轻叹气，林岚明明茫茫然，可是这几个月，她学了个本领，就是在任何事情面前，态度是积极的。所以，她坐在那儿，对村支委说，我先来听听情况，到时我们一起对症下药，把贫困赶跑，让我们村富起来！而她面前的人，表情寡淡，兀自抽烟或咳痰。

午饭是在镇长家吃的，除了夏花花，就只是全乖妹的妈妈与姐姐，一屋子的女人，说话就随意。全乖妹有个哥哥，住在蓝山市，一年到头，除了节气，很少回家。姐姐离婚多年，回娘家陪着妈妈住。吃饭时，全乖妹的姐姐在厨房与饭桌间来回忙碌，妈妈陪坐在乖妹身边，不时给她夹菜，不夹菜时，眼睛就望着乖妹的肚子。而乖妹根本不理会，她用公筷，不时给林岚夹菜，也招呼夏花花要她别客气。饭菜极合林岚的口味，她在全乖妹家四处张望，虽是老房子，家里却收拾得干干净净，她突然想下次一定带好行李，在这儿住上几晚，让上好的空气清洗一下自己的肺。于是，她对乖妹说："下周，我来你家住两晚，可以啵？"全乖妹还没回话，乖妹妈妈说："请都请不到，当然要的，你放心，床单、被褥保证干净。"

林岚不是说着玩的，每次从市里赶到县里，这五天的工作日里，有三四天在开会，很多会议与她无关，却没有理由拒绝参加。走进全乖妹家，她很想待着不走，望着屋前屋后的水田，听着虫鸣蛙叫，发阵子呆，蕴阵子神。那刻，她迅速为自己编造了不开会的理由：精准扶贫，干部只有驻村才能了解情况。她没有食言，此后的这个夏季，她一有空就到王家湾村住上两三天，这让她一周的工作变得愉悦，甚至瞬间有短暂的感觉。

饭后的黄昏，走访贫困户成了林岚最主要的内容，每家每户，都是乖妹领路，路上就把这家人的基本情况介绍了，生病、超生、欠债或全家人智障是致贫的祸根，林岚看见他们，发现房子是跟着人的精气神走的，主人的身体破败，房子也跟着腐朽。从这些人家走出来，林岚总是要沉默好久，像今天，她走进全福满家时，看见他家七岁的女儿站在小板凳上炒菜，小手抓着锅铲，在一口巨大的铁锅里翻动着二三十片扁豆，稍不平衡，人就会栽进锅子里，当然这是林岚多余的担心，女娃在灶台边麻利得让人不敢相信。厨房外间，全福满躺在床上，他说他娘还在后山的菜地里。来时，全乖妹告诉过林岚，这个家最主要的劳动力是全福满的老娘，全福满在三年前因一场车祸，欠下一屁股债，老婆在一天早上突然失踪，从此再没回来，家一下子陷入赤贫。看着这个在屋里忙上忙下的女娃，林岚想起妮妮，突然咯噔一下，心口缩紧，眼睛有些潮湿。还是个小娃啊，肩上就压上了重担，以后她还怎么长啊！林岚上前一步，想帮忙，却被女娃制止了，她只能立在那儿，注视这一切。她想，她一定要帮她，帮她回到课堂，回到童年。如果不是亲眼所见，她肯定不会相信，还有如此苦不堪言的人。回家的路上，她问为什么会这样。“乡下病不起，一人生病，拖垮全家。”全乖妹说。

当然，也有轻松的时光。那天她们沿着罗溪漫步，林岚盯着全乖妹凸起的肚子，忍不住把手放在上边，轻轻抚摸，“你是我见到的最认真做妈妈的女人。”这句话听上去是赞叹，其实，充满置疑。你明明好好的，干吗要待在家里保胎呢？更何况，还是一镇之长！

全乖妹挺着肚子，慢慢喘气，她扯着林岚，步态蹒跚，最后坐在一块石头上。罗溪的水哗啦啦往前跑，低下头，王家湾村尽收眼底，林岚正要感叹这里好景致，耳朵里被全乖妹灌进来的声音吓了一跳，“我之前怀过三胎，都没成。”林岚屏住呼吸，她知道乖妹会继续说下去。

“本以为这辈子，我做不了母亲，知道吗？怀了三胎，三个宝宝都是在两个月零一周时，死在我肚子里的，我前婆婆骂我是妖女，硬是把我赶出家门，那个丈夫也毅然与我离婚，我跟他大学同学，恋爱了四年。”

林岚转头看乖妹时，泪水在她脸上横流，她的话语像旁边的罗溪，正源源不断地从她嘴里流出来。

“你知道吗？我姐姐与我一样，她也怀过三胎，也是在胎儿两个月零一周时胎死，最后被夫家赶回娘家，从此没再嫁人。我妈妈说，我们村里隔上几年，总会有一两家的女儿生不出孩子，被人说成是祸水、妖孽。当年，我哥与我先后考上大学，我家在村里风光着，可是自从我姐与我被夫家扫地出门后，我妈就一直抬不起头，要不是我这次又怀上，她本打算远走他乡，住到我哥那儿去，从此不再回来。其实，我们怎么会是妖女？只是不懂科学罢了。”全乖妹有些愤怒。她告诉林岚，离婚后，她想死的心都有了，为了分心，自己一心一意扑在工作中，镇委有个选调生，也不知中了什么邪，天天跟她表白，刚开始全乖妹并没拒绝，想着自己没人要，有人追求也好，可是没想这伢子是认真的，提出来要娶她，她跟他说，自己生不了孩子，还比你大三岁。可是这个伢子指天发誓，他什么都不在乎，只要与她在一起。全乖妹想，反正离过一次婚，也不在乎再离一次，先享受一下眼前的爱情。什么东西都是错过了，就不再回来。与他结婚后，起先日子很平静，也很美好，可是他的父母想抱孙子啊，与老人言语他只能躲躲藏藏，所以，全乖妹去了省城医院，抽血化验，她的身体一切完好，可以生育，只因她是熊猫血型，可能会与老公的血型对抗，怀孕两月时，要注射一下老公的血清，以后每隔一段时间再注射一次，就能生个健康宝宝。

“想想这么简单的事，毁了多少女人的一生，像我姐，现在四十多岁了，要早知道这些，她会孤苦伶仃一个人吗？乡村闭塞呀。现在，你能理解，我怀上孩子后，我妈死活不肯让我去上班，她说即使辞职，也必须在家保胎。”全乖妹望着林岚，一张脸沐在月光里。

林岚理解了保胎，也想起了上次见到她丈夫时自己的惊讶。全乖妹现在的老公个子不到一米七，精瘦精瘦的，五官没一处是端正的，而全乖妹是个天然美女。

世间很多事，都以逆向存在着。

林岚抬起头，想叹口气，气还没叹出来，张开的嘴竟然没合拢。天空被水洗了一般，在夜色里湛蓝，无数星星又在蓝色里一闪一闪，一轮上弦月，弯出一个大大的笑意。“哇哈，这辈子都没看过这么多星星，下次，我要带妮妮来，让她爸在这儿支个帐篷，一家人躺在山上看星星。”

全乖妹也跟着林岚看向天空，那弯月亮成了她脸上的表情。

五

不能生孩子，被人视为妖女，仅仅只是血液的原因。可是在没有找到原因之前，多少女人就此葬送了一生的幸福。林岚唏嘘，全乖妹的故事时不时在她脑子里回放，山坡上那夜的景致，也总在大脑里插播，王家湾，一座匍匐在水田上的村庄，沐着夜色的房屋轮廓，剪影般与山峦对峙，林岚其实是在那刻有了想法。此后，她叫夏花花请人给王家湾在不同时间、从不同角度拍了好多组照片。她把这些照片装订成册，拿到林蒙家，要姐夫言咏做点善事，去投资扶贫，建设一个“美丽乡村”。

林岚怎么都没想到，言咏真的抽空邀邵武阳去了一趟。他们来来回回绕着王家湾走了两天，晚上在山顶支起帐篷野营，回来后，起草了一个投资王家湾旅游项目方案书。林岚将此方案上报给石在研，没多久，石在研又亲自去了一趟王家湾，认为方案可行。然后，会见了言咏与邵武阳，很多思路一拍而合，正式合同迅速签下。政府投资把道路修好，言咏他们负责把村庄的老房子修缮，再在周围山坡上，租下那些没人居住的民房，做客栈，办成度假村，村民可当股东又可来打工，收入双份。协议一订，言咏他们立马就开始动工，这种以旧修旧、以旧变新的项目，他们做过若干，而且，他们认为王家湾的旅游前景不可估量，后期还可在山里的城堡与城墙废墟上作文章，目前已请有关专家进行考古，一些传说与故事正在编写。

石在研在县政府会议上没少表扬林岚，说她务实，扶贫工作做得扎实。有媒体记者得知林岚在王家湾驻村，走访了村里所有贫困户，就跑来采访，林岚想都没想，就把自己记下的走访情况从QQ传了过去。谁知这些细碎的记录居然成了《蓝山日报》头版左下角《精准扶贫》栏目的开篇之作，题目为《县长扶贫日记》，上下篇分两天连载。很多人以为是林岚故意炒作，连郝民都冲她啧啧咂嘴说："我咋之前没看出来，你还真是块从政的料。"林岚张了张嘴，一些事情巧合得还真找不出解释的理由，她只能摇摇头，说："随你怎么想，我也没想到，什么事都赶上了。"

林岚周末正常回家，偏偏碰上郝民出差或单位组织活动，就一个人带着妮妮，陪陪父母，再去姐姐林蒙那儿聊聊天，抱抱宝贝龙凤胎。林蒙如今所有的心思都用在这一对儿女上，四十几岁重做母亲，感觉重生一般，处处焕发出勃勃生机，林岚瞅着她肌肤格外光泽。妮妮每次去了，便守着小东西，好奇得很，有时会央求林岚也给她生个弟弟或妹妹。每每这时,林蒙便会瞅着林岚,而林岚环顾左右而言他。

这天,正遇上田姐带着她半岁的儿子在林蒙家玩。近五十岁的田姐光彩照人,她与林蒙一直在讨论育儿经,从奶粉说到尿布,从早教说到每天的训练,而林岚在一旁听着,又仔细打量田姐的宝宝,说不出像谁,田姐肌肤粗黑,她老公邵武阳也说不上白,可是宝宝细皮嫩肉的,当然眉眼间的神情却又与他们夫妇有几分相似。林蒙偷偷告诉她,这个孩子是代孕生的。代孕在中国属违法,其公司肯定只能是地下或黑市的,与你做成一批业务后,会立马在你的视线里消失。田姐见林岚只有妮妮一个孩子,忽然就动了心思:“哎,林岚,干吗不再生一个?”林岚抱着姐姐的小闺女,撇了撇嘴,“我又不是富翁,养不起啊,再加上,我工作这么忙,哪有时间生。”田姐怀里抱着她的宝宝,眼睛朝林岚斜睨过去,“哎呀呀,这世界就是这样,能生的时候不着急,到不能生了,又去折腾,我劝你啊,还是生一个,你家再养一个孩子,方方面面绝对不会有问题。”

林岚只是笑笑,不再言语。

这天林岚从林蒙家出来,车子路过郝民的单位,不自觉地方向盘一拐,就开进了院子。林岚结婚后的头几年,是住在郝民单位宿舍,院子里好多人她都认识,她把车子停好,妮妮早跑到凉亭边的健身区玩跷跷板,刚好东东妈正陪着东东玩耍,俩孩子从前常在一起玩,一下就黏到一块儿。东东妈与郝民一个办公室,她望着林岚,兀自拢着自己的头发,嘴唇明明是动的,却听不见声音,“还好吗?”林岚等了好久,就只等到一句等于没说的问候语,所以她不想搭理,觉得这个女人口里没味,不想她脸上扯起怪怪的笑,“你去县里工作,小心后院起火喔,我们单位最近出现的怪事,你也听说了吧?”她这样一说,林岚与她同时抬起头,望向他们的办公楼。

这栋楼临街的晾台,长方形,有弧度,全封闭后从远处看,像一把匕首,而匕首的刀锋正对着蓝山市的一个政府平台公司,据说最初害得此公司的头头,一个接一个地生病,生的还是重病,甚至是不治之症,直到某一天,一位神秘高人来到此公司,看到对面直劈过来的尖刀,大声感叹:“你们不生病才怪!”高人在那边不知道给了什么指点,反正对面公司里的人不再生病了,生病的人也好了,可是,这边单位里的人像是中了邪,一对一对的夫妻不停地吵架,这架吵得邪门,吵着吵着就成了真格的,最后竟然反目,不离婚都不行。他们说是平台公司使了坏,在他们办公室的某个地方挂了一个符,致使这边夫妻间不断拌嘴。

林岚心口拔凉拔凉,她眨巴着眼睛,恍然顿悟,其实她早就瞧见那股子邪气正横行在她与郝民之间,只是没有用正眼去看,而且她也猛然明白郝民周末不着家肯定是借口。于是,她找了个安静的地方,打电话给郝民,问他在哪儿。郝民在电话里哼哼哈哈,没有一句确定的话,林岚眼睛望着郝民他们办公大楼的那把匕首,“我带着妮妮在你单位呢,她正与东东一起玩,东东妈要我小心后院起火,我听着好像你有动静,郝民是不?”

“她的话,你也信?你无聊不?”郝民很有脾气。

林岚咬着嘴唇,不让自己的火冲出来,她缓了缓语气,“我下午回县里,明天市里领导要来视察,你早点回家陪妮妮。”

郝民那边没了声音,接着,就是挂断电话后的嘟嘟声。

六

林岚玩了个心眼。

从郝民单位出来，她去了一家美容美发机构，做了一整套护理，妮妮抱了本童话书安静地守在边上，林岚趴在那儿，一只手拉着妮妮，哼哼唧唧地哎哟着。林岚的肩与腰用按摩师的话说是劳损得厉害，不按的时候隐隐地痛，按的时候发狠地痛。送水果进来的主管小贝在一旁唠叨："林姐，要晓得好生对自己，多来哦。"林岚抬起窝在床洞里的脸，看了她一眼，又趴了下去。

小贝一身黑西装，白衬衣领子耀眼地翻在外边，很职业的样子。如今有个怪现象，职业装，如白衬衣黑西裤、西装什么的，一般的人都不会去穿，当然干部除外，可是这类服装却在发廊、美容院、洗脚城、4S店、银行保险公司等地方盛行。林岚在工作要求必须穿时才会穿一下，工作一完便会立马脱下。在不该穿白衬衣黑西裤的场合穿着，会招来异样的眼神。如今聪明的公务员，晓得穿休闲衣，趿个懒鞋，自如地混在人群中。身为公务员，得处处小心从事，还唯恐别人指东戳西。很多人说自己的孩子长大后，要他做一名专业技术人员，安安静静过日子最好。每每听到别人如此感慨时，林岚就想躲起来，她就是别人都不想当公务员时，糊里糊涂地进了这支队伍。

林岚问小贝，你们每天穿得这么正式，累不累？小贝嗯着，"这是成老师要求的。"成老师是他们的老板，如今感觉什么都被颠覆了，什么人都喜欢称老师，老板、美容师、美发师、厨师等等，都被喊成老师了。苗苗跟林岚说过他们老板，把个美容美发店开成全国连锁，有几百家店，人家牛啊！所以他的种种怪癖，所有的人都迎合，据说蓝山市有三家店，每年他都要来视察一次，为迎接他，三个店会倾注所有力量，把那个要视察的店装扮得最好，老板来时，从他下车的地方开始，地面是长长的红地毯，女店员站成两排，夹道欢迎，而老板作领导状，像模像样地在店里各个房间巡察，然后在大厅给所有店员训话。林岚还发现这类小店的管理，很多方面在模仿机关，而且热衷开会。世间到处都是怪圈，圈内的想出来，圈外的想进去。

回到家，直到晚上十点，客厅终于有了动静。郝民来来回回走动，林岚搂着妮妮在隔壁听得真真切切，她有些生气，他居然都不过来看一下妮妮，只晓得要做爸爸，又不履行父亲的责任，也许他以为妮妮在外婆那边，但这也不是不管不问的理由。林岚躺在床上气鼓鼓的，而那边却没了动静，她下床踮脚走了几步，看到主卧室黑了灯。她回到妮妮床上又安静了一会儿，便起身跑进主卧钻到床上，从后背抱住郝民，郝民吓得一弹，伸手护开她。林岚把头挨紧他的后背，死皮赖脸的，箍得更紧。郝民终于不动了。林岚在郝民耳朵里呵热气，"我想好了，愿意给你生个儿子。"这话像一股热流一下子就把郝民的心弄得软软的，他反转身，一把抱住林岚往死里亲。林岚心里乐了，"死相，还不理我呢。"这晚，林岚看着郝民忙活，她心想，累死你也没有儿子。她刚才跑过来之前，吃过一片白色药片。

第二天早上七点，林岚坐在车上，还在傻笑，只是回青山县的高速公路上起了浓雾，县政府办公室一个电话又一个电话地打过来，林岚解释："路上大雾，车子只能慢慢开。"她心说，有什么呀，又不用我讲话，少了我，只是少一个人而已，催什么呢？

林岚周一、周二在县里陪会、陪调研，周三她就去了王家湾。季节已是盛夏，这里的最高温度不到三十度，吹在脸上的风，透着清凉，只是山林里充斥着尖厉的蝉鸣蛙叫，田间小道上时不时摇摆着鹅的嘎嘎声，头顶屋檐下，鸽子咕咕个不停。全乖妹告诉过林岚，村里四面环山，常有蛇出没，而世间万物，一物降一物，祖辈传下来，在房前屋后养几只鸽子几只鹅，蛇就会绕道走，所以王家湾的夏天甚是热闹。特别是今年，村里的老房子在着手翻修，打木桩、捡拾瓦片、给木栓木柜点桐油，给屋梁窗棂门槛刷清漆，每家每户都在腾房间整理屋子，一些本已破败的房子经修缮，立马又有了几分姿色。林岚心里感叹，姐夫言咏真有几把刷子，事情做得慢条斯理，进展却又神速。

晚饭后，林岚与全乖妹来到山腰上，言咏的工程队正在对几栋租下来的民房进行从里到外的装修。外墙全用木头包起，而这些木头，先过一下火，当然是专用烧木料的火，经火一焯，木头的表面便沧桑起来，特别是结疤处，烧过的痕迹很深，刷上清漆后，除了光滑、油亮，自然木纹清晰可见，构成了房子的原生态。外墙如此，内里的房梁、家具亦是如此。有两栋初具规模，房间里装上了地暖。山里的冬天寒冷潮湿，地暖是最好的解决办法，言咏最最担心的是，一旦营业，电不能保证，那就窝心了，林岚答应去协调。

这半山腰的房子经言咏他们包装后，像个漂亮村落，全乖妹看得一脸喜气，“林县长，王家湾的人会记你一辈子。”

走在前面的林岚反转身来，“你说什么呀？事情刚刚才做一半，还不知道能不能给村民带来收入。”

“肯定行的。”全乖妹挺着肚子，将军样挥着手。她在上个月已回镇政府上班了，此时，她是陪林岚下乡，当然也顺便回娘家吃个营养餐。

林岚正准备朝前迈步，突然间她整个人僵住了，在她的前面，一条菜花蛇横卧在一米多宽的砂石路上。全乖妹上前，嘻嘻一笑，“呀，在这儿乘凉，我们有口福啦。”说话间，竟弯腰拎起蛇的尾巴，倒退着,摇摆着蛇的身子成“之”字形,一步一步的,把蛇带回家。最初的一段路林岚吓得哑了声,缓了缓,她才大声喊起来:“乖妹,你干吗? 小心宝宝啊!”

全乖妹把手指竖在嘴唇上,轻轻说:“放心,这个蛇没有毒,它正睡觉哩。”

到了家,乖妹妈脸上没有一点大惊小怪,找来一个蛇皮袋,把蛇装进去,随手丢到一边,说:“明早吃。”王家湾的早饭如同午饭一样正式,焯米蒸饭后,也要炒两个菜。林岚住在全乖妹家的每个早上,都是被沸滚的米汤香气熏醒,一天的米饭焯出来,盛在篾篓里,挂在梁上,每餐吃多少,就蒸多少,又香又有嚼劲。只是此时,林岚放心不下丢在那儿的蛇皮袋,她看见袋子在动,尽管是慢慢细细的。全乖妹拉她进了房里,说:“别怕,这蛇如果出来了,要不就会往野外跑,要不就会缩在角落里,你安心睡觉就是。”“那不一定,乖妹,你忘了有一年爸捉了两条蛇回家,随手往厅屋里一丢,结果两条蛇爬到床上,与我们睡一头。”乖妹的姐姐突然插话,弄得林岚起了一身鸡皮疙瘩。“姐,那是蛇皮袋有洞,今天这个袋子严严实实,跑不出来的,你莫吓了林县长。”

这晚,林岚果真是没睡好,耳朵里总有窸窸窣窣的声音,以致睡眠里充斥着幻觉,好在早上的米汤香如约而至,睁开眼睛时,林岚有了久违的饥饿感。餐桌上,两个菜,一大缽米汤青菜,一大盆口味蛇,林岚觉得米饭只在嘴里过一下身,就滑到肚子里去了。蛇是现杀现做的,吃得人不自觉咂巴嘴,刚刚还见乖妹妈在坪里用铁丝球往蛇身上擦,乖妹说这是在去蛇皮上的鳞,这蛇皮此刻正蜷缩在桌上这盆口味蛇的肉缝里,吃起来比肉更好吃。乖妹说从前村里的人是不吃蛇的。某一年,村里来了蛇贩子,一条蛇可卖一两百块钱，而且愈是毒蛇价钱愈卖得好，于是，每到夏天，家家户户都会去自家山上捉蛇。一个特制的铁笼子，里边放一只小鸡仔，在天黑之前放到常有蛇出没的山野中，夜里蛇闻到小鸡仔的味，无声无息地去偷袭，鸡吃着了，但机关也被碰到了，蛇也就囚在笼子里，等第二天放笼子的人来收。连续几年，用此方法几乎把王家湾山上的蛇捉尽，村里的人才消停，只是那个时候，他们只负责捕蛇，少有人吃它，等村里一拨人出去打工回来说，我们是一百多块一条卖出去，人家是一百多一斤卖给客人，划不来，还不如抓了我们自己吃。有在城里做大厨的，回家给大家做过几回，村里各家各户也就都学会了，嘴痒了，也会去山上捉一两条，但不卖钱了，他们觉得山里有蛇还是好一些。

七

王家湾度假村在“十一”黄金周正式开业，那几天，村里迎来从未有过的热闹，客房间间住满，山顶与半山腰上支起数张帐篷，最令村里人笑得合不拢嘴的是王家湾网店里的农产品卖得所剩无几。开业前夕，林岚与全乖妹站在网店里还信心不足，觉得商品没有特色，都是每家每户菜土里的时令蔬菜，还有鸡蛋与用黄草纸包着的一小块一小块腊肉、猪血丸子、薯粉薯皮等等，蔬菜装在纸盒里，每个纸盒配上五六样蔬菜，比如一个白萝卜、几个红萝卜、一坨花菜、一把菜薹、一包豌豆。店里所有的产品，均来自王家湾村民，都必须注明村民的姓名、村组，并留下电话，网店还规定，客户投诉三次以上的产品，网店不再接收。最具特色的是产品贴上了二维码，用手机扫扫后，立马会有王家湾村景的全貌，大片大片的菜土，菜土上长势喜人的各式蔬菜，然后水田里游动的水鸭，山林间觅食的竹鸡，鸡窝里刚刚生出来的蛋，并配有字幕："吃青草、啄昆虫、饮山泉水长大的鸡。"人就是怪异，吃个鸡蛋，还要去认识一下生蛋的鸡，还想了解鸡的居住环境，林岚想笑，可是她不得不感叹姐夫言咏的能干，难怪姐姐林蒙当初不顾死活要嫁给他，他那个脑袋瓜里尽出歪点子。

"十一"黄金周一过，网店里的商品居然卖得断货，村民们赶紧补货源，屋前屋后忙活不停，不再像从前窝在家里，抽烟喝茶扯闲话。王家湾度假村经过这拨人流，也凸现了一些盲点，比如道路拥堵，停车点设置不科学，还有就是环保问题，垃圾与污水处理欠妥当。所以，过完"十一"，石在研协同有关部门到王家湾调研，前前后后走了几个圈，感叹村里的巨大变化。古河里不停地向林岚竖大拇指，说王家湾可以申请成为脱贫示范村了。林岚说，好多事，还没办好呢，等一件一件做好后，说不定是可以申请的。这天，石在研的调研，还真办妥了几件事，他们傍晚离开后，林岚留了下来，当然还有夏花花与全乖妹。

林岚喜欢坐在村里的某块大石头上，发阵子呆，或者躺在那儿看一会儿星星。那晚林岚没有出去发呆，她在屋里看乖妹妈给乖妹肚子里的宝宝做摇窝被。郝民的电话来了，"哎，你在哪儿啊？"

"在哪儿？在王家湾呗。"

"哈，你等一会儿，我一会儿就到了。"郝民在电话里开心着。林岚想这人最近神经兮兮的，电话也多，问这问那，连自己身体的某些周期也要问得清清楚楚。这两个月，每次听说大姨妈如期而至，他都呈沮丧状，林岚心里偷着乐，他以为，哼，真是想得美。在这世界上，我们很多人自己都活得迷茫，硬是还要不停地想着带人过来一起迷茫。一代人走了，又来一代人，重复着过往的生活。

郝民没有骗林岚，没过多久，他就打来电话，说到村口了。弄得乖妹妈丢下手里的针线，说："姑爷到了，我赶紧炒两个菜。"

在村口接到郝民，他开着言咏的路虎，狐假虎威的，他下来没有拥抱林岚，而是直接握着全乖妹的手，"全镇长，你这样子威武啊，可否让我抱抱你的宝宝？"全乖妹还没反应过来，他的熊抱就上来了，还扬言"沾点喜气"。弄得林岚忍无可忍，冲上去拉开他，"你是不是脑子烧坏了？"郝民嬉皮笑脸的，再过来抓起林岚的手。

在全乖妹家狼吞虎咽后，郝民嚷着要去村里走走，乖妹肚子有些沉，走不太动，所以要夏花花跟着。三人在村里上上下下转了一圈后，林岚想今晚就住到言咏开发的客房去，不想郝民突发奇想，他要在林岚上次看星星的地方支个帐篷野营，他什么都准备了，"你说的，要我陪你来这看星星，这话我一直记着。"弄得林岚顿时想哗哗流泪，有如此暖男，还说什么呢。于是跟他一起在半山腰上，挨着罗溪水，搭起帐篷来。夏花花起先以为他们只是好玩，帐篷搭得差不多时，才意识到林县长今晚要在这山野里过夜，便打着飞脚，给乖妹报信。乖妹觉得不妥，要说山里是安全的，可是就怕万一。于是她随夏花花赶了过去，见他们帐篷搭好了，俩人在罗溪水边洗脸，劝说已是不可能了，她拉着夏花花踅回。

仰起头，看夜空，周围所有的事都没有了，星星一颗一颗的，晶莹地冒了出来。人的心一旦安静，眼睛才会望得更远，看星星也能看到它们的脸，闪烁的眯眼，弯起的双唇，还有它们脸上的颜色，橘黄、淡蓝、浅红、深绿，像极了小时候眼睛里的万花筒，自己稍稍动一下，星空的图案与颜色立马更换，奇妙得人在瞬间成了白痴，只会傻傻地看着。万里星空下，林岚恍若回到从前，靠在郝民的肩上，有说不完的话，耳边罗溪哗哗的流水是一种欢唱，间或天边的某颗星星，忽然如同一尾渔火，在空中弯弯扭扭地滑过一道弧线，消失在寂静中。这时郝民赶紧十指合一，闭眼祈祷。林岚看到流星忍不住要尖叫，她想喊醒它，要它别跑，留在天上，亮晶晶地照耀大地。已是秋天，夜深之后，凉意几乎成了一种冷，山岚突然之间从四周涌起，看星星的眼睫毛上挂起了水珠，林岚陷在山岚中，看什么都蒙眬，却湿了一身，郝民在帐篷里亮起灯，开动了去湿器。

什么时候进的帐篷，林岚没了记忆，只记得进去以后的惊讶，这么舒适，难怪郝民经常野营，郝民说，这是他刚托朋友搞来的军用帐蓬，顶级的，第一次用，你就睡上了。躺下后，顶端是透明的塑料薄膜，清晰无比的星空以垂直的姿态，罩住林岚的眼睛，林岚忘了想刚刚汹涌而来的山岚去了哪儿，而是眼睛眨都不眨地盯着星空，睡在温软的被窝里能看到星星，这是想都不敢想的奢侈。这一夜，林岚睡得甜美，仿佛悬空中，各种星星在边上流动，她搂住一颗，一同睡眠。

八

好几轮开会学习，然后讨论，发言谈体会。面对这种讲话，林岚的喉咙里总好像卡了鱼刺，结结巴巴的，最致命的是她还脸红鼻尖冒汗。林岚反思，她不明白自己，从前在讲台上讲得好好的，不红脸不冒汗，怎么到了这儿就犯怵，自己怕啥呢？琢磨了好久，像是有些明白，在明白的那一瞬间自己扑哧笑起来，这里讲话言不由衷，水分太多，于是心就发慌，脸自然就红，汗也跟着冒。她想等有一天，自己锻炼得跟在座的人一样，一张口，什么话都能说得一套一套的，小心脏也不随便乱跳了，如此这般之后，自己就成了别人口里的成熟干部了。林岚心里渴望又讨厌成为那样的人。

一轮一轮的学习，很多干部不太适应，有个副局长在学习会场栽了几下瞌困，被会场纪律检查组拍摄到，居然被登报批评，此人当场发飚。他说："我闭着眼睛，谁说我的耳朵没听呢？谁说我不是在认真领会？"还有一个小伙子，刚刚考上的公务员，研究生毕业，家里是蓝山市的，头天晚上赶材料写到凌晨两点，也因听报告时闭着眼睛，被登报批评，小伙子发飚的方式是卷铺盖走人，他说："本来同学就笑话他这个职位，待遇低，还受气。"

林岚想年轻到底可以任性，说走就走，没有一点损失。在这轮学习中，她听到一些风声，传闻石在研会离开青山县，众多的理由中，有一个事实是靠谱的，石县长曾经服务过的一位领导在邻省被约谈，作为过去的秘书，也被叫去核实过情况。听说此事后，林岚就不敢直视坐在主席台上的石在研了，总觉得他坐在那儿，很孤独，他在以超强的内心，接受汇聚在他身上的各类目光。那些从心灵窗户里跑出来的目光，像墙头草般开始摇曳，或者还有些幸灾乐祸。林岚看到四周已有掩饰不住的炎凉，她想在会议后靠近石在研，或请他吃个饭聊会儿天，可是每次一散会，她就找不到他的人影了。

十一月底周日的早晨，全乖妹打来电话报喜：母子平安。尽管自己不想生二胎，听到这个消息，林岚还是由衷地高兴，她想乖妹家那栋老屋太需要听到婴儿的啼哭声。她买了婴儿用品，备了一个大红包，当天下午就去了王家湾。进屋时，赶巧遇见夏花花，她居然拿了一摞材料要全乖妹填写。乖妹妈有些生气，在乖妹填这些表格时，不停地说，别写了，小娃要吃奶了。夏花花却拦着，"一下就好。一下就好。”

“什么一下就好，折腾一中午了。”

林岚眯眼笑着，凑过去看，一摞的表格，全乖妹正全神贯注地填写《谈话提醒情况明细表》，其中有表一、表二、表三、表四，林岚知道是什么，她在办公室也填了。这时宝宝哭了，乖妹便抱起娃，边奶娃边填写。

夏花花把所有材料收到一个文件袋里，丢下两大包尿不湿，火急火燎地要往镇上赶，说回去要把谈话记录整出来，明天有关部门会来检查。夏花花都走了，全乖妹还在牢骚，而林岚没有接她的话，只是抱过孩子，望着他肉嘟嘟的脸。一会子，屋里就静了，林岚闻到了奶香味，她亲了亲，把宝宝放到乖妹怀里，说先走了，下次再来看，明天早上县政府有个会。可是临走时，乖妹只肯收下婴儿用品，死活不要红包，居然扬言：“不能坏了‘四风’。”弄得林岚脸通红，好像自己很没觉悟，她顿了顿，转背把红包扔到乖妹妈怀里，“这是我一年来在你家的伙食费、住宿费！”说着用眼睛白了一下乖妹，乖妹妈哎哟了一声，“一家人，说得这么难听，干啥子？”

正说着，厅屋有女娃喊婆婆，林岚随乖妹妈走出去，女娃端着瓦钵，说她娘酿了发奶水的甜酒。乖妹妈接过瓦钵，嘴里道谢着，把白糯糯的甜酒倒进自家钵子里，洗了瓦钵，放进十个红喜蛋，女娃端着，出了门。乖妹妈踅回屋里，跟乖妹说，村尾全福满家的。听得林岚猛然一惊，那个站在凳子上炒菜的女娃，乖妹望着她，好像晓得她心里的疑惑，说：“村里日子好了，女娃妈妈回家了。”这话听得林岚要热泪盈眶。

周一的政府会议由常务副县长主持。没有人解释石县长为何缺席。下午的时候，林岚接到一个通知，要她立即赶往市里，明天某个领导要找她谈话。她心里窃喜，又可以回家见妮妮了。第二天一早，林岚赶到市委，因为准备找她谈话的是组织部一位副部长，还没上楼，部长办公室工作人员要她先不要上楼，楼下有一辆某某车牌的车在等她，她在坪里果真看到了这辆车，她走过去敲车窗，车门打开时，自报家门，里边两人表情淡漠，要她在一张纸上“谈话时间”一栏里签名。车门关上的那一刻，林岚吹到了一股凛冽的寒风，她下意识地去摸手机，她想问问部长办公室的人，自己是不是上错了车。可是，边上的男人说：“从现在开始，你不能打电话，把手机关了，请配合我们的工作。”

车子穿行在市区时，林岚像是在看一幕又一幕的无声电影，直至真的开始无声，车子已走在环线上，林岚才有意识地环顾左右，看看坐在她边上的人，一男一女，脸上没有表情，年龄很难判断。她正在用心琢磨，车子朝右拐向小路，走了不到五分钟，车开进一个大院。下车后，林岚仰起头，看见四个红色大字：莲花宾馆。走进去，很像从前郝民带她在市区周边玩耍的农家乐。

这当然不是农家乐。

里边走动的人基本不与林岚说话，而他们之间也很少言语，很多内容似乎是在用眼睛传递，林岚想也许这是一种工作需要，使当事人有风声鹤唳之感，从而惊慌失措，乃至意志崩溃。这样想时，林岚嘴角起了笑意，只是这笑意被坐在她对面的女人看到了。她们之间隔了一张桌子，边上有一位年轻女子准备做记录。林岚收起笑容，望着她们。

时光安静了。有片阳光从窗外照进来，对面的女子，望着阳光皱了皱眉，起身拉起窗帘布，屋里顿时一片黑暗，准备做记录的年轻女子拉亮了日光灯。林岚想起来了,这是个要人不知道时间、不知道白天黑夜的地方。

“我们随便聊聊,你不要有顾虑。”坐在对面的女人发话了。

“还是确定框架吧?猜谜语很累。”

“叫你来,真的只是随便聊聊。”

林岚抬起头,四处望了望,想这样的随便聊聊,恐怕要吓死很多人,所以她脸上又有了笑容,“好吧,你问,我答。”

“书教得好好的,怎么想起进公务员队伍?”

“无聊呗。你未必总想干这种与人谈话的工作?”

话就是这样扯开了,像是在谈工作、谈生活、谈家人熟人,可是在关键的时候,对方又会问一句,譬如:“市里的领导,你认识哪几位,与谁走得近?”“你对县里主要领导的印象?”“当公务员最大的感触是什么?”等等。刚开始,林岚还能慢慢回答,可是在回答这些问题时,她会想,对方到底要了解什么?她问这些的目的是什么?自己的回答是否保护了自己?林岚感觉自己的大脑从没这么快速地运转过。

与人说话是件极累人的事。林岚觉得喉咙冒烟,她想喝热茶,可是面前只摆着一瓶矿泉水。午饭的时间到了,她们叫她一起去餐厅吃。不想吃,还没说出口,对面女人目光凛冽地制止了林岚的发声,她跟着她们去了餐厅。铁盘子,三菜一汤,都是一样,大家安静地吃着。林岚抬起头张望,她想看看还有谁像她一样是谈话的对象,可是看了半天,看不出半点痕迹。

吃过饭,她被带到另一个房间,里边的人换了。两个男人坐在正对面,边上坐了个做记录的女人。林岚还没坐稳,其中一个男人就开始拍桌子。林岚哪里挨过如此脸色,尽管心里知道,这是双簧的另一出，红脸白脸轮流唱，可她心里还是一惊，怔怔地望着对她拍桌子的人，想出去后，一定告诉郝民，让他收拾他。

“望什么望？别磨时间了，说吧！”

“说什么？”

“你知道！”

林岚动气了，问话的人不把话问清楚，我怎么知道？我又不是你肚子里的蛔虫。有股子气往上冲，却没冲出来，冲出来的是中午吃进去的饭菜味，这股味让林岚打起了嗝。一两分钟，嗝一下，很不好受。

问话却仍在继续，且无边无际。问石在研的一些事，林岚在青山县不到一年，很多事不清楚。但这样问，她心里有底了，他们是在查石县长。于是她心里稍稍嘘了一口长气，拿起桌上的矿泉水往嘴里灌，可就在这时，她听到：“王家湾的度假村，你占多少干股？”林岚觉得脑袋突然炸开了，灌在嘴里的矿泉水还没吞进去，就直接喷了出来，她不敢相信自己的耳朵，她红着眼睛望着问她话的人，“你说什么？”眼泪这时也淌了出来，她把矿泉水瓶扔了过去。那个做记录的女人放下手中的笔，上前抱住她，林岚咆哮起来。

“请你安静。问题是可以说清楚的。”抱着林岚的女人很有力量，林岚开始安静，她坐到凳子上。

“即使你没有股份，你难道没有想过，投资开发王家湾度假村的老板，是你亲姐夫，你能说清你从中没有获利？”对面的男人又举起了大刀。

“不是我姐夫一个人的，还有邵武阳，他们来王家湾投资，是扶贫项目，是过了县政府会议的，而且石县长很支持。”林岚逐渐清醒，回答得有理有据。

“石县长为什么要支持?”

“符合扶贫政策,利国利民,为什么不能支持?”

“狡辩!”桌子又是一拍,拍得林岚全身一倾,胃里的酸液突然翻腾起来,随着一声声打嗝,胃里的东西冲了出来,也就在呕吐之前,她指着拍桌子的男人喊了一句“恶心”。没想到的是,喊声一落,林岚弯下腰,果真呕吐起来,这吐不是一点点,而是呈排山倒海之势,哗哗的,把午餐吐还给他们了。问话的男人站在那儿目瞪口呆,对边上另一个男人啧着嘴,“我们怕是遇到影后了,喊吐就吐。”

林岚吐得合不拢嘴,胃里没东西了,除了呕水还在呕胃里的胀气,眼泪与鼻涕在脸上横淌,眼睛里燃起的愤怒分明弱下去,她有些睁不开眼了,不自觉地闭上。

狭小的房间里充满了酸腐味,他们商议着换到另一个房间去,继续问话。刚刚抱着林岚的女人扶起林岚,想慢慢移步,她说,她太沉了,你们来搭把手。过来了一个女人,没扶动,林岚的脚挪不动。她们想架起她,似乎又觉得不妥,便把林岚放下来。林岚没有睁开眼,脸色惨白地趴在桌上。

他们几个人站在走廊上,就是否马上继续问话进行商讨,两个女人意见一致,休息一会儿,可是那个拍桌子的男人不同意,说此时她几乎崩溃了,正是意志薄弱之时,我们一鼓作气,突破不在话下。男人的意见占了上风,于是,他们回到这间全是呕吐物的房子里,林岚却不见了。

林岚当然不可能插上翅膀,她只是没有趴在桌子上,她倒在了桌子底下。她侧身倒在她的呕吐物中,漂亮的长发盖住她的脸,她的脸与头发也浸在一片污秽中,只是额角在洇血。她从桌上倒下去时磕到凳角了。他们慌成一团,“呀,怎么办?又没怎么样她,这下好了，好像我们对她进行了刑讯逼供。”在宾馆随时候着的医生跑了过来，进行简单包扎，他翻开林岚的瞳孔，摆了摆手，说：“问题不大。”边上那个男人问：“还可以问话不？”看样子办案也是上瘾的，人家额头上正冒着血，他还想要继续他的工作。医生是位老医生，应是医院里退休了，又反聘到这儿的，他熟练地号着脉，用眼神制止了那个还要发声的男人，房间里极其安静，似乎相互之间能听到心跳声。好一会儿，医生望着大家，“你们不知道吗？她怀孕了，赶紧送医院吧，这可不是闹着玩的。”

也就在这时，宾馆外边一阵喧闹，“让我进去，我要找我老婆。”郝民对着阻拦他的人喊着。早上，司机看见林岚被带走，等到中午也不见出来，于是他告诉了郝民。郝民是理科生，对卫星定位极感兴趣，在网上买过一些设备，他要找林岚，是分分秒秒的事。所以，他喊着言咏在下午的时候就开车到了莲花宾馆附近。等着等着，天就黑了，他耐不住了，于是在外边喊起来。

如果郝民看到林岚倒在一片恶臭之中，他肯定会与人拼命的。宾馆里的人打电话到他单位，叫单位负责人先带走他。他们把宾馆外的言咏叫进来，一五一十地说清全过程。言咏是见过风浪的人，他安静地听着，脸上甚至还保持着笑容，最后，他说，我知道林岚的伤，与你们没有任何关系，至于投资项目的事，我送林岚去医院后，马上回来，跟你们汇报。

林岚看上去像是晕死过去了，其实，只是迷迷糊糊的，她的潜意识里不想清醒，但自己怎么被抬出房间、怎么上的救护车，她清清楚楚。额头上只是碰了一个小口子，用碘酒冲洗一下、缝两针就好，只是包扎后的样子怎么都像一个受虐者。郝民在边上脸色铁青，特别是刚刚听见林岚伤口淋碘酒时的惨叫声，又心痛又气愤，他握着林岚的手，陪她做完全部检查，知道胎儿在肚子里稳稳的，脸上又有掩饰不住的喜悦，而林岚始终忧心忡忡。

第二天一早，林蒙、言咏来了，林蒙开始数落，“怀孕七周了，自己不知道，还在外边疯。”

林岚望着林蒙，眼泪从眼角热热地滚出来。亲人就是这样子，啰啰嗦嗦的，不会陷害你，在你受难时，总是最早来到身边的人。

言咏把林蒙支了出去，他俯下身，“我知道了，你放心，那些举报信完全没凭没据，我早料到了，你缺心眼，一心一意做事，不学着保护自己，别人把你卖了，你还帮着数钱。怕连累你，王家湾度假村我没参股，是邵武阳一个人的，我平常去看看，是帮武阳出出点子，他搞好了，你才有面子。”

林岚的眼泪流得更凶了，郝民在一旁龇牙咧嘴，伸手拭泪，“别，别，孕妇不能流泪。”孩子七周了，仔细一算，这孩子是他们躺在山上看星星的那个晚上怀上的。林岚抹着泪，觉得自己真不该，干吗乱吃药，可是吃都吃了，于是她内疚地推了下郝民，“我们下次再去山上看星星。”郝民点着头，不想他听到林岚说：“这个孩子我们不能要！”

房间里很静很静，窗外直射进来的阳光，正领舞着细细的尘埃。“之前我一直在吃避孕药。”林岚弱弱地补充了一句。

“所谓魔高一尺，道高一丈，”郝民嘻嘻一笑，“你的药，我早换成维生素 C 片了。”

林岚不敢相信，郝民也有这样的心计。

（原载《中国作家》2018 年第 8 期）

作者简介：万宁（1965— ），女，湖南岳阳人。著有小说集《忙来忙去》，散文集《今夜有约》等。

炖马靴

迟子建

故事发生在一九三八还是一九三九年，父亲记得并不很清楚，他说年份不重要，重要的是时令，寒冬腊月，祭灶的日子，西北风呜呜叫，他们抗联部队的一个支队（父亲至死对他部队的番号保密），二十多号人，清晨从四道岭小黑山的密营出发，踏雪而行，晚饭时分，袭击了位于中苏边界的一个日军守备队。

父亲说他们事先侦察了，这个守备队在山脚下，距离一个小镇四五里路，驻扎着三十来人，有一栋长方形板房，两个矩形仓库，还有一对大狼狗。板房是营房；两座仓库呢，为弹药库和粮库。这两座库，是他们的主攻目标。

那时关东军在中国东北，一方面针对苏联，在边境一带秘密修筑防御工事；另一方面针对抗日武装，进行围剿。为切断老百姓与抗日队伍的联系，他们大规模实施归屯并户，建立“集团部落”，大片农田荒芜，无数村落夷为废墟。父亲说自此之后，队伍的给养成了问题，缺粮少衣，陷入被动。

四道岭在哪里？我在地图上找不到。父亲说除了四道岭，还有头道岭、二道岭、三道岭和五道岭。这些岭呈刀锋状，山上林木茂盛，山下溪流纵横，地形复杂，易守难攻，适宜做密营。父亲说他们最初的营地在头道岭的大黑山，那里狼多，当地人也叫它野狼岭。深夜时群狼齐嗥，狼眼鬼火似的在树丛闪烁，地窨子的女战士恐惧这“夜歌夜火”，就往男战士住的这一侧跑。父亲也不避讳，说他们因此喜欢狼嗥。

狼通常群居，但也有离群索居的。父亲说头道岭就有这样一条母狼，它双眼瞎。不知是天生瞎眼，还是后天瞎的——比如被猎人打瞎、疾病或是同类相残所致。大家分析，它在狼群里受排斥，才被驱逐出来。一条瞎眼的狼，就是一把锩刃的剑，锋芒不再。虽说它的嗅觉依然灵敏，但它朝着掠食目标飞奔的时候，由于深陷永无尽头的黑暗，往往会撞到树上，或是跌入谷底。猎物到不了嘴，反受皮肉之苦。但狼是聪明的，父亲说这条瞎眼狼自打发现支队的行踪后，就一直凭声音和嗅觉尾随他们，求得生存。

父亲是火头军，他可怜瞎眼狼，做了几个鼠夹子，将拍死的老鼠扔给它。战友们都说，狼是吃人不吐骨头的野兽，喂不熟的，可父亲还是不忍看它挨饿，尤其到了漫漫长冬，白雪像巨大的裹尸布一样覆盖了山林，它几乎找不到吃的，连哀叫的力气都没了，像一团飘浮的阴云，蔫巴巴地尾随着队伍，父亲总会想方设法给它口吃的。它得了食物后会叫几声，像小孩子没吃饱奶时的吭叽声，带着些许的满足，又有些许的抗议。

大地回春了，瞎眼狼的日子就好过多了。春夏秋三季，它可以用鼻子觅到果腹之物，而那些东西其他狼基本是不碰的，譬如浆果、蘑菇、青苔或是昆虫。它食肉的机会有没有呢？那得看它的运气了。病死的鹰，半腐烂的兔子，对它来说就是美味。一旦发现，它就迅疾赶去。可这样的食物，也是乌鸦的珍馐。常常是它大快朵颐时，乌鸦纷纷落下，与其争食。瞎眼狼反正看不见，奋勇吃它的。父亲说他们不止一次撞见它与乌鸦同食腐肉的情景。看着它被漆黑的乌鸦给挤在一角，像条瘪了的布袋，实在是心疼。

有时不是瞎眼狼先发现的腐肉，而是乌鸦，它也能跟着蹭点荤腥。乌鸦一鼓噪，它就循声而去。所以瞎眼狼最爱的声音，该是乌鸦的叫声吧。乌鸦啃不动的骨头，对它来说就是心仪的阳光，它会把它们拖进山洞，作为存粮，以备不时之需。它瘦弱不堪，但牙齿锋利，骨头于它，恰如糖果。

瞎眼狼像个讨债鬼，跟着支队，渐渐地成了编外一员。

有年正月，这条狼突然消失了！看不见它了，大家还担心，它是不是被老虎或狗熊给吃了？父亲说瞎眼狼失踪三个月后，他和战友为前方的大部队运粮，在二道岭遇见它。它居然大了肚子，怀了崽了！它拖着沉重的身子，穿越新绿点点的灌木丛，往头道岭走。它的爪子在林地上，留下的印痕明显比过去深了，而它的毛色，也比过去光鲜了！闻到它熟知的队伍的气味，它还停下来，转过头，低低叫了几声，有点羞怯，又有点骄傲似的。

它是在哪里俘获了一条公狼的心呢？父亲说他们猜测，公狼与它发过情后，恐怕也是后悔的，否则不会在它怀着孕的时候，让它孤独地在山岭间穿行。

那次运粮，父亲他们中途遭到日伪军伏击，死伤过半。原来是队伍里一个姓梁的通信员做了叛徒。他们不得不放弃头道岭的密营，重整旗鼓，在四道岭的小黑山再建营地。这样，头道岭的瞎狼，就在他们视野里消失了。两三年不见它，大家还念叨，它生了几崽？养活得了小狼吗？因为一直没见它来找他们，父亲认定，瞎眼狼生的小狼，个个都是好眼睛，它的生活有了灯，不需要他们了。但父亲还会在队伍偶尔开荤时，将吃剩的骨头，扔在附近的山洞。瞎眼狼喜欢山洞，也能对付骨头，万一他们转移了，而它走投无路，寻到那儿的话，总不会饿着。

那次行动，父亲说他们做了周密计划。选择过小年的日子，是因为侦察员带来消息说，日本兵到了冬天的晚上，为打发长夜，喜欢三五结对，去镇上喝酒。小镇有家烧锅，酒好，下酒菜地道，且店主人的老婆俊俏，待人周全，烧锅便成了这个守备队士兵的温柔乡。每逢中国的传统节日，端午、中秋和小年，烧锅一派花园气象，菜品多姿多彩，香气勃勃，撩人胃肠。每逢此时，守备队的人有一半会开小差，防卫空虚，易于突袭。

小年那天飘着雪花，从四道岭到目标点，大约八十里路，要穿越几道山谷和数条冰河。父亲他们驾着滑雪板，清晨就出发了。呼呼叫的北风，让雪花成了薄命人，未等落下，在半空就被风撕裂了。雪粉飞扬，常迷了人的眼睛。父亲说他们不讨厌这样的迷眼，因为雪花纤尘不染，就像老天送来的润眼膏，无比清凉。

他们在午后三点接近了日军守备队，埋伏在山后，把滑雪板卸下，藏在一条沟塘里，预备着突袭成功后，再穿上撤离。父亲说每个战士都是滑雪高手，在冬季，滑雪板就是他们的战马。

腊月的太阳冻得够呛，午后四点不到，就缩着脖子退出天朝了，想必急着烤火去了。太阳落山后，遗下一片滴血的晚霞，好像西边天负了伤。父亲说天黑透了，侦察员带来消息，三辆摩托车驶离守备队，带走了十一个日本兵，看来他们是去镇上的烧锅了。父亲说支队长没有犹豫，下达了进攻令。

趁着夜色，队伍匍匐向前，靠近目标。守备队四周是铁丝电网，两扇宽大的铁门紧闭，门侧的岗楼是空的，没有岗哨。营房灯火通明，照亮了院子。那生硬的铁丝电网，因为有了光的照拂，在院子投下无数爪形的印痕，像一幅工笔的松枝图。两条大狼狗嗅到异常,汪汪叫起来。身手敏捷的神枪手小张,握着手枪,埋伏在岗楼,单等日本兵开门察看时击毙他,打开进攻的通道。岗楼对面,隔着一条雪道,是一摞半人高的柴垛,一个机枪手和五个持步枪的战士,作为冲锋的主力,以此为掩体,准备突击。其他人员,分布在左右两翼,对守备队形成三面夹击。

两条狼狗越叫越凶,营房的门终于"嘎吱"一声响,有人出来了。狗迎了主子,引至铁门,更凄厉地叫起来,用爪子"嚓嚓"挠门报警。那个日本兵没有想到外面重兵埋伏,打开铁门,他刚一露头,小张便举起手枪。子弹飞过,他应声倒地!两条狼狗狂吠着,像两朵暴风雨中滚动的浓云,一前一后冲出,一个奔向岗楼,一个奔向柴垛。奔向岗楼的,被小张击毙了;奔向柴垛的,被步枪手撂倒了。不同的是前一条狼狗吃了一颗枪子,后一条吞了两颗。守备队的日本兵听到枪声,携枪而出反击。院子的光亮,让他们成为鲜明的靶子,在交战中处于劣势。支队伤亡极小地冲进守备队,可以说是旗开得胜。

然而谁也没有料到,那三辆刚离开不久的摩托车回来了!

十一个荷枪实弹的日本兵回来了!

父亲说抗战胜利后,他路过那个小镇,才知道那天日本兵为什么突然回返。原来镇上的几个农民,看不惯开烧锅的夫妇做日本人的生意,知道小年的这天他们又要来喝酒,自制了燃烧弹,投向烧锅,让烈火吞噬了它!

他们在返回途中,已经听到了守备队传来的枪声。

父亲说他们受到了前后夹击,优势立刻转为劣势。

当队伍冲向弹药库和粮库的时候,没想到这两座库,居然还有碉堡的功能,这是他们事先没有侦察到的。虽说守备队门前的岗哨形同虚设，但粮库和弹药库，哨兵一直在岗。这两座仓库架设的机枪，让暴露在空场的战士陷入绝境，父亲说大部分战友牺牲在那里，包括支队长，以及两名救护伤员的女战士。

最终从虎口脱险的，只有五个人，一个副支队长，三名战士（两男一女），加上父亲这个火头军。当然，父亲说他是后来才知道的，因为逃出的五个人，分了三个方向。

他们事先也制定了撤退计划，一般来说，为牵制敌人，保存实力，撤退时会分两个方向。火光中父亲不辨东西，所以他开辟了一个撤退的第三方向。

他们没有全军覆没，得益于绰号“磨牙王”的战士。这个人爱磨牙到什么程度呢？不仅睡觉磨，行军磨，吃饭也磨。挨着他睡的战士，梦中被他扰醒，常将臭袜子塞他嘴里。他咬着袜子，吭吭哧哧的，磨不出声了，但醒来后塞袜子的战士就惨了，袜子湿漉漉的不说，对着太阳一照，还亮光点点（到处是窟窿眼），好像他用牙齿，在袜子上播撒了繁星。

父亲说交战处于被动时，靠近粮库的副支队长下达了撤退令，父亲眼见着身负重伤的磨牙王，咬着牙，趁乱爬向弹药库，在冻土上爬出一条墨似的血痕，用自制的手雷引爆了弹药库。剧烈的爆炸令大地震颤，冲天的火光像一条条金红的鲤鱼，跃向夜空，守备队周围的铁丝网被撕裂了，日本兵赶紧转向粮库防御。

父亲就从弹药库北侧逃了出来。从此以后，与磨牙相似的声音，比如吱扭的扁担声、喑哑的拉锯声，甚至是老鼠啃东西的声音，都被他视为美音。

父亲逃得并不顺利，一个日本兵不屈不挠地追捕他，两个人之间的周旋和战斗，也进行了大半夜。

初始父亲并未察觉身后有人，他戴着狗皮护耳，呼哧带喘的，加上踏雪发出的咯吱声，根本听不到背后的动静。由于撤离方向有误，预先藏在守备队山后沟塘的滑雪板，对父亲来说是梦里的彩虹，遥不可及，他在雪中跋涉了一个多小时，才走了七八里路。但父亲觉得这距离足够安全了，他停下来，打算歇歇脚，给身体补充点能量。

父亲说作为火头军，无论行军还是打仗，他总是背着一口铁锅。那铁锅跟菜墩那般大，与他的背一样宽，所以他背着它的时候，一点也不突兀，就像他身体的一部分，当然这使他看上去像个罗锅。除了铁锅，他棉袄外还斜挎着干粮袋，里面装着二斤左右的炒米。此外他棉军服的里子，靠近胸口的地方，还缝了两个布袋，一个装盐，一个盛火柴。火柴和盐，是部队陷入被动时的救生索。

父亲停下的一刻头晕眼花，也许是先前战友的死刺激着他，他忽然恶心起来。当他垂头呕吐的时候，后背的锅猛地一震，冲击力让他险些栽倒，接着右前方树丛闪出一团白炽的火花，好像彗星划过，父亲马上意识到这是子弹擦着锅的右角飞过，后有敌手追击！父亲本能地卧倒，拔出枪来，匍匐到一处雪坎，以此为掩体。

父亲讲起这个人时，总以“敌手”相称，那么我也随他这么叫吧。

雪已停了，父亲说借着雪地的反光，依稀看见一团黑影在树丛飘动，距他不过四五十米。敌手对父亲的突然消失满怀警觉，因为他知道子弹打飞了，父亲不是中弹消失的，对方已进入防御，他的最佳进攻机会葬送了。敌手开始隐蔽自己，父亲说那团黑影下沉了，鬼影似的不见了，证明他也就势趴在雪地上了。那年雪大，积雪足有两尺，正好隐蔽。

父亲说他所在的支队的武器装备，在当时算精良的，有七八条老套筒步枪，还有两把毛瑟枪。手枪中好的是缴获来的王八盒子，其余的是自制的转轮手枪。有的队伍武器装备紧张，像火头军和救护兵，只配备大刀，而父亲所在的支队人人有枪。父亲所持的是一支自制的转轮手枪，有些笨重，但很好使。父亲自诩枪法不错，用它打过野猪和狍子，为支队改善伙食。不过对他的枪法，我一直怀疑他有吹嘘的成分，因为在我童年时，看他参加武装部的运动会，父亲投掷的铁饼和铅球，都是不听话的孩子，落脚点不在规定范围内，没一次成绩有效的。还有他每每教训我时，无论是飞向我的砖头还是空酒瓶，也无一砸中。当然，也许他只是为了吓唬我，没让它们走正确路线。

在与日军守备队的交战中，父亲所带的子弹基本用光，只剩三发。每一发对他来讲，都贵如黄金。父亲说一个人在野外作战，子弹的用途多着去了。既可抵御敌手，又可预防野兽袭击，还可以猎取动物、获得食物，以及向搜寻自己的人发出求救信号。除了这些，父亲说子弹还有一项顶要紧的功能，万一奄奄一息，有落入敌手的危险，不如给自己个痛快，所以他说要给自己留颗子弹，就当是藏着一块人生最后的糖。

但那个晚上，他的糖果没能保住。

父亲说腊月天本来就冷，加上夜间气温骤然降至零下三十多摄氏度，人趴在雪坎上，一刻钟就冻木了。如果双方僵持下去，都将被活活冻死。为了让敌手主动出击，父亲想了个办法。他穿了两层衣服，里层是棉绒秋衣，外层是棉袄。他不顾严寒，卸下锅和干粮袋，脱下棉袄，将里层的秋衣脱下，再把棉袄穿回，锅背上，顺手捡了一根被暴风雪刮断的柞木树杈，故意大声咳嗽几声，引起敌手注意，然后用树杈将秋衣挑起来，轻轻舞动，制造他在运动的假象，敌手果然上当，连着两发子弹打过来，父亲说那家伙的枪法真不错，子弹都是穿过秋衣呼啸而过。两发子弹过后，父亲丢下树杈，让秋衣垂落，使对方以为他中弹了。果然，敌手认为父亲凶多吉少，慢慢露出头来，缓缓朝前移动，准备察看战果。当敌手走了十多米时，父亲扣动扳机，想在最有利的时机下，一枪撂倒他。可是也不知是手冻得麻木了，还是移动状态的黑影有点飘忽，总之第一颗子弹打飞了。枪声让他暴露，敌手自知上当，卧倒瞬间，父亲又开了第二枪，这一枪中弹的是一棵树，树发出嘶嘶叫声，火花绽放。父亲说他剩下最后一发子弹后，反倒镇定了。双方都知未伤对方皮毛，也就是说，他们的生命，处于同一地平线上，谁有日出，就看命运了。

父亲说他占据的雪坎驼峰一样凸起，是天然堑壕，毕竟有利，不想转移。但他知道卧在雪地撑不了多久，所以紧盯着那个方向，等待敌手的意志先崩溃。他们对峙了近半小时，父亲说他感觉周身的血液要凝固的时刻，敌手背后传来凄厉的狼嚎。这一直萦绕着支队的声音对父亲来说，习以为常，权当是老朋友来打招呼。可敌手却感到了危机，躁动不安，听得见他潜伏之处传出咯吱咯吱的声音，他想着避开狼吧，终于起身了，一直全神贯注盯着他的父亲，就在他露头的一瞬，打了最后一枪。

父亲很镇定，撤退时没忘了将中弹的秋衣拿上，顺手系在腰间，将两只袖子打结。他说现在很多人在运动时喜欢把外套脱下来这样装扮，自以为时髦呢，其实那时他就这么干了。那天西北风从背后吹得厉害，秋衣像棉帘子护住腰臀，让他暖和不少。

父亲说自己太走运了，等后来终于瞅清时，才知道最后一枪，击中了敌手的左肩，而这家伙是个左撇子，右手虽也能持枪，但枪法比起左手差远了，所以尽管父亲消耗了所有子弹后被迫撤退，而为避免中枪采取蛇形方式，忽左忽右，但暴露在敌手有利射程范围的他，没有倒下。那人开的最后两枪，都成了献给夜的森林的小礼花。

父亲是什么时候察觉到敌手也没子弹了呢？他说为了便于听动静，他解开了护耳，在雪地跋涉约两里路后，他不再听到背后传来枪声，只是越来越清晰的狼嚎，觉得奇怪，回身一望，隐约见尾随他的敌手所挎的枪，似乎枪头朝上，说明它也无用武之地了。父亲说那一刻他轻松了一下，赶紧放慢脚步，撒了泡尿。他说战事紧急时，只要不是冬天，尿就撒在裤子里，尤其是雨天的时候。可是北风呼号时节，一泡尿下去，不出一刻钟，裤裆就会冻成硬坨，男人的家伙挨着冰坨，再强旺的人也会废了！父亲说如果那样，就不会有我和姐姐的出生了。

父亲撒完尿，再回身看了一眼，敌手追得近了些，但离他还有二三十米的样子。他走得踉踉跄跄的，看得出很吃力。父亲也没多想，心想你有耐力就追吧。武器都成了哑巴后，双方拼的就是毅力、体力和运气了。

雪又下了起来。父亲说不下雪的话，他不会迷失方向，他本来是向着四道岭新建的密营方向撤退的，他渴望在那儿与离散的战友会合，渴望在地窨子拢起火，喝上一缸热水，吃顿饭，踏实睡一觉。

然而雪越下越大，父亲说雪夜的森林，就是打了数不清的烟幕弹，你不走上歧路都不可能。他分辨不出东西南北，觉得哪儿都是前方，可走了一个小时后，会突然发现，自己又回到了先前经过的地方。敌手无路可走，紧追父亲。父亲怎样走，他就怎样追随，父亲想除了斗志在起作用，这家伙一直跟着，可能与背后狼的追逐以及他无法辨认来时的路有关，也就是说，他也无力撤退了。

他们就这样在飞雪中又行进了两个多小时，午夜时分，父亲实在走不动了，在靠近河岸的灌木丛停下。飞雪中林木模糊，可狼的叫声一点也不模糊，愈发清晰。对付狼，火光就是子弹，父亲打算与敌手，徒手决一死战，如果幸存的话，就卸下锅，燃起一堆火，化点雪水，就着热水吃炒米。想起炒米，他一摸斜挎的干粮袋，却是瘪的，他立时就腿软了。父亲仔细摸索，发现干粮袋靠近后脊梁的部位，有道寸长的口子，看来这一通疾走，穿山时被树枝给刮破了，炒米白白流失了。所幸吊在干粮袋上的茶缸还在，行军中它既能喝水，还能当食物的容器。父亲说鸟儿要是寻到遗落的炒米，一定会张开翅膀欢呼。他说脱险以后，干粮袋就不在衣服最外面斜挎着了，而是像护卫盐和火柴似的，将其当银元捆在腰间，这样就不会有闪失了。

老实说复述到此，我觉得父亲无数次唠叨的这个故事，没啥新奇，无非是他们行动失败，他单枪匹马撤退，被一个敌手，不懈追击而已。

但接下来发生的故事，尽管父亲每次讲述时，语气是平静的，但总能在我心底搅起波澜。我对后半程的故事永不厌倦，就像对一首喜欢的乐曲，不管循环播放多少次，依然爱听。

雪没停，父亲选择了靠近河谷的一片灌木丛停了下来。除了手枪，他还携带着一把三寸长的钢刀。作为火头军，这把刀的主要用途是炊事，剜个野菜，剥点引火的桦树皮，打到野兽开荤时用于肢解动物等。当然危急时刻，它还可以作为武器。

父亲说他卸下锅，把枪也卸下，看着敌手一步步逼近。他的喘息传来了，如此沉重，好像喘不动的样子。父亲手握钢刀，身体绷紧，做好了决战准备。可是敌手踩着父亲蹚出的脚印，趔趔趄趄靠近他时，既没做出战斗的姿态，也没举手投降，而是一头栽倒在雪地上。父亲怕他佯装倒下，持刀慢慢凑近，才发现他左臂中弹了，他的军服残破不堪。原来情急之下，他撕扯军服当绷带，包扎伤口了。可是他伤得厉害，军服的面料又不适宜做敷料，所以包扎处渗血严重，一团墨色。父亲说他从未见过一个人的眼睛会在夜的飞雪中发出那样强的光，锐利、绝望，又不甘。敌手打着寒战，牙齿磨得咯咯响，不知他是被疼痛折磨的，还是因为憎恨父亲。

父亲先缴了他的枪。是一支轻便灵活的三八式步骑枪，俗称小马盖子枪，父亲说那是女战士最喜欢的一款枪。他最终靠着这支枪，俘获了母亲的芳心，那时她在后方营房的被服厂做军服，当然这是后话了。

小马盖子枪到手后，父亲继续搜他身，没发现手枪和刀具，说明他们仓促应战中，装备不足。父亲说本来可以一刀子扎在他心口上，让失去反抗能力的敌手立即毙命，但见他气息奄奄，挺不了多久了，再说狼嚎声越来越近，父亲准备赶紧点火。敌手受伤后，伤口没包扎好，血滴在雪地上，父亲想，是血腥气让嗅觉灵敏的狼一路跟着吧。狼的叫声越来越近时，父亲听出至少两条狼在叫，一种声音富有攻击性，凄厉而有穿透力；一种比较婉转、犹疑，像婴儿的啼哭，让他有似曾相识之感。

父亲在灌木丛划拉了一抱干枯的树枝，又找了棵桦树，剥了块桦树皮，生起火来。这堆火距离敌手倒地之处，有四五米远。父亲把锅支上，想融化点雪水来喝。没有食物，吃几粒盐，喝一缸热水，也能补充能量。

他烧雪水的时候，想着该怎样处置敌手。他失血过多，倒地后就再也没能爬起来。父亲知道这样下去，不出几个小时，他就会死在那片灌木丛。他似乎不惧怕父亲，但对狼的叫声表现出异常的惊恐，狼一叫唤，他就呻吟。

父亲又找来一些柴火，打算在篝火旁多休息两个小时，等雪停了再行动。他抱着柴火回到篝火旁时，雪水烧沸了，狼也来到近前。躲避在灌木丛后的狼，交替发出叫声，一种是带着威慑和焦急情绪的大叫，一种是故人似的低沉呼唤。敌手哼唷得更厉害了，他身体扭曲着，似乎想努力爬到篝火这来，可他终归没能离开跌倒之地半步。

父亲是怎么判断出徘徊在附近的狼，有一只就是他熟悉的瞎眼狼的呢？他喝过一缸热水后，发现篝火的斜对面，狼发声之处的灌木丛，有两个黄绿色的光点在闪烁，那是狼眼发出的光。两条狼应该有四个发光点，可父亲说他望了多次，总是两个光点，这说明另一条狼的眼睛是不发光的，它不是瞎眼狼又会是谁呢！父亲说直到这时他才明白，为啥有一条狼发出的叫声，令他有熟悉的感觉。

一缸热水落肚，父亲觉得已快凝固的血液，开始苏醒，一波一波地缓缓流动了。他摸出几粒盐，当点心一样品咂。直到和平时期，父亲都有囤积食盐的习惯，这与他战争年代的经历有关吧，他常说盐粒是尘世的珍珠！

不瞎的狼一定是饥饿到极点了，它的叫声带着极度的不耐烦和愤怒。父亲向篝火填了更多的柴，让它愈发旺盛，篝火噼啪燃烧，就像黑夜的心脏，怦怦跳动。父亲说他歇息的时候，不时瞄一眼敌手，他努力挥起右手，似在召唤他。父亲走过去，发现他浑身颤抖，脸被疼痛和恐惧折磨得扭曲变形，他对着父亲，从牙缝中迸出一个“冷——”字，父亲明白，他这是想离篝火近些。父亲犹豫了一下，想着这可能是他此生的最后愿望了，最终还是又怜又恨地，拽起他双脚，确切说是拽着一双半新的长靿马靴，将他扯到篝火旁。篝火照耀着他，他发出一声怪异的笑声。不知是被篝火激动的，还是因父亲最终屈从了他而得意的。

敌手是个年轻的士兵，懂得一点中国话，说不连贯，单字单字地蹦。他到了篝火旁，先是艰难吐出个“水——”字，父亲没搭理他；他又吐出个“盐——”字，父亲还是没搭理他。父亲说了，水和盐的摄入，也许会让一条毒蛇苏醒。想着自己差点成为他枪下的鬼，想着牺牲的磨牙王，父亲甚至觉得把他拖到篝火旁，让他得到最后的人间温暖，都是对战友的背叛。

父亲说那夜的篝火太美了，将它周围飘舞的雪花，映照得像一群金翅的蝴蝶！他看着飞旋在铁锅上空的雪花，心想它们要是化成小年的饺子，该有多好啊。父亲饿得慌，狼也饿得慌。一条狼始终凶悍地叫，它一定希冀篝火快点熄灭，黎明快些到来。敌手怕自己最终会成为狼的盘中餐吧，他在生命的最后时刻，拼尽全力，拍一下自己，然后指指篝火，再吃力地拍一下自己，再指指篝火。父亲明白，他想让他火葬了他。父亲说你要是投降，优待俘虏，我或许可以考虑。敌手听得懂父亲的话，但他没有将手上举，而是牢牢贴在胸口，像守卫最后的堡垒，至死没有做出投降的姿势。

敌手挣扎了最后一程，凌晨两三点钟死了。父亲说这时雪停了，老天爷不撒纸钱似的雪花了。西北风刮了起来，父亲又捡了一抱柴，让篝火始终处于旺盛状态。父亲饿得肚子咕咕直叫，可雪水沸腾的铁锅，依然没有可煮食的东西。父亲再次搜敌手的身，希冀有所发现，万一有两块压缩饼干，或是一支香烟，那将是这个小年的好享受了，可他最终失望了。他只在军服的口袋里搜出两样东西，一个是一方蓝格子手帕，另一个是长方形金属外壳的镜盒。打开一看，里面竟夹着一张二寸的黑白相片。父亲凑近篝火一看，那是个穿着印花和服的姑娘，她额头很宽，鼻子小巧，微微垂头，浅浅笑着，满眼都是甜蜜。这掩藏在镜盒里的姑娘的相片，令父亲有看见原野小花的感觉。父亲想这相片中的人，也许是敌手远在家乡的恋人，而她再也见不到心上人了。父亲将镜盒放回敌手的口袋，而将蓝格子手帕揣进自己兜里了。

父亲从敌手的头一直细搜到脚，突然有了救命的发现。敌手穿着的马靴，是长靴，长靴通常是军官和骑兵的装备。从这名士兵的肩章和帽子看出，他不是军官，那么他是守备队中的一名骑兵？军官的靴筒通常为平口的，而骑兵长靴为斜口的。父亲说敌手的马靴就是斜口的，深棕色，里面有黑色绒毛，极其保暖。靴子是上好的牛皮的，靴帮靠近脚腕处，有一圈韭菜叶宽的装饰带，好像给这靴子戴了一个项圈。

父亲将这两只靴子从敌手脚上拔下来，靠近篝火，用钢刀切割靴子。靴筒很温乎，敌手死了，可他身体的余温未散，孤魂似的游荡。父亲说摸到热气时，他心里哆嗦一下，望了一眼敌手，他死时眼睛没闭上，父亲停下手，将敌手的那块蓝格子手帕掏出来，走过去蒙在他脸上。父亲每每讲到这个细节，我总要问，你是怕他看见你吃他的马靴吧？父亲的回答总是，一个死了的人，唉，他就是没闭上眼的话，哪能真瞅见呢。他并不解释给他蒙面的具体原因。

父亲割掉靴底，将要扔掉时，发现靴底烙印着一行字，仔细辨认，原来是“昭和十二年制”的字样。他将靴底撇得远远的，说感觉是将这罪恶的一年给抛掉了。父亲划开靴帮，燎猪毛似的，将靴筒绒毛在火上处理掉，再用刀子，将它一遍遍地刮着，除掉绒毛烧后留下的灰烬，再尽力刮掉所染的颜色，让牛皮尽量恢复本色。他数了数，一双马靴，经他分解后，得了大大小小的牛皮，一共十块。他将它们放进雪堆，一遍遍揉搓，使它们更为清洁，然后加柴调旺篝火，往铁锅续了雪，使融化的水更多，把马靴皮下到锅里，又折了几簇樟子松苍绿的松枝，作为提香除秽的调料，投进锅里，开始炖马靴了。

父亲说火旺，锅很快就烧开了，咕嘟嘟冒热气。在冬夜的山林，这口锅散发的水蒸气，在升腾的一刻，被篝火映照得像一条腾空的金龙。没有锅盖，水汽蒸发极快，父亲不停地往锅里添雪。马靴的味道渐渐散发出来，初始是煳味，跟着是膻味，半小时后，牛皮仿佛被熬煮得苏醒了，淡淡的香气出来了。父亲说他等不及了，狼也没耐心了，它们闻到肉皮的味道，嗥叫不休。一种是威慑性的想要攫取的叫声，一种是乞求施舍的温和的叫声。

父亲用桦树枝条做筷子，捞出最大那块马靴皮，用刀切下一小块，填进嘴里。牛皮虽然膨胀起来了，但炖的时间不长，极其难嚼。父亲努力吃了半块，将余下的一分为二，撇给盘踞在灌木丛的狼。我问他食物如此短缺，为啥还要喂狼？他说可能是习惯吧，毕竟瞎眼狼在那里。再说狼得了吃的，就不会过来吃人。他说的人，是否包括敌手呢？这个话题我始终没敢问他，直到他辞世。

父亲说肚子一旦有了食物，哪怕只是垫了个底儿，心就不慌了。西北风越刮越大，树也开始呜呜叫起来。父亲不担心会有敌兵追来，因为路途艰险不说，他们留在雪地的足迹，早被飞雪和狂风搅起的雪浪给荡平了，任谁也别想找到他们了。

马靴又被炖了一段时间后，终于嚼得动了，父亲吃了两块，体力恢复了，他将剩下的牛皮捞出来。父亲说几乎就是打个哈欠的工夫，它们就在寒风中凉透了，再打个哈欠的工夫，它们就冻硬了，父亲将它们当点心，分别揣进裤兜，然后取下篝火上的铁锅。热锅落在雪地的一刻，发出“吱吱——”的叫声，父亲说锅底下的雪被烫得不轻，破了很大一片，流出汩汩雪水，但热锅烫伤的雪，很快结痂，寒风也让热锅成了冷锅。父亲抬头望了望天，雪停了，但夜空还没晴朗起来，望不见北斗星，父亲不知置身何方。夜晚的山岭，看上去都是一个模样，按照父亲的比喻，它们就像一把把钢刀插在那里，阴森恐怖，让人觉得是在屠宰场。

父亲本不想天亮前出发的，他不知该走向哪里。天明以后，他能从太阳判断方向。可是狼逼得他必须走，因为它们窸窸窣窣地冲出灌木丛，朝向篝火了，显然那点牛皮，不够打牙祭的。父亲说当它们离自己仅有五六米远时，他在它们斜对面，借着残余的篝火，望见了一生难忘的情景，两条狼一前一后，呈一条直线，前面的狼高大威猛，后面的狼矮小瘦削。前狼挣扎着向前，后狼拼死咬住前狼的尾巴，试图阻止它的步伐。父亲认出了后狼就是瞎眼狼。他说从未见过狼眼会泛出红光，前狼试图奔向篝火旁边的人时，眼睛漫溢的就是这种光，也不知是不是篝火映的。父亲“嗨——嗨——”地叫了两声，这是以往瞎眼狼尾随支队时，他抛给它食物时，惯常的招呼声。瞎眼狼显然熟悉父亲的呼唤，它更加用力地往回拽前狼，前狼的尾巴绷得直直的，像一支在弦之箭，就要绷不住了，它的尾巴随时有被扯掉的危险，痛到极点，叫声格外瘆人。最终前狼让步了，瞎眼狼将它生生地拖回灌木丛。父亲长舒一口气，感恩似的分出两块牛皮，投给它们。

父亲说既然前狼连火光都不怕了，久留于他来讲，危险太大了，他准备出发。他本想换上敌手的棉服，它的保暖性更好，可是这件棉服的肩胛处，被父亲发射的子弹打穿后，先前涌出的鲜血已成凝固剂，衣服破损污秽不说，要是强行脱下，等于撕敌手的皮。最终父亲将他的帽子取下，扣在自己头上。然后划拉了一抱柴，将篝火调得旺旺的，拔腿出发了。

常听父亲讲炖马靴故事的母亲和我，一再问过父亲，你都要开拔了，还点篝火做什么？是不是火葬了敌手？父亲给出的答案总是模棱两可的。有时他说："我缴了他的枪，还吃了他的马靴，不然就得饿死啊。"有时他说："我战友的尸骨还不知埋在哪里呢。"有时他说："那晚上没月亮，生火能照亮一段路啊。"最接近答案真相的一次，他说："唉，让他和那个姑娘的相片一起化成灰，他做鬼也值了吧。"

父亲说他根据西北风吹来的方向判断，他要撤退到队伍的密营，得与风向逆向而行。结果他走了一两里路后，风竟然休克了，没了，他等于丧失了唯一路标，又不知所向了。按照父亲的说法，当时森林整个冻僵了，树枝动也不动，连一声野生动物的叫声都没有，他感觉自己在地狱中。天渐渐亮了，可它亮在阴云里，父亲期待的太阳没有现身。就在他走投无路之际，他听见了背后有走兽的声音，回身一望，距他五米多远，就是那两条狼！冬季的狼皮毛黯淡，它们就像荒草堆一样。瞎眼狼还是在后面，叼着前狼的尾巴。前狼见着父亲，停了下来，它的目光柔和多了。瞎眼狼低低叫着，安慰着陷入绝境的父亲。父亲仔细打量前狼，发现它是条年轻的公狼，它对瞎眼狼不敢违命，原来是瞎眼狼的儿子啊！父亲是怎么看出的呢？前狼追上父亲，停下的一瞬，它身后的瞎眼狼，立马松口，放下前狼的尾巴，上前两步，用嘴温柔地触着前狼的脸，似在亲吻，前狼发出撒娇和委屈的叫声。父亲说只有母亲对孩子才能表现出如此的怜惜和爱抚，也只有孝顺的孩子，才会对母亲发出的哪怕它不喜欢的指向，俯首帖耳。直到这时，父亲才明白瞎眼狼当年为什么怀孕，它是为自己的未来生活，寻找一双眼睛啊！不知瞎眼狼一窝生了几崽，存活几只，它的丈夫和它另外的骨肉，也许都因嫌弃而背弃了它，但至少父亲看到了，有一只忠勇的小狼，把自己的尾巴当作母亲的生命线，在荒无人烟的深山，不离不弃地牵引着它。父亲说瞎眼狼所叼着的尾巴，是它生命的脐带，也是一道藏在心底的光啊。

后来的故事，我和母亲差不多都能背诵了，天连阴了三天，不见日月，瞎眼狼和它的孩子在前引路，把父亲领出迷途。他们靠着所剩的煮熟的马靴皮，和深埋在雪下的红豆浆果，以及山洞的骨头，渡过难关。而那些骨头，有瞎眼狼备下的，也有父亲当年丢给它的。骨头怎么吃呢？父亲说晚上在山洞口生起火后，会把它们在火上烤酥，这时的骨头就能咬动了。而小狼很卖力地想帮他们解决伙食，其间它发现一只雪兔，可它跳跃着要扑向它的时候，它的母亲松开它的尾巴过慢，它扑了个空。母子狼最终带着他，靠近了一个村庄。父亲说闻到炊烟的气息后，瞎眼狼觉得告别的时刻到了，它松开嘴，用两只前爪激动地刨着地，洗尘似的，快乐地躺倒，在雪地打了几个滚，然后起身抖了抖毛，沾在它身上的雪粉飞溅出来，飞进父亲的眼睛，与他的泪水相逢。瞎眼狼看不见父亲的泪，它无比骄傲地仰天嗷嗷叫了几声，仿佛宣告它的使命完成了。小狼卸下了父亲这个沉重包袱，得到解放，它比母狼还要欢欣鼓舞，父亲说它原地转了好几个圈，像在跳舞，然后站定看着父亲，身体后倾，调皮地做出进攻的姿态，长嗥一声，最后吓唬一下父亲。

母子狼转身走了，依然是小狼在前，瞎眼狼叼着孩子的尾巴在后。父亲说它们转身前，他给两条狼作了个揖，瞎眼狼无法看见，小狼却并不领情，对着他又是一声长嗥，好像在说，少来这套，没吃掉你，算你走运！父亲说他夜晚栖息在山洞的那三天，瞎眼狼守候在洞口外，也不忘了叼着小狼的尾巴，怕它万一不听话，会对父亲下口吧。

父亲得救后，认识了后方被服厂的母亲，那支缴获来的小马盖子枪，经组织同意，配给了后来跟父亲一同上阵的母亲。他们在我之前，生了一个女孩，跟着他们转战，营养匮乏，两岁就死了。我命好，出生在抗战胜利后。父亲待我甚为严格，他像严苛的教官，要求我学习攀岩、游泳、滑雪、测绘、爆破甚至跳伞等本领。据母亲说，这些都是抗联战士当年要学的科目。每到小年的时候，他都要讲一遍炖马靴的故事。所以我落下了一个毛病，父亲去世后，每年腊月二十三，我也给我的儿子，讲炖马靴的故事。而且我退休后，爱泡在图书馆的地方志资料室里，查阅抗联时期的相关历史资料，希冀能找到头道岭二道岭四道岭的位置，希冀能找到那个不依不饶追逐父亲的敌手的资料，希冀能够从民间资料中看到有关瞎眼狼的传说，可是我就像一个蹩脚的渔夫，撒下无数片网，却终无所获。最后我甚至怀疑，父亲的这个故事，是不是编造的。但有一点肯定的是，父亲中弹的棉绒秋衣，弹孔还在，边缘处的烧灼痕迹清晰可见，不过它没有传到我们下一代手里，而是在抗联博物馆陈列室的橱窗里。

父亲去世的次年，母亲也走了，他们都活过了八十岁。炖马靴的故事,只有我一个人给下一代讲了。儿子是做网站编辑的,他每次听这故事,总要俏皮地说,驴马牛都是大牲口,算是一族的,爷爷当年在山中,吃的可是大补的阿胶啊。之后便骂张学良,说当年他要是带领东北军抵抗侵略军的话,日军不会轻易占领东北。他说当年的东北军是只老虎,空军有两百架战机,地面部队也不错。张作霖当时开办的兵工厂设备优良,还有德国进口的设备呢,所以造的武器也过硬。儿子说要是张作霖不被炸死,妈拉个巴子的,侵略者休想进犯东北半步!儿子经常是发完牢骚,就会打电话叫外卖,外卖的主角是猪皮冻和鱼皮冻,他说动物的皮,是身体的精华。我想他是用他的肠胃,帮助他的精神,记忆这个故事吧。

最后我要补充的是,父亲每回讲完炖马靴的故事,总要仰天慨叹一句:人哪,得想着给自己的后路,留点骨头!

(原载《钟山》2019 年第 1 期)

作者简介:迟子建(1964—),女,黑龙江漠河人。著有长篇小说《伪满洲国》《额尔古纳河右岸》《白雪乌鸦》《群山之巅》,中短篇小说《雾月牛栏》《清水洗尘》《世界上所有的夜晚》等。

抬花轿

老　藤

一

每个人心里都盘着一条蛇，你心门洞开的时候，它蜷缩一团；你心有怨恨的时候，它会蠢蠢欲动，吐出血红的芯子来。这段话是我的搭档齐大嘴说的。去年夏天，我到大平台村挂职，和新当选的村主任齐大嘴聊天，齐大嘴说了这段话，听后我觉得后颈发凉，似乎每一处角落里都蜷着蛇。更可怕的是，我这个从小怕蛇的人，总觉得心窝里盘着一条蛇，每次洗澡一遍又一遍往胸口打香皂，反复搓洗，恨不得把外皮都搓掉。

齐大嘴是个喇叭匠，年近花甲，颈粗肚圆。“大嘴”是他绰号，人们叫惯了，以至于忽略了他的大号。“大嘴”这个绰号在当地并无贬义，是指人嘴上功夫好，就像人们称呼齐大嘴的爷爷为“齐大喇叭”一样，是因为他爷爷喇叭吹得好。齐大嘴没受过专业训练，吹奏时用真气，吹久了，便两腮下垂，双眼外凸，成了俗称的“金鱼眼”。齐大嘴总是随身背着一个还算时尚的电脑包，里面没有电脑，只有一支小唢呐和一个白钢扁酒壶，小唢呐又叫“三吱子”，是他吃饭家什，走到哪儿带到哪儿，几乎不离身；白钢扁酒壶则是俄罗斯渔夫专用的便携式酒壶，容量不大，可插在猎装口袋里。齐大嘴嗜酒，吹喇叭起兴时，不时会摸出酒壶咂几口。

齐大嘴当选村主任，像一支不靠谱的喇叭曲，滑稽但真实。

我刚到大平台村挂职村书记，村委会换届便遇到了麻烦，因为村里方、石两家养殖大户有宿仇，形成了两个阵营，一方赞成的，另一方肯定反对。正式选举这天，尽管有镇里分管民政工作的副镇长老毕坐镇，正式提名的主任候选人还是落选了，换届流产。其实，流不流产与喇叭匠齐大嘴无关，但齐大嘴和老毕是好朋友，齐大嘴那天在家里喝了几盅，心里觉得有必要到村委会安慰一下老毕。老毕是镇换届工作领导小组副组长，出了这种打脸的事，肯定有王八钻灶坑的感觉。

齐大嘴和老毕相识是因为喇叭，老毕一个远亲办喜事请齐大嘴吹喇叭，齐大嘴已经答应了别家，便婉拒了邀请。那家亲戚没辙只好央求老毕出面，老毕便晚饭前坐着皮卡来到齐家，齐家还没吃完饭，老毕说我下乡转了一个下午，肚子饿了，到你这个大名人家蹭顿饭行不行？齐大嘴是个社会人，见镇领导看得起自己很是高兴，连忙让老伴加菜，并搬出陈年小烧。老毕说饭菜吃你的，酒喝我的，让司机从车上拿下自己带的白酒，两人喝了个沟满壕平。临末，齐大嘴有点高，舌头打着卷说，从今往后咱就是生死弟兄，用着大嘴的尽管说。老毕便顺口说请他给亲戚办喜事捧捧场，齐大嘴话收不回去了，只好应允下来。老毕远亲办喜事那天，齐大嘴演奏格外卖力，以至于宾客冷落了花枝招展的新娘子，都围上来听他吹喇叭。

见齐大嘴带着酒气进来，老毕没好气地说，你来干啥，来吹《秦雪梅吊孝》？《秦雪梅吊孝》是一支哭丧喇叭曲，闻之令人落泪，老毕这么说显然是没好气。齐大嘴说，大平台没辙了，丢人！老毕叹了口气，满屯子几百人，没个争气的，想矬子里拔个将军都难。齐大嘴道，也不见得，卧龙岗上散淡人还是有的。齐大嘴这么一说，老毕眼睛忽然圆睁起来，他想起前些天发生的一件事，大平台村有两个村民因为一起荒地纠纷闹到了镇里，找老毕断理。老毕站在日头地里解释了半天，纠纷也没解决，碰巧，齐大嘴到镇里找老毕送非遗项目申报表，看到了满头大汗的老毕正在苦口婆心向两位村民讲政策。两个村民家有红白喜事都求过齐大嘴，齐大嘴自信说话还能管用，就走过去道，大热天你俩缠着毕镇长干啥？村民说了事由，齐大嘴道，毕镇长的话你们不听，老天的意思总该听吧。两个村民都看着齐大嘴，其中一个问，老天啥意思？齐大嘴说，你俩钉杠锤，三局两胜这就是天意。两个村民谁也不服谁，果然就当着老毕和齐大嘴的面开始钉杠锤，结果输掉的一方蔫头耷脑扭头就走。齐大嘴对赢的一方说，快去拉着人家吧，到小店喝几盅，我和毕镇长也借个光。就这样，地界纠纷化成了小酒馆一席酒，齐大嘴酒量大，把两个村民都灌高了，走出饭店时开始相互扳脖搂腰亲兄弟一样。这件事让老毕对齐大嘴刮目相看，觉得齐大嘴不仅会吹喇叭，摆事还有一套。

齐大嘴说毕镇长你别上火，换不成就不换，镇里不是已经派了书记吗？书记主任一肩挑啥毛病没有。老毕说，现在提倡村民自治，还是有个本地人当主任好。齐大嘴道，我估摸了，村里真没这么个人，村主任大小也是个领导，可不是谁都能当的。老毕说，得！今个是你自己上门的，不怪我，这村主任就你来干吧！齐大嘴一听连连摆手，毕镇长别开玩笑，我一个吹喇叭的都五十九岁了当啥主任，再说明年我就到大连女儿家养老了，你给我套上夹板我咋走？

老毕把齐大嘴拉到面前坐下，给他讲了一大串道理，齐大嘴还是不同意，老毕有些急，双手作揖道，全大平台人都说你能摆事，现在村里遇到这么大的事你不摆，看笑话就那么好受？算我老毕求你行不行，你要不出山，我只好辞职回家养鱼了。齐大嘴是来安慰老毕，没想到会惹火烧身，把自己摆了进去。老毕是副镇长，在村民眼里是大人物，大人物这么高看自己，总该识点抬举吧。齐大嘴思前想后，对老毕说，我干可以，但就干一年，明年秋天我就去大连。老毕考虑的是当下，明年的事明年再说，当务之急是把换届这台戏唱完。老毕说行，你先救急。老毕问，选举会不会有问题？齐大嘴拍着胸脯道，谁要是不选我，等他家有了红白喜事我罢吹。

事情果然如齐大嘴所料，方、石两大阵营的村民谁都不愿意和齐大嘴过不去。齐大嘴满票当选大平台村村委会主任。

地处黑龙江边的大平台村原本是个清代驿站，石家是驿人后裔，当地称站上人；方家是民国早期闯关东的登州府人，尽管在大平台生活年头不少，但对于站上人来说，终归还是外来户。两家的宿仇源自一起命案，这是后话。齐大嘴当选那天，是我正式报到的第三日。老毕找我俩谈话，对齐大嘴交代了两件事：一是要全力支持我这个驻村书记工作；二是要千方百计保稳定，稳定压倒一切。老毕说，我主管民政，大平台的稳定是我一块心病。齐大嘴道，放心吧，毕镇长，我会把你心头之蛇给遣走。老毕睁大了眼问，啥蛇？齐大嘴的金鱼眼眯成一道缝儿，道，心病就是蛇造孽嘛。齐大嘴说支持书记工作没问题，司令、二鼻子谁大他心里清楚，保一方稳定虽难，但只要找准喇叭眼儿按住，运足了丹田气，平安曲就跑不了调儿。齐大嘴说，化解方、石两家宿仇是我一桩未了的心事，不惦记都难。老毕问，你还有这么桩心事？齐大嘴说，当然，不过这事要慢慢来，急不得。老毕说，行，你大嘴真行，我没看错人，石方两家宿仇得到化解，大平台从此就太平了。

老毕走后，我问齐大嘴，听说方石两家宿仇很深，是咋回事？齐大嘴从电脑包里摸出酒壶咂了一口，抿抿嘴唇道，陈年芝麻谷子，一笔无头账。

正式上任第一天，齐大嘴一壶五味子茶刚沏上，村民石锁便黑着一张驴脸破门而入，把一条死蛇头往地上一掼，道，我的三道鳞都没了，肯定是方世坤捣鬼。

齐大嘴并不急，让石锁坐下，慢慢道来事情原委。

方世坤和石锁两家都在黑龙江边养鱼。方世坤承包了一道江汊子，江汊子与主航道之间用三层丝网拦住，在汊子里养蛇头鱼。江汊子是大江的胡须，虽短促，却是活水，适合养蛇头。方家的蛇头肉质紧而细，熬汤像牛奶，卖价自然不菲。石锁在江边湿地一个池塘养三道鳞。三道鳞又叫镜鲤，也是吃货喜欢的鱼类，起鱼的日子，鱼塘边大小车辆会排成队。

方石两家各自养鱼，蛇头主供火锅店，三道鳞主供酒馆，两个井水不犯河水，客户大体固定，几乎不存在竞争。去年八月中旬一天，石锁鱼塘起鱼。谁知左一网、右一网，却不见三道鳞上网，池塘里投放的四万尾三道鳞仿佛水遁一样不见了。让石锁几乎要气炸肺的是网里三道鳞没几条，却扭动着不少黑乎乎的蛇头！

蛇头是当地人对黑鱼的别称，因为头像蛇，加之在浅水里会像蛇一样爬行，人们给它起了蛇头的名字。养鱼人最怕蛇头，无论养鲤鱼、鲫鱼还是草鱼，只要鱼塘里混进蛇头那就惨了，不出多长时间，凶猛的蛇头会把其他鱼类吞噬干净。

石锁说自家鱼塘与黑龙江不相连，一个草甸子里独立的池塘，蛇头会从天上掉下来？蛇头出现在鱼塘里，来路只有一个，方世坤的江汉子。

凭一条死蛇头，不能给方世坤定罪，方世坤也不会认账，齐大嘴说这件事村里会调查清楚，他让石锁先回去等信儿。

石锁说，你们告诉方世坤，有本事冲人来，冲着三道鳞去算啥本事！骑驴看唱本，咱走着瞧！

二

有村民告诉齐大嘴，说石锁在家里磨滚钩。

齐大嘴调查了一番，消息准确。石锁翻出已经生锈的滚钩开始磨钩，并对邻居说，要把爷爷留下的一千把滚钩都磨出来。

石锁的怀疑似乎有些道理。江边养鱼户有五家，唯有方世坤养蛇头，石家鱼塘里蛇头来路很清楚。石锁上访诉求是两个字：赔钱！四万条三道鳞，平均一条二斤，按出塘价算，让方世坤包赔损失。我和齐大嘴说石锁上访好像能站住脚，齐大嘴却不以为然，道，明明是那么一回事，偏偏就不是那么一回事，看看再说，看看再说。

一个屯子住着，石锁的举动不可能瞒住方世坤，这边磨滚钩，那边方世坤则大张旗鼓在江汉子边建起个蛇屋。方世坤对外说蛇屋用来养蛇，专养乌苏里蝮蛇，给辽南一家蛇毒制药厂提供蛇毒原料。方家祖上能呼蛇、治蛇伤，作为方家后人的方世坤养蛇顺理成章，没人怀疑。方世坤江边蛇屋建得极简单，房子不大，四四方方坐北朝南，外面不刷灰，南墙有一扇门，一把铁锁锁着，蛇屋平顶，房脊留有天窗，看上去像碉堡一样神秘。方世坤蛇屋里的乌苏里蝮蛇长啥样没人知晓，但江汉子每隔几十步远，便会发现一个警示牌，上面写着：有蛇禁入，违者自负。这个牌子很管用，方世坤承包的江汉子自从竖起这个牌子，连钓鱼的都望而却步，因为村民知道，乌苏里蝮蛇可是要命的毒蛇。

石锁为了三道鳞的事多次来村委会上访，每次都情绪激动，我觉得齐大嘴该有所动作，但齐大嘴很能沉住气，每次都是不温不火，一双金鱼眼眨个不停。

齐大嘴自己说过，化解方石两家的宿仇是他一桩心事，为啥这心事就不上心了呢？我开始怀疑村民关于齐大嘴能摆事的种种说法，村民们说在大平台没有齐大嘴不会吹的曲，也没有齐大嘴摆不平的事。现在，三道鳞、蛇头之争就明睁眼露在那里，也不见齐大嘴出手呵。

你到底有啥打算呢？我怀疑齐大嘴心里没谱，化解村民矛盾不是吹喇叭那么简单。

还能有啥打算，遣蛇。齐大嘴说，心头之蛇不遣走，两家掐架不会停。

你老是提到“遣蛇”，这个话从哪里来的？我问。

我爷爷。齐大嘴说，小时候爷爷告诉我，遣蛇难，遣蛇难，有了喇叭就不难，找准喇叭眼儿，运气用丹田，蛇不遣走不算完。齐大嘴说出一串顺口溜，让我哭笑不得，这是哪儿跟哪儿的道理啊。

齐大嘴的目光一直在窗台的空酒瓶上。我顺着他的目光也看了看那个蒙着灰尘的空酒瓶，酒瓶上依稀有模模糊糊的商标，上面写着“三蛇酒”几个红字。不知这空瓶是谁留下的，也不知放在这里多久。

事要从头捋，就像一条河，如果源头不清，会越蹚越浑浊。齐大嘴说，现在看起来是三道鳞和蛇头的问题，其实底火在他们祖父那一代身上。齐大嘴说，当年我爷爷和方四平、石栏山是好朋友，知道一些方石两家的旧事。

我爷爷叫齐大喇叭，虽是盲人，心里却明亮，爷爷有很多语录现在村里老人还常常说起。比如爷爷说，人没啥了不起的，眼不如猫，鼻子不如狗，胃肠不如猪，要是再不会听唢呐就猪狗不如。这话听起来糙，但用意不错，让人学会欣赏音乐，至少会欣赏他吹奏的唢呐。比如爷爷还说，蛇有七寸，喇叭有七眼，按住七寸蛇听话，按准七眼喇叭响。

石锁祖父石栏山开烧锅，开烧锅不卖小烧，专门泡制蛇酒出售。石栏山用一种大口白玻璃罐，里面放三条绞成一团的活蛇，然后再灌满烧酒，用蜡封好，窖起来，五年后再出售，价钱自然就打了几个滚儿。黑龙江畔大草甸子湿气重，风湿病患者多，蛇酒专对此症，生意不愁。

石栏山加工蛇酒，意见最大的是方世坤的祖父方四平。方四平是个蛇医，叫蛇医，不是给蛇治病，而是专治毒蛇咬伤。方四平治蛇伤需要蛇毒，将经过处理的蛇毒涂在清洁后的伤口处，蛇伤便会痊愈。什么原理村民并不关心，大家惊奇的是方四平取蛇毒的技法。他通过呼蛇来取毒，村南面江边小龙山上的蛇听他调遣，呼之即来，任他取毒，这么说有点难以置信，但这是千真万确的真事，不少村民都见识过这一奇观。方四平喜欢听唢呐，闲着没事的时候，两人就到小龙山下玩耍，爷爷是盲人，看不到山上有什么，方四平就给爷爷一一介绍。走累了，两人便会到江边吹吹江风，爷爷取下插在后颈上的唢呐，吹几段老调儿给方四平听。小龙山下两个老人看风景、吹唢呐一幕，一直持续到一九五七年。方四平去世前，爷爷去看他，问他咋不将呼蛇绝技传给儿子。方四平说了这样一句话:呼蛇容易遣蛇难,既知如此,何必当初。

齐大嘴说,爷爷和方四平、石栏山都是大平台有头有脸的人物,三个人像三根柱子,擎起了村里的戏台。很可惜三根柱子折了一根,而且三人下一代都不争气,没出息不说,还把父辈的手艺给丢了。自己的父亲不会吹唢呐,石锁的父亲不会酿酒,方世坤的父亲不会呼蛇,整个塌腰的一代。齐大嘴说他问过爷爷,这到底是怎么一回事。爷爷不假思索地说,天翻地覆人倒茬。倒茬就是种地轮作,再好的地,也不能连茬种,要隔两年换换茬,这样才能既保地力又多打粮食。爷爷预测隔辈缓苗准不准不好说,但至少爷爷对齐、方、石第三代充满期待。齐大嘴很崇拜爷爷,爷爷从来不放空炮,对于一个盲人来说,他的感应能力为常人所不及,也许三家在自己这一代,能迎来个倒茬之后的新气象。

我问,方石两家第二代果真都没啥动静?

也不能这么说,方石两家第二代各出了一个人物,齐大嘴说,方家小女儿方小茹和石家小儿子石天翔,这对金童玉女像炸弹一样轰动了大平台。

炸弹?我吓了一跳。

是啊,这个炸弹爆炸后有块弹片一直嵌在我心坎,堵在我心口。

齐大嘴这番话我听起来有点云山雾罩。

齐大嘴说,方小茹和石天翔双双殉情而死,一幕人间悲剧,我每次吹《秦雪梅吊孝》总会想起他俩。

我心里好像有条蛇在扭动,大平台是够复杂的,几十年前就会有这种殉情事件。到这个村子任职,我有一种突然间置身湿地深处的感觉,原来在机关里觉得农村没啥大事,无非是种地、养猪,搞搞村容村貌治理，现在看来问题不那么简单，想把一个村子搞好并不容易，小村庄大社会，看似平静的日子背后，也有可怕的暗流在涌动。

方小茹和石天翔的事等以后我再说，齐大嘴道，我要搞清楚石锁磨滚钩的真实用意。

但我觉得滚钩无非是一种渔具，搞不搞清楚问题不大，当务之急要搞清楚石锁鱼塘里的蛇头是哪里来的，搞清楚了这个问题，才能让石锁息访。我们应该抓紧，不能再拖，我说，老毕担心把事拖炸，我也有这个担心。

齐大嘴说，按不住七寸就下手容易遭蛇咬，心急吃不了热豆腐。

三

齐大嘴身上的酒气像蛇头的黏液一样擦拭不去。他每天脸挂两团浅浅的酒红，背着个黑色电脑包在屯子里转悠，和每个碰面的人都会唠上一会儿。齐大嘴带着唢呐却不吹，唢呐虽是标配却已成了摆设，背在身上无非是寻找一种感觉而已。我没有听过齐大嘴吹唢呐，曾想请他吹个曲子听听，我以为他会爽快答应，这毕竟是他展露身手的好机会，谁知齐大嘴摇摇头道，当了领导就不能吹啦。我说为啥，他说身份不符，当领导要有个领导的样子。我心里感到滑稽，看来齐大嘴真把自己当干部了。

齐大嘴一双金鱼眼很贼，村里大事小情休想瞒过他。方石两家的事他自然格外关注。一次午后，齐大嘴突然要和我商议家禽家畜圈养的事，大平台有史以来家禽家畜就散养，任它们到草甸子里吃草捉虫，齐大嘴怎么想起圈养来了？我问为啥，齐大嘴便给我讲了石锁家白鹅的事。石锁家养了一只大白鹅，特别通人性，长得像天鹅。石家这只大鹅与主人正相反，对方世坤有一种莫名其妙的好感。这只白鹅很怪，只要在村路上看到方世坤，无论隔着多远，都会扇动翅膀热烈地奔过来，像见到老朋友一样用脖颈在方世坤裤腿上亲昵地啄个遍。石锁就想，方世坤和他爷爷一样，属于走歪门邪道的，一定要小心防备，别中了他的蛊。在几次见到自家大白鹅不争气后，石锁下了狠心，觉得大白鹅成了石家叛徒，必须斩断方世坤伸向石家的黑手。

一天，石锁从鱼塘回来，在村口看到方世坤拎着鱼篓在路上行走，他家那只大白鹅跟在后面屁颠屁颠很快活的样子。石锁心里恼，姓方的糟蹋了我四万条三道鳞还没说法，现在又开始打我家鹅的主意，是可忍孰不可忍！当天晚饭前，他将大鹅一刀给剁了，鹅肉当晚就炖了，鹅头被他趁着夜色丢到了方家门口。早晨，方世坤出门发现了鹅头，用报纸包着来村委会讨说法，说石锁这是找事，杀了大鹅把鹅头丢到他家门口。齐大嘴一双金鱼眼眨了眨道，世坤呐，你心头有条蛇，正往外吐芯子呢。方世坤说，主任怎么这么说话？齐大嘴道，人家剁自家大鹅怎么就是找事？这鹅头说不准是狗扯猫叼到你家门口的，又不是炸雷子，你怕个啥？方世坤鼻子里蹿出一股气，我怕啥，别说一只鹅头，就是石锁的脑袋，我也当倭瓜看。方世坤的话够狠。

方世坤走后，齐大嘴对我说，这个石锁，竟然和一只鹅过不去，何苦呢。

我说好像听你讲过，石方两家结仇是因为蛇，到底是咋回事。齐大嘴泡上一壶五味子茶，在村委会那张油漆斑驳的办公室桌前给我摆起了龙门阵。

方世坤的爷爷方四平是个能人，那时候大平台南面小龙山蛇多，常有赶山的乡亲遭蛇咬，有的因为救治不当丢了性命。方四平一心想学蛇医，到处拜师学艺，后来跟一个苗族大夫学了呼蛇取毒技艺，成了当地半仙儿一样的蛇医。有人看见过方四平呼蛇，他身穿黑衣黑裤，袖口裤腿用布条扎紧，脖子上挂着一个鹿皮包，包里是一些极小的瓶瓶罐罐，那套程序动作如同神汉作法，胆子小的不敢睁眼看。方四平呼蛇并不避人，但要求围观者须在十丈开外，而且不能站在草地里挡住蛇路，要站在石头或没有草的土丘上。方四平找一处避风草密的地方，将草踩倒，用石灰撒成圆圈，留出一尺宽的豁口，然后端坐圆圈中心，用火镰点燃一根夹着火绒的草绳，草绳不着明火，却有袅袅的青烟升起，他则嘴中念念有词，闭目祷告。半袋烟工夫，奇迹出现了，周边草丛开始摇摆，接着便有大大小小的蛇从四面八方爬过来。这些蛇围着灰圈绕弯，绕几个圈后便会从豁口处爬进去，纠缠在方四平身上。这些蛇大都是当地一种叫野鸡脖子的蛇，也有乌苏里蝮蛇，它们并不袭击方四平，只是在他身上缠来绕去。这个时候，方四平会选择大一些的蛇，捏住蛇头，让蛇咬住小瓶取毒，取过毒后再将蛇放回。如此这般，一直忙碌一两个钟头才能结束。之后，方四平学几声鹅叫，这些蛇快速离开，遁入草丛。这种作法般的呼蛇让村民惊悚不已，很多年后，当村民从电视里看到印度人能靠一支短笛让眼镜蛇翩翩起舞时，还有人说这算什么，比起方四平呼蛇差远了。

石锁的爷爷石栏山在村里也不乏传说。石栏山以泡制蛇酒为生。石家开烧锅，但因粮食金贵，烧酒产量并不大，烧出的酒都用来泡制蛇酒出售，这实际是拉长了产业链。石栏山泡蛇酒用蛇量大，一般一个玻璃罐泡三条蛇，要趁着蛇活着时灌酒封口。有村民说石栏山泡蛇酒很神奇，酒瓶里的蛇多年不死，有人买了一瓶五年蛇酒回家治老寒腿，开封时发现酒里的蛇还会动。这个传说真假没人考证，但石栏山的蛇酒畅销却是真事。黑龙江边的居民因为地域关系，对蛇酒需求量很大，石家蛇酒供不应求也很自然。

方四平对石栏山泡制蛇酒有意见，因为一瓶酒就要用三条蛇，这让爱蛇的方四平无法接受。方四平专门上门劝过石栏山，说东北天寒地冷蛇生长慢，你这么捕蛇泡酒，银子是赚了，可蛇会越来越少。因为方四平近期几次呼蛇，闻香而至的蛇比原来要少，他担心石栏山如此捕下去，小龙山的蛇总有一天会绝根。

石栏山自然不听方四平的劝告，你呼蛇取毒可以，我捕蛇泡酒怎么就不成？再说，山上的蛇是捕不尽的，鹰抓，獾吃，我石栏山能捕几条？再说一条蛇就能活六七年，与其让蛇老死洞中，不如我来泡酒利用。

方四平说，蛇绝根了老鼠就会泛滥，说不准孙吴热就会回来。

方四平说的孙吴热是一种可怕的鼠疫。伪满时期黑河一带曾经暴发过孙吴热，这是一种因线鼠引发的鼠疫，患者死亡率极高。当年，别说普通百姓，就是有一定卫生保障的驻孙吴关东军鬼子也没躲过这场瘟疫，死者达三成。

石栏山说，你别吓唬我，我逮几条蛇泡酒就能引发孙吴热，谁信？

方四平见劝不动他，索性撂下一句气话：你不听劝，再叫蛇咬了我可不医。之前，石栏山多次被蝮蛇咬过，都是方四平给治愈的。

石栏山道，你不医我就赖到你家去。石栏山知道方四平是吓唬他。

方四平长叹一声，摇摇头走了。

齐大嘴说，方四平劝告不成，就去找我爷爷来劝。

方四平、石栏山和我爷爷是发小，三人本来彼此关系挺好，方四平喜欢听唢呐，石栏山会哼几段小调儿。听爷爷说他们最后一次饭局是石栏山张罗的。满洲国倒台那年，石栏山在江里下滚钩，钓到一条七百斤的鳇鱼，卖了不少钱。别人家有钱盖宅子，石家有钱修地窖，石栏山用卖鳇鱼的钱在自己屋里修了个挺阔气的地窖，说是地窖，其实是个酒窖，主要用途是存蛇酒。地窖完工那天，石栏山找了村里有头有脸的人吃饭。酒桌上，方四平提了个倡议，想把小龙山坍塌的小龙庙修葺一下。这个倡议遭到了石栏山反对，石栏山说你修个庙在那儿，我逮蛇会有忌讳，一边供蛇，一边杀蛇，我左右不是。这次聚会之后，大平台这三个有头有脸的人物再也没有坐到一起。齐大嘴提起爷爷总是充满自豪，他说爷爷本来能摆平方石两家的事，可惜石栏山走得太早了，人一死，矛盾就成了死结。齐大嘴说爷爷在村里说话有分量，一把唢呐交下了全村人。要知道，在文娱生活极度匮乏的年代，能听爷爷吹上一曲唢呐独奏《大开门》，那是过年般欢快的事。

爷爷来到石栏山家，到了却不进门，用竹竿在门边杖子上敲来敲去。迎出门的石栏山见状问爷爷在敲什么。爷爷说是吓唬蛇，别人是打草惊蛇，我这是敲杖子吓蛇。石栏山说院子里哪里有蛇，再说有蛇你也看不见。爷爷说我闻到蛇味了，有点腥。石栏山问爷爷是不是想买蛇酒，爷爷说不买酒，是来劝你别逮蛇了。石栏山问爷爷为啥，爷爷说我吹过《白蛇传》，法海逮蛇，把白娘子压在雷峰塔下，遭无数人骂，法海死后变成了螃蟹。你要是这么逮蛇泡酒，怕你也会落个法海的下场。石栏山听后哈哈大笑，说大兄弟你吹喇叭吹晕乎了吧，《白蛇传》那是戏曲，现实里你见哪条白蛇变成女人了？爷爷说我虽然看不见，但我耳朵好使，我总能听见有风往你家里刮，你小心就是了。石栏山用葫芦装了两斤小烧塞给爷爷，连推带搡把爷爷送走了，他知道是方四平撺弄爷爷来的，心里埋怨方四平多事。

石栏山不怕得罪你爷爷？我说，他家里也会有红白喜事，你爷爷罢吹咋办？

齐大嘴道，石栏山礼数不差，他给爷爷装了两斤小烧，也算给了爷爷面子。爷爷来石家烧锅不久，石家就出了大事。

一天夜里，石家突然遭到无数大大小小毒蛇的袭击，都是野鸡脖子蛇，这种蛇遇到人会把黑绿色的头颈高高扬起来，格外吓人。夜半时分，石栏山听到有风声飕飕刮进来，点灯一看，顿时惊得魂飞魄散，家中房梁、灶台、地面、窗台上到处爬满了野鸡脖子。石栏山抄起炕梢的烟笸箩四处扬，蛇怕烟油，黄烟一撒，蛇就会躲避。但这些蛇很顽固，竟然在地窖盖处聚成一球。为了保护家人石栏山连抓带踢，一条条往窗外甩，激战了好一会儿，邻院一只大鹅叫了起来，这些野鸡脖子才突然得令一样纷纷逃窜。石栏山检查了惊魂未定的家人，好在蜷缩在炕头的家人都安全，再看看自身，四肢上竟有好几处咬伤。看到伤口的一刹那石栏山腿酥了，让家人快去找方四平。家人急急忙忙来到方家，非常不巧，因为白天方家儿子定亲换盅，方四平醉酒，睡得死沉，怎么叫也叫不醒。家人连哭带叫了半个时辰，方四平总算被唤醒，带着蛇药赶来石家时，石栏山浑身肿胀已经不治。石家认为这是方四平故意为之，开始对方家心存怨气。石栏山下葬后，他老伴对儿女们说，见死不救，视同杀人，石家后人忘记什么也不要忘记这个茬儿！方石两家由此结下梁子。

齐大嘴摆完龙门阵，皱着眉头道，我本来想研究一下石锁家那只白鹅为啥会对世坤好，谁知道这鹅叫石锁剁了。我爷爷说，当时聚集到石栏山家的野鸡脖子，是因为听到鹅叫才退去的，这里面肯定有文章。

听了齐大嘴讲的方石两家宿仇源头，我觉得作为方石第三代，再纠结这件事没有什么好处，便对齐大嘴说我想把石锁、方世坤召集到村委会来唠唠，让他们把过去的事放下。齐大嘴没反对，懒散地说，要召集就召集吧，只是这俩老小子尿不到一个壶里。结果真让齐大嘴说对了，我定好的时间，石锁、方世坤谁也没来。打电话给方世坤，回答只有一个字：忙。再问石锁，石锁说，我一直瞄着方世坤的鱼窝棚，他没挪窝，我去干啥？我由此对齐大嘴有点意见，觉得他办事太拖沓，连召集双方来碰头都不上心。

四

一天清早，江边的布谷鸟还在叫着，齐大嘴裤腿沾着露水进来了。我问他起这么早干吗。他说看见石锁买了团麻绳回来，那团麻绳不下两百米长，是做滚钩主纲用的。他皱着眉头说，石锁为啥用麻绳，做滚钩主纲完全可以用尼龙绳，脑线都用丝线，主纲为啥选麻绳？

我不知道麻绳和尼龙绳有啥大区别，只觉得两百米的主纲太长了，足以拦断黑龙江。就问，滚钩主纲要这么长？

齐大嘴道，滚钩捕鳇鱼几百米长不奇怪，问题是石锁把滚钩都磨成了带刃钩刀,也不知他干什么用。

钩刀？我脑子里闪过一种可怕的兵器。

齐大嘴说,我俩去找方世坤,提醒他留点心,不过这老小子挺傲的,怕是听不进去。石锁磨刀霍霍,肯定不是冲着猪羊去的,作为仇家的方世坤如果麻痹,到时候哭都来不及。齐大嘴特别强调:我向老毕保证过要保一方稳定,要是大平台出了娄子,我一世英名将毁于一旦。

我感到好笑,齐大嘴有什么一世英名可毁的？不过,齐大嘴提到的捕鳇鱼我却感到很新鲜。就问他,大平台这段江真的有鳇鱼？齐大嘴金鱼眼突然亮起来,早先出过,石栏山就钓到过七百斤的鳇鱼,鳇鱼大呀,小的上百,大的过千。

我说,莫非石锁真想学爷爷钓鳇鱼。

齐大嘴道,骗鬼呢,这个江段出鳇鱼那是老皇历,石锁想钓啥只有他心里清楚。

去江汉子路上,齐大嘴忽然说,书记你是不是觉得我办事磨叽？

我心里一震,我潜意识里的事,齐大嘴怎么能知道,但既然他问,我也不隐瞒自己的看法,就说,眼看一年将满,我是担心你对老毕交不了差。

齐大嘴点点头,是时候找准喇叭眼儿了,要不我这脸上挂不住。齐大嘴对我说过,他去邻村操办红白喜事,人们当着他的面就说大平台风水不好,村民窝里斗,这次换届,别的村都顺利,唯有大平台连个村主任都选不出来,成了笑柄。对此,齐大嘴感到脸上无光,再被请去吹喇叭,他都会约法三章,不能埋汰大平台,谁埋汰跟谁急。

我说,简单问题也不能复杂化,像蛇头吃三道鳞这种事,不难调查。

事情不那么简单,捉奸捉双,捉贼见赃,方世坤不会承认石锁鱼塘里的蛇头是他的,我们也只是怀疑,怀疑不能成为证据。

可是,问题怎么解决呢?矛盾随时有激化的可能。我表现出不应有的焦虑。

还是我爷爷说的那句话,遣蛇。齐大嘴说,当年,我爷爷去看望病在炕上的方四平,问他为啥不把呼蛇绝技传授给儿子。方四平说,呼蛇容易遣蛇难,还是不传为好。爷爷后来对我说,遣蛇难,遣蛇难,有了喇叭也不难,运足丹田气,找准喇叭眼,拱手遣蛇走,相互道平安。我当时问爷爷,为啥是遣而不是赶,爷爷说,遣是送,赶是撵,当然不一样。爷爷的话我琢磨了几十年,在石锁和方世坤这起纠纷上我想明白了,遣蛇和赶蛇区别在于一个礼数上,这个礼数就是一个个喇叭眼儿。

我觉得齐大嘴有点故弄玄虚了,但也不好说破他,就笑了笑道,能看得出来,对大平台你挺上心。

齐大嘴摆摆手说,不上心不中,我一个喇叭匠,生在大平台长在大平台,大平台好歹是自己的家乡。选举前我对老毕说我上任后就做好一件事,化解方石两家矛盾。老毕说你别哨了,方石两家宿仇都变成癌症了,你还能化解?我最讨厌别人说我“哨”,说我能吹可以,谁要是说我能“哨”我就急眼。哨是啥?就是忽悠、泡人、耍嘴皮子,但老毕这么说是在用激将法,我心里明白,我说毕镇长你听着,我齐大嘴从不哨人,大平台不是人为地划出一条楚河汉界吗?我一年工夫就把它填平喽。老毕说这可是你说的,你填平了楚河汉界,我请您吃全鱼宴。我说那你就准备吧,全鱼宴不算,还要两瓶老白干。

我已经摸透了齐大嘴说话的套路，就说，填平楚河汉界的前提一定还是遣蛇吧？我刚赴任时齐大嘴就说过遣蛇，对此我心有疑惑，盘在心头的蛇看不见、摸不着，如何遣？

齐大嘴停下脚步，啊呀，书记你好厉害，把我想说的话给说出来了。

沿着草甸一条泥泞的小路，说话间我俩来到了方世坤养蛇头的江汊子。方世坤像一只猞猁伏在草丛里，正躬身朝江面张望。方世坤身材消瘦，谢顶，目光冷硬，唇上留一道横须，不黑，是棕黄色，这让他看上去很像个二毛子。二毛子是黑龙江边中俄混血儿的别称，在当地较为多见。但方世坤不是二毛子，其祖上是驻守驿站的驿丁。据齐大嘴说，方世坤酒量不一般，没人看他醉过。有一年，哈尔滨来了一个收黄豆的，当时的村书记招待他吃饭，因为酒量小，没喝几杯就被这个大肚子老板给灌倒在炕上。老板很不屑，说你们大平台㞞，连个喝酒的对手都没有。村主任想到了方世坤，跑到方家求援，方世坤一听二话没说就来到了村委会食堂。大肚子老板看他一副精瘦的模样，牛烘烘地说，来陪我可以，要是喝趴下我收豆子每斤落二分钱。方世坤说，要是把你喝趴下呢？大肚子老板说，每斤涨二分！两人开始对饮。结果两人喝到半夜，不分输赢。大肚子老板服了，说我收粮喝遍北大荒，你是能和我打平手的第一人。第二天收黄豆，价格没涨也没落，方世坤的酒量却从此出名。

方家窝棚呈马架形，里面一铺连着灶台的土炕，几把塑料凳和一个能当饭桌的地平柜，虽简单，却干净。三人在地平柜前坐下，方世坤问，石锁找村里告状了？

齐大嘴感到奇怪，方世坤怎么知道石锁去告状？便装作没事的样子说，不算告状，就是反映一些情况，我和书记来找你就是想核实一下。

方世坤道，想一出是一出，疑神疑鬼。齐大嘴说，他家的三道鳞都叫蛇头吃了，这事不容他不想。方世坤从敞开的窝棚门望出去，往南不到百步就是石锁的鱼塘，鱼塘是月牙形，四周长满蒲草，远远看去一支支鬼蜡烛矛一般竖立着。再往远处看，就是郁郁葱葱的小龙山。方世坤道，他家的三道鳞被蛇头吃了和我没关系，他是塘我是江，江水不犯塘水。

齐大嘴道，他鱼塘里的蛇头哪里来的？

腾云驾雾过去的呗，方世坤说，亏他还是个养鱼的，竟然不知道蛇头会在雾天飞。

我觉得方世坤在撒谎，便插话道，蛇头鱼没有翅膀怎么飞？

方世坤大概顾忌我的身份，没有直接顶撞我，不卑不亢地说：我在江边养了十几年蛇头，蛇头会些什么我心里清楚。言外之意他比我明白。

我一时不知说什么，对蛇头我真的一知半解。

齐大嘴说，咱先不说蛇头飞不飞，现在的问题是你两家这个误会怎么消除。能不能坐下来聊聊呢？上次书记召集你俩，你俩都不露面，都绷着不嫌累吗？

聊个蛤蟆！方世坤愤愤地说，我宁可和他家大鹅唠嗑，也绝不和石锁说话，石家坏我爷爷名声，又害了我小姑性命，这笔账还等着算呢！我知道石家当年散布的方四平呼蛇杀人之说在村里妇孺皆知，方家背负的压力可想而知。

齐大嘴没有把石锁磨滚钩的事告诉方世坤，那样会激化矛盾，但他提醒方世坤，要留心点江面，因为正是汛期，江水说涨就涨。

方世坤却似乎知道石锁在干什么，将手里的烟头掐灭，立着两眼说，石锁在磨滚钩我知道，他忘了石栏山当年是咋死的了。

我听出了方世坤的话外音，很显然他是做好了接招的准备。

咋的？你想和他硬碰硬？齐大嘴眉心蹙成一个肉疙瘩，方世坤的话让他很担心，站上人好斗，民风彪悍，两家真要是硬碰硬起来，那一定是场涉及多人的械斗。

我不傻，违法的事不干。方世坤很平静。

离开方家窝棚，齐大嘴不忘提醒了一句：世坤，很多事都事出有因，要按住心头那条蛇，别让它兴风作浪。

方世坤扭过头，又聚精会神盯着江面，江面上不知何时又落下几只长脖老等。我对齐大嘴说，方世坤挺喜欢水鸟的。

齐大嘴锁着眉头说，蛇头鱼真的能腾云驾雾？我笑了笑，好像海里有一种飞鱼，但也只是越出水面滑翔一段而已。

五

我俩决定去石锁的鱼塘看看。

石锁的鱼塘在江边一片大草甸子里。鱼塘前身是个靠近小龙山的天然水泡子，里面长满蓝色的鸢尾花，村民给这个水泡子起名蓝湖。农村实行承包后，石锁包下了蓝湖，并扩大水面，把蓝湖变成了一个月牙形的池塘。石锁开挖蓝湖，水中成片的鸢尾花不见了，替代的是茂盛的蒲苇。齐大嘴说蓝湖要是不承包，一定是个欣赏鸢尾花的景点，现在却毁掉了。

石锁的鱼塘养三道鳞，与方世坤不同的是，养三道鳞需要投放饲料,石锁个子高,不适合住马架窝棚,他不知从哪里要了一顶民政救灾帐篷支在鱼塘边。帐篷是湖蓝色,有门有窗,四角还固定了拉线,看上去十分牢靠。胡子拉碴的石锁蹲在帐篷前抽烟,看得出来心情很不好,面前是一块垫高的磨刀石,磨刀石旁是几把待磨的滚钩,滚钩由钢筋弯成,像秤钩一样。天边挂着幕布一般的火烧云,有布谷鸟在湿地里不时叫上几声,石锁的鱼塘波澜不起,连只水鸟都不见,与方世坤活跃的江汊子对比明显。

来啦!石锁粗门大嗓。与方世坤的矜持不一样,石锁多了些义气,他递过两支烟,我见两位去江汊子了,方世坤承认了没?

我和齐大嘴也在鱼塘边蹲下来,接过烟点上。在鱼塘边抽烟是无奈之举,小咬蚊子太多不说,还有神出鬼没的野鸡脖子,抽烟是有效的防护措施。齐大嘴说,兄弟你是养鱼的,你应该知道蛇头会不会飞。

石锁反问,蛇头又不是鸟,怎么会飞?

方世坤说过蛇头会腾云驾雾,今天石锁否定了这种说法,到底谁说得对呢?

齐大嘴说,看你在磨滚钩,咋想起这老玩意啦?

石锁吸了口烟说,去年三道鳞都喂蛇头了,总要想点法子挣钱养家。

齐大嘴笑了笑,咱大平台上次见鳇鱼,还是你爷爷活着时候钓的,七十多年了,再没人钓到过。

只要没灭绝,早晚会回来。石锁说,电视报道抚远渔民捕到条千斤重的鳇鱼,一下子发了。

齐大嘴和我交换了一下眼神,抚远捕获鳇鱼不假,但那是乌苏里江,大平台黑龙江这一带根本没有鳇鱼,说捕鳇鱼挣钱,这明显是假话。

齐大嘴弯腰拿起磨刀石边放着的滚钩,钩有小指粗细,钩弯一直到钩刺,被磨出了利刃,用拇指试试刀刃,极锋利。齐大嘴问,滚钩还要磨出刃来?

石锁目光诡异地瞅了齐大嘴手里的滚钩一眼,道,有刃不好吗?

齐大嘴把滚钩递给我,我看不明白,只是惊诧这鱼钩之大,这样的钩,钓老牛、大象都足够了,钓鱼岂不是大材小用。我望着石锁问,这么大的钩?

鱼大,石锁说,小钩钓不住。

齐大嘴道,我要提醒你石锁,你的三道鳞被吃掉和方世坤没关系,我们去方家调查了,方世坤不会把江汉子里的蛇头偷偷放到你家鱼塘来,那样的话,他不也是损失吗?

石锁冷笑一声,方世坤这家伙,杀敌一千自损八百这样的事也会干,能占一点便宜就觉得自己赚,他见我三道鳞市场好,心里不平衡,就想出了这个下三滥的做法。

你这是怀疑,齐大嘴说,告人家要凭证据。

蛇头就是证据,石锁说,我说过三遍了,证据就在蛇头身上,我调查过,黑龙江野生蛇头没有这一种,在我家池塘里吃三道鳞的就是江汉子里养的这种,叫七星斑,方世坤想赖是赖不掉的。

咋办?你想报复?齐大嘴问。

村里不管我就会报复,以命抵命,以鱼抵鱼。石锁个子比方世坤高,坐在凳子上身体弓成了一只弯虾,看上去像个立体问号。

我心想,以命抵命好理解,啥叫以鱼抵鱼,难道石锁能派只水猴子深入到江汉子里把方世坤的蛇头给吃光?

齐大嘴站起身，拍了拍石锁的肩膀道，听我句话，兄弟，别让心头那条蛇胡乱窜，还是早点打发了它好，这样心里会好受些。

石锁站起来，凶着一张脸说，凭啥吃亏的总是我家，当年我爷爷叫他家呼蛇给害死，我小叔叫他家狐狸精给迷住丢了命，我家三道鳞又叫他家蛇头给吃光，这口气我如何吞得下？你说我心头有条蛇，我承认不假，我想说我心头还不是条小蛇呢，是一条过山风大王蛇，恨不得一口将方世坤这老小子吞进肚子里！

回村的路上，齐大嘴突然说，书记你能不能向老毕要点钱？

我愣了一下，问，要多少？干啥用？

我想给江边安几个监控，尤其是鱼塘。齐大嘴说。

我心里明白了，齐大嘴挺聪明的。县里公安机关正在实施天眼工程，我说，我和他们领导熟悉，请他们赞助几套设备。

齐大嘴道，眼见不一定为实，有时候，人要借只眼。

齐大嘴上任后，我一直留心他要怎样化解两家宿仇，这是难得的学习机会，我曾换位思考，假如我是齐大嘴我会有什么办法来化解这个宿仇，说实话，我想不出办法来。齐大嘴这次提出了安装监控，让我心里一震，我怎么就没想到这个在城市里已经司空见惯的办法呢。

我心里记着，精心布控，这是齐大嘴使的第一招。

六

说起方小茹和石天翔的事，大平台许多年岁大的人都会八卦一段，方石两家父辈之仇在此二人。

齐大嘴说，想遣走石锁和方世坤心头之蛇，必须揭开三层谜面：第一层是祖辈的群蛇夜袭石家烧锅这一层，第二层是父辈方小茹和石天翔双双殉情这一层，第三层就是当下蛇头吃掉三道鳞这一层。齐大嘴说三层谜面都有谜底，等找到谜底就是摸和。齐大嘴偶尔也打麻将，摸和就是自摸，赢双倍。

三层谜面我听说过两个，中间一层是第一回听说，两家死对头怎么能扯到殉情上来呢？我让齐大嘴讲讲是怎么回事。

提到这一层，齐大嘴表情变得凝重起来，两只金鱼眼耷拉着道，这是我一桩心事，那时候少不更事。齐大嘴用悔恨的语调，给我讲述了一个凄婉的爱情故事。

那是二十世纪七十年代人民公社时期。方四平的小女儿方小茹和石栏山的小儿子石天翔，被公社文化站双双选拔到黑河地区学习新编二人转。当时推广的二人转曲目叫《红石桥》，曲调流畅，情感表达到位。推广这种新编二人转的目的很明确，是让二人转雅起来。但再怎么雅，二人转也是一男一女边唱边耍，作为搭档的男女双方不眉来眼去这戏没法唱。方小茹和石天翔虽在一个村子住着，来地区学戏前彼此却视同陌路，到了学习班上想不说话是不行了，不仅要说，而且相互排练免不了你推我搡肢体接触。世上的事往往就是这么怪，没啥联系时彼此天各一方，一旦有了关联，就无法预料往哪个方向发展。学戏三个月，方小茹和石天翔竟然背着家人偷偷好上了，这种子好像一粒罂粟种子，开出的必然是毒花。

齐大嘴说，方石两家互不往来的规矩只在大平台管用，离开了大平台，这规矩就没了约束力。很快，在学习班结束时，方小茹和石天翔已经如胶似漆不可分开。应该说方小茹和石天翔挺般配，但他俩不能好，他俩要是好上了，两家男人就会打群架，方小茹和石天翔也知道这个道理，只能偷偷摸摸地好。

真正发现方小茹和石天翔偷偷相好的是拉三弦的老白，老白四十多岁，是远近有名的情种，有人说他太色，看一眼大姑娘就能让人家怀孕，可见他的眼光有多么淫荡。老白发现方小茹和石天翔有事也很偶然，因为有一次夜里演出结束，农村茅房远，方小茹竟然不顾忌老白在场，叫石天翔陪她去方便。老白就对我说，哪有大姑娘去茅房让男人陪的？我说那有啥，晚上去茅房多吓人，天翔在外面等着就行了。老白坏笑一声，道，你咋知道天翔不会进去。

我很不解，都七十年代了，方小茹和石天翔还怕什么呢？大队、公社都会给他们做主，大大方方恋爱就行了呗。

对我的疑问齐大嘴并不认同，农村不像城里，两家不来往是祖辈遗训，方小茹和石天翔没那个胆子破规矩。

方小茹和石天翔最后还是出事了，齐大嘴说，一次到邻村演出，我看到演出后方小茹到屋外呕吐，当时年纪小，不明就里，后来经老白点拨才明白，方小茹是怀孕了，是妊娠反应。我想他俩一定是吓坏了，那个时候医院管得严，做人流这样的事不可想象，两个可怜的年轻人承受了怎样的压力不好说，但方小茹病倒二人转演不成了。方小茹怀孕一事是大队赤脚医生迟大舌头透露出去的。方小茹偷偷找到他，让他想办法打胎，为此还给迟大舌头买了两瓶花园圆曲。迟大舌头收了酒，开的堕胎药却不好用，眼看着方小茹就要显怀了，再找迟大舌头，迟大舌头说，你回去顿顿吃荸荠，方小茹吃了一星期荸荠也不好用。迟大舌头怕方家三个好斗的儿子找他算账，就先来到方家向方家人说了方小茹怀孕的事，结果，就在迟大舌头说出消息当天，土豆窖惨案发生。

齐大嘴仿佛回到了过去，鼻尖有些泛红，深深喘了口粗气，接着讲述下去。

我记得是腊月二十四，那天下午，方小茹到我家找我，她给我一个小木盒，对我说，这里面有一样东西，将来方石两家和好那一天，把这个东西当面交给两家主事的人，一定要三头会面当众打开。方小茹给我这个小木盒时眼圈有些红，她说，你答应小姑，一定按小姑说的去做，迟大舌头误我，你不会，你吹的喇叭干净透亮。说实话，在此之前，我一直暗恋方小茹，尽管她大我几岁又长我一辈。方小茹不仅长相好，而且二人转能唱出万种风情，她一开腔，我就觉着自己双脚离地在云里飞，能为方小茹做点事我心甘情愿，我接过小木盒，用力点了点头。方小茹说你发誓，要不小姑不放心。我就说，我要是不按小姑的话办，出门遭蛇咬。方小茹这才走了，走出几步，又反身过来，抱着我亲了一下我的脸。那是我第一次被女人亲，还是我暗暗喜欢的女人，当天晚上我失眠了，两眼像电灯泡，把天棚照得雪亮。第二天一早，我独自跑到江边，对着大江吹了一遍《红石桥》，把江面雪地上一只狍子给吹得驻足许久，我想，狍子也能听懂唢呐。

从江边回来刚吃过早饭，街上就传来一个令人震惊的消息，老迟家的土豆窖让人给揭窖门了。在当地农村，土豆白菜是一冬的蔬菜，谁家土豆窖如果三九天被揭了窖门，里面的土豆便会冻，一冬天的菜便没了着落。老迟一到土豆窖就慌了神，说窖里有两千斤土豆呢，谁这么缺德！他下到窖里查看，片刻，窖里传出“妈呀妈呀”的惊叫声，迟大舌头水耗子一样惊慌失措地从窖口爬出来，说，快快快找大队干部来，窖里死人啦！大队干部急匆匆赶到，派民兵下到窖里，把死人拖上来，一男一女，男的是石天翔，女的是方小茹。说到这里，齐大嘴眼圈红了，两只金鱼眼变成了两只油桃，他说，说实话我很伤心，两人本来不应该死，他俩要是不死，恢复高考肯定能考出去，谁知道他们都让心头的蛇给缠死了。从方小茹出事那天，我开始喝酒，每次喝高了，都会看到方小茹在面前问我，小姑交代你的事咋样了？这一问，我就会酒醒。

是意外还是寻短见？我问。

这是个谜。齐大嘴说，公社公安人员说是两人下到窖里幽会，一氧化碳中毒而死；老白说是自杀，小茹和天翔看到方家兄弟摩拳擦掌准备到石家闹事，怨恨迟大舌头多嘴，特意选了迟家土豆窖来殉情。但方家坚持说是石天翔见色起意，强奸不成杀人灭口，石家则说是方小茹作风不正，引诱石天翔下窖结果双双丧命。两家闹得不可开交，一度在大队院子里形成对峙态势。

那么，方小茹让你保存的小木盒呢？那个东西应该能说明问题。我觉得齐大嘴这个时候该出来说话。

齐大嘴摇摇头，我答应过方小茹，要按她说的话办，两家没和好的时候，这木盒不能拿出来示人。

那么，木盒里到底是什么呢？我有些迫不及待。

齐大嘴再次摇摇头，道，我不看，有好几次想打开，一抬头却发现方小茹就悬在半空望着我，我急忙把木盒包好放回箱子里，再看，方小茹不见了，我之所以想了却这桩心事，就是想把这个小盒子交出去，我快六十岁的人了，揣着个秘密是不小的负担。

小盒子里能是什么呢？我觉得应该是方小茹遗书之类的东西。

齐大嘴说，等到三头会面那天吧。说完，他揉了揉眼睛对我说，书记呀，你没听过方小茹唱二人转，要是听了，你也忘不了她。

我很不以为然，对二人转我一向敬而远之，因为这个地方戏曲表达情感过于热情奔放，与我性格差异太大，但从齐大嘴的眼神里我能猜得到，方小茹一定很美。

七

老毕来大平台调研。齐大嘴请他在家里吃饭，叫我作陪。

老毕下乡从来都是自己带酒，一种用小烧泡制的药酒，老毕说酒里有人参、蛤蚧和锁阳，是县里一个老中医配的。老毕用一个十斤装白塑料桶装酒，就放在吉普车后座。在齐大嘴家一坐下，老毕就拎出了酒桶道，喝酒自带，不犯错误，下酒菜别多整，炖个蛇头、拌块豆腐就中。

老毕和村民关系很近，他不装腔作势，也不占村民便宜，大家提到老毕，都夸他是厚道人。吃饭时，老毕突然问，大嘴呀，你那桩心事咋样了？

齐大嘴道，期限一年呢，别急。

老毕看看我，又把目光投向齐大嘴，问，大嘴你说说，方石两家矛盾咋就成了你的心事？

我知道齐大嘴不会说小木盒的事，就替他道，齐主任到外面吹奏唢呐，总听到外面人埋汰大平台，作为大平台人，心里堵，所以消解方石两家的宿仇新恨，让大平台太平起来就成了他一桩心事。

老毕喝了口酒，摇摇头，别蒙我，皮裤套棉裤，里面有缘故，我估计还有别的猫腻。不过你不说我也不多问了，我听治保主任到镇里反映，说石锁在家磨滚钩，为啥？

齐大嘴点点头，是有这码事，石锁听说下游抚远渔民捕获了千斤鳇鱼，就翻出滚钩来磨，说要钓鳇鱼，弥补去年三道鳞歉收损失。

听说他还买了麻绳做主纲，说道不小呢。老毕啥事都知道，麻绳的事他怎么知道我和齐大嘴都很奇怪。

知道为啥用麻绳吗？老毕问。我俩面面相觑，这个问题齐大嘴提出过疑问，但没有答案。

作法。老毕很肯定地说，过去萨满巫师作法，都用麻绳，麻绳一旦浸了猪血鸡血，就能捆住看不见的东西，所以传说中小鬼到阳间锁人要用麻绳。

我吃了一惊，再看齐大嘴，他装作不明白的样子，很虔诚地望着老毕。我忽然明白了，齐大嘴当时一大早来告诉我石锁买了麻绳时，就知道这麻绳的用处，只是不明说，大概怕我批评他搞迷信。现在老毕把话说破了，他没有必要再隐瞒，就惊讶地说，毕镇长也知道这个，我听爷爷说过，麻绳是有灵性的，一浸血就变成了索魂绳，妖魔鬼怪都能捆。老毕道，农村的事说到底还是一种说道儿，说道儿通了，一通百通，说道儿不通，做多少工作也白费。齐大嘴一拍大腿，毕镇长说得真好！农村的事根子就在一个说道儿，说道儿就像一条蛇，盘在人的心头，人为啥会皱眉头，就是蛇在抽筋。

我对齐大嘴把什么都往蛇上扯有点不以为然，端起酒杯敬酒，说，你俩懂得真多，一根麻绳有这么多说道儿。

老毕喝酒实在，和齐大嘴能喝到一块儿。两人推杯换盏，菜没吃几口，酒却下得快。老毕说镇里分工他负责大平台稳定，他知道大平台是个定时炸弹，说不准哪天就会炸，所以他一听到石锁、方世坤的名字就格外警惕，总觉着这两人会惹大麻烦。齐大嘴说，你放心，我和书记能按住他们俩的七寸。

老毕点点头，又说了一个难题。近期石锁到镇里上访，说方世坤建在江汉子的蛇屋是违章建筑，要求拆除，这件事你们要妥善处理。

蛇屋属于违建是肯定的，齐大嘴说，但他建在江边草甸子上，不是耕地，也不是宅基地，又不碍着其他村民，我和书记商量，就睁一只眼闭一只眼算了，免得激化矛盾。再说要是强行拆除这个蛇屋，一旦方世坤不配合，把成千上万条乌苏里蝮蛇放出来，后果不敢想象。

可是，按规定要给举报人一个答复，老毕说，这件事你们处理好，我要求就一条，别让石锁越级访。

饭吃完了，老毕脸色绯红，说让我陪他到村里走走，不让齐大嘴再跟着，说三人一块儿不像散步，一看就是检查工作。

我知道老毕有话想对我说，就陪他在村里转。大平台村村容村貌一般，像个缺少梳洗的村姑，但格局还算整齐，街道平直，民居多是砖房。正是晚饭时间，街上不时飘出饭菜的香味，因为齐大嘴家畜家禽圈养的方案已经落实，除了土狗，再无鸡猪上街，街面利索了不少。老毕很高兴，夸大平台有了新变化，下一步要创建文明村。突然，老毕停下来问我，你发没发现村子里少了一样东西？我举目四顾，少什么呢？农村就是这个样子，几十年一贯制，物是人非而已。我摇摇头，不知道老毕说什么。老毕背着手，目光朝面前一排民居的房顶望过去，喃喃地说，少了炊烟。

我恍然大悟，是的，现在农村做饭改成了液化气和电，已经很少有人家在夏天烧柴火做饭了，从街上走过，自然看不到过去的炊烟。

千百年来离不开的烟囱成了摆设，老毕说，你不担心吗？将来很多东西都会成为摆设。

我觉得老毕的话很有忧患意识，与其说这是他的担心，还不如说是一个农村干部对未来的思考。炊烟一直是人间烟火的象征，炊烟不再,带来的不仅仅是伤感。

老毕说,我要单独和你说件事,大平台村民纠纷,一定要用软刀子解决。

我不明白老毕这话的含义,怔怔地看着他。老毕又补充了一句:感情上的事通过感情解决。

我明白了,老毕是希望我工作注意方法。

回到齐大嘴家,齐大嘴正在鼓捣一支唢呐,明天邻村一个村支书给老母亲办丧事,想请他给吹吹,他不能拒绝,红白喜事在当地是天大的事,人家开口相求,也说明看重他的技艺,他只好破例去吹一回。

老毕问,大嘴你收徒弟了吗?

齐大嘴摇摇头,年轻人没人学,再说现在屯子里也没有年轻人,空了。

老毕担忧地问,你将来不吹了,这唢呐在大平台是不是也就没了?

齐大嘴道,不会的,有些技艺需要轮茬,隔辈传。

我和老毕都知道这是一句假话,因为齐大嘴就一个女儿,已经远嫁大连,女儿的两个孩子都在大连上学,将来工作生活在城市里,没人回来吹唢呐。

老毕在上车离开时,对齐大嘴说,你说的话我记着呢。

我也记着。齐大嘴道。

老毕看了看夕阳西下的村路,自言自语道,本来就日薄西山,还窝里斗。说完上车走了。

看着缓慢驶离的吉普车,齐大嘴忽然说,老毕心头有条蛇,一条大蛇。

我没接话，老毕心头的蛇，是不见的炊烟吗？

八

为了让石锁别再告蛇屋，我和齐大嘴再次来找石锁。

石锁戴着草帽，在一个“勇闯天涯”的广告伞下磨滚钩。石锁磨钩很卖力气，像木匠在木方上使刨子，哗啦哗啦，动作幅度夸张。见到我俩石锁停下来，抬起头说，来啦，坐。我们在马扎上坐下，齐大嘴道，石锁你磨滚钩很卖力气。

石锁说，对付大鱼，钩不快不行。

石锁的鱼塘水面平静，不远处有个垂钓者在挥竿。齐大嘴问，鱼塘对外开放垂钓业务了？这可是镇上发展农家乐提倡的。

石锁嘴撇了撇，开放啥！人家是县里来钓鱼的客户，到江汉子那边一看，有蛇禁入，就不敢去了，到我这里和我商量，说就是图个乐子，钓上鱼来可以按斤付钱。我说啥钱不钱的，咱大平台人还没都掉到钱眼里，你钓吧，钓到三道鳞就放回去，钓到鲫鱼、鲶鱼、蛇头，统统拿走，分文不要。

石锁能说出这些话，让我对他有点刮目相看，一个普通村民能为大平台对外形象着想，说明骨子里深爱着这个村庄。

齐大嘴说，其实，世坤也从来不阻止人去江汉子钓鱼，村里与他签订的承包合同也有这一条，村民垂钓自由，只是钓到养殖的蛇头要放生。

石锁冷笑一声，谁敢去，江汉子到处是乌苏里蝮蛇，不是野鸡脖子，那蛇毒性大，别说咬人，就是咬上老黄牛一口，也足以致死。

我觉得石锁这话有道理，方世坤这么做显然有些过分，他竖的牌子比电网还管用，本村人、外来人，谁都会躲得远远的。齐大嘴点点头道，我们去找世坤，让他管好蛇屋，一定不能把蛇放出来，否则出了人命他要负责。

石锁说，我爷爷被蛇咬死，方家负责了吗？对方家不能客气，就要以牙还牙。说到方世坤，石锁气不打一处来，开始翻陈年旧事。

方世坤有不对的地方，大伙都能看到，齐大嘴说，你老石通情达理，不会像他那么犟，你今天让外地人在鱼塘垂钓，说明你顾大局、识大体。

齐大嘴一表扬，石锁倒有些不好意思，把磨了一半的滚钩放到篮子里，指了指远处江汉子边的蛇屋说，他建了个蛇屋，啥手续也没有，养些剧毒蝮蛇，我到镇上把他告了。

齐大嘴说，方世坤那个蛇屋的事，你就别再去告了，即使拆掉也要等到蛇冬眠的季节，现在要是拆了，那些蛇还不得爬得满地是。

他养蛇就没安好心，他爷爷呼蛇他养蛇，他家上下都和毒蛇有关。石锁愤愤不平。

你举报是正确的，蛇屋确实是违建，齐大嘴说，可是现在米已成粥，你要是在他打地基时举报就好了，我们可以阻止他施工，现在咋办？就像妇女，孩子已经超生落地了，你还能掐死不成？

石锁道，我不想给村里添麻烦，就是看不过方世坤无法无天。

齐大嘴给石锁递上一支烟，小声说，蛇屋的事你就当个屁放了吧，不看方世坤，还要看我和书记面子，昨天毕镇长来大平台，为蛇屋的事把我和书记好顿剋。

石锁有点不好意思，点着烟吸了两口，道，你们知道我不是对你俩,今天你们来找我,我也不能不给面子,好了,蛇屋的事先放着,三道鳞的事我可等不及,都一年了,总该给我个说法。

齐大嘴很会做思想工作,当交谈遇到解不开的疙瘩时,他会巧妙地转换话题。他似乎想起了什么,老石呀,听人说你祖父泡的蛇酒你当宝贝待,给多少钱都不卖,有这回事?

石锁最希望别人和他谈蛇酒,因为这是石家祖上的光荣。齐大嘴一问,石锁立马来了精神,眼睛一瞪,当然,爷爷留下的蛇酒,我怎么会卖呢?爷爷的蛇酒摆在家里就能治风湿,你看看我们老石家人,谁得风湿了?你再看看方世坤和其他江边养鱼的那几个,哪个不成沓往家买风湿止痛膏?

这是啥道理?齐大嘴顺着他话往下说。

当然有道理,酒在地窖里放着,会慢慢挥发,我家放酒的地窖就在里屋睡觉的炕沿下,隔几天我就会打开窖门透气,你知道吗?每次打开窖门,满屋子都是酒香,酒香也能醉人,在我家炕上睡一觉,就像喝了一盅蛇酒,自然不会得风湿。

我被石锁的话吸引了,他的话使我想到了南方一个盛产名酒的小镇,那里一年四季飘着酒香,听说周围许多流行病在这个小镇从没出现,说明空气中的酒气有一种神秘的力量。我插话道,窖酒散发酒味有道理,尤其用陶器窖藏,酒能像人一样呼吸。

石锁没想到我这个书记会肯定他的话,便对齐大嘴说,你看看你看看,有文化的大干部就是不一样,我说给毕镇长听,毕镇长说我哨,我有啥哨的?爷爷泡的酒就在地窖里面,几十年没挪过地方。

齐大嘴没有点头,问,咋证明那些酒是你爷爷泡制的?

石锁很神秘地一笑,爷爷每罐蛇酒都带着帖,用毛笔在红纸上写着年份，有的还写着蛇的来处。

真的？齐大嘴兴奋起来，一双金鱼眼变成了牛眼。

我蒙你干啥。石锁说，我爷爷有文化，留下的文字之乎者也，我们都识不全，地窖里最早的一罐酒标着民国三十年，最后一罐酒是爷爷被方四平害死那天的，酒罐上红纸黑字写得很清楚。

泡酒不是为了卖吗？为什么要收藏起来呢？我有点不解。

卖当然是卖的，我听父亲说，爷爷留下的蛇酒都是他从前没见过的异形蛇泡的，这些蛇毒性多大估计爷爷也拿不准，所以不会马上卖，怕卖出去把病人给喝坏了。

异形蛇什么意思？齐大嘴也是第一次听说。

爷爷说过，医不三世，不服其药，蛇有异形，损益必分。异形蛇就是那些花纹特殊、双头或短粗的蛇，这样的蛇不常见，有啥说道儿爷爷也拿不准。我爹说他年轻时看到地窖里一个玻璃罐里泡着一条双头蛇，酒都泡成了酱红色，那罐酒后来因为密封不严酒全飞了，双头蛇连骨架都没剩下，只剩下一个空罐还在窖里。

齐大嘴趁热打铁，接着石锁的话说，哪天能不能让我俩开开眼，见识一下你家地窖？

石锁扭头看了我一眼，有些为难，我家地窖从不让外人进。

你别为难，不让看就算了，我说，年份蛇酒毕竟是你家祖传宝贝，秘而不宣也能理解。

齐大嘴却说，好东西不给人看，就像珠宝藏在暗地，你把文物一般的蛇酒让我们见识一下，我俩也好向镇里、县里做个宣传，说不准你爷爷就成了非遗名人，你石锁也就成了名人之后。

石锁忽然看着我问，我要有了名气，再去告方世坤，是不是就不一样了？

石锁马上转到上告事情上，这让齐大嘴哭笑不得，但齐大嘴很会说话，道，当然不会一样，名人说话是放二踢脚，普通人说话是放小鞭，现在名人结婚离婚生孩子和谁吃饭都是国家大事，而咱们再大的事也没人搭理，有出名的机会你得抓住抓紧。

石锁脑子还清醒，嘴撇了撇，你别忽悠我，我听书记的。

我想了想，告诉他如果能把大平台失传的蛇酒宣传一下，对提高大平台的知名度有好处，说不准可以开发一个经济项目。

石锁道，好吧，等我回家收拾一下，请你们过去。

我心里一颤，实地侦察，这是齐大嘴用的第二招。

九

发现齐大嘴解决方石宿仇有了实质性进展后，我和齐大嘴有过一次长谈，我很费解一个没当过干部的喇叭匠，凭什么一下子对当村干部变得轻车熟路。齐大嘴并不谦虚，他说过，谦虚的人吹不了唢呐，吹唢呐就是要欢实起来，恣肆起来。齐大嘴会用“恣肆”这个词我感到很新鲜，不过，感到更新鲜的是他本事的来处。

齐大嘴说，当干部和吹喇叭是一个道理，他已经悟出了这里面的秘诀：一是憋足气，二是按准眼儿，三是该按下就按下，该抬举就抬举。懂得了这三个秘诀，村主任能当，给个镇长也担得起。

我觉得齐大嘴此话很形象，有位领袖就把当领导艺术比喻成弹钢琴，钢琴和唢呐都是乐器，道理相通。但我很想听听这三个秘诀如何解释。齐大嘴不愧是大嘴，啥道理到他嘴上都讲得通，好像真是那么一回事。齐大嘴道，气是精神，气足精神头儿就足，农村有句话不好听，却很有道理，叫“倒驴不倒架”，这就是说要憋住气，吹喇叭全靠一口气，气一泄就吹不成，当干部也是，自己先萎了，哪个村民能信你？按准眼儿太重要了，工作千头万绪，你就十个指头，不能啥都舞弄，一定要找关键的音孔来按，这样才能吹出曲调来，喇叭杆正面七个眼儿，我爷爷把它比喻成蛇的七寸，你按住了七寸，啥蛇也能听你摆弄。当然，光知道按准还不行，按住不动就按死了，要知道收放，做到收放自如，本事就练成了。

齐大嘴等于给我上了一课，真是高手在民间，一个喇叭匠能有这般领导智慧，这是我下乡前无论如何也料不到的。

齐大嘴也有齐大嘴的狡猾，对不同的人他会说不同的话，他告诉我，他在当婚礼大知宾时，再能闹妖的娘家客也能摆平，那不是靠唢呐，而是靠这张能深能浅的嘴和千杯不醉的酒量。

方世坤的蛇屋必须扒掉，这是我和齐大嘴的共识。矛盾不能回避，齐大嘴说，咱俩去找方世坤。

方世坤在江汊子里养殖的蛇头还有一个月就起鱼。今年订单不错，所有蛇头都找到了买主，方世坤挺高兴，自己在窝棚里就着拍黄瓜喝啤酒。见到我俩造访，方世坤有点不好意思，说自己是早饭午饭一顿吃，也就是说吃两顿饭，因为没啥事做，吃多了也不消化。齐大嘴说，这样吧，你到地里再摘几根黄瓜，放点大蒜拍了，我俩陪你喝。

窝棚里很凉爽，三人围着一盆拍黄瓜，边喝啤酒边聊天。喝啤酒不用碗，直接对瓶吹，拍黄瓜也可口，很快每人就喝下两瓶。看到方世坤有了酒意，齐大嘴开始导入正题，他说，世坤呐，你爷爷活着的时候是咋说石栏山的，一个会捉蛇泡蛇酒的人，怎么就能被蛇咬死了呢？

方世坤摇摇头，其实石栏山的死和我爷爷没关系。你知道，我爷爷还去劝过他，他不听，非要泡蛇酒，结果让蛇咬死了。方世坤谈起石栏山并无仇恨，甚至有些惋惜，他说，我爷爷后来很后悔，说自己那天要是不醉酒，也能救活石栏山，毕竟乡里乡亲的，咋能眼看着他去见阎王，可是那天是我爹妈定亲换盅的良辰吉日，爷爷自然就多喝了几杯，石家来人一时叫不醒，等醒来赶过去，石栏山蛇毒已经由血入心，没救了。

这是误会，为啥就不能坐下说说呢？齐大嘴道。

没法说了，石栏山死了，石家没人能和爷爷说话，加上石栏山老伴说是我爷爷呼蛇害人，这梁子便结得死死的，解不开了。方世坤咕咚咚喝下半瓶啤酒，有些激动地说，这件事是石家的不幸，也伤害了我们方家后人，我爷爷从那件事后，就决定不教子孙呼蛇，呼蛇和治疗蛇伤的绝技从此失传，我们方家后人为此都恨石家，因为是石家影响到了方家一门绝技的传承。

齐大嘴举着啤酒瓶子停在嘴边，愣了半天才问，为啥不教了？一招鲜、吃遍天，技不压身呀。

方世坤道，我爹问过爷爷，爷爷说，呼蛇容易遣蛇难，遣蛇不去，反遭蛇害，这是个在刀刃上跳舞的绝技，不碰为好。

齐大嘴点点头，他也听爷爷说过类似的话，看来方四平是铁了心不想传授这门绝技。

方世坤说，爷爷这段话方家后人都知道，小姑活着时对这段话有过解释，说这是爷爷反思方石两家宿仇后得出的结论，也就是说，如果爷爷不会呼蛇，和石家就不会有这层解释不清的误会，一门绝技，让两家几代人势不两立，这绝技的价值就值得斟酌，呼蛇，等于呼来了仇恨，却又无法将仇恨遣走，人生就徒增烦恼。小姑的解释不无道理，小姑本人就是被这仇恨给害死了。

爷爷不把呼蛇绝技传给你们，说明已经从呼蛇变得忌讳蛇，希望后人不再和蛇打交道，你怎么还要在江边建蛇屋、养蝮蛇？你可知道，因为你养了乌苏里蝮蛇，江汊子里连垂钓的都不敢来，你竖的牌子成了一道无形的铁丝网，把江汊子给封闭起来了，我看养蛇生意你还是别做了，老人家反对的事你去做有不孝之嫌。

方世坤没有回应齐大嘴的问题，将一瓶新酒在板凳上一擦，开了瓶盖，然后仰脖喝了几大口，擦擦嘴巴道，我是迫不得已，人家天天磨刀，我总不能伸着脖子等人家剁吧。你们知道吗？从石锁把家里那只白鹅杀死那天起，我就策划养蛇，养就养毒性最大的蛇，养蛇为了自卫，人可犯，蛇不好惹。

我和齐大嘴都明白了，方世坤养蛇是冲着石锁磨滚钩去的。当然，他这一招很有效，石锁特别在意这个蛇屋，要不也不会去镇里上访。齐大嘴说，蛇不认路，一旦爬出江汊子，爬到周围养殖户鱼塘里，伤着人可不是小事。

方世坤道，谁说蛇不认路，蛇有蛇道儿，不会乱爬，我不插牌子的地方，就不会有乌苏里蝮蛇出没，大伙可以放心打草、放牛、钓鱼。

话可以这么说，谁愿意冒险，你养蛇之后江汊子成了死亡之地，这对你也不好，毕竟都是乡里乡亲。齐大嘴开始打软化牌，作为大平台有头有脸的大户，方世坤应该注意自己形象，毕竟身后还有个亲友团。

我要看石锁下步棋咋走，方世坤说，他进我进，他退我退，让我一个人罢手，我不干。

我一直在听两人对话，现在，方世坤把话说到这个份儿上，我觉得有必要把问题的严重性告诉他。我说老方呀，养蛇可以，但需要村里批，由村里选址，你这样私自建个蛇屋是违法行为，村民举报你是有道理的。

方世坤并不急，竟然微微一笑，道，我承认蛇屋没批先建，可是我养蛇也不是只为了取蛇毒，还有一条是看护江汊子，看护我十几万斤蛇头，你知道山里的山参、灵芝吗？每一棵老山参、老灵芝旁边，都有蛇看着，想挖参采灵芝，先得防着蛇，我就是受这个启发，才养蛇看护江汊子。如果书记主任能保证我江汊子里十几万斤蛇头安全，我就将蛇屋扒掉，把蛇都放到小龙山去。

我和齐大嘴面面相觑，谁能保证江汊子里蛇头的安全？去年石锁的三道鳞就不明不白叫蛇头给吃了个精光，方世坤江汊子里的蛇头就更不好说了，被天敌给吃掉也不是没可能。齐大嘴道，这个事书记不能打保票，你自己掂量着办。

方世坤好酒量，举起酒瓶敬我和齐大嘴，我向两位领导保证，我养的乌苏里蝮蛇绝对不会伤人！你们放心就是。

从方世坤窝棚回到村委会，齐大嘴泡上五味子茶，一边喝茶一边说，蛇屋挺蹊跷，方世坤话里有话。

养蛇护鱼，闻所未闻，我说，大平台什么怪事都有。

齐大嘴又把目光投向窗台那个空酒瓶，思忖了片刻对我说，书记你和老毕说说，先别对蛇屋来硬的，给我点时间再说。

我说这不成问题，老毕就是想强拆，也得征求咱们意见。

齐大嘴叹了口气道，这个喇叭眼儿在哪儿呢？

十

安装在石锁鱼塘边的监控硬盘能储存一周的视频，这个视频只有我和齐大嘴能看。视频中，一连有两个阴雨夜晚，草甸子有成群的蛇从江汉子往石锁的鱼塘爬，蛇的速度很快，好像有人驱赶一样，嗖嗖嗖，可以看到草在游动，令人汗毛直立。这是什么原因？难道是方世坤在搞鬼？我和齐大嘴看不明白是怎么回事，齐大嘴想了想说，这事要保密，千万不能让石锁知道。我一时也没了主意，说这些蛇太神奇了，自己往鱼塘跑。齐大嘴想了想，道，孙悟空打不过妖怪的时候咋办？去找观世音菩萨，我也要去搬救兵。我说你找谁去，谁能解释得了这个现象？齐大嘴说，去腰屯找孔六枝。孔六枝是个蛇医，和当年方四平一样有名气，腰屯周围村民遭蛇咬，都去找孔六枝治伤。孔六枝已经七十多岁，因为右手有六根指头，人们叫他六枝，至于真名是什么，没人记得住。

齐大嘴没让我去，他说孔六枝不喜欢和政府机关干部打交道，因为他治疗蛇伤没有执照，都是土法，严格来说是非法行医，怕干部找他麻烦。齐大嘴走后我想，临时抱佛脚，这应该是齐大嘴第三招。

腰屯有个蛇医我事先不知，齐大嘴各路信息就是多，这都是走街串巷吹喇叭的收获。齐大嘴是骑摩托走的，走之前告诉我，可以到方世坤那里看看，策略地问问他的蛇屋是不是哪里出了裂缝。齐大嘴走后，我就来找方世坤，因为是清早，方世坤正在江汉子边起虾笼。江汉子里盛产河虾，个大饱满，能晒出金钩米来，当然，这河虾也是蛇头的食物。见到我方世坤道，早，书记。

我应了一声，过去帮他往水桶里倒虾。河虾在阳光下闪着银光，有的会弹跳到桶外，三蹦两蹦又回到了江里。方世坤并不去捉，见我弯腰去捉，他伸手拦住说，别捉了，能逃出去的说明不该死，就让它回汉子里游走吧。

方世坤起了半桶河虾，把水桶往我眼前推了推，拿回去煮了吃吧，不错的下酒菜。方世坤知道我在村委会一个人做饭，吃饭总是对付，便想把这些河虾送给我。我婉拒了他的好意，就站在江边与他聊起蛇来。

老方，你养的乌苏里蝮安全吗？会不会跑出来？我问。

安全肯定是安全，但也会有跑出去的，就像这河虾，总有几只逃脱回到江里，乌苏里蝮逃出蛇屋，爬进甸子里去也正常。方世坤把蛇出逃一事看得稀松平常。

一条两条无所谓，要是逃出去多了，损失就大了，所以要把蛇屋封闭好，蛇这个东西，有缝儿就会爬。我提醒方世坤，希望他能听懂。

没事，蛇屋铁桶一样安全。方世坤并不多想。

我一时无语。方世坤如此相信他的蛇屋，乌苏里蝮成群逃跑的事似乎不会存在。

突然，方世坤问了一句，石锁今年的三道鳞咋样？

我心里咯噔一下，这个问题暴露了方世坤的意图，说明他在想着三道鳞的事。我说我不清楚，还没有起网，具体情况要一个月后起鱼才能知道。

方世坤道，养鱼的人都知道怎样计算成鱼密度，投放饲料时就能看出来，当然，石锁的鱼塘深，那里原来就是个大泡子，西南角最深，有三四丈，大鱼趴在里面不凫上来。

方世坤对石锁的鱼塘如此了解这出乎我的预料，我问，他家鱼塘你咋知道这么清楚？

那里过去叫蓝湖，是片湿地，有大片的鸢尾花，我小时候常去那里钓鱼，西南角有块沙滩，沙子很细，夏天里有甲鱼到沙滩产蛋，都怪石锁，他挖了鱼塘后，鸢尾花不见了，沙滩甲鱼也绝迹了，就剩下一圈蒲草和数不清的鬼蜡烛，我平时看着心疼。

我为方世坤有这样的环境意识感到高兴。与石锁相比，方世坤的养殖的确环保，不破坏江汉子自然原貌，不截断水流，不投放合成饲料，除了蛇头鱼苗外，其他都是绿色原生态，而石锁却把原来一个自然天成的池塘给破坏殆尽，蓝色的鸢尾花不见了，野生甲鱼也绝迹了，养殖三道鳞也要投放人工合成饵料，这样比较起来，方世坤的生产方式更为可取。

其实，你们这些养鱼的应该在一起交流一下，村里本来想成立个养鱼协会，主要因为你们这两家大户老是顶牛，成立不起来。

方世坤道，石锁小肚鸡肠，连只白鹅都容不下，想一出是一出，还到处告我，我不稀罕搭理他。

你们两家误会太多，需要都降降身段，别总是绷着，这样下去有什么好，斗则两伤，和则两利，把过去的事情放下，把心头之蛇遣走。说完这话我自己吃了一惊，我竟然用齐大嘴的理论在做村民工作，看来理论这个东西，其影响力在于不断重复，正因为齐大嘴“遣蛇”不离嘴，才导致我潜移默化接受了他这套东西。

这一代恐怕不能缓和了，看看下一代吧。方世坤对两家宿仇化解持悲观态度，他心里记恨的应该是小姑方小茹的死，方家始终认为是石天翔害死了方小茹。

我离开江汉子时，看到草甸子远处，石锁正站在那里张望，手拎一个弯弯的器物，不用猜，那是一把滚钩。

傍晚，齐大嘴没回来，手机没信号，我有些着急，乡路路况不佳，齐大嘴骑摩托，万一出交通事故就麻烦了。我给老毕打电话，希望老毕能带着他的皮卡拉我去接一下齐大嘴。老毕一听齐大嘴骑摩托去了腰屯，在电话里就放声骂开了，这个大嘴，去腰屯要经过四不漏子他知道不？那里地势多险呐，当年苏联红军打关东军，四不漏子是出名的鬼门关，那里的陡坡像瘦驴背，骑摩托最容易栽到沟里去。老毕放下电话就坐着皮卡车赶来了，人未下车就喊我上车走，赶快去四不漏子。老毕说齐大嘴要是出事肯定在四不漏子，但愿别伤了筋骨。我说不会那么严重，齐大嘴灵活得很。老毕说快六十岁的人了，再灵活手眼也慢了。

皮卡开得很快，颠簸了二十多分钟，来到曲里拐弯的四不漏子。这里不愧是军事要塞，路窄坡陡沟深，人没进沟，就有一种阴森森的感觉，加之天色已晚，往来车辆又少，让人总担心路两边柞树林里会有狼虫虎豹冲出来。皮卡缓慢开到沟底，果然看到一辆摩托车翻倒在路旁柳树丛边，正是齐大嘴的摩托。我和老毕跳下车，用手电在摩托车周围找人，柳树丛后面是一条小河，河水浅却急，哗啦啦流水声很响。手电筒在河边照到了齐大嘴，齐大嘴双手紧紧抱着他随身带的电脑包，身上散发着酒气，不知是晚上喝的酒，还是包里的扁酒壶泄露，酒味很大。看到我们，齐大嘴有些舌头僵硬，开玩笑说，骑摩托不如骑驴，摩托会倒，驴不会倒。我们没有多说，把齐大嘴搀到车上，再把摩托抬上车。老毕冷着脸道，直接去县医院。齐大嘴说，不用了，就是腿碰了一下不听使唤。老毕说，还是到医院拍片看看好。齐大嘴不再坚持。看得出来他腿很疼，那张大嘴抿成了一道细缝儿。

要到县医院时，齐大嘴突然说，你们说刚才我在沟里半躺着看见了啥东西？

我说该不是狼吧，听说四不漏子有狼出没。

我看到了一条蛇，胳膊粗细一条野鸡脖子，这蛇真奇怪，从我伤腿前爬过去，好像我不存在一样，你说怪不怪？

老毕说，你没惹它，它自然不会咬你。

齐大嘴道，它要是咬我，我就扔在四不漏子了。

检查结果出来，齐大嘴左腿胫骨骨裂，需要打夹板固定，拄拐走动。

我问去搬救兵有没有收获，齐大嘴说录像的事孔六枝不懂，但孔六枝提供了一个情报很有价值。至于什么情报齐大嘴没有说。我知道齐大嘴想留着包袱到关键时候抖，便没多问，齐大嘴毕竟是个喜欢哗众取宠的喇叭匠。

十一

齐大嘴在县医院住了三天，其中有一天莫名其妙地失踪了，问护士，护士说，骨裂不是骨折，只要拄拐，可以到街上逛逛，碍不了大事。护士这样说我便没在意，但我发现齐大嘴是背着床头那个电脑包出去的，黑包里有唢呐、酒壶和监控硬盘，齐大嘴莫不是跑到公园吹唢呐过瘾去了？

齐大嘴的女儿打电话要回来接他去大连，说早先联系好教唢呐的老年大学催她了。他对女儿说，干满一年肯定走，你和那边老年大学说好，去教唢呐的事不会变卦。齐大嘴说这话的时候我就在病房陪他，我说你不该把话说得这么死，要是满一年你那桩心事未了咋办？齐大嘴道，已经有谱了，不会跑调儿。

我发现齐大嘴任职快满一年前这段日子，变得有些神秘起来，孔六枝说了什么他守口如瓶，病房失踪一整天不知去向，有时拿着包里那支短唢呐欲吹不吹，痴痴地在那里把玩。我对老毕开玩笑说，坏了，齐主任怕是把魂丢在四不漏子了，该请个萨满去招招魂儿。老毕说，齐大嘴在动脑子呢，他夸下了海口，总该有个交代。

我从医院回到大平台，在村委会门口，正遇到脸色铁青的石锁。石锁将一条死鱼掼在地上，我一看，又是蛇头。

我不能忍了，石锁说，一而再，再而三，我再不还手好像我怕他。

原来，还有些日子就要起鱼，这天，石锁试了一网，没想到捞上来的鱼里又有不少蛇头，他由此认为这是方世坤故伎重演。石锁说，这次来我是向村里打个招呼，我石锁要出手了。我说，你要咋出手？石锁道，等着瞧！

石锁说完，朝地上的死鱼狠狠踢了一脚，那条蛇头被踢破了肚皮，滚落在院墙根，不知谁家的土狗跑过来，叼起死鱼跑了。

我站在村委会院子里，心想，石锁如果报复，肯定会用他磨了一小年的滚钩，但滚钩怎么用却没人清楚。在安装鱼塘监控时，我通过无线装置将图像传输到手机上，以便能即时看到监控状况，但石锁不笨，他摆弄滚钩的时候选择在监控盲区，这样便躲过了监视。

正在想对策，齐大嘴回来了，拄着单拐，一进门就问，石锁一千把滚钩磨完了吧？

我点点头，告诉他石锁来过，不是上访，是来告诉村里他要出手了。

齐大嘴轻笑一声，我早就料到他要下滚钩。

那怎么办？我有些吃惊，尽管我不知怎样下滚钩，但这一定是石锁说的出手。

明天一早我们俩去找石锁，齐大嘴说，到了该摊牌的时候了。

我看了齐大嘴一眼，心想，这个喇叭匠是不是脑子在四不漏子碰坏了，手里没牌怎么摊？时至今日，蛇屋没拆，滚钩磨成，宿仇未消，再添新恨，楚河汉界裂得越来越宽，这个时候去找石锁，只能自讨没趣。

见我有些迟疑，齐大嘴说，我俩去石锁家，不是去鱼塘，上次不是说好要去参观他家地窖吗？

说实话，如何化解方石两家矛盾，我想不出好办法，只能跟在齐大嘴身后走，因为我别无选择。老毕说得对，夸下了海口，总该有个交代，齐大嘴既然揽下这件瓷器活，腰里一定别着金刚钻。齐大嘴说明天去石家，让我联想到了一个成语：不入虎穴焉得虎子。我心里盘算了一下，主动出手，这应该是齐大嘴用的第四招。

清晨，一进石家院门，石锁就迎上来，盯着齐大嘴的伤腿问：咋还拄拐了呢？齐大嘴骑摩托出车祸一直瞒着村民，没人知道他去腰屯找孔六枝的事。

齐大嘴道，关节有伤，不吃力。

石锁变得警惕起来，他担心对方是来讨蛇酒的，就先用话挡住，我可没有蛇酒卖，家里有几瓶那是留着的念想，给多少钱都不卖。

齐大嘴哈哈一笑，老石你也忒小气了，我这是硬伤，不是风湿，用不着喝蛇酒。

石锁有点不好意思，道，不讨蛇酒两位领导大清早到我家有啥事？

齐大嘴说想见识见识地窖。因为上次有话，这个要求并不突兀，石锁也没有拒绝，领我俩来到里屋，点上蜡烛，打开屋地上一个一米见方的木门，自己先踩着梯子下去，站在下面抬头问，你这腿脚能下来？

齐大嘴一把丢开拐，道，别说地窖，就是地狱我也下得去。

窖门往外冒着凉气，好大一个地窖，而且是有年头的旧窖。透过窖门往下看，窖壁青砖砌成，白灰勾缝，工艺十分精细。齐大嘴不在乎伤腿，硬是踩着一节节木梯下去了。我也跟着下到窖里。在烛光里可以看清，地窖大概有十几个平方，中间有两口大缸，青砖铺成的地面上再无他物，四壁一些凹槽里放着些大大小小的玻璃罐和陶罐。让我感到奇怪的是地窖里不潮，应该是做过防水，看来石栏山果真下了功夫。

石锁端着蜡烛，一罐罐给齐大嘴介绍这些蛇酒，每罐酒上都有一个菱形的红纸帖，上面用毛笔写着制作时间。有一罐上竟然写着民国三十年六月初六，齐大嘴伸了伸舌头，真如石锁所言这些瓶瓶罐罐称得上文物了。我注意到，这些所谓的蛇酒已经看不出蛇的样子，罐里净是些浑浊不清的液体，想必因为时间太久，酒与蛇已经完全融为一体。难怪石锁不出售这些蛇酒，因为酒精挥发殆尽，这些液体会给人带来什么谁也说不清楚。

地窖里有一种酒与醋相混合的味道。石锁解释说这酸味是缸里散发出来的，缸里腌渍着酸菜，有地窖腌渍酸菜，石家一年四季都能吃上酸菜馅饺子和汆白肉。

齐大嘴一双金鱼眼停留在靠近木梯的一个凹槽处，那里有一封口大玻璃瓶，瓶上红纸竖写这样一列字：丙申年丙申月己未日。换算出来，这是一九五六年八月二十日，阴历七月十五，中元节。时间正是石栏山被蛇咬伤去世那天，也就是说，这是石栏山泡制的最后一瓶蛇酒，齐大嘴从石锁手里接过蜡烛，靠近酒罐仔细观察，依稀可以看出一条蛇的骨骼，骨骼呈文殊兰花的形状，这是蛇活着时不断扭动的结果。瓶中酒已经变成赭红色,尽管用了蜡封,但瓶中酒还是挥发过半。

你动过它?齐大嘴问。

石锁摇摇头,这些酒没人动过,地窖平时也不让人进,你俩是领导,领导嘛,不让进也得进,当然我不是巴结领导,我看得出来领导是真心想见识一下。

你看,老石,这瓶子下面好像压着一张黄纸。齐大嘴有了发现,他没有动手去碰,而是把这发现告诉了石锁。

石锁探过头来看了看,道,是有张黄纸,以前怎么没发现?石锁挪开酒瓶,拿出这张叠好的黄纸,像捧着圣旨一样诚惶诚恐,说,我们上去看吧,窖里光线太暗。

我们依次爬出地窖,石锁将黄纸放在炕上,关上窖门,匆匆到外屋洗了手,回来小心翼翼打开折叠着的黄纸,原来是一张字条。我靠过去,一字一句把这张毛笔写成的字条念出来:

> 丙申年丙申月己未日,出行吉旦,登小龙山,捕蛇制酒。获蛇六条,归,遇一赤链之蛇横路,遂捕之。此蛇异质,单独制酒一罐,宜久储。获此蛇时,身后有窸窣之音,若风拂衰草,回顾,却不见异常。此蛇浸酒,头昂酒上,不死,甚奇。即日,栏山。

小龙山坐落江边,山上巨石错落,间或生长着柞树和杨树。山上蛇多,常常伤人,古时人们建小龙庙以祈福。小龙庙是石栏山捉蛇的地方,信札中描述了石栏山上山捕蛇,路上遇到了一条带有红色花纹的蛇,便捕获了该蛇,往回走的路上,总是听到身后有窸窸窣窣的声响,待回头看,却什么也没有。回家后将此蛇泡酒,却见这条蛇能将蛇头昂在酒面之上,这样很久蛇也不会死去。他制作这瓶蛇酒，要长久储存。

你爷爷被蛇咬之谜，就在这条赤链蛇上。齐大嘴很肯定地说。

为啥？石锁瞪圆了眼睛。

腰屯孔六枝告诉我，你爷爷捉到的是一条蛇王，蛇王被捉，跟随它的蛇便尾随而至，到夜晚向你家发动了攻击，你爷爷往外赶蛇时激怒了蛇，遭到蛇咬，这字条基本可以排除方四平呼蛇到你家害人的猜测，白纸黑字很清楚。

石锁摇摇头，我不信，一条小花蛇能是蛇王？

别说石锁不信，齐大嘴的断言我也将信将疑，这张字条只是写了捕蛇的过程，并没写群蛇来袭的经过，齐大嘴要想让自己的结论立得住，就必须找到令人信服的依据。

征得石锁同意，我用手机将字条拍照留存。石锁说要把字条放回原处，爷爷留下的东西，他不想动，将来告诉孩子也不要动，蛇酒安放在地窖，好像爷爷就活在家里。齐大嘴和我说过，石锁是个孝子，他虽然没有继承爷爷制作蛇酒的本事，但总是以爷爷制作蛇酒的业绩为豪。外省一家药酒企业，想购买爷爷的肖像，以此为他们的产品做宣传，开价不低，但石锁不为所动，这也令村里很多人竖大拇指。

齐大嘴笑了笑，突然改变了话题道，治疗心病、遣走心蛇的灵丹妙药是有成本的，这成本就是我这一条腿。他拍了拍伤腿对我说，书记，我想明天把老毕请来，再叫上老石、世坤，咱们来个三堂会审。

我猜想这是齐大嘴要摊牌了，这也是他解决问题的关键一招：摆上桌面。其实，很多事情存在问题，根子就在捂着瞒着，没把问题摆上桌面，如果把各自手里的牌都亮在桌面上，赢得明白，输得心服，省得猜来猜去。我问，喇叭眼儿都找准了？

齐大嘴道，八九不离十吧。

石锁虽有些糊涂，却说，三堂会审好，让方世坤自己说说他都干了些啥埋汰事。

离开石家时，石锁忽然追了一句，我上午忙，最好下午。

齐大嘴愣了一下，朝我使了个眼色，便拾起拐杖，一瘸一拐地走出石家。石锁送出门外，突然扯了我衣袖问，你是书记，我想问你一句话，一个人无缘无故打了你两个耳光，你去找人评理，又没人管，你说这个人该咋办？

怎么会没人管？世上总有说理的地方。我说。

齐大嘴回了一句，老石，别做傻事，事情总有水落石出的时候，别忘了明天下午去村委会。

回到村委会，齐大嘴给老毕打电话，想明天一早借用渔政站的小快艇。老毕说，你想干啥？齐大嘴说，没啥，我明天一早和书记到江里看看，书记来大平台快一年了，我还没陪他视察一下江界呢。

我问齐大嘴，为啥明早要到江里去？齐大嘴说你明天跟我走就明白了。

我发现齐大嘴行为反常，又不便深问，心想，权当随他看看江景了，黑龙江江景不错，两岸植被茂盛，水质也没有污染，游江是件开心事。

黑龙江大平台段有个江心岛，在主航道中国一侧，从江心岛往下游百米许，就是方世坤用丝网隔出的江汉子。齐大嘴忍着腿疼，和我一人拎一把二齿挠子来到停泊在岸边的小快艇上。开快艇的是个小伙子，见我俩没带任何渔具，好奇地问，用二齿挠子刨鱼？

齐大嘴咧嘴一笑，不是刨鱼，是刨滚钩。我这才明白，原来齐大嘴今日行动是为了阻止石锁的滚钩。我问，你咋知道石锁今天会下滚钩？齐大嘴道，千把滚钩磨完，院子里又有充气橡皮艇，再加上鱼塘里再次出现蛇头，我估摸下钩的火候到了。

我不得不佩服齐大嘴，这哪里是个吹喇叭的，明明就是神机妙算的诸葛亮！

齐大嘴让驾驶员将快艇开到江心岛一角柳树丛中隐蔽起来，然后盯着西面的江面。果然，不大一会儿，一辆四轮拖拉机开到了江边，石锁从拖拉机上卸下小橡皮艇和盘成圆团的滚钩。可以看到滚钩在早晨的阳光下闪闪发光。石锁并不急着下钩，而是在江边打夯一样用大锤砸下一根木桩，砸好后，双手试着摇动，看到很牢固，才将盘成圆团的滚钩主纲一端绑在木桩上，然后将小艇放到江里，一边下钩一边往江心岛划，大约半个小时，他划到江心岛，泊好橡皮艇，把滚钩主纲另一端系在一棵树上，然后拎着铁锤，和一截削尖的木桩往上游走，走到一处沙滩，开始打桩。这根木桩打得并不深，石锁还故意摇动了几下，然后拎着铁锤原路走回，解下滚钩主纲，拖到木桩处系好，在裤子两侧擦擦手，吹出一串口哨，登上橡皮艇划走了。

石锁在忙碌的时候，齐大嘴一直没有说话，只是盯着看，一直到石锁扛着橡皮艇上岸，开着拖拉机咚咚咚冒着青烟开走，齐大嘴才对我说，走，咱们过去看看。

我俩登上江心岛，来到石锁固定滚钩的木桩前，不看不知道，一看吓了一跳，固定滚钩的木桩眼看就要被拽起，因为江水冲力的原因，滚钩主纲拉力太大，江面上呈弧状的主纲甚至兜起了浪花。齐大嘴喊我一起动手，拉住滚钩主桩，然后找到一棵碗口粗的楸子树，把主纲拴好。齐大嘴一腚坐在草地上，一边抚摸伤腿，一边喘着粗气，好险，好险呐！

我似乎也看出一点门道，就问，一旦主纲脱了木桩会怎样？

跑钩呗！齐大嘴说，这么大这么长的滚钩要是跑钩，那就是江里面一条甩来甩去的铁蒺藜，一条浑身是刺是钩也是刀的铁龙呀，你往下看，不到百米就是方世坤拦江汉子的三层网，滚钩一旦甩上去，江水冲力就会把三层丝网豁个稀巴烂，那样，方世坤十几万斤蛇头就真成了野生鱼了。好险，好险！齐大嘴重复了两遍，没想到石锁心头盘着一条铁蛇！难怪遣不走它。

我明白了，石锁是故意不固定好拦江主纲这一端的木桩，目的就是放走这条带着千把滚钩的铁龙，去撕毁方世坤的拦江网。应该说这是一个能规避法律惩罚的报复手段，一旦出事，可以归结到自然原因上，作为捕鱼者，顶多承担一点民事责任，而方世坤的蛇头也给他的鱼塘造成了损失，最后的结果就是不了了之。石锁很聪明，磨了一年的滚钩，目的原来在此。这一刻，我从内心里佩服齐大嘴，如果没有今天的防备，跑钩事件已成定局。

我说，齐主任，你牵住了这百米滚钩不是遣蛇，简直是遣龙啊！

齐大嘴道，真要是跑了钩，方世坤就能善罢甘休？他蛇屋里可是有成百上千条乌苏里蝮蛇啊！

十二

午后的时光似乎疏了密度，即使窗户全开，村委会小小的会议室也十分沉闷。

石锁第一个进来，我把一杯五味子茶端给他，请他落座。石锁坐下来,眼睛却不安分,在会议室墙壁上溜来溜去。墙上挂满了镜镜框框,写满了规章制度,我想石锁对这些内容不会在意,他是担心自己的目光被齐大嘴逮住,便老鼠一般窜来窜去。

方世坤进来了,朝我和齐大嘴点点头,却无视石锁的存在,自己点着一支烟抽起来。石锁斜视了他一眼,嘴角露出一丝冷笑。

随着一阵皮卡汽车马达声由远而近,老毕走了进来,和屋内每个人握了握手,然后坐在主位上,把一个很大屏幕的手机摆在面前,问,大嘴呀,把我们召来有何吩咐,下午镇里组织干部学重要文件,我请假来你这里,说明在我心里大平台工作比上级文件还要紧。

齐大嘴说,今天请各位来,目的很明确,就是遣蛇。

老毕和我都知道齐大嘴的意思,倒是石锁和方世坤不明白,好奇地望着齐大嘴。齐大嘴接着说,心头之蛇不遣走,方家和石家宿仇不会消解。

方世坤知道爷爷的遗言,齐大嘴说出"遣蛇"一词,他若有所悟,收回了投放在齐大嘴脸上的目光。石锁变得心不在焉,目光又在墙壁上扫来扫去,我估计他心思在滚钩上,想象着滚钩已经豁开拦网,此时此刻,江汊子里的蛇头正成群结队从豁口处往江心挤呢。

大家都等着齐大嘴往下说。

方石两家的仇恨像压实的豆饼,小来小去的不说,大的有三层,我们一层层来揭。先说最新一层,就是蛇头和三道鳞的矛盾。老石弄不明白,自己鱼塘里怎么会出现那么多蛇头,这些蛇头把三道鳞当成了饲料,结果一个夏天过去,鱼塘里的三道鳞几乎被吃光。

石锁用仇恨的目光盯了方世坤一眼。方世坤却全神贯注看着齐大嘴，等着下文。

齐大嘴接着说，老石猜这蛇头是世坤故意投放的，去年投放不算，今年又发现了鱼塘里有蛇头，所以老石就想报复，天天磨滚钩，一千把滚钩，被他把把磨成了钩镰枪，你们听说过《水浒传》吧？里面有徐宁使的钩镰枪，这东西一旦下到江里，江水一冲，那可就是一条滚钩铁龙，什么网也挡不住，对吧，老石？

石锁脸色变了，变得失去了血色。方世坤却猛地站起来，他只想到陆地防范，从来没想到石锁会从水上偷袭，他当然知道滚钩一旦挂到拦网会有什么结果。

齐大嘴摆摆手，先坐下，世坤，我还没说完呢。

方世坤坐下，却用针刺一般的目光扎向石锁。我担心冲突在瞬间爆发，便在心里催促齐大嘴快快往下说。

老石你冤枉世坤了，这件事你俩都是受害者，你三道鳞被吃，世坤的蛇头也流失不少，世坤也冤呀！

那是咋回事？难道蛇头会自己飞到鱼塘里，隔着七八十米远，鱼又不长腿。石锁问。

齐大嘴点点头说，真让你老石说对了，这蛇头就是自己过去的，不是飞，是在草上爬，我们安装的监控拍到了大量蛇头在阴雨的夜晚往鱼塘里迁徙的镜头，开始我和书记以为是蛇屋里的蛇，后来我找专家一看，人家说这是典型的蛇头鱼迁徙。蛇头鱼生命力极顽强，在没水的情况下可以活三天，当栖息地食物缺乏时，它们会利用阴雨或雾天迁徙，别说六七十米，它们最远的迁徙距离可达两三公里，看来世坤你自己也没完全搞清楚蛇头的习性。

方世坤点了点头，他确实不知道蛇头如此神奇。

那么，蛇头为什么要迁徙呢？江汉子不比鱼塘更自由吗？其实不然，世坤在江汉子养蛇头从来不投放饲料，蛇头靠自然觅食，蛇头长大后，因为有拦网隔着，江里的小鱼进不来，汉子里的食物就有限了，而老石的鱼塘定时投放饲料，三道鳞不愁吃喝，条条肥胖，蛇头自然要择水而栖了。至于蛇头是怎么知道鱼塘里有好吃好喝的，这就不清楚了，专家说很可能是饲料味道的原因。

说完，齐大嘴打开手机，把监控录像给石锁看，石锁看完录像，脸上的五官发生了扭曲，长长吐了口粗气。齐大嘴又把手机给方世坤看，还没看完，方世坤的眼角和鼻头便红了，我想，让方世坤难过的原因无非有两个：一个是这么多养大的蛇头流失了，而自己却一无所知；另一个是石锁的确冤枉了他，如果没有监控，没有专家的解释，他就像当年的爷爷一样，成了一个坏人。

老毕听明白了，道，最新一层饼揭开了，老石老方你们都明白了吧？这是一个误会。石锁和方世坤没有接话，一年来，两家谁也不轻松，心头真的有条蛇越缠越紧，让他们都有了窒息感。

我再来揭最旧的这张饼，这张饼已经超过一个甲子，但我还是摸到了喇叭眼儿。齐大嘴说，这张饼能揭开要感谢老石，老石破例让我和书记到他家地窖参观，偶然间我发现了谜底。

齐大嘴这样一讲，我知道他一定找专家解读那张字条了。石锁顿时耳朵竖起来，他不知道齐大嘴从那张字条中发现了什么谜底，因为那天三人在场，并没有发现字条有特别之处，无非是记录了捕蛇和泡酒的经过。

一九五六年农历七月十五那天夜里，群蛇袭击石家，导致石栏山老人被蛇咬伤不治。村里一直有种说法，说这些蛇是方四平呼来的，原因是方四平不希望石栏山杀死蛇来制蛇酒。应该说，方四平反对石栏山泡制蛇酒确定无疑，因为方四平还委托我爷爷上门做过说客。但这不能说明方四平非要呼蛇害人。方四平是个蛇医，也就是专门治疗蛇咬伤的。用什么治呢？要用蛇毒，所以方四平需要活蛇取毒，不害蛇的性命。我问过腰屯的蛇医孔六枝，野蛇取的毒是不是比养殖的蛇要好，孔六枝打了个比方，两者差别就像野山参和种植参的区别一样，一个天上一个地下。所以方四平希望小龙山一直能生存大量的野生蛇，但石栏山捕蛇却是一个威胁，北方寒冷，蛇繁衍生长都慢，石栏山这样做，最终会导致小龙山上的蛇灭绝。

石锁插话道，一个老人能抓尽满山的蛇？谁信。

一个护蛇，一个捕蛇，这是不可调和的矛盾不假，但是，方四平是个医生，救人不害人，我爷爷说过，一个喜欢二人转的人心肠是软的，软心肠的人不会下死手。齐大嘴停顿了一下，接着道，那么夜里袭击石家的蛇是怎么来的呢？其实，石栏山老人的字条已经说明了缘由，字条里说他捕到赤链蛇往回走时，听到后面有窸窸窣窣之声，这声音是蛇啊，是草丛里的蛇在尾随老人家。那么，话题就来了，蛇为什么会尾随老人？专家的解释是，那条赤链蛇不是什么蛇王，它就是一条发情的蛇，身上性腺散发出特有的气味，石栏山老人在捕蛇时，身上沾染了这种气味，那些蛇便循着气味而来。应该说这些蛇到石家也并不是来伤人的，他们是找那条发情的蛇，石栏山老人因为驱赶这些蛇，从而激怒了它们才遭到攻击，而石家其他人，因为蜷缩着没动，所以就没有受伤。石栏山老人在驱赶蛇时，惊动了邻居家的大鹅，大鹅惊叫吓跑了蛇群，因为鹅是蛇的天敌。那一天也凑巧，方世坤的父母结亲换盅，方四平因为高兴多喝了酒，耽误了出诊，加深了误会。

齐大嘴的解释在逻辑上完全站得住，石锁目瞪口呆，因为他读过那张字条，专家做出这种解释，没有丝毫迷信色彩，完全是从生物科学角度来做的分析。我注意到石锁的双手抱在胸前，望着面前的五味子茶在沉思。方世坤接过话道，其实，我爷爷因为没能及时出诊也很内疚，村民传言让他心里像压着一个磨盘，难过的时候就去找大嘴的爷爷去江边吹一曲喇叭解闷，也就是因为这件事，爷爷发誓不再呼蛇，也不教子孙后代呼蛇，并留下了呼蛇容易遣蛇难的遗言。

齐大嘴说，我们应该感谢石锁，正是他保留了老人留下的蛇酒，这个谜底才能揭开，如果石锁把地窖毁了，蛇酒卖掉，这个谜底就永远没有揭开之日了，方石两家的宿仇也就成了永远解不开的死结。

石锁忽然有些腼腆，他没想到齐大嘴会表扬他，端起杯喝了口茶，硕大的喉结上下蹿动了几下，想说什么又把话咽了回去。

老毕手机响起铃声，他拿起那部大屏幕手机看也不看便按死了，朝齐大嘴道：就差中间一层饼了，快揭吧。

大家把目光投向齐大嘴。齐大嘴从身旁拎出那个随身携带的电脑包，打开后，先拿出一支小唢呐，接着又拿出白钢扁酒壶，最后，拿出一个肥皂盒一样的小木盒。我忽然明白了，这个小木盒里装的才是齐大嘴放不下的那桩心事。

你们还记得方小茹和石天翔吧？我当年和老白是给他俩伴奏的，我们几乎天天在一起。两人出事之前，方小茹找到我，委托我做一件事，说是将来方石两家宿仇尽释那一天，把这个小木盒当面交给两家主事之人。今天，我把这个小木盒带来了，我要当面交给老石和世坤，了却压在心底四十多年的一桩心事。石锁和方世坤都站起身,靠过去想看看这小木盒里装着什么。

木盒打开了,里面是一张黑白照片,照片上是方小茹和石天翔的半身合影,合影右上角写着"革命友谊万岁",下面署着"反修照相馆"五个字。照片中方小茹穿列宁装,没有笑容,一脸严肃,眼睛却星星一样有神,两条粗黑的辫子自然垂在前胸,挡住了应该挡住的部位。石天翔穿不戴领章的军装,梳三七分头,狮眉剑目,脸部棱角分明,很像京剧《沙家浜》里的主角郭建光。

看到只有一张照片,齐大嘴不免有些失望,他又仔细翻看了一下小木盒,里面再无其他。他把照片反过来看,发现上面有两行字:

> 石天翔(1952.7.1—1974.8.24)
>
> 方小茹(1953.3.28—1974.8.24)
>
> 愿我们的生命,化作方石两家鸿沟上的一座红石桥,两家后人从此不再坠入深渊。

齐大嘴念出这段简短的文字时,在场的每个人都哭了,谁都看得出来,方小茹在交给齐大嘴小木盒时,两人已经决心赴死。

方世坤要过照片,看着照片中风华正茂的小姑,哭泣着说,是谁害了你呀,小姑,为什么要走上这一步?你唱的二人转《红石桥》,我现在还记得呢。方世坤把照片直接递给石锁,很诚恳地道,我们方家不该埋怨天翔,天翔和我小姑是真心相好。

石锁犹豫了一下,双手接过照片,眼含泪花看着照片道,有这张照片,可以断定两人是真心相爱,这实际是一张订婚照。两位长辈知道会有这么一天,知道齐主任能帮助揭开这三层豆饼一样的谜面,他俩是用命来劝告我们两家后人应该和好。

老毕站起身,抱拳朝齐大嘴作揖,道,大嘴,你真行!

我被齐大嘴逻辑缜密的揭秘过程所折服，这简直是侦探小说的情节，竟然发生在我工作的大平台，齐大嘴吹喇叭、嗜酒这些癖好的后面，似乎还有第三只眼在审视着生活中的一切，我庆幸自己遇到了一个高人，上任一年，齐大嘴做的每一件事，都按在了喇叭眼儿上，结果吹出了一首美妙动听的曲子。

三堂会审已毕。齐大嘴说，老石、世坤，我有个建议不知你们能不能同意，我知道石天翔的墓在小龙山东，方小茹的墓在小龙山西，他们生没能同衾死后应该同穴，将天翔和小茹合葬怎样？也算给两个苦命人一个交代。

石锁点点头，我同意。

方世坤道，费用我来出。

石锁突然想起了什么，哎呀，我江里还下着滚钩呢，我先走了，不敢耽搁，不敢耽搁！说完，急匆匆走了。

我和齐大嘴交换了一下眼色。会心地笑了。

当天晚上，老毕和我在齐大嘴家喝酒，齐大嘴喝透了，整个晚上都在说到大连女儿处教唢呐、养老的事。

十三

方小茹和石天翔合葬赶上了阴雨天。

小雨不急，淅淅沥沥，让雾气蒙蒙的小龙山一夜白了头。方石两家亲友都聚集在小龙山上，人们或穿雨衣，或打伞。我感到惊讶的是大家的雨衣雨伞都是素色的，很显然在选择雨具时经过了用心挑选。新坟距离两人的旧冢等距离，这是石锁和方世坤两人亲自丈量的，这个中间点恰好在一株合抱粗的椴树下，正前方有一处泉眼，汩汩冒出清水，形成一道细细的小溪。挖掘墓穴时，有条赤链蛇吐着芯子从小溪处爬过来，爬到挖出的新土边停留了好一会儿，大家都看着这条带着红色花纹的小蛇，没人驱赶它，任它缓慢地爬进墓穴边的草丛里。这条赤链蛇像是来告别的一样，爬几步，翘首望一望，似乎在寻找什么。方石两家亲友都知道了赤链蛇的事，知道那么一条小小的蛇竟然改变了两家三代人的命运，所以没有谁再去碰它。

我和老毕见证了两家合葬故人的全过程。齐大嘴没有来，因为下小雨，山路泥泞，拄着单拐的他行动不便。这当然是公开的说法，真正的原因头天夜里齐大嘴就告诉了我：他怕见到方小茹的遗骨情感上受不了，他心中的方小茹一直年轻漂亮，这个漂亮的印象不能让一副骷髅给置换。

在合葬前，齐大嘴建议给新坟立一块石碑，石碑上把方小茹写在照片后的文字一字不落全刻上。老毕看着眼前的情景，自言自语道，一切将归于泥土。

我舒了口气道，两条青春生命，在四十五年后真的化成了一座桥。

就在方小茹和石天翔的新坟前，石锁和方世坤一起来到了我和老毕跟前，石锁说，三道鳞和蛇头的事一笔勾销了。方世坤则说，明天我就拆掉蛇屋。

我心里一震，那你养的乌苏里蝮蛇怎么安置，总不能放归山林吧？

方世坤笑了笑，道，其实，蛇屋建成后就一直空着，没养过一条蛇。

我和老毕都愣住了，原来蛇屋只是方世坤吓唬人的幌子。老毕哈哈大笑,道,世坤啊世坤,你真行!

回到村里,老毕说要兑现当初诺言,请大嘴吃全鱼宴,大嘴是大平台当之无愧的英雄。

办公室里,齐大嘴守着一杯五味子茶正在想心事,见我俩回来,他勉强笑了笑,道,毕镇长你坐,我有话和你说。

老毕是个聪明人,知道齐大嘴要说什么,就嚷嚷道,不急不急,都上我的车,到镇上我请你们吃全鱼宴。

齐大嘴从上衣兜里摸出一张折叠的纸递给老毕,麻烦你带回去,这是我的请辞报告。

老毕坐下来,想说什么却没有说,把那张折叠好的纸递给我,道,还是你去交给镇党委吧,我没法拿出手。老毕说完,摇摇头走了,老毕舍不得齐大嘴走,心情可想而知。

我在齐大嘴对面坐下,心里也不是滋味,说实话,我对齐大嘴由观望、到失望、到焦虑,再到剧情反转,这一年里的变化带有戏剧性,我发现自己离不开齐大嘴了,包括他酒后呼出的酒臭也不再那么难闻。

我说,齐主任,你给别人遣蛇,其实你心头也有一条蛇。

齐大嘴愣了一下,问,我心头有蛇?

是一条总想把你从故乡拉走的蛇,这条蛇已经在你心头盘了一年,我仿佛能看见它时时从你胸口探出头来,伸缩着芯子。

齐大嘴沉默不语。

其实,城市虽然好,但你不一定习惯,在大平台你是鸡头,到城里你是凤尾,即或在老年大学吹唢呐,你也是个打工的,不会有主人感。

那倒是,齐大嘴说,要离开大平台了,心里空落落的,好像吹喇叭气都不足。

说实话，齐主任，我和老毕都舍不得你走，你再考虑一下好吗？

齐大嘴抬起头，你来大平台一年了，还没听我吹过喇叭，我给你吹一曲吧。

我好感动，这是我的一个愿望，齐大嘴随身背的电脑包里有一支小唢呐，但当了主任后在大平台没吹过。我说早就想听了，就盼着这一天呢。但同时我也知道，这恐怕是齐大嘴和我告别的一曲唢呐了，心里不免有些伤感。

齐大嘴从包里拿出唢呐，安上哨子，含在嘴里试了试，便站起来，开始吹奏一曲人人熟悉的《抬花轿》。齐大嘴的吹奏音质明亮，流畅活泼，热情奔放，听起来特过瘾，好像演奏者不是一个人，而是一个乐队。

曲罢。齐大嘴收起喇叭，忽然向我伸出一只手，拿来。

我明白了他要什么，便把那张折好的纸还给了他，他将纸装回口袋，起身回去了。

望着齐大嘴的背影，我忽然开始责备自己，我遣走齐大嘴心头之蛇是不是做错了。心头若没有一条蛇盘着，就像野外老山参没有守护蛇一样，异物容易侵入。

人的心头应该有蛇，但不是毒蛇。

（原载《长江文艺》2019年第10期，原题《遣蛇》）

作者简介：老藤（1963— ），原名滕贞甫，山东即墨人。著有长篇小说《刀兵过》《战国红》，小说集《无雨辽西》《大水》等。

父亲和我的时代

杨 遥

一

清明节过后十多天，气温没有像想象的那样一路走高，一连热了几天后，寒流来了。人们放进衣橱的厚衣服被翻出来，还有些准备洗的衣服又穿上；许多花开了一半，被冻掉了。

下了班，天色已暗，昏黄的路灯像发蔫的花朵，照在行走匆忙的行人身上，使他们忙碌了一整天的脸显得更加疲惫。我往地铁站走，情绪极度低落。每隔一段时间，毫无规律地，我的情绪就会低落几天，整个人陷入虚无感里，觉得干什么都没有意思。这次又进入情绪低潮期，但和以前不一样的是，这次不是虚无，而是失望，就是你感觉到某种东西的价值了，而且恐怕这个世界上只有你感觉到了，可是抓不住，这比虚无更让人绝望。

那是半年前，几位朋友吃完饭回家的路上，我忽然意识到：我、我的这些朋友、大街上每个人和每个家庭，都有些问题，这些问题有的别人一眼能看出来，有的看不出来，甚至当事人自己都意识不到，有时还把它当成优点。我把它称作“隐疾”。我为自己的发现兴奋，当时就和身边的朋友说：“我要写个小说，叫《隐疾》，要是能把它写好，绝对是个突破。”

用了一个多月时间，我写完这篇小说，可是觉得没有想的那么好，便又断断续续修改了几次，可还是达不到自己想要的那种效果。尤其是最近这次，修改时兴致勃勃，认为完全能把握好了，可是改完之后还是感觉有些地方不对劲。我对自己越来越失望。

这时父亲打来电话。我已经快进地铁站口了，他的电话像是给我的“隐疾”做注释。

我的情绪更低落了。

父亲一般情况下从来不主动给我打电话，除非喝多了酒。只有一次例外。

那是前年阴历三月十八。那天晚上八点多，我在学校门口接女儿，父亲打来电话，我以为是他要责怪我三月十八没回去。

三月十八是我们镇上每年一次的大集，为了纪念春秋时期的晋国大夫羊舌氏遗留下来的。每年这个时候，镇上挤满了方圆几十里来赶集的人，卖东西的从镇子西头的羊舍寺到东头的奶奶庙，一家挨一家挤得满满的，到处都是圆滚滚的人头和卖东西的吆喝声。

这是父亲以前最忙的日子之一，因为是大集，镇上几乎每户人家都有亲戚朋友来，家家户户都要提前收拾屋子。父亲作为镇上最好的裱匠，自然忙。

那时，谁家里要是来了城里的亲戚或朋友，会被邻居们羡慕好久。

我去了城里后，开始每年三月十八都回去。那时，母亲还健在。每次回去，父亲都会一早出门去买刚出锅的猪头肉，挑他认为最好吃的猪嘴唇，订好二瞎子的碗托、刘桐的豆腐。中午和晚上，他都会提前一会儿收工，路上逢熟人就和人家开玩笑，不等人家问，就高兴地说："西西回来了。"回了家，脱下干活的衣服，倒上半盆水，洗头发和脸。为了省钱，他总是用洗衣粉，说洗衣粉洗得干净。洗完涮一次，就急匆匆坐到炕上叫我吃饭，头上未冲干净的泡沫在阳光下五彩斑斓。

二〇〇二年母亲检查出得了癌症，父亲收拾东西，第二天就要去内蒙古打工。我说父亲疯了，不去医院陪母亲，跑内蒙古干什么？父亲说内蒙古挣的工钱多。母亲住了三个多月院，父亲一次也没有来过医院，但是每次医院发来催款单，父亲很快就把钱搞来了。

几个月后，看到实在没希望了，母亲闹着不再住院，我们便顺着她出了院，带上药物，回到老家县城在门诊化疗。父亲也从内蒙古回来，给母亲煎药，收拾家里，还要干活，每天忙得晕头转向。但父亲还是很爱干净，每次带着母亲去县城化疗时，换上走亲戚时穿的衣服，胡子刮得干干净净，头上飘着洗衣粉的香味儿。

一年之后母亲去世，父亲刚五十出头，顿时变得像被海浪冲到沙滩上的泡沫。他不再用洗衣粉洗头发了，衣服脏了也不再换洗，人变得非常邋遢；也不再到处开玩笑了，与人在一起半天不说一句话。整个人黑乎乎脏兮兮的，看上去比六十岁的人都老。

我劝父亲和我一起到城里，城里到处搞建筑，凭父亲的手艺，找点活儿不成问题。可父亲坚决不肯来。他继续待在村里干着裱匠营生，拼命攒钱，每次我回家，父亲总要有意无意唠叨自己攒下多少钱了。有次我听着不耐烦，便说："你一个人攒啥钱，吃得好点儿，穿得好点儿，就相当于攒下钱了。"父亲听了脸色一变："现在这世界，没钱哪里行？你妈要不是没钱……"确实，母亲的病我们认真带她看了，还是去的省城三甲医院，但我后来才知道，看病和看病不一样，三甲和三甲也不一样，在北京的大医院，有更先进的治疗办法。我们去的是省城的三甲医院，转弯抹角通过亲戚认识了一位泌尿科的大夫，母亲得的是贲门癌，是他帮着母亲化疗、放疗的……

父亲一直独自待在村里。

我结婚时，朋友一半村里的，一半城里的。在城里办时父亲没有来。

我有了孩子，父亲没有来城里看过一次。虽然每次回了老家，父亲总要对孩子说："你想要啥爷爷给你买。"孩子因为和父亲打交道少，总是摇头说："啥也不要。"

好多次，我和妻子担心父亲的身体，劝他搬到城里和我一起住。父亲总是说："住在村里好好的，去城里干什么？"

我租了多年屋子，终于买下楼房。搬家的时候，按照当地风俗，要请老人先在里面住几天压房，给父亲打电话。父亲说："我这几天正忙，走了没人看门。"

父亲用这个借口一直搪塞我，至今不知道我城里的家在哪里。

渐渐地，三月十八我回去得少了。因为有时三月十八不是星期天，我不想为了赶集请假；有时即使是星期天，忙得也回不去；关键是和父亲待在一起太闷，他的状态也让我不舒服。但是每年这时候父亲仍然希望我回去，一到时间就给我打电话。

那次我琢磨该怎样和父亲解释时，父亲说："我用的那台小收音机坏了，你给我买个新的吧。"说完就挂了电话。

父亲打电话总是这样，从来不寒暄，有啥说啥，说完就挂电话。我站在马路牙子上，一下有些反应不过来。在此之前，父亲从来没有问我要过东西，即使每次回家我主动给他带点儿烟酒食品、衣服或钱，父亲不仅拒绝，还经常数落。

我回想父亲口中坏了的小收音机模样，想了半天，一点儿印象也没有。一群一群的学生从我面前走过，沙沙的脚步声像风吹动树叶在飘，我没有想到这是放学了。

忽然有个声音飘过来，说："爸爸。"

我一看，女儿已经站在了我前面。

我愣了愣说："你爷爷让给他买台小收音机。"

"小收音机！为啥不给爷爷买台电视机呢？"女儿好奇地问。

"为啥不给爷爷买台电视机呢？"我心中重复了一下这句话，叹了口气。

关于给父亲买电视机的事情，我和妻子提过好多回，父亲总是拒绝，他说怕干活不在时被贼偷了。我不知道父亲是真的怕被偷了，还是心疼钱，与妻子商量，她也拿不准。

有一次，我们回到老家，父亲正好不在。妻子说："咱们给爸把电视买下吧，先装上，爸回来看见装好了还能不要？"我觉得妻子说得有道理，我们便打了出租车专门跑到县城，挑了台电视机让人家送回来安装好。父亲以前只要看见我们回来了，不管事先干什么，见到我们总是满脸堆上笑容。这次一回家，笑容堆起了一半，看到电视机，马上笑容收敛脸就黑了，他说："我说过不要这玩意儿，你们买来干啥，给我招贼啊！装下你们用吧！"说完就要走。我拉住他问他要去哪儿，父亲哆嗦着说："你们不听我的话，我去哪儿不用你们管。"妻子气哭了，说："不值钱个东西，偷就被偷了去。"父亲看见妻子哭，有些慌，口气软下来，他说："给人家退了吧。咱们后院那家人家经常没人在，锅还被人偷了，弄个电视不是把我拴在家里了？怎样做营生？”父亲这样说，我们只好把电视机退了，来往打车钱，差不多一百块，父亲不算这个账。

女儿看见我叹气，说：“那咱们给爷爷买台好收音机。前几天我在文具店看到一种小收音机，特别漂亮。”

那天晚上，女儿和我一起在网上帮父亲挑选收音机。女儿说的那种收音机原来是最新潮的猫王收音机，它的外壳是塑料加木头，还有手动旋转按钮，看上去有老款收音机的味道，却都是最新的科技，信号接收、音量、音质都是一流，不到三十厘米长，却完全克服了以前小箱体收音机的硬伤。我觉得很适合父亲，听从女儿的建议，选了款绿色的。

挑好后，女儿蹦蹦跳跳写作业去了，我还在想父亲原来收音机的样子。忽然觉得就是父亲现在这个样子，灰突突的，有的地方油漆碰掉了，有的地方摸得油腻腻的，拧开开关，刺啦啦响半天啥也听不清。

那一刻，我忽然意识到父亲老了。这么多年来，我像钉钉子一样拼命把自己往城市里钉，结婚、生孩子、给孩子找好点儿的学校、买房、还房贷，一件事接着一件事，慢慢竟忽略了父亲。偶尔想到他，觉得他像村子里到处可见的老树，不管天旱雨涝，到了春天总可以发芽、抽条，从来没想到他会老。

几天之后，父亲打来电话，高兴地说收音机收到了，他正在和刘桐听。旁边传来刘桐的大嗓门：“这家伙真不赖，收的台多，声音还又高又清楚。”

刘桐的豆腐真好吃，那时每次回家，父亲总要订刘桐的一块豆腐，迟了就卖完了。可是刘桐老婆癌症去世后——唉，村里当年得癌症的人不少——刘桐的腰就突然直不起来了，他做不成豆腐了，简单打点儿零工。母亲去世后,父亲便经常和他在一起。

听到刘桐的声音,我想待在村子里也可以,毕竟到处是熟人。但挂了电话,还是有些不放心,便抽时间回了趟老家。

见到父亲的一刹那,事先想见他时的热情少了一半。父亲还是那副老样子,褪了色的衣服脏兮兮的,都快夏天了,还穿着领口磨得油光发亮的厚毛衣,外面套着厚厚的中山装。胡子许多天没有刮,头发更少了,露出一大截黑乎乎的光脑门,像发霉的葫芦瓢。我怀疑父亲日常脸也不洗。

父亲看到我,咧嘴一笑,露出歪歪扭扭的又黄又黑的牙齿。

我有些心酸,连问了两句:"那么多衣服,为啥不换个干净点儿的?春天了还穿这么厚的毛衣,不热?"父亲继续嘿嘿笑着回答:"不热。过几天不忙时就换。每天不是去地里,就是刷家,穿不上个好。"然后他又说,"以后千万别给我买新衣裳,以前买下的还都在柜子里放着。你妈那会儿给我做的一套中山服,还新新的没怎样穿哩!"

和父亲每次见面,几乎都以类似的对话开始,我简直失望透顶。不是我的父亲,这样的人在街上看见,我不会多瞧一眼。

进了老屋,黑乎乎的,大白天父亲连窗帘也不摘。到处是土,挨着邻居家的那道墙还裂了条缝子,糊着一道长长的纸条。

我说:"这房怎么住?已经裂开了缝。"父亲满不在乎地笑着说:"能有啥事?裂缝是李大家的房子窜过来的,我已经糊好了,没事儿。"我哭笑不得:"缝都能看见,怎么能没事?用纸能糊好?"我伸手摸了一下那条缝,墙皮簌簌往下掉。我说:"爸,你岁数大了,别给人们裱家了,跟我住到城里,门口就是一个大公园,里面有很多老人。"父亲说:"我可不跟你到城里住,能把人憋死。"说着他把一个大的空纸箱放在那道裂缝前，说，“现在一般人叫我裱家我也不去，但有的人耐不过。人家用了我几十年，老关系，叫我哪能不去？”

然后父亲笑了，他说：“你看，你一回来，家里就有耗子了。”我问：“哪有？”一回头，一只耗子嗖地蹿进了柜子底下，同时窸窸窣窣的声音在几个地方响起。我问：“以前没有？”“没，没这么多吧？”父亲犹疑不决地回答，“它们闻到了你带回来的东西的香味儿。”“要不你养只猫吧？”我想起女儿常常嚷嚷想养一只猫，有只猫做伴也不错。“要猫干啥！”父亲断然拒绝。

那天吃饭时，陪父亲喝了些酒。父亲很爱喝酒，小时候经常见他喝醉，母亲病故后，父亲除了给别人裱家时喝东家的酒，自己酒也不买了。父亲见了我高兴，喝了两大杯还要喝，我劝不住，喝完第三杯，他喝多了，控制不住自己说：“要是你妈现在活着多好，帮你们看看孩子，我种点儿地。她没福气……”说着就落泪了。

我说：“你找个做伴的吧，我妈走了这么多年了。”

父亲的眼泪更多了，鼻涕也流出来，黏在胡子上亮晶晶的。

我撕了块卫生纸递给他。

他胡乱擦了擦，无力地说：“不找了……”

耗子在屋子里乱窜，开始还只是在柜子底下、顶棚里，后来胆子越来越大，竟然跑了出来，有一只还大胆地用爪子扒我带回来的放食物的盒子。父亲看见，拿起来把它架到柜子顶上。我一看，上面炫耀似的一溜摆着几个盒子，都是我带回来的。

我说：“给你带回来的东西趁新鲜赶紧吃，放到那儿管啥用？耗子也不怕高。”

父亲大着舌头说：“都能吃完，一会儿把刘桐叫过来让他尝尝。”

回城前,我给父亲留了点儿钱,告诉他一定要把屋子修好。父亲坚持不要,他说他有钱!告别之后,父亲一回屋子,我就清晰地听到里面传来收音机的声音:十三号台风可能于明天登陆或擦过海南岛。

二

我在地铁口停下,风像剔骨刀刮着人身上不多的热气。这次电话里父亲的声音被风扯得时断时续,我躲进附近的便利店,让父亲大声重复说一下,才听清楚他的话。

父亲好像变了。他第一句话是问:“西西,你忙不?”

我说:“刚下班回家路上,爸爸你有啥事?”

父亲说:“西西,你给爸爸买个智能手机吧。不用买贵的,能上网、能发微信、能拍照、能录音就行。”不知道父亲在哪儿打电话,声音皱巴巴的,好像冻得在哆嗦。

“爸,你干啥用?”

“不用买贵的,能上网、能发微信……”父亲重复着自己的话。

4G网刚开通时,我提出给父亲买部智能手机,父亲不要。以为他怕我花钱,我把退下的智能手机给他,他也不要。他说就打个电话,要智能手机干啥?现在主动打电话要!

我捉摸不透父亲要手机干什么,但手机比收音机好玩得多,想父亲是不是真的有啥想法,便赶忙去最近的手机店挑选。天色更暗了,路灯比刚才亮了。街上的行人还是急匆匆的,但在疲惫的面色中,多了些画着精致妆容、大概去赶饭局的女孩;也有些衣着正式、衬衫领子和袖口露在外面的很干净的男人。我想到父亲，摇了摇头。

选好手机，让销售人员在上面安装了微信、QQ 与一些视频和游戏软件。

过了三天，父亲打来电话说手机收到了。然后又扭扭捏捏地问："西西，你以前不是说有退下来不用的手机吗？这会儿在不在了？"

我好奇父亲问这个干啥，回答说："在啊，有好几个。"

父亲说："你给我寄一个吧，刘桐用。"

刘桐的声音在旁边说："还不知道能不能弄成。"

没有等我再说话，父亲匆匆挂了电话。我不知道父亲和刘桐在弄什么，把自己不用的好几部手机都给他寄了回去。

父亲收到智能手机之后，我想通过手机联系人加他的微信，没有找到，以为他不玩这个。时间一过便忘记了这回事，继续沉浸在关于自己的"隐疾"中。

有一天，父亲突然打来电话，让我加他的微信，帮他在微信朋友圈里转发一下视频。我欣喜父亲终于有变化了，赶忙加上他的微信，打开发来的视频。

父亲在施肥，他穿着脏兮兮的蓝色中山装，头上脸上都是土，不多的头发被风扬起，上面沾着碎草屑。他施的肥黑乎乎的，父亲捧着一把，用我们老家的方言说："这是纯天然的羊粪，我们的农产品不用化肥、不打农药，是真正的绿色食品。"视频中的父亲样子很认真，像背课文的小学生。因为他的认真，方言听起来特别生硬、难听。

原来父亲让我转发这样的内容。看架势，他要卖啥农产品了。

小时候有段时间，父亲在家里嘀咕要开店，因为他有位朋友总说孩子们大了很费钱，趁现在小，应该多挣点儿钱。而几乎每位来找父亲裱家的人都要问哪儿的麻纸好、哪儿的立德粉好，开个卖五金杂货的小店，生意肯定坏不了。在朋友的怂恿下，父亲终于把老屋隔出一间门店，要与朋友一起投资开，两人商量好了小店的名字。那位朋友把营业执照办下来后，父亲突然改变主意，他说自己的性格不适合经商。

现在父亲竟要做微商了，我不知道是好事还是坏事。想起微信圈里被我屏蔽掉的那些卖东西的朋友，做微商一定很难，怎样能让别人信任你，买你的东西？我们镇坐落在山西中北部，就是抗日战争史上夜袭阳明堡飞机场和雁门关伏击战发生的地方，一半盆地，一半山丘。人们在盆地种些玉米、高粱等大田作物，山坡上种谷子、荞麦、胡麦、豆类等小杂粮，没啥特别的东西，谁买呢？而且想到父亲邋遢的样子，如果被朋友们看到……我便没有帮他转发，想过段时间，父亲或许会知难而退。他不适合干这个。

没想到到了晚上，父亲在微信里问我："怎么没有看到你转发的视频？"

我不知道该怎样回答父亲，便索性装作没看见他的信息。侥幸地想，父亲刚用微信，大概不太熟悉它的功能，能糊弄过去；或者，他能猜测到我的想法，不再问。

但是第二天一早，刚打开手机，就蹿出父亲的微信。他还是问怎么没有看到我转发的视频。

没办法搪塞了，想到父亲的执拗，便不情愿地转发了。

很快，下面跟了些评论。

待在村里的那些同学最活跃。他们平时根本不理会我发的关于文学的内容，对父亲的视频却很感兴趣，评论五花八门：

“你爸爸老了。”

“有空儿多回村里看看。”

“美不美，家乡水。”

……

这些人根本不可能买父亲的任何东西，因为大家种的都一样。

有几个文学圈的朋友，点了赞，我怀疑他们连视频都没看。只有一位说：“粒粒皆辛苦！”他肯定不知道这是我的父亲。

几个亲戚都用关心的语气问候父亲的身体。一位妗子语重心长地劝我别让父亲种地了，让我把他接到城里。

我后悔转发这条视频，一条都没有回复。

到了傍晚，父亲的微信又来了，这么多年，我们从来没有这么频繁地联系过。这次他是来批评我的，他说朋友圈要互动，你不回复别人的留言，人家就不会给你点赞、留言了。

给父亲买手机，居然带来这么多麻烦。我好奇父亲怎么知道我没有给别人回复，打开微信，老家的那些同学和亲戚们居然都是父亲的微信好友，而且他们每个人都转发了父亲的视频。父亲在每一个人转的视频下都点了赞，还说谢谢。看着父亲邋里邋遢的样子出现在一个又一个熟人的微信朋友圈上，我脸有些发烫。

父亲做微商首先肯定是想挣点儿钱。作为我们这一带最好的裱匠，记忆中找父亲裱家的人得排队，需要提前半个月甚或一个月来预约。父亲每年过了正月初五开工，一天接一天干到大年三十还干不完。因为忙，父亲顾不上管家里，每到过年的时候，别人家的屋子请父亲裱刷得白白的，我们家的屋子黑乎乎的，而且父亲每年都顾不上，屋子越来越黑，进去就令人沮丧。家里其他活儿父亲也顾不上管，年货都是母亲一个人备，因为这，母亲一急就和他吵架，别人家过年快快乐乐的，我们家过年总是很紧张。近几年，找父亲裱家的人家越来越少。村里的好多人搬到县城住楼房去了，尤其是那些年轻的、刚结婚的；还有些在村里的喜欢上现浇房，住中式结构房子的人越来越少。以前像父亲这样裱家的人纷纷改行去做装潢。但如果只为了挣钱，父亲这样的性格好像有点儿说不过去。

尤其是听说父亲为了用手机发信息，竟然买了拼音挂图挂家里认真学拼音，更加让我不可思议。记忆中父亲读过几年小学，年轻时还做过大队的会计，挺爱读书。现在老了再去学拼音？

过了几天，父亲又给我打来电话，很认真地说需要帮他一个忙。我对父亲的电话已经有些头疼了，我情愿他问我要一些东西，哪怕贵些也不怕。现在他这样认真和我说话，我预感不大好。

果然，父亲说："你在外面工作，认识的人多，拉我进你的几个微信朋友群。那里面肯定有许多人需要绿色食品。"

我一听头大了，怎么能把父亲拉进我的微信朋友群呢？便回绝道："拉不进来，进这些群都要群主审核。"

父亲不死心地问："你和他们说一下不行吗？"

我说："人家都是搞文艺的。"

父亲叹口气，挂了电话。

拒绝了父亲，我心里有些不安，想父亲这样着急，是不是缺钱？便给他微信转账发去个大红包。父亲打都没有打开，回复说他不缺钱，这些年挣的钱连他死后打发也够用了，只是想让我多帮他做宣传，多帮他加一些微信好友。

父亲走火入魔的样子让我担忧，我便给村里的几个同学打电话，询问父亲的情况。他们都说父亲现在像变了个人，以前见了人不怎么爱说话，现在见个人就想加人家的微信，每天想方设法增加微信好友。他们这样一说，我想到地铁、公交车、广场、商场，那些手里拿枝鲜花或棒棒糖，觍着笑脸挨个儿求人们扫他们微信的业务员。父亲以前特别不爱求人，现在怎么变这样了？

我又问他们，父亲还在学拼音？好几个人说我父亲不仅学，还学得挺好。培训班的学员拼音比他好的现在估计不多，县里来的老师和村里的第一书记经常表扬他！

他们这样说，我心里一凛。

我带着好奇的口气，问他们父亲裱不裱家了。他们说裱，父亲建了个微信群，把那些叫他裱家的人都拉了进来，还让人家帮他宣传。想到父亲灰头土脸的形象像漫山遍野的野草，出现在越来越多人的手机上，我心里怪怪的。

晚上，梦见父亲。他来我家了，带了好多煮熟的玉米。每天早上，他拿着玉米到公园门口，见人就迎上去，送人家一个玉米，和对方讲，加一下我的微信吧。每天早上他都带着好多玉米出去，晚上兴致勃勃回来，午饭也不回来吃。

芒种过后十多天，父亲又发来他的视频。他在锄草。这次他脱下长衫了，却换了件穿过很多年的湖蓝色半袖衫，当初那鲜亮的湖蓝早已褪去，变得发灰，像湖水被大面积污染了。父亲满脸的胡子和头发连在一起，像从草堆里长出来的一棵最高的草。

我气愤给父亲买了那么多件新衣服他不穿，总是让我转发他邋里邋遢的视频，便索性关掉朋友圈，告诉父亲最近加紧写个东西。父亲这次没有多说，给我发了一个竖起的大拇指。

三

关了朋友圈开始不习惯，总觉得会错过什么，隔段时间就想摸出手机来瞧瞧。但这确实让自己安静了一些，而且时间好像突然长出来了。我想怎样能让父亲摆脱当前这种状态，想了半天，也没有个好办法，就像父亲以前那种状态我没办法一样。

我便想自己，假如我是个成功的人，父亲还会这样吗？不说别的，我要是很有钱，父亲肯定不用像现在这样辛苦种地，更不用考虑怎样去卖东西。他也许会安心地把自己收拾得干干净净，搬到城里，像周围那些老年人一样，去公园里下下棋、听听戏、打打太极拳，隔段时间报个团出去转悠一下。即使他自己不爱收拾，也可以雇人为他收拾，理发刮胡子洗衣服算个啥事情。再说，他不干活了，人就干净了，我们见过的有钱人里，哪个邋遢？

这样一想，原因竟然在自己身上。我忽然觉得这几年过得虽说辛苦，实际上却还算安逸，并没有狠下功夫去打拼。正想着，女儿放学回来，一进门就喊："累死了！"却习惯性地打开书包，往出取作业。她每天都这样，早上六点四十从家里出发去学校，晚上八点四十左右才能回来，中午在小饭桌吃点儿饭，休息时还得写作业，晚上回来还得再写两个多小时作业。

望着女儿尖瘦的下巴，我拿起手机把起床闹钟往前调了一小时，调到早上五点钟。

第二天闹钟响了，我起床时妻子迷迷糊糊问："干啥？"我说："写东西。""几点了？""五点。"妻子翻个身继续睡觉。我坐在书房电脑前，有些犯困，进入不了状态，便想起父亲。这辈子，他几乎一直在干活,人们用老黄牛形容勤快的老百姓,父亲就是。他一刷子一刷子裱家,把我供养大,上了大学,给母亲看了病,攒下自己老了的钱,还要种地、做微商……

女儿吃完饭,上学走了之后,我收拾完家里去单位。心想以后每天早上都五点起床,写一小时小说,晚上也要写东西,最起码写到女儿睡觉时。

晚上下了班,一回家就直接坐到电脑前。女儿放学回来看见我在写东西,打招呼说:“爸爸我回来了。”吃完饭,女儿写作业,我继续在电脑前写东西,直到累得不行了,才关了电脑,看书。快十一点钟的时候,听到女儿扣上笔袋,洗漱完上了床,我才去睡觉。

第二天女儿上学前,说老师让她们买几本课外参考书。去了书店,给女儿买好书后,我忽然看到了拼音挂图,想起父亲用拼音挂图练打字。我想自己普通话不好,与别人交流总受影响,为啥不像父亲那样,认真去练,把普通话学好?

女儿放学后,看到书房里挂了张拼音挂图,疑惑地问:“爸爸你买这个干啥?”然后她大声向妻子说,“爸爸返老还童了,在书房里挂了张拼音图。”

我说:“你爷爷用拼音图学拼音。”

女儿问:“你想爷爷了?”

我说:“我用拼音图学普通话。”

女儿笑了,她说:“老爸你太搞笑了,用拼音挂图学普通话?想学我教你。”

我让她赶紧写作业去。

我打开电脑,搜索“学习普通话”,一下出来好多网页。选了一个众多网友推荐的视频,跟着学了二十分钟。

学完之后，舌头好像长了，又好像短了，吃饭时还咬了几次。女儿和妻子都笑我。

我又跟着视频学了二十分钟。

只有两天时间，发觉以前有些咬不准的字能说清楚了。也许是心理作用，我决定坚持下去。

慢慢地，妻子和女儿习惯了我对着电脑练习普通话。有时女儿有字不会念了，还问我。

一段时间后，妻子好奇地问："你最近怎么不出去吃饭了？"

我反问："这样不好？"

妻子回答："好呀！喝上酒臭烘烘的，对身体也不好。"

心一静，关于"隐疾"突然来了灵感。我推倒以前的开始重写。

沉浸在创作中，父亲的事情我不太多想了，反正想也帮不上多大忙。

转眼间到了九月份，天气渐渐凉下来，早晚已经得穿长袖衫。中宣部在浙江大学办了个培训班，我们单位有个名额，安排我去了。

课后大家经常聊天，培训班快结业时有次聊起各自的家乡。我讲到雁门关、滹沱河、抗战，忽然有位同学问："你们那儿的小米是不是不错？"

我说："是，我们那儿好多人在坡地种小米，熬上稀饭特别香。小时候我们每天早上喝小米饭，就咸菜，现在我早上最爱喝的还是小米饭。人的胃有记忆。"

另一位同学马上接着说："小米加步枪，小米很有营养。"

我说："是啊，小米很有营养，价钱还不贵。我们那儿女人坐月子每天喝小米粥。"

几位同学听了，都想买点儿小米，让我推荐。我犯了愁，小米这东西，老家到处都有卖的，但好喝的和不好喝的差别很大。有的熬上特别恋锅，颜色金黄，最上面还有一层米油；有的寡淡寡淡，颜色发白，也不好喝。我平时都是去超市买，虽然大多时候还不错，但万一给同学们买上不好的……

忽然想到有次父亲好像谈到在种什么“羊粪小米”，给他打电话。父亲的手机意外地占线，等了好长时间，才把电话打进去。我问父亲能不能买下好小米。父亲大概没有想到我问小米，有些意外，马上回答：“新米刚下来。今年咱家种的是羊粪小米，完全没污染，口感特别好。”

我找到父亲的微信朋友圈，让同学们看视频，但没有告诉他们这是我的父亲。学习时，为了方便，我又开了朋友圈。

耕地。施肥。播种。禾苗长出来了，绿油油的，刚开始只是尖尖的一个头，然后一天一个变化。父亲记日记一样，在朋友圈里记录着谷子成长的过程。几天过去，已经冒出一截儿。然后父亲锄草、施肥，施的是羊粪肥。长出谷穗了，刚开始手指头肚那么大，慢慢变成狗尾巴那么大。突然长出虫子了，父亲对着镜头说：“我们不打农药。”他每天用小刷子蘸着烟蒂泡的水刷谷穗，好半天才刷完一只。刷谷穗的时候，父亲的脸拼命往上凑。我知道他眼花，看不清那些小虫子。他抬起头来的时候，脸上沾着黑一道、绿一道的植物汁液。谷子地一眼望不到尽头。

同学们没有把视频看完，就敲定了买父亲的小米，五斤、十斤下了订单。那天帮父亲卖了五十斤小米。

第二天父亲告诉我已经发货了。他说：“西西，你认识的人不一样，以后有机会多给我介绍啊！”

培训班结业后没几天，一位西藏的同学给我打来电话。我有些诧异，他这么快就和我联系？没想到他开口就说："西西，你介绍的米贵，熬上不好喝。"

我心里咯噔一下，赶忙说给他问一下。

我给父亲打电话，父亲听完后说："西西，放心，我还能让你丢脸？"

几天后，西藏的朋友又打来电话，他说："我错怪你介绍的那位卖米的大爷了，是我们这儿的水有问题。以后我就吃他家的小米。"

我不清楚父亲怎样处理的，忙去问。

父亲说："咱的米能有啥问题，我自己种的还不知道？肯定是他的水出了问题。我给他又寄了三斤小米，同时寄了三瓶矿泉水。我告诉他说你熬的米不好喝，可能是水的问题，这次你用矿泉水熬上，不要拿你们的水，要是不好喝就是我的米有问题。"父亲笑了一下，"一个地方有一个地方的水土，他们那儿和咱们的水土不一样。一用矿泉水熬上，他就告诉我好喝。"

我心里叹服父亲能想到这么个点子，说以后有朋友要小米，我就给介绍。

父亲说："我不光卖小米，还有核桃、蜂蜜、酸枣、荞麦、胡油、土鸡蛋。需要啥有啥，质量绝对没问题。"

四

中秋节和国庆节挨着，连在一起放假。关于《隐疾》又完成了一次修改，成了五万多字的中篇，却还不是很理想，哪个地方差点儿什么。想到有段时间没见父亲了，便带着稿子回了老家。

一进院子，看到辆破旧的宗申125摩托车，以为是谁放到我们家的。

见到父亲，发现他居然变了。还是穿着旧衣服，但没有那么多土和污渍了；胡子刮过不久，露着整齐的花白的胡子楂；头发好像刚洗过，飘着久违的洗衣粉的味道。看到父亲这样子，我心情顿时和前几次都不一样，高兴地说："这样穿得干干净净多好，不用别人看，自己就感觉舒服吧？"

父亲有些不好意思地解释："今年地里的活儿干完了，裱家的营生也少。"紧接着问，"喝水不？刚坐开。"又说，"我今天还得发几笔货。"

听着父亲前言不搭后语的话，我心里暗暗有些好笑。前几年进了十一月、十二月，地里没有任何活儿了，父亲也不愿意换洗衣服。但我没有继续这个话题，而是随着父亲进了屋子，说："这次带了盒双合成的月饼，还有几只螃蟹，你尝尝。"

屋子里明显比以前亮堂了，最显眼的是墙上挂着的拼音图，大小和我家里的差不多，但上面密密麻麻有许多铅笔画的道道和对钩。墙不久前刷了，白得耀眼。紧贴着墙摆着一排小货架，上面整整齐齐摆着小米、玉米面、高粱面、核桃、蜂蜜、酸枣、荞麦、胡油、土鸡蛋……阳光斜斜地照在这些东西上面，暖乎乎的。循着光线望去，以前那黑乎乎的窗帘不见了，玻璃也擦过，没擦干净，上面有些道子，但比以前干净许多。

又觉得屋子明显比以前宽敞了，想了想，原来是以前堆着的烂胶皮、废纸箱、玉米棒子不见了。

父亲坐到桌子前埋头填单子。我走到他身边问："哪儿的订单？我帮你填吧。”父亲说：“好，那你来吧，你的字好看。”北京十斤小米，广东五斤核桃，西藏二斤蜂蜜、五斤小米，太原十斤胡油……父亲的订单真是五花八门，哪儿的都有。他的这些土特产哪儿来的？家里没这些东西，正准备问，忽然有张订单引起我的注意，非洲多哥二十斤小米。

我惊讶地说：“这儿有个非洲的！”父亲却不在乎地说：“多哥，西非的国家。买米的是中国人，援建非洲。上次他家里的人推荐买了我十斤小米，感觉好喝，这次要二十斤。”父亲竟然把小米卖到非洲了，还是我从来没有听说过的多哥，我惊讶地问：“非洲一斤卖多少钱呢？”“二十块。怎样也是出口吧！”父亲有些自豪。父亲这样淡定让我惊讶。我想象这二十斤小米漂洋过海，寄到西非的中国人手中的情景，觉得父亲有些神。

填完订单，我望着拼音挂图问父亲：“你怎么就想起做微商的？以前你不是说你的性格不适合经商吗？”父亲干咳了一声：“本来也没想过做这个，村里第一书记组织培训，没人去。人家就说去一天给五十块钱，还管饭。人们谁也不信这是真的，刘桐拉我去看，去听了几节课，觉得人家讲得有道理，想试试吧。一试还行，反正现在裱家的也少。”

听了父亲的话我有些好奇，问：“去了真一天给五十？”父亲把订单用夹子夹好说：“只给贫困户。”“哪儿来的钱？”父亲翻了翻订单说：“人家上头专门拨的。这会儿贫困户实惠可多哩，娃娃们上学不用花钱，看病大部分给报销，房子破了花钱给修，你妈那会儿要是碰上精准扶贫，说不定……”听到父亲又要往伤心事上扯，我忙打住问：“啥条件能当贫困户？”父亲说：“西西，咱不用想，你有工作，爸爸评不上贫困户。人家一笔笔给算收入哩！”知道父亲领会错我的意思了，我说："爸爸，我不是叫你当贫困户，我是说咱们村不是贫困村吧？有贫困户？""咱们村？是，不是，大概不是，但有贫困户，刘桐就是。"

我叹口气，打开月饼盒，取出一块月饼递给父亲说："爸爸，你尝尝，双合成的，可酥了！"父亲接住月饼，撕开包装，用两只手捧着，咬了一口说："酥！真酥！"

这时门外有个女人的声音喊："李师傅，李师傅在吗？""在，在。"父亲放下月饼，把手里的月饼渣子倒进嘴里，迎出去。是镇上以前的赤脚医生月仙，她拎着个篮子说："李师傅，家里有人？""月仙，进来吃个双合成月饼，西西回来了。"

月仙进来了，这么多年没见，月仙也老了。人特别瘦，脖子上的青筋很明显，放篮子的时候，袖子缩回去，胳膊细得麻秸秆似的，上面也是一条条青筋。父亲递给她一只月饼。"双合成！我还没吃过双合成呢，在李师傅这儿尝尝鲜。"月仙接住月饼，却没有当面对着我们吃，她说，"又有了蜂蜜了。"父亲说："今天卖了二斤，前几天还卖了点儿。""好赖有了个微信，要不咋卖这些东西呢？"

月仙走了之后，我指着货架问："爸爸，这些东西不都是咱家的？""咱家哪有这么多东西？除了小米和胡油，别的都是给人代卖的。"说到这里，父亲忽然神秘地问，"你知道我现在有多少微信好友？""五百！"我大着胆子猜，觉得自己有些开玩笑。父亲摇头："再猜！"我意识到自己说少了，狠狠心说："八百。"父亲得意地笑了："两千，我现在有两千个微信好友！"我有些纳闷，父亲待在村里，每天见来见去的就这么几个人，怎么会加上这么多微信好友？

这时对面卖猪肉的牛二家媳妇过来，她说："西西回来了。"然后说，"李师傅，你给我打个字。这个字不知道咋念，怎样也打不出来。”父亲看了看，嘀咕了一句，很快在她手机上打出来。有人喊买肉，牛二媳妇赶紧跑出去了。

我说：“爸爸，你真用拼音图学打字？”

父亲用手挠挠后脑勺，拿起刚才吃剩下的月饼，继续用两只手捧着说：“不想求人嘛！刚上微商课的时候，老师在上面讲，我们在下边练，我想写几句话，经常被不会拼的字卡住。打不出来，就问和我挨着的人，这个拼音是怎么写？人家帮我打出来。但总麻烦别人不合适，我想自己一定得学会，便开始学。咱毕竟老了，念上几遍也记不住，看到人家现在小娃娃们学拼音都用挂图，觉得这个东西一定管用，便买了一张挂家里，每天看着念，慢慢就记住了、会拼了。现在大部分字用拼音都能打出来，有的打不出来，赶紧手写一个。”

那天，不知不觉和父亲聊了很多，这么多年来，我们第一次说了这么多的话。我决定，第二天与父亲一起去县城寄快递，看看他怎样发货。

第二天早上，飘着些细雨。我说：“打个车去县城吧？”父亲说：“一斤米能挣多少钱，还打车？你怕雨别去了。”我忙说：“我是怕你淋了雨感冒，这么多东西坐公交不好弄吧？”父亲说：“咱们骑摩托车去！我那儿有摩托。”父亲指了指院子里。“谁的摩托车？”我问道。“我买的，二手货，还不到一千块，骑着这个东西方便。”我越来越搞不清父亲了。十几年前，父亲坐摩托车摔了一跤，扭了腿，从那之后认为摩托车不安全，再不敢坐了，现在居然买了辆摩托车。

货真不少，光米就装了两大袋子，还有十斤胡油，包里还放着些核桃、蜂蜜。父亲把它们绑到摩托上，苫住。我和父亲抢着开摩托车，争执了半天，决定由我开。

出发的时候，雨不大。我们俩穿了雨衣，想半路雨可能就停了。

摩托车行驶在公路上。漆黑的柏油路面淋了雨，冒着缕缕白气，路边的树叶半黄了，随着雨滴沙沙往下掉，田野里昆虫的鸣叫声高一下、低一下，好像要把这阴云撕开。我和父亲有一搭没一搭说着话。

没想到还没走一半路，雨毫无征兆地突然大起来，雨点噼里啪啦打在路面上，溅起一朵朵水花，像白色的棉桃纷纷在坠落。气温骤然间降低了。雨水顺着冰冷的雨衣往下流。

我说："咱们找个地方避避雨吧。"父亲说："万一雨一时停不了呢，咱等到啥时候？"我没话说，只好继续往前开。雨水打得眼睛睁不开，怕出事儿，不敢往快开。车子扭了几下，差点儿摔倒。我扭回头喊："搂紧我！"车子又扭了几下，父亲犹犹豫豫地把手放在了我的腰上。我说："搂紧！"父亲抓住了我的衣服。我感觉父亲的雨衣比我的软。

四周灰蒙蒙的，雨像棍子那样一截一截接连不断掉下来，打在身上，然后断掉。耳边到处都是唰唰的雨水声和公路上哗哗的水流声，偶尔汽车驶过，溅起高高的水柱。不知道多少年没有这样在雨中走过了。

好不容易进了县城，天更黑了。父亲指引我到了寄快递那儿。一停车，坐在后座上的父亲像从水里捞出来的，全身都湿透了。原来他怕把货淋湿，脱下雨衣包了货。

我责怪父亲傻，这些货卖完挣的钱都不够看场病。赶紧找了块毛巾让他把脸上的雨水擦干，让他把外面的衣服脱下来拧干，然后又把我的雨衣脱下来让他两件套一起穿上，这样总会暖和点儿。

快递营业员和父亲很熟，开玩笑说："你们就不能迟上一天？"父亲嗑着牙齿说："不行，一迟就失了信用了。我不想等，接下单就想发货。"我不知道说父亲什么好。

因为下雨，快递公司只有我们一笔业务。营业员上来就打真空包装、装箱子、称重。他的动作很娴熟，但我还是感觉慢。隔一会儿看看父亲，父亲像一只被雨淋湿的老鸟，缩着身子不停地哆嗦，衣服上不时往下掉几滴水。我暗骂自己糊涂，父亲让冒雨赶路，我为什么要听他的，万一他生病了怎么办？

好不容易发完货，已经一点多。雨一直下。

我说："吃火锅去吧，太冷了。"

父亲不去。他说："火锅那么贵，有啥吃头，吃碗面就可以了。"

我坚持要去，我以为我一坚持，父亲就会妥协。没想到我出了门，父亲不仅没有跟上，反而朝另一个方向走了。我叹息一声，父亲根本没有变，还是那个执拗的父亲。我只好随着他，一起去吃面。

吃面时，点了个什锦砂锅，要了二两白酒。装满白菜、豆腐、粉条、黄花菜、木耳、土豆、烧肉、丸子的砂锅热气腾腾端上来后，父亲问："很贵吧？"我说："不贵，基本是素菜，没几片肉。"父亲搡了一筷子放嘴里，马上吐着舌头说："真烫！"然后说，"好吃，为啥你妈在的时候没让她尝尝？"我回答不上来。那个时候，我也没有吃过砂锅。

吃饭中间，父亲不停地看手机。我说："好好吃饭吧，吃完饭雨停了回家。"父亲不听我的话，吃几口就看几眼。

从小到现在，这是唯一一次和父亲在饭店里吃饭。我不想被手机破坏掉这难得的时刻，而且父亲刚淋了雨，想让他多吃点儿热饭，便不断说他。父亲终于不耐烦了，他说："你吃你的就行了，我不给人家回复不礼貌。”说完这句话，父亲大概意识到口气有些硬，解释道，“我们做微商，对的都是零散客户、家庭用户。人家现在问你，你不回答，可能就订别人的货了，所以得及时回信息。”

看着父亲一本正经地解释，我想起小时候吃饭时我爱看书，父亲催我快点儿吃，我不耐烦了便回嘴，父亲从来没有发过火，而是放慢速度等我。母亲不耐烦了便说我们两个，埋怨父亲起了坏的带头作用，父亲总是呵呵一笑，抓抓他那时浓密的头发。我不催他了，耐心地等他回复人家。父亲的表情很认真，有时打字还一个字母一个字母把拼音念出来。

这顿饭吃了很长时间，汤也被父亲喝得干干净净，他边喝边说好喝。喝完汤，父亲舒展了一下身子说：“不冷了。”

雨已经停了，天空亮了起来。

到出发时，父亲又接了两单生意，都是小米。我说：“你这微商做得不错啊！单子还不少。”父亲说：“微商关键是做信誉、做回头客，不像电商走的量大，微商走的量小，一次几斤、十几斤，多也多不过二十斤。客户一般都是老客户，吃得好还能介绍给别人，不敢不理人家。”父亲似乎还在为刚才的事情解释。

我赶忙岔开问：“是不是买小米的人多？”“是，今年种对了。咱们这儿是革命老区，镇上瞄准‘小米加步枪’宣传，人们买账。现在大伙都吃健康食品，越是有钱越爱惜身体。人们生活水平普遍提高了，好多人不会在乎多花几块钱买点儿健康食品，有人还专挑贵的买。关键是怎样让人家相信你的产品没问题。”

“那咋弄呢？”

“村里第一书记联系的和‘雁门沃土’合作，人家提供种子、羊粪、有机肥，地里还上着监控。不让上化肥，不让打农药，保证绿色健康。”

父亲把袋子和雨衣卷起来，我去发动摩托车。

父亲跟在后面说：“像刘桐，老脑筋，怕种多谷子卖不了，还是种玉米。种玉米还是老办法，上化肥、洒农药，根本卖不上个价钱。九亩玉米我和他一起卖的，卖了九千块，除去开销三千五，挂了一吨炭两千，只剩下三千五，一年的光景怎样过？以前给铁矿上看门，还能挣点儿钱。现在查环保，铁矿停产整改，村里想办法帮他，让他看井房。刘桐后悔没种谷子。”

城内街道上路还是湿的，出了县城，公路已经干了。天蓝得接近透明，似乎天空上面还有个天空。路两边地里传来蟋蟀的叫声，嗓子被雨水润过，一点儿也不像秋后的蚂蚱，清脆嘹亮像夏季稻田里的青蛙。

我想起手机里父亲刷虫子的视频，问他：

“羊粪小米的产量怎样？”

父亲回答：“不如以前用上化肥产量高。今年谷子长了虫子，我们说打点儿农药吧，人家说不能打。结果虫子把谷穗头吃了，减产了。但人家也说了，刚开始不用化肥产量低，坚持上几年，地就养过来了，产量会提高。而且有虫子也不怕，只要坚持不打农药，慢慢地里会长出虫子的天敌。”

我想起《寂静的春天》。

父亲在摩托车上扭了扭身子说：“关键是这种小米好卖，现在上化肥的小米，一斤顶多卖上五块钱，还不大好卖。我们的羊粪小米一斤卖十八块，要得多的话，能便宜些，也卖十五块。”

“十八块不错，能顶半箱牛奶了。”

“可不。城里人喝奶的时候咱们喝米，现在他们爱喝米了，村里的人们喝奶。现在好多人家给小孩订奶,但我还是爱喝小米。”父亲说着打了个嗝,脖子上暖烘烘的。

我问:“地是不是得隔离?你不用农药,别人打农药会影响吧,而且农药的影响不会一下消失。”

父亲说:“人家隔离了,不打农药不施化肥的地集中到了一起。只要坚持不用农药,地里残留的危害物三年就可以消除。”

“那你们现在也不是完全的无公害?”

“这个没办法。”摩托车扭了扭,父亲说,“但我们的总比别人的公害少,而且只要三年就没了。”

回到家里,我对父亲说:“热点儿水洗个澡吧,别感冒。”要是以前,父亲肯定说:“哪能感冒了,没事。”现在点了点头,任我去热水。

父亲洗完澡,居然穿了套新衣服出来。说新,其实是前年我给买的,但一直没见他穿过。父亲穿上它,人立马精神了许多。

一出来,父亲就看手机,马上欢呼起来:“有人要十斤家鸡蛋,我去刘桐家看看。”我问:“咱家不养鸡,每次卖的鸡蛋都是别人家的?”“一个村的,给别人帮帮忙嘛。刘桐可怜的。”

我说:“我去吧。”父亲说:“要是多,你一起拿过来吧!”

巷子里几个工人正在挖排水沟,村里要改旱厕。刘桐家的门虚掩着,我敲了几声,听到有响动,走进去。刘桐从屋里走出来,他看上去比父亲老,整个人腰塌了下来,上半身几乎与地面平行着走路。看我时,头费力地抬了起来,露出掉了门牙的嘴。

我忙快步走上去说:“刘桐叔,我爸问你有没有鸡蛋,有人要十斤。有的话,让我一起拿上。”刘桐说:“西西,鸡蛋有。让你爸过来喝酒啊,你回来他都叫不出来了。”

刘桐返回去取鸡蛋时,几只母鸡被公鸡追赶着在院子里乱跑。

湿地上都是鸡爪子印、玉米粒、鸡屎和五颜六色的鸡毛。

刘桐拿着一篮子鸡蛋出来。我问:“多少斤啊?”刘桐说:“让你爸称吧,叫他过来喝酒。”看着刘桐扬起的脑袋,我感觉别扭,赶忙告别。

回到家里,爸爸称出十斤,还剩下几个。他说:“咱们晚上炒着吃。”我打趣问:“不卖了?”“卖个啥?咱买了,以前不知道家鸡蛋好吃。”父亲说。

小时候家里养着几只鸡,下蛋后母亲和父亲从来舍不得吃。每天早上,母亲用炭铲给我在灶火里煎一只,其他的攒起来,够了一斤就卖给一位退休后从城里回来的老人,母亲还非常感激人家买我们的鸡蛋。卖了鸡蛋的钱,我们买猪肉和方便面。

五

这次回来,感觉比以前好许多,父亲的样子变得让我欣慰,而且他没我想的那么孤寂。几天时间,不断有人来找他,有的让他帮忙卖东西,有的问他手机上的一些事情,有的向他问询小米的价钱,有的叫他去喝酒。光月仙就来过好几回,我想起小时候她给我们屁股上打针,酒精擦上去凉凉的,像有雨点坠落下来,她的人走近也凉凉的,不像村里一般女人总有浑浊的气味儿。牛二家媳妇一天能问父亲好几回字,这女人读书时比我高几级,觉得她挺好看,现在也不年轻了。

每次这些人来找他,父亲眼里总是冒着光,没有一次不耐烦。我带回的月饼,父亲大多给来找他帮忙的人吃掉了。甚至,有一次有人买小米,我看见父亲没有卖自己的,把月仙的先给卖了。我意识到父亲非常享受这种被人需要的感觉，甚至能让他找回以前的快乐。

我这样想的时候，有人来找父亲裱家了，父亲正在看手机，马上就答应了，说第二天去。那人走后，我对父亲说："你现在做微商不是挺好？把自己种的东西卖出去，赚点儿钱，还能帮邻居卖东西。裱家那么高的屋顶，不停爬上来爬下去，年轻人也累，你这么大年龄！"

父亲放下手机说："做微商和裱家怎么能一样，微商谁不能做？裱家是咱们家的祖传手艺，你爷爷传到我手里几十年了，总不能让它断了吧？"父亲说着情绪渐渐低落下去，人也顿时好像黯淡了。

父亲原来还是愿意裱家。

我担心父亲的身体，便想索性和他好好谈谈，让他打消再去裱家的念头。我说："爸爸，裱家好是好，但你总不能裱一辈子吧。岁数大了，做做微商挺好的，不愿意做了，跟我住到城里。"

父亲拿起手机回复了一条信息说："趁现在能干动的时候再干干，再老了，想干也干不了了。"父亲笑了一下，笑容有些萧瑟，接着说，"那会儿恐怕也没人裱家了！"

我心里一阵难受。本来想好好劝劝父亲，他这样一说，我啥都不能说了。

第二天一早，父亲换上以前干活穿的旧衣服，又变成灰扑扑的样子。

他背上东西，出门的时候望了望我说："你帮我处理一下订单？"我虽然不愿意父亲去裱家，但还是赶忙点头。父亲把手机给我，说："隔会儿就看看，咱回得不及时，人家可能就买别人的了。"我说："我啥也不干，就盯着这个。"父亲说："也不用老盯着，隔会儿看看就行。别担心，我知道自己的身体没问题。自从做开这微商，感觉记性变好了，以前当天说的事，转身就忘，现在谁买了我的东西，买了多少斤，过去好长时间我还一笔笔记得清清楚楚。身体也比以前精神了。”

父亲走了之后，我隔会儿看看他的手机，奇怪，一个单子也没有。是不是人们都在度假，不买东西？但前几天父亲在家的时候也是假期呀，每天都有订单。倒是有人进来找他，都是和微商有关的。

晚上父亲裱家回来的时候，我看见他走路有些拐，忙问怎么了。父亲轻描淡写地说：“从凳子上滑脱了。”我让他掀起裤腿，看看摔伤没有。父亲不让看，他说：“睡觉前煮点儿艾条水泡一泡就好，以前腿疼的时候一泡就好。”我不知道父亲腿疼过，忙问：“你以前什么时候腿疼，为啥不和我说？”父亲知道自己说漏了嘴，忙回答：“疼得不厉害，一泡就好。”我一边自责，一边望父亲。父亲衣服也没换，就拿起他的手机看起来。

今天真是奇怪，问询的客户也很少。我不好意思地解释说：“我一直在盯着，一次也没错过，但……”父亲失望地问：“一个订单也没有？”“没。”望着父亲头上和脸上的土，我更加不好意思了，仿佛这是我故意搞的。父亲见我不好意思，说：“正常，我也碰过没单子的时候。”父亲这样说，我心里好受了点儿，但还是觉得自己没本事，便和自己的几位朋友联系，让他们从父亲的微店里买点儿东西。

很快，父亲就说：“咦，有个订单。”刚处理完，又出现一个。我说：“还是你在订单多。”父亲呵呵笑着说：“都一样，可能人家晚上闲下来了，才有时间买东西。”

睡觉之前，我烧了一大锅水，把艾条泡进去，很快艾条那青苦的味道弥漫到整个屋子里。父亲卷起裤腿，飞快地把脚泡进盆里，大概怕我看见他的伤，但我还是瞥见他脚踝那儿擦破了，而且有些发青。

我说："明天别去了，去医院拍个片子。"父亲说："没事，泡泡就好了，不能给人家扔下半拉子营生。"我说："情况特殊嘛，先去检查吧！""我的脚我知道。"父亲不理我了，埋着头边泡脚边看手机。我摇了摇头，知道说不动父亲。水快凉的时候，我又加了点儿热水，出去买了些红花水和云南白药膏。

第二天吃早饭的时候，父亲还是边吃饭边看手机，但速度比前几天快得多。吃完饭，把七八张单子放在桌子上说："这是今天要发的货，我去裱家了。"说完他拖着有点儿痛的腿出了门。望着父亲的背影，我把单子看了看，这些订单只有一张是陌生人的。

帮父亲发完货，边看他的手机，边想我的小说。想法很多，但乱糟糟的，便买了两瓶酒去找刘桐。巷子里的工人们已经把排水沟挖好，在装水泥管。

一进门仍然是看到满院子的鸡。进了屋子发现刘桐正在家里看直播，怪不得我进门时他没有听见。刘桐看见我，把手机搁在桌子上，瞟了瞟我手里的东西。我忙说："爸说你爱喝酒。""你爸才爱喝。"刘桐反说了一句，听不出他什么意思。我把酒放桌子上，看见刘桐手机里正播放着采摘葡萄的视频。采葡萄的是个年轻女孩子，很像电视镜头里经常出现的那种农民，人漂亮不说，衣着还整齐干净，精神头十足，动作也行云流水，看着很舒服。

刘桐看到我注意他的手机，呵呵一笑说："看人家这女人，干活都这么漂亮！"我笑了笑说："确实漂亮！"刘桐从我的笑容里大概解读出了不同的意思，他说："大概人上了镜头就好看，你爸的，人们也爱看。""我爸？"我想起他让我转发的那些灰扑扑的视频。

刘桐看我有些怀疑，大声说："以为你是你爸的粉丝呢，你看看你爸有多少粉丝！"刘桐说着寻找父亲的视频。"你们这是哪个网站？"我不由自主地问。"抖音。"刘桐回答。抖音我从来没去过，一直以为年轻人在玩，没想到父亲他们这个年龄的人也玩。我问："你们玩抖音多长时间了？"刘桐说："几个月了吧，刚开始做微商时老师就教我们在各种平台上宣传自己。""各种平台？"我计算时间，比父亲让我转发微信上的视频稍微晚一些。

"是啊，微信、抖音、快手、哔哩哔哩……都是我们的平台。"说话间，刘桐打开了父亲在抖音上的视频，许多是我在微信里看到的父亲的视频，只是抖音上拍的时间更长、更连续。视频下面跟着许多回复，没想到几乎都是理解和赞美父亲的：

"农民真伟大！"

"我想吃你种的谷子！"

"我一定买你的小米！"

"大爷，你太美了！"

……

我一个个浏览下去，抖音上有父亲种谷子的全部过程，这些视频应该都没经过什么加工。春天，父亲站在未播种的土地上，风吹拂着他乱糟糟的头发，像地上不起眼的一颗土坷垃。夏末他刷一个一个谷穗上的虫子，脸上花花绿绿。秋天捧着被虫子咬掉头的谷穗，满脸沉重。所有的镜头中，父亲都灰溜溜的，满脸皱纹，完全是个老农民形象，是我熟悉的那个邋遢的父亲。但又如此陌生，我发现这些镜头里的父亲没我以前看的那么难看，反倒是有些说不上来的美。

刘桐看见我发呆，大声问："你爸玩得怎样?"我声音有些不自然地回答："很好!"离开他的屋子。

出了刘桐家巷子，挖水沟的工人们歇下来了，坐在地上抽烟。有个人脱了鞋用一只脚抓另一只脚，脚底板的袜子破了，长着老茧的脚底板黄澄澄的，像几只铜板。

下午，我到镇上最大的便利店买了一条鲈鱼、一只三黄鸡，还买了一瓶父亲平时根本舍不得喝的二十年老白汾。回到家里，炒好菜，炖上鱼，等父亲。

晚上，父亲干完活儿回到家里，端起我给他沏好的茶咕咚喝了几口说："脚不疼了，我说艾条水泡管用，你还不信。"望着父亲灰头土脸的样子，我忽然想给他把外套脱下来。刚一伸出手摸到他的衣服，父亲吃了一惊，扭了一下身子问："干啥?"我说："爸爸，我给你把外套脱下来。"父亲抖了抖肩膀，甩脱我的手说："西西，我自己来。"说着麻利地把衣服脱下来。我接过父亲脱下来的衣服，闻到一股刺鼻的汗腥味儿，拎在手里又重又硬，像盔甲。便趁父亲不注意，掏出衣服口袋里的东西，把衣服泡进脸盆里。

父亲看见衣服被泡到脸盆里，大声说："明天还穿呢!"我说："也不是没衣服，换一件吧，我把这件给你洗洗。"父亲说："西西，不用你洗，我自己来。"我给盆里边倒洗衣液边说："爸爸，洗把脸，先吃饭吧。"

端上菜和酒，我问父亲玩抖音的事情，我说："爸爸，你经常玩抖音?""是啊，"父亲回答，"老师说做微商要努力借助所有平台。抖音、快手、哔哩哔哩我们都经常用。"父亲说这些时漫不经心，就像我小时候玩玻璃球、香烟盒。我忙端起酒杯和父亲喝酒。

我们快把一瓶酒喝完时，父亲有了几分酒意。他说："要是你妈现在活着多好，帮你们看看孩子……唉，裱家的营生也越来越少了。"

我给父亲倒了杯热水，想岔开话题。想起父亲的视频，问："爸爸，你直播过裱家吗？"

父亲一下愣住了。

我说："爸爸，既然你害怕这门手艺失传，为啥不多宣传宣传？说不定人们看了视频，会感觉裱家比装潢更好，又时兴起裱家呢！"

父亲倒了一杯酒，独自喝了一口问："人们爱看吗？"

我说："这和种谷子不是一样？农民们觉得平常，城里人可能就看着稀罕。裱家大多数人没有见过，中式房冬暖夏凉住着舒服，裱家用的材料成本低，还环保。现在装修一套家多费钱，用的材料还不安全，不是老听说有人装修完家得了白血病？"

父亲陷入沉思，连着喝了两口酒。我怕他喝多，给他搡了条鸡腿，让他趁热赶紧吃。父亲啃着鸡腿，嘴上都是油，蹭到脸上，灰暗的脸多了光泽。

喝完酒，给父亲热了水，让他用艾条泡脚，我拿出小说翻起来。父亲带着酒劲儿问："西西，你看啥呢？""我写的东西。""写的啥，能给我讲讲吗？"

我给父亲讲起《隐疾》。父亲的两只脚泡在盆里一动不动，像盆里泡着两块石头。水凉了，我加了点儿热水，继续讲下去。以前只是自己弄，发表以前很少像这样给别人讲，讲着讲着，我突然意识到了问题，停下来。父亲用脚在盆里划了一下问："接下来呢？"我说："我得再改改，改完给你讲。"

六

第二天,父亲出门时,带上了自拍杆。我说:“爸爸,我和你一起去吧。”父亲有点儿羞涩地摇摇头说:“西西,我自己能行。”

我其实见过父亲裱家,还跟上他裱过两天,那时根本没觉得他的技术有多么了不起。那是高考后,等待分数的那段日子闲得没事儿干,父亲说和他一起裱家去吧,我就去了。那时村里人对考大学没现在这样执着,我也一样,想的是考上就有城镇户口和工作了,考不上,跟着父亲裱家。当时干了点儿什么,完全记不起来了。只记得中午在东家家里吃饭时,我搛了一大筷子咸菜,一吃,味道特别怪,扔掉又不好意思。父亲发现了我的窘迫,他说:“西西,你咸菜是不是搡多了,给我点儿吧!”我赶忙把剩下的都给他。看着父亲津津有味地吃着,我纳闷父亲为啥不嫌它的味道古怪,又试着搡了一根,差点儿没吐掉。晚上回到家里,父亲对我说:“以后去了别人家里吃咸菜,千万要先搡一根尝尝,有的人家的咸菜腌得很臭。”

父亲走后,我去找刘桐,让他帮着找父亲直播的视频。

还是在抖音。

父亲从熬糨糊开始直播。他的腿看起来还有些拐,他端着半锅白面在炉子上费力地搅。熬糨糊看起来容易,每年贴春联的时候许多人自已熬,但父亲讲过,糨糊的稠稀生熟关系到纸能不能粘牢,这个度是个技术活儿。父亲把糨糊熬好了,黏糊糊的一锅,像白色的果冻,看不出来有什么特别。

顶棚架子前两天已经搭好,而且已经裱了一部分,今天父亲主要是裱剩下的部分。父亲先是把糨糊抹在旧报纸上，然后拿着浸透了糨糊的报纸爬上高凳，往顶棚架子上贴。父亲爬上高凳的一刹那，脚奇怪地不拐了，一步一步爬得很有力。报纸贴好后，父亲用刷子在下面均匀地刷几下，报纸粘住了。父亲又下来拿另一张报纸。父亲不断地重复这个动作，中间还不停地挪凳子。

接下来，父亲又用同样的方法在这层报纸上粘了一层报纸，糊两层报纸是为了顶棚牢固耐用。我以为这次会快些，没想到和上次一样，花了足足有一小时。中间父亲休息了一次，喝了一罐头瓶茶水，抽了两根烟。

底子打好，接下来糊麻纸。父亲还是老办法，又是一小时。

两层报纸、一层麻纸，不光牢固耐用，还节省费用，据说是父亲发明的。以前人们三层都用麻纸。现在有的有钱人家还是三层都用麻纸，但麻纸比报纸贵多了。村里人用的报纸都是从学校、储蓄所、供销社、乡政府等一些公家单位讨来的旧报纸，根本不用花钱。

糊这三层纸看起来简单，其实很需要技术，要使三张纸牢牢粘成一体。糊不好，三层纸三张皮，一干就崩开来了；有时弄不好，整个顶棚会一起掉下来。村里其他几位裱匠，就出过各种各样的问题，但父亲裱的家，敢保证十年不会坏。

糊好纸之后，父亲又喝了一茶缸水，抽了两根烟，开始刷立德粉。这时他已经干了三小时活儿了。以前刷干涂，有了立德粉后，刷上屋子更白，就不用干涂了。

刷立德粉之前得先把立德粉调好，调立德粉又是一个技术活儿。浓度大小和后期效果密切相关，而浓度又必须和纸结合考虑。

父亲把调好的立德粉倒进一个小盆里，端着小盆踏上高凳，一只手端着盆，一只手拿着刷子，一刷子一刷子把立德粉刷在麻纸上。凳子够不着了，他把盆子放在上面，下来挪一下凳子，再爬上去继续刷。父亲刷的动作很熟练，一张麻纸刷几刷子，几分钟刷完，都好像有节奏，我想到刘桐手机里那位摘葡萄的女人。

一间屋子刷完了，工作暂时告一段落。父亲下来抽烟、喝茶。刚刷完的顶棚发暗，看不出效果来，需要干了，再刷一次，干掉，效果才明显。

父亲有意识地把镜头在屋子里扫了几圈，没有一滴糨糊和立德粉滴下。这也是父亲高人一等、被津津乐道的地方。大部分裱匠刷家，汤汤水水，东西滴得到处都是，刷完后人们得擦洗好长时间。父亲刷家，家里东西几乎不需要挪动，刷完之后，原来是啥样，还是啥样。

我突然灵感来了，给父亲拍个纪录视频，从撕旧顶棚开始，把父亲裱家的全过程完整地拍下来。我给一位熟悉的姓禹的年轻导演打电话，说想请他帮我拍个纪录片。导演问："什么纪录片？"我说："关于我父亲的，他是我们这一带最好的裱匠，从前每年从大年初五一直忙到年三十，每天有活儿干。现在年纪大了，裱家的人也少了，他担心技艺失传，我想把它拍下来。"导演说："匠人，我感兴趣！"

刘桐在旁边听到我的电话，羡慕地说："你爸生了个好儿子。"我脸红了，以前听这种话总是很自豪，现在却觉得怪怪的。

回城前一天，和父亲约定再有裱家的营生告诉我一下，我带导演来拍个片子，把裱家的过程记录下来。父亲很高兴。他送我出门的时候，问我家的地址，详细到哪个小区哪个单元哪层楼几号。我想父亲是不是想来我家了，又一想觉得不大可能，他现在除了裱家还要做微商，哪里能走得开？

我把详细地址发到父亲手机上，对他说："爸爸，我给你买了个泡脚盆。"父亲说："你又乱花钱，洗个脚，要啥泡脚盆？"

回到家里，很快收到父亲寄来的一大堆东西，小米、核桃、红枣、蜂蜜、胡油等。父亲告诉我，这些东西都是绿色食品，没有任何问题，可以放心吃，如果哪位朋友需要，帮他推荐一下。

我开始集中精力再次修改《隐疾》，父亲的视频不时出现在我的脑海中。

我没再关掉微信朋友圈，但不发东西，也不看其他人的，只每天悄悄看父亲发的内容。父亲的朋友圈居然不光发视频了，他还发一些配着文字的图片。这些图片和视频不一样，拍得极其漂亮，文字也很煽情。我想不是我们那儿政府请专业人员设计的，就是"雁门沃土"弄的，父亲他们没这个水平。

比如，一堆黑花生上面摆几颗外皮鲜红的花生米，黄澄澄的小米装在白色的大铝盆里，色彩诱人。下面配着文字：

> 过十五吃得再好，我也离不开这两样，黑花生是最好的干果，小米是养生最好之一。羊粪小米又叫月子小米，它比一般小米营养丰富。
>
> ……

每天几乎都有这样的内容："今天开始发货了，不多，一共两单。今天的货很多，十二单……"父亲的微信成了影响着我心情的"天气预报"，父亲却看起来每天都很快活。

我下载了抖音、快手、B 站……工作和写作累了，就寻找父亲在各个平台上的视频，还时不时匿名去赞美他、鼓励他。父亲不知道是我发的，总是认真地感谢我。有时，从父亲视频的链接上串到别人的视频上，看到许多和以前不一样的东西，觉得自己以前的圈子太小了。

七

以为父亲那头很快就会传来有人请他去裱家的消息，毕竟记忆中找他裱家的人那么多。可是过了半个多月，才接到父亲的电话，有人找他裱三间屋。

禹导演按照约定时间和我一起回老家。路上他让我告诉父亲提前准备好，去了直接就拍摄。

已经十月底，马上要立冬了，天空不像前段时间那样蓝得耀眼，而是铺满一大块一大块的阴云，却又不下雨。树上的叶子稀疏了，好多铺到了地上。一刮风，树上的叶子往下飘，地上的叶子往上飞，搅和到一起。风过后，树上的叶子就更少了。

父亲远远地在门口迎我们，和他在一起的还有刘桐。父亲穿着件黑皮夹克，崭新的皮面散发着油光，隐隐还能闻到皮革的腥膻味。这是有年过春节时我给父亲买的新衣服，觉得他不爱洗衣服，穿皮夹克省事，他从来没有穿过，现在竟翻出来了。刘桐穿着件红色的冲锋衣，他的背依旧驼着，头扬起像只火烈鸟。这原来是我给父亲的一件旧衣服，大概他给了刘桐。

禹导演看到这兴致勃勃的两个人，咧开嘴看着我笑。我感觉父亲他们的衣服怪怪的，但来不及多想，只能先介绍人认识，请禹导演进屋喝杯水。

喝水时，禹导演问："什么时候能拍？"没等父亲回答，刘桐说："早准备好了，就等你们来。"禹导演看了看他们两个，问父亲："李师傅，您平时干活穿这衣服？"父亲低声回答："旧衣服有点儿脏。"

我心里偷偷乐，父亲终于感觉到他以前那样穿衣服有问题了。禹导演说：“李师傅，咱们拍纪录片不是为好看，是要拍出生活真实的样子。您原来干活穿啥样子，还是穿成啥样子吧。”

父亲看了我一眼，我点点头，父亲拿出平时干活穿的衣服换上。一穿上这件旧衣服，父亲好像马上就回到了干活时的状态，我也感觉他穿上现在这身衣服比刚才的皮夹克合适。禹导演打量了他一眼，满意地点点头说：“好，就要这个样子，这才是干活的样子。”

刘桐指着父亲问：“我不用换了吧？拍他裱家。”禹导演笑着说：“您可以不换。”刘桐有些神气地望着父亲，掸了掸衣服。

出发前，父亲问：“你们真要进屋子里去拍？”我看导演。禹导演说：“当然啊，但您该怎样干就怎样，就当我们不在。”父亲说：“那你们俩也换件衣服吧，撕旧顶棚时，特别荡！”

禹导演愣了一下说：“好，我们也换上工作服。”他打开车门，拿出备用的衣服。父亲看了我一眼说：“得穿旧衣服，尘土太大了！”我和禹导演面面相觑。父亲小心地说：“要不我给你们找几件衣服换上，我没穿的旧衣服很多。”禹导演挥挥手说：“咱们快去拍吧。”

到了父亲要裱的屋子，是三间旧瓦房，露在外面的木头门窗和柱子颜色已经泛黄，裂出许多人脸上那样的皱纹。屋顶上有几棵发黄的瓦松，在风中摇晃。

父亲干活前，笑呵呵地再次说：“真的很荡啊！”禹导演摆摆手问：“这个顶棚多少年了？”旁边的东家回答：“十二年了，当年就是请李师傅裱的。当时我家孩子刚上小学，现在已经读大学了。”

父亲踩上高凳，开始撕旧顶棚。十二年前，母亲去世没几年，父亲腿脚还利索。没想到那么小的灰尘，十二年能在顶棚上积这么多！现在随着父亲的动作，瀑布一样流下来。我们三人在屋子里，居然彼此看不清对方。我嗓子里进了土，咳嗽起来。禹导演也咳嗽起来，还打喷嚏。父亲在灰尘中喊："太荡了，西西你们出去吧！"

禹导演说："李师傅，您继续！"但坚持了几分钟，我们就退了出来。真是太荡了！大团大团灰尘不停地落下，灌进眼睛里、鼻子里、口腔里，我们根本出不上气来。镜头也模糊了，啥也拍不清。

等父亲从高凳上下来时，我好像看到煤矿工人从矿井里上来。以前见过父亲搭架子、裱纸、刷顶棚，从来没见过撕顶棚。总以为这个很简单，把那些旧纸撕下来就行了，力气都不用花太多，没想到这么荡！

父亲挪了下凳子，再次上去。不在屋子里，反而对里面看得更清楚了些。父亲仰着头，手脚麻利地大块大块撕着旧顶棚，那些纸兜了太多的灰尘，沉甸甸的，一撕就像一包土砸在父亲脸上，然后才继续往下落。想想刚才我们的不舒服，父亲离得这么近，几十年就是这么过来的，父亲连口罩也没有戴过！

撕完一间顶棚，父亲从屋子里出来，身上的土足有几厘米厚，眼睫毛粗了很多，像发黄的松针。我给他递了块湿巾。刘桐帮着把凳子搬进另一间屋子。

与我们聊了几句，父亲又进去了。

父亲撕完顶棚已经中午一点多，简单清洗之后，开始吃饭。农村请匠人，照例有酒有肉，东家请我们一起吃。想全面了解父亲情况，禹导演没有推辞。

父亲看起来有些疲惫，爬上爬下一上午，又这么荡！

奇怪的是，父亲喝了几杯酒后，马上焕发了精神。眉眼间的疲龛没有了，变得红光满面。

东家从来没见过导演拍东西，趁这机会左一个李师傅，右一个李师傅，不停地夸奖父亲。父亲陶醉了。不用禹导演问，就开始滔滔不绝讲自己的经历。

“我十三岁跟着我爸爸学手艺，十六岁就能单干，二十岁人们就说我比我爸爸营生做得好。从那开始，每年从年头忙到年尾，足足有三十年。生产队的时候，大家出工挣工分，我出门给人裱家，工钱大队结算，干一天能挣别人一天半的工分。三中全会后允许单干，我全家不到十亩地，裱家就把一家人供养过来了。”

父亲说到从前忙碌的岁月，充满自豪。

东家接着他的话对导演说：“方圆几十里，至少也有十来位裱匠，最好的就是李师傅。别的裱匠三天两头闲得没活儿干，李师傅却每天忙。以前想找他裱家，最起码得提前半个月排队，请来还得好酒好饭款待上。”

父亲忽然腼腆了：“咱不讲究吃喝，关键是给人家把营生做好。反过来说，你把营生做好了，人家也愿意给你好好安顿。”

东家端起酒杯敬大家，喝完之后对大家说：“李师傅手艺好，人也好，营生做得快，钱算得少，找他裱一次家，起码十年不用麻烦。你看我这家，裱了十二年了，每年刷一刷就和新的一样。”

“来，禹导演，咱们喝一杯。”东家说，“李师傅刷家也省事，不用我们搬东西，槌糊、立德粉啥的一滴也落不下来。不像别的人，一塌糊涂。”

禹导演端起酒杯，恭恭敬敬敬了父亲一杯酒问：“李师傅您真神，怎样做到的？”

父亲兴高采烈地回答：“不难，主要是各个环节都得掌握好火候，把握住诀窍。比如搭架子，杆杆儿一定要干透，这样才不会变形。”

“那为啥您能控制住东西不往下掉？”禹导演感觉没父亲说的这么简单。

“用心试呗！试得多了，就品出多少最合适。糨糊和立德粉一样，多一下就稠，少一下就稀；刷子蘸多少也得讲究，不能为了偷懒想一次就蘸够，要控制好。”

“对，李师傅您说得太对了！我再敬您一杯！”禹导演说。

父亲喝完酒说：“而且一定要刷两次，一次干透了再刷一次。不能少刷，刷少了不白；也不能多刷，刷多了，纸上粘的东西太多，容易掉下来。”

父亲这些话，有的我是第一次听，有的已经听了没有一百遍，也有五十遍。有些话以前反复听，烦，现在却觉得格外有道理。

一伙人正在喝着酒，忽然外面有人喊：“李师傅在吗？”

“谁？进来！”

“是月仙，喝杯酒吧。”

“李师傅，我接到个米的订单，国外的。人们说你往国外卖过米，教教我怎样填单子。”

“哪个国家？”

“南非。”

“南非好，我是卖到多哥的，非洲的国家应该一样。要是美国估计就不一样了。”

“南非哪个国家？”刘桐问。

“南非！”

“我知道南非，南非哪个国家？”刘桐继续问。

“刘桐叔，南非就是个国家。”我怕他一直问下去，帮着月仙回答。

“唉，我老糊涂了，听人家南非、南非地叫，一直以为南非是非洲南部。就像当年听人讲深圳，以为是深镇，和咱阳明堡差不多的镇子。”刘桐边说边自己喝了一杯酒。

月仙走后，父亲更兴奋了，从裱家谈到微店，后来竟转移到喝酒的话题上。东家附和着说父亲好酒量，从来没见他醉过。父亲大着舌头讲，有一次有人仗着年轻和他较劲儿，一般人喝酒最多干三瓶，那个人非要和他干五瓶。父亲自己先拿起一整瓶干了，那个人没办法也干了，父亲说再来一瓶，又拿起一瓶往嘴里灌，那个人马上灰了……

父亲讲这些的时候，人完全变了个样，老实、腼腆的样子不见了，眉毛竖起来，眼睛里放着光。我想起小时候父亲喝醉，一次次被人送回家。

渐渐地，父亲不停地嘿嘿笑，开始说车轱辘话，我知道父亲喝多了，便想怎样阻止他，让他回家睡一觉。这时，东家的孩子要去上学。父亲一问，已经两点多。父亲说：“我得睡一觉，下午还得搭架子。”我忙说：“喝了不少，好好歇歇，下午别干了。”父亲斜了我一眼说：“西西，你以为爸爸喝多了？我没事。”东家说：“西厢房有盘炕，你们一起去歇歇吧。”我问禹导演：“去我家歇会儿，还是就在这儿迷糊一会儿？”禹导演兴奋地说：“就在这儿休息，我要跟踪拍摄。”

刘桐告辞，说要回家睡觉。我和禹导演喝了杯茶，去了西厢房，父亲已经躺在炕上呼呼睡着了，呼噜打得山响。禹导演拍了几个镜头，躺下很快也睡着了。

下午三点半，父亲醒过来，身上带着浓烈的酒味儿。他喝了杯浓茶，就要去干活。我问:“能行吗?”父亲摇摇头说:“没问题，我知道没喝多。”

父亲搭架子前，走路还摇晃。一拿起葵花杆，酒意一点点不见了。

以前父亲用细高粱秆或葵花秆做架子，细高粱产量太低，这几年种的人少了，便都用葵花秆。父亲撕顶棚的时候，禹导演已经看到了上面的葵花秆，现在亲眼看到父亲用葵花秆做架子，还是惊讶。他问:“这个结实吗?”父亲嘿嘿笑着说:“结实，用十年没问题。”

父亲把葵花秆的头和根切掉，刮掉上面的皮，穿了孔，用铁丝串起来。禹导演问:“为什么要刮上面的皮?”父亲回答:“留着皮容易发霉。”

整个下午，禹导演一直跟着父亲拍摄。收工时，已经快八点多，我在饭店里订了一桌饭。月亮还没升高，路灯亮了，月亮像挂在路灯杆子上，照得街道很亮。

父亲说:“刘桐大概还没有吃饭，把他叫上吧?”我说:“叫上吧，你给他打电话。”父亲走在前面，电话打通了，他问:“刘桐，吃了吗?”刘桐说:“吃了个馒头。”父亲说:“出来喝点儿吧，我刚收工。”

遇到的人们纷纷和父亲打招呼:“李师傅吃了没?”父亲回答:“刚收工，西西给在饭店里订好了。”禹导演说:“村里人对你父亲挺尊敬的!”我说:“他就是个匠人，忙了一辈子。”“这样的匠人不多啊!”禹导演说，“这次来收获很大。”

我们到了饭店之后，刘桐很快也到了。他还是穿着那件早上看到的大红色的冲锋衣，很高兴。

我说："喝点儿红酒吧？"父亲说："红酒有啥喝头，要喝就喝白酒。"刘桐附和说："红酒没喝头。"我只好要了一瓶白酒。禹导演又采访父亲。父亲说："你们也采访采访刘桐，他的故事可多呢！"

父亲和刘桐边喝酒，边聊起对方。他们从刚出生解放那会儿，一直讲到现在的脱贫攻坚。

吃完饭十点多了，我们一结账，饭店开始打烊。

父亲这次没有喝多，但很开心，在路上居然唱起歌来。他一唱，刘桐也跟着唱。从来没有听过父亲唱歌，我忽然想，应该领上父亲到城里的 KTV 好好唱一唱，他应该没有在那儿唱过。

晚上睡觉前，我点进父亲的微信朋友圈。一看乐了，父亲今天发的居然是导演拍摄他视频的视频。父亲对着镜头说："我这个卖米的人其实是个裱匠，裱了几十年家，这几天导演给我拍电影。假如不能及时回复大家的消息，请原谅。请朋友们放心下单，会及时发货。"打开抖音一看，也是这内容。

导演一连拍了几天，除了裱家，还拍了父亲喝酒、做微商。

回城前一天，我对父亲说："爸爸，片子拍完了，明天我们就回去，晚上找个 KTV 一起唱唱歌，庆贺一下。"父亲问："能不能找个地方，让我看看禹导演拍的我是啥样？"我说："应该没问题，我问问导演。"父亲说："把刘桐叫上吧，其实他才爱歌唱，和我一样没在个专门的地方唱过歌。"

问了禹导演后，找了个有投影的 KTV，我们先看片子。禹导演说："这片子没有剪辑过，回去还得加工。"父亲和刘桐已经在旁边迫不及待。

不能不说禹导演拍得很用心，父亲和刘桐一看到自己出现在镜头中，就哈哈大笑，父亲的牙齿又黑又黄，刘桐张开缺了牙齿的嘴。为了节省时间，有些地方禹导演用了快进，一个多小时，父亲和刘桐两人一路笑了下来，还不停地指点着屏幕议论。我看着这些镜头，有些心酸和感动，仿佛看到了父亲的一生。

看完片子，父亲敬禹导演酒。禹导演说："剪辑完了给您看，这片子有意义！"

我也敬导演，敬完后说："禹导演，拍得真是好，不过，我爸爸他们也拍了你的视频。""真的？"禹导演很是意外，嚷嚷着要看。父亲嘴上说"我们拍得不好"，但还是大方地拿出手机点开视频。禹导演看到自己的镜头，呵呵直笑，像刚才父亲和刘桐看到自己的镜头。他说："李师傅，你们真了不起。"刘桐说："我们拍不好，你的才是专业水平。"禹导演真诚地说："你们真的拍得挺好，里面想表达的能看出来。"父亲说："我们知道自己的水平，只是想宣传自己，好卖东西。"父亲直截了当把目的说出来，我忽然觉得这样光明磊落挺好。父亲接着说："我知道你的圈子都是导演、演员、文化人，也不求你在朋友圈转发我的东西，但你的朋友谁想要好的土特产，你可以推荐给他们。"

父亲的话让我有些羞愧。禹导演说："一定，一定，我好多朋友想买这些东西呢，到时让他们直接和您联系。咱们加个微信。"

禹导演和父亲互加了微信后，我说："咱们唱歌吧！"父亲和刘桐都是第一次，有些拘谨，不敢唱。我陪他们喝啤酒，让禹导演先唱。禹导演唱了几首流行歌之后，让我唱。我想应该先唱个老歌，引起父亲他们的共鸣，便选了《我的中国心》和《南泥湾》。

唱《我的中国心》的时候，父亲、刘桐和禹导演喝酒。唱《南泥湾》，唱到"当年的南泥湾，到处呀是荒山，没呀人烟"时，刘桐忽然伴着哼了几声，禹导演把另一支话筒递给他。刘桐接过话筒唱起来，凑得离嘴太近，话筒蜂鸣起来，吓得他赶忙把话筒往禹导演手里递，另一只手摆着说："不会唱。"禹导演示意他看我，把话筒拿得离嘴稍远一些。刘桐低声试了试，话筒没问题了，他的声音渐渐大起来。唱到"陕北的好江南"时，父亲也哼起来，我把话筒递给他。父亲和刘桐慢慢进入状态，他们把话筒握得紧紧的，仿佛一不小心就会掉了。

一首歌唱完，我和禹导演鼓起掌来。

父亲说："我们唱得不好。"

刘桐说："我们瞎唱呢！"

他们谦虚中，投影上又开始放《南泥湾》了，大概是我选歌时多选了一次。父亲和刘桐赶忙又唱了起来。他们握着话筒像握着枪，嗓子有些生涩，有些节奏把握不准，不是拖拍子就是抢拍子，但二人唱得深情而且投入，真能让人感受到当年开荒种地时那种热火朝天的气氛。

唱完这次，他们放松了，两人对望了一眼，举起杯子来和我们喝酒。我说："爸爸、刘桐叔，你们唱吧，想唱啥歌，我来点。"刘桐说："有没有《沙漠骆驼》？"我愣了一下，问："是《梦驼铃》吧？"禹导演呵呵笑着说："你 out 了，《梦驼铃》是八十年代费玉清的一首老歌，《沙漠骆驼》是现在的新歌。"我又愣了一下，一查，真有《沙漠骆驼》。

父亲和刘桐开始唱了："我要穿越这片沙漠，找寻真的自我，身边只有一匹骆驼陪我……"果然和《梦驼铃》没有什么关系，我打开手机搜索，这原来是二〇一八年很火的歌，我竟然没有听过。父亲和刘桐唱到"我穿上大头皮鞋，跨过凛冽荒野"时，我又不由想起老歌《大头皮鞋》，赶紧甩甩脑袋。

那天晚上，后来基本是父亲他们唱歌，有旧歌，但大多是新歌，许多我没有听过。听着他们的歌声，我觉得以前的视野太狭隘了，而父亲他们，我认为远远落后于这个时代的人们，竟然跟着时代奔跑。我忽然想起我的小说《隐疾》。

（原载《人民文学》2020年第5期）

作者简介：杨遥（1975— ），原名杨全喜，山西代县人。著有长篇小说《大地》，小说集《二弟的碉堡》《硬起来的刀子》《我们迅速老去》等。

生

西　元

在这里,有个海拔五百多米的高地。向北望去,是好似一面湖水的山谷。谷底有雾气、薄冰和积雪,当阳光照耀在上面,仿佛盛满了熔化的金子。二斗伢子总是梦见自己变成一只黑色大鸟,展开遮天的双翅在高地上空缓缓盘旋。黑色大鸟孤独地尖叫着,那叫声奔向太阳,奔向天空,奔向云朵,奔向层层叠叠波涛一样的群山。二斗伢子盯着自己映在大地上的影子,慢慢低飞,向高地主峰落下去。一瞬间,那里燃起了地狱般的焦红色大火,黑色大鸟痛苦地嘶叫着,再一次飞向高空,久久不肯离去……

当年,十六岁的二斗伢子第一脚踏上高地主峰,小腿就陷在了土里,一直没到膝盖。这是一种被成千上万颗炮弹炸成灰尘状的黑色浮土,像炉膛里烧过的稻草灰。他之前没见过,之后也一辈子没再见过。尺把深处以下,才能踩到碎石块、弹药箱和散落的枪支、子弹壳,还有僵硬的肢体和躯干。阵地上光秃秃的,没有任何草木,不远处立着半截炭黑色的树干,树皮早已被气浪剥光,无论来年春风怎样吹拂,也绝不会再活过来了。

二斗伢子不知道在他之前,有多少茬部队守卫过、争夺过这个高地。他跟在指导员身后,爬进一条朝西北方向的坑道。它的洞口有汽油桶粗细,里面坍塌了两三米深。只因还有个碗口大小的通气孔，新上来的部队才发现了它。掘开洞口，只见十七八米深的坑道里坐着或躺着二十几个人，全都是伤员，大腿上搭着步枪，或手里抓着手榴弹。他们脸色灰黑，薄薄的皮肉包着颧骨、下巴，隐隐露出骷髅的轮廓。目光直勾勾的，狠狠盯着你许久，像盯着敌人一样，眼珠子也不转一下。这里又热又憋闷，还有股很可怕的气味。爬着爬着，二斗伢子手中的蜡烛慢慢熄灭了，后来才知道是因为坑道里没有多少氧气。指导员轻声说道，我们是来接替你们的部队。你们打得很顽强。现在，大家伙儿可以下高地了！坑道里没人动弹，似乎一时还没听懂他在说什么。指导员又轻声重复了一遍。一个声音从黑暗里小心翼翼地问，有水吗？二斗伢子把一名伤员拖出坑道。他还活着，只是身体轻得吓人，像个婴儿。伤员很久没见到阳光了，双眼痛苦地紧闭着、颤抖着，直到军用水壶里的水流进他干裂得像刨花的嘴唇时，才有几颗泪珠从纸一样薄的眼皮下钻出来。

二斗伢子一个一个给伤员喂水，一个一个问他们部队的番号，二十几名伤员竟然来自十三支连队。二斗伢子默默地想，问出了多少番号，就意味着有多少支队伍曾经在这里打过仗。可是，他们走的时候为什么不把伤员带上呢？琢磨一阵子，二斗伢子明白了。那些队伍上来后，就再也没下去过。还活着的，其实就是眼前这些伤员。不远处，他听见指导员对担架连的人说，没有他们，高地早丢了！不管多辛苦，一定要把这些人都活着送到师医院！过了一会儿，指导员又说，坑道最里面还有不少牺牲的战友，一起抬走吧！

一

夜，是乌蓝色的。二斗伢子抬起头，鼻尖上方贴着银河。密密麻麻的星星又冷又远，细细听去，隐约传来轰响声，那是来自天空深处的声音。挖了一夜战壕，二斗伢子真希望这夜再漫长一些。指导员坐在他旁边，用后背使劲儿靠了靠刚砌好的掩体，看是否结实。二斗伢子也坐下来，一个东西硌在后腰眼上。他知道，那是埋在工事里的美军士兵胳膊肘。

指导员问他，你怕吗？二斗伢子问，怕什么？指导员说，死啊！二斗伢子说，不怕。指导员问，屁股底下就埋着死人，你不怕？二斗伢子说，鬼子都死了，还有啥可怕的？不怕！指导员问，从坑道里拽出来那么多战友的遗体你也不怕？二斗伢子说，那时心里只想着报仇，不怕！指导员呵呵一笑，又问，你个小牛犊子，就从来没感觉到怕？二斗伢子说，从来没感觉到过。指导员不笑了，说，没感觉到怕，不是真的不怕。等你心里有了它，并且知道怎么面对它的时候，才是真的不怕。二斗伢子嗯了一声，却不太服气，心想，怕了就是怕了，还说什么不怕？

回到坑道里，二斗伢子坐在老兵李大棉裤旁边。老兵打过不少仗，在东北、在湖南、在广西、在海南岛都打过。只见他往铝饭盒盖里倒了薄薄一层炒面，用小手指甲仔仔细细地翻弄，像犁地一样，把其中的谷壳、沙粒挑出来。然后，再用中指、食指和大拇指把炒面搓成中药丸一样的球，小心地放进嘴巴，连口水也不喝，就生生咽进肚子里。二斗伢子说，老李，喝口水呗，小心刮破了嗓子眼儿。李大棉裤摇摇头，说，水？过三天你再跟我说喝水的事儿吧。你没看见咱们上来时，那些人都干成什么样子了？

李大棉裤又说，等会儿美国人的炮弹打过来，你要学会分辨。听我说啊，如果是“呜儿呜儿”发尖的声音，那是远炮，你不用理它。如果是“呼——噗”一下过来，带着风声，那就是近弹，你赶紧卧倒，能多快就多快，亲爹叫你也不要管。还有子弹的声音你也记着点，“吱儿吱儿”的声音说明它早就飞过去了。凡是打到你身上或近处的子弹，你根本听不见。我说你个娃儿，别不当回事儿，多少人还没学会，就没了！二斗伢子用肩膀拱了李大棉裤一下，问，老李，你怕死不？李大棉裤说，肯定怕呀！活人哪有不怕的？二斗伢子又问，那是啥感觉？李大棉裤说，每个人可能都不一样。我吧，就像喉咙里黏着一口痰，吐也吐不出来，总是让你喘不过气来，弄不好还能把你憋死。他接着说，不过，也有个好处。你虽然甩也甩不掉，可它却总在提醒你，别冲动，别逞能，只要仗还没打完，就时时刻刻都别放松了警惕，小心、小心再加小心。许多人的死，其实都是因为心里头那根弦儿松了。他们本应活得更长久——

突然间，二斗伢子只见李大棉裤的嘴一张一合，却听不到任何声音。然后，蜡烛晃了一下，一片漆黑。坑道口那碗大的一丁点儿光也扑哧一下，没了。接着，后背被坑道壁撞了一下，像被坦克碾过似的，骨头咔嚓咔嚓直响，胸膛紧紧箍着肺叶子，却一口气也吸不进来。一声接一声的巨响震聋了二斗伢子的耳朵，以至于什么也听不见。他蜷起身体，死死抱住脑袋，任由筛子一样的坑道把他抛到空中，撞在墙上，再摔在地上。二斗伢子在黑暗里上下翻飞，昏昏沉沉、气若游丝，搞不清这是在哪里，不记得自己是谁，也不知道为什么来这里。渐渐地，他觉得自己变成了一团微弱的亮光，像萤火虫似的飞在无边无际的黑夜里，又像一束瘦小的火苗，随时会被狂风吹灭……

炮击过后，美国兵就该上来了。有人扒开坍塌的坑道口，拽起手榴弹箱，猫着腰冲进战壕，一边往死里喘着粗气，一边忙不迭地拧下手榴弹柄上的铁皮盖子。二斗伢子在坑道里跌倒了，胳膊和大腿被人重重踩了几脚。他使了几次劲儿，还是没立起身子，后面的人便从他的背上急匆匆爬过去，锤子一样的膝盖头快把他的脊梁骨压断了。有只手揪住二斗伢子的棉裤后腰，拎小鸡一样把他拎出坑道，颠簸了上百步，扔在了一个炮弹坑里。二斗伢子扭过脸，看到这人是机枪手大老张。大老张的手紫红色，手指头又粗又壮，每根都像茄子。他把机枪架好，瞄了瞄，对二斗伢子吼道，这两箱手榴弹归你！

二斗伢子还是第一次离这么近看到美国兵端着枪向上冲。他有点慌，手榴弹一个接一个向下甩，却不知道炸到敌人没有。他哪也不看，除了脚下的手榴弹箱，似乎世界上什么都不存在了。大老张给了他一个大脖溜子，喊道，看准了再甩！那手榴弹都是拿命换来的，运一箱上来就得少一个人！二斗伢子愣了一愣，盯着大老张的手，又摸了摸发烫的后脖梗子。过去，二斗伢子挺怕这双紫红色的大手，因为大老张开玩笑时总是没轻没重。现在，却觉得这手挺亲切，若不是它，自己非得给踩死在坑道里不可。一巴掌过后，二斗伢子清醒多了，每次把手榴弹抛出战壕之前，总会把半个脑袋探出去，瞅瞅鬼子已经冲到哪儿了。

不知过了多久，那只手又重重地拍了一下二斗伢子的肩膀，并且紧紧抓住他的领子。二斗伢子一片空白的脑子开始慢慢转动，并且记起了一些东西。他哆嗦着，向高地下方望去，只看到了美国兵的后背和屁股。他们挤成一小团一小团，向远处跑了。二斗伢子腿软绵绵的，稍不用力，准会跪在地上。他抹了一把满脸的鼻涕和泪水，心想，原来仗就这么打啊！他感激地扭过脸，想对大老张笑一下，道个谢。可是旁边的那挺机枪枪管给炸弯了，大老张也不在身边。二斗伢子把胳膊探向肩膀，把抓住自己领子的那只紫红色大手掌拿到眼前。这是大老张的手，只是从小臂一半处炸断了，慢慢滴着血，指甲缝里的污泥似乎都还留着体温。二斗伢子隐约记起来，机枪被炸坏了，敌人冲上了高地，大老张用手榴弹砸碎了一个美国兵的后脑勺，自己也被工兵铲劈断了一条腿。最后，他拎着爆破筒和两个鬼子抱在一起，接着是暴雨般飞过来的石子、土块和血肉。

二

打退敌人第一次进攻之后，指导员就一直让二斗伢子留在坑道里，守着电话机。这个黑色的家伙一声不吭地摆在那儿，二斗伢子盯着它，有点走神儿。他总在想大老张的那只手，心里不好受，又怪怪的。大老张他怕过吗？二斗伢子思量着，就那么一眨眼的工夫，大老张肯定也是没细想过。春天那会儿，部队还驻守在别处，有只白羽毛的红嘴小鸟大概是被炮弹炸昏了头，糊里糊涂地落进了坑道。没有人去管它，大老张却把小鸟握在手心里，将嚼过的炒面吐在指头上，逗它吃。后来，他还用树枝编了个笼子，养着小鸟，直到它能飞了，才把它放走。几十年后，二斗伢子依然清晰地记得大老张伸出那根紫红色粗手指去喂小鸟时的画面和他又欢喜又天真的表情。或许，只有这样的人才有勇气拉响爆破筒吧。

不过，也容不得二斗伢子胡思乱想，坑道外面的仗一直在打。敌人的炮火覆盖高地时，战友们撤进坑道。待美国人发起冲锋时，他们再出去，把敌人击退。如此反复，从日出一直打到日落。越来越多受伤的人被抬进坑道，到处是呻吟声、叫喊声，有人在找水喝，有人在找卫生员。不久，有人把连长抬了进来。他腰部的衣服炸烂了，汪着一摊血，并且还像泉水一样向外涌。指导员把他放在电话机对面的短坑道里，跪在地上给他擦脸上的血污，耳朵贴在他嘴上听他讲话。坑道里很吵，那里也很黑，二斗伢子没看清连长的脸，也看不清指导员的表情。过了一小会儿，指导员把自己的军用毯子盖在连长身上，抓起枪，匆匆跑出去了。

借着电话机旁蜡烛的一点光晕，二斗伢子看到连长露在毯子外面的脚旁边慢慢流出血水，像细细的小溪一样，越流越多，越流越长。他瞅几眼连长的脚，又回过头瞅几眼静默的电话机，觉得一切都很陌生。铃声响了，二斗伢子猛地抓起听筒。有人问，你是谁？二斗伢子慌了一下，忙答，我是九连文书二斗伢子。对方说，让连长接电话。二斗伢子犹豫了，答，连长受伤了。对方说，还活着吗？二斗伢子扫了一眼连长脚旁越积越多的血水，答，大概是死了。对方严厉地问，活着就是活着，死了就是死了，到底是活着还是死了？二斗伢子答，死了。对方又说，我是师作战科张科长，你写一个电话记录，马上交给指导员。二斗伢子找出纸和笔，答道，准备好了。对方说，限于明日上午十时前，将近日以来战斗总结报告交师前指，作战科科长张某某。二斗伢子答，记好了。对方很温情地问，二斗伢子，你还好吗？二斗伢子答，都很好。对方说，你的文章越写越好了，最近那篇登在咱们师出的战地报纸上了，你看到没？二斗伢子说，水都送不上来，报纸更看不到。对方沉默了片刻，道，我这儿有支钢笔，明天上午要是你来就带回去吧。

二斗伢子给师部送过几次文字材料，而且都是交给张科长。有一次，张科长问，这份材料是你抄的？二斗伢子点点头。张科长说，抄得不借，但有错字，你过来，咱们一起改过来。那一次，张科长教会了他五个字。不知为什么，二斗伢子印象特别深，之后再没错过。临走时，张科长还对他笑了，说如果哪次材料里一个错字都没有，就送他一支钢笔。张科长把那支亮晶晶的黑色钢笔给他看了，很漂亮，沉甸甸的。还有一次，二斗伢子替张科长送了封信，是给军文工团的一位女同志的。她收下信，给了二斗伢子一双布鞋，让转交给张科长。两个人收到对方东西的时候，表情都很平静，像是刚刚还见过面似的。

抬进来的伤员越来越多，慢慢就摆不下了。于是，死了的就被叠放在坑道最深处，活着的也尽量往里面躺。太阳变成浓红色，稀稀溜溜地挂在西边的天上。敌人停止了进攻，阵地上的硝烟像炊烟一样，告诉生者，这一天就要过去了。入夜，二斗伢子悄悄爬出热气腾腾的坑道，趴在一块结了冰的战壕土坡上，向山峰四周张望。从他头发上、领子里冒出一股股雾气。后背上的汗碰到冬夜里的寒风，让二斗伢子受了惊吓似的打了个激灵。北面的山谷，此时像除夕夜里的小村庄。敌人的信号弹、照明弹，还有各种型号的炮弹在里面爆炸闪光，机枪子弹拉出亮黄色的网，一刻不停。雪白的光亮处，能看到小小的马匹，还有人，他们被映得水银珠子一样闪闪发光，那是我们的运输线。

二斗伢子冻僵了，往回爬，坑道里挤满了人。他小声说，让一让。可没人动，好一会儿，有人说，还让个老六啊！你就从我身上爬过去吧。二斗伢子壮着胆子说，那我可就爬啦！他小心地爬着，从身旁身下身后传来叫声骂声，瓜娃儿轻点，老子的腿上有伤撒！个小鳖羔子，脚丫子都蹬到我脸上了！快下去，喘不过气来啦，肚子还流血呢！瞅瞅，你这一踩，又冒出来了！有人在他屁股上使劲拍了一下，有人狠狠拧他的大腿。二斗伢子疼得大叫道，都别他娘的骂了，我在执行任务呢！再骂，再骂你们自己爬出去吧！

爬到坑道中部，二斗伢子看到指导员正和几个人开会。这里热得要命，仿佛从雪地里一下子进了开水锅。手榴弹箱上的蜡烛软软瘫成一团，只剩下黄豆大的火苗，随时会灭掉。二斗伢子坐在角落里，昏昏沉沉地听他们说话。指导员说，连长死了，副连长也死了，排长只剩下一个。二斗伢子还听到，这一天里，连队伤亡了一大半，如果照这个打法，明天就得拼光了。有人说，那咱就换个打法，阵地上不放那么多人了。现在看来，这屁眼儿大的一块地方，一次上去三个人正合适，伤亡一个，补充一个。指导员说，那就这么定了……

二斗伢子扫了一眼尺把远处连长露在毯子外面的脚，血水干了，留下一摊黑色的硬块儿。他偷偷用鞋跟把旁边的干土踹过去，把血迹覆盖上。这时，有人在坑道口大声喊，咱们的人送东西上来啦！不久，爬进来一个人，一身一脸土，张开嘴说话，露出一口白牙，眼睛血红血红的，让人有点不敢问他话。那人从后背上扯下五个装满水的军用水壶，又从腰里解下一只布袋子，里面有三根白萝卜。最后，他扒开上衣，从怀里摸出一包油纸裹着的水果糖，上面还沾了一大片滑溜溜没干的血。他喘着气，用骂人一般的口气说，给俺开个收条，把这三样东西记清楚喽！水果糖本是某某某带着的，半道上炸死了。指导员递上一搪瓷缸水，那人一把推开，说，这水我他妈的怎么喝得下去？！发了好一会儿呆，那人爬起身，叹了口气，说，我得回去了。你们别嫌少，我们出来时是十五个人，只有我一个上来了……还不知道能不能活着回去。

那人走了，坑道里稍稍安静一些。有人低声说话，有人呻吟，有人磨牙，有人把手榴弹盖子拧开再拧上。一颗水果糖砸在二斗伢子额头上，把他砸醒了。他看到指导员正借着豆大的一点光亮写战斗总结报告，每个人都分到了一枚水果糖。属于自己的那枚在地上闪闪发光，二斗伢子拾起来，仔细端详，糖纸一角留有指甲大小的血迹。他犹豫了几下，还是狠狠心剥开了，把糖放在嘴里，将糖纸小心叠好放在挎包里。指导员似乎用眼角看见了，又甩给他一枚，正落在怀里。二斗伢子旁边坐着李大棉裤。此时，他正借着亮光，把炒面捏成小球，摊在手掌上，一颗一颗往嘴里放，吃得美滋滋的。二斗伢子问，大半夜的，就吃上了？李大棉裤边嚼边说，得着空就吃点呗，谁知道鬼子啥时候上来呀！

不知不觉，二斗伢子又睡着了。这回是指导员把他摇醒的，说道，战斗总结报告写好了。来来来，你再帮我捋一遍，看有没有不通的地方。

三

当二斗伢子从坑道里钻出来的那一刻，他觉得自己像魑魅魍魉一样，即使是朝阳那并不强烈的光，也刺得睁不开眼睛。他紧捂双眼，像挨了子弹那样在薄雪上趴了好久，世界才一点颜色一点颜色、一块形状一块形状、一把沙土一座土包、一枚弹坑一条战壕地恢复了原来的样子。刚才，指导员把战斗总结报告交给二斗伢子，让他穿过山谷，在上午十时前送到师前指。指导员还说，你大哥不是在三十四团吗，那个团这会儿就在师部附近休整。我再多给你半天时间，看看能不能见上一面，天黑前赶回来。二斗伢子跑出去十几步，又被喊了回来。指导员从手腕上摘下自己的瑞士手表，给了二斗伢子，说，看着点时间！二斗伢子急了，一把推回去，说，这是你花了两年津贴才买到的，我可不敢戴！指导员苦笑了一下，说，贵不贵重的早看淡了，东西就是拿来用的，坑道里还有个马蹄钟，挺准的。说罢，指导员把瑞士手表撸在二斗伢子手腕上，又在他屁股上拍了下，仿佛催一匹小马快点儿出发。

其实，二斗伢子心里还有一个人，那是他的霓云姐姐。二斗伢子的大哥叫九斗伢子，是他的亲哥哥。霓云却不是他的亲姐姐。她是师部文化干事，从重庆来的大学生，造桥专业毕业的。去年冬天刚过江时，被派到二斗伢子他们连采访。那会儿天寒地冻，连里面要求宿营时两个人两个人地抱在一块儿睡。霓云是个女同志，没人和她睡一起，几个晚上下来，给冻得哭了。二斗伢子年纪最小，指导员就把和霓云搭伙儿睡的任务交给了他。那晚，二斗伢子把霓云的脚抱在怀里，又轻又软，像抱着一束桃花似的。霓云也一样，还轻轻地给二斗伢子捏着脚心和脚踝。二斗伢子涨红了脸，说，姐啊！我的脚臭，也不冷，你就别抱着了。霓云说，净瞎说！冰天雪地的你脚能不冷？快睡吧！她一边说着，一边哼歌，一边给二斗伢子捏脚，直到他睡着了。其实二斗伢子没睡着，而是偷偷解开棉袄扣子，把霓云的脚贴着胸膛搂在怀里。他一直半梦半醒，一朵朵粉红色的火苗在寒冬夜空里漫天飞舞。

走下山谷的那一刻，二斗伢子就知道敌人的大炮已经开始瞄准，不知在哪棵树后的狙击步枪准星也正对着自己。他回头看了看那个小小的坑道洞口，又看了看头顶的天空。今天天气真好，碧蓝碧蓝的，偶有几片羽毛一般的薄云。一只黑色大鸟在太阳下方飞过，轻轻地挥舞着翅膀，盘旋了几圈，又尖叫着飞向远方。二斗伢子觉得自己就像那只自由的鸟儿一样，可以奔跑，可以欢笑，可以呐喊，去见久别的哥哥和姐姐。

在枯草和积雪上，有打了几个洞的铁皮水箱，有炸断了腿的骡马，有散了架的手榴弹箱，还有丢弃了的萝卜、苹果、香烟和罐头。所有那些在坑道里比黄金还贵重的东西，二斗伢子都不能停下来去捡。他像一只机敏的狸猫，一会儿向左跑，一会儿向右跑，一会儿趴在地上，一会儿又躲在树丛里。他想象着自己在和敌人捉迷藏，当敌人扣下扳机前的那一刻，他便一跃而起，从对方的准星里逃出去。有那么一小会儿，二斗伢子特别兴奋，快活劲儿一辈子少有，快要把身体胀破了。他差一点忘了还有个黑漆漆的东西在背后追着他，只需一刹那，就能把他变成尸体，和遗落在山谷里的那些物件没什么两样。二斗伢子还发现，这山谷其实是活着的。有一大群棕色的大蚂蚁排成队，努力地从裂开口子的布袋里搬运炒面疙瘩。还有田鼠从地洞里警惕地探出头，然后蹿到丢在野地中间的木筐边，偷偷摸摸叼走几粒带壳的花生。在一处薄冰之上，竟还有根发了翠绿色嫩芽的白萝卜。那嫩芽冻在冰里，闪烁着太阳光，仿佛还会继续长大似的。有一次，当二斗伢子卧倒时，看见草丛里伸出一截灰黑色的手，手腕上套着一只瑞士手表，和指导员的这只一模一样。他只敢匆匆端详两秒钟，就再次爬起来向前跑。不过，他也看清了，那只表完好无损，最长的秒针还在一下一下跳动着，真是奇迹。

不知为什么，二斗伢子穿过山谷，还翻过了一座海拔一千来米的山峰，敌人却没开一枪，没打一炮，就像真的只是一只鸟儿从荒无人迹的大山中间飞了过去。而不久前，一支九十多人的增援队伍打这儿通过，最终只剩下十七个人活着进了坑道。到了山脚下，二斗伢子发现这里多出一处战地医院，密林里搭了十几个帐篷。他钻进其中一个，看有没有认识的人。帐篷里没什么光线，但生着火，很暖和。行军床上躺着没了胳膊或腿的人，但他们没叫，也很少呻吟，入神地看着帐篷顶上的某一处，周围静悄悄的。二斗伢子知道，能活着被抬到这里的人已经是最幸运的了。不远处传来号叫声，他跑过去看，原来是护士在给被凝固汽油弹烧伤的战友换药。当纱布从一大片一大片皮肤上揭下来时，上面带着血水和脓水，还有刚刚结好的痂。

有个帐篷里架着几口大铁锅，里面煮着医疗器具，雾气当中充满药味儿和腥味儿。一个穿白短褂子的女护士背对着二斗伢子，正在搓洗什么东西。她身边有几个可以给小孩子洗澡的大铁盆子，硬邦邦带血的纱布堆得老高。二斗伢子急忙跑到她面前，大叫道，姐！真的是你啊！女护士抬起头，正在走神的眼睛里慢慢有了泪水。她一下子站起来，把二斗伢子搂在怀里，身体颤抖着，用手仔细地摸二斗伢子。从头发开始，像寻找什么东西似的，抚过脖子，捏一捏胳膊、腰身，又摸过大腿，连脚踝也一左一右地扭了几下。检查过之后，她再次把二斗伢子牢牢抱住，脸贴着他的耳朵，说，都是好的，姐姐真高兴！

霓云端详着二斗伢子，飞快打来一盆热水，往里扔了一小块碱。她按住弟弟的脑袋，先是把头发好好揉搓了一遍，又把脸和脖子彻底洗干净了。她捧起二斗伢子的脸，掏出一只用花蛤壳装着的擦脸油，从额头开始，然后是鼻子，接着是嘴唇和下巴，一点一点，一下一下把他的脸都涂了一遍。霓云仿佛看着一只刚刚洗干净的白瓷碗，用指尖轻轻拂拭，一颗灰尘也容不得留下。

这时，又来了几个穿白短褂子的女人，其中一个脖子上挂着听诊器。她走到近前，用手掌在二斗伢子的肩膀、胳膊和腿上来来回回拍了几下，开心地笑着说，这小伙子，长得可真漂亮！说罢，她从兜里摸出一只一寸见方的纸袋，里面有三粒维他命药片，塞进二斗伢子的挎包。另外两个女人也围着二斗伢子打量了一番，分别送给他一只装有消毒酒精棉球的小玻璃瓶和一双厚毛袜子。二斗伢子涨红了脸，故意把瑞士手表放在眼前看了看，就往师前指方向跑开了。他悄悄回头望了一眼，霓云姐姐孤零零地站在帐篷外面，一手捂着嘴，另一只手向他挥着。他觉得自己的心似乎被某种通人性的动物咬了一口，比如说马，比如说狗，比如说猫。不是那种死命地咬，而是小心地半含着，只在皮肉上留下牙印的咬。那颗不管不顾的心里头，就这么落下了一颗姐姐的泪水。

四

又翻过一座小岭，二斗伢子找到了师前指，时间是上午九时四十五分。不过，最后的时限又突然失效了。今日凌晨，敌机在这里投下三枚重磅炸弹，其中一枚把师前指一处隐蔽所炸塌了。当时，作战科张科长和两个参谋正在里面，把他们挖出来时都已经牺牲了。三人的遗体盖着白布单，并排放在一个矿洞里。十几个人围成半圆，师政委低声念了一份不长的悼词，师长拔出手枪，走到洞外，朝天打光了子弹，然后，猛一转身，头也不回地走了。那位文工团的女同志蹲下来，揭开其中一块白布单，给尸体擦去脸上的泥土。

没有人说话，洞里静悄悄的。过了很久，二斗伢子才记起了自己的任务。他来到师前指，看到隐蔽所恢复起来了，墙上重新挂上地图。张科长用过的木桌子断了一条腿，现在，断桌腿下面垫了两只木箱子。有个人坐在桌子后面，入神地瞅着笔记本。电话铃不停地响，新来的作战参谋接起电话或放下电话，然后用红笔或蓝笔在地图上标注。那人抬起头,皱着眉问,你是干什么的?二斗伢子挺直后背,答,我是三十二团九连文书,张,张科长让我们连送一份战斗总结报告。那人看了一眼二斗伢子,说,拿过来吧。这时,一个作战参谋跑到桌前,对他说,赵副科长,军长电话。那人把报告放在桌上,用块石头压住,起身走了。二斗伢子打量了一下隐蔽所内部,门口处有一大片烧黑的土,门框外层是焦的。屋角处原来有一张床,铺着褥子和被。现在,床板砸了个大洞,铺盖也不见了,上面堆了三个文件箱。其中一个文件箱上面摆着一只挂钟,玻璃前罩碎了,里面进了土,只剩下一根指针。二斗伢子记得上次来师前指时,这钟是挂在墙上的。

过了半个多小时,赵副科长才回来,军装的前胸和膝盖沾满了黄土,额头上还涂了一块碘伏。他看完战斗总结报告,道,你们连的电话线断了,那么我来问你,今天能撑得住吗?二斗伢子说,能。赵副科长又沉默了,盯着战斗总结报告,仿佛要从字里行间看出点什么。二斗伢子问,我可以回去了吗?给我签一张收条。赵副科长头也不抬,说,你先别走,晚上有一支加强连要上去,你地形熟,给他们领路。二斗伢子还想说指导员多给了他半天假,让他去看一眼哥哥。可他瞅着赵副科长额上的碘伏,动了动嘴唇,把话咽回去了。中午时分,有人端了碗面条过来,上面漂着油星,还卧了只鸡蛋。赵副科长对二斗伢子大声道,嘿!我说五九七下来的,专门给你做的,吃吧!他还从床下边掏出一盒猪肉罐头,用刺刀撬开,递给二斗伢子,说,这东西轻易不拿出来,也给你吃!

猪油味儿、白面香味儿把二斗伢子熏得晕乎乎的。从牙齿碰到面条的一刹那开始,他就像勒住一匹野马那样使劲勒住自己的嘴,好让自己多吃一会儿,也免得被噎住。他紧张得有点喘不过气来，胸口闷闷的，眼里有了泪珠儿。赵副科长的眼睛也湿了，拍拍二斗伢子的肩膀说，慢慢吃，别呛着，我还要开会，吃完你就睡会儿。正说着，外面来了人，问，在哪儿开会啊？他们有团长、政委、副团长，有营长、教导员、副营长，都是从前线下来的。这些人用拳头互相狠狠地捶着胸膛，笑着问，你他娘的还活着呢？哈哈！

面条和猪肉罐头下肚之后很久，二斗伢子的嘴唇上还蒙了厚厚一层油，又滑又腻。他一头倒在两个文件箱之间的床板上，像塞满了东西的实心麻袋一样昏昏沉沉地睡着了。在梦里，他看见了高地，一片火光和爆炸声。他很惊讶，高地怎么这么可怕？可很快又明白过来，现在高地真的就是这个样子。他还看见了一个人，好像是指导员，不过人影一闪而过，没看清楚，也没听见说话。似乎只是一眨眼的工夫，赵副科长便又把他从床板上拎了起来，拍拍他身上的灰土，把一张文件收条塞进他的挎包，说道，天黑了，队伍在路边等着你呢！走吧！钻出隐蔽所的那一刻，二斗伢子转回身问赵副科长，你怕死吗？赵副科长说，小兔崽子，问这干啥？二斗伢子说，瞎问问。赵副科长答，什么怕不怕的？明天要死了，今晚该干啥还干啥！二斗伢子指了指赵副科长前胸兜里的钢笔，说，那是张科长留下的笔吧？他答应过给我的。赵副科长扯了一下二斗伢子的嘴，拽出钢笔，笑着放在他手心里，说，要是有一天仗打完了，多练练字！现在，滚蛋！

头顶上有个月牙儿，在密密的树枝之间移动，把硌脚的冻土洒上一层银辉。山脚下有条大路，一支部队在黑暗里默默地向东急行军，速度很快，差不多在跑，到处是喘息声和啪啪的脚步声。二斗伢子站在道边，再向西走一小段，就要离开大路向山上爬了。他问急匆匆迎面而来的人群，你们是三十四团的吗？你们这里有个叫九斗伢子的吗？我是他弟，我叫二斗伢子。有人说，我们是三十四团的，但不认识九斗伢子。二斗伢子一遍一遍地问，仍然没人知道他大哥。赶路的部队排成一溜，像条黑色的长线，一眼望不到头和尾。这时，队伍外面走过来一个人，跟着警卫员，腰间有把短枪。二斗伢子拦住他，又问了一遍。

那人说，我是三十四团团长，你是谁？二斗伢子答，我是三十二团九连文书二斗伢子。团长问，你们团不是在五九七吗？二斗伢子从挎包里拿出文件收条，递给团长，说，我是下来送文件的，马上就要回去了，我想见一眼我大哥。团长双手放在二斗伢子肩上，使劲捏了捏，道，你们真是好样的。说罢，他转过身，对行进中的队伍大声喊道，九斗伢子你在哪儿？你弟二斗伢子想见你！听清楚喽，一个接一个往下传！于是，在夜色里，这句话此起彼伏，像大河上的波涛，一浪叠着一浪，声音越来越大，慢慢向远处传去。不过，好一会儿，这波涛似乎没有拍打到河岸就在遥远的地方消失了。二斗伢子有些懊悔，真是不该去问，或许大哥调走了，或许他受伤躺在医院里，或许当初就搞错了，他根本不在三十四团。二斗伢子擦了把眼泪，转身向山上爬去。

有个声音传来，经过无数个人的接力，越来越清晰。听得出来，每个传话的人都很高兴。于是，二斗伢子听到：

九斗伢子当排长啦！现在急行军，他不能来见他弟二斗伢子啦！

九斗伢子当排长啦！现在急行军，他不能来见他弟二斗伢子啦！

九斗伢子当排长啦！现在急行军，他不能来见他弟二斗伢子啦！

……

五

路过战地医院时,二斗伢子闻到了浓烈的焦煳味儿,其中掺杂着树木和血肉烧焦的味道。不少水桶粗的大树被拦腰炸断,毁坏的帐篷像被撕烂的破衣服一样挂在残缺的树干上。抬伤员的民工说,战地医院被敌机盯上了,抽冷子投了不少炸弹。现在,医生和病人都转移到了那边的山洞里。一时间,二斗伢子脑袋里头空荡荡的。他急得忘了喘气,跑了上百米,冲进山洞,直到看见霓云捧着不锈钢盘子,胸前白褂子上满是血迹,镇静地站在手术台旁边时,才一下子瘫倒在墙角里。他闭上眼睛,艰难地捯着气,心里默默念叨着什么。生平头一回,二斗伢子觉得有点怕了,但不是怕自己死,而是真切地为另外一个人担心。

肯定有很长一段时间空白,因为二斗伢子睁开眼时,姐姐和另外两个护士正蹲在面前,焦急地打量着他。这两个护士二斗伢子都认识,白天见过面,还送了他一只装有消毒酒精棉球的小玻璃瓶和一双厚毛袜子。霓云拉着二斗伢子出了山洞,在一处用树干搭成的木屋前站下。

霓云问,这就回高地去了?

沉默了片刻,二斗伢子答,嗯。

他狠了狠心,问,那个脖子上挂听诊器的医生呢?怎么不见她?

霓云答,白医生没了。

下午?

下午。

霓云拉着二斗伢子向树林深处走了十几步。这里，有一块大树环绕的空地，铺满了干枯的黄叶。在树枝上方井口一样的夜空里，那片小月牙儿静悄悄地闪烁着清冷的光。霓云把二斗伢子搂住，他能感觉到姐姐的心在怦怦跳。而且，他还惊讶地发现，不知不觉间自己已经和姐姐一样高了，此时此刻，两个人的额头正贴在一起。月光洒在霓云脸上，她的睫毛在颤抖，两行泪水像夜色中的小溪一样从眼角流下，她的眉眼、鼻尖纤毫毕现。于是，二斗伢子就吻在姐姐的嘴唇上。

吻了好久，霓云说，我永远爱你。

二斗伢子问，什么是爱？

霓云说，爱就是把另一个人放在心上。

二斗伢子说，那我也永远爱你。

霓云说，要是你和我明天就死了呢？

二斗伢子说，那也是永远啊！

霓云用手抚上二斗伢子的眼睛，然后将他的双手放在自己又暖又软的腰上，紧紧地抱着他，脸贴在他的耳侧，身体在微微抖动。他没害臊，也没脸红，而是默默地抱着霓云，心底涌出千句万句浓浓的话想对她说。

二斗伢子道，姐，你冷吧？他解开棉袄扣子，像当初把霓云的脚贴着皮肤搂在怀里那样，把姐姐裹在棉袄里。

他又说，姐，你永远在我心上。

霓云道，嗯，你就这样搂着我！拥抱过一回，就永远在一起了。

霓云光滑的手绕着二斗伢子的脖子，亲吻他的额头、眉毛、眼睛，越过鼻梁，再次吻在他的嘴唇上。这一次，她的嘴唇烫得像燃烧的炸药，使劲吸着、吮着、挤着、压着……

从远处传来一阵呼唤声，二斗伢子，加强连都到半山腰了，你再不走，就追不上他们喽！

当二斗伢子回到高地坑道里时，指导员已经牺牲了。二斗伢子握起拳头，使劲地捶着脑袋，觉得是自己害死了指导员。临别时，他把瑞士手表摘下来送给了霓云姐姐。他觉得山谷里死尸手腕上的那块瑞士手表一定还在，回去时，豁出命去也要把它抢回来，还给指导员。可是，封锁线上的炮火太密集了，和白天完全不一样，二斗伢子就像闯进了一个光芒刺眼的迷宫，任何熟悉的东西都找不到。表没了，似乎冥冥之中注定着指导员也一起没了。现在，弹药箱上依旧燃着一颗豆大的火苗，新来的连长、指导员坐在那儿研究明天的仗该怎么打。

坑道里认识的战友已经没几个了。李大棉裤靠在对面短坑道里，一粒一粒把炒面搓成球，抿一小口水，再像吃中药丸那样把炒面球深深地放在嗓子眼儿处，使足了劲儿吞下去。二斗伢子坐到他身边，愣愣地瞅了半天他树根一样的喉结，想再问点什么。李大棉裤凶狠又厌恶地瞪了他一眼，低声道，把嘴给我闭上，别说话！然后，李大棉裤从兜里掏出来十来颗子弹，用破布一枚一枚擦得又红又亮，擦好了放回兜里。不一会儿，他又掏出来，重新擦一遍，如此反复。

第二天早晨，美国人的炮弹地动山摇之后，二斗伢子和战友们冲出坑道。他看到东方的地平线上空挂着一轮红彤彤的太阳，像一条从天而降的红色大河，用血一样的波涛把这个世界染得通红。二斗伢子深吸一口气，慢慢从战壕里立起身，迎着朝阳挺直了胸膛。然后，他沉着地拧开一颗手榴弹柄上的铁皮盖子，对着正在冲上来的敌人猛地扔过去……

六

那场战役结束后，不仅仅是九连连长、指导员、大老张、白医生、师作战科张科长，李大棉裤、霓云、师作战科赵副科长也都相继牺牲了。古稀之年的二斗伢子说，当朝阳升起的那一刻，他突然明白了什么是死。打那儿之后，死就在他的心里生根发芽。这棵黑色的大树让他终生都在想一个问题：人，应该怎样活着？

（原载《钟山》2021 年第 1 期）

作者简介：西元（1976— ），原名刘稀元，黑龙江巴彦人。1994 年入伍。著有小说集《界碑》《疯园》等。

湖与元气连

余一鸣

一、公元二〇一九年

王三月到上元村上任那天，是乡长老杜亲自送他来的。上元地处本县的西南，属丹阳乡，南边是南漪湖，隶属另一个省份，北边是水阳江和丹阳湖。丹阳乡其实是个圩子，不过，这个圩子有些历史了，据说当年周瑜训练水军和饲养军马就在此地，现在依旧保留的地名，如拴马桩、饮马渡，印证了这个传说。王三月来之前，专门查阅了本县县志，有这说法。车在圩堤上行驶，王三月坐在副驾驶座上，视野开阔，左边是沉静的江水，隐约可以看到江对岸的村庄，右侧是郁郁葱葱的稻田，稻田之间，是纵横的水沟。这里的稻田被称为垛田，因为本来是平坦的湖底，先民们掘土成河，垒土成田。这一个丹阳圩，拥有良田五万多亩，近水，种植水稻条件得天独厚。本县有二十多个圩子，历朝历代都视此地为粮仓，所谓鱼米之乡。杜乡长指着前面树木掩映的村庄说，快到了，前面就是上元。王三月说，不对呀，上元应该在丹阳湖湖畔呀。看那左侧，依然是浑浊的江水，只是江道变窄了，对面还是相对而立的长堤。杜乡长说，你认的是老皇历，丹阳湖早筑成了新圩——胜利圩，丹阳湖只剩一个名号了。王三月是学中文的，李白曾经途经丹阳湖，赋诗一首——《姑孰十咏·丹阳湖》，王三月特意背下了。“湖与元气连，风波浩难止。天外贾客归，云间片帆起。龟游莲叶上，鸟宿芦花里。少女棹轻舟，歌声逐流水。”那莲叶呢？那芦花呢？那浩难止的风波呢？杜乡长哈哈大笑，说，李白是李白，王书记是王书记。假如现在的丹阳湖还像李白诗中那样，那只有是新圩破了，重回汪洋，那我这乡长你这书记，都当到尽头了。杜乡长朝窗外连呸了三下。

没进村，小车就遇到了“拦路将军”，是一群水牛，它们聚集在圩堤中间。司机不停地按喇叭，水牛却不理睬。堤下有一个老头，冲水牛吆喝了几声，牛群才不急不慢地散开。剩下一头体格魁伟的黑色公牛，却转过身，瞪着一双牛眼睛与小车对峙。堤面是土路，来往的车轮轧出了两条凹槽，中间凸起了一溜路脊，不熟悉路况的司机一不小心，车就会被架在路脊上，四轮空转。黑公牛站在路脊一侧，肩胛骨一边高一边低，肌肉紧箍，牛头下压，气势汹汹。杜乡长怕了，说，倒车，倒车，别惹急了它。王三月早拉开车门，在堤下绕到了公牛的侧边。杜乡长还没来得及看清楚，轰的一声，那牛突然就侧翻了，路面腾起一团土尘，黑公牛顺势打了个滚，灰溜溜地小跑几步，朝堤下逃去。一个庞然大物迈着女人的小碎步逃奔，看上去狼狈，也可爱。杜乡长想不到王三月还有这一手，朝王三月竖起了大拇指，说，就该派你来上元，没错。王三月谦虚地说，练过几年格斗，三脚猫功夫，那水牛四脚站位有高有低，重心不稳，借势欺了它一把。说话间，堤下的老头已上了路面。王三月心里慌了，他曾经开车时不小心轧死一只鸡，赔了五百元，这可是一头牛，主人说把他的牛摔坏了，漫天要价，他怎么办？好在边上有杜乡长，杜乡长一眼就看穿了他的心思，说，别担心，本地民风彪悍，但以取之不武为耻，没人会在自家村口耍赖皮。老头敲开车窗户，朝王三月说，好拳脚。说完转身就走，任杜乡长怎么喊也不回头。看他年纪，也有六七十岁了，戴一副近视眼镜，穿一件褪色的 BOSS 外套，不像是本地老农民。可他肩上挑着两只粪筐，粪筐里装着新鲜牛粪，还冒着热气，手里拄着长柄粪铲，分明就是一个拾粪老头。杜乡长说，陈疯子，也是上元一个人物，以后你会领教他的。此人姓陈，上元全村刘姓，陈姓当是外来户。王三月在心里记下了这位拾粪老头。

老杜把他带到了村委会，是一幢漂亮的三层楼，矗立在大院的中央。院子的两侧各是一溜平房，合起来有二三十间。王三月从车窗看过去，这些房子的墙上都画着建设新农村的墙画，门侧是统一的标牌，近处的标牌上是“电商培训中心”，看上去有模有样。王三月大学毕业后在县政府办公室打过两年杂，后来是因为解决不了编制，才考了大学生村干部。王三月跟着领导跑过不少乡村，大多数村委会都比较简陋，有的建在撤并后废弃的小学，有的就是几间平房，这上元的村委会够得上“气派”两个字了。一位三十岁左右的女人迎上来，杜乡长介绍说，村委妇女委员卜银花。卜委员说，欢迎王书记，刘主任让我一早就在这儿恭候领导大驾。卜委员和王书记握手时，王书记发现她的指甲上做了蔻丹，不像是下地干活的手。衣服可以网购，这发型和蔻丹是一定要上县城或者省城才能搞定的。王三月去车上拎下行李，卜委员抢过去，领着他上了三楼，推开一扇门，说，王书记，乡下条件差，委屈你住这屋了。王三月打量了一眼，屋里摆着一张办公桌和一套沙发，电视电脑俱全。门后还藏着一扇门，推开是大床和洗漱间，原来是个套间。卜委员说，楼上有两间这样的客房，这间以后就归你住了。乡下比不得城里，你将就着住。王三月说，卜委员客气，这于我而言，已经够奢侈了。

杜乡长在二楼会客室喝茶，村主任刘四龙还没露面。卜委员说，他去县上办个事，说快回了。

杜乡长说，你们刘主任可真忙啊。

卜委员说，刘主任什么心思，还能逃得过乡长这双眼？

刘四龙本来是上元的书记，满了两届，能力强，可负面消息也不少，乡党委早想换人，只是村民选举又把他选成了村委会主任。这事杜乡长心里明白，刘四龙心里也明白。

卜委员说，闲着也是闲着，王书记，我给你讲个杜乡长的故事。

那时候杜乡长还没当上乡长，是公社计生小组组长，上元的书记还是老支书刘大宝，就是刘主任他爸。杜组长盯上了老支书的侄媳妇，她已有两个女儿，有村人报告她又怀上了三胎。老支书表态，坚决支持杜组长的工作，派饭就派在了侄媳妇家。老支书说，我这侄媳妇胖是胖了点儿，可腰肥的人不一定都是孕妇。这侄媳妇家就在村口，篱笆墙的院子，院里有两垄青菜，菜地边就是一个露天茅厕。那时候农民都不讲究，只图浇灌方便。杜组长一行人，进院子一眼就看到了茅厕里带血的卫生纸，副组长是女的，捣一下杜组长腰眼，说，这家女的还有月事，看样子确实弄错了。杜组长点头。吃饭时，上了一碗红烧鸡，杜组长往自己碗里拣了鸡肫鸡肝鸡肠子，筷子还在那盆子里翻腾。老支书说，你找什么呢？杜组长说，找鸡血，这鸡血可是好东西。老支书的脸色一下子变了，说，老杜，你这眼睛真毒辣，罢罢罢，先吃饭，吃完了饭我让她跟你们去公社。

杜乡长说，你别听卜委员编排我。不过，这倒提醒我，不见刘四龙可以，但不拜刘大宝这个老龙头，王书记怕是在上元村行不通。

杜乡长在丹阳乡政府干了三十多年，对每个村庄的状况都了如指掌。杜乡长说，走，去拜会老支书。我们不能空着手，得把后备厢里我那两瓶烧酒捎上。

刘大宝是上元的“大神”，做了二十几年支书，曾经是县政协委员，现在是本市非物质文化遗产传承人。传承什么呢？上元武术。上元人尚武，自古至今，与阳江对岸的邻县人打，与湖里的土匪打，后来与日本人打。上元武术闻名的有矮凳花、桨拐花、长桨花，这个“花”在本地是类型的意思。有人说，只有上元人操练的“花”才称得上“花”，有褒奖的意思。矮凳是船上的小矮凳，拐和桨是划船的配套工具，争斗时，这些东西顺手成了武器，上元的祖祖辈辈们总结出使用它们的套路，变成了自成一体的武术，代代相传。刘大宝是远近闻名的矮凳花大师，年轻时使一张小矮凳，出为矛，守为盾，曾立于船头，将对岸来偷袭的十几个小伙子撂入水中。据说，等他将矮凳置于屁股下，慢悠悠抽完一锅烟，淡定地摇桨归去，那些落水者才敢爬上他们自己的船只，狼狈逃窜。刘大宝有四个儿子，大龙在南方做建材生意，小龙在省城做到了厅级，三龙在部队是校官，只有四龙留在身边，接了他的班。老刘家在这一带乡村，也算是祖坟冒了青烟，四个儿子都出人头地了。

圩区的村庄，大村都坐落在圩堤内侧，沿着斜坡向下延伸，一直扩展到内河边上。人丁兴旺的村庄，填了内河，占了垛田，形成一个庞大的村落。上元就是一个大村落。而小的村庄，大多是后期迁入的移民建成的。由于经常闹水患，为了不让内涝的河水浸没逝者，圩堤的内侧都被坟墓占满，后来者不敢侵扰，只能在圩内安村扎寨。作为上元这个行政村附属的两个自然村，卜村和胡村就属于这种情况。人民公社时代，一个村就是一个生产队，而刘姓的上元有八个生产队，占了本大队的十分之八，刘大宝从当大队支书到当村支书，都是无可动摇的。刘大宝住的是三间平房，有一个很大的院子，栽着几垄蔬菜，院墙的下面，是一圈盆栽的花卉，王三月认出有几盆是名贵的兰花，这是有别于其他农家院子的地方。刘大宝不像王三月想象中的那样高大魁梧，显得瘦小，或许是老了的缘故，背也有些佝偻。但是这老头的一双眼睛炯炯有神，他迎上来与杜乡长和王三月握手，王三月能感受到那筋骨的坚硬。王三月学格斗时教练告诉他，要盯住对手的眼睛，眼睛是心灵的窗户，只有眼睛能暴露对手的下一个动作。但老头这双眼睛，是深邃而捉摸不透的。老支书说，杜乡长，我早就在家恭候大驾了。四龙呢，怎么没陪你一起来？杜乡长说，你家老四到现在都没露面呢。老支书说，这小子肯定被事绊住了，一会儿准会追过来。怎么着他都是个党员，是个村干部，得讲党性、讲政治嘛。老支书回头对王三月说，王书记，你以后得替我多教育刘四龙。

老支书说，王书记功夫不简单呀，没进村就放倒了一头牯牛。

王三月很惊讶，这也太神奇了，莫非沿路都有他的眼线？老支书递过来手机，说，你看你看，陈疯子用抖音发上网了，村里人都在为王书记点赞。

王三月说，我也就要个巧劲，小巫见大巫，老支书您见笑了。

开席前，刘四龙来了。他向杜乡长和王三月反复道歉，面对杜乡长，举起酒杯自罚了三杯，又转身对着王书记要再罚三杯。老杜说，不要再罚了，莫非还想再开第二瓶？

刘四龙长得不像他爸。个子高，身胚大，看上去能扳倒一头牛。

二、公元二〇一二年

陈疯子大名陈玉田,是县农业局种子站的退休技术员。“陈疯子”的外号并不是来上元后才有的,是在单位上班时拜同事所赐。一个县级种子站,也就是个中转站,批发来种子,零售给农民,只要来处有手续,去处不是颗粒无收,不出乱子就成。陈玉田做事顶真,眼睛里揉不得沙子,常把站长联系好的业务掐黄掉。陈玉田还常年坚持一个梦想,要培育出本县圩区的稻种。稻子一般是高产不好吃,好吃不高产,他的梦想是种的稻子既好吃又高产。可是他把种子站几亩试验田折腾了几十年,也没弄出名堂,同事们私下笑话他,你以为你是专家呢,你就是个陈疯子。好在陈疯子到六十岁就退了休,种子站的试验田名正言顺地收回,种子站上下的人心情都舒畅不少。

陈疯子有一套单位的公寓房,老婆走得早,儿子在京城一家研究所工作,据说是研究无人机的。陈疯子的老爸还活着,八十五六岁了,曾经是县中的历史教师,独居多年,陈疯子退休后把老爸接过来,小老头和老老头相依为命,两人都有退休工资,衣食无忧。老老头身体依然硬朗,体检各项指标都没发现问题,只是耳朵聋了,与人交流不便,有了自言自语的习惯。忽一天早上,吃过牛奶米糕,老老头说,陈玉田,你爷爷让我们去他那里。陈疯子没听懂,爷爷死得早,陈玉田生下来就没见到过。老老头以为儿子没听见,声音提高了八度,听见没?你爷爷让我们去他那里。陈疯子觉得这回是老爷子疯了,说,爷爷在哪里?老老头说,你爷爷在上元对面,在丹阳湖里。上元对面确实是丹阳湖,没错,爷爷要是活着,得有一百几十岁了，莫非他在丹阳湖做了神仙？老老头说，我没糊涂，你爷爷天没亮时还坐我屋里喝茶，催我们早点动身。

老老头从他屋里搬出几本线装书，一边用放大镜查找，一边说，民国三十五年的冬天，你爷爷在丹阳湖一去无踪影，可是老陈家每临大事，他都会回家与我夜谈。那线装书是一套一九四九年修订的三湖县志。几年前，老老头受县政府邀请，参与新县志修订，他留下了这套旧县志，成了他的床头书。他每天必读，也不知道读过多少遍。这套六卷本老县志页角已经起卷，封面皱皮，陈疯子想替它做个护理，老老头还心肝宝贝似的护着不让他沾手。老老头说，就是这一年。

老老头所指的那一页上，有如下记载：

> 宋·《三湖志》：政和五年十月，上阅李白游丹阳湖诗，因询蔡京。京言："此处石臼湖、固城湖、丹阳湖三湖相连，其中高阜处可围湖成田。"上遂召集建康、上元、江宁、句容、三湖、五邑民夫，命将军张抗督筑。值冬雪盈湖，时有白猪行踪之异，缘踵其迹而成之。内筑穿心一字埂，分为上下两坝，名曰丹阳圩。

小老头说，为什么是白猪引路？黑猪比白猪稀罕呢，黑猪肉比白猪肉的价格贵多了。

老老头说，这都不懂？那时候是白猪比黑猪稀罕。古代，患了白化病的动物往往被奉为神物，比如国外某些地区的白牛、白象。白色是圣洁的象征，你这水平，算个什么读书人。

小老头挨了训斥，噤声。

本县有点文化的人，都听说过这段历史。这蔡京曾四任北宋宰相，书法大家，历史上却是臭名昭著的奸臣。单从筑丹阳圩这一点来看，算是替他添了正面的一笔。老老头说，往下看，这一条才与你爷爷有关：

> 民国三十四年，抗战胜利，三湖县与湖阳县民众围丹阳湖，筑胜利圩。

陈疯子看了几遍，没有一个字提到他爷爷陈大先。老老头说，你爷爷的故事就在其中，就在其中。陈疯子平时关注新闻，新闻播报的特点是字少事大、字多事琐。这史书不是新闻，却是一样的套路。陈疯子问老爸，我爷爷想让我们搬家，搬到上元住？老老头耳朵一点也不聋了，说，没错，我们搬到上元村。

陈疯子觉得老老头……不，应该是他爷爷的建议不错。上元他去过，有一回上元大队买去了假稻种，是他连夜走了十几里路追回的，当时的支书刘大宝感动不已，说他救了全大队的老少。陈疯子还抱着私心，现在年轻人都进城打工，农田有不少抛荒，他去了可以租农田，继续搞他的稻种试验。陈疯子满口答应了老爸，搬家，一定搬到上元村去。老老头没想到儿子能如此痛快，破天荒表扬了陈玉田一回，说，我儿孝顺。

陈玉田找到了卜家村村口的一户农家，两层小楼加一个偌大的院子，户主两口子在省城打工，春节正好都在老家。户主年轻，不认识陈技术员。听说这小老头想租他的房子，将信将疑。现在的风气，农村人都是往城市跑，发大财的往大城市跑，发小财的往小城市跑，小姑娘结婚提条件，都有一条，在县城买套房。这小老头却逆行，要住到乡下来。或许是冲着乡下空气好，想长命百岁。房子得有人住，人气养房，房主正愁要不要请远亲近邻替他看守房子，这小老头来得正是时候。房主开价年租四千元，小老头说，我再加一千元。房主等着他压价，没料到有这一手。这人莫非脑子有问题？别遇上个问题老年，那就麻烦了。小老头说，是这样，我想把你的口粮田也一并租下。房主释然，一口应允。

陈玉田搬家租了一辆大卡车。不是装家具，房主的家具都是现成的，他只带了几只箱子。车上最多的是他的试验仪器。紫外光照射箱、压力装置以及浸泡液等，大部分都是他当年从单位实验室搬回家的。反正那些东西在单位也就是摆设，除了他，没人有兴趣，站长也睁只眼闭只眼。当然，单位的仪器也不能完全满足陈玉田的需要，他的工资有不少花在添置仪器和购买种子上。二十世纪六七十年代时，生产队的稻种还是自己挑选育种，不知从什么时候开始，农民的稻种全部从种子站购买。三湖县的农田基本上栽种的全是外来稻谷，本地的湖熟稻种彻底灭绝。外来稻种产量高、收益大，却无法留种。打个比方，它就相当于马和驴杂交后产下的骡子，孔武有力，却没有生殖能力。农民得每年购买种子，价格不断上提，稻子产量却连年下跌，逼得农民再购买新品稻种。种子成本不断加大，农民苦不堪言。陈玉田原来是研究外来稻种在本地育种的可能，屡试屡败，这才转变方向，培育本地的湖熟稻稻种，梦想替本地农民夺回稻子的种子权。

陈玉田和老爷子搬家尘埃落定，坐在二楼阳台上歇息，前面是碧水波澜，远处稻田绿意盎然。陈玉田脑子里闪现出八个字：广阔天地，大有作为。似乎是多年前领袖的题词，现在用在他身上依然应景。老老头说，玉田，还有一件事没完成。我们得放鞭炮、烧纸，告知你爷爷，我们来到上元了。

陈玉田诺诺。

陈玉田喜欢在野外转悠，而陈老师尽管高龄，但腿脚灵便，他喜欢与上元的老人扎堆。夏天，他与老头老太们在村口大槐树下乘凉，冬天，他与老头老太们在山墙脚跟儿晒太阳。老头老太们摆龙门阵，说者无意，听者有心，即使耳朵不灵敏，他真正想听的内容，反复打听，一句都不会落下。老老头回家后，喜欢把听来的传说一一记在笔记本中。

三、公元二〇一九年

王三月选择到上元当村干部，是听了父亲的建议。父亲在位时曾经是本县农业局的副局长，与杜乡长有过交集。父亲的意思很明确，放长线，在上元村干两三年，到乡政府干两三年，然后调回县城。很多人选择去贫困村，好处是一张白纸可以画最新最美的图画，就像运动员跳高一样，起点越低，升杆的空间越大。父亲说，那是书生意气，人家村干部几十年都没干出名堂，你一个赤手空拳的大学生，真以为能翻天覆地？起步得求稳。上元是全乡有名的富裕村，他和杜乡长一商量，王三月就定在上元村落脚了。

水阳江是长江的一条支流，皖南山区的洪水经水阳江路过丹阳湖大泽，然后奔长江主流而去。上元村早些年的发家致富，主要是靠搞长江运输。靠山吃山，靠水吃水，他们在圩堤上自造几百吨乃至几千吨的铁船，从湖北、江西挖沙，然后运到上海龙华码头卸沙，收入颇丰。上元船队几十条铁船同出同进，船户人心聚一，且人人都会武术，据说江匪也不敢招惹上元船帮。只是后来长江禁止挖沙，自造铁船又屡出断船沉船惨祸，村民才陆续上了岸。刘四龙在船上是船帮老大，下了船接任了村支书。村民们手里拎着第一桶金，造楼、买小车，不亦乐乎。但乐乎过后，钱拿在手里会毁人，刘四龙于是带领大家投资养螃蟹。别的村养螃蟹，都是各家养各家的，上元村成立了螃蟹养殖合作社，刘四龙是合作社董事长。从村委会的宣传栏看，上元是全乡集体致富的典型，刘四龙的事迹还上了市里和县里的报纸。

上元的蟹塘都集中在新圩，说“新”，也有几十个年头了，筑成于抗战胜利后，官名“胜利圩”。王三月上任不久，就到新圩考察了一次。这一带的村民家家都有一只四舱小船，去圩内或新圩劳作，方便自在，上坡下坡，一个男劳力能轻松扛过圩堤。王三月去新圩，得去大河边蹭船。划船的是一老汉，自称姓胡，接了王三月递的烟，说，王书记，刘四龙咋不给你派只船？王三月说，我没去过新圩，好奇，自个儿想去看个新鲜，不是公干。胡老头笑一笑，说，坐稳，江窄罡风猛，船小颠簸大。王三月站在新圩的圩堤上，眼前是一望无际的蟹塘，只在西南方向，有一簇隐约的稻田。这些蟹塘都是良田开挖，每个蟹塘都呈长方形，四周围一圈塑料挡板，防止螃蟹逃跑。在每个蟹塘的角落，都立着一间蓝色的小屋，塑板简易房，是养蟹人歇息的地方。天蓝，屋蓝，云白，水白，风景这边独好。王三月沿堤往前走了几里地，终于看到了界河，河那边是湖阳县，胜利圩一分为二，三湖县和湖阳县各占五千多亩。湖阳县那边基本看不到蟹塘，绿油油的庄稼犹如绿色的大毯，一直铺展到天际。王三月忽然想起李白那首咏丹阳湖的诗。这里本来是丹阳湖的湖底，倘若诗仙重来，再也寻不到“云间片帆起”的场景了。

王三月在新圩渡口等船，远远看见一垛湖草缓缓移近，近了才看出是胡老头。偌大的草垛被捆在他的背上，草垛上还搁着他的竹篮，篮子里放着镰刀和茶杯，还有一个系着绳子的收音机。胡老头停下脚步，双臂从麻绳上松开，接了王三月的烟，说，让你久等了，撒完化肥，见湖草长得好，忍不住割了一堆。王三月说，不是说都用上煤气灶了吗？胡老头说，那是年轻人烧钱，这草，晒几个日头，把草往大灶一扔，才是过日子的烟火。说罢，突然往草垛上一仰，双手探进麻绳，嘴里说一声起，草垛就稳稳地立在他后背了。上船，那草垛就占去了三个舱位。王三月说，老爷子，好大的力气！胡老头笑着说，这草都是浮材，看着一堆，其实才百十斤。要说厉害，传说刘大宝的太爷爷，原先也是穷人，年轻时一人挑两垛，到了巷口，横着竖着都进不了村，分成六垛才进了巷。王三月说，你还在侍弄稻田，我看不少人都养螃蟹了。胡老头一边划桨，一边说，那都是大村头刘姓的人，得听刘四龙招呼。王三月说，养螃蟹收入应该比种稻收入高吧？胡老头冷笑，也就是说得好听，养蟹户六七成都亏本，真正赚钱的就刘四龙。除了销售，他还经营蟹饲料、塑料挡板等，稳赚。要是我们卜胡二村跟风，只怕会人人亏得裤子没裆。

这和王三月听到的宣传完全不同。

王三月在村委会见面最多的是卜银花。别看这里只是最低的基层组织，小品里有句台词，“别拿村长不当干部”，现在讲究下基层，千条线一头扎，村里迎来送往的事都落在卜委员身上，王三月这村干部的日程被她安排得满满当当。开村干会，王三月低调，敢跟刘四龙唱反调的也就这位女将。她婆家在刘村，娘家是卜村，农耕补贴、扶贫资金等，她都替卜胡二村力争，刘四龙也拿她没办法。杜乡长说她名花有主，她的老公是刘四龙的堂弟。王三月蹲村后从没见过这个人，后来才知道，她老公早年弄船，上岸后看不上挣慢钱，一心想让手头的钱翻倍上涨，去南方加入了传销组织，结果把身上的钱弄光了，还骗走了一众亲友的钱。老公没脸回家，卜银花在亲朋面前也抬不起头，过了一阵以泪洗面的日子，想开了，那男人就等于死在外面了，她和儿子的日子还得往下过，欠下的钱她慢慢还，她卜银花人在债不烂。卜银花说过，刘四龙是她人生中的贵人。卜银花进入村委做委员，虽说村干补贴有限，总比一分钱收入没有强，关键一条是，她在村委，逼债讨钱的人口气都变软了。她在村委会大楼忙活，那些讨债人天大的胆子也不敢到这大楼里纠缠。刘四龙还让她做了螃蟹养殖公司的办公室主任兼财务会计，另有一份工资。

卜银花有一次让王三月有了点儿好感。第一次开村干会时，那几位依然一口一个刘书记，卜银花跳了出来，说，我建议以后村干会上我们还是正式一些，王书记是王书记，刘主任是刘主任。那几位都面面相觑。刘四龙说，卜委员说得没错。自那以后，村里人当着王三月的面，称刘四龙都称刘主任。

某次闲谈，王三月问她，卜委员，你自己家在新圩的田都挖了蟹塘，为什么你父母和娘家兄弟的田还种着稻子？

卜银花说，嫁出去的女儿泼出去的水，我做不了他们的主。

王三月说，种稻的收入比起养螃蟹差不少吧？

卜银花说，也未必，养螃蟹风险大，蟹瘟、天气、市场，很多意想不到的问题，防不胜防。种水稻，国家有农耕补贴，收成稳定。像我父母这帮六十岁以上的老人，上级还发放养老金，他们过日子足够了。

王三月继续追问说，比如你哥哥，他如果不愿自己养螃蟹，可以把田租给你们螃蟹公司挖塘养蟹，每亩年租一千二百元，他还能出去打工另外挣钱。为什么卜胡两村的人都不干呢？

卜银花说，哟，王书记，你这些日子可没闲着，打听得这么详细呀。

王三月知道引起了卜银花的警觉。王三月说，我就寻思，能不能让你们螃蟹公司把另外两个村也带动起来，共同致富嘛！

即使下了乡，王三月依然不改散步的习惯。晚饭后，村外的圩堤上常常有他独自漫步的身影。下乡之前，父亲一再叮嘱，克己复礼，小不忍则乱大谋，农村工作复杂，别卷入当地的纷争。王三月答应得容易，但真正面对，毕竟年轻气盛，再说，他是村党支部第一书记，按规定他至少得在村里干满三年，三年耗下去，如果一事无成，这与那些在机关一台电脑一杯茶混日子的人有什么区别？王书记心有不甘。要树立自己的威信，首先要借用卜胡二村的力量，其次要在刘村内部得到村民的拥护。王三月确实没闲着，但他是一个外来者，村民都觉得他这种干部待不长，没人肯与他交心。

年轻的王书记，心里有点窝囊，但没有气馁。他有一个积极的支持者，他的女朋友，大平保险公司的业务经理柏亚男。每天通话时，柏经理都给他打气，最好的时代最好的年纪，我们必须有所作为。大不了你一辈子待乡下，我养你。女友和父亲唱反调，这拔河的比赛谁输谁赢，结果用不着猜。

王三月是格斗爱好者。在县城，有一个同好俱乐部，晚上大伙一起切磋。到这乡下角落，他把沙袋杠铃等装备移到了宿舍，但毕竟房间小，施展不开拳脚，夜幕落下，他在散步回来的路上，会打几套拳活动筋骨。这天，他打完拳，发现堤面上倒着一个人。怕淹水，堤内侧都是坟茔。王三月来上元后听闻过不少鬼故事。他厉声问，谁？却并无应声。他打开手机上的灯光，照见地上躺着一位老者，照亮面孔，竟然是他蹭过船的胡老头，已陷入昏迷。他驮起胡老头，急奔村委会大院，发动小车，直接赶到县医院。小县城人头熟，他直接把胡老头送进了急诊室，值班医生是他中学同学。胡老头的毛病其实不严重，高血压、高血糖，只是自己没当回事。胡老头醒了，医生给他开了一堆常用药，嘱咐他必须坚持每天服用。王三月心里踏实了，才转身去替胡老头补交了急诊挂号费，想了想，又从窗口扫微信支付，取了药。网上支付确实方便，手机在，钱就在，所以他随身也不会带那么多现金。

老同学说，三月，老人是你亲戚？在你家没见过这位老人家。

王三月说，亲戚？当然是亲戚。

在金庸、古龙笔下的江湖，见人都称“兄弟”；在十里洋场上海，陌生人见面都称“朋友”；在省会南京城里，开口则称人“师傅”；而在三湖县乡下，向你问个路、打听个人，首先是喊你一声“亲戚”。这一声“亲戚”，把彼此的距离拉近了，不是亲戚也是亲戚了。

医生走后，王三月才想起给胡老头的三个儿子打电话。村子小，以前儿子的多少就意味着家族力量的强弱。在胡村，胡老头有三个儿子。

胡老头说，王书记，我刚才可听到你说了，咱是亲戚。

王三月说，你认了我这个亲戚，吃亏大了。一旦村委食堂不开伙，我就到亲戚家来蹭饭。

这是己亥年的初冬，踌躇满志的王书记和所有人一样，无法预料到，即将到来的庚子年将是怎样的年景。

四、公元一九四一年（民国三十年）

乡村的夜晚是小老头和老老头都喜欢的，坐在院子里，或者站在阳台上，仰头就能看到满天的星星。对于老人而言，他们看到的满天星与孩子眼中的不同，与诗人骚客眼中的也不同。尤其是老老头，看过《新闻联播》后，天也黑了，星星出来了，老老头开始他的自言自语。他教了一辈子历史，有资格与星星对话，与往事干杯。他虽然不需要听众，但是，在这样的乡间夜晚，黑灯瞎火，小老头除了做一个聆听者，他能往哪里去呢？

陈大先第一次来到水阳江，还是一九四一年的冬天。陈大先硕士毕业于上海大同大学水利系，毕业后留校在水利研究所工作。水阳江是长江的支流之一，每年洪水季节，江水直冲三湖、湖阳等县的圩堤，首当其冲的就是丹阳圩。为免水患，光绪年间，本地圩民建筑了水阳江水犨。水犨由两部分组成，一为"九犨八垱"，二为鳡鱼嘴分水犨。前者作用是固堤护堤，后者功能为分水。垒石为壁的称"犨"，夯土为墙的称"垱"，共筑有九犨八垱。据传九犨的基核，都奠有真牛大小的铁牛，犨墙均是条石砌成，条石之间是用本地糯米米浆兑入江沙灌注，牢不可破。每犨之间建有垱，两犨相距十米左右，水阳江洪水到此，锐可当、势可阻，暴戾脾气陡减，从那以后，两县圩田有了保障。以丹阳圩为例，水犨筑成后，历史上只有两次溃堤记载。水犨是长江流域圩民智慧和劳动的结晶，也是陈大先的课题研究对象。

陈大先到了三湖县城。三湖县大半是圩区，小半是山区。其时三湖县是日占区，汉奸在县城设立了伪县政府，但共产党在山区、国民党在圩区，也都建立了自己的县政府。陈大先手持文书，去伪县政府报备，人家根本顾不上理睬他，他在小旅馆待了三天，雇了一辆驴车，独自朝丹阳圩出发。既然伪官府靠不住，他到了上元村干脆找本地乡绅。村人引他去了族长刘金奎家，刘金奎既是刘姓族长，也是清末最后一批乡试秀才。刘族长听说过"德先生""赛先生"的主张，对陈大先礼遇有加，敬重之余，老先生包揽了陈大先的吃住，并委派一名家丁听陈先生调遣，随时随地保护这位“赛先生”。

应该说，在那兵荒马乱的岁月，能遇到刘金奎，陈大先的运气不错。

冬天是丹阳湖的枯水季节，湖底大半裸露在蓝天之下。刘黑皮说，春天一到，湖草能长到一人多高，人在湖草中穿行，一不小心眼睛就让草尖啄了。刘黑皮不光是族长的家丁，还是丹阳乡远近闻名的拳师，是上元村民团团长。刘黑皮说，三国时期，三湖地区是孙权的领地，丹阳湖是周瑜的军马场。陈大先只听说过草原上有军马场，第一次听说湖畔也曾经是古军马场，觉得新鲜。这一天，陈大先要在头埠的石壁上做一个水位线标尺，以后水涨水落，看一眼就心中了然。枯水期是做标尺的最佳时节，刘黑皮先去了水阳镇，又去了县城，洋漆店都关了门，人心惶惶，老板们都无心做生意，关门大吉。还是刘黑皮出了个主意，先用黑炭做标尺标数，再刷几层桐油，晒几个日头，应该能长久保持。本地木船防水侵蚀，都是扛船上岸，在船身刷几遍桐油。陈大先觉得这主意不错，赞赏刘黑皮智勇双全。两人正忙活间，湖滩上走来几个人。战乱期间，防人之心不可无，刘黑皮掏出驳壳枪，喝住来者：什么人？对方立即卧倒，一个女声说，请问那位是陈老师陈大先先生吗？刘黑皮收了枪，答，正是。一个姑娘立起来，拍了拍身上的枯叶和灰尘，说，我是陈老师的学生，钱中英。陈大先耳闻，急忙下了木梯，迎上来握手，说，幸会，真想不到能在这里遇见。

钱中英是大同大学工程分院二年级学生，不仅长得美丽，而且是学生社团活跃分子。即使她现在一身农妇打扮，肥袄肥裤，脚上穿一双老棉鞋，但那城里姑娘的皮肤，即使脸手抹上锅底灰，也掩盖不了本色。钱中英说，听说陈老师在此做水阳江水文研究，我们几个也追随您来了。她介绍另两位男伴，都是大同大学的学生，一位师兄，一位师弟。看那两人打扮，都戴着老棉盔，着斜襟棉袄子，看那脸上的风霜，实在认不出学生的模样。钱中英笑着说，国不像国，民不像民，学生也不像学生了。我们到了此地，只有化装成农民的样子，才敢下到这圩乡。陈大先对那两位不觉得面熟，大同大学学生人数不过一千出头，学府里低头不见抬头见，多少应该有点印象。但钱中英绝对是钱中英，大同大学的男生都不会认错她。既然钱中英这样介绍，陈大先也一一握手，表示欢迎。陈大先跟刘族长介绍，这三位都是他的大学校友，专程来参与水阳江的水利研究，刘族长给这三位也安排了吃住，待他们一视同仁。

钱中英三人对水垡不感兴趣，其中的张同学据说是植物学系的，他们借了刘族长家的六舱船，穿行在芦苇荡中，寻找湖区新物种。他们三人食量奇大，常常出门时将灶间的包子馒头一扫而空，偶尔还会带走一篮干面当作中午的干粮。寄居在刘家的第三天，一直等到掌灯时分，那三人还没回，厨娘从菜橱里找到一张欠条：今欠刘金奎六舱木船一只、米三十斤、腊肉十斤，折合约为十五个银圆。落款为新四军一支队傅秋涛。刘族长低头抿茶，沉默不语。陈大先连声说，真没想到他们是新四军，早知道我不会把他们引入府中。刘族长抬起头说，也不算个事，只要是抗日的队伍，给他们提供方便也没做错什么。刘族长说，这张欠条，我一会儿烧了。一没指望新四军还得上；二呢，一旦被举报到上头，说不定诬我一个通共的罪名。

老老头说，刘金奎并没有真的把那欠条烧了，那张欠条至今还保存在三湖县新四军纪念馆，我每年都去看它一两次。那个傅秋涛，系马来西亚华侨，确实是上海大同大学学生。日本人侵华，他和一批热血青年没等到毕业就投笔从戎，投奔了新四军。新四军中有一大批军人是富家子弟，更有来自东南亚华裔富商的后代，他们报国心切，令人感动。只可惜壮志未酬，冤死皖南。老老头打开新县志，县志载：

> 一月六日，国民党制造震惊中外的“皖南事变”。原新四军一支队副司令员傅秋涛及孔诚、汪克明十几人从皖南突围后到达三湖境内，在党组织接应和群众掩护下，通过封锁线回到部队。
>
> 是月，国民党四十师于“皖南事变”后回兵三湖县，驻扎于乡镇，追捕、杀害新四军人员。

陈玉田说，这么说，那个钱中英其实是党组织派她来护送那批新四军返回部队的。为什么是一个女大学生呢？首先钱中英肯定是共产党员，而傅同学张同学说不定读大学时就是共产党员，这三人还可能曾是一个党支部的成员。钱中英是他俩信得过的人。

老老头说，小子，你退休后，终于变聪明了。

刘金奎当年没想到，共产党真的有一天得了天下。刘金奎乐善好施，尤其他向当时的县长交出了那张欠条，所以虽划为地主，但县长说他是开明地主，有功于新四军。历次运动，那张欠条都做了他的保护伞。

陈玉田说，那这与我爷爷的死有什么牵连？

老老头说，二十世纪五十年代，我奉命来上元合作社开展“扫盲”活动，也就是教贫下中农识字、学文化。教室设在上元村刘氏祠堂，我正在洒扫教室，有一老者叩门，问，请问可是县里来的陈老师？我抬起头热情相迎，说，正是。老者却惊呼一声，陈大先，陈大先你怎么还活着？我正要解释我不是陈大先，是陈大先的儿子，却先是听到拐杖啪的一声落地，接着老者身子一歪，倒了。我急忙大声召唤人，大家七手八脚把他抬回家中。这老者就是刘金奎，我相信他一定知道我父亲死亡的真相，可惜没过几天，老族长就一命呜呼了。

陈玉田越听越有兴致，老老头却赶他去睡觉。老老头说，我也得睡了，一会儿你爷爷又会来找我说话，不得耽误。

老爷子是卖关子，让他“且听下回分解”。

五、公元二〇二〇年

春节过后，“新冠”疫情的形势严峻。先是封城，接着是封村。村委会上，王三月传达了上级指示，人与人保持两米以上距离，少出门，戴口罩，勤洗手。刘四龙说，真这么邪乎吗？这样弄，人没瘟死，也得憋闷死。王三月说，刘主任，这可不是我个人的意见，这是上级党委的指示，真有了问题，你我都担当不起。刘四龙说，行，封村不难，把两头的村口扎住，给武术队的人排班值日，书记放心，连只麻雀都不敢飞进村。问题是口罩，卜银花跑遍了县城，都断货。上网网购，不是价格奇贵，就是非正规厂家产的假货，不敢下单。刘四龙看了王三月一眼，说，王书记是县城人，门路多，有困难找书记，这事就烦劳王书记了。王三月还没表态，其他几位都一致呼应，王三月只得硬着头皮接下了，说，我来想办法吧。

王三月打遍了同学和朋友的电话，一听说买口罩，都说没那能耐。听说省城的口罩厂家每天都得完成中央相关部门布置的任务，省政府和市政府的人在后面排队盯着，那口罩就是长了翅膀也飞不出厂门。王三月没辙，这下得让刘四龙他们看笑话了。王三月如困兽在宿舍里团团转，手机响了，是柏亚男的号码，他这才想起有些日子没跟女朋友联络了。柏亚男说，王大书记，看样子有了新欢忘旧人了。王三月说，别闹，我都快愁死了。王三月讲了买不到口罩的难处，柏亚男说，多大事啊，不就是买口罩嘛，你要多少？王三月说，全村六千多人口，一人三只，那也得有两万只才能对付。

柏亚男比他有能耐，王三月服气。柏亚男的父亲是常务副县长，女儿不争气，考了个三本，原先在司法局上班，想说看有没有机会转事业编制。可柏亚男没耐心，坐了三个月办公室，人就闪了，去保险公司做了业务员。柏亚男没让父母失望，一年挣的钱比父母工资加起来还多，而最让父母开心的是，她找的男朋友靠谱、聪明，而且求上进，考上了公务员。要说门当户对，柏副县长未必看得上农业局退休的王副局长，但他看中了这位未来的女婿。柏副县长的观点和王副局长一致，基层锻炼人，要做大事必须从基层做小事开始，从这一点上看，这两人不愧为党培养多年的老干部，有境界、有眼光。王三月根本不指望柏亚男能搞到口罩，她这只三脚猫，也就在本县地面上任性蹦跳，可本县没有一家口罩厂，即使孙悟空来了也变不出口罩。

可柏亚男不仅买到了两万只口罩，而且亲自坐着防疫专车把口罩送到了上元村委会。这可不是一般的本事，刘四龙从此对王三月刮目相看。那时柏亚男火急火燎地卸了车，就拽着王三月奔了他的宿舍。王三月一连声说，谢谢，谢谢柏经理。柏经理说，少来虚的，我今天看那刘四龙，也没长三头六臂。柏亚男是大小姐脾气，她反对自己的男人在上元做三年的缩头乌龟。王三月你必须有所作为，青春才不悔。柏亚男对王三月这样说。王三月说，你先告诉我口罩是怎么弄来的吧。柏亚男一五一十向他交了底，口罩市场脱货，本县有两家民办厂的老板发现了商机，抢先购买了机器和原料，昼夜不停开工，生产出了第一批口罩。可是虽说非常时期特事特办，他们一时还没拿到相关手续，不能马上面市。柏亚男就找上门去，两家老板拗不过她，各给了她一万只口罩。王三月说，照你这样说，这些口罩是三无产品？柏亚男说，都什么时候了，你穷讲究什么。你看电视上，有人用塑料皮做口罩，还有人用胸罩裤衩做口罩，这总比那些玩意儿强吧。王三月想想也是，说，那当然。又说，口罩这么紧张，压几天拿到手续就能赚大钱，他们怎么肯卖给你？莫非是搬出了你爸？柏亚男骂道，王三月，你这个没良心的，少门缝里看人。那两位老板都是我的客户，工厂和家人都在我这儿投了保，早就是朋友。我实话告诉你，他俩给我的都是成本价，一块五毛一只，冲你这话，价格翻倍。王三月说，姑奶奶，你可别，挣这钱是发国难财，是黑心钱。你是扛着招牌来帮我的，村上财政人人盯着，莫非，你这趟是想来谋害亲夫？柏亚男笑了，说，你是谁亲夫？八字都没一撇呢。

两人闹作一团。

因疫情期间一律不得接待客人，王三月说，要不，我煮几包方便面吧？柏亚男朝他挤一下眼睛，说，我已经吃饱了。她上车前，刘四龙也过来送别，表达谢意。柏亚男说，刘主任，听说您集团下有一千多亩养螃蟹的水面，家大业大呀。刘四龙说，小本经营，柏经理见笑。柏亚男说，据长江汛情预报，今年可能发大水。刘四龙说，这疫情已经伤天害理，再要有洪灾，这庚子年是不想活人了。柏亚男说，我建议，您那蟹塘都来投个保，以防万一。刘四龙说，谢谢柏经理替我着想，我们商量一下再说。

柏亚男走了，刘主任说，王书记，原来你女朋友是柏县长的女公子呀，咋不早点说一声。王三月说，不瞒您说，我也才知道她爸是谁。我们至今还没见双方父母，以前只知道她在保险公司上班。刘四龙说，蟹塘保险这事，过几天我给你们消息。王三月急了，这事柏亚男真没跟他通气，估计她也就是一时兴起脱口而出。现在提这事，好像她柏亚男是来做交易的，太不合适。王三月说，刘主任，她也就随口一说，职业习惯。

刘主任朝王三月笑了一笑。

疫情形势趋缓，冬天过去，春天也快要过去了。本县没有病例，形势趋缓后，乡政府通知把村口的岗哨撤了。上元的老百姓基本恢复了从前的生活。柏亚男本来就是在家里坐不住的人，闭关几个月，春风一吹，拂动了她的心。她要拽住春天的尾巴，来上元走走。王三月当然欢迎，柏亚男提出想去胜利圩，看看从前李白诗中描写的丹阳湖当今的模样。王三月说，李白律诗里的四联，最多只能看到一联了，也就是界河还能见到“龟游莲叶上，鸟宿芦花里”的景象。现在是春天，芦花还没开，你去了最多只能看到半联，“龟游莲叶上”，罢了吧。可柏亚男执意要去，王三月便依了她。

两人在圩埂上等胡老头的船，胡老头的船没到，一群牛先到了。堤埂的外侧都砌了条石，石头之间是水泥抹缝，人们为了方便，在石头上堆出一条土路。牛不比人笨，它们排着队，小心翼翼地走在土路上，近到水面，才扑通一声扑进江水，掀起一个个快乐的旋涡。牛群的末尾是一个戴笠帽的老头，陈疯子。王三月已经认识这个小老头了，偌大的上元，喜欢在村头村尾转悠的就他俩，真正称得上低头不见抬头见。王三月起初以为他是个牛倌，后来才明白，这牛是各有其主，单干以后，牛都分到了个人名下。垛田不适合机械化操作，从圩埂上看，每家每户的田亩小得像豆腐块，种田为生的人，耕者有其牛。这些牛都挺自觉，早晨自己出门去圩堤边吃草，傍晚自己走回牛栏。陈疯子属志愿者牛倌，他放牛意在牛粪。他将这些牛粪通通挑回他的试验田。据说他种田不用农药、不施化肥，虽然收成只有别人的三分之一，却死不悔改。王三月给他递了根烟，陈疯子摇手，说不会。在乡村，男人见面递烟，是礼仪，是无声的寒暄。这陈疯子毕竟是个城里人，有自己的原则。

还是第一次聊天。陈疯子说，王书记，你是来搞扶贫的吧？王三月摇一摇头又点一点头。陈疯子说，这里本来属江南鱼米之乡、富裕之地，哪有什么贫可扶？王三月说，您此话怎么讲？陈疯子说，现在政策好，田亩有田亩补贴，六十岁以上的人口每年有老龄补贴，生病有新农合报销，过日子都没问题。刘四龙对刘姓困难户还留有一份义田补贴，保证刘姓人人有饭吃有衣穿。王三月第一次听说“义田”。陈疯子说，胜利圩筑成，当时刘姓族长做主，分田时刘姓拿出二十亩作义田，补贴本族贫困户，后来才收归国有。土地承包后，老支书刘大宝留了个心眼，带领族人将界河的塘口填土成田，这块田的收入便作为刘姓困难户的补贴来源，现在挖成了蟹塘，收入还是独立做账。王三月说，看来还是陈技术员了解得多。陈疯子也不自谦，说，你不妨查一下本县县志，明朝正德年间，为绝苏州、常州两州水患，本县东坝坝基加高三丈，三湖之水遂遏绝，不复东行，但三湖及湖阳县大批圩田沉没。所以有民谣流传，“苏州溧阳，终究不长，东坝一倒，依旧长江”。据说县令带灾民去苏州、常州乞讨，当地人习惯早晚两顿稀饭，中午一顿干饭，灾民以为他们是故意装穷，敷衍自己，愤而将粥碗掷于地。后经多方解释才释然，原来天下这么大，也就三湖县的人一天三顿大米饭，三湖县才是真正的富饶之地。孔子说,食乎稻,衣乎锦。古代的贵族才能穿锦衣吃米饭,穿不穿锦衣不知道,但三湖人从古到今都是一日三餐大米饭。王三月不知道,陈疯子这番话,其实都是从老老头那里拾来的牙慧。陈疯子半文半白,王三月半懂半蒙,但大意听明白了。陈疯子说完,胡老头的四舱船来了。胡老头说,您跟一个疯子也能聊这么热乎呀。柏亚男说,这个陈疯子,我在县城见过。王三月说,这个陈疯子,其实不疯。

王三月将柏亚男在船上安顿好,回头招呼陈疯子,说,牛能游过江,您就坐船过江吧。陈疯子说,谢谢书记好意,你要真想做好事,就把圩埂外的防洪石毁了,这些牛既不会摔断腿,也多了一块草场。这哪里是他一个村书记做得到的事,简直是疯话。陈疯子顾自将笠帽摘下,底朝天,然后将手机和矿泉水瓶用塑料袋包扎好,放进笠帽底,将笠帽紧紧系在一头大牛的牛角上。而他自己呢,嘴里吆喝牛,双手紧紧地拽住那大牛的尾巴,牛与人一径奔向江心。船在前,牛在后,浩浩荡荡,船到江心,陈疯子还得意地伸出一只手臂,朝船上人摇晃了几下。

胡老头说,真是个疯子。

王三月说,是个老顽童。

站在新圩圩堤上,眼前是一片蟹塘。王三月说,整个新圩的田亩,丹阳乡占了五千多亩,其中上元占了一千五百亩。蟹农们正在蟹塘里忙活,割草、喂食、收虾笼。这蟹塘里自生小龙虾,壳硬,钳子更硬,以前都是捕捞后轧碎了喂猪,补钙,这几年城里人疯了,把这小龙虾当成稀罕货,其实这小龙虾肉质既粗又糙,城里人好的那一口是调料。蟹农对它是既恨又爱,恨的是它与螃蟹争食,爱的是每天收那么几斤十几斤,虾贩们到塘口来收,也把油盐酱醋钱赚到了。柏亚男毕竟是城里姑娘，对什么都好奇，问人家蟹苗从哪里买，螃蟹爱吃小海鱼还是螺蛳，最后说，如果给蟹塘买份保险，五元钱一亩，你愿意掏钱吗？王三月对那蟹农有印象，名字叫大亚，是武术队的骨干。大亚挠着头皮说，这……这事我不知道，只能由合作社做主。

离开蟹塘，他们往界河走。王三月说，柏经理，你们的蟹田保险费真这么低？捡芝麻，芝麻不嫌小，可一旦赔起来，那赔出去的就是西瓜。你们真肯做这亏本生意啊？柏亚男说，本来是每亩二十元，政府今年有政策补贴，给圩区投保的农民每亩补贴十五元。气象预报部门说了，今年会有洪水。柏亚男说，五元钱一亩保费，连包烟钱都不够，农民们怎么就不干呢？王三月说，你以为农民抽的都是好烟？不待客，他们抽的烟也就是三四块钱一包。柏亚男说，你别说话不着调，你作为一个圩区的书记，不关心洪汛，就是不关心村民的利益。王三月急忙改变态度，说，领导教诲，谨记在心。

这一条界河相比丹阳圩的内河，要宽两三倍，当初留这么宽的内河，也就是为了让两县的农民隔离远一点，井水不犯河水。界河的两侧是一排芦苇，正是芦叶茁壮的季节，那翠绿的芦叶宽如手掌，可能只需一叶就能裹下一个粽子。河内水底则布满肥硕的水草，水面上是摊展的芡实叶、高高低低的莲叶莲花。柏亚男兴奋地说，我要划船，我要下河。王三月不能拂女友的兴致，说，行行行。界河的南岸有一条小游艇，泊在原木支起的栏桥边。这是合作社的小艇，洁白的船身，雅马哈发动机，厂家制造它时一定以为它将驰骋在蓝色的海洋，泊在某个海湾景点的码头，而在刘四龙这里，它主要用来运送蟹饲料等物品。王三月借了小艇，猛然一下发动机器，马达立即吼叫起来。艇不大，浪大，艇在水面上犁开的浪头，先是冲上了那水面的芡实叶，它抖着大脸盘上的尖刺，抖出一个个激灵，然后又摇晃荷秆，荷叶上跳下来的是青蛙和水珠。李白诗中的乌龟这些年失踪了，据说是田里使用的农药化肥把它们赶尽杀绝了，也有人说是水域逐年减小，它们远走他乡了。浪头冲到河边，先是芦苇们慌作一团，东倒西伏，然后撞向岸脚，传出一连串轰然响声，连马达声都盖不住。

上岸时，两人的衣服已被水花打得半湿。

他俩又一次遇到了陈疯子，陈疯子没有跟着牛群。看样子他过了江，他的粪筐没过江。王三月试想，装满牛粪的粪筐驮在牛背上，江水一浸，牛粪成了牛粪汤，前功尽弃。陈疯子是疯子，不是傻子。他握着一根长棍，在界河河滩上扒拉。柏亚男说，他是在赶蛇吗？王三月说，这一带多是水蛇，无毒，咬一口就是留两个牙印，没有人怕蛇。王三月大声问，陈技术员，您找什么呢？陈疯子回答说，找仙草，吃了长生不老的仙草。不是说仙草都在深山中？在水边找仙草，无异于缘木求鱼。王三月摇摇头说，这小老头，还真是既疯又傻。

胡老头早在船上等候，他今天又割了好大一垛青草。胡老头说，这青草晒干了，烧大灶，那烧出来的米饭才叫香喷喷。胡老头家的稻草还有别的用途，打草包，王三月见过。胡老头老两口有一台草包机，得空就织草包。他家底楼有一个房间，堆满了成捆的草包，也没见他运出去卖掉。胡老头说，柏姑娘，你今天有口福了，你看。胡老头捧出一个底朝天的笠帽，帽子底里有十几枚白亮的小圆蛋，柏亚男伸手去捉。王三月故意说，蛇蛋。柏亚男吓得缩了手，一个趔趄，差点儿掉进江水中。胡老头说，他吓唬你，是甲鱼蛋，刚才等候你们时，我在堤上寻到这一窝。

胡老头说，今年甲鱼把蛋窝放在这么高的堤岸上，怕是江水不会小了。

王三月说，胡伯，这是怎么个讲法呢？

胡老头说，按我们祖上传下来的说法，甲鱼蛋窝的高度，就是夏天江水的水位。小甲鱼脱壳而出，出窝就能见水。这一窝，距堤面不到三尺。今年怕是要遭大水呢。

王三月心头一沉，想起柏亚男说过的话，赶紧拿出手机搜了一搜。长江水利委员会的官网上，真的有了防洪预报，柏亚男没跟他开玩笑。

六、公元一九四五年（民国三十四年）

大同大学是一所由知识分子创立的私立大学，“大同”两字，取《礼记·礼运》篇“天下为公，是谓大同”之意。大同大学群众团体众多，共产党党团活动活跃，而钱中英，其时担任工学院党支部书记。

陈大先再次见到钱中英，是在大同大学的校门口。钱中英正要上一辆黄包车，她眼尖，发现了埋头走路的陈大先。她喊了一声，陈先生。陈大先抬起头，初一看没认出来，钱中英戴一副淡色玳瑁镜框眼镜，着一身洋花布旗袍，与丹阳圩时村妇打扮的钱中英判若两人。女生说，陈先生不认识我了，我是钱中英。陈大先恍然，不失礼貌地跟她打招呼，说，出门逛街呀。钱中英说，不是，出门喝个咖啡。要不，陈先生陪我一起去？既已邀请，陈大先便上了黄包车。

小老头说，莫非陈大先对钱中英有想法？

老老头说，胡扯，那时陈大先已与你奶奶结婚，并且有了我。不过，我和你奶奶还在乡下老家，陈大先一人在上海。

小老头说，若是他没结婚，与这女生志同道合结成姻缘，您就不是您，我更不是我了。

老老头斥责道，疯言疯语。

陈大先到了咖啡馆，才明白喝咖啡的人不止他俩，有六七位。这其实是党组织的一次外围活动。钱中英那时才二十岁左右，却已经是学生领袖，她喝咖啡是假，考察和发现积极分子是真。陈大先有幸被党组织看中，不久，便成了一名共产党员。宣誓过后，陈大先很快与钱中英失去联系，因她已被特务组织盯上，没等到毕业，就秘密前往淮北解放区了。一直到一九四五年春天，钱中英悄悄潜回上海，才与陈大先重新接上了头。钱中英其时是苏皖边区政府水利局工程科科长。钱科长说，陈先生，您现在还去水阳江考察水文资料吗？陈大先说，岁月不太平，一年就汛期去一次。钱科长说，抗战即将落幕，日本战败指日可待，江山很快会回到人民手中，你们这些科学家将成为新中国不可或缺的建设者。上级要求您进一步完善水阳江水文资料，勾画长江建设新蓝图。陈大先原先有点儿失望，投身革命后，党组织很少给他安排任务，他对革命的满腔热情简直无处安放。他需要做出行动。一九四五年的五月，他以科考课题需要的名义，打算长驻水阳江畔的上元村。

陈大先奔走在水阳江两岸。一九四五年八月十五日，日本正式投降，不久国共两党开战。陈大先的共产党员身份尚未公开，他有没有与三湖县共产党或者新四军游击队挂上钩，不得而知，但是他与三湖县的地下交通站一直没脱钩。中华人民共和国成立后，老老头与任职于共和国水利部的钱中英联系上了。陈大先每年的水阳江水文材料都是由地下交通员转交给她，陈大先的烈士身份因此得以证实。

老老头说，那些年月，你能被推荐上大学，就是因为你是烈士的后代，根红苗正。你别忘了，说到底，还是你爷爷陈大先的英灵庇佑了你。

七、公元二〇二〇年

王三月一早就被喧闹声吵醒，他赖在床上，楼下嗨嗨的发力声不断，他听出是武术室有人在操练。平时武术队都是在刘家祠堂训练，一是在祖宗牌位前，大家不敢懈怠；二呢，也是为了保密，刘氏武术不传外人。王三月估计武术队是要外出表演，但疫情还没彻底结束，大型聚会尚得不到批准。王三月纳闷过后，突然一骨碌翻身下床。刘四龙是武术队总教官，此刻一定在现场。

他得找刘四龙谈事，这事必须当面谈才算数。

刘四龙果然在现场，他穿一身练功服，威风凛凛，不时斥责队员的动作这不对那不对。王三月挤进观看的人群，上前跟他说，刘主任，借一步说话。刘主任随他到了院子里，王三月递了烟，替他点上，然后才开口。王三月说，柏亚男昨天过来，让我问问蟹塘投保的事。刘主任说，噢，这事我们合作社还没商量。王三月说，柏亚男说了，上面有新政策，保费每亩二十元，政府补贴十五元，蟹农每亩其实只出五元。刘主任说，你允我算一算，一亩五元，十亩五十，百亩五百，千亩才五千，不多呀。

王三月还没提长江水利委的洪汛预报，想不到刘四龙心情舒畅，倒爽快答应了。王三月递上一根烟，刘主任接了，别在耳根上，说，你也来指点一下他们吧。

王三月得回宿舍洗漱，他还没顾得上吃早饭。正如陈疯子所说，本地人早餐也是吃大米饭。王三月喜欢的早餐是煮方便面，不是用开水泡，煮的时候可以投进去两个鸡蛋，保证营养，作料包现成，也用不着费脑筋。

他还没来得及婉拒刘主任，有一人跑出来把他拦住了。拦他的人是刘大亚。刘大亚现在是网红，是上元的名人。

刘大亚说，王书记，都说您功夫好，进村那天在村头扳倒了一头牛，我今天想向书记讨教一番。

这个刘大亚，他成为网红是因为疫情期间发生的一件事。那天正遇上他那一组在村口值班，圩堤上开来两辆小车，是县城来的小青年。他们扬言一路下来，过五关斩六将，没人敢阻拦他们，问他们是村里谁家的亲戚，说他们就是借道过一过，绕丹阳圩转一圈。刘大亚并不理睬他们，突然起身，先是耍了一套上元拳，又拎起凳子，使了一套矮凳花，把几个城里小混混看花了眼。冬天，刘大亚活动开了，身子热，他把值日的棉大衣脱了，随手一扔，吓得那几位后退了几步。刘大亚不看他们，拔起旗杆，以杆为桨，再使一套长桨花。旗杆在他手里啸啸作响，只见旗，不见人，待他站定，那两辆小车早开溜了。这整个过程都被人用手机摄录下来，传到了网上，刘大亚受到网友狂热追捧，点赞和转发者不计其数。外行看热闹，内行看门道。上元武术实际上起源于船战，它有一个局限，立足之地只有一二平方米，所以讲究稳准狠，一招制敌。本来是散招，见招出招，灵活多变，但现在已经连缀成了套路，尤其是列为非物质文化遗产后，常常要出去展示，刘总教官不得不加进了表演艺术，扮相美了，但实战性肯定减弱了。王三月知道早晚有一天，武术队的人会跟他叫板，原来等的就是今天。

王三月说，免了吧，我不是你的对手。

刘大亚说，习武比试，也就图个热闹。

武术室也就教室大小，中间铺了一层软垫。刘主任让人撤了，说这东西绊脚跟，还让人腿软。

刘大亚动静大，步伐稳健，王三月等他来攻，攻者心切，容易露出破绽。再者，只有拉开空间，刘大亚的步子出位，才能乱了他的阵脚。王三月以静待动，刘大亚不停地对着空气划拳，一个在东，一个在西，隔着二三米的距离。观众们没有耐心，喊，大亚，上啊，上啊！刘大亚终于冲了上来，直拳攻击王三月的门面，王三月一侧身，且挡且退，从东退到了西。刘大亚步步紧逼，王三月不让他有靠近的机会，又从西退到了东。从场面上看，王三月节节败退，刘大亚占了上风。事实上，王三月没让刘大亚击中一拳，倒是刘大亚冷不丁地吃了王三月几记实拳。

观众的呐喊一边倒，都是替刘大亚助威。王三月产生了怒火。王三月格斗时擅长用腿，他腿长，平时训练最侧重出腿的速度和着位。他虚晃一拳，大亚忙于护脸，王三月的脚却直袭他的腰眼，这是格斗中的技术组合，大亚晃了一下，侧身倒在地上，王三月耳边的呐喊声一下子停止了。王三月抽空看了一眼刘四龙，刘四龙的眼睛几乎喷出火来。好在刘大亚身手敏捷，瞬间站了起来，观众的呼声复起，王三月看一下窗外，连骑在大人脖子上的小观众也挥舞着拳头。王三月冷静下来，他要打败了刘大亚，就是抹黑了刘氏武术。王三月拿定了主意，刘大亚一拳击中他的脸，鼻血喷涌而出。他趁机蹲下来，说，不打了不打了，我认输。刘大亚说，打，才热了热身，这才几个回合呢。

王三月一手捂脸，一手摇晃。刘四龙走进场中央，说，比武到此为止，大家散了。观众散去，卜银花端来一盆水，递上湿毛巾，让王三月擦脸。卜银花说，王书记，你也真是，大亚一天到晚都在练拳脚功夫，你为什么要跟他比这个？你要比，就与他比知识比文化。刘主任说，你们都看走眼了，是王书记更胜一筹。王三月连忙说，这从哪里说起，明摆着我败了。刘主任说，我也算是道中人，不会被表象蒙蔽。王书记是有胸怀的人，我替武术队向你道谢。

卜委员分不出真假，都说女人的心思难猜，这俩男人的心思更难猜哩。

想不到几天以后，刘大亚又找上门来。刘大亚拎一个塑料袋，夹一瓶白酒，进门打开塑料袋，是几包熟菜。刘大亚说，王书记，想和您喝个酒。王三月说，别，我打打不过你，喝也喝不过你。刘大亚说，书记，不知道您酒量大小，但我知道您功夫比我好，那天您是手下留情。王三月说，你别听刘主任瞎说，他忽悠你。刘大亚说，您太小看我了，刘主任不说，我也能感觉得到您拳脚的轻重。那天您留着量，是给我留面子。

虽然是习武之人，但刘大亚粗中有细，并不糊涂。王三月不能不喝这顿酒，刘大亚是武术队的骨干，也是刘四龙的一杆枪。那天比武，王三月私下认定是刘四龙的主意。刘四龙想把他架火上烤，刘大亚就是刘四龙点着的干柴。习武之人讲义气、要面子，如果他能与刘大亚成为朋友，刘四龙使这杆枪就不顺手。

三杯酒下去，刘大亚说话就跟王三月掏心窝子了。

刘大亚本来也跟着刘四龙弄船，无奈运气不好，有一回船载过重，恰巧遇了大风雨，想盖上篷布，篷布展开就让风卷走了。船上载的是黄沙，老话说下雨天背稻草，越背越重。黄沙汲水比稻草更厉害，刘大亚眼睁睁地看着船下沉，被别人抱着上了救生舟。船沉在江心，打捞的成本不比船的成本少，而造船的资金大多是借贷而来，刘大亚掉进了一个大窟窿。讨债人不断上门，老婆带着儿子躲回了娘家，刘大亚跟人家好话说尽，人不死，债不烂，他一定偿还。刘姓一族当然不会让他一家挨饿受冻，刘四龙带他进了合作社，可是他的头上顶着五六十万的债务，靠养蟹的收入，即使运气好，至少也得十年八年才能还清。

刘大亚说，这上元，真正的贫困户其实只有两家，我和卜委员家。卜银花家是让她男人祸害了，我家呢，是让我害了。急着还债，超载，结果蛋打鸡飞。

刘大亚说，王书记，上岸后，我也急着挣快钱，把家里能卖的东西都卖了，去新圩内赌博。越赌越输，有两次还被警察逮了进去。都是四龙哥把我领回来，苦口婆心地劝我。

王三月安慰他，说，人在，一切都有可能改变。但如果走上了邪路，越陷越深，翻身就难了。

刘大亚说，这道理我现在懂了。王书记，我想跟您说，四龙哥其实是好人。

绕了一个大圈子，刘大亚是在王三月面前替刘四龙点赞。这刘大亚一定觉察出了书记和主任之间的隔阂。这样一条粗壮汉子，心善，还来做穿针引线的细活，难为他了。

王三月说，我看得出来，刘主任是个好人。

上元的村民不差钱，家家有楼，很多楼下还泊着私家车，也是有模有样的日子了。但有的上元人心大、心急，尤其像刘大亚和卜银花男人这样跑过船的人，见过日进斗金的世面，不满足乡村挣慢钱、过慢生活的节奏。王三月看着刘大亚眉宇间的愁苦和焦虑，真想帮他一把。酒上心头，热血满腔，他应该为上元的人们做点什么，为刘大亚做点什么。他能为上元人做什么呢？王三月想下一盘大棋。眼下先得帮刘大亚把老婆孩子劝回来，老婆孩子回来，刘大亚才有家，才不会心慌意乱，才能把日子过成日子。

八、公元一九四五年（民国三十四年）

从历史记载看，珍珠港事件后，美国人对日宣战。民国三十三年，美国副总统华莱士访问陪都重庆，这位农业科学家出身的贵客向中国政府赠送了四百包礼物，其中有四十五种植物种子和数十种动物饲料及种子，还有水土保持设备、美国各畜牧学校的名册。又过一年，民国三十四年，美国人在日本投下了两颗著名的原子弹："小男孩"和"胖子"。苏联红军也是在这一年对日宣战，风卷残云收拾了七十万日本关东军。中国军民大大加快了抗战胜利的步伐。陈大先站在水阳江边，根本做不到两耳不闻窗外事。他对刘黑皮说，你每天起床后第一件工作，是去县城替我买几份报纸，快去快回。上元到县城，来回四十里，刘黑皮骑上大马，快马加鞭，最迟也要不了半个时辰。刘黑皮看不懂这外地佬的做派，读几张破报纸比干三餐大米饭还重要。不过，这外地佬有一点好，水阳江和丹阳湖这两处所有的边边角角他都跑遍，不愿带着刘黑皮这个跟班了。每天买完报纸，外地佬就放他的假。

刘黑皮不是闲人，日本人撤走了，民团绷紧的弦放松了，族长才把他又派给了陈大先。

刘黑皮有一个梦想，这梦想说不清是什么时候在他脑中产生的，像一粒稻种，发芽、生根、出苗、拔节，终于有一天那叶尖扎得他浑身痒痛，他忍受不住，就把这个秘密吐露给了老爷刘金奎。刘黑皮是老爷家的把头，把头是长工的工头，不仅干一手好庄稼活儿，还负责分派各位长工每天的活计，用今天的话说，也算进入了管理层。日本佬来了，老爷才另有任用，组建民团看家护院。抗战终于胜利了，可是这么多年的仗打下来，民不聊生。别说一般百姓，刘金奎这样的大户也折了家底。这些年，本县政府向农民征粮，日本人隔三岔五下乡抢粮，没遇上洪灾，却比灾年饿死的人还多。若能在丹阳湖围湖造田，这肥沃的土地只要撒下种子，就一定能丰收。刘金奎想，别看刘黑皮手里整天拎着把手枪，这刘黑皮骨子里还是个农民，做梦都是梦到土地。

三湖县这三湖，最早统称为丹阳湖大泽。传说春秋时，伍子胥开挖胥河后，疏导了水阳江上游的来水，使三湖水位降低，原来的鱼龙之宅，成为一片沃野。其时，吴王为了战胜强大的楚国，鼓励军民垦殖土地。有一位祠山大人，白天带领民众奋战在筑堤一线，夜晚变身为一头大白猪，拱泥土为堤基，圩成，吴王将圩赐予丞相，故名相国圩。祠山受万民敬仰，本地民众为他建有多个祠山庙，香火至今不绝。而丹阳圩建圩时间后于相国圩，史载是南宋年间成圩，促成者是蔡京，到了南宋，高宗将丹阳圩赐予秦桧。这两人在历史上都没落下好名声，本县人恨不得在史书上抹去那两人姓名。好在祠山是圩区所有人的神，上元也建有祠山庙，每年八月初八是上元的祠山庙会。榜样的力量是无穷的。从大处说，刘金奎中过秀才，通读四书五经，青史留名是那个时代所有书生的梦想。往小处想，这丹阳湖围圩成功，他刘金奎近水楼台，收购大批良田，是发扬光大祖业的最佳时机。

刘金奎思量了几天，唤来刘黑皮，让他将一封信转交给江对岸的魏老爷，邀请他八月初八来上元逛庙会、看大戏。刘黑皮觉得老爷听进了他的主意，开始动作了。他将报纸扔进陈大先房间就闪了。他好久没见到魏长叉了。魏长叉当然不是魏老爷，这人喜欢使一把长柄渔叉，故得此外号。老爷们都有高大上的名号，魏长叉与刘黑皮一样，是魏老爷的家丁，魏村民团的团长。

刘黑皮与魏长叉，或者说刘老爷与魏老爷的纠葛，说来话长。

水阳江进入丹阳湖，江水由浊变清。丹阳湖的形状好似一支长喇叭，喇叭口处就是石臼湖了。胜利圩没筑之前，天晴，站在丹阳圩的圩堤上，可以看到对面圩堤上的村庄，那圩就是湖阳县的金银圩，那村庄就是魏村。丹阳圩与金银圩的圩民争斗，明清以来一直没有停止过。两边都认为自己才是丹阳湖的主人，丹阳湖水产丰富，鱼虾自不必说，荷藕、红菱和芡实也是双方的抢手货。有时是单打独斗，有时是有组织的群体械斗，械斗中免不了死伤，官司打到省府，甚至打到朝廷，丹阳湖属于谁，谁都讨不到个明确的说法，看样子两村的人只能世世代代争斗下去。上元和魏村村民的习武风气，村民们在本县远近闻名的武功，其实也是在两村的争斗史中发展而来。特别是到了洪水季节，两边圩堤上的村民都盼望对方破圩，一旦那边真的破圩，这边恨不得敲锣打鼓庆祝。一方面是因为只要对方破了圩，圩内满水，洪水水位跟着下降，这边的圩堤就减轻压力，安全多了。另一方面，不能不说是仇恨心理作怪。

六七年前，那时日本佬还没驻扎到水阳镇。正是秋天，太太突然想吃新鲜的鸡头米。这鸡头米学名就是芡实。陈大先每次从上海来，都会给老爷和太太带礼物，他给老爷带纸烟洋酒，给太太带洋布和洋点心。他一年有几个月住老爷家，包吃包喝，空手是不好意思跨进门槛的。本地人吃鸡头米，都是砍了那“鸡头”，往水缸里一扔，等那外皮烂了，扯掉皮，就是白珍珠一般的鸡头米。把它碾成粉，做团子做糕点。陈先生有回不经意说，你们这种吃法太可惜了，把那鸡头米里的维生素丢失光了。太太记下了，一到季节就惦记吃新鲜鸡头米。

一般情况下，上元人下湖，都是几十条船成群结队，防止在湖中遇见魏村人擦枪走火。两边人家里都有枪，以前是打鸟的铳枪，子弹是铁砂子，一枪能放倒一片野鸡野鸭。后来是老爷给家丁配的长枪短枪，一枪就能毙人命。但两村打斗，从没有人带枪，更谈不上放枪。使凳使桨、使刀使叉是祖宗传递下来的，谁要是使枪，那就违反了祖宗的规矩。这规矩没成文，却人人心里明了。刘黑皮这次没顾得上召集人，鸡头米还不够成熟，大规模作业还得等几天。刘黑皮自恃武功高强，一人一船下了湖。

芡实取名鸡头米，是因为其果实形似鸡头。不仅果实长刺，它的茎秆和叶子也长满了刺，全副武装。本地人说某人尖牙利嘴招惹不得，就称他是棵鸡头米。但在刘黑皮手下，它是小菜一盘。刘黑皮手使一把长镰刀，右手用破布裹住"鸡头"，镰刀在水下一钩，鸡头米就拖着长长的秆子出了水面。它的茎根剥去尖刺，也可以做一道炒菜。湖面上的鸡头米越割越多，刘黑皮割得兴起。其实太太嘱咐过，有几个解馋即可。等刘黑皮摸出烟袋抽窝烟时，才发现糟糕，十几条船正朝他包围过来。刘黑皮掉转船头朝南岸撤退，可为时已晚，刘黑皮解下船桨，打落几个壮汉，终因寡不敌众，被魏长叉他们捆个结实，连人带船被魏村人俘虏。

天黑了，刘金奎不见刘黑皮回来，晓得出事了。召集村人商议，有人认为，刘黑皮是被湖匪掳去，更多人认为，是被魏长叉劫走。丹阳湖的芦苇丛里藏着湖匪，但匪首是明白人，从来不打湖边两村村民的主意。村民下湖，湖匪最多能抢到点儿湖产，湖匪看不上眼，更怕招惹了这两村彪悍的村民，捅了马蜂窝。他们的目标主要是过往的商船。曾有过村民眼红他们大碗喝酒大块吃肉的日子，农时务农，闲时从匪。刘金奎知道后，召集族中老人到祠堂聚议，结果是绑了他，再绑上石头沉湖。自那以后，再无人入伙湖匪。湖匪与岸上人家也不是毫无瓜葛，有歇站落脚的户头，进门喊一声亲戚，喝个茶、吃个饭，只当亲戚来去，也不能算通匪。第二天一早，刘金奎让这户的男人下湖走一趟亲戚，带回的话是，鱼走鱼路，虾走虾道，螺蛳无足绕着走。说白了就是他们没动刘黑皮。那就只有一种可能，刘黑皮落到魏村人手里了。上元人群情激奋，人若犯我，我必犯人。

刘黑皮被魏长叉扔在马棚里，魏长叉声称刘黑皮是盗贼，偷了魏村的鸡头米。刘黑皮说，谁说这湖里的鸡头米都姓魏，你喊一声它们应声，我就认。魏长叉不和刘黑皮斗嘴，让手下将他衣服剥光，把几捆鸡头米在地上摊开，一人抱他的头，一人抱他的脚，往那鸡头米上夯。可怜刘黑皮，一身腱子肉再紧，也挡不住细如钢针的尖刺，一个坏心眼的家伙，还把鸡头米塞在他胯下。他们把刘黑皮折磨得奄奄一息，才嘻嘻哈哈扬长而去。刘黑皮毕竟不是等闲之辈，他在石马槽上磨断了绳索，在天亮前逃出马棚。好不容易找到自己的四舱船，桨和拐都被魏村人取走，他以手代桨，第二天下午才漂回南岸。

其实也可能是魏村人故意放他走。本来也只是想让刘黑皮这家伙吃点苦受点罪，灭掉他的威风，以此警告上元人。

刘黑皮被抬回家中，无比羞愧，进了自家大门就嚷道，关门，关上门。老婆看到他的身子，心疼得哇哇大哭。那鸡头米的尖刺带毒，沾水处开始溃烂，刘黑皮全身上下找不出巴掌大的好皮肤。幸亏陈大先把他的医护包送来了，刘黑皮老婆先用镊子夹出肉中的断刺，用烧酒消毒，再抹上陈大先给的黄药膏消炎。从当天下午到第二天早上，刘黑皮老婆拔刺拔了半天一夜，刘黑皮哼了半天一夜，刘黑皮夫妻的伤痛在上元的夜空摇荡，仿佛那些刺是扎在村人的心上。刘金奎睡不着，来到刘黑皮家一坐就是一个时辰。

此仇不报非好汉。然而，事情总是不以人的意志为转移，上元与魏村还没开战，日本人的铁船开进了丹阳湖，水阳镇上驻扎了一个小队的鬼子军。湖匪纷纷逃上了岸，丹阳湖不太平，有渔民挨了日本三八大盖的枪子儿，浮尸湖面，再没有百姓敢下丹阳湖。

小老头说，今天这一段没陈大先什么事，陈大先不过贡献了一个医护包。

老老头说，早先搞田野调查的人，随身都有一个医护包。

老老头还说，你懂个屁，历史人物都活在大背景中。陈大先是英雄，沧海横流方显英雄本色。

九、公元二〇二〇年

王三月说过要去胡老头家蹭饭，其实并没有去吃过几顿。老人很热情，把他当贵客招待，腌肉、咸鱼，每次还杀只鸡，王三月不过意，每次去都不空手，夹条烟、拎瓶酒，还专门从县城买了量血压和测血糖的仪器送他，教他自己量血压和测血糖。胡老头这人有个缺点，爱显摆，常跟村里人咋呼，昨天王书记来我屋里吃饭了。王三月得顾忌在村里的影响，渐渐就不再去。这天傍晚，胡老头专程跑到村委大楼，说，今天你一定得去我家吃顿饭，我好长时间没跟你扯闲篇了。王三月答应了，出门又回头，从房间里掏了瓶酒。

胡老头的院子里还立着那台草包机，边上是一个石碌碡。打草包的稻草，先得用碌碡压扁，顺便把稻秆上的枯叶碾碎除掉。看他一楼的窗户，堆草包的房间已被草包堆得严实。他老伴儿在厨屋忙活，院子里弥漫着咸菜的干香。一张小方桌摆在院子中央，他老伴儿上了菜，两人就端酒杯开喝。

胡老头是个关心国际形势的人，这一点王三月早就领教了。现在是信息时代，城里的时尚传到乡下，也就分分钟的事。卜银花晚饭后带着一帮妇女在村委大院跳广场舞，是王三月每天必须面对的风景。只是相比县城，乡下跳广场舞的大妈相对年轻，年纪大的老太太还是不好意思加入。随身带一个微型收音机出门的老人，在城里很普遍，在上元却只有两位——陈疯子和胡老头。胡老头除了听收音机，每天的《新闻联播》必看。这就是通信时代的好处，一个老农民可以坐在家中知天下事。老伴儿上菜，见他滔滔不绝，说，你能不能让王书记吃口菜再听你吹牛？王三月说，胡伯讲的我喜欢听，胡伯有国际眼光，难得。他老伴儿说，他呀，净扯天边没影儿的事，吹起来就忘了正事。

胡老头邀他来吃这顿饭，有什么正事？

老胡说，在上元，刘四龙替刘姓人说话，卜银花也可以替卜村人说话，但是，我们胡村人却没有一个人在村委会，我们胡姓没有代言人，这不公平。所以，我们胡村人希望村委会改选，能有胡姓人当选。

王三月说，做村委干部，吃苦受累多，挣的补贴少，胡村有人想参选吗？

老胡说，为人民服务是权利，往小处说，胡村人争的是这口气。

我三个儿子，人品端正，尤其我大儿子胡红专，中专毕业安心务农，胡村人都希望他能替胡姓做主。

这才是胡老头要谈的“正事”。

王三月搛了一口菜，说，胡红专想为大家做事，是好事。但是，如果只想为胡姓人做事，这就是狭隘。我希望他想的是为整个上元的村民做事，做好事。

老胡说，那是，那是，王书记说话水平高。我也知道，胡村人口少，刘四龙不会让杂姓人当上元的家。牛不知角弯，马不知脸长。这家伙霸道，就您做一把手书记，我们村也少不了受气。

苏南农村这帮六七十岁的老头，其实都有文化知识。荒唐年月过后，拨乱反正，农村中小学教育普及，小学“戴帽”办成初中，初中“戴帽”变成了高中，说起来，老胡也是高中毕业生。有文化就有见识，有见识就有想法。

胡老头瞬间转移了话题，说，王书记，吃鱼，这湖刀是我专门去湖里下网捕的。

湖刀鱼长得跟江刀鱼差不多，江刀鱼已难得一见，据说市场上几千块钱一斤，但湖刀鱼廉价，一斤只卖十几块钱。刀鱼肉质鲜美，缺点是刺多，一不小心就扎进喉咙，王三月小时候被鱼刺扎过，心有余悸。看胡老头盘中已有四五条鱼脊，他将半截刀鱼夹进嘴中，颊间起伏几下，舌尖一卷，一排整齐的鱼刺列于嘴角，嘴角上像是戴了一件亮闪闪的银饰品。这整个过程并不影响他说话。

难怪三湖民间有句老话，出水才见两脚泥，吃鱼方知三湖人。

王三月嘴上应声，吃，却不敢下筷子。院门外，有人影挑着粪筐一闪而过。王三月喊了一声，陈技术员！一会儿，院门口出现了陈疯子的脸，说，王书记，是你招呼我？

王三月说，来，坐下喝杯酒。

王书记都邀请了，胡老头只得说，老陈，稀客稀客，进来喝酒，也就加双筷子加个杯的事，请进请进。

陈疯子坐下，胡老头老伴儿给他加了碗筷和酒杯，王三月替他斟了酒。陈疯子说，我不喝酒，我血糖偏高，限食。医生说，一小杯酒相当于一碗米饭的糖量。

王三月给他搛了一块咸鱼，说，那您吃菜。

陈疯子说，咸菜中含有亚硝酸盐，对身体不好。

这陈疯子真是不会说话。他端正坐着，两只手摆在膝盖上，得罪了胡老头还不知道。

陈疯子说，王书记，您叫住我，有什么事？

王三月说，也没什么大事，我就是想问一下您，您那天在新圩里找仙草，那湖里真的有仙草？

陈疯子笑了，说，我逗你们呢，哪有什么仙草，我是找野稻。这么多年，我们这里的湖熟稻消失了，我不甘心，一直在寻找它。

王三月说，野稻？找到了能重新推广栽种？

陈疯子没了拘束感，开始给桌上这两位上课。陈疯子说，大约一万两千年前，中国人驯化了野生水稻，小麦呢，追根溯源是西方人驯化的，后来传到了黄河流域，而我们长江流域一直以栽种水稻为主。当然，后来水稻也传播到了东亚和东南亚。比如日本，日本话中的“年”就是水稻的意思，日本人的雕像上挂的是稻草环，日本人的相扑场地围的是稻草圈，水稻在日本文化中地位尊贵。不仅日本人的稻米好吃，还有泰国的香米，那都是我们中国的稻种演变来的。而我们人口多，追求产量高，大面积引进外来稻种，但本土的稻米品种正在消亡，比如说我们的湖熟水稻。都说三湖人一日三顿大米饭，引以为傲。为什么现在的年轻人早餐不肯吃米饭，年老一辈早餐吃米饭也咽不下？那是因为现在我们吃的米和以前本地产的湖熟米，有天壤之别。真正的湖熟米做的饭，香、润，入口一嚼，糯、甜，诱使你狼吞虎咽，顾不上吃菜。

胡老头不服，说，小时候我也吃的是这米饭，也没你说的这么玄妙。

陈疯子说，那是你当时身在福中不知福。现在要能吃到那样的饭菜，就不是一般人了。比如你们胡村和卜村的稻子，都是从我们种子站买的稻种。稻田产量是高，稻田养蟹养虾，各种带生长激素的饲料和化肥齐下，你们那蟹不是蟹、虾不是虾，稻米烧出的饭就别想有好味道。

陈疯子下意识地看了一眼桌子边上放的一盆米饭。这等于是当面打胡老头的脸，胡老头要发作，王三月按住他，说，陈技术员，那您稻田里种的都是湖熟稻吗？

陈疯子说，我培育的品种，接近湖熟稻了。如果能找到本地野稻，那才可能重新复活湖熟，甚至出现比它更好的稻种。

王三月说，那能不能把您试验田的稻米，卖一点给我尝尝？

陈疯子严肃地摇摇头，说，这点稻米，就只够供应我和我爸，还有我儿子一家三口。

陈疯子就是陈疯子，他筷子没动，扔下一堆怪话，走了。王三月对老胡说，我们要容得下他这样的人，怪人怪性格，他说不定是有真本事的人，不能小瞧。

王三月决定和卜银花认真谈一次。卜银花也就比他大几岁，读过中专，专业是电子商务，可上元除了有间房子挂着电商的牌子，并没有人真正上线经营。

王三月把卜银花约到了书记办公室，门敞开，还专门替她泡了一杯茶。卜银花说，王书记，泡茶是我的工作，你弄反了。王三月这么讲究仪式感，卜银花聪明，明白王书记是要跟她谈正事。王三月说，按道理有些事我不应该问，是你的私事。你一个人拉扯孩子不容易，听说你老公陷进传销了，我觉得你应该把他劝回来。卜银花说，劝不回，搞传销的人都被洗脑了，财迷心窍，他要不是走火入魔，想回来怎么也能回来。狗想吃屎，拉也拉不回。胡村的胡红专，跟他一起去的，人家心明眼亮，发现苗头不对，几天后就逃出来了。

卜银花惨笑了一下，说，王书记，你是不是怕我拖上元村奔小康的后腿？你放心，我已起草了离婚协议书，只是找不到他签字。他向亲戚朋友借钱投入传销，是他个人债务，这钱没有一分用于我们家庭生活。按《婚姻法》规定，离婚后他欠的债他偿还，我不需承担还债责任。

王三月说，即使离了婚，他还是我们上元村的人，还得想办法弄他回来。我们作为村干部，还是有责任帮助他。

卜银花说，那是另外一回事，还做他的老婆是绝不可能了。我要有那能耐早弄他回来了，你找别人去弄吧。王书记，现在农村青年的婚姻观，与城市没有区别了。我们这茬人，都受过现代教育，没有谁离了谁就过不下去。

王三月点点头，说，第二件事，还非得请你出马才行。

卜银花说，王书记，工作上的事，你尽管布置。

王三月说，就是刘大亚的事，他老婆长期住在娘家，也不是长久之计。我听说你和他老婆是中学同学，你去一趟做做工作，劝她回上元。

卜银花说，没错，我们是同学，大亚这人本来正直，两人感情也好，都是让那些登门要债的人逼的。每天打开门，要债的人堵在门口，有茶喝茶，有饭吃饭，别说骂人，你脸色稍有不顺，人家就砸杯子扔碗。这日子哪里是人过的，男人一甩手走了，女人在家独自受这份罪。当初，我都不知道怎么熬过来的，一个女人被逼到绝境，除了撒泼能有什么招？大亚家老婆回娘家前跟我讨过主意，我支持她走。

王三月找刘大亚谈过几次，刘大亚对付债主的办法是耍横，人家没招，上法院告他，官司自然是刘大亚输，把他的房子判给了债主。可是谁敢住进他的房子？法院拍卖，没有人买，再低的价也没人买。上元村刘姓是大姓，刘大亚的房子在村中间，谁要是敢住进来，一村人的白眼就够他吃的。刘大亚撕了封条，笃笃定定地住在家中，刘四龙出面做了些工作，就睁只眼闭只眼暂且让他住着。刘大亚神气了，说，只要是上法院告他的债主，别想从他手里拿一分钱。

王三月对刘大亚说，人家当初肯借钱给你，也是帮你、信任你。

刘大亚说，说穿了，那些人是贪图高利息。

王三月说，不完全对，至少人家是相信你的人品，才敢把注押给你。

刘大亚声音小了，说，我也不是说真的不还，不过是排队谁先谁后。

王三月说，你要肯听我的，就把每年的收入按比例还债，告过你没告过你的人一视同仁，欠钱不丑，赖账才丑。你这样做，别人才想得通，心理才平衡。保住了口碑，你才有东山再起的机会。

王三月对卜银花说，你转告刘大亚老婆，只要她肯回上元，若是有债主上门纠缠，她打个电话给我，我第一时间到场，动之以情，晓之以理,不让她为难。

卜银花应下了。

王三月说,我还有第三件事,就是发展电商的事。

卜银花说,我知道王书记的意思。我在中专读的是电子商务,读高中时懵懂,高考没考好,填志愿时随便填了这个专业。前几年上级政府号召搞电商,我觉得歪打正着,用得上了。我们村开办了两期电商培训班,我还请来了我读中专时的老师给大伙上课。可是,热闹劲儿过了,做起来的人没几个,而且那几个人做得也惨淡,后来干脆歇了。

王三月说,为什么?

卜银花说,我们这里特产是“水八鲜”,也就是茭白、水芹、慈姑、芡实、荸荠、莲藕、红菱、湖芭这八样。可是这些东西在江南江北水乡实在太普通了,而且很多地区都已经人工栽植,产量大、货量足,我们竞争不过人家。

王三月说,野生的口味应该比人工种植的口味好啊,城里人不是说物以稀为贵吗?我们可以加价呀。

卜银花说,野花是比家花香,野茶是比家茶味劲足,可是,没尝过的人不知道。所以,很多产品都请明星带货,或者请网红带货。可是,咱们这点产量,全卖了也不够付他们的出镜费,要知道,明星出镜带货,动不动就收费百万千万。

王三月说,那我们可以培养自己的网红,头一个就是你卜委员。我看那个网红李春柒,可比不上你,你排第一,她才排第七。

卜银花说,你这是拿老姐打趣呢。

王三月说,我可不是拍马屁,平台有了,人才有了,可能还需要持之以恒,还需要加大宣传力度,强调我们的特色。当然,我们还得进一步寻找货源，把眼光扩大到整个三湖地区。

王三月思维活跃起来，说，还需要进一步挖掘人才，比如刘大亚的老婆，也可以鼓励她加入。网红也讲究特色，和产品一样，有特点，就有人欣赏。

卜银花说，真想不到，王书记年纪轻轻，还挺有研究。

王三月没被打断思路，接着说，要说我们的拳头产品，我最近想到了一个，陈疯子培育的水稻品种，不瞒你说，我上门讨过他家一顿饭吃，那真是从没吃过的好东西。他正在培育、复活我们本地的湖熟水稻，如果能培育成功，那更好。现在我打算买下他所有的稻子做种子，向全村农户推广，大面积种植。到时候，我们的电商平台就有了打得响的本地商品。

卜银花说，你是说县城来的那个捡牛粪的小老头，大家喊他陈疯子的那个？

王三月说，正是他，那人本来是县种子站的技术员。人家没疯，人家只是把脑筋放一件事上，不像我们，既想淘江，又想扒海。

十、公元一九四五年（民国三十四年）

日本人在水阳镇扎下据点，日军只有一个小队，伪军却有一个中队。上元离水阳镇也就三四里地，都说兔子不吃窝边草，但日本人不是兔子，是鬼子。先是抓民夫筑碉堡、建岗楼，接着是清乡扫荡。上元首当其冲，不得安宁。日本人弄来了两艘铁壳船，在丹阳湖中巡逻，他们一定认为丹阳湖里藏着新四军游击队或者中央军。其实，皖南事变后，国民党军第40师119团一直驻扎在三湖县，追捕清剿新四军突围人员，新四军突围人员在地下党掩护下早就回到了大部队。而119团是正规部队编制，丹阳湖的芦苇荡里别说一个团，一个连的人也躲藏不下。日本人在湖面上打死的第一个人就是上元刘姓人，尸体漂到岸边，膨胀了几倍，装殓时棺材都盛不下，在家属的痛哭声中，刘金奎和刘黑皮羞愧难当。湖阳人狠，日本佬更狠，将上元人的脸面按到了裤裆里。日本人还常常进村抢粮食，抢不到粮就烧房子。上元人只得在水阳镇对岸布哨，看到穿黄皮黑皮的队伍出发，就传回消息让村人“跑返”，顾名思义，就是灾难来了先跑，灾难过了再返。在日寇占领区，这个词成了逃难的专用语。上元人将粮食藏在四舱船上，将村子与圩内垛田间的桥梁全部拆毁，得到消息，男女老少全都上船，向圩内河汊处奔逃。也有来不及走远的。有一对小夫妻，妻坐船头，夫在船尾划桨，居然让小鬼子的子弹击中，双双落水而亡。日本佬有船，但那铁皮船无法翻过圩堤，恼怒之余，报复的办法就是烧房。刘金奎的四进瓦房大院就是这样被日本佬一把火烧光的。

刘金奎在废墟的中央临时搭了三间小屋，主仆十几人挤在其中。面对烧焦的木头、破碎的砖瓦，国仇家恨，让一向骄傲的族长大人呼天抢地、咬牙切齿。

有一天夜晚，一个头扎红布、身穿白衣白裤的人推开了小屋的门。夜色苍茫，来人这身打扮让仆人以为是天兵天将，是菩萨派来的救世主。来人见了刘族长，却说一口三湖本地土话。来人称他是大刀会的联络员，会头命他来联络上元，邀请民团共同攻打水阳镇的日本佬。刘金奎和刘黑皮都听说过大刀会，传说这些人人手一把大刀，念过咒语后，刀枪不入。但这个民间组织一向活跃在山区，很少到圩区来。刘族长问，为何你们不打县城，却长途奔袭这圩区的水阳镇？来人说了实话，是他们的一个副总舵，途经水阳镇,被日本人扣下了。

刘黑皮说,都说你们使大刀,为何你腰间挂的是匣子枪?

来人说,我在你们圩区奔走,背着大刀不便,还是使短枪无碍。

刘老爷说,我信你了。

来人朝刘金奎双手一揖,说,族长大人可有怀表?到时候约好时辰,我们在水阳镇码头集合。

族长说,我有,到时候我让他们带着。放心,我们上元村的民团不会误大事。

上元的民团说是团,其实最多也就一个排的人。一支短枪、七八条长枪,配备抵不上中央军一个班。大刀会的人,挑了吉日良辰,后半夜鸡鸣前,天麻麻亮,码头和石阶上坐了黑压压的人群,大刀会的人占了一大半。他们都一样的装束,红巾扎额,上身短褂,下身罗汉裤,大刀插在背后。会头一声令下,众人拥进了水阳镇。所谓镇,也就是一条大街,青石铺街面,两边是商家。听到动静,有商家亮了灯,见是过路队伍,赶紧又灭了灯。日本佬的据点在一字街的西头。他们摸岗哨时动作不利索,哨兵扣响了扳机,惊动了日本兵和伪军。日本人的据点原是一富商家大院,占下后他们在院门口筑下工事,在院中建有一座高大的碉堡。顷刻间,进攻的队伍就被敌人的火力压制得抬不起头。有自以为喝了雄黄酒吞了丹砂的大刀会会众,念着咒语勇猛冲锋,日本人的子弹却不理会这法术,生生钻进会众的肉身。连续进攻了三次,院子门前留下了一排排尸体。进攻者们不气馁,敌人却更加猖狂,发起了反冲锋,冲出据点。大刀会和民团毕竟缺少作战经验,众人作鸟兽散。但是一字街两边的商家不知所以,把商铺的门板扛得死死的,所有人只能沿着一字街向东溃逃。那一个凌晨,水阳镇的大街上布满了伤员和遗体。据《三湖县志》记载，这一战，三湖民众战死七十八人，伤一百二十几人。

刘黑皮撤退时屁股上挨了一枪子儿，他立不起身，趴在青石板上等死，却忽然间被人扛到了背上。这人喝令他，抱紧我脖子，别往下掉。声音有几分熟，天还没有大白，刘黑皮猜不出他是民团中的哪一位。逃命要紧，此时顾不了别的，颠簸中，他渐渐晕了过去。

他醒来时趴在凉席上一丝不挂，他嚷嚷道，衣裳，我的衣裳呢？一个声音说，别动，你的屁股上刚挖出颗枪子儿，还好，只伤了皮肉。刘黑皮这才觉出了来自屁股的疼痛。那个声音说，刘黑皮，你这屁股我们不是第一回见，有啥稀罕。不过，你自己看得贵重没错，你全身上下也就这里还算白净。

说话的人是魏长叉，是魏长叉救了他，把他背回了魏村。魏长叉说，你小子比头猪还重，为了把你背回来，我只得将手上的长渔叉扔了，你得赔我。

刘黑皮说，渔叉换了我的命，该是我赔。

刘黑皮这一回在魏村过得惬意，虽然吃了败仗，但魏老爷把他当英雄看。这一仗魏村也有死伤，死者灵位进了祠堂，遗属按惯例由全村义养，伤者由村人请来县城医生治疗，并好生照看。魏长叉为了给伤员提供营养，捕鱼摸虾，还冒险下湖打了几只野鸭。刘黑皮急着回村，他惦记上元民团的伤亡情况，可魏老爷和魏长叉不答应，直到半月后，他已经能蹿上跳下，才用一条四舱船趁夜色把他送回上元。

临走前，刘黑皮和魏长叉结了把兄弟。魏老爷也托他给刘老爷带去一封书信，魏刘两姓要做亲戚走动。

刘黑皮再去魏村，给魏老爷和魏长叉各带了一坛酒。有好长时间没跟魏长叉喝酒了，居然有点儿想念。船上摆着一支檀木柄渔叉，那叉是他央求铁匠用最好的钢、最经心的手艺打造，给了铁匠双倍的价钱。

小老头说，陈老师，这一章也没陈大先什么事。

老老头说，你爷爷回老家看我和你奶奶了，不在场。八月初八上元庙会，他才回到上元。

小老头说，我觉得您不是教历史的，是教语文。也许您根本就不教书，您应该去说书。

十一、公元二〇二〇年

王三月确实跟陈玉田讨过一顿饭吃。

王三月走进陈玉田的院子，是掐准了吃晚饭的时间。院子里摆着一张小方桌，小方桌两侧摆着两张小矮凳。这种小矮凳在圩区很普及，下湖时放在船头船尾，轻巧，不占地方。渔民坐在小矮凳上喝茶或者端着碗就着火炉上的锅中菜吃饭，是丹阳湖湖面上常见的风景。丹阳湖筑成新圩后，渔民上岸从耕，只要不是逢年过节，平时吃饭时也就一人坐一张小矮凳，和那些山区的农民喜欢端着碗蹲着扒饭一样，习惯养成。别小看这小矮凳，现在的木匠没几个人能打好。现在的木匠用射钉枪，叭叭叭打进去，当时牢靠，几个月后就会吱吱作响，人坐上去小矮凳就唱歌。而老货小矮凳，都是用榫头对接，凳腿断了，矮凳也不会散架。刘氏的矮凳花，使的小矮凳都是家传的老货，闲时是凳，练时是武器。现在家具店卖的小矮凳不敢要，担心那玩意儿没伤对手，先把自己伤了。看样子陈玉田和他父亲入乡随俗，也喜欢在院子里露天吃饭，也喜欢坐着小矮凳、围着小方桌，高兴了扔一口饭给鸡，扔一块骨头给狗，不高兴，一脚把它们踢远，这才是农家日子。小方桌前只坐着一个老头，瘦骨伶仃，却精神矍铄，应该是陈玉田的老父亲。

老人说，你找谁？

王三月说，我不找谁，路过，讨一顿饭吃。

老人说，欢迎，欢迎你，能进我的门就是有缘，就是亲戚。

本地民风淳厚，上门讨碗水喝讨顿饭吃，有求必应，不问你是从哪里来，也不打听你到哪里去，更不去怀疑你是谁。想不到老人不是本地人，却有本地人的遗风。

陈玉田从厨房双手端一盘菜出来，见是王三月，眉头明显皱了一下。放下菜，用围袄擦了擦手，并不是与王三月握手，说，王书记，有什么事？

王三月说，没事，到您家讨顿饭吃。

陈玉田说，我这里没肉，也没酒。

王三月说，有碗饭吃就行。

老老头居然听明白了，说，哎哟，原来是王书记，失敬失敬。

王三月说，陈老先生，我不请而来，不好意思。

陈玉田做的晚饭确实简单，一份炒青菜，一份湖芭根，还有一份银鱼干鸡蛋汤，清淡。米饭呢，两人的量，居然是在大灶上烧的，只占了锅底一小圈。王三月听村民们说过，当初俩老头来村里落户，怕他们买菜不便，村里人纷纷给他俩送菜。后来有人发现，那些蔬菜都喂了他家养的小鸡崽，多了的菜居然任其烂掉也不下锅。糟蹋天物呢。小老头解释说，他下乡就是不想吃施过农药化肥的菜。小老头在田角落种了两垄蔬菜，和他的试验田一样，收获很少。家家都打农药，害虫们飞来飞去，在他的田里才找到了乐园。

小老头不嫌收得少，说，虫吃剩下的我们吃，反正我们也吃不了多少。村民们再也不给他家送菜。给他家喂鸡，还不如喂自家的鸡，农家人，不仅要喂鸡，还要喂猪喂羊。这陈玉田，就把疯子的外号在上元也坐实了。

王三月说，陈技术员，其实在县里时我就知道您的大名。

陈玉田说，人人都知道陈疯子。

王三月说，我爸退休前是农业局副局长。

陈玉田说，王副局长？认识。

老老头插话，我也认识，他读中学时我教过他。

王三月说，陈老先生，那您就是我的师爷了，师爷爷好。

要想品出米饭的滋味，最好的方法是不吃菜，反复咀嚼。陈家的米饭看着软绵，却耐嚼。王三月细细咀嚼，先是有甜味，接着是齿颊生香，但这香味不像泰国香米那样的浓郁，而是青草的香味，淡而久长。看王三月专心的样子，陈玉田说，这还是杂交品种，真正的湖熟稻米有荷叶才有的清香。

王三月说，这稻子可以育种吗？

陈玉田摇摇头说，只是几种稻苗嫁接的产物，无法育种。我目前育出的苗，走的是人工去雄杂交，就是一朵花一朵花进行，能得到的种子数量太少，无法大面积栽种。

王三月听不懂，说，如果找到了您的仙草，能不能自己育种？

陈玉田说，能，大粒育种，古人就是这样驯化野稻的。

王三月说，找了这些年，您一直没找到？

陈玉田说，找到过，在江边的石坝缝里。找到过两蔸，我没来得及保护，就让牛啃了。

王三月说，这野稻怎么会只有几棵呢？

陈玉田说，也许是几十年前，有人不小心落下几粒稻，一直缺少生根发芽的条件。突然间有了阳光水分，谷粒终于遇到了天时地利，就生长了。

王三月说，生命真有说不清的力量，一粒稻子，几十年后居然能从石缝里生长出来。陈技术员，您还能再发现野稻吗？

陈玉田说，能，一定能，生命都是顽强的。我在找野稻，野稻一定也在找我，但它没长脚，只能等我去发现。湖熟稻才消失几十年，只要我找下去，迟早我们会相遇。

王三月问陈老先生，说，都说叶落归根，您俩怎么到上元来落户了？

老老头犹豫了一下，还没开口，小老头说，不奇怪呀，我们的祖籍地是山区，我爸打懂事就生活在三湖，我是土生土长的三湖人。打这里走出去的人，拥有稻田才算拥有故乡。

陈玉田最后一句话，让王三月刮目相看。

连续的雨天，水阳江水位不断上升，圩田内涝越来越严重，人的心情也变得压抑。这天，王三月本来答应卜银花去河边现场直播挖湖芭根，雨太大，只能在电商教室里室内直播。

卜银花是个细心的人，疫情防控尚未彻底解除，每台电脑都与邻座隔了两个座位。王三月开始不肯直播，卜银花说，你看这网上，市长县长都有直播带货，为本地产品打开销路。再说，你这么好的颜值，我们不能让资源浪费。王三月只得答应。

他的直播还真火了，推销的湖芭几天后就断货了。柏亚男说，王三月，你快要成网红了。

水阳江的水位超过了警戒线，但老百姓没把洪汛当回事。水位超警戒线三五年出现一回，二三十年了也没见过破圩，狼来了狼来了，大家都不当真了。真要是破了圩，灾难家家有份，王三月不敢大意。在防汛会议上，杜乡长说东坝已经由武装民兵接管，昼夜巡逻。清道光二十九年，丹阳湖大泽水位高达十三米多，东坝被当地民众掘溃，造成苏州、无锡、常州、镇江一带重大水灾。自那以后，东坝土坝改为石坝，并长期驻兵看守，到了民国，还常驻一个排的官兵。形势不容乐观，王三月和刘四龙挨家挨户做工作，动员在外打工的人紧急回村。非常时期，村委会制定了政策，每户出一人巡圩，不回来巡圩的人每天出一千元，村委会用来雇工。老百姓会算账，在外打工者基本都返回了村里。

上游的第一波洪峰将要到达，水阳江水位急速上蹿，中央台播报，水阳江防汛升为一级防汛。三湖县上上下下都紧张起来，县长书记全部下乡到挂钩的圩子蹲点。圩堤上隔几里地搭建一个防汛棚，塑钢骨架，大红帆布，帆布上写着一个醒目的大字“警”。这里，白天是送水牌的人歇脚之地，晚上则是干部和青年突击队员的地铺。所谓水牌，是一块长方形木牌，上面写着序数，送牌者一手持牌，一手拎着铜锣和木槌，沿着圩堤巡视，水牌一站一站往下递，人停牌不停，二十四小时循环。一旦发现危情，立即敲锣鸣警。送水牌不是为了送牌，是为了一路巡查水情，出不得一丝纰漏。送牌者都挑选五十岁以上的男人，而青年人都组成突击队，主要是巡查圩堤内侧。堤外大水压境，溃堤常常是因为堤埂内侧出现漏泄。有句俗语，“千里之堤，溃于蚁穴”，就是指蚁穴这样的小洞，一旦漏水，也能越掏越大，毁了堤坝。突击队员五人一组，在圩埂的内侧斜坡一字排开，每人手持一根竹竿，用来拨开草丛查看漏水情况，也兼顾驱赶蛇虫，远远看上去，他们就像是战场上的排雷兵。阴雨连绵，蚊虫肆虐，偶有晴天，又是酷热，好在大家都明白守的是自己的家园，任劳任怨。

上元村的任务更重，除了守丹阳圩的大堤，还得守胜利圩一半的堤埂。哪边筑的圩堤哪边的人守，是多年来不成文的规矩。上元的劳力三分之二留在丹阳圩堤，三分之一安排到新圩。村干部分工，王三月负责丹阳圩，刘四龙负责新圩。刘四龙说，我们合作社的产业都在那里，新圩的圩堤基础比不上老圩，别人守我不放心，守那里我才踏实。还有一个原因，刘主任私下跟王三月说过，新圩真要是出了大事，我一个农民还是农民，你是吃编制饭的人，年轻着呢，以后的路还长，不能让你背锅。王三月守老圩，但也不敢大意，县乡蹲点干部都住在防汛棚里，他当然也日夜坚守一线。

第一波洪峰安全通过，要归功于祖宗留下的水埠。水埠大多数已被江水淹没，但气势汹汹的洪水到了这里，还是明显减缓。中流砥柱，到关键时刻方显英雄本色。洪峰还会有第二波第三波，甚至连绵不断，人们刚松了一口气，又得绷紧神经，迎接新的洪峰扑来。王三月坐在防汛棚的塑料方凳上，睡眠不足，上下眼皮老打架，他从烟盒里抽出一支烟，点上，想赶走瞌睡。当初来上元，随身带盒烟是为了方便接近村民，不知什么时候，自己也抽上了。

王三月自我安慰，非常时期，没烟人撑不住。

外面有人问，王书记在这儿吗？

王三月走出来一看，是陈疯子。陈疯子还带着三个人，看面孔，不是本村人。

村里摊派防洪劳力时，没算上陈玉田家。陈家户籍不在本村，房和田都是租的，而且俩老头年龄这么大，出个意外反而会添村里的麻烦。他带人来做什么？王三月递烟，四人皆谢绝。陈疯子指着其中年龄大一些的那人说，这是我儿子，洪灾面前，人人有责。

我把他叫回来了。

王三月知道他儿子是个科学家，可现在这里用不上科学家。

“科学家”自我介绍，我是研究无人机的，这两位是我的研究生。我们带来了无人机，可以用它巡视圩堤，发现漏洞。无人机效率高，可以节省人力，也算我家为抗洪出一份力。

王三月握住“科学家”的手，连声致谢。

老圩安排的人多，王三月打电话给刘主任。刘主任将信将疑，说，这东西有这么大本事？王三月说，你可以怀疑我的本事，但不能怀疑科学家的本事。刘四龙应下了，其实心里还是不踏实，巡堤的班次一次没减，只是增加了一项无人机的巡查。几位不肯停留，水也不喝一口，要直奔新圩一线，王三月只得安排船只，送他们过江。

长时间高水位的浸泡，增加了堤埂出险的可能。陈疯子儿子带来的无人机，搭载了光学、热红外、雷达等多种类型的传感器，无人机盘旋在新圩上空，对圩堤沿线进行遥感成像，三位科学人员据此分析再做出判断。送水牌的老者看着头顶上大鸟般盘旋的无人机，觉得稀奇，议论纷纷，这只“大鸟”并没长眼睛，它凭什么能发现险情？事实上第一次发现管涌，就是这只没长眼睛的“大鸟”的功劳。“管涌”这个词是防洪警报上的官方词语，上元人称之为“漏水洞”。找到了那个漏水洞的定位，突击队员立即集结过来，用沙包封堵。水停止了一会儿，大家刚松懈，周围二三米的范围又出现了二三处漏水洞。几位老人赶到现场，拿出了防治方案，在外堤投石投沙包，尽可能阻止进水。各种备用石块和沙包成车成车倾倒在堤埂外侧，收效并不明显。胡老头说，看样子这里不是一个漏水洞，是一窝，仅靠堵塞，按下葫芦浮起瓢。宜导不宜堵，我们得赶紧在圩埂内垒坝，水涨坝高，等到水位与外面的江水持平，江水就不会朝漏洞里钻。刘主任平时看不惯胡老头，但在抗洪这方面，不听老人言，吃亏在眼前。漏水面积有十平方米左右，筑一个“匚”形坝，得需要大量的尼龙包装袋灌土堆垒，准备的沙包已所剩无几。刘四龙紧急通知村委的广播员，征集各种包装袋，送到江边七舱大船上，越快越好。胡老头说，刘主任，用不着，只需召集人跟我去取就是。我这几年的稻草都用来编织草包，全堆在我家的一楼，现在正是用得上它的时候。刘主任说，事不宜迟，突击队马上组织运送草包，灌土、垒包，拖延一秒钟就增添一分危险。关键时刻，胡老头家的草包起了大作用，杜乡长派老圩的突击队员火速过江增援，草包柔软，泥土遇水外漏，将草包之间的缝隙自然填充，比尼龙包装袋实用。三道垒坝很快与堤面持平，果然，漏出的江水不再上蹿，垒坝与圩堤中间形成一个镜面的小池塘。险情解除，所有人都累得瘫倒在圩埂上，顾不上擦洗头上脸上的泥水。

陈玉田和胡老头刚才都在稻田里往草包中装土，被毁掉的稻田有小半亩。要是平时，牛啃了几棵稻禾也会引发一场争吵甚至打架，现在稻田的主人也在抢险的队伍中，他只是心疼地看一眼挖出的土坑，没吭声。俩老头的共同点是热爱庄稼，他们挖土时尽量往深处取土，尽量少祸害庄稼。稻穗已经吐粒，青葱葱地拥簇在一起，煞是可爱，再晒几回太阳，它们就能饱满金黄，将稻穗压得弯下腰来。看着它们倒伏在脚下，俩老头心里都不是滋味。但此刻真的顾惜不了，堵漏如救火，都得豁出去。从前圩区出现溃堤，村民们把门板床板还有家里贮存的米包都毫不犹豫地填进去。留得青山在，不怕没柴烧。

胡老头烟瘾大，坐在泥巴中的他迫不及待地点了根烟，说，老陈,你儿子厉害,那小飞机简直火眼金睛。

陈玉田也坐在泥巴中,眼镜上糊了泥巴,看人看世界都模糊,心里却清晰。陈玉田说,姜还是老的辣,你存了这么多草包,未雨绸缪。

胡老头听不懂末句的成语,但晓得是夸奖他,谦虚地说,哪里哪里,不敢当。

胡老头转身对大伙说,其实,打这些草包是我家老大的主意,捐出来也是他的主张。他说能在紧急处为村里出上力,他比做什么都开心。

人人都附和着夸起胡红专。陈玉田明白了,夸老子只夸了一个人,夸儿子是老子儿子两人一起都夸了。

陈玉田一直陪儿子他们住在防汛棚里,刘主任几次让他走,他都不肯撤。他的理由是儿子喜欢吃他做的饭菜,他守着,儿子心里才踏实。没有人知道他内心的秘密,他担心的不仅是儿子。

十二、公元一九四五年(民国三十四年)

当年日本人在上元放火烧房,看上去气派一点的砖瓦房都没逃过他们的魔掌。唯一没被烧掉的是村口的祠山庙,看来日本人也惧怕祠山大神的神威。祠山庙坐北朝南,对面原是上元的大戏台,供每年庙会请来的戏班子演出。日本人不敢动祠山庙,把戏台一把火烧了。庙会在即,戏台必不可少,日本佬投降了,上元人驶出六条七舱船,赴东坝镇采购木材和砖瓦等,请来木匠、泥瓦匠、雕匠,马不停蹄地建起了新戏台。东坝镇原是商旅从丹阳湖通往苏南的商埠,是稻米、茶叶和木材的集散地,日本人占领后商家萧条,抗战胜利后小镇复兴。上元村被烧掉房子的农户，凡是还有点老底子的人家，都是从东坝镇购买建材重建新居。

传说中当年祠山大神白天在淤泥中挖泥垒堤，入夜化身为猪，拱泥筑堤。圩区一带，判断你是不是懒汉，卷起你的裤管便知。据说祠山与天斗与地斗，与洪水斗，胫无汗毛，后人以此为荣。其实男劳力们腿上没有汗毛并不是因为抗洪，稻秧栽下后，杂草共生，稻农有一道工序称为“跪田”，双膝着田，胯下夹一行稻秧，膝退人移，沿途双手将稗草之类抠除埋进淤泥，变作有机肥。从前布匹比皮肉值钱，稻农一般不舍得穿长裤跪田，年年如此，小腿自然寸毛不生，与祠山抗洪并无什么关联。庙会有一项规矩，那几天所有人不得吃猪肉，祠山当年化身为猪，忌吃猪肉为表示对祠山大神的崇敬。老辈人说，有年庙会来了一山区捣蛋鬼，饱啖猪肉后来庙会看戏，神灵岂能饶他，戏没开场，这家伙呕吐不止，腹痛满地打滚，口中央求祠山大神开恩。他得罪的不只是祠山，他得罪了整个圩区百姓。自那以后，再没人敢坏庙会的规矩。

魏老爷来上元庙会看戏，对两村而言，其意义不亚于很多年后标志中美冷战结束的尼克松总统访华。日本人烧毁了刘族长的豪宅，宅基地上只剩烧焦的梁柱和黑乎乎的磉礅。磉礅也被称为柱脚，或方或圆。刘族长家的柱子柱柱落石，而石礅之下都埋着一罐银圆，以备不测。刘族长没想到自己埋下去的银圆又被自己掘起，恩泽后人的想法被日本人瞬间击碎。世道险恶，顾眼下顾不到将来了。刘族长重盖了大瓦房，自掏腰包让刘黑皮去请芜湖的黄梅戏团，放出口风，庙会三天，上元村摆流水席，来者都可敞开肚皮吃喝。以前这笔开支都是村里众筹，这次刘族长一人包下了。刘族长说，打败了日本佬，千金散去还复来。“跑返”才结束，大伙还没缓过气，平均摊派，对落难户是叫花子碗里挖冷饭。试想，若是日本佬劫走了我的老底子，那就是肉包子喂了狗。这钱还在我手里，是天意，天不灭我，这钱花在上元的脸面上，花在庙会上，才花得值。

庙会不能吃猪肉，但亲戚来了不能缺肉，没了肉，喝酒就喝不香。日本人占领这些年，田荒了，湖荒了。丹阳湖里的湖草茂盛，鱼虾长得欢，一网下去，能有半舱鱼，大的青鱼、鲢鱼能有十几斤，小的湖刀和银鱼起网是满眼银。捕鱼的人捕鱼，打猎的人打猎。秋风起，芦苇荡里芦秆黄芦花白，各种禽鸟在芦苇荡上空盘旋。丹阳湖里野鸭多，本地人分为八种，一雁、对鸭、山鸭、世鸭、湖鸭、绿鸭、漆鸭、扒鸭，用本地方言读，即一二三四五六七八，个头依次从大到小。魏村和上元的四舱船在湖荡中穿梭抓鸭，两伙人相遇，在船头立起，抱手一揖，魏村人是送礼用，上元人是待客用。到了庙会那几天，两边的鸭子说不定会在一口锅里。

魏村来了三条七舱船，两条载人，一条装的是礼品。人体面，穿着年节才穿的新衣，礼物更体面，十只沉甸甸的抬箱、一坛坛酒、一匹匹绸，还有堆得冒尖的糯米团子和云片糕。刚过几天太平日子，魏村出手如此大方，也拿出了吃奶的力气。上元人迎候在埠头，船一靠岸，鞭炮齐鸣，欢声笑语，每个人都兴高采烈，停止了好些年的红火日子终于回来了。

刘老爷和魏老爷见过面。民国二十五年，上元和魏村在丹阳湖曾发生一场大规模械斗，双方出动了全村的男劳力，上元死一人、伤五六人，魏村死三人、伤七八人。官司打到省政府，省长出面开协调会，魏老爷和刘老爷作为乡绅代表参会，两人唇枪舌剑，双眼冒火，恨不得一口把对方吞下。此一时，彼一时，如今俩老爷见面，行宾主之礼，斯文有加。当日午餐，设在刘老爷家正厅，一张八仙桌，魏村三位，魏老爷、魏长叉加一位魏氏秀才，上元也对等三位，刘老爷、刘黑皮加一位在省城洋学堂读书的刘氏子弟。国与国之间交往有讲究，村与村之间也有礼节，俩老爷身边都是一文一武。另两位贵宾，一位是来自大同大学水利研究所的教授陈大先，另一位是本县县长的秘书。

刘府新建不久，正厅面貌一新。堂上是一幅陆羽烹茶的水墨山水画，一左一右是题为“远山近水皆有情，清风明月本无价”的对联，一堂红木家具原色原香，一排立柱却刷的是红洋漆，味道呛人，魏老爷有些不适应，接连打了几个喷嚏。魏老爷说，刘族长家大业大，那年听说鬼子在上元烧杀抢掠，刘府首当其冲，想不到鬼子一走，刘府华堂崛兴，龙楼凤阁，鬼子不走怕也得被您气死。刘老爷说，兄台见笑，经历了这场战乱，才明白钱财乃身外之物。不怕您笑话，这场庙会后我已所剩无几，所以才自我安慰，有“远山近水”“清风明月”足矣。魏老爷说，刘族长志存高远，胸襟阔大。我只顾虑眼前，当下鬼子走了，留下的烂摊子一时难以复兴，老百姓饥寒交迫，尽管可以用湖产抵挡一阵子，但没有主粮，这日子还是难挨。可是等到明年的稻子收割，还得大半年。

刘老爷看刘黑皮一眼，举起酒杯敬魏老爷，说，话赶话，说到这里，我向兄台进一言。

魏老爷一口抿了，说，请兄台赐教。

刘老爷说，丹阳湖大泽由三湖组成，古时一片汪洋。春秋时吴国筑濑渚邑为固城，又筑相国圩附于城。后来因吴丞相有宠于君，因此将此圩赐之，故后人称此圩为相国圩。三国时期，吴国大将军丁奉为解决军民粮食问题，来到丹阳大泽，见四野茫茫、草盛泥肥，于是率十万大军筑埂成圩，始有金银圩。丹阳圩始筑于北宋政和年间，围湖造田也是为民生计。从古至今，帝王将相都是不断向丹阳湖争田争粮，才有如今大大小小数十个圩子。战乱刚过，民不聊生，若国泰民安、人丁兴旺，只怕粮食更趋紧张。我心生一念，如果我们两县人民合力将丹阳湖筑成一个新圩，就能得良田万亩。我斗胆向兄台禀报，不知兄台以为如何？

魏老爷一拍桌子，说，好，好主意。刘族长果然高瞻远瞩，大手笔大气魄。

陈大先一惊，一根筷子落到地上，顾不得弯腰去捡。他说，两位老爷，使不得，千万使不得。

刘老爷那番说道，大多是平时聊天时在陈大先这里听闻。但刘老爷说话，只是截取了为他所用的史实。陈大先说，两位老爷，请允许我讲几句。相国圩、金银圩筑成后，丹阳大泽水患没有明显增多，但丹阳圩筑成后，横截水势，每遇泛涨，冲决民堤。南宋时江东转运司调查后认为，丹阳圩圩田七百三十顷，每年收米不过两万石，而导致数州民田淹没所失的税收却是其数倍。上报朝廷，最终因异议而搁浅。至明朝刘伯温在固城湖东筑东坝后，三湖之水不复东流，水位陡增，造成大批圩田淹没。正德七年，仅三湖一县被毁良田十万余亩。根据史料可知，三湖县水患从明朝开始愈演愈烈。倘若将丹阳湖再筑圩围垦，无异于雪上加霜……

陈大先一口气往下说，刘老爷的脸色越来越阴沉，魏老爷却面露笑容，频频颔首。刘老爷没想到陈大先这个书呆子关键时刻唱反调。刘黑皮突然起身，拽住陈大先的胳膊，说，陈先生，门外有位亲戚找您呢，我们去看看是谁。不由分说，把陈大先拖走了。

魏老爷说，继续聆听兄台高见。

刘老爷说，这事得由我们俩联手才能促成。我们同时向两县县长申报，仅凭我们两村村民之力，肯定做不成这件大事。只有得到两县官府支持，发动民众，才可希冀。我想过了，民工出工，以工分计田，将来有路远不便耕种者，由我俩将他们名下垦田悉数买下。呈报上官的具体方案，我已准备好，请兄台鉴定。

魏老爷接过刘黑皮早已备好的信札，说，刘族长好笔墨，笔中聚天下山水之灵气。

魏老爷终于明白了刘老爷的葫芦里卖的什么药。不过，共赢双利的好事，他何乐而不为？这刘金奎确实不是等闲之辈，若真如他所说穷得掉底了，到时候，他拿什么去买民工的份子田？

刘老爷说，事不宜迟，我俩各自抓紧去办。入冬后西风起，丹阳湖的水将涌进石臼、固城两湖，正是筑圩埂的好时机。

魏老爷端起杯，说，干。

其时，国共已经开战，三湖县处于国统区，三湖县的共产党游击队遭遇国民党军队的围击，损失惨重，奉命北撤。国民党省县两级政府官员忙于内战差事，无心理政。刘老爷和魏老爷在这件事上结成利益共同体，他俩劲往一处使，上下活动，不久就拿到了那一纸批文。

陈大先始终想劝阻刘金奎，而刘金奎绝不允许陈大先挡他的道。围湖垦田是利民利己的千秋功业，凭什么先人们围湖垦田青史留名，我刘金奎同样做好事，你陈大先却要加我以千古罪人之名？刘金奎不待见陈大先，终于有一天吵翻后，陈大先被逐出刘府。

陈大先搬出刘府之前，朝刘老爷作了深深一揖，说，只求新圩筑成后，只做良田，不驻村寨，万一洪水滔天，新圩依然可储水分忧。刘老爷点头同意。建圩以来，不论是国民党统治时期，还是中华人民共和国成立后，这一条定为铁律。

“德先生”和“赛先生”，当然还有陈先生，这时的刘老爷觉得，他们都应该去喝西北风。

陈大先搬进了圩埂脚下的一处涵洞。涵洞外通水阳江，内通圩内内河，用于大旱时放水进圩灌溉庄稼，平时通江水那侧用石头封死，冬暖夏凉，是逃荒要饭的乞丐的栖身之处。若是夏天，蚊虫飞舞，而且还有蛇和老鼠藏身其中。好在已是深秋，陈大先住在里面还算太平，只是偶尔有几只老鼠夜中骚扰，陈大先点亮防风灯，它们就落荒而逃。这只防风灯，是他离开刘府时，刘太太硬让他带走的。那年代的学者研究强调田间调查，风餐露宿是调查考察时的家常便饭。陈大先内心并不怨恨刘金奎，一个地主为得到土地不顾一切，可以理解，恨只恨官员们的糊涂与昏聩，误国误民。住在逼仄的涵洞里，饥一顿饱一顿，倒让他对刘老爷有了感激之心。这么多年，每次来水阳江畔，他都是住在刘府，热饭热菜，刘老爷待他为上宾，如果不是出于公心，他不该与刘老爷为敌。他两次回到省水利厅，禀告丹阳湖筑新圩的利害，并将自己的分析著述成文呈上，可没人理睬。厅长只是朝他一笑，劝他不必情绪激动，批文是省长签发，他一个厅长挡不住，一个小小的研究员想阻挡，更是螳臂当车，不自量力。陈大先灰溜溜地回到上元，向村民游说筑新圩的危害，村民们避之唯恐不及。这个书生，是个忘恩负义的狗东西，书读到狗肚子里了，刘老爷家的好菜好酒喂到狗肚子里了。陈大先在上元待不下去，修书一封，托三湖县的地下交通站向上级钱中英汇报。半个月后陈大先接到指示，令他离开三湖，去我党苏皖边区政府水利局工程科报到。钱中英那时正是这个工程科的科长兼华东军区兵站部交通科副科长。

陈大先接到指令之前的那几天，丹阳湖筑新圩的工地热火朝天、人欢马叫。

新圩定名为胜利圩，取庆祝抗战胜利之义。新圩设计为椭圆形，两侧留水阳江水道，三湖县和湖阳县民工各筑一半圩堤，刘老爷和魏老爷各任本区域筑圩总指挥。正是枯水期，民工从水牮处筑坝拦截水阳江，西北风劲吹，将湖水吹向东边的石臼湖，丹阳湖的湖底裸露在青天白日之下。民工们挖土成沟，肩挑手提，挖泥土堆积成一条长龙。遵照祖先围圩之法，新圩必须设两处“亮陡门”，两处“暗陡门”，四处涵洞为圩内外排水之用，内涝向外排，内旱向内排。所谓“亮陡门”，就是露天水闸，水闸用巨石制成，宛如一扇巨大的门板，用绞绳升降，那摇把又长又粗，摇动时需十个劳力上阵。“暗陡门”看不到门，是在圩埂的内侧中间，砌出一个蓄水池做中转站，圩埂外侧架一排人工水车，有涵洞通蓄水池，内侧往往置二到三级水车，逐层向蓄水池送水。每当男劳力们爬上扶手踩水车，便是圩区男女老少观赏的独特风景，中华人民共和国成立后水车换成了抽水机，黑乎乎的铸铁水管在斜坡上趴成一排，宛如巨蛇阵。筑“亮陡门”是筑圩最重要的工程，巨石可从皖南山区定制，最难的是奠基。

奠基难在找人，旧时恶俗，重大建筑需用活人奠基。据说春秋吴国筑相国圩，北宋筑丹阳圩，每个“亮陡门”的门石下都有被埋葬者的呻吟。三湖的筑圩指挥部设在刘府，三湖县一众地主乡绅在刘府大厅一筹莫展，最后是刘老爷拍板，把任务交给了民团团长刘黑皮。奠基当然得选吉日良辰，那天鸡叫头遍后，指挥部头面人物悉数到场，跪拜之后，民团的人将一白衣白裤的人塞进坑内，夜色尚浓，那人嘴中被塞了破布，所有人只听得见哼哼之声，却看不见那人面目。

小老头大惊，打断老老头的话，说，您是说那人就是陈大先，是我爷爷？

老老头说，这只是一种猜想。你爷爷之死，还有别的可能。

当年老老头北上找到陈大先的上级钱中英时，钱中英认为，陈大先同志是在过长江时遇难的。接应陈大先的交通员在江北码头交通站苦苦等待了几天，都没有等到陈大先。一种可能是乘船过江时船翻人亡，这种事故当时在长江中时有发生。另一种可能，陈大先的地下党员身份途中被国民党特务发现，在脱逃时被敌人子弹击中。中华人民共和国成立后有关部门搜查国民党监狱卷宗，一直没有找到陈大先在押的资料。

胜利圩最终筑成于公元一九四七年春天，其时国共两党的战场上硝烟弥漫，国民党后方官员人心涣散，刘老爷魏老爷既为筑圩牵头者，又为官方任命的总指挥，出面向两县民工兑现承诺。刘老爷购得湖田八百亩，刘老爷捐出其中二十亩作为义田，收获用来赈济上元刘姓贫困户，奇怪的是，陈大先不姓刘，远在浙江老家的陈大先妻儿却连续两年收到了寄自上元的义金。

十三、公元二〇二〇年

丹阳圩的抗洪指挥部设在鳡鱼嘴，这里是圩堤突出的一段，正面迎对着水犁之后江水形成的第二波洪流，历史上在这里曾发生两次溃口。尽管人民公社时期，每到冬闲，公社都召集劳力来此筑圩，把圩埂筑得特别高、特别宽，但每次过洪，这里还是丹阳圩防洪的重中之重。指挥部搭在埂面,也就是比别处抗洪棚多搭了几个大帐篷。杜乡长和王三月昼夜都驻守在此,县长几乎每天来巡查一次,突击队队员们也在此宿营。

指挥部的一日三餐由卜银花带领妇女们做好并送来。防洪伙食,县乡两级都有拨款补贴,老杜面对丰盛的菜肴感叹,要是来瓶白酒就美了。老杜也就嘴上说说而已,这时候谁敢喝酒?喝酒误事,这样的时刻是误大事,老杜一乡之长也没胆子碰这红线。卜银花在这非常时期也没忘记她的直播,不过内容有所改变,主要是直播抗洪现场了。杜乡长放下碗,说,卜委员饶了我吧,上次那个直播,我老婆看了打电话给我说,你把我的半个屁股当老腊肉晒出来了。众人都笑得喷饭,确实有这么回事。那天老杜带着打桩队在江水中打桩,打的桩不是一般的桩,是大树笔直的树干,在圩埂外的顶浪处打下一排树桩,可减轻圩埂的压力。老杜年纪大,下水扶桩,年轻人力气大,使锤砸桩。打下一根,老杜上岸选另一根树桩,卜银花正带着送饭的妇女们路过,她放下饭篓,拿起手机就录像。老杜的短裤本来就在屁股上扯了条口子,水一浸,布往上贴卷,弯腰时屁股正对着镜头,暴露出一截被水浸得乌青的老皮老肉。卜银花说,战时状态,谁还在乎看乡长的屁股?

笑声一片,大伙忘记了疲乏。

王三月有一个星期没洗热水澡了。在这里驻守,人人都是往江水中一跳,拍打几下身子就算洗澡,本地人叫"老鸹澡"。王三月不适应,江水泥沙俱下,明明擦洗得仔细,但穿上衣服,皮肤糙得慌,用手一搓,能搓下一层细沙。这天吃过晚饭,王三月向杜乡长请假,回宿舍洗个热水澡。

王三月洗完回到指挥部,杜乡长正在昏黄的灯光下抽烟。王三月说，刘四龙人呢？老杜说，走了，划船过江了。王三月说，他没说什么？老杜说，没说话，鬼头鬼脑地将帐篷看了个遍，递给我根烟，拿上桨和桨拐，上新圩了。这家伙，抽的烟烟嘴上还带颗爆珠，只是话少，话比这爆珠烟还稀罕。

自从儿子他们上了新圩圩埂，小老头就顾不上老老头了。他在帐篷里忙前忙后，难得扮演了一回慈父的角色。闲下来，他依然没改掉四处转悠的习惯。这天下午，云层里射出了一缕阳光，陈玉田在堤脚不小心摔了一跤，摔得不重。他想揪出一把青草时，突然缩回了手。天，这不是一丛草，不，这也是草，是他要找的仙草，它们有两蔸。他凑近，阳光下叶上细小的绒毛，仿佛新生儿皮肤上金色的初绒，可爱至极。你们从哪里来？陈玉田无法知道。你们到哪里去？陈玉田清清楚楚。踏破铁鞋无觅处，得来全不费工夫。陈玉田庆幸之后觉得，他摔这一跤，是野稻要拽住他，感动于他这么多年来的苦苦寻觅。

再也不能让牛啃了它们。幸亏，抗洪以来，牛也不过江了。陈玉田还担心它们被村民们当青草割了，剁碎了喂猪喂羊。幸亏，所有劳力都上了一线，没人顾得上给牲畜喂青饲料。这两蔸野稻，比田里的稻禾晚了至少有二十天，陈玉田恨不得它们能马上抽穗、开花、结实。但是，野稻再与他有缘，它的生长规律也不以陈玉田的意志为转移。陈玉田像一个老年得子的父亲，这柔弱的生命，真是捧在手上怕摔，含在嘴中怕化。他计划着要在这两蔸野稻的周围插上铁栅栏，竖上一块标牌，而他以后的日子，再也不跑东跑西，就守在这里做它们的保护人。

灾难总是让人猝不及防，溃坝发生在凌晨五点多钟，地点在湖阳县魏村段。当急促的锣声在夜空中疯狂敲响时，洪水冲毁的只是四五米长的堤埂。但是,只不过十几分钟时间,它就如猛兽般张开血盆大口,吞没了一百多米长的堤埂。所有抗洪棚里的人都站到了堤埂上,无措地等待洪水扑过来。没有人注意到,陈玉田扛起一把铁锹,拎着一个尼龙袋,扑向了堤脚。他只想着防人防牛,怕伤害他的仙草,莫非老天想收了去?他陈疯子绝不答应。等他把两蔸野稻连根带土装进尼龙袋,一股水流将他抬了起来,陈玉田连喝几口浊水,失去了知觉。幸亏他身上穿着红色的救生背心,他醒来的时候,手里还牢牢地扯着尼龙袋。那两蔸野稻还在袋中,但能不能存活只有天知道了。

小老头说,谁救了我,是谁把我送上岸的?

没有人回答他。

小老头说,我感觉先是一群奔腾的白马,它们杀气腾腾地扑来,引领着巨大的浪头席卷了稻田,把我卷起。我正在水中上下翻滚,是一头白色的猪,把我高高地拱起,拱到了水面上。

胡老头说,白色的猪?你以为是祠山大神救了你?

救他的是刘四龙。刘四龙也冲下了堤脚,他解开了快艇的绳扣,与袭来的洪水抢时间抢人。尽管上级三令五申,新圩不准建村设寨,但是总有一些人心存侥幸,在圩内搭建临时棚子。洪水袭来,有十几个人爬上屋顶或者攀上树梢呼救。刘四龙驾着小艇,将一拨又一拨人送上圩堤,其中就有陈疯子。在他第五次驾艇离开时,他的快艇再也没回来。两天以后,洪水已经在新圩内形成一片汪洋,人们在露出水面的树梢间,找到了刘四龙的遗体。

十四、公元二〇二〇年

到了八月下旬,汛情解除。

好在胜利圩破圩，除了上元的村主任为救群众牺牲，再没有一人丢性命。

柏亚男带人来到上元，及时给投保农户做了赔付，受灾户挽回了大部分损失。柏亚男及时宣传“新农保”的政策，这一次，柏经理受到村民们的热情欢迎，事实胜于雄辩，赔付款真的拿到了手，这是硬道理。当然，柏经理也受到了王书记的热烈欢迎。久别重逢，古人词曰：“金风玉露一相逢，便胜却人间无数。”大学课堂里王三月读过这两句诗，只是到此时，他觉得才算读懂。

这天，省宣传部门的记者来到上元采访，王三月和卜银花负责接待。卜银花搬出了螃蟹合作社的账本，刘四龙把每年的分红都补贴给螃蟹亏损户，拿到补贴的人都有签字或者按了指印。按记者要求，卜银花打开了刘四龙住的房间，房间的模样和王三月住的一模一样，只是房间里有一股溲酸味，那天晚上他换下的衣服扔在沙发上，没来得及洗。卜银花的泪水止不住地往下掉，王三月突然忍不住哽咽起来，比卜银花的伤心程度有过之而无不及。

陈疯子再也不出去疯了，他把那两蔸野稻移到了试验田里。这两蔸野稻是陈疯子的宝贝，同时也成了王三月眼中的宝贝，他晚饭后也喜欢到田间看看它们。这两蔸野稻没有辜负陈疯子，秆茎恢复了元气，叶子挺立。陈玉田将它们移植于稻田一隅，说等稻粒挂穗，就搭防护网，以免鸟雀啄食。晚风中，稻浪起舞，其中有一棵高出一截的稻秆尤其招摇，仿佛是一位领舞者。王三月觉得奇怪，它怎么没有抽穗？陈疯子抬了抬眼镜说，它不是稻子，它是稗子。他下田拔了稗子，扔在田埂上，说，我不用除草剂，免不了有稗子鱼目混珠。陈疯子说，对了，王书记，你怎么有空来我这稻田？王三月说，忙是忙，忙着修筑缺口，开动陡门和涵洞的抽水机排涝，救庄稼呀。可是，再忙也得抽时间看您的仙草。陈疯子说，湖让人一步，人也应该让湖一步，人与这湖天生有个度，不能过度。其实，根本就用不着再去管它了，人类不去插手，三五年之后，这丹阳湖就能恢复元气，回到李白笔下的美境，“湖与元气连，风波浩难止”。还有那什么什么的诗，我忘记了。

陈疯子这想法，就是上面提倡的“退耕还湖”，王三月觉得陈疯子的思维走在自己前面。饥荒年代，围湖造田，是为民生计，但毁了生态，不是长久之计。王三月约杜乡长喝酒，杜乡长说，都说绿水青山就是金山银山，这道理上上下下都懂，可具体落实不容易。前两年，县城搞湖滨湿地公园，占用了城郊圩区一批圩田，与农民签约每年每亩补贴一千五百元，每年都是县财政的一个包袱，只怕你这想法再好，县长书记也不会拍板。

就没有不动用财政补贴的办法吗？

杜乡长抿了一口酒，说，也不是没有办法，羊毛出在羊身上。这新圩里的圩田一半以上都挖了蟹塘，如果还湖，可以在湖面上网箱养鱼养蟹，按田亩数字分配网箱面积。不养的人可以出租，丹阳湖的水是流动的活水，网箱养鱼和养蟹对水质影响不大。只是，这第一批购置网箱的钱，老百姓肯定不会自己掏，还得依靠县财政。

王三月敬酒，说，您这么好的主意，藏在心里不烧心吗？

杜乡长说，这么大的事，我一个小小的乡长没有话语权。

王三月说，照您这意思，我岂不得早早偃旗息鼓？

杜乡长说，你我不同，我是马上退休的人，夕阳西下，你是早上七八点钟的太阳，是干事的年纪。而且我相信，你有办法将你的想法和方案送到常委会上讨论。

老杜朝他眨巴了一下眼睛，说，“湖与元气生，烟波浩难止”。

我也想退休后，能看到李白诗中的丹阳湖美景。

王三月知道这是李白丹阳湖诗的另一个版本，三湖县的文人们曾为谁是正版争得脸红耳赤。原来每个丹阳湖湖畔的人，心中都藏着一个李白。

王三月当然听懂了老杜的话中音，只不过，他不想走那位未来老丈人的门子。利国利民的事，该他担当他就必须担当，赴汤蹈火也在所不惜。前有别人口中的陈大先，后有亲眼所见的刘四龙，一个个前赴者甚至勇敢地付出了生命，他们是他的榜样。他暗下决心，要尽快将想法落笔成具体方案，直接递交书记和县长，哪怕有莽撞之嫌，只要能成事，那又如何。

（原载《人民文学》2021 年第 2 期）

作者简介：余一鸣（1963—　），江苏高淳人。著有长篇小说《江入大荒流》，小说集《不二》《种春风》《愤怒的小鸟》等。

散文纪实

雨花台的那片丁香……

何建明

是丝丝的春雨？还是涓涓的泪雨？当我踏进南京雨花台革命烈士陵园的那一刻，我的灵魂和思绪出现了某种幻觉……嗬，原来是一片片飞舞的花瓣贴在了我的脸上！那花瓣儿白白的、娇嫩的，滴着露珠，且散发着沁人心脾的芬芳。

“这不是白丁香吗？”我惊喜这冷垂玲珑、千结而生的丁香花竟然不请自来。

“是。你看——这里有好多丁香树哩！”陵园工作人员小孙指着前面的那片鲜花盛开的丁香园，告诉我一个更加惊人的事，“这片丁香树就是为了纪念一位叫‘白丁香’的女革命烈士，她还是你们苏州老乡呢！”

真的呀？我无法相信，然而在烈士纪念馆的展示厅里，确实找到了一位美丽如花的“丁香”老乡的照片。那照片上的丁香，齐肩短发，白皙的脸蛋上，扑闪着一双大大的眼睛……尽管是张已有年头的黑白照片，但依然能让我感受到那是位魅力无比的上世纪三十年代的姑苏美女！

在丁香像的下面，有一段烈士的简介：

丁香（1910—1932），江苏苏州人，曾就读于苏州东吴大学，1930 年 4 月加入中国共产主义青年团，次年转为中共党员。1932 年 9 月，被派往平、津一带秘密工作，不幸被捕，解来南京，12 月牺牲于雨花台，年仅二十二岁。

“这是丁香烈士唯一留在世上的照片，是上世纪八十年代在她爱人的老房子里无意间寻觅到的。”小孙还告诉我，丁香和她爱人都是我的苏州老乡。

“那么巧啊？”我又一次惊诧。

“是的，在你们苏州平江区不是有一条‘丁香巷’吗？丁香就是从那个小巷来到人世的……”

啨！我不得不再一次发出轻轻的却强烈震荡心坎的咏吟：那是一条“千结苦粗生”的小巷子，在我幼小的时候，外婆就告诉我，她三岁时有一个小妹刚出生，正遇她的父亲家业破落，因此外婆的小妹不得不被遗弃在小巷弄堂口，从此再无音讯……新中国成立后，小巷因为出了个牺牲在雨花台的革命烈士丁香，所以政府将小巷改成了“丁香巷”。我的外婆在八十年代末去世，她说她的小妹或许就是那个不在了的“丁香”，外婆的理由是她的另一个姐姐后来也跟着谭震林的新四军队伍，和日本人打了许多年游击。信天主教的外婆悄悄告诉我：家里人就是害怕她也出去“舞刀弄枪”，所以让她信了洋教。

外婆留下的故事年代已太久远，她那位丢失的小妹是否就是“丁香”，我无法考证。然而，故乡苏州的那条“丁香巷”却是我以前常去的小巷，而我一直并不清楚在那个小巷里竟有一位牺牲在雨花台的美丽而多情的革命烈士。

烈士陵园小孙是位革命历史研究专家，她介绍，革命烈士丁香确实是位弃婴，当年被苏州基督教监理会的牧师收养。“太美了，像丁香一样美哟！”收养女婴的是位美籍女牧师，她喜欢中国，更喜欢盛开白丁香的园林姑苏，于是她给自己起了一个“白美丽”的名字。洋牧师白美丽是位精通文史和音乐的知性女士，更有一颗善良的心。弃婴由她抚养后，她给孩子起了个温馨而浪漫的名字：白丁香。丁香从此在姑苏城那条小巷内绽放美丽的人生。

“淅淅沥沥的细雨下，小巷里飘出阵阵清淡的幽香，袭得肺润心醉。我的宝贝小丁香，你睡你醉你开心。妈咪给你弹一曲《浣溪沙》……”于是，小巷的教堂里传出古典伴洋味的抒情乐：“揉破黄金万点轻，剪成碧玉叶层层。风度精神如彦辅，太鲜明。梅蕊重重何俗甚，丁香千结苦粗生。熏透愁人千里梦，却无情。”

小巷是宁静的。宁静的小巷里总见一对天仙般的母女在丁香树下嬉戏和读书，那夜莺一般的笑声和清脆的朗朗声，伴着姑苏的小桥流水，仿佛是幅活脱脱的天庭圣母圣女图。小丁香天生丽质，又聪慧过人，白美丽看着养女一天天成长，喜上眉梢。她专门请来导师教小丁香学英语、读《圣经》和史书、弹钢琴等。十五岁时，白美丽将小丁香送到东吴大学学习生物和代数。

自由而思想解放的大学校园，让美丽的小才女插上了理想和爱情的翅膀。当一场大革命的疾风骤雨袭来时，激情而又单纯的小丁香如痴如醉地倾听萧楚女关于反革命军阀统治下的中国向何处走的演讲时，她热泪盈眶，从此坚信革命是拯救中国的唯一出路。后来丁香听说所敬仰的萧楚女被国民党反动派枪杀，于是不顾养母白美丽的劝阻，挺起瘦弱的身子，跑到革命学生聚集的地方，在镰刀和锤头组成的红旗下，庄严地将理想献给了共产主义未来——她加入了共青团，次年又转正为中国共产党党员。

从此那条狭长而幽深的小巷里，总有一个美丽的身影举着“打倒帝国主义”“打倒反动统治”的小旗子，在奔跑、在呐喊。有一天，教会的大门突然紧闭，丁香挥泪告别养育她的美籍母亲，踏上革命道路。

“我们是老乡呵！”一天，东吴大学校园内的小径上，丁香被一位高大英俊的男同学挡住了道。

“老乡？谁是你老乡？”丁香抬头的那一瞬，脸红了：他长得好标致喔！

“是，我祖籍苏州太仓的，后来我们家搬到了南京。我们认识一下……”他把手伸过来，又说，“我叫乐于泓，大家都叫我阿乐。”

“你就是阿乐呀？！”丁香眨巴着那双美丽的大眼睛，羞色满面，因为她常听人说，有个叫阿乐的共产党员，不仅参加罢工闹革命勇敢，而且能拉一手好二胡。

“我就是。”两只温暖的手握在一起。两颗年轻的心撞出了爱情的火花。

从此，在东吴校园，在姑苏虎丘塔下，一个宛如青瓷质地的姑苏美女，与一个君子如玉的伟岸俊男，缔结连理，常形影不离地依偎在丁香树下，谈革命、谈爱情，也谈音乐与古今中外有关丁香花的诗篇。

“春夜阑，春恨切，花外子规啼月。人不见，梦难凭，红纱一点灯。偏怨别，是芳节，庭下丁香千结。宵雾散，晓霞晖，梁间双燕飞……”由于阿乐家境出现困难，被迫辍学，后到上海从事职业革命。这时的阿乐，每逢深夜，终将一曲曲古人的“丁香”辞赋，谱成悠长而动听的乐曲，然后通过他的二胡，借着寂静的夜光，传给远在金陵的恋人听。

“楼上黄昏欲望休，玉梯横绝月如钩。芭蕉不展丁香结，同向春风各自愁……亲爱的人，其实我更爱李商隐的这首诗。吟着此诗，丁香的心早已飞向了黄浦江边。”丁香回信说。

“丁香，在上海的地下党由于出了内部叛徒，组织惨遭破坏，党决定派你去……眼下形势非常严酷，你要做好各种准备。”在丁香毕业不久，党组织找她谈话。

“请组织放心，丁香不怕任何风霜侵袭！”那一天，她收拾箱子，连夜赶到了上海，紧紧地依偎在阿乐的怀里。在外滩码头上，他们牵手奔跑着、欢笑着，与江上的鸥鸟比赛朝霞下谁更美丽、谁更欢畅。

白色恐怖下的地下工作，异常艰辛和危险。早春的上海，阴冷又潮湿，阿乐去闸北区一工厂组织工人罢工，不想遭到反动派突然袭击，数名工人师傅在战斗中牺牲和被捕，阿乐侥幸逃脱。回到宿舍，悲愤交加的他拉了半夜二胡，直把心爱的胡弓都给拉断了。一旁的丁香则默默地为他将一根根弓丝接上……望着粉色衣裙的婀娜身姿，阿乐情不自禁地将恋人搂在怀里。

一九三二年四月，组织批准了丁香和阿乐的结合，俩人在简陋的小屋里秘密成婚。

新婚是甜蜜的。新婚给从事地下工作的这对小夫妻带来不少方便。以后的日子里，他们借着阁楼小巢，为党组织传送情报，召集秘密会议。而丁香的钢琴、阿乐的二胡，则成了他们向同志们传递平安讯息的工具。每当丁香的《圣母颂》响起，同志们的心情是舒坦和安宁的；每当阿乐的《二泉映月》传出，同志们便警惕地远远散去。

五个月后的一个深夜，丁香在幸福地告诉爱人自己已有了三个月身孕后，便坐在钢琴前，弹奏起了一曲贝多芬的《命运》……

“亲爱的，明天你就要到北平了？什么时候回来？我有点不放心。”阿乐抚摸着娇妻的柔软长发，摩挲着、忧心着。

妻子仰起美丽的脸庞，温情地摇摇头：“我也不知道。但丁香会早些回来，为了你，也为了他……”她轻轻地拍拍腹部。

那一夜，阿乐长久地吻着丁香的唇，仿佛要把妻子的香味永远地留在身边。

丁香走了。走了后再也没有回来。

卑鄙的叛徒把刚到北平的丁香给出卖了。

“小姐这么年轻，这么美丽，连名字都是芳香的，而且还是大学生，为什么一定要给共产党卖命呢？”敌人以种种理由诱劝她。

丁香告诉她：“因为共产党是为劳苦大众服务的，他们要推翻你们这些反动统治者。”

“可你也是由教会养大的，听说还是吃了白米饭长大的嘛！”

“但我的血管里流淌的也是穷苦人的血。”

“你知道，人的生命不可能有两次。当花朵飘落在地上后，就永远不可能再有芳香了。”

“革命者只求一次有意义的生命绽放，要杀要毙，别再啰嗦了！”丁香昂起高傲的头颅，说。

无果又无招的敌人只得将丁香押至南京，作为“共党要犯”关进铁牢。不日，又秘密将她杀害于雨花台。

这年丁香才二十二岁，有三个月的身孕。

“丁香！我的丁香——！”十二月三日，这个日子对身在上海的阿乐来说，如晴天霹雳，悲痛欲绝。当从事地下工作的同志将噩耗告诉他后，阿乐的泪水变成了滔滔的黄浦江水，那一夜小阁楼上的二胡一夜未停，一曲悲情如泣的“祭丁香”，撼落了苍天一场冬雨……

次日，阿乐冒着异常风险，只身来到南京雨花台，他披着蓑衣，伫立在大雨中，跪伏在血迹未干的丁香就义的泥地上，紧握双拳，向苍天发誓：“情眷眷，唯将不息斗争，兼人劳作，鞠躬尽瘁，偿汝遗愿！”

“……愁肠岂异丁香结？因离别，故国音书绝。想佳人花下，对明月春风，恨应同。”失去年轻美丽的妻子丁香后，阿乐并没有倒下，他把对敌人的仇恨化作战斗的豪情。之后，阿乐被派到青岛任共青团山东临时工委宣传部部长。一九三五年被捕，关进国民党监狱。两年后的一九三七年四月二十一日，被押至南京晓庄的“首都反省院”。

在敌人的“反省院”里，阿乐和关押在那里的共产党人、革命志士们并肩与敌人展开特殊战斗。为了抗议国民党反动政府不抵抗日本侵略者的行径，阿乐和难友们在狱中借着“放风”的机会，进行了一场抗议当局的音乐会。阿乐借他高超的二胡艺术，给难友们鼓劲。他的二胡像战斗的冲锋号角，震撼了监狱。阿乐后来这样回忆当年的情景：“我面前仿佛站着在冰天雪地浴血抗战的战士们和脚上拖着沉重铁镣、关在黑牢里受苦难煎熬的同志们！我低着头，噙住两眶子泪水，全神贯注地听着琴弦上吐出的苍凉悲壮的颤音。抑扬婉转的琴声浮动在晚晴的草坪上，每个音符都触动着难友们的心弦，大家在肃穆无声中被深深地感染了。我拉完最后一个音符便站了起来，提议大家一起唱《义勇军进行曲》。大家要求我教唱，我虽从来没有教过唱歌，可还是清清嗓子，挥着手，领着大家唱：‘起来！不愿做奴隶的人们……’我一遍一遍地教大家唱，群情激奋，越唱越来劲，连‘反省院’的‘导师’们和院方人员都被这威武雄壮、气势磅礴的歌声所吸引，纷纷出来观赏……”

阿乐的这一表现，感动了当时许多狱中同志，其中有一位是在解放后任沈阳某师范大学校长的佟汝功同志，当天在狱中专门为阿乐的表现写下一首《胡琴曲》的长诗：

东海少年挺不群，指间微动生风云。江州司马嗟已逝，请君侧听胡琴吟。初闻涧底发幽鸣，泠泠一派秋泉清。满座屏息声不动，耳中只有胡琴声。忽觉风雷拔地起，鱼龙悲唱惊涛里。天马行空不可追，长飚一逝三千里。此是中华大国魂，江河泻出哀弦底……

在周恩来亲自交涉和关怀下，一九三七年九月，阿乐和难友们终于被当局释放。重新回到革命队伍的阿乐，一直随彭雪枫领导的新四军第四师转战江南大地。然而在枪林弹雨下的阿乐，始终不减对牺牲的爱人丁香的思恋之情，且越是解放战争节节胜利时，阿乐的这份思妻之情也越发强烈。他一有空，就独自坐在一个地方，用他的二胡拉起自编自吟的一首首“丁香曲”，那情那意，无不让人感叹和感动。数年过去，朝朝夕夕如此，一生驰骋疆场的血性将军彭雪枫也为阿乐的爱妻深情所感染，写下了平生少有的一首自由体诗：“一个单薄的朋友，十年前失去了他的爱人……如今啊，何所寄托，寄托在琴声里头……”

一九五一年，当南京雨花台革命烈士陵园的奠基仪式在致敬的礼炮声中举行时，阿乐正在雪域高原的进藏部队的行军队伍中。那时，他已经是中国人民解放军第十八军宣传部部长。为丁香守身十八年的阿乐，让他的战友和首长们发愁：到底他还想不想成家了？

不敢有人去碰阿乐的那颗伤痛的心。但意外的事却这样发生了，有一天，阿乐兴奋地跑跳着告诉自己的几位好同事：“我要娶她为妻！娶她为妻！”

“你？没有疯吧？”战友们看着阿乐从未有过的疯狂劲，以为他神经出了毛病。

“我没事！真的没事。”阿乐笑着拉起同事的手，跑到军部通讯报道科，指着一位姑娘，说，“你们看，她长得像不像我的丁香？”

同事们惊喜地发现：真的很像呵！

这个与丁香长相十分相近的女兵叫时钟曼。阿乐为英勇就义的爱妻守身十八年的忠贞爱情故事，十八军上上下下无人不晓。当钟曼得知自己的“首长”要向自己求婚的消息后，那颗芬芳的心一下颤动了……一九五四年五月，阿乐与比自己小二十三岁的钟曼结成伴侣。

阿乐后来转业到地方，先后任西藏工委办公室主任、新华社西藏分社社长。后又因工作需要举家到了安徽、东北，且与钟曼有了宝贝女儿。当妻子问他给女儿起什么名字时，阿乐的目光一下停留在桌上那盆插浸在雨花石里的丁香花……末后，他说：“就叫丁香吧！”

“乐——丁香。好，我闺女长大后一定也会像丁香那样美丽芬芳，更要学她为革命事业英勇献身的无私精神。”妻子钟曼深情地依偎在丈夫那宽阔的肩膀上，感受着一个男人的崇高而至纯的爱慰。

“苏小西陵踏月回，香车白马引郎来。当年剩绾同心结，此日春风为剪开。”妻子善解人意，常为夫君朗诵他喜爱的“丁香”诗篇，并且在每年十二月三日丁香的殉难日，专门为丈夫备一瓶好酒，取出二胡，让他独自尽情地抒发对已在天国的爱人丁香的思念。

年复一年，阿乐对丁香的思念之情愈加浓烈。当年因为地下工作的特殊性，他手上没有留下一张丁香的照片，于是阿乐根据自己的印象，自绘了一张丁香像，挂在家里的客厅墙上。“墙上的丁香阿姨，跟我妈妈年轻时的照片一模一样……”女儿乐丁香这么说。其实，在阿乐的眼里，丁香就是妻子，妻子就是丁香，烈士妻子丁香和现实中的妻子钟曼就这样相似相近，更令阿乐情深意长。

一九八二年，在丁香牺牲五十周年的日子，阿乐带着女儿乐丁香来到雨花台，在丁香就义旁的一条小路边，亲手种下一棵丁香树。之后，陵园的工作人员和参观的人听说阿乐和丁香的爱情故事后，感动之余，也跟着栽种起一棵棵丁香，后来便连成了我们今天所看到的一片丁香林……那丁香每逢春季，便会绽放出白色的花朵，散发出阵阵清香。阿乐先生自在雨花台种下那棵丁香后，每年清明节都要带着妻儿前来雨花台给丁香祭奠。

“行程前，他都要理发，整装一新。”妻子和女儿这么说。

一九八九年，阿乐最后一次来到雨花台，这年他八十一岁。久病的阿乐自知来日不多，看着自己种下的丁香树枝繁叶茂，不由声泪俱下。片刻定神后，他端坐在丁香树下，接过女儿递来的二胡，只见高昂的头颅猛然一低，那执弦的手臂顷刻间左右开弓，胡琴顿时传出如歌如泣的万千思恋之情，让无数游人驻足拂泪……

一九九二年，阿乐在沈阳病逝。次年，妻子钟曼带着女儿，捧着丈夫的骨灰，在绵绵春雨中来到雨花台，将阿乐的骨灰和灵魂一起埋在了那片丁香树下。

“丁香花叶是苦的，可她的花是香的。而作为女人，丁香阿姨其实很幸福，一则她是为建立我们今天的新中国而献身牺牲的，二则她获得了一个男人一生的至贞至爱。”阿乐的女儿乐丁香，现在每年都会在清明节的时候来到雨花台吊唁她的父亲和与她同名的丁香烈士。每当有人问起她父亲与丁香的爱情故事时，她总这样说。

雨花台的丁香树如今已成片成林，那条幽长飘香的“丁香路”也成一景，每每参观者步入烈士陵园，总要在此驻足留影，而烈士丁香的革命事迹和她与阿乐的爱情故事，则更像一曲经典歌谣，在人们的口中广为流传……

我要补充一句的是：当年丁香还是个弃婴时，她亲生父母给她留下一张纸条，上面写着丁香的生辰时间：“宣统二年庚戌年二月十五午时出生”。这个时间，应为一九一〇年四月四日。如果丁香能活着，今年正好一百零四岁。如今能活到一百零四岁的人并不是没有可能。然而我的老乡——美丽芬芳的丁香只活了二十二岁，她是为新中国、为今天我们这些能够过上好日子的人才活了二十二岁。在南京雨花台革命烈士碑上，比丁香年少或与丁香同龄的人还有数百、数千……他们用自己的鲜血染红了国旗、铺筑了我们今天的幸福大道。让我们永远记住雨花台上英勇牺牲的千百个“丁香”吧！

（原载 2014 年 4 月 4 日《光明日报》）

作者简介：何建明（1956— ），江苏苏州人。著有报告文学《共和国告急》《落泪是金》《部长与国家》《中国高考报告》《根本利益》《永远的红树林》等。

曙光中的足迹

——一本《共产党宣言》的中国传奇

铁　流、徐锦庚

二〇一四年的春天，我们再次来到广饶县大王镇刘集村。阳春时节，这里桃红柳绿，草长莺飞。九十年前的一九二四年，也是这样一个春天，刘集村秘密成立共产党支部，这是大革命时期中国最早的农村党支部之一。战争年代，刘集是远近扬名的堡垒村，被誉为“小莫斯科”。

我们在一座农家小院前驻足，门前的大槐树，花缀满树，正飘着醉人的清香。走进小院里，窗前的石榴树绿影婆娑，枝头上榴花灼灼，蕊珠如火，仿佛在给我们讲述着那个遥远年代的火红故事。当年的党支部，就设在眼前这座小屋里。透过紧闭的门窗，我们似乎看到，油灯摇曳的炕桌上，摆着一本印错书名的小册子——《共党产宣言》，一群农民兄弟正在低声热烈地讨论着。

一

一九二〇年二月的北京，寒风凛冽。无法立足的陈独秀，被迫离开险地，避往上海。

天还没亮，李大钊扮成账房先生，乘一辆骡车送陈独秀出城。

他从怀里取出一本英文小册子,郑重交给陈独秀:这是我从学校图书馆借出来的,想办法把它译成中文,欲知马克思主义为何物,共产党是什么样的政党,这是第一把开锁钥匙,中国的出路和希望就在这里。

陈独秀轻声念出书名:《共产党宣言》,太好了!

一九二〇年三月底,上海。中国马克思主义研究者之一的戴季陶找到《民国日报》主笔邵力子:托你物色一高手,把我从日本带来的《共产党宣言》日文版翻译成中文。

邵力子眉目一展说:此等重任,非杭州的陈望道莫属!

戴季陶深知翻译难度极大,担心陈望道难以胜任,让他试译。

听说戴季陶找人翻译《共产党宣言》,陈独秀大喜过望,让邵力子把他那本英文版《共产党宣言》一道捎上,供陈望道参考——三十四年后的一九五四年十月,陈望道出席第一届全国人代会时,周恩来特意问他,《共产党宣言》主要根据什么版本翻译的?陈望道说,主要根据英文版,同时参考日文版。

陈望道带着重托,扛着一箱沉甸甸的书籍,回到家乡浙江义乌分水塘村。他知道自己刚刚在杭州"犯过事",已引起当局的注意,决定先找一个隐蔽处。

躲到哪里翻译合适呢?

他屋前屋后转了几圈,相中自家屋旁的柴屋。

他在饭桌上对家人说:从今天起,我要在柴屋里干一件极重要的大事,不能让人家晓得,也不能让外人来打搅,大家多长个心眼。

看着他那严肃的表情,一家人惶恐地使劲点头。

要准确翻译《共产党宣言》,实在不是一件易事。文中有大量的新名词、新思想、新观点,译者从未遇到过,理解把握的难度相当大。国内只有一些对其段落的零星翻译，且谬误百出，如把社会主义思想同中国传统的大同思想、安民思想混为一谈。

陈望道中文功底深厚，又力推白话文，还精通英文和日文，留日期间还接触了大量的社会主义著作。可是，细细诵读多遍后，他仍感到十分棘手，也理解了戴季陶为什么请他“试译”的原因了。

“宣言”开宗明义的第一句，就让他颇费踌躇。他在纸上写了划，划了写，绞尽脑汁，反复修改，最后敲定为“有一个怪物，在欧洲徘徊着，这怪物就是共产主义”。

虽是开天辟地第一人，陈望道对《共产党宣言》的翻译还是大致准确的，奠定了中文版的基石。在这基石之上，一些词语，在后来其他人的译本中，逐渐准确、通达、雅致起来。

整整一个月，陈望道足不出户。到四月底，终于大功告成。陈望道钻出柴屋，想舒展一下酸胀麻木的筋骨。没想到，被头顶上明晃晃的太阳一照，竟一阵头晕目眩，幸亏扶着墙，才没摔跟斗。

这一年，陈望道二十九岁，比撰写《共产党宣言》时的马克思小一岁、比恩格斯大一岁。

一九二〇年八月，上海共产主义小组成立后，把出版《共产党宣言》中译本作为首要任务之一。陈独秀约陈望道和李汉俊碰头，商议出版的事。

李汉俊挠挠头：眼下局势紧张，公开出版《共产党宣言》会惹来麻烦。

陈望道眉头紧锁，叹了口气：是啊，他们哪里能容忍《共产党宣言》公开印刷发行？

李汉俊接着说：还有一个难题——到哪里筹集出版经费呢？

陈独秀踱着步子：钱的事，我来想办法。听说维经斯基带来一大笔共产国际经费，我找他去商量。

拿到钱后，陈独秀、陈望道立刻在拉斐德路成裕里12号租了一间房子，秘密开设印刷所，承印《共产党宣言》。

这天，陈独秀和陈望道、李汉俊等人悄悄来到印刷所，心情急切得就像等着自己的孩子降生。

过了一会儿，工人送来几本刚装帧好的小册子，一股清新的油墨香沁人心脾。几个人迫不及待地捧在手里，一边端详，一边压低嗓门，兴奋地议论着。

眼尖的陈望道惊叫一声：糟糕，印错了！怎么印成"共党产宣言"了？

陈独秀仔细一看，可不是嘛，封面上果然印着"共党产宣言"！

快停下，快停下！陈望道连忙朝印刷工人喊。可是已经晚了，几百册都已经装订好。怎么办？毁掉重印？几个印刷工人慌了。

陈独秀摇摇头：不行！我们本来就缺经费，毁掉重印太浪费。

李汉俊安慰道：好在扉页和封底的书名没印错，没关系，内容比形式更重要。

陈独秀思忖片刻，果断决定：这样吧，这些书就不要出售了，全部免费赠送。把封面重新排一次版，这个月再印几百册，封面改成蓝色的。

二

一九二六年春节前，年轻的女共产党员刘雨辉回乡过年时，把一本《共产党宣言》带回广饶的刘集村。

一天晚上，刘考文陪着姐姐刘雨辉到了村民刘良才家。刘雨辉从衣袖里拿出本薄薄的书：这本《共产党宣言》就留给你们了。这里面很多话都是革命的道理，能让人眼明心亮。

刘良才拿过书看了又看，指着封面上的马克思像，笑道：第一次看到长成这样的人……这把大胡子，长得可真有样子。

刘雨辉也笑了：他叫马格斯，是个外国人。

刘考文疑惑地问：咱是庄稼人，能看懂这种书？

刘良才说：既然这书这么要紧，就算一个字一个字地啃，也得弄懂它。咱庄稼人生下来就会种地？不都是边干边学吗？

当晚，刘良才掌灯读到天亮。

《共产党宣言》开篇，就让刘良才不知所云：一个怪物，共产主义的怪物，在欧洲徘徊。

刘良才反复念叨，到了能背诵的程度，也难得其解。每翻开一页，他都读得磕磕绊绊，就像推着一车东西，走在坑洼不平的路上。

刘良才觉得，不认识的字还好办些，可书里有些话，就像潭水一样深不可测，像迷宫一样找不到方向。

夜已深，妻子姜玉兰说：你别瞎琢磨了，等天明，去问问子久兄弟。

刘良才哪里等得了明天，他说：不行啊，不弄明白我睡不踏实。说着就要起身。

姜玉兰急忙阻拦：鸡都快叫了，人家正睡得香呢！

刘良才不理她，顾自跑了。

刘子久是中共地下党员，春节回家小住。在刘子久的小屋里，两人借着煤油灯，度过了一个不眠之夜。

《共产党宣言》里有这样一段话：在古罗马，有贵族、骑士……

刘良才读后，对姜玉兰说：我们刘集不也这样？有地主、农民、佃户。我觉得，大胡子的很多话，细细琢磨一下，都好像是说给咱们刘集的。

几个月的时间里，刘良才都在反复读《共产党宣言》。他决定举办农民夜校，让更多的农民兄弟学习。

刘集村党支部组织学习《共产党宣言》，是在一九二六年春天的一个晚上。晚饭后不久，刘集村的党员和积极分子就陆续来到刘良才家。

刘良才拿着一本书说：召集大家来，就是为了学这本书。它叫《共产党宣言》。

有人问：这上面的大胡子是谁呀？

刘良才回答：大胡子姓马，他是马大胡子呀！

有人凑近细端详，看着看着，就噗哧一声笑了：咱村姓马的，可没长大胡子呀！这马大胡子的模样也怪稀罕……

刘良才也笑了：这可不是咱村哪个姓马的，也不是附近十里八乡的。这个大胡子叫马格斯，是外国人呢！这本书是他和别人写的，里面写了咱穷人的事。

有人惊道：外国人写的书也到了咱这里？这外国离咱村有百八十里地吧？

刘良才笑道：哪有这么远，就在咱家的炕头上呢！

刘良才给大家念道："从封建社会的灭亡中产生出来的现代有产阶级并没有消灭阶级对立。他只是用新的阶级、新的压迫条件、新的斗争形式代替了旧的。"

刘良才看了大家一眼，见大家都面面相觑，就笑着说：我开始时也犯迷糊，也是擀面杖吹火——一窍不通。可看多了，琢磨多了，就琢磨出道道来了。这本书能让咱们有衣穿，有饭吃。

刘良才接着说：我从里面悟出个道道——这个阶级、那个阶级，到现在也没换来咱穷人的好日子。旧社会再怎么换，也是换汤不换药，欺负咱的人该怎么欺负还是怎么欺负。咱们穷人家，走得慢了穷撵上，走得快了撵上穷，不快不慢往前走，扑通一声，还是掉进穷窟窿。说白了，就是永无出头之日！马大胡子说到无产阶级，啥叫无产阶级？就是穷得叮当响的穷人，咱庄稼人也是无产阶级呀！咱村里地主，有时不是说的比唱的还好听？可他给佃户涨工钱了吗？他们脸上挂着笑，嘴比蜜甜，可袖筒里揣了把刀子，肚子里装满了坏点子！如今出了共产党，咱的出头之日也快来了。共产党说白了，就是和咱一个鼻孔眼出气的。

大家都七嘴八舌开了腔：咦！这大胡子咋就知道咱这边的事呢？说的话句句都在理道道上！

我敢打赌，这大胡子肯定也是庄稼地里的好把式，他要是没扶过耩子（一种播种的工具），说不出这样知根知底的话！

坐在墙角的一个中年汉子突然发话：大胡子的话，说到咱心坎上了。照大胡子的话去干，不会错。说这话的人叫刘世厚，平日里沉默寡言，不显山不露水的。

刘良才摆摆手，大家都停止了议论。他扬扬手里的书说：世厚说得对，咱们就得按这本本来。那些有钱人可不是纸扎的，一戳就破。怎么才能把他们摔在地上爬不起来？这大胡子给了咱一个办法，是啥？他号召咱联合起来！就是穷伙计们抱成团跟他们斗！

就这样，一帮子农民兄弟，在一九二六年的这个夜晚，认识了被称为“大胡子”的德国人。他的《共产党宣言》，不仅被中国共产党人接受，也正被鲁北平原上顶了一脑袋高粱花子的农民慢慢接受着。

如果马克思、恩格斯能活到二十世纪二十年代，也许在《共产党宣言》再版的某一篇序言中，会提及中国鲁北平原上的这帮农民兄弟呢！

在陈望道翻译的《共产党宣言》中，有这样一句话："用暴力推翻有产阶级而建立自己的统治。"刘集村的农民兄弟从这句话中受到启发，开始建立自己的武装组织。一年以后的一九二七年，毛泽东提出"枪杆子里面出政权"和"农村包围城市"的战略方针。

当中国革命处于低潮的时候，鲁北平原上以刘集村为中心的革命斗争，却是如火如荼。一九二八年春天，广饶县一些地方闹起春荒，刘良才带领吃不饱的农民，掐了大地主谢清玉地里的谷穗，后又开展反对苛捐杂税的"砸木行"斗争。

在德国，《共产党宣言》曾被普鲁士当局作为禁书列入《警察指南》；而在中国，蒋介石把《共产党宣言》列为禁书之首。

广饶县国民党政府为找到这本《共产党宣言》，派出数百人到刘集挨家挨户搜索，连一张纸片都不放过。

刘良才身份暴露后，在广饶县难以立足。组织上调他到潍县，担任中心县委书记。

这天晚上，刘良才和共产党员刘考文在地道里焚烧文件。刘考文拿起那本熟悉的《共产党宣言》，捧在手里看了很久：这本书也要烧？

刘良才接过来，轻轻地抚摸良久，说：它比咱们的生命还重，我把它交给你了。

刘考文用力点点头：人在书在！

一九三三年夏，刘良才被捕。十一月十九日上午，他被刑车拉到潍县城门，这是县长厉文礼为刘良才精心挑选的刑场。在城门行刑，可能是潍县有史以来第一次。城门口人来人往，天南海北的人都有。厉文礼的用意不言而喻。

厉文礼高声宣读了判决书，罗织的罪名是刘良才到处散布《共产党宣言》。

刘良才哈哈一笑，高声道：错！《共产党宣言》对穷人来说，是一剂救世良药；对反动派，是一剂毒药。毒死旧社会，天下才太平！

一个戴眼镜的军医跑来，用粉笔在刘良才胸口做了标记：这里是心脏，县长有令，不要一下子把他钉死了。

刘良才背靠在城墙上，七个彪形大汉围上来，其中五人分头按住刘良才的头、手、脚，另外两人一人拿起铁钎按在刘良才的腿上，那持锤子的大汉，张口“噗”的一声向手心里吐口唾沫，举起锤子比画几下，说声“好”。那锤子在空中划过一道弧，裹挟着一股阴风落下来，重重地砸在铁钎上，铁钎扎进刘良才的腿里，好像遇上骨头，那壮汉又用力抡起锤子，铁钎透过大腿穿进城墙里。

刘良才一声惨叫，晕了过去。围观的人，有的转过身，有的闭上眼睛。一桶冰冷的水浇在刘良才的头上。他慢慢醒过来，睁开眼睛，吐出一口血水，血水里有几颗被他生生咬掉的牙齿。

又一根铁钎穿进刘良才的另一条腿。刘良才再次晕过去。又是一桶水浇在他身上。

刘良才双腿被牢牢地钉在城墙上。他挣扎着，痛苦地扭动着身躯，脚下两洼血水。

刘良才强忍剧痛，横眉怒目：老子生为《共产党宣言》生，死也为它死，早点送老子上路吧！

这喊声，掷地有声，如雷贯耳。

厉文礼指着刘良才高声道：这本书都把你毒成什么样子了?!

马上送他到十八层地狱见马克思！

厉文礼说罢一挥手。

那铁锤在空中又划了一道弧线，重重地落在刘良才胸口的铁钎上。

铁钎刺进刘良才的胸膛，穿过心脏，扎进城墙里。他猛地张开嘴，竭力想吸一口气，可挣扎了几下，最终也没能成功，脸上的痛苦慢慢凝固，头也无力地垂在胸前。

冬日的阳光终于照过来，洒在阴暗的城墙上，也洒在刘良才渐渐失去体温的躯体上。

三

一九四〇年初，中共四边县政府给刘集村的刘学福家送来一块光荣匾。匾长一米有余，宽七十多厘米，上面刻有“一门三英”四个大字。刘学福的两子一孙，都是响当当的抗日英雄。

刘学福膝下三子，长子刘泰山，次子刘寿山，三子刘仁山。刘泰山、刘寿山都是刘集的中共早期地下党员，每次兄弟俩从夜校回来，都把《共产党宣言》中的道理说给父亲听，刘家人是学了《共产党宣言》起来革命的。

刘泰山之子刘端智，二十岁参军，之前早就定下婚事。就在赠匾的这年，因为作战勇猛，火线上成了班长。听说女婿当了官，岳父高兴之余，担心刘端智将来变成陈世美，就找亲家催婚。

刘学福说：男大当婚女大当嫁，板子（刘端智小名）也不小了，那就结吧。

当时，刘端智就在刘集村附近一带活动，接到家里传来的口信，就向队长报告。

队长哈哈一笑：这是好事，过几天你就回去入洞房！

结婚当日，女方的花轿已在路上，刘家门口也响起唢呐声。

刘端智前一日带回口信，说要骑着一匹高大的枣红马回来。一大早，街筒子里就站满人，眼睛齐刷刷盯着村口，等着枣红马出现。

有人来飞报，说花轿马上就到村口。大家都急了。刘学福说：怎么还没听到马蹄声呢？

太阳升到一竿子高，花轿落到刘家门口。刘端智还是不见踪影，刘泰山就带着一帮人迎到村口。

这时，远远看到几个人抬着口棺材走过来。有人就喊：不要从这里走，这里有结婚的！

那些人不听，抬着棺材就转眼到了跟前。

刘泰山急了，刚要发脾气，对方为首的开口了：老乡，刘泰山家在哪里？

刘泰山慌了：我就是刘泰山！

对方一脸的悲戚，上前握着刘泰山的手说：刘端智同志昨天晚上牺牲了，我们把他送回来。

一场喜事，转眼就变成一场丧事。

一九四七年十月，在国民党军队飞机的空袭中，独立营营长刘仁山为掩护战士，先被炮弹炸飞胳膊，后被飞机机枪射中。

一九五〇年三月，南下四川任云阳县委组织部部长的刘寿山，遭国民党特务暗杀。

一块“一门三英”光荣匾，化成三张烈士证明。

一九六六年秋，刘泰山母亲重病不起，气息奄奄。刘泰山喊来木匠打棺材。老木匠扫了一眼木材说:还缺一块板子。

刘家穷得没钱买木板。刘泰山突然想起那块“一门三英”匾。

这块匾一直由刘仁山遗孀李月英珍藏。她的泪水一下子涌出来,尖声喊道:不!决不!

刘泰山没想到弟媳反应这么强烈,吓了一跳。

过了一会儿,李月英默默搬出那块匾,轻轻打开裹在上面的薄布。

匾很洁净,一尘不染,透着一种肃穆和凝重。这是一块承载三条生命的匾啊!每一缕纹理里,都浸润着英雄的血!

李月英用自己衣袖擦着,泪水像断了线的珠子。最后,李月英扭过身去,示意搬走。

刘泰山搬起来放下,放下又搬起来,心里沉重得像压了一方秤砣。

刘泰山抱着那块匾,跪在母亲的床前:老娘啊,这是您的儿子、孙子孝敬您的,就让他们替您遮风避雨吧。说完磕了几个头。

刘泰山的母亲好像一下子清醒了,指着匾上的字说:我的寿限是苦命的儿子和孙子给的……跟师傅说说,上面的字,留着。

刘泰山对老木匠说:老娘说了,“一门三英”留在板上,不要推掉。

老木匠震撼了,双手接过放在长凳上,鞠了个躬,一脸凝重,然后用长锯分成两块,大的,为棺木前彩头,中间刻上一个大大的“寿”字,四面有花纹相衬;小块,为棺木后彩头,其余边料做了日月(指棺材底部左右两块板子)。末了,刘泰山让在后彩头上雕上一个“孝”字。

“一门三英”四个字掩在棺材里面,“一门”二字在前彩头上,

“三英”则在后彩头。

一门两代英烈，以这种方式守护着老人。

刘老太出殡那天，刘集村的人几乎都站在街上。棺材前那大红的“寿”字被阳光照得红彤彤的。

人群里有个老人突然喊道：老少爷们啊，替烈士送送老人吧！人群中哭声一片。

四

一九七五年一月，全国四届人大会议期间，重病的周恩来总理又向陈望道打听《共产党宣言》首译本的下落。

陈望道先生无奈地摇摇头。

周恩来怅然若失：这是马列老祖宗在中国的第一本经典著作，找不到它，是我的一块心病啊。

这年秋天，广饶县文物所所长颜华来到大王镇刘集村，搜集革命文物。

得知失踪多年的《共产党宣言》在刘世厚手里，大家七嘴八舌地动员他献出来。刘世厚一声不吭地回到家中，一袋接一袋吸着旱烟。良久，他打开墙角边上的箱子，拿出一个黑漆匣子，捧出一个花纹蓝包袱。

包袱一层层揭开，里面赫然露出一本小册子，封面有一幅水红色的马克思半身像，几乎占据整个封面。刘世厚将它捧在手里，反复端详，口里喃喃道：四十多年，四十多年了啊……

四十多年前那个夜晚，刘考文匆匆跑到刘世厚家，从怀里拿出这本书，郑重地对刘世厚说：我已经暴露，随时都有坐牢杀头的危险，这本书是咱的革命之本，你记着，人在书在！

不久，刘考文果然被捕入狱，全家被抄。

从那时起，刘考文的话就时常响在刘世厚的耳边。

在刘集村口，有一座巨大的台式日历雕塑，上面的时间，永远定格在一九四一年一月十八日。

二〇一三年春天，我们第一次站在雕塑前，不禁好奇，这串数字代表什么？后来得知，这串数字是刘集人七十二年前的一场梦魇，是那天驻扎在这个村里的抗日队伍的生死牌。凝视着这座庄严的雕塑，七十多年前的枪炮声由远及近，在我们耳边骤然响起来，惨烈的场面也从岁月的深处凸显出来。这次惨案，光八路军就死了八十多个。日本鬼子在焚烧刘集村房子时，原本逃到村外的刘世厚撒腿往家跑，他的妻子喊道：孩子他爹，你疯了吗！小日本还没走，你要回去送命？刘世厚急得直跺脚：有个东西可不能烧了，就算搭上我这条命，也得把它抢出来！

刘世厚舍命抢出的，正是刘考文交给他的这本《共产党宣言》。在白色恐怖时期，刘世厚有时把书藏在床底下，有时藏在粮囤的透气孔里。

新中国成立后，每到清明节，刘世厚先去祭奠烈士。在烈士坟前，他纸钱烧完，一杯清酒敬罢，就捧出当年那本《共产党宣言》，端端正正地放在墓旁。

每次，他都像老伙计相聚拉呱儿那样开了腔：这本书我又带来了，我保管得好着呢！你们在天之灵就放心吧。伙计们，咱们再学学《共产党宣言》吧。说完，刘世厚老人就在墓前磕磕绊绊地念上一段《共产党宣言》的话。

在众人动员他献书的那天晚上，刘世厚辗转难眠，第二天，一向早醒的刘世厚竟没有起床，在床上连续躺了三天。

这天上午，刘世厚提着那个蓝包袱，来到烈士坟前。田野里一片葱绿，风暖暖的，一些不知名的小花盛开在坟冢上。

刘世厚拿出那本书，轻声道：老伙计们，今天我就把它交给国家了，我是舍不得啊，可我老了，往后也要到你们那边去，书留在我这里，咋办？交给国家世世代代地管着，咱们更放心，也让世世代代的人学下去，不能在咱们这就断了，是不？

刘世厚离开坟地，径直来到大队办公室。他轻轻地打开包袱，碎花包袱像莲花一样绽放开来。他双手捧起书，低头看了很久，低沉地说：可要保管好它呀，为了它，咱们死了一摞摞的人哪……

这本薄薄的小册子，后经多方考证，正是中国最早的中文译本《共产党宣言》。如今，作为国家一级革命文物，被珍藏在山东东营市历史博物馆里。

鲁北农民与《共产党宣言》的这段传奇故事，已经湮没在了历史深处，但是他们用生命传承的这本小册子、这道照亮中国最初的曙光，到今天已然光芒万丈，呈现给我们一个充满希望的明媚世界。

（原载 2014 年 6 月 30 日《人民日报》）

作者简介：铁流（1968— ），山东莒县人。1984 年入伍。著有报告文学《一个士兵和他的模拟战场》《靠山》等。徐锦庚（1963— ），浙江人。1981 年入伍。著有报告文学《涧溪春晓》等。

塞罕坝时间

李青松

要广泛开展国土绿化行动，每人植几棵，每年植几片，年年岁岁，日积月累，祖国大地绿色就会不断多起来，山川面貌就会不断美起来，人民生活质量就会不断高起来。

——习近平

一

塞罕坝——啥意思？

这里，既有森林的壮阔，也有森林的细微，更有森林的饱满和丰沛。有人说，塞罕坝的森林是翡翠；也有人说，塞罕坝的森林是绿肺。

难道说起塞罕坝就一定带着森林吗？当然。森林，塞罕坝的森林真美。美得令人心醉。

换个角度看，或许印象更清晰——绿，深绿，翠绿，墨绿。从卫星云图上看，塞罕坝这片人工林海，不就是一只墨绿色的展翅翱翔的雄鹰吗？一百一十二万亩，三代人，用了整整五十五年的时间只做一件事——种树。磨出了多少老茧，磨坏了多少锹镐，数也数不清。此间，有抱怨与绝望，有荣耀与悲伤，有坚韧与抗争，有寂寞与欢乐，有荒谬与智慧，有灵魂与激情……然而，故事从未停歇，每天都是开始。这片林海负载着塞罕坝三代人的希望和梦想。这片林海是塞罕坝之根本，没有了这片林海，塞罕坝就没有了今天，也没有了未来。

然而，时光倒转回去，早先的塞罕坝却是一片蛮荒之地，甚至被称作坝上的“青藏高原”——天高风冷，水硬人横。

上世纪六十年代初，风沙紧逼北京城。冬春时节，小伙子戴风镜、姑娘戴口罩是北京街头的常态。一入冬，西北风嗷嗷叫，风沙肆虐，沙粒砸在脸上生疼。怎么回事？林业部不是管造林的吗？有没有什么办法呀？

北京风沙脾气暴跟塞罕坝啥关系？问风风不理睬，照刮；问沙沙不言语，照砸。还是问问脚步吧——脚步丈量的结果：浑善达克沙地与北京的直线距离仅有一百八十公里，平均海拔一千多米，而北京的平均海拔仅四十多米。有专家形象地说：“如果这个沙源阻挡不住，就相当于站在屋顶上向院子里扬沙子。”必须把沙子挡住。塞罕坝恰好处在那个能挡沙子的特殊地理位置上。如果说内蒙古浑善达克沙地与北京所处的华北平原之间隔着一道门的话，那么塞罕坝就是那道门的门闩。

早先塞罕坝也是草木葳蕤，獐狍野鹿出没之地。塞罕坝属于木兰围场范围。《围场厅志》记载此地“落叶松万株成林，望之如一线，游骑蚁行，寸人豆马，不足拟之”。康熙曾多次带领将士来此围猎，还即兴留下过一些诗句：“……鹿鸣秋草盛，人喜菊花香，日暮帷宫近，风高暑气藏。”

然而，曾几何时，随着清王朝的没落，大批流民涌入，肆意垦荒，断了塞罕坝的根，致使塞罕坝元气大伤。后又几经军阀匪寇劫掠，反复折腾，森林荡然无存，塞罕坝一片肃杀凄凉。

从此，沙魔长驱直入。那道门闩也闩不住了。

塞罕坝，塞罕坝，塞罕坝是啥意思？

这微弱的发问，早被滚烫的大漠蒸发了。

二

风雪弥漫中，一个健壮的身影出现在塞罕坝。

一九六一年，为了破解风沙南侵的困境，时任林业部国营林场管理总局副局长的刘琨，率专家组来到塞罕坝，他要用自己的眼睛看看那道门闩究竟是怎么回事。他眉头紧锁，视野里“尘沙飞舞烂石滚，无林无草无牛羊”。他在塞罕坝荒凉的高岭台地上考察了三天，没有找到那道门，更不用提那道门闩。但是，他拿到了第一手珍贵的资料。回去后经过专家们的反复论证，最后得出结论：塞罕坝上可以种树，可以竖起一道绿色的屏障，阻挡风沙的南侵。

也就是说，没有门可以安上一道门，没有门闩可以安上一道门闩。

一九六二年，塞罕坝机械林场正式成立，任命承德专署农业局局长王尚海为第一任场长。随后，林业部工程师张启恩带着妻儿来了，场长王尚海的爱人带着五个孩子来了，河北承德农专的五十三名毕业生来了，承德二中刚刚毕业的陈延娴等六名女高中生来了，一批新毕业的大学生来了，由全国十八个省市的三百六十九人组成的林场第一支建设大军来了。他们用自己的青春和热血在这片荒野上开始书写动人的传奇故事。

然而，建场之初，塞罕坝地区生活条件非常差。没有房屋可居住，就搭马架子、盖窝棚、挖地窨解决住宿问题。严寒的冬天，马架子和窝棚被厚厚的积雪压塌是常有的事，而地窨阴冷潮湿，住在里面一点都不浪漫。那时的塞罕坝，完全落在寂静里，只有暗夜包围着的地窨里，时而传出几声长长的叹息。

食物更是严重短缺。当地有一句谚语："坝上的庄稼——山药蛋"。当时在坝上能够生长的农作物很少，只能种植一些适应高寒地区生长的白菜、土豆和莜麦等。坝上气候不适宜种小麦、玉米等粮食作物，种不成西红柿、豆角等蔬菜，苹果、梨、桃等更是想都甭想了。

种啥吃啥，有啥吃啥。当初在塞罕坝，莜面最通常的吃法是：把水烧开，把干面直接往锅里撒，一边撒一边搅拌。搅拌熟了，外表成球状，黑乎乎的，俗称"驴粪蛋儿"。大家开玩笑说，总吃"驴粪蛋儿"也不是事呀，人都快成"驴粪蛋儿"了，换换样儿吧。于是，伙房师傅也真费了一番心思。清水煮土豆白菜，莜面窝头。清水煮土豆白菜，莜面卷儿。清水煮土豆白菜，莜面片儿。到底是该哭，还是该笑？

也许，白菜土豆还有莜面"驴粪蛋儿"知道。也许，苦寒的日子知道。

三

站在坝上放眼望，路在哪儿呢？前望不见，后望不见；左望不见，右望不见。原来，路被移动的沙漠吞噬了。

当时，塞罕坝的交通条件极其不便。只有一条蜿蜒的土路，一头连着围场县城，一头连着遥远的内蒙古高原。路况相当差，去趟一百公里外的围场县城，有时要走两三天的时间。此地偏僻、高寒的地理环境自不必说了，单是没有电、没有自来水的不便，就足够考验这些年轻人了。更不要说没有娱乐设施，业余生活单调枯燥。冬天，白日里在冰天雪地里干活，夜晚就守着炉火，在煤油灯微弱的光亮中听着段子。烧的是什么？干透的牛粪饼。炉火“嚯嚯”地燃着，加一块牛粪饼，再加一块牛粪饼。炉面上，往往烤几个土豆。听得入神，土豆烤煳是常有的事。而讲段子不是谁都能讲的，往往是那个读书最多，戴着瓶底般眼镜的人。

不过，说他们的生活枯燥乏味也不全对。因之那些牛粪饼和那些段子，寒凉枯寂的夜晚温暖而生动了。

他们也写打油诗——

渴饮沟河水，饥食黑莜面。
白天忙作业，夜宿草窝边。
劲风扬飞沙，严霜镶被边。
雨雪来查铺，鸟兽绕我眠。
老天虽无情，也怕铁打汉。
满山栽上树，看你变不变。

当年的马架子宿舍门前，还有这样一副对联：

一日三餐有味无味无所谓，
爬冰卧雪冷乎冻乎不在乎。

“无所谓”“不在乎”，这些饱含着眼泪和痛苦的词句，表现了塞罕坝人乐观的精神。然而，塞罕坝虽然来了很多人，但塞罕坝还是缺人。不缺男人缺女人，最缺的是姑娘。

当地有一句顺口溜：“塞罕坝真荒凉，又有兔子又有狼，就是没有大姑娘。”

当时林场新来的那批大学生除个别人年龄小，绝大多数都到了谈婚论嫁的年龄。可是在这闭塞的荒原上，年轻人到哪里寻觅自己的另一半呢？

新来大学生的个人问题一时成了这个寒冷荒原上的热点问题。这些有知识、有文化的年轻人怎么可以没有对象呢？坝上有个叫棋盘山的古镇是个牲畜交易集散地，是一个信息集中的地方。一个偶然的机会，林场技术员张凤元和镇上姑娘隋莲芝谈上了恋爱。“塞罕坝居然来了那么多新毕业的大学生！”镇上人一嚷嚷，一传俩，俩传仨，后来又互相介绍，便有不少年轻人不惜遥遥路途开始交往，结婚成家。一时间，塞罕坝的小伙子们很多都成了棋盘山的女婿。

人们便打趣说，棋盘山成了老丈人“窝子”。没过两年，这个老丈人“窝子”又成了姥爷“窝子”——娃娃出生，女人带着刚会说话的娃娃回娘家。娃娃奶声奶气地唤一声姥爷，镇子里满街探出喜滋滋的脑袋。

人在哪里，哪里就有生活的逻辑和意义。生活虽然艰苦，但苦中也有爱情，也有快乐，也有幸福。绿色需要坚韧，需要劳作，需要不懈的努力；绿色需要空间的分布，也需要时间的积累。绿色的面积在一寸一寸扩展着，增长着，延伸着。

塞罕坝的第一代建设者，现在大都已经退休或者故去。当年，他们是怀着革命的理想和远大抱负来到这里的，他们对自然和社会的认识，自然与现在的年轻人不同。冰雪和荒野中曾经有过他们的血汗与悲壮，豪情与困苦，坚忍与疲惫。他们对塞罕坝的眷恋之情是现在的年轻人所无法理解的。在无可抗拒的命运面前，生命在这里显得无助而茫然。他们的眼神多半是忧郁的。然而，同他们谈起塞罕坝，谈起当年的事情，他们的眼神里却又闪烁出兴奋的光芒。近年来，他们的思乡之情越来越浓烈，但省亲之后又多半打消了返乡的念头。因为，家乡的人早已把他们视为塞罕坝人，家乡的土地上已没了他们可耕的田，可以生活的空间。

塞罕坝，塞罕坝，塞罕坝是啥意思？

河有源，树有根。源在塞罕坝，根在塞罕坝。

四

不要以为种树那么容易。不就是挖个坑，种棵苗吗？其实，种活一棵树不比养活一个孩子简单。种树是个技术活儿。

头两年，塞罕坝人从东北地区调来的绿化苗木种下的树，都死了。有诗云："天低云淡，坝上塞罕，一夜风雪满山川；两年种树全死完，壮志难实现，不如下坝换新天。"不都是英雄，也有人卷起行李悄悄溜走了。

如果连树都种不活，那留下来还有什么意义？

必须搞清树死的原因。原来，外来的苗木水土不服，抗性太弱。想在塞罕坝地区种树成功，必须自己育苗，育适应当地土质和环境生长的苗木。塞罕坝人开始进行技术攻关。他们首先攻克了在高寒地区育苗这一关，继而在塞罕坝地区育苗获得成功。之后，又改造了苏联进口的种树机，将它由原来只能在平坦地方种树的性能，改造成了在塞罕坝山地、丘陵地照样能种树。由此，机械种树获得了成功。从那时起，塞罕坝营造百万余亩人工林的大幕，算是就此拉开了。

一九六四年，春节刚过，林场党支部书记王尚海、场长刘文仕等人就骑着马，带着技术人员上山了。马蹄坑，是塞罕坝人选择的头一个战场。经过三十多个昼夜的奋战，近千亩落叶松小苗扎根在了马蹄坑，塞罕坝人终于在这片荒凉的土地上，种下了属于自己亲手培育并植造的第一片林子。七月，塞罕坝的野花盛开了，一棵棵幼苗也绽放出了笑颜。

“文革”期间，别处一片喧嚣，塞罕坝人却只顾埋头种树。牢记使命，不忘初心，种树不止。

数字，也许是抽象的，不能带给人美感。但数字也是鲜活的，灵动的——塞罕坝在“文革”期间及其前后历年种树的面积：一九六六年以前种植三万四千亩，一九六六年种植五万亩，一九六七年种植六万亩，一九六八年种植五万亩，一九六九年种植五万亩，一九七〇年种植六万亩……到一九八三年，塞罕坝上的有林地面积已经达到了一百一十万亩。

这一组数字的背后，洒满了塞罕坝老一辈建设者的血汗，凝结着塞罕坝老一辈建设者的绿色情怀。他们几乎是用生命的代价换来了这片林海，在荒原上树立起了一座绿色的丰碑。

林海无语，丰碑无言。

五

林子多了是好事也是难事。难就难在防火。

塞罕坝九座望火楼，个个高耸，座座威严。毫无懈怠地矗立在林海高山之巅。每一座望火楼上都有一双瞪大的眼睛，注视着森林里的一草一木。

暖泉子望火楼。尽管时令已经进入三月,许多地方是暖融融的春天了,但塞罕坝依旧是白雪皑皑,冷风刺骨。为了探访护林人的生活,我走进了暖泉子望火楼。这里毫无神秘可言。室内的陈设虽然简单,但很整洁。一张床,一张桌子,一台电视机,一部电话。墙上挂着一幅地图和一个打着卷儿的日历。

护林员陆爱国和妻子王春艳,已经在这里坚守了十五年。

“心里那根弦,整天绷着。不敢有片刻懈怠。”身穿迷彩服的高个子陆爱国一边架起望远镜,一边一字一句地说,“一般每年的防火重点期是三月十五日到六月十五日,九月十五日到十二月十五日,这六个月必须要住在望火楼里,十五分钟汇报一次瞭望情况。”

我瞥了一眼桌上的电话,心里充满敬意。

“这些树是我父亲那辈人种下的,可不能在我们这代人手里毁了。”陆爱国说。坝上地区每年的无霜期只有七十多天,冬天几乎都会大雪封山。我打量一下望火楼的角落,对并排放着的三个装满了雪的水桶有些不解。我指了指桶里的雪问王春艳:“这是干吗的?”王春艳说:“雪水是用来洗衣服的,如果大雪封山,下山挑水困难,有时也喝雪水。”

陆爱国和妻子初到这里时,生活条件非常艰苦。吃水还得到山下两公里以外的暖泉子去背,水从桶口晃出,洒在后背上,浸湿衣服,后背冰凉。路滑且陡,不知跌过多少次跤,摔坏了多少个桶。也许人忘了,桶却知道。

当好护林员除了要有强烈的责任心,还要有过硬的观察本领。为了熟悉地形,尽快报出火情地点,夫妻俩把从望远镜里所能观察到的山头、洼地都一一编号,牢牢记在心上。一旦有情况,报警时马上就能说出地名和方位。通过长时间的对比、观察,他们还熟练地掌握了一套识别烟火的本领,能在最短的时间内,快速准确地识别出是烟是雾还是霞光。

陆爱国说:“不怕一万,就怕万一!”某日下雨打雷,断电了。糟糕,一旦有火情就不能用电话报警了。可偏偏在这个节骨眼上就出现了情况。陆爱国用望远镜瞭望时,发现御道口的马溜进了新种的林地,急得他出了一头的汗,没办法,他只能跑下山去喊人。直到把马赶出林地,交给主人,他才放心。

陆爱国一九六二年出生在塞罕坝,他的父亲是林场的第一代创业者,他的大儿子现在在林场的扑火队开消防车。可以说,一家三代人都是务林人。有一次,他骑摩托车下山确定一个疑似起火点,由于匆忙,路又陡,连人带车摔出去很远,把腿摔坏了。陆爱国双手拄着拐杖,咬着牙,硬撑着当班,没下山休养一天。

他说,三代人的命运跟林场的命运连在了一起,林场在他们在,林场好他们跟着好。所以,不能让林子受一点损失,多苦多累多难,都心甘情愿。

最近几年,林场在防火事情上不敢有丝毫差池,整个防火系统形成了探火雷达、空中预警、高山瞭望、地面巡护的有机监测网络,实现了林区监测全覆盖,三百六十度立体掌握。建场五十多年来,塞罕坝百万余亩人工林海,没有发生过一起森林火灾。

我问:“山上生活寂寞吗?”

王春艳说:“夫妻在一起还好些,但还是很寂寞,两个人能有多少话说,话说完了,只能大眼瞪小眼。都是人,有时候心里难受了,我们俩就吵架。”我扭头问旁边的陆爱国:“是这样吗?”陆爱国不言语,只是笑。

“不过,狍子、野猪、山兔、野鸡、黑琴鸡等野物常常来光顾望火楼，让我们觉得，这山上不光是我们两个人呢。”停了停，王春艳继续说，“曾经有一对驻守望火楼的夫妻，他们的孩子是在山上生的，也是在山上长大的，可由于平时交流少，都三岁了才只会说几句话。”

我望了一眼汹涌的林海，一时不知该说什么。

寂寞守望，孤独坚守——这就是塞罕坝护林人的生活。可是，我还是要问：塞罕坝，塞罕坝，塞罕坝是啥意思？

六

塞罕坝的一只蝴蝶扇动一下翅膀，就有可能掀起太平洋上一个巨浪。生态是个整体，有一根看不见的线连着。

“塞罕坝的生态地位非常重要，它处在内蒙古高原向华北山地及平原过渡带上，是滦河等多条河流的源头，阻挡北边风沙南侵，是一道不可或缺的生态屏障。”国家林业局副局长刘东生说，“这片林海，不仅起到涵养水源、减少水土流失的作用，有利于生物多样性的保护，而且可以大量吸收和固定二氧化碳，成为碳汇库。”

一九九三年，塞罕坝林场被批准建立了国家级森林公园，开启了森林生态旅游的新篇章。近几年，塞罕坝每年接待游客五十万人次以上，每年门票收入四千多万元，带动了周边乡村生态旅游，生态产品和手工艺品销售甚旺，社会总收入超过六亿多元。七星湖是塞罕坝的一处景区，一到暑期，木屋住宿的游客爆满。这么好的商业前景，本应多建一些木屋，但林场场长刘海莹对此说不。

刘海莹说：“从根本上来讲，塞罕坝的生态还是脆弱的，生态承载力还是有限。我们不能干竭泽而渔、杀鸡取卵的事情。吃祖宗的饭，断子孙粮不算能耐，还祖宗的账、留子孙粮才算真本事。”

尽管生态旅游效益可观，但塞罕坝还是实行了控制游客进山总数的硬性约束机制，即游客进山总数到达一定“红线”后，便一概拒之山门之外了。“说心里话，这是让自己很痛苦的事，因为来游客，就意味着增加收入呀。可是，没办法。痛，是为了长久的快乐。”刘海莹说。

“既要绿水青山，也要金山银山。宁要绿水青山，不要金山银山，而且绿水青山就是金山银山。”刘海莹对习近平总书记的这段话或许有着更深刻的理解。

塞罕坝，森林生态系统正稳步形成。落叶松、油松、白桦、椴树、黄菠萝等乔木树种结构分明，错落有序。榛子、沙棘、柠条、火棘等灌木应有尽有，各自占据着属于自己的空间。林间，溪水淙淙，崖壁上飞瀑喷雪吐浪。过去多年未见的动物，如野鸡、野兔、狍子、猞猁，也重现了踪迹。

不能不提塞罕坝的白桦林和黑琴鸡。东欧作家卢斯蒂格写过一本小说，叫《白桦林》，讲述的是一个忧伤的爱情故事。朴树有一首流行歌曲，唱的是白桦树。曲调是那么的柔美，柔美中还略显忧伤。若没有这一段段故事，白桦林就只剩下了柔美，绝没有什么忧伤了。然而，我宁愿相信白桦林没有忧伤，因为我来到塞罕坝，看到的是白桦林的美丽，白桦林的漂亮。塞罕坝白桦树干直挺耸立，上有线形横生的孔，远看好像生着无数的眼睛向四周瞭望。枝条柔软，迎风摇曳；树皮洁白，光滑细腻。卢斯蒂格把白桦称为“俄罗斯的新娘”，而塞罕坝人却没有心情那么浪漫，种树种树，忙着呢！

塞罕坝的白桦林里栖息着珍贵的稀有动物——黑琴鸡。这可是我亲眼所见。

那天，我们驱车在林间防火公路上行驶，忽然两只黑琴鸡蹿上了公路。我们停车观看，个个瞪大眼睛。它们玩耍着，旁若无人，不惊不躁。在路面上，它们互相追逐，一边“跑圈”，一边“咕噜噜”地叫。最后，它们回头觑一眼我们，抖抖翅膀，双双飞进白桦林中。

是啊，森林群落绝对不光是我们所看到的那些树，它还包括野生动物等更多的生物形态。塞罕坝的森林里充满着生命的律动，“咕噜噜”“咕咕哇”“嘎嘎嘎”……

塞罕坝，塞罕坝，塞罕坝是啥意思？黑琴鸡，你们知道吗？

七

有人说：“树木撑起了天空。如果森林消失，世界之顶的天空就会塌落，自然和人类就会一起毁灭。”在一定意义上说，树木与人的关系，就是人与自然的关系。

我曾多次来到塞罕坝，一直在思索塞罕坝的故事，并试图从中领悟人与自然到底是一种什么样的关系，找到那个隐秘的图谱。人，在自然面前到底起什么样的作用。

习近平总书记说，人与自然是一种共生关系，对自然的伤害最终会伤及人类自身。此语饱含着尊重自然，谋求人与自然和谐发展的价值理念和发展理念，是一种大情怀，大境界。

中国，正在大步向着绿色发展的目标迈进；中国，正在向着生态文明的目标迈进。

塞罕坝，塞罕坝，塞罕坝到底啥意思？塞罕坝意味着什么？塞罕坝代表着什么？该回答这个问题了。塞罕坝人说，塞罕坝是蒙语和汉语的组合。塞罕是蒙语，美丽的高岭的意思；而坝是汉语，台地的意思。把它们组合在一起即可表述为美丽的高岭台地。塞罕坝是一种有高度、有广度、有厚度的美呀！

塞罕坝已经不是一个地理的存在，而是几代人集体和个体的理想集合，是一种生活的气息和氛围，是一段飘荡的情绪和记忆，更是一个不朽的绿色传奇。在这个意义上说，塞罕坝，没有同义词。

忽然想起两句话。一句话叫“山厚地厚人忠厚，山薄水浅人轻浮”。另一句话叫“森林涵养水源，生态涵养文明”。

置身塞罕坝壮美的百万亩林海，倾听着松涛的声音，深深呼吸一口那弥漫着松脂芳香的空气，顿时有一种洗心润肺的感觉了。隐隐地，我对塞罕坝似乎又有了一层新的理解——塞罕坝就是绿水青山，塞罕坝就是金山银山，塞罕坝就是我们心底那个绿色的梦。那个梦，并非虚幻缥缈，并非无根无蒂，那个梦是真的，就在眼前。

塞罕坝——塞罕坝——塞罕坝！

（原载 2017 年 8 月 11 日《人民日报》）

作者简介：李青松（1963— ），辽宁彰武人。著有报告文学《遥远的虎啸》《告别伐木时代》《一种精神》等。

初　心

——"新时期党员、干部的楷模"廖俊波纪事

李春雷

乡村教师

其实，在二十四岁之前，廖俊波并没有什么政治理想。他的愿望，只是当一名合格的乡村教师。

一九六八年七月，他生于福建省南平市浦城县一个偏僻的农村，父亲是公社办事员，母亲是一位民办教师。家境不算太好，聊以温饱。

他的天资，似乎并不突出。中学期间留过一级，首次高考又名落孙山。复读一年，最后考入南平师专物理系。

师专期间的廖俊波表现良好，被推选为系学生会主席。正当校方看好，准备培养他担任校学生会负责人时，他却有了新目标，那就是一名女同学。他热烈追求，颇有爱美人不爱江山的决心。学校不提倡学生恋爱，尤其是他这么一位引人注目的人物。奉劝再三，情志依然。没办法，校方只好放弃了对他的进一步培养。

师专毕业，他毅然背井离乡，投奔女友家乡——邵武市。

没有任何背景，不懂社会，更不会走关系。当年，这对情侣没

有分配在一起:女方到城外六十公里的一所最偏僻中学,而他落脚的地方,距离邵武也有三十公里。

对于热恋中的他们,这是最糟糕的分配结果。但他十分知足。

执教之初,他便担任初二年级班主任。

他备课有一个习惯,喜用红笔和黑笔。黑笔是正稿和主体,是关键点和知识链;红笔是修改和补充,是延展和花絮。黑红相间,工工整整,既有枝有干,又有叶有蔓。上课时,多采用激励教学法。整个课堂,时而蓝天丽日,时而杏雨霏霏,时而鱼翔浅底,时而鹰击长空;春园芳草,日日见长;秋蚕食桑,夜夜育肥。

校长姓刘,特别喜欢这个勤奋又阳光的年轻人,却又发现他生活的困局:每个周末,骑自行车探望女友,太远了,太累了。于是,刘校长悄悄地、主动地向教育局申请调入。

很快,一对情侣终于团聚。

内心的挚爱,组织的关怀,他的热情之火愈加白亮。

学校有五百多名寄宿生,生活管理极其烦琐。廖俊波却主动要求担任宿管老师。每天早晨五点开始,组织跑操、晨读和早餐;中午监督午餐和午睡;晚上最需操心——夜自习严禁外出,闭灯睡觉更要准时和安静。琐碎,凌乱,他却乐此不疲,津津有味。

两年后,毕业考试。他的班,名列片区第一!刘校长看着这个外地小伙子,煞是惊奇。他身上,确乎有着一种特殊魅力。

恰在这时,乡政府请刘校长推荐一名文笔好、品行优的年轻语文老师调去工作,培养担任办公室主任。

刘校长陷入苦恼,选谁去呢?

有几位年轻语文老师,虽然文笔不错,但颇有惰性:有的早晨赖床,常常耽误早操和晨读,甚至上午第一节课,也需要自己拍门催促。

综合考虑，还是力推廖俊波。虽然他是物理老师，但综合素养高，可塑性强。

这天夜里，刘校长严肃地找他谈话，并以长辈的口吻真诚相告：以他的潜质，应该选择一个更宽大的舞台。

青涩的廖俊波，热恋中的廖俊波，若有所悟。他感激地看着校长，感恩组织……

一镇之长

拿口镇，是廖俊波主政的第一块试验田。一九九八年九月，他被任命为党委副书记、镇长。

拿口镇位于邵武城东三十六公里，当时刚刚遭受一场百年不遇的水灾，房屋倒塌严重，三千八百余人无家可归。

大灾过后，当务之急是建房。红砖紧俏，当地个体户借机抬价，砖价比过去高出两倍。面对汹汹歪风，他通过组织，马上联系，用火车从外地调运红砖数十车皮。

外地红砖"入赘"，骤然稳定市场。短短时间，建造楼房一百零二座。春节之前，全部灾民迁入新居。

农民收入偏低。他深层调整农产结构，推广种植烟叶，倡导多养鳗鱼。两年之内，烟叶种植面积由一千亩扩大到六千亩，鳗鱼养殖水面达到一千亩，使全镇农民收入平均提升近千元。

小镇财政寡淡。他充分调研后，果断改革财税体制，对镇属电站和集体竹山进行重新竞争承包，使镇财政每年增收七十余万元。

在此期间，廖俊波最大的贡献，是创建工业园。

乡镇建造工业园，整个南平市前所未有。但他经过反复考察，决定打破这个先例！

首先规划六百亩的园区平台，总体设计，分批开发。针对具有当地资源优势的竹木加工、工艺品、竹炭、矿产加工等行业，进行重点招商。

经过几年深情呵护，热情服务，这个工业园竟然迅速发展起来。他离任之时，已经落户企业二十七家，工业税收达到两百六十万元。

正是这个工业园，使拿口镇一跃成为邵武市名列前茅的经济强镇！

在拿口镇，谈起廖俊波，人们总要说到一条路。

拿口镇由两个乡镇合并而成。原朱坊乡的二十多个村庄地处偏僻，没有一条硬化公路，致使一万三千多村民苦不堪言。但通村公路不在国家计划之列，没有政策资金补助。

一条路，关乎一方土地的未来，更关系到两个片区群众的和谐发展。必须修筑这条民心路！

但问题接踵而至：修柏油路，还是水泥路？

全路总长十九点六公里、宽七米，柏油路需要四百万元，但寿命较短；水泥路则需要六百万元，如果质量保证，可使用二十年。

他，果断选择后者！

困难，困难，党委解困，政府克难！

除了镇政府自筹和贷款，资金还有不小缺口。他捐出一个月工资，动员全乡干部和教师捐款，并游说当地企业家赞助，四处奔波，苦苦“化缘”。

终于，筑路资金基本凑足。

他日夜值守现场，协调监督施工质量。

铺路的石子大多从河中捞出，粘满泥沙，他主张对石子们统一洗澡。现场工程师嘲笑他多此一举。

他是物理老师出身，明白在混凝土硬化过程中，凝结物之间的杂质容易产生裂缝。这些微裂纹，虽然肉眼难辨，却是质量隐患。

于是，在他的严正坚持下，工人用高压水枪对全部石料进行细细冲洗。

二〇〇〇年十二月二十六日，公路终于通车。

当天上午，数百名群众自发涌向乡政府，敲锣打鼓，点鞭放炮。最引人注目的是几十位白发苍苍的老翁和老婆婆，从家里拿出铁锅和脸盆，用铁勺拼命地敲击着，高喊着，脸上全是笑容和泪水。

霎时间，他泪流满面。

对共产党的干部来说，什么是为人民服务？什么是动力？什么是目标？

这就是目标！这就是动力！

十七年过去了，这条公路至今未曾损坏，仍然在坦坦荡荡、结结实实、日日夜夜地为这片土地服务着……

共享荣华

独骑勇闯荣华山，是廖俊波生命中的又一段传奇！

拿口镇工作五年，年年考核全市第一。二〇〇四年二月，他被选举为邵武市副市长。在这个岗位上，他主持创建占地二十六平方公里的省级循环经济园区和南平市最大的化工基地——金塘工业园，使全市规模工业产值三年几乎翻番。二〇〇六年五月，他调任南平市政府副秘书长,协调工业和城建系统。

此时,南平市为了突破发展瓶颈,决定在荣华山一带上马工业园区。

二○○七年十月,廖俊波被任命为荣华山产业组团管委会主任。

从地理位置上看,荣华山位于福建最北端,紧邻浙江和江西,位于长三角、珠三角和海西三个经济影响圈的叠合部,的确是一块天然的吸金宝地。

但当时,它却是一片荒山,没有土地,没有规划,没有人员。

更重要的是,市委、市政府授权他的启动条件,只有一个人、一部车和两千万元包干经费。所需人员,只能从当地政府机关借用。办公场所,只能租用附近农村的五间小房。

真是白手起家,平地创业啊。

不,没有平地,因为每一寸平地,也都需要开辟!

实在难以想象,四年时间,廖俊波投注了多少智慧和心血。

一组数字为证:

铲平山头十三个,新造平地三千七百三十二亩,完成征地七千余亩。

签约项目五十一个,开工项目二十三个,前期投资二十八亿元。

……

最苦最累的,是他的汽车。四年时间,行程三十六万公里。平均每天两百五十公里!

一部崭新的汽车,跑成了老旧,而一个年产值近百亿的产业组团,已经无中生有,蔚为大观,成为南平市实体经济的重要支撑!

他把荒山,变成了财富,变成了金山;荒山把他,变成了中年,变成了黧黑!

“省尾书记”

毋庸讳言,廖俊波人生最辉煌的经历,是在政和县。

政和县位于闽北、浙南交界,全境山地丘陵面积超过百分之九十三,其余为河谷盆地。由于地处偏僻,自然条件恶劣,历史上曾用名关隶县。

关隶,顾名思义,就是关押奴隶罪犯之地。

但,荒蛮之地有特产,尤以白茶最优。

北宋政和五年(公元一一一五年),颇有雅趣的宋徽宗品尝到这种稀世佳茗,惊叹之余,竟以本朝年号相赠。政和县,由此而来。

这在历史上,甚为罕见。

但千百年来,这里并没有富庶祥和。二〇一一年六月,廖俊波就任县委书记时,只有两条省道过境,没有国道,更没有高速公路。全县财政收入只有一点六亿元,全省倒数第一。

最让人惊奇的是,整个县城,没有一个红绿灯,没有一条斑马线,没有一根独杆路灯,没有一家规模超市。高压电缆和弱电线路布满天空,密如蛛网。居民用水,时时瘫痪。

这样落后的县城,在中东部地区很罕见。

时任县城乡发展规划局局长卓成庆告诉我,廖俊波第一次见面,就向他索要一张全县等高线地图。

“什么? 等高线地图?”他疑惑地问。

“是的!”

卓成庆心内震撼。以前的领导,谁曾询问过这样的专业地图呢。

又过半个月,廖俊波再次找上门,严肃地说,准备给他划拨一千万元,作为全面改造、提升城乡功能的设计费。

“一千万?”卓成庆大惊失色。几十年来,全部的城乡规划设计费相加,也不过几十万元啊!

廖俊波说,政和要发展,必须要建设一座具有现代化功能的县城。道路、桥梁、超市、电路、管网、文化场所、绿化,等等,都要全盘科学规划和设计。缺少这些,谈何归属感,谈何吸引力。我们要穷尽这代人的智慧,力争不留遗憾!

年近五十的卓成庆,汪然出涕,热血沸腾。

谁都清楚,县域经济发展要依靠规模化的实体经济。而政和,是南平市唯一没有工业区的县。

为什么没有工业区?一是因为政和县交通闭塞,经济落后,招商引资极为困难。更主要的是,在这里创建工业区,周期长,见效慢,最少需要五六年时间。

但是,为了政和县的长远发展,廖俊波下定决心。

经过再三踏寻,终于在县城西部六公里外的丘陵地带,寻找到一片合适场地,可以最大限度地节省土地。

下一个难题,就是征地。

如何才能调动大家积极性,共同克难呢?他想起了县人大、县政协的领导们。他们都是当地人,在民间颇有威望,只是这些年的落后使大家信心不足。

县人大常委会副主任许绍卫曾任开发区所在地的镇党委书记,现在临近退休。他摸着自己的满头白发说:“我老了,还是让年轻人冲锋陷阵吧。”

廖俊波说:“老将出马,一个顶仨。这种事,还是老同志。”

劝说再三,老许仍是不愿出山。

一天晚上,廖俊波再次登门拜访。当许绍卫再度说到自己的白发时,廖俊波从口袋里掏出一盒染发剂:“老兄啊,这是我专门给你买的,保证绿色产品,保证立马年轻!哈哈!”

老许再也坐不住了,站起来,一把握住书记的手。

政通人和

“小张,能不能帮我网购一双皮鞋?我没有开通支付宝。”

“当然可以!”

“四十二码,黑色,内增高五厘米。价格三百至四百之间。”

上网搜索,即刻锁定,定价三百六十八元。

第三天,鞋到了。当天晚上,小张向廖俊波办公室走去。

张斌,男,一九八二年生,政和县黄垱村人,初中毕业到上海打工,后来从事电商业务,主销手表。近几年,在廖俊波的邀请下,他回乡创业,并设计开发自家品牌手表,在广东生产,在政和销售。

此时,全县工商注册的电商企业达到四百六十家,从业人员达到四千八百多人。据阿里巴巴发布的“中国县域电商发展指数排行榜”显示:全国两千七百多个县市,政和电商赫然排名第七十三位。而在手表销售单项中,位居全国第一!

这个成绩,让人惊叹!

二〇一五年六月上旬的这个晚上,廖俊波试穿皮鞋后,特别满意。

他悄悄地却是兴奋地告诉张斌，这是他平生最昂贵的一双鞋。因为，近日要去北京参加一个重要会议，习近平总书记亲自接见。

说着，他拿出一个信封。三百六十八元，不多不少。

小张满脸窘色。这几年，在廖俊波的鼓励支持下，自己成了千万富翁，而一双不足四百元的皮鞋，他竟然……

廖俊波温和却又坚定地说："咱们是君子之交。亲兄弟，明算账！"

张斌仍尴尬不已。

"你如果过意不去的话，就考虑一下我的建议。我希望你把手表生产地从广东迁回政和，带动家乡发展……"

廖俊波常说，招商引资，要有跪地求婚的真诚和勇气。

一天，他正在福州开会，晚餐间偶然听说一位国内知名机电企业董事长正在福安市。这位董事长曾来政和考察，而后没有回音。

马上电话，恳请见面。

但这位老板公务繁忙，明天一早就要赶往厦门，飞往美国。

廖俊波恳求："我现在赶过去，您方便吗？"

老板大惊。从福州到福安，开车需要三个多小时，而且是夜行。正在他犹豫之时，廖俊波已经动身了。

当晚十点，双方见面。

一个小时后，廖俊波返回福州。

三个月后，这个投资三亿元的项目，落户政和！

国内某著名大型养殖企业，原料直供肯德基、麦当劳等企业。

他通过中间人联络多次，对方拒不见面。别人早就知难而退，可廖俊波说，双方没有见面，没有沟通，希望犹在，一切皆有可能！

二〇一三年三月，廖俊波终于见到对方董事长。谁知刚进门，对方就毫不客气地说，我知道政和，那是一个兔子也不拉屎的地方，我怎么能往那里投资呢？

现场气氛，立时降至冰点。

片刻，廖俊波高兴地说，兔子不拉屎的地方，正是投资创业的好地方。您想想，过去兔子不拉屎，是因为偏僻，现在高速公路开通，这个问题已经解决；兔子不拉屎，说明这个地方广阔而且生态，正是养殖的首选；再者，兔子不拉屎的地方，地价肯定便宜。总之，希望您去看一看。

事态的发展，果如廖俊波所言。

在董事长从政和考察回来的路上，一个全新的构想诞生了。

双方签约后，廖俊波内心仍然不甚满足：这个项目虽然富民，却没有税收。

此时，他又得到信息：一家以熟食加工业务为主的美国著名公司正在寻找合作伙伴。

猛然，一个更新的构想再次诞生。他又开始了新一轮的奔波和游说。

二〇一三年十月，一家全新的集养殖加工于一体的中外合资企业，在政和呱呱落地。

如今，这家投资十五亿元的大型合资企业，已在全县闲置千年的山沟里发展养殖场四十四家，日屠宰量十二万只，用工三千余人。五百多辆冷链运输车，每天日夜不停地奔跑在这片曾经贫穷和寂寞的土地上。

天生天养的鸡鸭，源源不断地进入世界的肠胃；花花绿绿的现钞，滔滔不绝地回归小县的财政……

短短四年，天翻地覆！

二〇一二年,县域经济发展指数提升三十五位,上升幅度全省第一;二〇一三至二〇一四年,蝉联全省"县域经济发展十佳县";二〇一六年,财政收入由二〇一一年的一点六亿元猛增到四点九亿元。

廖俊波离任之时,一座现代化的县城已经脱胎换骨:改造五条大道,打通九条断头路,新增三家大型超市,设置四个红绿灯和一千五百盏路灯,建造高标准的市民广场和文化中心,电缆和弱电线路全部地埋,供水管网统统改造。特别是县城周围,高速公路通车,两条国道过境,八座大桥竣工……

更令人欣慰的是,经过几年培育,政和白茶再度崛起。一座投资两亿元的"中国白茶博物馆"已经奠基,"白茶银行"正在全国形成网络……

春节到了,外地的乡亲和学子纷纷回家过年。

走下高速,是宽阔的迎宾大道,两侧站立着一排排璀璨的中华灯,高挂着一枚枚喜庆的中国结,是父亲的迎迓,像母亲的微笑。看着这亮堂堂、红彤彤的场景,看着这全新的故乡,不少人瞠目结舌,热泪横流……

政和政和,政通人和!

一个千年梦想,终于实现!

最关键的是,政和蝶变,不仅把经济搞上去了,还把人心搞上去了。

他,展现的是县委书记形象,提升的是共产党的形象!

情系武夷

南平,俗称闽北。这里,真是一块特殊的风水宝地:三溪汇流,闽江之起首;武夷巍峨,福建最高峰。然而,令人尴尬的是,其经济发展水平,却位于全省之尾。

这些年,南平人一直在试图突围。

毋庸置疑,南平的发展存在巨大瓶颈。首先,市委市政府所在区域是一片狭窄山地,四周无处延展,而且处于市境犄角地带。这些年来,为了寻找一方舞台,省市层面的领导和专家费尽心思,终于选定一个好地方,那就是版图中心区域的邻近武夷山的建阳市市郊。如果依托现有城市基础,再创建一个武夷新区,岂不是凤凰涅槃!于是,经过多年论证,在中央和省委的支持下,整套计划已经通过。

二〇一三年,新区整体规划完成,进入建设时期。

二〇一六年,市党代会明确提出:二〇一八年启动搬迁,二〇二〇年结束。

不仅要尽早建造一座武夷新区,还要搬迁一座地级城市,这是一项多么巨大的工程!

这项任务,又历史性地落在廖俊波肩上。

二〇一六年八月,身为南平市委常委、副市长的廖俊波,兼任武夷新区党工委书记。

市政府,他是常务负责人;武夷新区,他更是第一负责人。

两地相距一百三十公里。于是,穿梭其间,便成常态。日日夜夜,风风雨雨……

进入二〇一七年之后,工作重心是软件园招商。

是啊,新区,新区,新在哪里?信息时代,怎么可以缺少软件产业?

南平是一个偏僻之地,落后之隅,谁来落户呢。

一个多月时间,廖俊波马不停蹄,拜访了国内IT业内多家规模企业,其中十多家签订协议并陆续入驻。特别是在福州,他与浪潮集团福建总公司达成初步协议。

三月十五日中午,他飞到北京,正好下午空闲。工作人员提醒说,你父母住在北京。是的,父母在妹妹家已经住下两三年,自己还没有登门看望,只是春节期间在老家见一面。作为儿子,他常常心怀愧疚。

转念一想,不能分身。即刻联系浪潮集团总部。正好,对方执行总裁答应会面。

他马上拿出西服,整正领带,梳理头发,擦亮皮鞋,像谈恋爱一样,雀跃而去。

这一次,终于取得实质性进展。双方相约,三月二十一日,南平见!

三月十六日,回到南平时,已是半夜。他兴奋地对大家说,这几天行程太紧,太累,你们明天休息一下吧,晚一个小时上班。

第二天八点三十分,大家仍是正常到岗。可他呢,已参加过一个早上八点的开工仪式,又赶往南平市开会去了……

三月十七日下午,纪检部门在新区调研。他全程陪同。

三月十八日上午,市长主持会议,协调研究新区生活搬迁等问题……

午饭后,他睡得深沉。

妻子不情愿唤醒。可他设定手机闹钟:十四时三十分。

闹钟响了。他睁开眼,又闭上,对妻说:"我再睡一会儿,三十六分喊我,盯紧啊。"

时间到了。妻犹豫一下,还是推醒他。

下午三点,他主持会议,研究上午会议内容的具体落实。

会议五点半结束。他又与市国土局局长等人会面,商议武夷山国家公园事宜。

下午六点,回家吃饭。饭后还要赶到一百三十公里之外的武夷新区,主持晚上八点开始的协调会。多项工作,迫在眉睫。

妻子静静地看着他。

这个匆匆忙忙的男人啊,真是她今生注定的眷侣。结婚二十五年了,他仍是像新婚一样宠爱自己。几乎每天,他都要给自己送一束"花"——微信玫瑰!只是,他常常不在身边。每次想他了,就打电话,可总是不接。有时候,回一个字:忙。有一次,他抱歉地说,以后退休了,买菜、做饭、拖地、养花,我全包!你只需坐在沙发上,双手指挥……

那一刻,他兴奋得像一个孩子。而她,幸福得宛若初恋。

可他,毕竟心累啊。离开政和时,他还是一个精壮的中年人,而两年来,头发全部灰白,几乎脱落一半。脸上和手上,竟然长出了一片片老人斑……

想到这里,她一阵心酸。

他埋头喝粥。

这时,天色骤然阴沉,大雨将至。

忽然想起还有长长的山路,妻试着说:"今天是星期天,你休息一下,也让大家休息一下吧。"

他没有吭声。

她又说一遍。

他沉默一下,略有嗔怪地说:"你是老师,下雨天,就可以不去上课吗?"

妻子愣怔，无语。

这是多少年来，他们第一次交锋，第一次红脸。

于是，他微驼背，弓身，点点头，笑一笑，走出门……

四十分钟后，车祸发生！

雨中泪别

三月二十一日，遗体告别日。

南平各界人士，纷纷要求现场祭奠。限于安全、交通等原因，官方真诚劝阻。但执意前来者，仍达数千人，敬献花圈，达一千五百枚；而网上吊唁人群，超过四十万！

一位在南平做生意的政和籍商人，深感故乡巨变，却从未见过廖俊波。这天早晨，他特意赶到灵堂，像拜祭长者那样，双膝跪下。而他的年龄，比廖俊波还长三岁。

许绍卫俯坐于地，泣不成声。昨天晚上，他再一次把满头霜雪，染成黑发。

张斌赶到南平时才发现，全市宾馆爆满，只得借住朋友家。去年以来，他遵从廖俊波的愿望，高薪聘请十六名广东工匠，在本村创办手表制造厂，并对本地青年进行培训。大山深处的原始村落，竟然可以生产精密手表了！

浪潮集团执行总裁也来了。在廖俊波遗体和遗像前，他噙着眼泪，用最简短、最低沉的语言告知，集团已经决定：在武夷新区投资五十亿元，建造一个高标准软件基地。

……

这一天，南平再降大雨。

天上雨，人间雨！

南平是一座山城。

采访结束时，我专门拜访廖俊波的办公室。他的桌上，放着一个笔记本和两支红黑水笔，仿佛是教师的教案，好像是学生的作业。

窗外，是九峰山。苍苍翠翠的群山之间，两条清清的溪水——建溪和沙溪，在南平市中心相约，举行婚礼，合二为一，形成一个大大的“丫”字。

这，就是闽江！

一江清水，向南流去。流向大海，汇入中国潮流，汇入世界潮流……

（原载2017年9月27日《人民日报》）

作者简介：李春雷（1968— ），河北成安人。著有报告文学《钢铁是这样炼成的》《宝山》《木棉花开》《朋友》《武汉纪事》等。

阻击埃博拉

陈　言

引子　埃博拉河静静地流

“岁月不居，时节如流。”

二〇一八年十二月三十一日，电视屏幕上，习近平主席刚刚发表了热情洋溢的新年贺词。一位朋友从微信上发来一段视频，我打开一看，惊呆了！

这是一段俯瞰非洲的航拍视频，飞机沿着大河低飞——从高空俯瞰，大河呈现赤褐色，波光粼粼，沿途岔出许多河道，夹在狭长的绿色岛屿之间。飞机的影子在墨绿色的森林上移动。蓦然间，群山之后现出一方湖泊——从空中看去就像一块巨大的蓝宝石，一种浓烈的、难以置信的蔚蓝，你只需凝望一会儿，就会情不自禁地闭上眼睛。飞机靠近，成千上万只火烈鸟飞散开来，形成一个巨大的扇面，恍如初升的太阳放射出万丈光芒。做了几十年记者，踏上过每一块大陆的土地，我却从未见过如此壮观的景象，不知道火烈鸟竟然如此气势如虹。我的手指在屏幕上滑动着，回复了这样一行字：你又回非洲了？你就是一只永不停歇的火烈鸟啊！

发来视频的是中国人民解放军军事医学科学院的陈薇少将，

埃博拉疫苗的研发者。三年前我因采访西非埃博拉疫情与她相识,如今她已成为我最尊敬的良师与挚友。我的手机里至今保存着一张珍贵的照片,那是陈薇在刚果(金)拍摄的刚果河上游一个名叫埃博拉的地方。一九七六年以前,埃博拉仅仅是一条河流的名称,一九七六年人类有记录的第一次出血热疫情暴发之后,埃博拉变成了非洲死神的代名词。照片中,赤褐色的埃博拉河无声地奔流,那里是这一切开始的地方。

一九七六年,埃博拉病毒第一次在埃博拉河两岸现形,这是一种介于生命和非生命之间的物种。它古老——它的存在几乎与地球生命的历史一样悠久;它简单——甚至没有DNA,只有一条单一遗传密码RNA;它神秘——至今不断被追踪,却从未发现过中间宿主;它冷酷——毫不留情地灭绝生命,号称“人命黑板擦”;它无处不在——在水里可以存活三天以上,甚至可以通过气溶胶跨物种传播;它毫无破绽——人类始终没有有效药物与之对抗;它占据了人类对病毒分类的最高等级——生物安全四级病毒(艾滋病为三级,SARS为三级)。它是死神手中灭绝灵长类生物的致命武器,它来无影去无踪,没有人能够与它正面抗衡,直到二〇一四年那场交锋。

四年前的战役历历在目。二〇一四年春天,一场突如其来的埃博拉疫情席卷西非三国,数万条生命转瞬即逝,数万个家庭分崩离析。非洲,青山无言,大河呜咽,人们在死神无情的凝视下哭泣与颤抖。

“西方人大都离开了,我们当中有些富人躲了起来,但贫穷让绝大多数人无处躲藏。”塞拉利昂总统科罗马在向世界求援的公开信中写道。在西方各国出现埃博拉输入性病例而纷纷切断西非航线时，中国成为第一个向塞拉利昂派驻整建制医疗队的国家。

这是中华人民共和国历史上第一次向海外成建制派出军事卫生力量并建造诊疗中心，第一次输出生物安全 P4 实验室并自主运营，也是我国自主研发的埃博拉疫苗第一次走出国门。在我国综合国力稳步提升的大背景下，中国医疗卫生队伍首次走到世界舞台的聚光灯下，成为全球抗击埃博拉行动中一支不可或缺的、举足轻重的力量。

二〇一三年三月二十五日，习近平主席在坦桑尼亚发表了题为《永远做可靠朋友和真诚伙伴》的重要演讲。习主席用非洲谚语“河有源泉水才深”，描述了中非友好交往的历史进程。他说：“对待非洲朋友，我们讲一个‘真’字……开展对非合作，我们讲一个‘实’字……加强中非友好，我们讲一个‘亲’字……解决合作中的问题，我们讲一个‘诚’字。无论中国发展到哪一步，中国永远都把非洲国家当作自己的患难之交。”

在那次援非抗埃行动中，淋漓尽致地体现了“真”“实”“亲”“诚”四个大字。在疫情最为严重的时刻，二〇一四年九月十日，中共中央总书记、中华人民共和国国家主席、中央军委主席习近平发出向西非疫区派遣中国人民解放军整建制医疗队，援助西非抗击埃博拉疫情的命令。短短两小时内，医疗队与检测队集结完毕；短短两天内，几百吨药品与物资筹备到位；短短三天之后，第一批五十多名中国军人、医生、科学家组成的援非抗埃“国家队”飞抵塞拉利昂首都弗里敦，打响了艰苦卓绝的抗埃战役第一枪。二〇一五年，以中国人民解放军军事医学科学院某研究所所长陈薇主持研发的国产埃博拉病毒疫苗宣告成功，首次走出国门，在西非疫区进行临床接种。以陈薇将军等人为代表的援非抗埃“中国队”，充分展示了中国作为一个负责任大国的担当,赢得了全世界的广泛赞誉。

曾经见证了中国三批援塞医疗队在半年多时间内援助塞拉利昂抗击埃博拉疫情所付出的艰辛与努力的中塞友好医院院长卡努表示:“我没有理由不称赞中国的能力和责任心,优秀医生良好的品质,比如敬业、勤勉、守时、有涵养、仁慈、关爱,都可以在每一名队员身上体现出来。是中国医生们无私的行为,挽救了许多危重患者的生命。塞拉利昂的医务人员从中国队员身上学到了很多东西,受益匪浅,将成为永久的财富。”

联合国秘书长潘基文在给中国常驻联合国代表的致函中说:“中国对非洲各国领导人及世界卫生组织的紧急呼吁做出了迅速的反应,中方所提供的资金、人才和实物资助直接解决了最核心的需求,特别是中国医务人员在现场为缓解当地居民的苦难做出了巨大贡献,感谢中国政府在全球和地区层面为加强国际合作所做出的不可或缺的贡献。”

塞拉利昂总统科罗马在二〇一五年新年寄语中说:“感谢中国医疗队和到场的每一个中国人,感谢你们在控制埃博拉疫情中做出的巨大贡献,塞拉利昂人民是你们永远的朋友。”

西非抗埃,“中国队”万里驰援,救死扶伤,传递的是中华民族的无疆大爱和人道主义精神。

就在世界卫生组织宣布西非埃博拉疫情结束的那天,几百名从中塞友好医院出院的埃博拉康复者自发地从四面八方赶来,他们用无数双手将陈薇高高托起,抛向空中,他们用非洲的最高礼遇向中国恩人致谢与道别。

这就是大国的责任与担当。

中国已经站在这样的经纬线上——言大国,除了国土、人口、实力，更重要的是在世界与人类面前呈现出的使命与担当、真诚与智慧。在此过程中，国家领袖无疑是决策者、领导者，是大国风范与国家精神的缔造者；援非抗埃的中国队员们，是当代的国际主义战士，是中国国家形象的代表，更是中国风骨的行动者与实践者；陈薇和参与到这场战役中的每一个中国人，无一不令人尊敬。他们的表现给了“人类命运共同体”完美、生动、具体的诠释。

“我们将积极推动共建‘一带一路’，继续推动构建人类命运共同体，为建设一个更加繁荣美好的世界而不懈努力。新年的钟声即将敲响，让我们满怀信心和期待，一同迎接二〇一九年的到来。祝福中国！祝福世界！”

习近平主席的声音，语调平静，深藏力量，让人们的心中陡然升起对春天的渴望，对新的一年美好生活的遐想，像夜空里突然绽放的礼花，五彩缤纷，冉冉飞扬。

我再一次点开视频，那一队队火烈鸟，充满豪气，翅膀不停扇动着温热的风，令人感到大自然和生命的力量无可阻挡，令人激情洋溢。我的心也热烈起来，此时此刻我是如此渴望追随着陈薇将军的脚步，重回非洲——在那片历经战乱与瘟疫的土地上，同那些来自中国的解放军战士、医生、志愿者们，一起勇往直前。

…………

第三章　疫苗

共和国女将军

时间：二〇一五年八月

坐标:中国　北京

那段时间陈薇每天都从媒体上关注着疫情的动向。国家已经向塞拉利昂派出了整建制中国人民解放军援塞医疗队和由中国疾控中心组建的病毒检测队,有关部门也已经召集了好几次专题会议,讨论疫情应对措施。可是,自己的研究团队做了十年的埃博拉疫苗却还停留在实验室,她越想越着急。

虽然病毒暂时还没有进入中国,但每天全世界有无数架飞机往来于西非和世界各国之间,理论上,来自热带雨林深处的致命病毒可以在二十四小时之内抵达地球上的任何城市。而且即使最顶尖的微生物学家也很难预判病毒的变异方向,如果任其发展,一旦埃博拉变异出可以在自然状态下通过空气传播的特质,那么不仅西非人民将面临灭顶之灾,全人类都将遭逢空前浩劫。事实上,雷斯顿埃博拉就已经可以在室内通过飞沫在猴子之间传播了。

到时候会怎样呢?人们会融化在巴黎枫丹白露的咖啡厅里,融化在伦敦的大本钟下,融化在纽约大都会的博物馆里,融化在中国香港轩尼诗道的月色下……

陈薇忽然想起埃博拉的发现者卡尔·约翰逊的一句话:"这种病毒有能力按比例减少全球人口,也许百分之三十,也许百分之九十。"她打了一个冷战。

不能再等了!

她要正式向组织申请到非洲去,到抗击埃博拉的第一线去!

她知道,自己带着团队研发了十年的疫苗很有可能成为终结埃博拉危机的终极武器!

她也知道,做出这个决定,既是对自己、对团队的一个承诺,更是严峻疫情发出的不可抗拒的召唤。

陈薇，军事医学科学院生物工程研究所所长，我国多个致命病毒疫苗的研发者。她一九六六年出生于浙江兰溪，刚过五十岁就被授予了少将军衔，是军队里少见的在职女将军，也是我国生物危害防控领域内的唯一一位女将军。

乌发齐肩，长相清秀，一副金丝框眼镜，如果不穿军装，一般人很难把眼前这位优雅知性的江南女子与共和国女将军的身份联系在一起。

作为一名军人，雷厉风行是陈薇的一贯作风。此前之所以犹豫，并不是对于自己研发十年的埃博拉疫苗缺乏自信，而是因为没有人比她更清楚到疫区做临床所要面临的风险与挑战。

但是，谁也不知道亲赴疫区一线与病毒短兵相接最终会是什么结果。带出去的学生和团队万一有人感染怎么办？自己感染了怎么办？怎么向家人交代？怎么向组织交代？

要说不害怕，那是文学上的修饰。大概没有人比真正的病毒学家更害怕病毒的了——与其说是害怕，不如说是敬畏。他们对病毒的敬畏源于知识，源于对理性的深切尊重。

国外的同行们有句话是这么说的："摆弄埃博拉的那些家伙都是疯子，还是去玩更安全的东西吧，比方说炭疽热。"正是因为这种病毒的高危性，全世界真正了解它并知道如何应对的人屈指可数，陈薇在其中算是个另类。她是全世界最优秀的病毒猎手。

很多媒体报道中，把二〇〇四年作为陈薇开始埃博拉病毒研究的起点，并惊叹她的预见性。其实，从炭疽杆菌到 SARS 再到埃博拉，她与病毒的短兵相接早在二十多年前就开始了。

一九九九年，博士毕业一年的陈薇就开始了炭疽杆菌的基础理论和疫苗研究工作。二〇〇一年，美国炭疽杆菌事件之后，她带着三十多个热血沸腾的年轻博士、硕士生开始了对炭疽杆菌的攻坚战，最终吹响了胜利的号角。他们凭借此项研究拿下军队科技进步奖一等奖，人类闻之色变的炭疽杆菌，已经基本被陈薇攻克了。

二〇〇三年，SARS 疫情暴发。又一次打赢了这场硬仗之后，陈薇在后续的研究中参与了一项中德合作的科研项目。一次偶然的机会，她得知课题组中的一位德国教授同时也在做埃博拉病毒的基础研究。“真是天赐良机！”多年与病毒交手的直觉告诉她，是时候面对人类有史以来最为恐怖的对手了。

埃博拉，在全世界病毒学家的眼里是公认的“最为恐怖的对手”，也是人类最优秀的病毒猎手们共同的目标。对这种级别的敌人，陈薇早就想与之较量一番了，但之前苦于没有条件——没有病毒、没有技术、没有团队，她不得不将其暂时搁置。

但只要机会初露曙光，陈薇便毫不犹豫地踏上猎杀埃博拉的战场。

二〇〇四年，陈薇申请了国家“863”项目。随后的近十年里，埃博拉疫苗科研工作夜以继日地展开，如静静流淌的河水，悄无声息却绵延不绝。

其实做埃博拉远不如做炭疽杆菌或者 SARS 研究那样有显示度。由于埃博拉病毒的一度沉寂，西方国家对此也并不热情。只有陈薇，科学家的天赋告诉她，这是她的使命；军人的直觉告诉她，致命杀手与北京之间，不过一个航班的距离。

致命病毒从来就是人类共同的敌人。埃博拉虽然从未在中国暴发，但作为一名军人，陈薇清醒地认识到，这种致命病毒不仅意味着一次次夺去千万人性命，更有可能作为潜在的生物战剂与生物恐怖武器。

生化武器？这是杞人忧天、危言耸听吗？

如果你这么怀疑，请看以下几个事实：

第一，这种病毒在历史上已经被用于生物武器化的研究。

第二，这种类型的病毒可以通过气溶胶感染。多项研究表明，马尔堡病毒、埃博拉病毒等可通过气溶胶感染灵长类动物。这就意味着，空气可以成为传播介质。

第三，在美国发生的多起炭疽粉末信件的生物恐怖事件警告世人，生物恐怖袭击是现实的，并且会在没有任何预警的情况下突然发生。美国疾病预防控制中心将可能的生物恐怖剂分成ABC三类，而包括埃博拉在内的出血热病毒，被分类在A类生物恐怖剂清单中。

第四，恐怖分子曾经寻求埃博拉病毒作为生物恐怖剂使用。日本奥姆真理教在东京地铁施放化学战剂沙林后成为臭名昭著的恐怖集团。据报道，他们曾经到非洲寻求埃博拉病毒，用于研发生化武器。

第五，埃博拉致死率极高且易于传播，更重要的是，到目前为止，全球并没有任何有效的治疗药物，这种病毒一旦被用于生物恐怖袭击，我们无法想象人类将面临何种劫难。

这五条，每一条都是支撑陈薇十年来沉默而又坚定地研发对抗埃博拉武器的理由。中国军人，不能打无准备之战！

十年无闻的坚守，个中滋味，又能与谁言说？

而历史终将青睐那些具有大格局的人。二〇一四年，西非埃博拉疫情大暴发后，这种病毒和陈薇这个名字才真正引起了国际社会的广泛关注。

换道超车

世卫组织给出的数据让全球都为之胆寒：截至二〇一四年十二月二日，几内亚、利比里亚、塞拉利昂、马里、美国以及已结束疫情的尼日利亚、塞内加尔与西班牙，累计出现埃博拉确诊、疑似和可能感染病例一万七千两百九十例，其中六千一百二十八人死亡。

自此，美国、英国、加拿大才纷纷加紧了疫苗的研制工作。然而，尽管有无数全球顶级病毒学家的研究工作做铺垫，可埃博拉疫苗的研发之路依旧困难重重。三四十年来，埃博拉疫苗始终未能面世，其中一个重要原因就是，处理这种病毒必须要在生物安全四级实验室中进行，这是一个硬性条件。

通常来说，根据密封程度的不同，国际上将生物安全实验室分为四个等级——P1、P2、P3 和 P4。"P"是英文 Protect（保护）的缩写。第四级即 P4 实验室是生物安全最高等级，可有效阻止传染性病原体释放到环境中，同时为研究人员提供安全保证。

一般而言，现代医学将传染病原分为四个危害等级。第一级病原体对成年人几乎无法造成危害，如大肠杆菌等；第二级病原体对人类引发的疾病比较轻微，而且通常有预防及治疗的方法，如腮腺炎病毒、麻疹病毒等；第三级病原体则能够在人类种群中引起严重或致死的疾病，人们闻之色变的炭疽杆菌和 SARS 病毒就属于这一级别。人类针对不同等级的病原体，建立了不同等级的生物安全实验室。

一级实验室我们并不陌生，专业的研究所、许多条件好一点儿的大学都有配备，进入这里的人只需要戴上手套和口罩即可，试验台是开放的，实验室不会和大众隔离。二级实验室危险系数相对高一些，只不过这里大多对公众隔绝，只有实验人员可以出入，所以显得有些神秘。而三级实验室处理就相当专业了，对进出这里的实验人员要求很高，需要接受严格的特种培训。

最高防护实验室被称为四级生物安全水平实验室。在人类抗击病毒的战场上，四级实验室就是子弹在你耳边呼啸而过而你只能以血肉之躯相搏的火线。在这里，人类最精锐的微生物学家们与自然界最致命的病毒贴身肉搏——它们通常具有极高传染率与致死率，人类对其知之甚少，一旦感染，没有任何治疗方式。正因为如此，业内人士把这里叫作“魔鬼实验室”。

“魔鬼实验室”装有特殊的空调系统，进入这里的空气温度与湿度都是预先设定好的，过滤程度达到百分之九十九点九九九，能保障空气在整个环境中一小时循环多次。实验室采用定向负压系统，其核心区的压强达到负四十帕，这样才能保证实验室空气的流动是通过高效过滤器从外面进来，而实验室内的空气不向外流动。

典型的四级实验室由更衣区、过滤区、缓冲区、消毒区、核心区组成。在实验室的四周装有高效空气过滤器。到达实验室的核心区，总共有十道门，最里面的七道门是互锁的，也就是说，如果一道门没有关好，另一道门肯定打不开，这样避免空气的流通。同时，这里有严格、复杂的管理程序，为了确保绝对安全，只有得到批准和持有磁卡通行证的人才能进入，有的通过指纹门禁系统进入，而且所有出入的人员都由电脑记录在案。

四级实验室需要与其他建筑完全隔离，并且在实验室内部启动空气负压设备，使得实验室的气压始终低于外界，严防病原体随着空气散溢到室外。实验人员全部都受过严格训练，并且穿戴全封闭防护服。这种防护服装有接口，由实验室独立的供氧系统向防护服内部输送空气，每个实验人员身后都会拉着一条长长的输气管，就好像在深海作业一样。这么烦琐的设计就是为了确保实验人员和病原体绝对隔离。在离开实验室的时候，实验人员会被化学药品和紫外线反复消毒，确保将防护服上所有可能存在的病原体轰杀至渣，因为四级生物安全实验室哪怕发生了一丁点儿泄漏，都有可能造成不可挽回的生态浩劫。

埃博拉病毒就属于需要在四级生物实验室里处理的极度危险病原体。而四级实验室的造价及其维护费用十分昂贵，截至目前，人类在全球范围内只建成了三四十家。除中国外，全球公开拥有四级实验室的仅有法国、加拿大、德国、澳大利亚、美国、英国、瑞典和南非等国。

P4 是人类目前唯一可对埃博拉等活体病毒做实验的安全场所。陈薇的胜利，背后正是中国国力的全面提升。

在埃博拉疫苗研发的战场上，从某种意义上说，同样具有研发实力的美国和加拿大既是中国的战友，又是中国的对手。

二〇一四年危机爆发之后，美、加两国加紧了对埃博拉疫苗的研发进程，不过都是针对一九七六年出现的埃博拉病毒，而且需要在零下八十摄氏度冷冻保存。可是现在过去快四十年了，病毒早已经发生了变异。而在这个领域默默耕耘了十多年的陈薇却早有准备，她当机立断，必须做出针对此次疫情、方便非洲当地保存的 2014 基因型疫苗。

陈薇采取了“换道超车”的模式——坚持前瞻性，坚持自主研发，不跟在别人的后面跑。正因如此，自研发初期开始，陈薇团队就在不断尝试新的技术路线，经过了艰苦的摸索，排除掉 VLP（病毒样颗粒）疫苗、灭活疫苗和 DNA 疫苗等多种方式，最终确立了病毒载体疫苗。

实验室研究完成后，陈薇最大的心愿就是让疫苗走进非洲。非洲气温高，需要在零下八十摄氏度保存的液体试剂显然给疫苗的运输储备增添了成本。于是，陈薇又想到做冻干粉针剂，便于疫苗在当地保存。

为了确保疫苗安全有效，陈薇带领团队争分夺秒。他们与国内经验丰富的团队天津康希诺生物技术有限公司合作，完成快速应急中试制备，同时走国际合作路线，开展国际合作研究。

攻毒实验进展顺利，实验结果非常理想，接下来就是临床试验，然而新的问题接踵而至。

别国的埃博拉疫苗临床试验，通常是在非洲选择一个非疫区开展小型的Ⅰ期临床试验，证明疫苗的安全性，然后在非洲疫区开展大型的Ⅱ期或Ⅲ期试验，证明疫苗的有效性。可是，在国外开展期临床试验，手续极其烦琐，试验成本也极高。

想了好几个晚上，陈薇最后决定，先在国内做Ⅰ期。二〇一四年底，埃博拉病毒疫苗Ⅰ期临床试验在国内开始。在泰州，陈薇团队与江苏省疾控中心合作，针对中国受试人群完成了随机双盲、剂量递增、安慰剂对照临床试验。在杭州，陈薇团队与浙江大学第一附属医院合作，针对在华非洲人群开展临床试验，这是我国境内开展的首个针对非中国人群的临床试验。比较泰州和杭州的临床检测结果，疫苗显示出良好的特异性和一致性。这意味着，研发与实际应用之间的距离越来越短了。

接下来，就是前往非洲了。

二〇一五年九月，陈薇带着团队里的年轻人，收拾好行李，启程去塞拉利昂进行Ⅱ期临床试验。这也是中国科学家在国外首次进行的临床试验。

临出发前,研究所一楼大厅满满当当地摆着三十多个黄色纸箱,箱子里装着采血管、棉球、试剂等各种试验材料。大家忐忑而兴奋,每个人都忙前忙后,同时揣测着那个号称是世界上最贫穷的国家的样子。

出征!他们其实早已准备好了。

第四章　出征

亲临疫区

时间:二〇一五年十月

坐标:塞拉利昂　弗里敦

飞机在一阵颤抖中终于降落在弗里敦机场的跑道上。陈薇被落地的震动惊醒了,透过狭小的舷窗向外望去,天空刚刚把最后一丝光亮收走。陈薇下意识地把手表指针逆时针转了八个圈,然后打开手机。手机屏保上,是丈夫与儿子温暖的笑脸。

经过十七个小时的飞行,总行程一万七千公里,中国人民解放军少将陈薇带着埃博拉疫苗于当地时间二〇一五年十月十七日抵达塞拉利昂首都弗里敦。

这里是被埃博拉劫掠过的炼狱,这里是这场战役的最前线,这里是战友们战斗过的地方。最糟糕的时候已经过去,但陈薇的战争才刚刚开始。在她的战场上,这才是第一次真正与这个看不见的敌人短兵相接。

下飞机之前,陈薇不断提醒队员们注意着装。弗里敦正值雨季，高温高湿，空气中飘荡着潮湿发霉的气味。她开始担心队员们的身体，由于长途颠簸，有些人已经出现了头晕、恶心等症状。偏偏天公不作美，此刻又下起了倾盆大雨。她又开始担心起随机抵达的医疗物资来。这么大的雨，这些东西不会有问题吧？

更糟的是，前面还有五个小时的车程在等着他们。从机场到市区，最近的路程是摆渡走水路，队员们可以轻装简行，坐快艇二十分钟就能抵达市区码头。但设备和物资就难办了，只能走陆路、绕道两百多公里。这里的交通实在让人绝望——整个国家一条像样的公路都没有，全是土路，坑坑洼洼，大雨天车辆很容易打滑或者陷入泥坑里。在这种天气和路况下调运物资，很难保证不出问题。

还是中国驻塞拉利昂大使赵彦博有经验，几个月下来他的生存技能已大有长进。他提前联系了当地一家中资企业，对方听说是我国人民解放军带来了埃博拉疫苗，二话不说就调拨了货车帮助他们转运物资。从过关、清点、搬货、调度、押运，再到分门别类运往部队驻地和中塞医院，清点、卸货、入库、合理存放，直到安顿好最后一批物资，陈薇悬了一路的心总算放了下来。

回到驻地时已近凌晨，陈薇都没能好好看一眼窗外的海景。美丽壮阔的大西洋啊！它是如此之近，近在眼前，夜晚的涛声仿佛就在耳畔回响；它又是如此之远，远在天边，像一幅幽暗的油画，与真实世界似乎没有一丝关联。

有那么几个瞬间，陈薇忘记了自己身处何地。这里的一切都如此沉静、如此平和，连咸湿的海风都透着温柔。那些倒毙在路边水坑里的尸体是真的吗？那些全副武装的持枪军警是真的吗？那些在车窗外一晃而过的低矮破旧的铁皮茅屋，轰鸣的摩托车从公共汽车、不穿上衣的行人和自行车的窄缝里嗖嗖钻过，马路上尘土飞扬，到处是卖香烟、矿泉水、小零食、塑料玩具、低档服装的摊贩，路口没有红绿灯，只有穿着不合身的制服的交通警察，吹着哨子，做着耀武扬威的手势……这一切都是真的吗？

陈薇感到有些恍惚。宾馆内外，两个世界判若云泥，此刻却在如浓墨一般的夜色中交融在一起，不辨虚实。此后若干个睡不着的深夜，她都会起身看海。全世界只剩她一个人，四周都是海，只有细小的微光在远处闪烁，明明灭灭，如同一句暗语，如同那个看不见的敌人。如果有一天，她被它掳获，那么她将止步于半途。她将想起今夜的大海，她将想象着自己如同一片羽毛从海鸟身上松脱，在云中，在人间千尺之上，在暴烈的气流中劲舞、激旋，被怒号的狂风裹挟、推送，飞越千里大洋、万里群山，战胜一切险阻，最后飘落在家乡的土地上。儿子将捡起这片羽毛。她在梦里流连于这样的想象，它带来继之而生的希望。不过她更清醒地知道，第二天当太阳照常升起时，她依然要鼓足勇气，睁大双眼，迈步向前。

中塞友好医院

大本营宾图尼玛宾馆位于弗里敦的阿伯丁区，中塞友好医院则位于城外的科索镇，从驻地到医院有二十八公里路程。沿途会经过著名的旅游胜地蓝茉莉海滩，这里椰树成林，草屋林立，偶尔可见三三两两的行人在洁白的海滩上悠闲漫步。每天在如此醉人的风景中去充满致命病毒的医院上班，即便是身经百战的军人也很难承受如此巨大的落差。

上班的路首先要穿过弗里敦市区。街市上热闹如常，难以把眼前的场景与埃博拉疫情重灾区联系起来。当地人没有人戴口罩、手套，他们依旧聚集在一起，热情地拥抱。所有的人都在怀疑，埃博拉疫情真的发生过吗？

接下来，车辆行驶到了一段尚未修好的土路。刚下过一场雨，路面泥泞不堪，车轮老是打滑。土路的一侧是裸露的山体，常常有石块滚落。路过一段狭窄的山谷时，一块落石砰的一声砸在车顶上，队员们一阵惊呼。好在司机技术过硬，临危不乱，轻点几脚刹车，方向盘依然稳稳握在手里，有惊无险。陈薇一个箭步跨到了副驾驶的位置上，从那之后她又多了项任务，只要上了车就开始观察随时可能出现的危险状况——一个不少地带回去，这是她给自己立下的军令状，千万不能出什么交通意外！

土路的尽头再往前两公里，就是英国驻塞拉利昂军事基地，门口站着全副武装的英军士兵，围墙上还有一个瞭望哨。

再向前行驶五公里，就来到了塞拉利昂最好的高速公路——友谊公路，在路上能看到各种熟悉的路标和标记线，仿佛行驶在中国的高速公路上一样。路两旁是一座座山丘，还有稀稀落落的村庄，村庄里散布着零乱破落的茅草屋和锈迹斑斑的铁皮房。

友谊公路连接着塞拉利昂交通重镇——科索小镇。小镇的特别之处在于拥有一所远近闻名的现代化医院——Jui Hospital，著名的中塞友好医院，二〇一二年由中国政府援建，塞国人管它叫“塞中友好医院”。疫情最严重的时候，陈薇的战友，来自 302 医院的中国人民解放军援塞医疗队的战士们，仅用了七天，就在条件极其有限的情况下将这里改建成了一所能收治埃博拉病人的流行病医院。在这里，他们创造了中国医疗卫生史上的一个个奇迹。这里就是他们的前线、他们跟埃博拉病毒正面交锋的地方。

医院依山而建。由四栋黄白相间的二层小楼组成，供医疗用的三栋楼在一条轴线上依次排开，中间有走廊相连；另一栋是专家楼，供医生休息使用。医院的造型、布局和建筑风格是我国二十世纪七十年代的典型风格，来自中国最好的医院的队员们很多都不曾见过这么“古典”的医院。

一年前战友们在满院荒草中重建医院——埃博拉留观中心的战绩，让陈薇无数次为之骄傲、为之动容。他们抵达时，医院早已不复一年前的紧张气氛，这里人群熙攘，医护人员戴着普通的医用口罩，没有人穿“太空服”。自二〇一五年六月下旬最后一名埃博拉患者出院后，这里几乎看不到疫情的踪迹了，医院也从埃博拉留观诊疗中心转为综合性医院。

医院门口贴着的一张蓝紫色通告，用英文写着埃博拉疫苗的接种流程，再加上四周随处可见的防埃抗埃标语，依然在告诉来访者，埃博拉疫情并没有远去。

“陈老师来了！”坐在进门处给受试者登记的年轻人一眼就认出了陈薇。

“来啦？”侯利华连忙探出头来看了看，他是“先遣小分队”的负责人，也是陈薇团队的得力干将。他顾不上打招呼，连忙转身进屋，拿着白大褂和口罩从检测室里走出来。陈薇默契地接过来穿好，褂子上印着科研团队的标志，是陈薇专门为大家在上海定做的。

这一天，来自军事医学科学院的基因型埃博拉疫苗研发团队，迎来了在塞拉利昂进行疫苗临床试验的首批受试者。也就是在这栋小楼里，中国科学家们开始了我国自主研发疫苗在境外进行的临床试验。

她们的怕与爱

在万里之外的战场上顺利会师，大家都很兴奋。人群中只有迟象阳的心依旧提在嗓子眼，一路上她都在为老师陈薇的身体状况担心。

临出发前，陈薇的丈夫麻一铭悄悄把迟象阳拉到一边叮嘱："你可千万替我看好你们陈老师！她工作起来不要命的，一定要让她休息好啊！"迟象阳一个劲儿地让他放心，心里想着，应该没什么大问题吧。没想到在巴黎转机的时候，陈薇就发生了一次心脏早搏。

"象阳，我感觉快不行了。"迟象阳愣了一下，几秒钟才反应过来，陈老师出事了！她跑过去一把捏住陈薇的手腕。心脏早搏是一种心律异常的症状，患者会感到心悸、乏力、头晕及胸闷。它类似于电梯快速升降的失重感，释放了一个危险的信号。接下来的行程中迟象阳一刻都不敢大意，生怕再出什么意外。她总算明白麻一铭临行前千叮咛万嘱咐的缘故了。

然而，令人心悸的行程才刚刚开始。

才下飞机，陈薇就彻底忘记了刚在机场心脏早搏时快要晕过去的事。她真的是不要命了，每天工作二十个小时，而且一连就是好几天。弗里敦和国内有八个小时的时差。白天，陈薇去临床试验室忙碌，和大使馆的人见面，去受试者家里做回访，晚上一回宾馆就开始和国内沟通处理繁杂的事务。身边的人不断提醒她要注意休息，但这样的提醒收效甚微。迟象阳也终于明白了，麻一铭所说的陈薇"不要命"的工作状态有多么"疯狂"，什么人敢在疫区天不怕地不怕地没有一丁点儿防备？

一天，迟象阳跟陈薇去受试者家里做调查。在塞拉利昂开展临床Ⅱ期试验期间，研究团队必须按照规定的时间对受试者进行回访探视。陈薇此行进行的是第三次回访，当天出来她们已经不知道接触过多少当地人了，陈薇每到一户都要跟人家紧紧握手。

这是一户简陋逼仄的民居，不到十平方米的屋子里，弥漫着汗液、霉菌和牲畜粪便混杂的刺鼻气味。泥泞的地面和脏兮兮的沙发虽然经过收拾，却依然处处可见污痕。迟象阳看见陈薇的双手被一双满是泥垢的手紧紧地攥住，黑与白的对比分外清晰，这时她突然发现，陈薇的右手上有一道伤口！

迟象阳吓呆了！

疫情最严重的时候，中国援非医疗队的医务人员在接诊埃博拉病人时，必须小心翼翼，穿着厚达三层的防护服，严格与病人保持一米以上的距离。而现在，陈薇却在毫无防护措施的情况下把伤口直接暴露在这样的环境下——那道口子大概两厘米，虽然看起来伤得不重，但万一回访的人群中有一人携带埃博拉病毒，那陈薇被感染的概率将达到九成以上。

“老师，你的手！”迟象阳尽量控制着自己发颤的声音。

“没事的。”陈薇轻轻摇头示意，打断了她的话。

非洲人真是热情！迟象阳不得不抱怨起这样的热情来。在这个杂乱的社区里，走着走着就会听见远远地有人跟她们打招呼：“Hi，Chinese！”每到一户受试者家里，都会蜂拥而来一群女人和小孩，和她们握手，接过从这双手中带来的礼物，陈薇会俯下身去，抱起衣不蔽体的小孩，跟女人们聊起她们的孩子，一个细节一个细节地询问疫苗注射后的身体状况。

她们还去了塞拉利昂孤儿院。陈薇特意穿了件粉红色的西装。在孤儿院里，粉红色的陈薇被四十多名孤儿包围了，他们一起跳舞、拍手、唱歌、合影，沉浸在天真烂漫和久违了的欢快之中。这些孩子都是此次埃博拉疫情幸存下来的孤儿，他们的家庭已不复存在。

那一刻，迟象阳好像终于知道陈薇为什么这么拼命了。一直以来，非洲都是中国对外援助的重心。二〇〇一年至二〇一五年，中国帮助非洲建设或改造了七十多个医疗卫生设施，邀请了约八万名非洲各国人才来华研修。直至陈薇团队进入非洲的二〇一五年，中国已累计向非洲派遣了两万四千三百名医疗队员，诊治患者达两亿七千多万人次。其中，有五十一名中国医疗人员长眠在非洲大地。这里的人们喜欢中国人，不仅是因为中国人给他们带来粮食与药品，为他们修建公路和大楼，还因为中国人会走到最肮脏混乱的贫民区的角落，跟躺在破席上的人握手，为他们治病，拥抱他们的孩子，同他们一起承受苦难与考验。

回到宾馆之后，迟象阳赶紧拿过消毒液帮陈薇擦拭伤口。作为全世界最了解埃博拉的人，她们心里都很清楚，倘若真的感染了，这种防范措施根本没有任何用处。迟象阳终于还是忍不住问："您怎么就不害怕呢？"

"根本顾不上吧。"陈薇说。

二〇一五年十一月，在塞拉利昂的疫苗临床试验开始没多久，各项工作千头万绪，很多事务都需要陈薇亲自协调解决，外交、公安、伦理、知识产权、法律、舆论、资金……许多问题都是想也想不到的。

塞拉利昂的金融系统不健全，临床试验的经费从国内汇不过来。当地的试验开始二十多天了，带出来的第一笔经费捉襟见肘，钱再打不过来，在当地雇用的临时工作人员随时可能离开。光是为了解决这个问题，陈薇已经记不清打了多少个电话。最后实在没有办法了，陈薇决定自己带，于是大家用背包分批次从国内把现金背过来。由于每人每次只允许携带数额有限的美元入境，因此团队成员几乎每个人都分配到了这项既光荣又危险的任务，一路上女生们把装着美元的小包紧紧抱在胸口，惴惴不安地过安检、过海关，直到坐着由持枪保安护送的车抵达大本营顺利交差，所有人悬了一路的心才算是重新搁回了肚子里。

陈薇带来的疫苗点燃了人类战胜埃博拉的希望，不仅地方民众愿意向他们求助，连当地的中资企业也找上门来。在塞拉利昂的康克里里，某山东钢铁企业投资了一个矿产，投资刚进去，埃博拉疫情就暴发了，所有工人都像逃难似的一哄而散。正在犯愁的项目负责人得知陈薇团队在当地做疫苗临床试验后，立即与他们联系，请求使用中国生产的疫苗。为了帮矿产公司做好防疫工作，陈薇调拨出一部分药品、针剂、防护服、手套、口罩、护目镜等物资，一边召集团队跟她去项目营地。从驻地到矿上有近两百公里路程，下车时一摸，满身红土。顾不上自己的“红头土脸”，陈薇赶忙组织人手给几百名中方员工打疫苗，帮助他们制定防范措施，临走时留下了所有的药品和护具。很快，矿厂就恢复了生产，至今依旧保持着“零感染”的纪录。

二〇一五年十一月七日，当陈薇还在弗里敦时，世界卫生组织宣布埃博拉疫情在塞拉利昂结束。中塞友好医院门前，陈薇被一群欢呼雀跃的人们高高托起，抛向空中。在此之前有五百名塞拉利昂民众在这里接种了中国疫苗，当他们听说疫情已经结束的时候，他们再一次回到这里，同中国医生一起欢乐地起舞。疫情过去了，安全了！不管是黄种人还是黑人，不管是科学家还是商人，不管是医生还是病人，每个人脸上都洋溢着灿烂的笑容。

第五章　防线

“通关游戏”

时间：二〇一六年

坐标：中国　北京

热，极度的热！

如果只用一个字形容穿上防护服后的感觉，那就是“热”，没穿过的人难以想象的热。汗如雨下，憋闷，头疼，晕眩，呼吸困难，窒息，虚脱……都不足以描述这种热。

防护装备从头到脚是十一件，依次是帽子、口罩、护目镜、防护面屏、连体防水隔离服、外层防护衣、两副手套、鞋套、橡胶防水靴，加上一套贴身内衣，研究人员称它为“二道防线”。

十一件装备环环相扣，层层叠加，将人的身体每一寸皮肤包裹得严严实实、密不透风。这十一件装备，为进入生物安全实验室的人员提供了安全屏障，为他们挡住了看不见的枪林弹雨。

在外界气温三十度左右的环境里，防护服内温度通常会达到四十七至五十度。人体在这样的高温下，几分钟就会大汗淋漓，护目镜模糊，口罩紧贴口鼻，缺氧、窒息，呼吸越来越困难。研究者要在身体能够承受的极限里，用最短的时间、最稳的动作完成一系列精准的操作。即便最有经验的研究人员，每次进入 P4 前仍然会觉得自己是在进行一场悬崖边上的行走，一个不小心，就会跌入死神的深渊。

有人觉得这是一场战争，有人觉得这更像一场游戏——进入P4必须先通过层层挑战。一级一级通关，才能拿到跟病毒对决的入场券。

接下来，请你一起来体验一下陈薇的“通关游戏”。

第一步，脱去身上的衣物，放进储物柜。然后穿上消过毒的“手术服”，没错，就是外科医生做手术时穿的那一身，系紧腰间的拉绳，扣上上衣的纽扣，戴好手术帽，对着镜子把头发塞进帽子里。

第二步，紫外线消毒。这时你会面对着一扇通往二级区域的门，门上的小窗透出深蓝色的光束，那是紫外线。病毒在紫外线下会分崩离析，紫外线能摧毁病毒的遗传物质，让它们无法自我复制。打开这扇门，你会感到有股力量推着身体往前，一股风从后方吹过，向内涌去，这是气压的功劳——负压保证了所有的高位病原体都只能飘向区域内部而不向外扩散。门在背后关上，你就进入了二级区域。

第三步，穿过淋浴室。淋浴室里有紫外灯、消毒皂。过了淋浴室就是卫生间，这里的架子上有一些干净的白袜子，穿上一双走进三级区域。这里看起来比前两个令人舒适一些，在这里你需要用胶带将手套开口和手术服粘在一起，胶带绕着手腕转几圈，确保密不透风。袜子和长裤也是一样。这样，人体和病毒之间就有了一层防护。

第四步，穿防护服。这是令所有人都感到窒息的一步。所谓“窒息”并不是一种文学上的修辞。由于防护服的绝对密闭性，面罩会完全包裹头部，你会感到惊恐，汗出如浆，呼吸越来越急促。许多第一次尝试的人会在防护服里呻吟尖叫，惊慌失措，这种事情并不奇怪,研究室里有个说法:天晓得谁进了密封防护服会吓破了胆。

到这一步,才仅仅是拿到最后一关的入场券而已。现在,在你面前的这扇不锈钢密封门上赫然印着醒目的红色三叶草图案,这是国际通用的生物危害标志,很容易让人想起武侠小说里的绝命断肠草。

面对这扇门,团队里有个不成文的惯例,每个走进这扇门之前的人,都要留给他们几分钟的“解压时间”。临上战场的那几分钟,如同开战前的沉寂,是参战者精神拧紧发条、肌肉拉紧韧带的时刻,这一时刻的最佳状态就是解压。人们在走进这扇门之前会有各种各样的小仪式,有人双手合十,更多的人是闭目养神、心中默念。这不仅是大战前的心态调整,更是直面死亡的镇静勇毅。透过防护面罩,战友们之间的一个眼神、一声问候,拍一拍肩膀、打一个手势,都是彼此的安慰和支持,都是战友间的温暖和信任。很多时候,陈薇就扮演着这样一个主心骨与定心丸的角色,和她在一起,周围的人总能感到安全。

一旦迈出这一步,就是上了前沿阵地。这并非只是一个单纯的比喻,从那里出来的人都有同样的感觉,这的的确确是一场看不见硝烟的战争,与埃博拉厮杀搏斗,无论在体力上还是精神上都不亚于一场真正的肉搏战。

最后你终于进入一个充满了看不见的致命病毒的空间。你身着紧密的防护服和正压头套,在负压环境下相当于背负二十公斤载荷爬山,一连数个小时不吃不喝,不上厕所,汗水蜇得双眼酸疼不能擦,甚至连情绪和体力消耗都必须掌控在一条持久稳定的平行线上,因为手中的血液样本里藏着上亿个隐形杀手,高强度又极其精密的实验容不得任何差错。

并不是所有人每一次都能活着从里面走出来，现实中，科研人员因感染而导致不幸的情况时有发生。二〇〇四年五月五日，位于西伯利亚的一座武器实验室，一位俄罗斯女科学家因为意外被一根针扎破了手，针上沾染着埃博拉病毒。当时，实验室立刻对女科学家进行隔离，以防止病毒的传播，但是，由于缺乏有效的治疗手段，人们只能眼睁睁地看着她离去。就在她去世前的几个月，美国马里兰州全军陆军生物学研究所也发生了类似事故，幸运的是当事科学家并没有被感染。二〇一四年七月，当全球第一篇埃博拉病毒基因序列文章发表时，已经有五位科学家被夺去了生命。

“做我们这一行的，不论再怎么小心，多多少少都会遇上些情况。”给学生上的第一堂课，陈薇总会以她亲身经历的一个故事开头。一九九八年，当时的陈薇在做狂犬病病毒疫苗研发。病毒样本制备是疫苗研制的必要步骤，没想到在制备过程中，仪器管道老化爆炸，带着狂犬病毒的液体把陈薇从头到脚淋了个遍。陈薇赶紧按照应急步骤，警示实验室管理人员，并彻底清洗消毒，注射狂犬疫苗。好在补救及时，捡回了一条命。

陈薇所在的实验室是国家重点实验室，所从事的工作是生物医学防护研究。作为人类最优秀的病毒猎手，越是危险的病毒，她越要去研究。

如果给人类十大恶性传染病拉个排行榜，陈薇相信绝大多数同行都会认同她的意见：

1. 流感

2. 艾滋病

3. 结核病

4. 炭疽

5. 狂犬病

6. 天花

7. 鼠疫(黑死病)

8. 埃博拉

9. 疟疾

10. SARS

这就是陈薇的对手。陈薇时常感到,与宏大的政治军事史比起来,医学是安静甚至寂寞的。虽然她的战场同样危险重重,却没有硝烟,没有弹药,有的只是患者的呻吟诉求和医生不懈不馁的观察研究,还有在常人眼中晦涩难懂的化学名词和枯燥无味的实验数据,以及难以计数的细菌病毒和疫苗药物,很少有高调到值得令社会大众关注的时刻。

要不是因为二〇一四年西非埃博拉的突然暴发,陈薇的研究不知要继续沉寂多久。同行中做埃博拉研究的人并不多。也许因为埃博拉这个“人命黑板擦”过于可怕,哪怕是穿惯了密封防护服的老手也不想去碰它。他们不想研究埃博拉,因为他们不愿被埃博拉“研究”。

有时越是神秘的东西反而越简单。深入地了解埃博拉之后,陈薇甚至会觉得它是一种近乎“完美”的生物。它的构造其实颇为简单,其病毒粒子只有七种蛋白质:七种不同的大分子排列成状如长辫的结构,组成埃博拉病毒粒子的长丝。但那么多杰出的科学家却经历了一个漫长的历程才大致了解了它们的结构与功能。

有时候她又会觉得眼前这玩意儿甚至都不能算是“生物”。在包膜和蛋白质构成的微小囊状物里,埃博拉病毒仅仅有一条 RNA

链，这种分子被认为是最古老最原始的生命编码机制，它的历史甚至可以追溯到地球历史的早期。有些生物学家认为应该把埃博拉病毒视作“生物”，但是还有的学者持相反观点。在一些科学家眼里，埃博拉并没有“活着”，不能算“生物”，因为当病毒处于细胞结构之外的时候，什么事都不会发生，它们是静止的、没有生命的，甚至可以结成晶体。但是当它们被吸附进细胞结构里之后，它们会立即获得“生命”，并且直接把宿主细胞当作复制自己的原料，然后将其粉碎。这些特质使得埃博拉病毒处于生命和非生命之间的一个灰色地带，这也是埃博拉最难对付的原因之一——因为你很难“杀死”没有生命的它，但是它却可以轻易地杀死有生命的你。

通常来说，一种病毒不会杀死自己的自然宿主。从二十世纪七十年代埃博拉第一次为人所知，直到几十年后的二〇〇五年，人类付出了无数生命的代价之后，科学家们才在几种非洲果蝠的体内发现了埃博拉病毒的 RNA 及抗体。虽然至今学界对埃博拉病毒的认识还十分有限，但人们知道它是如何绞死每一个生命的：扎伊尔埃博拉病毒袭击人体内除骨骼肌和骨骼之外的所有器官和组织。

染病之后，首先，血液会越来越黏稠，流得越来越慢，凝块附着在血管壁上，这就是所谓的“铺壁”——凝块会像瓷砖似的拼接在一起。瓷砖越铺越厚，凝块堵塞血流，切断人体各个部位的供血，导致大脑、肝脏、肾脏、肺部、大小肠、睾丸、乳腺组织（无论男女）和全身皮肤出现坏死点。皮肤上出现的红色青紫色瘀斑，那实际上是皮下出血。

埃博拉病毒攻击结缔组织尤其凶狠：它在胶原内增殖，胶原是维系器官的结缔组织的主要构成蛋白质，而埃博拉那七种蛋白质能够吞噬支撑人体的蛋白质。就这样,人类体内的胶原变成稀泥,皮肤从底层开始坏死和液化。表皮变得极其脆弱,稍微有点压力就会破裂,裂口涌出血液。

接下来,口腔会出血,牙龈会出血,连唾液腺都会出血——身体的每一个孔窍,无论多么细小,都会开始出血。舌头表面变得鲜红,随后腐烂剥落,据说失去舌头表皮的疼痛就像用舌头舔电熨斗。喉咙底部和气管外壁也会腐烂脱落,坏死组织顺着气管滑入肺部,或者随着痰液被咳出来。

埃博拉在宿主还活着的时候就能杀死大量组织。肝脏、脾脏、肾脏膨胀,开始液化,最后彻底坏死和腐烂;肠壁组织消融后脱落进入肠内,与大量血液一同排出。对男人来说,睾丸会肿胀成青紫色,乳头会流血。对女人来说,阴道会严重出血。对于孕妇来说,胎儿会自然流产,生下来的死胎眼球通红,鼻孔流血。

埃博拉比同属丝状病毒的马尔堡病毒更加彻底地摧毁大脑,埃博拉患者在临终时往往会产生癫痫般的痉挛:整个身体抽搐震颤,双臂和双腿胡乱踢打,流血的眼睛翻白眼。据说这很可能也是埃博拉的求生策略——通过四处飞溅的血液大大提升病毒传播给下个宿主的机会。

这种近似于终极对手的烈性病毒,陈薇又怎么会放过?

有同事在转业前对陈薇说:“你少搞些‘魔鬼’课题研究吧!”可陈薇脑子里总是挥之不去——炭疽、鼠疫、天花、埃博拉……这些最有可能被做成生物战剂的烈性微生物。

如果生物战一旦在中国发生,作为一名军人,陈薇是不会原谅自己的失职的。

这里的杀戮静悄悄

长久以来，人类的目光通常都聚焦在造成重大伤亡、掀起滔天巨浪、深刻影响文明进程的“大事件”上。而在医学领域真正的大事件发生时，通常是悄无声息的。病毒猎手长久地处于科学史的一隅，时刻监视着看不见的敌人，守护着看不见的家国防线。

一九九三年六月，奥姆真理教在位于东京东部龟户附近的一幢八层楼楼顶喷洒一种炭疽杆菌悬浮液。他们向世界上最大的人口最密集的城市之一，发动了一场生物恐怖袭击。

好在他们失败了。因为他们选用了一种相对良性的炭疽菌株，细菌芽孢的浓度过低，加上扩散体系的问题和喷头堵塞的喷雾器，使得这一事件未能扩散。整个事件只报告了一些狗的死亡，没有人因此丧命。

炭疽杆菌是一种能够感染牛羊等食草动物的细菌性病原体，它偶尔会感染人类，发病快且致死率高。动物摄入炭疽杆菌芽孢之后，炭疽杆菌被激活，并在动物体内迅速复制传播，它们往往即刻毙命。这也能解释东京袭击事件中死亡的大都是些宠物狗等城市动物居民。

“如果奥姆真理教碰巧找到一种更致命的炭疽杆菌，使用了好一点儿的扩散体系，事情就会演变成非常可怕的情境。”陈薇常常给学生们讲生物战，这通常会让这些刚入行的新兵们打起冷战。宣扬世界末日的这一邪教寻找的不仅仅是炭疽，他们还在全球各地主要城市中秘密建立了多个实验室，尝试培养很多感染源，包括剧毒的肉毒杆菌毒素、天花、霍乱，甚至埃博拉。

“不过话说回来，即便奥姆真理教的人将炭疽释放出来，由此引发的人员死亡和破坏可能也仅限于接触到他们所释放芽孢的人。炭疽不会在人际间传播。它虽然是致命性病毒，却不会传染。"陈薇说。但人们依旧谈之色变，因为二〇〇一年那场针对美国发动的生物恐怖袭击事件确确实实造成了十七人感染、五人死亡的悲剧，造成了美国甚至国际社会的强烈恐慌。

炭疽仅仅是恐怖组织能使用的众多感染源中的一种。生物恐怖袭击是陈薇这样的安全专家最密切关注的问题之一。它是所谓的非对等战役中，"弱势群体"可使用的最理想武器。

相较于化学武器或者核武器，微生物显然更容易得到。而且关键在于，与化学武器或者核武器都不同的是，微生物能够自行传播——它们能够进行病毒式扩散，这一招是致命性沙林毒气和脏弹无法企及的。也许脏弹爆炸后的核微粒能够造成长期性的恐怖影响，表现为几代人的子代变异和癌症高发，那些潜在影响是环境性的，起效相对较慢。而一种快速起效、极速传播的病毒武器，其杀伤力在极短时间内就能显现出来，换句话说，病毒武器能在一周内干完一枚核弹一百年才能做到的事情。

低估生物恐怖袭击风险将是一个巨大的错误。陈薇绝不会允许这样的错误在中国的领土上发生。本职工作之外，她做得最多的就是对生物战的研究和科普，不仅向国家领导人提出建议，还不遗余力地向周围每一个人普及生物安全常识。

历史的教训不可遗忘，而现代科技的高速发展也让生物安全局面越来越复杂。不管是合法的实验室，还是恐怖主义分子在阴暗的角落里鬼鬼祟祟建立起的病菌制造窝点，致命性微生物都可以在这些实验室里增殖。

这一事实给全球生物安全风险增添了又一个维度，对陈薇来说，国家的生物安全时刻面临着前所未有的挑战。

“虽然是极不可能发生的情况，但如果恐怖分子得到了世上仅存的装有天花病毒的瓶子，那后果将不堪设想。”陈薇说。

天花曾经是地球上最危险的疾病之一。十八世纪末，天花每年都会夺走约四十万欧洲人的生命，仅仅在二十世纪，全世界范围内就约有三亿人死于天花。这种恐怖的病毒会让患者身上长满水疱，疱疹表面覆盖着一层坚硬的外壳，里面充满半透明的液体。中国人叫这种病“出痘”，一旦得上，大部分人会在痛苦中死去，侥幸活下来的皮肤上也会留下密密麻麻坑坑点点的结痂，让人面目全非。那时的人们用南方传来的一种土办法治疗天花——种痘。这种法子大概思路是让种痘的人先患上轻度的天花，出过疹子后精心护理，直至病症消失，就相当于已经得过天花了，得过的人便终生不会再得天花。可以说，“种痘”就是最早期的疫苗疗法。

天花的肆虐一直到二十世纪六十年代才彻底宣告结束。一九六五年，世界卫生组织开始在全球范围内开展根除天花计划，这场全人类的战争打了十四年，终于在一九七九年宣布天花作为一种疾病被剿灭。天花之所以被人类彻底打败，一是因为人类制造出了安全高效的疫苗，二是因为它在人类中传播得太久，并且人类是它的唯一宿主——只要免疫了地球上的人类，天花就将无处存活。

尽管自然界中的天花病毒已经消灭了，但仍留下了两套天花病毒储备，它们被妥善保管着，一套在位于亚特兰大的美国疾控中心，另一套在俄罗斯的国家病毒学和生物技术学研究中心。这两处都是高封闭生物安全防护四级实验室。对于是否要毁掉这些储备的天花病毒是有争议的，但是迄今为止尚无定论，原因是活病毒对疫苗和药物的生产有潜在的益处。

然而,世上没有绝对的安全。二〇〇四年出自疑似天花病毒的干痂(scabs)在新墨西哥州的圣达菲被发现。它们被装在一个信封里,上面标明装有来自疫苗的干痂。这一发现说明,在某个实验室冷冻箱里或者其他什么地方,有可能存在着其他很多我们不知道的天花病毒。如果这些天花病毒被有意或无意释放出来,后果便不堪设想。因为二十世纪八十年代之后,天花已经被消灭,人类不再接种疫苗。因此对天花病毒而言,这样的一次释放将会引发一场风暴,而对我们这一代不曾接种天花疫苗的人来说,则是一场灭绝性的灾难。

陈薇的担心远不止于此。生物实验室,既是他们的战场,有时也会成为危险的源头。

美国的一项研究表明,一九七七年十一月在前苏联、中国东北部的一场流行病所涉及的病毒和二十多年前一场疫情里的病毒几乎一模一样,可原来那种病毒在二十多年前那场疫情后没再出现过。美国的科学家发现,最有可能的解释,是某个实验室里的病毒株意外落到了工作人员身上,然后从那里传播了出去。

"非典"之役

抗击埃博拉并非陈薇将军打的第一场漂亮的阻击战,翻开她的简历,中国近二十年来每一场公共卫生领域的战役中都有她立下的军功。

二〇〇三年春节刚过,传染性非典型肺炎在广东部分地区肆虐的消息传到了北京。仅在父母家中待了三天的陈薇就从兰溪老家被急召回京,当时的她已经是军事医学科学院微生物流行病研究所应用分子生物学实验室主任。

陈薇忧心忡忡,但她顾不上那么多,眼下最重要的目标就是用最短的时间消灭对手。在疫情最严重的时候,陈薇钻进了实验室——多年来的战争经验告诉她,干扰素可能对抑制“非典”病毒有用。这个科研直觉,建立在她已经研究了三年之久的针对丙型肝炎治疗的基因工程人 ω 干扰素之上。

理由很简单。从采集到的 SARS 病毒样本发现,广州病人和北京病人的病毒样本存在显著差异;而丙型肝炎之所以不像甲肝、乙肝那样有专门的针对性的疫苗,恰恰是因为丙肝的变异性极强。于是,针对此次 SARS 冠状病毒变种变异性强的特点,陈薇自然而然地想到,用针对丙肝的干扰素来对付 SARS。

为了避免疫情扩散,研究所要求所有与病毒打交道的科研人员也必须全部隔离。于是,陈薇收拾了简单的生活用品,被“关”进了附近已经清空的空军招待所里。

和所有被隔离的科研人员一样,每天除了吃饭睡觉,只剩下做实验。在负压的生物安全三级实验室里,和 SARS 病毒共处一室,为了防止感染,光防护服就得穿三层。做起实验来常常一待就是八九个小时,不能吃饭,不能喝水,也不能上厕所。陈薇干脆穿着成人纸尿裤进实验室。

刚开始时谁也都不能保证 ω 干扰素抑制“非典”病毒“肯定有效”,除非实验重复三次及以上且得到的结果相同,才能得出肯定的答案。负压,加上混乱的作息,陈薇感到头疼欲裂,这种痛苦常常伴随着一种持续的超常规的兴奋,陈薇知道自己离终点越来越近了——科学家在苦苦寻找答案的时候,那种对于不断逼近目标的感觉会越来越强烈。

四月十六日,世界卫生组织正式确认冠状病毒的一个变种是引起 SARS 的病原体,陈薇的实验验证了 ω 干扰素对 SARS 病毒具有明显的抑制作用——这种抗病毒多肽类物质在细胞中可以阻断病毒的复制,这就意味着能够在一定程度上抑制 SARS 病毒对人体的侵害。

四月十九日凌晨四点多,等不到天亮,更顾不上吃早饭,一夜未眠的陈薇披上外套直奔实验室。春末的北京寒意料峭,清冽的空气刺激着她兴奋的神经。再过一个多小时第三次重复实验的最后一步——染色的结果即将出现。如果成功,就说明她当初的设想是对的。最后一战了! 成败在此一举。

这种体外细胞实验每做一次都需要四五天时间。第一天,在九十六孔的透明板子上铺上细胞。第二天,加干扰素。第三天,加病毒,并给细胞四十八到七十二个小时的病变时间。最后一步,加染色用的结晶紫(俗称紫药水)。细胞如果还活着,就会被染成蓝紫色,说明干扰素剂量有效,对细胞起到了保护作用。

五点多,当窗外的天空渐渐明朗时,板子出来了。从左往右,蓝紫色从浓逐渐变淡,呈现出规则的梯度变化。实验结果证明:从细胞层面看,基因工程人 ω 干扰素对 SARS 病毒有明显疗效,而且陈薇掌握了干扰素有效剂量的临界点。

“肯定有效! 我们可以阻挡 SARS 了!”走出实验室时,她开心得像个孩子。

陈薇随即把消息上报给全国防治非典型肺炎指挥部。当晚,央视新闻联播报道了这一雪中送炭般的成果。报道还给了这组实验数据一个特写镜头。

四月二十五日,经反复论证后,陈薇研究团队将他们的发现果断地申报了专利。中国科学家以最快的速度确认了干扰素对

SARS 病毒的抑制作用。十天后，美国才宣布确认了同样的结论。四月二十八日，“重组人干扰素喷鼻剂”经国家食品药品监督管理局批准，正式进入临床研究。

此后的两个多月里，为了继续做临床试验，陈薇跑遍了全国七省市的三十一家医院。在北京，小汤山医院，这个仅用七天就建成的拥有一千张床位的野战传染病医院，成为一处临床试验点。经过两个多月的试验，“重组人干扰素喷鼻剂”被证明预防 SARS 具有显著成效。全国三十一所试验医院的一万四千名医护人员，在使用干扰素后，无一例感染。该成果于二〇一三年获军队特需新药证书和生产批件，被广泛用于各类禽流感和腺病毒等呼吸道病毒感染预防，为此后的“神五”发射、“九三”阅兵及援非抗埃等重大活动医学保障做出重要贡献。

陈薇的办公室里放着一张照片，她和时任小汤山医院院长张雁灵在医院门口的合影。照片中，张雁灵笑着用手比画了一个“〇”。这个“〇”，意味着医护人员零感染，也意味着抗击“非典”战役中一次宝贵的胜利。

这张照片的旁边，是另一张差不多同期拍摄的照片。一个小男孩噘着小嘴抱着电视亲吻屏幕里的人。照片中的小男孩叫麻恩浩，他隔着屏幕亲吻的，是他一百天没见着面的妈妈陈薇。

二〇〇三年“非典”期间，麻恩浩四岁多，这个年龄还不知道什么叫“非典”，但他却记得自己已经有一百多天没有见到过妈妈了。一百多天，对于四岁的小朋友来说已经是个巨大的数字了。

他每天都会问爸爸：“妈妈今天回家吗？”

直到有一天爸爸告诉他：“你妈要上电视了！”

那天晚上，央视《焦点访谈》播出的时候，父子俩眼巴巴地坐在电视机前等着。

“妈妈!”看到妈妈出现在电视上时,小家伙突然站起身,噘起小嘴亲了上去。这一幕恰好被拿着相机准备拍点什么的爸爸给定格下来。

在麻恩浩的记忆里,陈薇更像是他童年时光的一个剪影,有些模糊,也不太连贯。妈妈的陪伴是短暂的,就像她每一次回家都是短暂的一样。三年级那年,汶川发生了地震,陈薇担任国家卫生防疫组长,去了灾区一线。好不容易从汶川回来后,陈薇又直接投入到了奥运安保工作中,成为军队奥运安保指挥小组专家组成员,带队负责鸟巢、水立方等在内的二十个场馆的核、生、化反恐任务。那段时间,读小学的麻恩浩只能通过电视新闻了解到妈妈的情况。

虽然失去了一次又一次陪伴孩子的机会,但孩子的成长却不断给她带来惊喜。现在麻恩浩已经开始主动参与到她的事业中来。做志愿者,去埃博拉疫区,陈薇看到了一个心地善良、乐于助人的孩子,一个懂得生活、懂得爱的年轻人。

虽然心有亏欠,陈薇还是义无反顾地往前冲。“穿上这身军装就意味着这一切都是你该做的。我愿这一生都能和致命病毒短兵相接,为那些受困的生命打开希望之门。”

第六章　回到一切开始的地方

时间:二〇一八年五月

坐标:刚果(金)

虽然世界卫生组织在二〇一六年一月十四日宣布西非埃博拉疫情终结,全人类都为之松了一口气,但陈薇对抗埃博拉从未放松过一丝一毫。作为一名全人类优秀的病毒猎手,直觉告诉她:但凡稍有疏忽都将给对手以可乘之机,不论是老传染病还是新传染病,都不能等闲视之。陈薇心里很清楚,埃博拉仍然是一颗随时可能爆炸的重磅炸弹,随时都可能死灰复燃,它的传播速度和致死率堪称传染病中的“超级病毒”,必须高度警惕,防止它卷土重来。

二〇一八年五月,又一个春夏之交,在非洲的雨林深处潜藏了两年之久的埃博拉再一次冒头。它重新回到了刚果(金)那个名叫姆班达卡的地方。一九七六年,正是在扫荡了姆班达卡四十多个村落与小镇、夺去了难以计数的生命之后,埃博拉第一次在人类的历史上留下了一道黑色的闪电。近半个世纪之中,赤褐色的埃博拉河沿着姆班达卡浓绿的雨林向着大西洋静静奔流,在平均寿命仅有五十岁的非洲国家,一代人早已逝去,关于非洲死神的传说也早已成为部落酋长口中的故事。就在即将为人遗忘之时,埃博拉在刚果(金)西南部城市姆班达卡再次现形,卫生部门报道了第一个埃博拉确诊病例。

尽管包括当地政府和世界卫生组织在内的所有机构都尚未发布疫情隔离措施,但零星出现的报道让陈薇再一次把心提到了嗓子眼。城市病例的出现,通常意味着在偏远的雨林深处,在尚不为人知的村落里,早已出现了更多难以计数的埃博拉病人。更何况,姆班达卡位于刚果河畔,拥有百万人口,且是去往首都金沙萨的贸易和交通要地。

很快,疫情开始进一步蔓延。五月中旬,刚果(金)卫生部门宣布全国共报道疑似和确诊病例四十二人,其中二十三人死亡。世界卫生组织提供的首批四千支埃博拉疫苗运至首都金沙萨。该疫苗由美国默克实验室(Merck)研发,一直未经法律认可,但在二〇一四年西非大面积暴发疫情时，试验表明该疫苗对控制病情有效。这是自两年前该疫苗研发以来首次正式投入使用。

在中国海关总署发布严防刚果（金）埃博拉疫情入境的公告之时，陈薇向上级组织提出了前往刚果（金）的申请。理由很简单，不管是常驻刚果（金）的上万名中国同胞，还是当地千千万万的黑人朋友，她的疫苗，是维护生命、战胜死神的终极利器。

两年前，陈薇四次带队亲临塞拉利昂对国产埃博拉疫苗进行境外临床，结果证实我们的疫苗安全、有效，且方便运输、储存。西非疫情结束之后，陈薇从未停止过对疫苗的研发和优化，改进后的新一代疫苗已经能对老人、小孩等特定人群进行更有针对性的接种，已公开的数据显示，相比美国的疫苗，国产新一代疫苗无论在安全性、有效性和便携性上都具有不可替代的优势。

陈薇充满信心。二〇一八年六月，她冲破重重阻碍，几经辗转终于抵达疫区前线刚果（金）姆班达卡。站在埃博拉河畔，望着眼前奔腾不息的河水，她拍下了一张珍贵的照片。在一切开始的地方，她将有机会在这里结束一切。

雨季的非洲很少放晴，天空在沉闷的暗灰色与酷热的银灰色之间随意切换。闪电在远处的深林划过天际，闷雷从宽阔的河面上滚滚而来，肥大的雨点猝不及防地落下来，打在凤凰树的树冠上。人们躲进街道两边商店的雨棚下，喝啤酒，唱歌，裸露的街道上一片红色的泥泞。这是陈薇对于非洲城市的印象。此前她还从未去过真正的雨林深处。在她看来，那里才是非洲人的故乡，不管穿得多么破烂，面临多少苦难，他们都有自己的部落和村庄，那里是完全属于他们的世界。

从刚果（金）首都金沙萨前往埃博拉河所在的姆班达卡，严格来说并无陆路通行，雨季中，山洪与暴雨切断了两个城市之间的地面连接。陈薇带着另外三个团队成员登上了当地的一种小型飞机。

上飞机前，每个人领了一件雨衣，没有人知道这是干吗用的，到了空中，外面下大雨机舱里下起小雨时，陈薇才相信之前她听说过的故事：二〇一四年一架飞机在刚果（金）的勾马坠毁，调查发现，事故起因是有名乘客把藏在袋子里的鳄鱼带上飞机，在空中，鳄鱼挣脱束缚，受惊吓的乘客在机舱四下逃窜，飞机最终失去平衡导致坠毁。

这里的飞机多半是二十世纪五六十年代俄罗斯使用过的淘汰机型，有许多驾驶员也来自那里。关于战斗民族飞行员开民航飞机的段子中国人并不陌生，但亲自体验却是另一番截然不同的感受，有人发现他们在驾驶舱里抽烟，用谷歌地图导航。这里的飞机就像公共汽车，时不时降落在雨林中的小城，上来一群牵着小羊羔的当地农民。同行的助理——一个刚刚结婚不久的博士生，被眼前的情境吓坏了，她趴在窗口，望着脚下非洲的心脏地带，开始害怕飞机着陆。跟下面深不可测的雨林相比，摇摇晃晃的机舱是很安全的所在……她开始有种前途叵测的感觉，她想也许自己不应该抛下父母和丈夫来到这里，有那么几个瞬间，她怀疑自己将再也见不到最爱的亲人了。

陈薇没有被吓到。从狭小的舷窗望下去，热带雨林像无边无际的黑色沼泽，刚果河则像一条银色的巨蟒，缠绕着盆地底部的金沙萨，然后拐了个弯，向西南蜿蜒而去。最初的时候，埃博拉就是在这里的某处角落降临人间，沿着巨蟒的身躯吞噬着雨林中的生命，直到河流的尽头，汇入大西洋，抵达世界的每一个角落。落地前，她被眼前的景观震撼：雨季刚开始，禾草依旧枯黄，合欢树孤独地撑开树冠。但是这里没有奔腾的河马，没有咆哮的狮群，取而代之的是一个个褐色的坑洞，大大小小，触目皆是，分布在雨林与草原之中，那是当地挖矿留下的矿坑和雨林被砍伐烧毁后留下的疮疤，从空中俯瞰，就像猎人布下的陷阱。她想起《血疫》中的话：地球大自然有自我平衡的手段，雨林有自己的防护手段。地球的免疫系统察觉了人类的活动，开始发挥作用。大自然在试图除掉人类这种寄生生物的感染，说不定艾滋病只是大自然的清除过程的第一步，如同埃博拉残忍而纯粹彻底，匆匆一现，又悄然离去。

脚下的这个国家最大的经济支柱之一便是伐木。世界上其他一些国家的伐木工程通常是将一片森林通通砍光，但在中非，在刚果（金），人们开始有选择地伐木。一条条赤色的公路像在墨绿的雨林中打通的血管，密集地伸向雨林的深处。泥泞的公路一直修到拥有珍贵树木的原始森林边缘，越来越多的伐木工人被送到那里。

新的伐木营地一个一个地出现，工人在密林深处铺设道路、砍伐参天大树、修建起一座座活动板房，将砍倒的木材切割运输出去。工人聚集的地方变成了临时的小镇，小镇里的居民要吃肉。当地人主要吃猴子、蛇，靠近河道的还能捕食鳄鱼等野生动物。当地女人会把猴肉用柴火熏得焦黑，外面结成厚厚一层焦壳，然后顶在头上到营地里贩卖给临时小镇的外来居民。她们有时还会捎来几条熏蛇，甚至熏小鳄鱼，黑乎乎的一块，从外表根本看不出来是什么东西，不过扒开焦煳的外壳，里面的肉倒是白白嫩嫩的，据说很是可口。

这给雨林病毒的暴发制造了绝好的机会。从前猎人住在偏远的村落里，狩猎区域以这些古老的村落为中心，以圆形向外辐射，对狩猎区域外围的影响很小。伐木公路和临时小镇的兴起给猎人提供了越来越多进入森林、布置陷阱、用猎枪击毙野生动物的据点。越来越多的当地农民开始加入打猎的行业，他们把打死的或者不明原因死亡的猴子、猩猩背出雨林，沿着尘土飞扬的公路贩卖到临时小镇上，有些还把猎物装进硕大的筐子里顶在头上，乘坐往来穿梭的运输车辆到达城市里的农贸市场。在雨林深处潜藏了上万年的病毒被唤醒，在那里，木头、猴子和不为人知的病毒一起被装上车，抵达刚果河上的大小码头，再被装上船，运送到世界各地。

而如今，陈薇有机会终结这个对手，同时她也知道，脚下这片土地必将创造出新的病毒。在一个人类优秀的病毒猎手看来，如果要给“最恐怖病毒”拉个排行榜，那么排在首位的既不是埃博拉、SARS，也不是艾滋，而是下一个“未知病毒”。环境在变化，物种在进化，生物防控领域的战云从未消散，很难说人类不会在明天就遭遇恐怖病毒的致命侵袭。

刚果（金）的雨林已经成为孕育新型病毒的摇篮，在最偏远的村落里，流行病学家发现了蔓延全球的H1N1。在这些地区，科学家们找到了地方性病毒，也找到了像HIV这样的世界性病毒株，它们以自己的方式沿着公路出行，传染给居住在遥远乡村土地上的人们，连最偏僻的最古老的村落，新病毒进出的频率都越来越高了。不同的病毒最终会落脚在同一个宿主身上，并在他的某个细胞内交换基因，生成一种新的镶嵌体病毒。人类永远无法预知，哪一天一种新型病毒就会突然显形，越来越多的学者相信，新的一波生物安全风险即将来袭。但陈薇不相信病毒细菌是不可战胜的。敌人来了，战胜之，消灭之，为祖国筑起生物安全的盾牌——这是作为一名军人的毕生使命，也是一个病毒猎手的终极追求。

飞机在雨林中裸露的空地上着陆。机组人员很害怕，他们不肯多呼吸一口机舱外的空气，飞机刚刚停稳就迫不及待地将医生们赶出舱门，将行李搬下飞机——那是陈薇他们万里迢迢从北京带来的疫苗。飞机加速起飞，留下医生们站在强烈的气浪里。

在当地卫生部门相关人员的陪同下，陈薇一行进入疫区的核心地带。他们找到村镇的首领，这是个本地出生的酋长，正深陷困境，心烦意乱。“我们处境艰难，越来越多的人生病，没有医生也没有药。更多的人饿着肚子，没有干净的水。”他对这群来自中国的黄面孔说，声音开始颤抖，眼泪都要掉下来了。

小组里一个向导握着他的手说：“尊敬的村长先生，这些来自中国的医生就是来帮助你们的。”村长安排好人手，保证用他能调动的一切资源配合他们开展工作。

他们开始向村落北边的埃博拉河推进。

时值雨季，村里所谓的道路是被溪流切断的一连串烂泥坑。当地租用的车子根本无法通行，他们只能肩背手提着几十斤的包裹徒步前行。连绵不断的大雨和令人窒息的雨后闷热连番来袭，每走一步都要消耗极大的体力。他们穿过村庄，来到雨林的边缘，被几棵伐倒的大树垒成的路障挡住了去路。和各种不知名的瘟疫打交道几个世纪之后，村落里的长者学会了用这种土办法来对付它们——隔绝村庄与外界联系的通道，仿佛这样就能保护村民不受瘟疫的侵袭。

“这是非洲古老的传统，在瘟疫暴发时，每个村落会树起这样的路障。”向导告诉他们，“外来者不能轻易进入。”

突然，远处有几个黑人男子隔着路障对这群陌生人喊话。向导用当地的土语告诉他们：“这些是来自中国的医生，我们来帮忙！”

村民终于搬开树木，清出一条缝隙，陈薇一行人手脚并用，

“爬”过了路障，继续深入森林。周围是肆意生长的雨林，樟树、柚木和不知名的热带树种彼此纠缠，树冠盘绕交错，树枝摇曳摆动，在雨中沙沙作响。偶尔传来几声野生动物的呼号，向导解释说也许是路过的猴群。经过几个茅草屋，妇女抱着婴儿，黑漆漆的屋里躺着分不清性别与年龄的人。据说村里的人会把患病的人送进村庄边缘的孤立的茅草屋，让他们在那里等死，这是非洲人流传下来的对待瘟疫的古老传统。有些死过人的茅草屋被付之一炬，有些则被遗弃在蓬乱的杂草中。雨林的植被繁盛，很快就吞噬掉人类存在的痕迹。病毒曾经在这个偏远的村落里来回扫荡，现在也许是消失了，更大的可能是潜伏起来了，伺机而动。就像它们曾经发动过的无数次偷袭一样。

“当你凝视深渊时，深渊也凝视着你。”陈薇脑海中忽然跳出这句话。此刻，她感受到了对手的凝视。

有时候你越是琢磨高危病毒，就会觉得它们不像猎物，而是越来越像猎食者。猎食者的特征之一就是无声无息地潜行，有时候会埋伏很长时间，只为等待一个机会。一旦时机成熟，它们会毫不犹豫地突然发动袭击。一切都在电光石火间。非洲的草原上、雨林中，这样的猎杀无处不在。

陈薇想起一部纪录片中的镜头：荒莽的稀树草原上，金黄的禾草高低起伏，四下无声，一群斑马和角羚列队穿过，焦热的空气将它们的身影模糊成一团海市蜃楼。突然，埋伏在草丛中的一只母狮从斜刺里蹿出，猛地咬住了一匹斑马幼崽的咽喉，鲜红的血柱喷溅出来，瞬间染红了周围的黄土。马群惊慌地四散奔逃，一匹母马发出悲怆的嘶鸣。母狮口中的猎物不再挣扎，腾起的尘土淹没了它们的身影。很快，狮群的午餐结束，斑马的骨骸上爬满苍蝇。

人类早已站在食物链的顶端,被猎食的记忆在进化过程中被消除殆尽。作为一名天生的病毒猎手,陈薇始终会提醒自己,那些以人类为猎杀对象的捕食者就藏在咫尺之遥的这片森林中,它们已经在这里潜伏了很久,比人类要久得多。它们的起源甚至可以追溯至地球形成之时。它们中的一员捕杀并吞噬了这个村子里的人,如同草原上的狮群,不,它们远比狮群可怕。

两个小时后,经过漫长而艰苦的跋涉,一条大河终于出现在他们面前。

一天的大雨结束,落日的光从重重乌云中透射出来,河水从黄褐色变成金色、变成红色、变成紫色,急流声如雷鸣,奔腾不息。

埃博拉河在当地土语中意为“大河”,陈薇想不出还有比这更恰当的名称。大河宽阔浑浊,河上长满了一丛一丛的水葫芦,如同黑色的浮动岛屿,漂在宽阔的河道上。水葫芦是河里才有的植物,坚韧的枝蔓和叶子纠缠成厚厚的一团,黏附在河岸上,堵塞了河道。它们长得很快,人们用尽各种办法想消灭它们,但根本来不及。它们从南部的雨林漂过来,绕过河湾,又从急流处腾挪跳跃而下,雨水和河流像是要把树林从非洲大陆的腹地扯走,让它在河上漂,漂流到海洋,到遥远的地方。

匆匆一瞥,来不及做更多停留,陈薇一行要启程前往下一个村庄。她不能让自己慢下来。她要时刻准备着,到非洲的大河与群山之间,到任何一个需要她的地方去。

(原载《人民文学》2019 年第 8 期,有删节)

作者简介:陈言(1969—),原名陈鹏,浙江人。著有《新闻的力量》《时代潮头》《拯救——中国援非抗击埃博拉疫情纪实》等。

曙　光

纪红建

引　子

有一条路，一直在人类的发展史中暗流涌动。

不论你来自哪个国度，也不论你处于什么历史时期，大家都在这条路上奋力奔跑。

这就是：摆脱贫困之路！

千百年来，丰衣足食一直是中国人民最朴素的愿望。“让人民过上美好生活”，更是中国共产党始终不渝的奋斗目标。在近百年波澜壮阔的历史进程中，她的初心和承诺从未动摇。

新中国成立以来，中国共产党和中国政府始终高度重视扶贫开发工作，带领人民为消除贫困做出了巨大努力。改革开放以来，中国持续开展以农村扶贫开发为中心的国家减贫行动，开始实施有计划、有组织、大规模的农村扶贫开发，并确立了开发式扶贫的方针。党的十八大以来，以习近平同志为核心的党中央，更是把贫困人口脱贫作为全面建成小康社会的底线任务和基本标志，把扶贫开发摆在治国理政的突出位置，承诺到二〇二〇年现行标准下农村贫困人口实现脱贫、贫困县全部摘帽，解决区域性整体贫困，明确了精准扶贫基本方略，动员全国全党全社会打响脱贫攻坚战。作为世界上最大发展中国家的领袖，习近平总书记深知消除贫困、改善民生的重要意义。进山区，走边疆，访老区，他走遍了全国十四个集中连片特困地区，他心里始终牵挂着困难群众。

脱贫攻坚创造了了不起的人间奇迹。

二〇一九年，中国有三百四十个左右贫困县摘帽，一千多万人实现脱贫。

二〇二〇年，中国将全面建成小康社会，实现第一个百年奋斗目标。

脱贫攻坚决战决胜之年，冲锋号已经吹响！

中华大地数以万计村庄的一个缩影

那是五年前的事儿了。

"媳妇儿，我想贷五万块钱的款。"曾玉成表情凝重地对媳妇说。

正月里的春天依然寒冷，元古堆村的山上还铺盖着一层残雪。

"贷款干啥？"媳妇惊诧地问道。

"流转土地。"曾玉成说。

"家里不是有两亩地吗，为啥还要流转土地？"媳妇问。

"种百合！"曾玉成坚定地说。

"家里还拉着账呢！"媳妇说。

"如果不干点事，发展点产业，一年到头就那点收入，光能顾上个嘴，生活有啥奔头。"曾玉成说，"我要破釜沉舟，拼一把。"

听曾玉成这么一说，媳妇沉默了。

曾玉成家里穷，兄弟姐妹四个，住的是土坯房，也没钱上学。上到小学二年级，因为家里交不起四块多钱的学费，不得不辍学。在很长时间里，他都在放羊放牛，但也就够填饱肚子。成年后，由于家里贫穷，他也自然而然成了找对象困难户。后来碰到了大他四岁、同样出身贫困的媳妇，曾玉成才幸运“脱单”。结婚十五年来，两口子想尽办法改变困境，想过上好日子。他们带着孩子上兰州打过工，没有文化，没有技术，普通话都讲不上，挣的钱只够交房租和维持日常开销。他们只得回到元古堆村，种庄稼，搞养殖，但一年到头累死累活，也只够顾上个嘴。想着村里有些人家日子越过越好，而自己家一年的收入连一千块钱都没有，日子过得紧紧巴巴，媳妇悄然落泪。

“能行吗？”媳妇弱弱地问道。

“肯定行。中央领导都说了，要自强自立，把日子越过越红火吗！我们只有不等不靠、苦干实干，才能过上好日子。”曾玉成信心十足地说，“现在国家实施精准扶贫，扶持老百姓搞种植业和养殖业。咱们元古堆村不是有人开始种百合，养梅花鹿了吗？去年帮他们种百合，我边干边学，基本的技术都掌握了。咱们村海拔有两千多米，气候阴湿，适合百合生长，一斤母籽长三斤百合，三年后就可以采挖见效益；种植技术和销路，都不要担心，村里会成立合作社，与兰州的公司联合，负责技术培训，负责提供百合母籽，负责收购，几乎没什么风险；扶贫贷款根本就不要一分钱利息……”

于是，曾玉成流转了八亩土地。

岁月飞逝，时光疯长。三年后，汗水换成一沓沓钞票，曾玉成与媳妇相拥着，流下了激动的泪水：“从来没挣过这么多钱儿啊！”

那年，曾玉成家种植百合的毛收入八万四千元，纯收入三万八千元。

曾玉成没有满足于只是摆脱贫困,尝到甜头的他决定把百合规模继续扩大,走上致富路。他不仅种百合,还种当归;不仅搞种植业,还发展养殖业,养牛也养羊。但主业还是百合,他年年加,加到了现在的四十亩,成为元古堆村最大的种植户之一,年纯收入达到十多万元。

二〇一九年深冬,黄土高原的丘陵沟壑间一片萧条,但当我再次来到位于甘肃省定西市渭源县田家河乡的元古堆村时,眼前的一切让我惊呆了:一座座新房错落有致、熠熠生辉,一条条村道平展开阔、畅通山乡,养殖业、种植业等特色产业发展如火如荼;护村护田河堤畅通美观,老百姓脸上展露的是乐观自信的笑容……这个曾经贫困的村庄涌动着无限的生机与活力。

四年前,我曾采访元古堆村。当时已经八十五岁高龄的老书记马岗还健在,他穿着朴实,甚至有些脏乱,虽然行动不便,但人很热情,我一进门他就招呼他儿子泡茶。老人花白的胡子,黝黑的脸庞,与这片土地的秀水青山形成了鲜明的对比。

当时老人告诉我说,元古堆村三面环山,这里气候高寒阴湿,受自然环境和区位条件制约,长期以来,生活在山沟里的元古堆村民延续着靠天吃饭的生活方式。村民们吃着旱井里面的水,村里的路坑坑洼洼、遍是泥泞,许多经历了半个世纪风雨的土坯房,墙上写满了岁月的沧桑,很多老百姓家里更是没有几件像样的家具。贫穷,就像一座大山,压得这儿的人祖祖辈辈喘不过气来。老人特别强调,得感谢党中央的扶贫政策,让元古堆村看到了希望。

四年过去了,马岗老人已经作古,但元古堆村却发生了翻天覆地的变化。在各级党员干部和全村群众的共同努力下,元古堆村于二〇一八年底全面实现脱贫目标；二〇一九年底，村人均可支配收入达到一万一千多元，剩余十二户三十五人全部达到脱贫指标，贫困发生率下降到零。

但元古堆村最大的变化，不是外表，而是内在，不是物质，而是精神。

“尝尝我们元古堆的土豆，怪好吃的。”曾玉成从自家火炉上拿起烤得香喷喷的土豆，递给我。

外脆里绵的烤土豆，味道确实不一般，但曾玉成脸上自信的笑容，更令我感动与欣喜。

一九七四年出生的曾玉成年纪并不算太大，但曾经的贫穷、长期的田间劳作，让他显得有些苍老。个头不高，身体单瘦，样貌平凡，皮肤黝黑，还戴着顶深蓝色解放帽，典型的农民形象，很难将他与元古堆村百合种植大户联系在一起。

“我现在的生活条件与以前相比，完全是两个概念。以前总觉得元古堆村的地太贫瘠，挖不出东西来。眼睛不识宝，灵芝当蓬蒿。现在‘脑袋’一变，才发现元古堆村的地里都是‘宝’。”曾玉成笑着说。

像曾玉成一样“脑袋”变了的元古堆人还有很多。

而元古堆村只是中华大地数以万计村庄的一个缩影！

是什么让中国乡村在短短几年发生了历史性的巨变？

放眼神州，我看到数以万计的向丽

来到贵州江口，九〇后姑娘向丽的故事让我驻足。

个头不高，小巧玲珑的她，老家在玉屏，硕士毕业后，通过人才引进，来到江口。二〇一七年三月，她从县委办下派到德旺乡净河村任第一书记。

净河村地处国家级自然保护区梵净山西南麓，虽然生态环境好，但因为山高坡陡，相当长一段时间内交通不便，靠天吃饭，过着贫困的日子。她深知，要想做好驻村工作，就得真正融入村干部之中、群众之中，找准位子、不摆架子、沉下身子、担起担子，当好“战斗员”“冲锋员”“宣传员”，对标对表全力投入脱贫攻坚一线。

向丽说，刚到净河时她诚惶诚恐。一个小姑娘，背个包，满村跑，一些老百姓根本就没把她当回事。第一次参加村里的大会，就有人在会上提出：一个小姑娘，说话能不能管用啊？面对质疑与非议，向丽总是报以微笑。她知道，时间和真情，能够融化一切。

“于是，我‘硬着头皮’‘厚着脸皮’‘磨破嘴皮’走村入户，挨家挨户地问人口、收入、家庭人员健康情况，了解农户的基本信息和生产生活情况。从百姓最关心的事抓起，从群众看得见、摸得着的事做起。”向丽说，“有些地方偏僻，汽车去不了的，就开摩托车，摩托车去不了的，就走路爬坡。若是碰上下雨天，就会走得一身泥泞。”

驻村的两年多时间里，有太多的人和事令她感动。而两次令人落泪的故事，更是让她刻骨铭心。

第一次落泪是捐款修路。

茗湾和磨槽两组之间，有一条一千米左右、不在通组路规划内的断头路。为方便相互往来，两个组的群众一直想把这条路修通，他们多方筹集资金后，还有八千多元的资金缺口。向丽立即召集驻村工作队与村干部商议，决定由驻村工作队捐款来解决这笔钱。于是，工作队员们你五百他八百，凑了九千三百块钱。

当时正值二〇一七年冬季。听说驻村工作队要捐钱修路,两个组的群众早早便烧了两大盆炭火等着他们。苕湾组组长李世洪用颤抖的双手当着大伙的面把钱数了一遍,激动地喊道:“九千三百元,我们的路终于可以修得成了。”刹那间,在场的父老乡亲高兴得手舞足蹈,就像一群“开心的孩子”。

突然,他们像是约好似的,一个个把手放在衣服上搓了又搓,才把那“粗糙”的手伸过来,紧紧地握住工作队员的手,久久不愿放开……

“国家政策真的是太好了,党和政府帮我们修好了连户路、通组路,现在你们又来给我们捐钱修不在规划里的路,圆了我们老老少少几辈子的梦。”老党员李世华说。

“我们算过了,只差八千八百元,这多出的五百元捐款还给你们,你们自己养家糊口也不容易……”向丽他们离开时,李世洪一定要把多出的五百块钱还给驻村工作队。

“那一刻,我流下了泪水,扶贫的真谛不就是干部与群众两颗真心的相互取暖吗?我为自己作为一名驻村书记能为老乡们贡献绵薄之力而幸福,我为老乡们的知足和感恩而动情!”说着,向丽的眼里闪烁着晶莹的泪花。

第二次落泪是关于捡板栗,也是二〇一七年冬天的事儿。

向丽与几个工作队员去看望一名卧病在床的老乡。不巧半路上车子坏了,等待修车时,为打发时间,几个年轻人在路边的板栗树下捡了几颗板栗。不一会儿,板栗树的主人代传芬老婆婆端着一个盆,踉踉跄跄地朝他们走来。一位有经验的队员暗自担心,是不是来责备他们的?前些年,老乡们为了一点瓜果板栗和外乡人起争执的事可不少见。

没想到，八十多岁的代婆婆非但没有责怪他们，还端来板栗给他们吃，嘴里一直念叨着驻村干部待他们如何如何的好。见他们不怎么拿，代婆婆就扯住他们的口袋硬要往他们包里灌……一想到这一大盆板栗可以卖好几十块钱，他们坚决不收，代婆婆无奈地端着板栗回屋了。

十多分钟后，几个男队员帮着修车去了。向丽看到，不远处路坎上代婆婆也在捡板栗。

"向妹，赶忙点、赶忙点过来，这边落得好多噢。"突然，代婆婆像发现了新大陆似的，叫了她一声。

向丽赶紧跑过去一看，还真是有好多的板栗呢。她越捡越带劲，不一会儿，就捡了一大包。就在她洋洋得意，抬头准备伸个懒腰的时候，只见代婆婆东瞅瞅、西看看，突然飞快地从面前围腰兜里抓起一大把板栗撒到地上，然后又若无其事地走到一边。

"那一刻，泪水模糊了我的眼睛。从那以后，每当我再经过这棵板栗树，脑海里总会浮现代婆婆'偷撒板栗'的场景。"向丽擦拭着眼角的泪水说。

想着不久后要离开净河村，向丽千般不舍。她告诉我，"两年多了，净河不仅早就脱了贫，我也由净河的一名驻村干部变成了净河的女儿，一想到无论走到哪家都能吃上香喷喷的饭菜，喝上热乎乎的茶水，一回到村委会就能看见老百姓送来的一面面锦旗，我的内心就无比温暖！扶贫是政府的事，也是百姓自己的事，只有干部与群众共同努力，才能真正脱贫致富。"

说到这，向丽一脸灿烂。

放眼神州，我看到数以万计的向丽。

正是数以万计个向丽，铸就了脱贫攻坚的宏大与伟大！

洛古有格回乡创业之路，算不上完美，但他给偏僻山村带来了希望的曙光

“有格,你是不是有事瞒着妈妈?”母亲说。

“妈,是这样的——没有——”他迟疑了一下,还是把到嘴边的话儿收了回去。他是多么想向母亲说清事情的一切啊,但他不忍心,怕伤了母亲那颗充满期望的心。

“那你为什么还不回重庆上班?”母亲问,“去年休年假不才二十天吗,这次都已经二十六天了,妈给你数着天数呢。”

“妈——”他又把话咽了回去。

个头不高、性格腼腆的他,低着头,脸红得像熟透的苹果。

母亲早已感觉事情的不妙。春节回家时,他不再像以前兴致勃勃地摆在重庆上班的情景、大重庆如何如何好了,而是一个劲地摆起养猪、养羊、养牛来,还说想回家搞养殖业。父亲说,都已经走出穷山沟沟了,还摆什么穷山沟沟里的事儿,摆起来心酸。母亲说,把你培养成一个大学生,不是让你回来养猪养羊养牛的……

“妈,我辞职了!”他突然跪到母亲跟前,头低垂,简直要栽到地缝里去。

母亲愕然地看着他,半天没说一句话,大凉山的空气似乎也凝固了。

“妈,儿子是让您失望了!我想让邻里乡亲都把思想变一变,跟上时代的发展……”

有格全名洛古有格,是个彝族小伙。这一天是二〇一三年五月二十五日,二十五岁的他又真正意义上回到了地处大凉山腹地

的四川省昭觉县三岔河乡那个叫三河的山村。

出身贫穷的洛古有格有两个梦想，一个是改变个人命运的大学梦，另一个是帮家乡摆脱贫困的致富梦。前者通过自己多年寒窗苦读终于实现了，他还在重庆一家国企找到一份令人羡慕的工作。但留在繁华都市的这几年间，另一个梦想却始终萦绕心间。

一番痛苦的酝酿后，他作出了大胆的决定：辞职回到大凉山的深处，从“猪倌”做起，搞畜牧养殖。

让他没想到的是，回家之路与出山之路同样艰辛。执意回乡创业的他，遇到的是似大凉山般重峦叠嶂的阻碍，不仅有父母亲和妻子的极力反对，还有高山阻隔、交通不便，以及陈旧落后的思想。

就在这时，党组织伸出了温暖之手。

第二天晚上，老支书吉子日拉在家里设了一个简单的晚宴。

“有格，上个大学，找工作不容易呀！辞职太可惜了呀！”老支书说得恳切。

“我要回三河搞养殖业，带领村民一起脱贫致富。”洛古有格说。他知道，三河属于高海拔地区，农作物产量不高。

“可你还是个娃娃。”

“我已经不是娃娃了，我是共产党员。”

“那你想如何搞？”

“我要一块地。”

“哪块地？”老支书问。

“我们小时候放牛放羊的那片荒山。那块地不错，一是面积大，二是自然环境好，三是有水，四是离公路、老乡和水源都比较远，不会对生态造成影响，适合搞养殖。”洛古有格说，“我不是免费要这块地，是土地流转。”

“可是你哪有那么多钱呀!”老支书说。

“我在重庆工作四年,攒了二十来万元,再跟亲戚朋友借点。再不行,就向政府申请个创业贷款,会有不少优惠。”洛古有格说。

老支书重重地点着头。

几天后,洛古有格就跟村民签订了协议,家家户户都按上了手印,流转了六百亩坡地。

“有格,群众这么支持你,你一定要好好干,再苦再难也要坚持干下去。什么时候都不要忘了,你是一名共产党员,是党员就要走在群众前面。”老支书嘱咐洛古有格。

虽然当我来到三河村采访时,老支书已经不在人世了,但从洛古有格饱含深情的讲述中,我能感受到这位老支书对于摆脱贫困、走向富裕的期盼与决心。老一代支部书记心中一直存在的理想,一个未曾实现的愿望,就这样传递给了年轻党员。

返乡创业几年来,大凉山的阳光已经把洛古有格晒得皮肤黝黑,但他的脸上却始终洋溢着笑容,一双大眼睛里满是坚定、从容。

二〇一七年二月,洛古有格带着“大凉山‘乌金猪’生态养殖及产业化发展”项目,参加凉山州第四届青年创业大赛,赢得了“创富奖”金奖。其时,他的两个合作社已有一百一十多户农户,其中贫困户三十六户,养殖乌金猪一百五十多头、西门塔尔牛三十二头。仅二〇一七年一年,合作社便销售两千多头仔猪,销售额六十多万元,带动户平均增收两千五百元。

在大家的共同努力下,三河村即将退出贫困村序列,但洛古有格还是觉得做得不够。他说:“虽然每年有点收入,比在外面上班好点,但还谈不上贡献,也没有真正把三河村的老百姓带动起来。我现在不仅养猪,也成立了肉牛养殖合作社,养牛和羊。但这些还不够，我与人合作，刚刚成立了一个公司，以三河村为中心，面向整个昭觉县，甚至整个凉山州，采取养殖‘公司+合作社+农户’的模式，以后要形成集养殖、屠宰、加工、销售为一体的产业链。”

他还鼓励他的两个弟弟参加了一村一个幼儿教学点的“一村一幼”计划，成为村幼教点辅导员，甚至还把自己的妻子送到乐山的一所学校学习幼儿教育鼓励她将来为村里的孩子们做点事情。

“只有这样，才能从根本上阻断贫困的代际传递，让更多彝区的孩子受益，他们将是改变大凉山未来的新希望之种。”洛古有格说。

他明白，教育才是脱贫致富的根本。教育跟不上，就想不到那么多，看不了那么远，观念就会陈旧，甚至封闭。

于一个村庄而言，贫困并不可怕，从某种程度上说，越是贫困和落后，越有可能有内生动力，有“后发优势”，依靠自身的努力、政策、长处、优势在特定领域“弱鸟先飞”。比物质贫苦更可担忧、更让人揪心的，是观念贫困，青壮年大量外流，村庄空心化。洛古有格当初回到三河，确实是牺牲了他个人和家庭的利益，但对于三河来说，他的回来，比他走出去更有意义与价值。洛古有格回乡创业之路，算不上完美，也还在起步阶段，但他给这个偏僻的山村带来了希望的曙光。

千万个洛古有格，便是中国乡村的诗意春天！

一个外国元首与一个中国山村的奇缘

亲爱的同志们：

首先我谨向十八洞村的乡亲们表示衷心感谢！去年（二

〇一八年),我曾到十八洞村进行考察。在二〇一九年四月老挝新年到来之际,乡亲们给我送来了信函问候,向我及我家人表达了良好的祝愿,这充分体现了老中两国人民的亲密情谊。

去年考察期间,乡亲们给予了我及代表团一行亲切友好的接待,对此我仍记忆犹新。在习近平总书记、国家主席'精准扶贫'理念的指引下,十八洞村取得了全面的发展成就,在短时间内摆脱贫困,村容村貌焕然一新,村民生活不断改善。当前,老挝正在全力开展扶贫脱贫,致力于摆脱欠发达状态,十八洞村的成功实践给老挝提供了十分宝贵的经验。

祝大家身体健康,继续在中国党和政府路线的指引下把你们的村庄建设、发展得更加美好。

说起老挝人民革命党中央总书记、国家主席本扬·沃拉吉写给十八洞村的信,湖南湘西州花垣县十八洞村村主任隆吉龙依然激动不已,并流利背诵出信的全部内容。

隆吉龙告诉我,作为一名村干部,他一直埋头工作,抓好村部的工作,带领老百姓发展产业,赚更多的钱,过更好的生活。他从来没想过,也不敢想,一个地处武陵山脉腹地的苗家小村寨,居然会受到外国的关注,还会迎来外国元首。

那天是二〇一八年六月二日,本扬总书记来到了十八洞村,这是十八洞村首次迎来一位外国元首的到访。本扬总书记边走边看、边看边问,探寻十八洞村的"脱贫密码",并与村民围坐在一起聊家常。

"老挝还有很多贫困人口和家庭,十八洞村的扶贫经验和做法值得老挝学习借鉴。老中两国是好邻居、好朋友、好同志、好伙伴,一直以来两党两国携手同行、守望相助。我们要相互学习、相互帮助，实现共同发展。”本扬总书记当时说的这句话，依然在隆吉龙耳畔回荡。

为了感谢乡亲们的友好接待，回到老挝不久，本扬总书记就给十八洞村送来了一个“回礼”，礼物是一个银质的芦笙。芦笙是老挝的传统吹奏乐器。村民们试着跟十八洞村的苗鼓一起演奏，和声悠扬，鼓舞人心。

“十八洞村的日子越来越好，于是我们萌发了给本扬总书记写信的念头。想告诉他来过之后村里发生的变化，也祝愿老挝人民早日摆脱贫困。”隆吉龙告诉我说，“于是，村支两委先后召开党员代表大会和村民代表大会，请大家就信件内容集思广益。”

二〇一九年四月十四日，十八洞村支部书记龙书伍来到村部办公室，铺开信纸，拿起笔，集中表达村民共同的心声。

仅仅一个半月后，本扬总书记的回信就送到了村里。

隆吉龙说，收到来信后，全村沸腾了。二〇一九年六月五日上午，他们在村民施成富家的院子里开了一个小型座谈会。

此时的隆吉龙才意识到，十八洞村的脱贫经验不仅仅属于十八洞村人，也属于湖南，属于中国，还属于世界。他了解到，老挝农业自然禀赋较好，但受困于资金和技术，也一直在探寻脱贫良方，于是本扬总书记来到了十八洞村。同样的使命，共同的梦想，把一衣带水的中老两国的前途牢牢相系，将两国的命运紧紧相连。二〇一九年四月三十日，中国和老挝还共同签署了关于构建中老命运共同体行动计划。

是啊，这不仅仅只是一个外国元首与一个中国山村的奇缘！

改革开放四十多年来，中国有八亿多人口实现脱贫；全球范围内每一百人脱贫，就有七十多人来自中国。党的十八大以来，贫困人口由九千八百九十九万人减少到六百多万人，连续七年每年减贫规模都在一千万人以上，相当于欧洲一个中等国家人口规模。脱贫攻坚力度之大、规模之广、成效之显著，前所未有、世所罕见。

今天的中国，不仅书写了“最成功的脱贫故事”，更为人类贡献了减贫脱贫的中国智慧。

沿着曙光，我看到一行行深深的足迹。

这不只是一个人的足迹，更是千千万万中华儿女的足迹，是从过去走来，走向未来、走向世界的足迹，这些足迹最终构筑成一条具有中国特色的宽广道路。它犹如一条巨龙，盘旋在高山与沟壑之间。

走这条道路，是中国共产党的选择，也是中华民族的选择，更是历史的选择。这条道路，让“中国梦”“中国道路”“中国精神”“中国智慧”这些话语，变得具体而丰富。

听！

决战决胜的冲锋号已经吹响！

看！

攀登者在加劲冲刺，他们已经越过层层峰峦，壮丽的日出和翻涌的云海在向他们招手。

（原载 2020 年 1 月 17 日《光明日报》）

作者简介：纪红建（1978—　），湖南望城人。1996 年入伍。著有报告文学《哑巴红军传奇》《乡村国是》等。

十八洞村的故事

李　迪

引　子

这里是湖南湘西十八洞村。一个古老而年轻的苗族村寨。

青山环抱，绿水流翠。木楼相依，万瓦如鳞。

二〇一三年十一月三日，习近平总书记来到了这里。在村民的晒谷场上，在一棵高耸入云、有着三百多年树龄的梨树下，面对围坐在身边的父老乡亲，习近平总书记第一次提出了“精准扶贫”，指导全国扶贫攻坚战。沉睡在贫困中的十八洞村，自此蝶变，张开多彩而勤奋的翅膀，飞翔在脱贫奔小康的春风里。那样耀眼，那样明亮！

十八洞村由四个自然寨组成，习近平总书记所去的寨子，因为有梨树，就叫梨子寨。

二〇一九年初冬，我来到十八洞村深入生活，吃住在老乡家，烤火塘，聊家常，翻山越岭，走村串寨。行走在绿水青山间，我时时被精准扶贫、自强不息的故事所感动。

梨花朵朵惹人爱，采撷几朵存起来……

关键时刻

李老师，消息来得很突然！

二〇一三年十一月三日，习主席来到十八洞村考察，首次提出了“实事求是、因地制宜、分类指导、精准扶贫”的十六字方针，同时还提出了十八洞村的模式要在全国“可复制、可推广”六字原则。不能堆积资金，不栽盆景，不搭风景，提出了“不搞特殊化，但是不能没有变化”十三字要求。为响应习主席的号召，让十八洞村早日脱贫，花垣县委、县政府决定成立一支精准扶贫工作队，由我任队长。其余四位队员是：统战部工会主席谭卫国、林业局副局长石昊东、民政局工会主席吴式文、国土资源局政务中心主任龙志银。

可以说，这是中国第一支精准扶贫工作队。

突然得到这个消息时，我正在县委宣传部副部长的任上。

说老实话，我当时心里有点儿发怵，这不是一个好完成的任务！

但是，担子既然给我了，我就要担起来。

二〇一四年一月二十三日，我带领工作队进村了。

从此，我的命运与十八洞村紧紧相连。

让我万万没想到的是，当工作队与村组干部、党员、村民代表见面时，当主持人介绍我是县委宣传部副部长时，没有掌声，一阵小骚动后，我听到的是村民们的窃窃私语。他们讲的都是苗语，以为我听不懂。他们不知道我龙秀林是苗族，住家离十八洞村不远。他们的窃窃私语，深深刺痛了我，让我尴尬万分。

他们都说了些什么呢？

——看来县委对我们十八洞村不重视，起码要从有钱的部门派人来才对，派这么个搞宣传的来，要钱没有，要嘴一张。

——哎哟，他是管宣传的，发发文件填个报表，来这儿能干吗？

——这个队长，要资金没有，要项目没有，拿什么扶贫啊？

——你看他那书生的样子！

这都不说，随后，老百姓就给工作队送来了三个“大礼”：

第一个“大礼”，公开说，一个书生当队长，他能干吗？

第二个“大礼”，听说工作队不分钱，有村民连夜在村部的围墙上贴满了大字报：“上面分给十八洞村的钱，被扶贫工作队贪污了！”

第三个“大礼”，村里的“酒鬼”龙先兰，闯进我给省领导汇报的会场，嚷着要饭吃、要老婆，砸了场子。

面对这三个“大礼”，我真的不知道该怎么解释。

我能干什么？解释也没用！

关于分钱。以往有过分钱的办法，我觉得村民们的要求并不过分。钱是不是被我们贪污了？路遥知马力，日久见人心。

“酒鬼”龙先兰，要饭吃、要老婆，应该是实话。我不怪他，他的困难必须解决。

就在当天下午，竹子寨突发群体事件，我得到消息后飞奔而去。

赶到现场一看，哎呀，三百多村民，团团围住了施家父子三人。

原来，事件是修机耕路引起的。

谁都知道“要致富，先修路”的道理。把长期闭塞的苗寨道路修通，是脱贫致富必不可少的一步。

修一条机耕路，是十八洞村村民们多年的心愿。但是，修路就要占用村民的田地。在十八洞村这个山连山的地方，有一块田地是多么不易呀，平均每家都不到一亩。这点儿田地看着不多，可都是村民的命根子。当初提到修路要占田地时，村民们个个支持，可是真干起来的时候，问题就来了。

修路首先要占施家的地，施家坚决不同意。父子三人拿着柴刀等利器，阻挡施工队，不许施工。施工队没辙，只好停工。就这样，一直拖了一个多月，村民们盼望的机耕路还是零。

这天下午，竹子寨、梨子寨的三百多村民们急了，约好了一窝蜂赶到施工现场，准备把施家父子强行拖出，强行施工。

施家老父亲举着一把大柴刀，大儿子举着一根钢钎，二儿子举着一根铁棍，摆出与田地共存亡的架势，要与来人杀个你死我活。

可是，他们没有想到，这三百多村民集体喝了血酒，也要与施家人拼个不共戴天。

苗族有一个最毒的风俗，那就是喝鸡血酒。杀了大公鸡取血放酒里，一饮而尽。一旦喝上了，就是死也不回头。

当我赶到现场时，但见双方剑拔弩张，械斗一触即发，死伤在所难免！

接到报警赶来的派出所民警，冲上去正准备武力控制施家父子。

关键时刻，我用苗语大喝一声：谁也不许动！

现场的所有人都愣住了。

啊，这个队长会说苗语？我们在见面会上的嘀嘀咕咕，他全听明白了！

我接着大声说，请民警全部撤下来！

带队的民警问我，你是干吗的？

我说，我是县委扶贫工作队队长龙秀林！这是我们村民内部的问题，你们撤下来，一切由我来解决！

现场三百多人，一下子被我镇住了。

我走到包围圈中央，与施家父子站在一起，大声说，你们谁不服就冲我来，不要伤害施家父子！

带队的民警说，好，龙队长，我们撤，这儿就交给你处理了！

民警们撤了，现场凉了。准备拼个你死我活的双方，也都放下了手里的冷兵器。

一场突如其来的械斗平息了。

面对汹涌而来的人群，我能跟施家站在一起，用身体保护他们，这令父子三人非常感动。

我转而跳上高台，对在场的村民们说，乡亲们，我龙秀林感谢大家的支持！咱们十八洞村的发展不能有杂音，更不能以流血为代价！扶贫路上遇到一些阻碍是在所难免的。但是，我们不能把自己的乡亲推到对立面，给乡亲带来任何伤害都是不明智的。我相信，施家不是不同意修路，修路也有利于他家。他家一定有什么心结没有解开，今天，我们就当众把它解开了吧！

听我这样说，施家老父亲长叹了一口气。

我抓住这一瞬间的机会，跟他说，老人家，您有什么想不通的就说说吧，不要憋在心里。趁着大家都在，也都听一听，帮您分析分析。

老人犹豫了一下，说，龙队长，我不是不愿意修路。修路要先从我家地里开刀，如果我们同意了，施工队修过去了，后面要占地的人家不同意，那机耕路还不是修不成？路修不成，我家的地也白白糟蹋了,再也不可能找回来。弄不好后面要占地的人家还怪罪我们带错了头儿,那我们家就里外不是人了!

我说,老人家,您的这个心情我理解,我们今天就当场解决这个问题!

说完,我又转向村民们,提高了嗓门儿,大家都听到了吧,施家不是不愿意,而是顾虑后边要占地的人家不同意,修路半途而废,他家的地也白白糟蹋了!

听我这样说,人群里一阵骚动。

我接着说,大家静一静,现在我就要问问,如果施家同意了,路修开了,后边要占地的人家,能不能给我保证决不阻挠施工,让路拉通?

在场的村民们异口同声地回答:能!

看到村民们情绪高涨,我想到十八洞村以后的公益事业建设,还有很多用地的事情,借助村民情绪高涨的有利契机,我又补充了一句,今后,在村里公益事业建设中,占地五分以内,大家能不能无条件支持?

村民们又大声回答:能!

我说,我给大家鞠躬了,感谢大家的支持。事关田地,重之又重,口说无凭,大家能不能签字画押?

村民们又一声:能!

我就口述几条简单的协议,叫第一支书施金通当场写好,请村民们签字画押。

看着大家纷纷签字画押,我对施家老父亲说,施老啊,您都看到了,后面的人家都签字画押了,这条路就一定能修通!如果修不通,您就来找我,我说什么也要把您家的地恢复了。

老人感动得连连点头。

我说，您还有什么要求？

老人家说，没有了，没有了。你们工作队做事认真负责，让我心服口服，一切都听你的！

我说，那现在可以开工了吗？

老人家说，可以啦，耽误了一个多月，对不起大家！

我对在场的施工队说：好，开工了！

现场的村民们发自内心地鼓起了掌。那掌声像春天的雷。

他们又窃窃私语了——

龙队长是好样儿的！

原来他是我们苗家人！

他不是书生，他是一条苗族汉子！

行，他以后怎么说，我们就怎么干！

就这样，一场械斗得到化解，停工一个多月的项目恢复了开工。

更重要的是，我在关键时刻的举动，赢得了民心。村民对工作队服气了，再也没有人提工作队贪污扶贫款的事，为我们接下来的工作打下了良好的基础。

同时，我的心也豁亮了：我这个宣传部副部长的特长就是利用文化来统一思想，凝聚人心。而现在的十八洞村正好是我的用武之地。我要带领工作队，开展全方位的思想建设，统一十八洞村村民的思想。只有思想统一了，才能做到步调一致，各项工作才能顺利开展。

紧接着，我们按计划开展了一系列工作——

修路、农网改造、机耕道建设……没有土地，采用“飞地模式”到外乡租地种植猕猴桃；成立苗绣合作社，发展传统产业；开发红色旅游……

一套组合拳打下来，十八洞村发生了深刻变化，乡亲们的日子越过越红火，人均纯收入从二〇一三年的1668元，增加到二〇一六年的8313元！

贫困户脱了贫，单身汉脱了单，贫困村摘了帽。

这期间，我还促成了一桩婚姻。

谁呀？

“酒鬼”龙先兰！

金 兰 蜜

有一天，收工后，天黑透了。我走在路上，突然被黑乎乎的一堆不明物截住，把我吓了一跳！

我就着星光走上前，这半路上黑乎乎的一堆，不是柴火，竟然是一个人。

天寒地冻的，这是谁呀？

还能有谁？村民说，龙先兰！

我心头一沉，想起了他。龙先兰年幼丧父，母亲改嫁，唯一的妹妹也跟着走了。他孑然一身，以酒浇愁。哪儿醉了哪儿睡，吃了上顿没下顿。

这不，年关将近，家家都在忙过年，他又醉倒路边。

我急忙把他抱起来，兄弟，兄弟，你醒醒，醒醒，跟我回家！

我把龙先兰领回自己位于邻村的家，妻子正忙年夜饭。腊肉，酸鱼，蒿草粑粑。

哎哟，这是谁呀？

我弟弟。

啊？以前没听你说过啊！

哈哈，现在说也不晚呀。他来跟我们一起过年！

要得，我添双碗筷！

龙先兰愣住了。

我说，先兰，咱们一笔写不出两个龙。从今往后，你就有家了。你是我弟弟，我爹妈就是你爹妈！说着，我把爹妈请出来：爹，妈，你们看，我弟弟俊不俊？两位老人一看儿子"捡"了个弟弟回来，大嘴咧耳根儿，遂按苗家认亲礼，给他包了一个大红包。

龙先兰再也忍不住了，扑通一声跪倒在老人面前，声泪俱下。

爹，妈，他大声哭喊着，老天不公，我一再失去亲人。我没有希望，我只有喝酒。我兜里永远没有一块钱！现在，我又有家了，又有爹妈了！往后，我要听你们二老的话，听秀林大哥的话，活出人样儿来！

打这以后，龙先兰扔掉了酒瓶。我逢人就说，先兰是我弟弟，哪个再看不起，再喊他"酒鬼"，我龙秀林跟他没完！村民们一听，个个大眼瞪小眼。当然，帮助龙先兰脱贫，成了我百忙之中的又一忙。小伙子正当年，光打零工不行，要引导他干一番事业。我先帮他摆了个鱼摊儿，养鱼卖鱼，还叫妻子动员姐妹们都去买。可龙先兰天生不是个买卖人，嘴笨。不久，鱼摊儿就收摊儿大吉。再干啥好呢？忽然，一只蜜蜂冲我一脸的汗飞来，蜜蜂采蜜也采盐啊，我脸上的汗就是盐。

我一躲闪，来了主意。哎，让龙先兰学养蜂行不？

苗家自古就会养蜂，砍一段树掏成蜂筒，或把竹篓糊上泥巴留出眼儿，斗笠一盖，放在屋檐下或岩缝里，蜜蜂来去任逍遥。但是，如此散养，星星点点，成不了气候。如果龙先兰能办个蜂场，养成规模，采自大山里的土蜂蜜还愁没有销路吗？到时候不怕他嘴笨，只怕供不应求！

我把想法一说，龙先兰拍手叫好，可接着又摊手为难，我跟谁学呀？再说也没本钱啊。我说，师傅早给你请好了。本钱你还愁吗？哥有一块饼，就有你一半！

就这样，我自掏腰包，把龙先兰介绍给邻乡的养蜂专业户，并为他购置了蜂箱等物件。龙先兰嘴笨手不笨。出徒后，第一年养的四箱蜂就挣了五千多块！他高兴得手舞足蹈，首先想到的是把本钱还给我。

我说，还啥？看你那破房子，风来透风，雨来漏雨，还不赶紧翻修了找媳妇，想打一辈子光棍儿吗？

到底是哥。先兰说话三十了，媳妇还不知在哪儿飞。十八洞村像他这样的光棍儿还有一嘟噜，成了扶贫工作队的心病。脱贫先“脱单”，无家心不安。为此，工作队为村里举办了四届相亲大会。第一届举办时，我就把先兰拽去，跑前忙后给他当“媒婆”。

关键时候，龙先兰的嘴也不笨了，说，我不会唱歌，也不会跳舞，但有一身好力气，哪个姑娘跟上我，我让她幸福一辈子！说完，就地十八个俯卧撑。脸不红，气不喘，一下子就被板栗村的姑娘吴满金看上了。姑娘看上不行，爹妈不同意。小吴主意正。不管爹妈同意不同意，自己跑到十八洞村。两个人一起打扫龙先兰的房子，光是垃圾就装了五口袋。

看俩人真心在一起，我选了个好日子，带上妻子，叫上村干部，一起来到板栗村为龙先兰提亲。我对两位老人说，先兰有家啊！我是他哥，这是他嫂子，这是村主任，这是村支书。我们都是先兰的亲人,也是你们的亲人。我们真心担保,先兰是个好后生,他现在不是酒鬼了,是个养蜂能手,姑娘跟他错不了,你们二老就放心吧!

小吴爹说,离了窝的小鸡要自己找食,受了欺负别后悔。

小吴妈说,孩子认准了,我们也不是不讲理的人。

我赶紧接上话,二老同意啦?

两位老人不说话。隔了一会儿,又点点头。

那天,我是小跑着回来向两个人报喜的。我说,恭喜恭喜,好事成双!爹妈同意了,这是一喜,二喜是精准扶贫贷款下来了,每个贫困户五万元!这下,你们的家庭事业都可以开张了!

两个相爱的人从此开启了辛勤而甜蜜的生活。在两个披星戴月的身影背后,一百八十个蜂箱如繁星飞落在百花丛中。

当小吴准备把收获的蜂蜜带回家给爹妈尝时,一不留神,被蜂在脸上蜇了一下。

爹一看到她的脸肿了,就吼起来,我就说他是酒鬼!妈心疼地掉了泪,闺女,这婚咱不结了!

哈哈哈,小吴笑弯了腰。你们快尝尝,这蜜甜不甜?

两位老人蒙住了。

很快,在唢呐和鞭炮齐鸣中,龙先兰和吴满金喜结良缘。他们的蜂场产出的蜂蜜也正式命名了。

啥名?夫妻俩名字里各出一字——

金兰蜜!

就是悬崖我也要跳

我永远也忘不了妈妈的眼泪!

这是隆英足跟我讲的第一句话。这样的话也让我永远难忘。

跟隆英足约了几次，她都很忙。

这天，她说晚上要到村委会来开会，我们可以在会后相谈。

我从梨子寨赶到了村委会。值班的人告诉我，会已经开了不短时间，马上就要散了。我在大厅的角落里选了一张桌子，坐下来，等待她。事先在微信里，我告诉她，我穿着红羽绒服、白裤子，戴了一个茶色小墨镜。谁也没见过谁，就当见面的暗号吧。

守候不多时，散会了。参加扶贫工作经验交流的代表们，说笑着陆续走出会场。人有点儿多。后来，村委会主任隆吉龙告诉我，我要采访的不少人都在这个会上。我当时心里很激动。不过，天色已晚，我只能捉住隆英足了。

在陆续走出的人群中，一个瘦瘦小小的弱女子径直向我走来。我的目光绕过她，往她身后看。她忽然说，你还看谁呀？我就是隆英足！

哦！我不由得吃了一惊。难道这就是传说中的奇女子吗？这时，在灯光下，我看到了她那双大眼睛。明亮的，聪慧的。

她在桌子对面坐下来，开口就说了那句让我难忘的话——

我永远也忘不了妈妈的眼泪！

李老师，那年开学前，妈妈把我家五姊妹叫拢，望着我们每个人，说，孩子们，咱家就那点儿地，一个人不到一亩，能打多少粮？爹妈实在抬不起头，供不起你们都上学了。可喊谁退出来呢？你们都是妈的心头肉……说着，妈哭了。那泪水不是流出来的，是大坨大坨掉下来的。真让我心酸！

妈，你莫哭了！我说，我退出来！我的功课不如姐妹们的好，我不上学了。我出去打工，去挣钱。不让爹妈抬起头来，我誓不为人！妈一把把我搂在怀里，哭得不能收拾。

第二天，我的姐妹们背着书包去上学，我揣起粑粑走上打工路。带着对课堂的留恋，带着不像一个女孩儿的誓言。

我是一九七三年生人。那一年，我十四岁。是家里的老二。

老大是女儿，老二还是女儿。想要儿子的爹妈说，足够了，下一个该生儿子了。就给我起了个名字叫英足。意思是，应该满足了，该生儿子了。结果，一连生了三个，都是女儿。打住，彻底满足了！李老师，我的名字就是这么来的。很多人问我是啥意思，我都没说。有点儿说不出口。

老人们都说，穷家富路。可我哪儿有钱呢？听人家说，要打工，就要到省城长沙，那儿好找活儿。我扒火车。被揪下来，再扒。再被揪，再扒。几天几夜，终于到了长沙。一看自己像个叫花子，不敢进城。咋办？正是收谷子的季节，地里都缺人手。我在郊区黄花镇停下脚，帮人家收谷子。能管饭吃，还论天给钱。钱虽然不多，但却是我一块一块挣下的。

这一块一块的辛苦钱，是我人生第一次。每一块在我眼里都是金块儿。我把钱攒下来，在心口上都捂热了。然后，寄给了妈。

有一天，给一家李姓大户收晚稻。我管户主叫叔。稻田无边，转眼成垛。李叔说，你真行，愿意留下来帮我喂猪吗？每月给你三百。

啊？每月三百！我顿时心跳加快。一张嘴，心能跳出来。李叔，我愿意！我在家就喂过。我连想都没想就接过话。心想，不就是喂猪吗？可是，当李叔带我跟猪见面时，我惊得合不拢嘴——哎哟妈呀，一千多头！这还是猪吗？李叔说，咋不是？你挨个看看！

我当真看了。的确,每一头都是猪。我从没有见过这么多的猪!

李叔说,打扫猪粪清猪圈,你干不干?

干!

没干过的人不知道,这是最脏最累的活儿。我一干三年。累死累活,人熏成猪。晚上钻进被窝,就像钻进了猪圈。第二年,上百头母猪赛着要生猪二代。猪丁兴旺啊!李叔一个人忙不过来,就教我如何给猪接生。

在家里,我从没给猪接过生,都是妈做的。跟着李叔,我从一无所知,吓得惊叫,到一个可以拿奖的接生婆。这些大妈们,没黑没白没计划,我生我快乐,活活把我炼成了千手观音。你生你快乐,我接生我也快乐!

接下来,李叔又教给我,防病,治病,打针,阉割,没有他不教的,没有我不学的。

我看李叔家也是农民,但是日子过得飞起来,有房还有车。那个时候,有车有房的人家很了不起。他好像有两三个企业,喂猪是最大的。他为什么这么会喂?为什么懂得这么多呢?我问他,你是大学生吗?李叔说,不是,只读到初中。我心里暗暗吃惊。又问,你只读到初中,怎么会懂得这么多技术,猪场搞得这么好?李叔说,我都是学来的。跟你一样,跑出家去给人家干。从打扫猪圈开始,什么脏活儿累活儿都干。在干中我慢慢学会了这些养猪技术,就回来自己养了。光给人家打工不成,还是要自己干。

李叔的话,像种子种在了我心里。

我在李叔家,一直干了五年。开始,他什么也不教我。三年后,他看我吃苦耐劳,什么时候脸上都是高高兴兴的,就特别喜欢我,把我当成亲人。

李老师，你想我怎么能不高兴呢？

我是从很苦很苦的日子里走过来的，从懂事的时候开始，从来就没有吃过一次大米饭，天天都是红薯饭、萝卜饭、南瓜饭，里面只有几粒米。炒菜的时候，妈根本舍不得放油。那时候我五六岁吧，一看妈要炒菜就跑过去，馋啊。我家的灶很高，我搬个小板凳看妈炒。她用筷子卷个布条，往油瓶里插一下，往锅里抹抹，就把菜放进去炒。没有办法啊，家里养个猪到过年杀了，还要卖钱供我们几个孩子读书。现在，我住在李叔家，又有好吃好喝，又有工资，跟到了天堂一样，我怎么能不高兴呢？后来，我知道，一个月李叔给我三百块是最高的。一般出来打工的能挣到二百就不错了。我心里好高兴，从不觉得苦累。

李叔开始信任我了，有时候让我帮他们家做事。我什么事都做得很好。他就慢慢教我一些养猪的技术。他说以前到我这儿来打工的人不少，不像你这样，不怕苦累，责任心又强。他们在我这儿干两三年，我什么技术都不教的。李叔不但教我技术，对我真的像一家人。一年给我买两身衣服，热天买一身，冷天买一身。

干到第五年的时候，李叔终于对我亮出了他最后的绝活儿：人工配种。就是取公猪的精子，直接配给母猪，成活率很高。这个技术以前我连听都没听说过。当然，在我那还很落后的家乡，更没人知道。要配种的时候，都是赶着公猪过去。山高路远。到了地方，公猪走得太累了，根本配不了，白白赶过去。这个人工配种技术，是我在李叔家收获最大的。

他那样认真地教我，不知道我心里的种子已经发了芽儿。我有了想法，什么都学会了，我要回去自己做，就像李叔当年学会了技术自己回来做一样。我要回家乡去创业，让爹妈抬得起头来。

这天，李叔对我说，你学会了人工配种，养猪这行，就没你不会的了。你勤快老实，是个值得信任的人。我想把猪场交给你，每月给你五千块，年终还奖励几万，你看行不？

哎哟，每月五千块，年终还有奖金！这对我来说，在梦里都没梦到过。可是，我心跳正常。说实话，我对不起李叔。我已经有了二心。我说，叔，你对我这么好，谢谢你，再三谢谢你！可是，我不想干了。

李叔吃了一惊，为啥？

我说，李叔，我家穷啊，家里有爹妈，有爷爷奶奶，还有四个姐妹在上学。一家人都指望我！可是，靠我在这里打工，叔给的钱再多，也养不活这一大家子人。我在这里打工也不是一辈子的事。我想回去创业。自己干。像你当初一样，离开打工的地方，回乡自己创业。我要回去开办猪场，挣更多的钱，让家里过上好日子，让爹妈抬头做人！叔，我对不起你，请你原谅我！

李叔听我这样说，半天也不出声，人好像在做梦一样。

我流泪了。我又说，叔，我真的对不起你，请你一定原谅我！

李叔长叹了一口气，说，我培养你好不容易，五年了，什么都教会了你，你却要回去。你走了，我怎么办？我不是不支持你回乡创业，你能不能再帮我干几年，到时候我拿出一笔钱来支持你创业。

我说，叔啊，我没有法儿答应你了。如果再干几年，年纪一年大一年。回去就要结婚。我就是不结，爹妈也会逼着我结。我一结婚一生孩子，还创什么业啊？我回去要从零开始，被结婚生孩子一拖累，说不定就永远是零了。那样我也对不起你这几年对我的培养。

李叔说，你说得有道理，我留不住你了，你想回去就回去吧！

我给你拿上八千块钱，当个本钱吧。如果不行了你再回来。

我哭成了泪人。我告别了李叔，他送了又送。一路上，我不知回了多少次头。面对每月五千块的收入和年底的奖金，李叔又对我这么好，我离开对吗？我的选择对吗？未来又会是什么样？

尽管一路回头，但我终于没有停足。向前走，向前走，向着家乡飞虫寨而去。

让我万万想不到的是，全家没有一个人同意我养猪！

养猪是我们苗家百姓的传统，家家都有两三头，过年杀了熏腊肉。妈说，你看谁家靠养猪挣钱了？爹说，养个猪一年到头能吃上肉就不错。要是害了病，过年只能看人家吃。我说，我看到李叔养猪挣钱了。我不是养一头，我要养成百上千头！

爷爷说，你疯了？成百上千头？你背得起猪菜吗？搂得起柴吗？煮得起食吗？

我说，我不用搂柴煮食，我是现代化养猪，喂饲料，菜也生着吃。

爷爷说，没听说过！

奶奶说，你快醒醒吧！就算天上掉下来这多猪，你在哪儿养呢？

我说，咱家不是有块地吗？我圈起来在那儿养！

话音没落，大人一起瞪眼，那是命根子！种上一年好赖有粮吃，让你弄废了，全家喝西北风吗？

我说，那点儿地种得再好也只够吃，一辈子都抬不起头。拿来养猪就不一样！李叔也是农民，也跟我一样念不起书，可人家现在过的啥日子？你们知道吗？！说着，我哇的一声哭了！我边哭边说，猪我养定了，就是悬崖我也要跳！

听我这样一说，全家一下子软了。想到我几年来为家里拼命挣钱，决定把地拿出来。爷爷最后叹了一口气，唉，如果你搞不好，往后家里的粮食到哪里去找？其实，爷爷说得很对。在这山连山的地方，田地好珍贵，家家都靠这一块地吃饭。

我说，爷爷，我一定会搞好的。到时候就不是靠这点儿地吃饭的事儿了，是要脱贫走富裕路了。

爷爷摇摇头，没再说什么。

我开始计划钱了。要修猪圈，又要买猪，李叔给的八千块是不够的。跟谁借呢？我就找到了小姨。她是公务员，理念好一些。我说，你能借我四千块钱吗？小姨想了想说，我知道你要养猪，我支持你。这钱以后你能还就还，还不上也没关系。我说我有这个信心，一两年肯定会还你。

我家的地在山上，修猪圈就把李叔的钱用光了，还欠了施工方的。我说，放心，以后一定还上。

有了圈就开始买猪了。手上只有四千块，能买什么猪呢？来到种猪场，我看花了眼。一问价，惊得舌头吐出来收不回。那时候，一只品种猪好贵好贵，一百斤以上的要上万块。要买当然还是大的好，但我买不起。而且，就是买小的也只够买一只。要发展养猪，特别是要用上人工配种技术，只能先买公猪了。我真可怜呀，手上攥着这点儿钱，选来选去，买了一只才满双月的小猪，只有四十斤。这小猪我要喂一年才能起精子。没办法，买！

后来，我又厚着脸皮，跟熟人借了两千块，买了一只小母猪。

我心中伟大的创业，就从两头可怜的小猪开始了。

山上没水，更没电。水要到山下挑，手电就是电。晚上，猪睡在圈里，我紧挨着猪睡在圈外的巷道。那时候，有人会偷猪的。我不跟猪睡在一起，晚上猪被偷了咋办？我把木板铺到地上当床，人就裹着被子睡在上面。

睡在山上好安静啊，静得吓人。可是，夜深了，起风了。风中传来咕咕咕的叫声，不知是鸟，还是兽。这叫声让我害怕了，翻来覆去睡不着。半夜，忽然听到哗啦哗啦的脚步声。我大声问，谁？没人回答。脚步停在圈外，半天没动静。我吓哭了。

哭着哭着，我一咬牙，英足，你哭什么？你怕什么？无非就是个死！你不是说了就是悬崖你也要跳吗？现在咋了？害怕了？不敢跳了？要退缩吗？不，再咋样，我也不能退。退了，家人笑话，村里人也笑话。

就这样，在大山上，一个女人，两头猪。白天。黑夜。下雨。刮风。人争气，猪也争气。一年后，猪长大了。人工配种成功，母猪一窝就下了十多只！吱吱叫着，可爱的，快乐的。

有一天，我看着这窝小猪，突发奇想，这些小猪要长大了，那得多长时间呢？什么时候才能还债？什么时候才能淘到第一桶金？哪怕是一小桶！我掌握的这门配种技术，简便易行，成功率高。如果推广开，不就能很快转化成经济效益吗？我们家乡的百姓，现在喂的都不是品种猪，说白了就是近亲猪，自家养的猪自家配种，下的崽既不好看又长得慢。条件好一点儿的，花钱请人家赶公猪过来。往往是猪赶来了，钱花了，没配上。我的公猪是品种猪，不敢说一配一成功，但八九不离十。只要下了崽，老百姓一看眼就亮了，绝对跟他们自己的不同。为了推广，我也不多要，配一次八十块，家家都能承受。

可是，我又一想，在这封闭的山村，谁家都没听说过这个事，哪里会相信呢？要做，就要从熟人开始。俗话说，骗子杀熟。可我不是骗子，我是天使！

我想来想去，想到同学小吴家养了一头母猪，正是发情期，配种肯定能成功。我下了山，来到小吴家，找到小吴，跟她说了自己的想法。小吴听了又惊又喜，就带我去见她爹。我说，吴大叔，我给你家的母猪配种吧！吴大叔说，好啊，我正着急呢！你啥时候赶公猪来？我笑了，说，我不用赶公猪就能配。吴大叔两眼瞪成牛，啊？不用赶公猪就能配，你说什么呢？英足啊，你外出打工学会骗人啦？我说，大叔，我不会骗你的。这样吧，我先不要你的钱，配成下崽了你再给我，行不？吴大叔眨巴眨巴两只牛眼，这行，我倒要看看你咋耍我！

我永远不会忘记我推广的这第一家。

吴大叔点头了，我就动手。过了几天，大叔的老伴儿吴大妈赶集，碰上了我爹，离老远就尖起嘴巴叫，隆大哥，厉害了你的闺女！

我爹吓了一跳，她一个毛丫头怎么厉害了？

毛丫头？吴大妈的手尖尖地指过来，她骗人骗钱骗到我家来了，拿了一小瓶水水就要来配猪，张口八十块！幸亏我家那位多个心眼儿没给她！这毛丫头，真够毛的！隆大哥，你闺女外出几年学了坏东西，你要好好说说她！

我爹像疯了一样跑回家，跑上山，指着我一顿骂，恨不得抬手要打。我说，爹，你先别骂了，我真的没有骗他们。猪差不多四个月就下了。你再见到吴大妈就跟她说，让他们一家人注意观察母猪的肚子，看到它肚子慢慢大了就全知道了。我现在说什么也没用。

爹说，我还哪儿有脸去见人家？说出天人家也不信！

我没有再回嘴。过了一个多月，我在街上碰到吴大叔，我问大叔,你家猪咋样？吴大叔抓着脑壳,这些日子也许我喂多了,肚子有点儿鼓。又过了两个多月,一天,吴大妈慌里慌张地跑到我家,迎面撞上我爹,直着嗓门儿叫,你闺女呢？

我爹一看来者不善,忙说,她没在家。

没在家？跑了和尚跑不了庙！吴大妈说完,扭头就往山上跑。

爹不放心,怕她打我,就跟在后面追。

追到山上,只听吴大妈离猪圈老远就喊,英足闺女,我家的猪下崽了！十二只,十二只啊,个个滚瓜烂圆,一色白的！以前我家的猪崽耳朵都是塌下来的,现在都是往上升的,好漂亮！我要给你一百块！我要给你一百块！

我说,大妈,谢谢你,说好八十块就八十块！

打这儿以后,吴大妈成了我的活广告,家里那窝小猪成了明星。追星族踏破门槛儿,手机相机咔嚓嚓。

就这样,我一下子红了！十里八乡的养猪户都来找我。一个月光配种就挣八千多,别说还给人家看猪病,打防疫针。我从早上走到下午还没有吃上口饭,从一家跑到另一家。那时候,我没有钱雇车,乡下人又没车,都是靠走。不管路有多远,来一个电话,我就过去。只要过去,就是宣传,就是推广。

我是从穷人家过来的,特别理解穷人。有时候我给人家配种,看到旁边站着好几个老乡,眼巴巴的。我以为他们是来配种的,他们摇摇头说,我们买不起猪啊。虽然买一只小猪并不要很多钱,但是他们买不起,他们没有钱。我说,如果你们真的想养,就把我这儿的小猪抱回去吧。我先不收你们的本钱。你们喂好了,把它卖了钱再给我。还有饲料,我也先赊给你们,等你们把猪卖了再还给我。这些老乡们一听,眼泪当时就下来了,哗啦哗啦,让我看不下去。

说老实话,他们流泪,也更坚定了我往前走的信心。

我白天忙一天,晚上回来就数钱。掏出两个口袋来数,都是八十元、一百元。数着,数着,我哭了。边哭边数,边数边哭。我挣了钱,还清了债,让家里人有了笑脸。但是,我冲着黑暗的大山喊,这不是我的初衷,不是!我要建一个养猪场,把猪多多地养起来!

根据我家的人口,又没有地种,靠我刚刚启动的收入,还是不行,被村里评为贫困户。爹妈还是抬不起头来。

没过多久,习主席来了,精准扶贫的春风吹进山寨,绣球抛给了我,银行送来了扶贫贷款的支票。很快的,在那绿水青山的深处,在那白云缥缈的地方,一座现代化的猪场建起来了。我养的猪,最多时达到了两千七百头!我的愿望实现了!

爷爷说,当真成百上千了!

我当时养了两种猪,一种是圈养的,一种是放养的,叫湘西黑猪,放到山上,让它们自己去长。喂完早饭就把它们放出去。晚上要喂饭了,吹个哨子又跑回来了。放养的猪很少喂饲料,它们也不怎么吃。它们在山上吃草,抠土里的虫,回来也不那么饿了,我喂点儿玉米,甩到那里给它们吃就行了。因为它们很省饲料,我就多多喂这些猪。这些猪喂久了跟人一样,也有灵气。差不多下午三点半它们都集中到附近,等我吹哨子,一吹都回来了,不要去找它,不要管它。只要把山围了就行。也有的猪走得太远,找不到路回来,就变成野猪了。湘西黑猪虽然养起来轻松省钱,可它们也有不足,每天在山里跑来跑去,一年才长二百斤,而圈养的猪四个月就能长到二百斤。但是,湘西黑猪精肉多肥肉少,肉好香的,一卖起来就知道价格不同了。圈养的猪卖八块钱一斤,它们要卖十五块钱一斤。因为是放养的,原生态的,价钱虽然贵,但是特别受欢迎。一到过年,不少单位都到我这里来订。不问多少价,只说要多少斤。我报价,他们就给钱。

那时候,我把玉米放到山上,野猪闻到味儿也过来了。湘西黑猪有时候配了野猪的种,生下来的小猪嘴巴好长,红的,黄的,白的,黑的。好好看,好可爱。很多人到我这里来参观,问我这是什么猪?我就跟他们说,这是湘西黑猪跟野猪配的杂交野猪。他们都笑死了,说从没有见过这么好看的猪!这些猪虽然成了半野猪,但仍然很乖,一听我吹哨子就都过来了。杂交野猪的价钱更贵些,但是买家疯抢,供不应求。

养猪虽然没有很高的技术,但是我做得多了,说到哪一方面我都清楚。从我跟李叔学的时候起,到现在已经养了三十多年了。

经济收入如何?只要看看全家人的笑脸。

我的姐妹们,现在都是国家工作人员了。她们没有辜负爹妈,更没有辜负我。

爷爷说,我这一辈子也没见过这么多猪啊!

妈说,我看花了眼。可是,我看清了,个个都是猪啊!

说着,她就流泪了。

那泪水,不是流出来的,是大坨大坨掉下来的。

讲到这儿,隆英足停了下来。

李老师,你还有什么要问的吗?

我知道,随着十八洞村旅游事业的蓬勃开展,隆英足,这个传奇的苗家女儿又把目光投向了开发农家乐。

我说,英足,我没什么问的了,我只想说,你的名字起得太好了!

她笑了,我的名字起得有什么好呢?

我说,英雄永不停足!

让我在山上把眼泪哭干

在我采访期间落脚的梨子寨,几乎家家都开了农家乐,显示出十八洞村旅游事业的兴旺。这些农家乐的店名,喜庆,温馨,寻常。如:幸福人家,姐妹饭店,阿雅民宿。

而这家的店名,出人意外。甚至,不可理喻。

叫什么呢?我先卖个关子,容后再表。

店主人是六十多岁的龙拔二大妈和她的老伴儿老杨。

我走进店里的时候,已过了饭口,没有客人。大妈在洗小鱼,为下一餐做准备。老杨不在。

见我进来了,大妈急忙停下手里的活儿,用毛巾擦着手。

您想吃点儿什么?她问。

我说,饭已经吃过了,想跟您聊聊,行吗?

跟我聊聊?哦,她忽然提高了嗓门儿,我见过您。您住在阿雅家,是来写十八洞村的。对不?

我笑了。

我们的谈话自此开始。

想不到大妈所讲的,跟店名一样,出乎我意料——

李老师,我这个人心大,爱说“没的事”。不管遇到多大的难,我都说“没的事”。可是,开农家乐前发生的事,却急死了我。不是一件,是三件,一起挤了过来,让我接不住。

说老实话，我当时死的心都有。

先是，我家养的一百一十八只羊，一夜之间全都病死了！

这是我家的命根子啊，我就指着卖羊过日子呢。

现在，一死一大片，真是太惨了！

羊是得病死的，只能埋了。

我像做梦一样，眼看着乡亲们和防疫站的人一起帮我把羊埋了。天黑了，我还守着埋的羊，不想回家。

想起老杨每天拿个棍儿赶着它们上山，让它们不要吃了人家的谷子。羊真是听话，低着头往山上走，一路吃着草。每一声叫，都是那么暖人。

谁能想到，它们一夜之间就没了！第二天早晨，我照常到圈里去喊它们上山。走到半路才想起来，它们已经跟我阴阳两隔。

我一屁股坐在石头上，我可怜的羊啊！羊没了，紧接着，老杨又病了。

病哪儿不好，偏在腰上，椎间盘突出！不能下地，不能坐，只能躺在床上。翻个身儿，吱哇叫。地里的活儿干不了，一躺几个月。吃喝拉撒全靠我。看病，打针。一针要一千二百块。大夫跟我说，整场病下来要四五个疗程，你准备钱吧。我到哪儿去准备钱啊？我发愁，老杨更发愁。我喂他吃饭，他两眼转着泪，说，羊没了，我病了，往后的日子怎么过啊！我说，你放心，有我在，这日子就能过下去。一个粑粑掰两半儿，给你大的。

家里有三头耕牛，我偷偷卖了一头。不卖不行啊！

老杨还在病中，第三件事又跟着来了。

本来这是一件好事，是我日夜盼望的，可来得真不是时候。

什么事呢？我的独生子杨英华考上了华东师范大学，说话就要去上海读书。这是寨子里的第一个大学生。乡亲们都来祝贺，我却笑不起来。

这又是要花钱的事。可是，钱呢？

家里还有个八十多岁的老奶奶，也指望着我养活。

我拿什么养活啊！

英华读书我是最上心的了。我想，我们这辈人就没上过学，孩子一定不能再耽误了。家里卖羊的钱，除了过日子就是供他读书。

有一次，他读到五年级的时候，跟同学去玩电脑游戏，上课睡着了，被老师叫醒。他回来跟我说这学不能上了，我没脸见老师。老师对我那么好，上课的时候我还睡着了。我说，不行，你一定要去上！妈可以跟着你去给老师道歉，无论如何你不能不上学。英华很听话，继续上学了，读了初中又读高中，成绩一直是全班第一名，还当了班长。他当班长都没跟我说，还是他的同学跟我说的。英华很懂事，知道家里困难，从不跟我要钱，我给他多少就是多少。高中住校的时候，到了晚上，有钱的同学去逛街，他坐在寝室不敢出去。说出去了人家买东西给我吃，我没钱买给人家，没脸。我这个当妈的，听儿子这样说，心里很不好过。我说，孩子，苦日子总能熬过去，你再加把劲儿，一定要考上大学啊！

现在，他考上大学了，却把我愁得夜里睡不着。

这可不是逛街，是要真金白银——学费、生活费。

我偷偷地把最后两头牛也卖了。

英华知道了，拉住我，眼泪当时就下来了。妈，你怎么把牛卖了？你把牛卖了，咱家的地拿什么耕啊？

我说，你小声点儿，别让你爸听见，别让他着急。你放心，家里的地我有办法，到时候请人帮忙。

说是这样说，不过是哄哄他，让他安心上学。

耕地的季节到了，请谁帮忙呢？哪儿有钱请呢？

我只能自己当牛！

我买了一台便宜的手扶旋耕机。本地老百姓叫铁牛。

这个铁家伙，类似手扶拖拉机，没有拉货的车兜，机头前安了几排可以旋转的犁刀。旋耕机是用柴油带动的。耕地时，人双手攥紧扶手，掌握方向。通通通！通通通！犁刀旋转泥土飞。半天下来，心肝儿震翻个儿，胳膊肿成树；一天下来，能把人震酥。

这都不说，这铁家伙重一百五六十斤，我怎么往山上运啊？

我在山脚下看着铁牛，真是犯了难。

看着，看着，忽然灵机一动，整车运不上去，不能拆开了上去吗？

拆！我把铁牛的部件，一个一个地拆开，装进背篓里，蚂蚁搬家，分几次背上山。有几个拆不动的大块头，我就扛在肩上，吃力往山上爬，一连摔了几跤。

我咬紧了牙，汗如雨下，为了养活家！

终于，零部件全都运到山上了。

我喘口气，抹抹汗，再一件一件地组装起来。

一试，通通通！行啦！

一个老人，一台铁牛。通通通！通通通！惊心的机耕声响彻山谷。

到底六十多了，年纪不饶人，干了不一会儿，我就累了，腰酸胳膊疼，汗珠淌进眼睛里。我一屁股坐在田埂上，看着要耕的地还没有尽头。

坐着，坐着，眼泪就下来了。

我上辈子欠了啥呀？怎么遭这么大的罪！

想起那一百多只冤死的羊，腿脚硬着，眼睛睁着，被扔进大坑，浇上消毒液。想起在床上瘫着的老伴儿，腰疼得连身儿都不能翻。我每次喂他吃饭，他都两眼汪着泪。我说你别难过了，你会好的。你就是好不了，我也会伺候你一辈子，陪你一起老去。想起八十多岁的老奶奶，眼巴巴地望着我问，这几天咋没听见羊叫？想起英华临走时拉着我的手说，妈，你放心，我一定好好读书！我说家里的事你就别操心了，我会按时给你寄生活费。你不要舍不得吃，身体是最重要的。想起那被卖掉的老牛，流着泪给我跪下，怎么也不走……

牛没了，羊没了，老伴儿在床上，儿子在远方。

我真是走到了绝路上！

坐在田埂，我放声大哭，放声大哭！

让我在山上把眼泪哭干！

回家就不能再哭了。老伴儿受不了，老奶奶更受不了。

往后的日子怎么过啊？我不知道。

怕找不到钱给老伴儿看病，怕找不到钱供儿子读书，怕找不到钱养活老奶奶。

不是说天无绝人之路吗？我的路在哪儿？老天爷！

就这样，我哭干了眼泪，也哭累了。

我浑身发软，再也扶不起铁牛。

我又把铁牛拆开，用背篓一次次背下山。

就这样，我早出晚归，背着铁牛上山，背着铁牛下山。终于，地耕完了。把种子和希望一起种下去，用脚蹬平，地里留下一串串歪歪扭扭的脚印。

风里。雨里。泥里。水里。我不知道日子是怎么熬过来的。

但是，老天有眼，苦尽甜来，我的罪到底有了头儿。

村里人谁也没想到，这天，习近平总书记突然来了，突然出现在我们面前。他坐在施成富家门前的晒谷场上，对围坐在身边的乡亲们说，你们这里山高地少，种粮食困难。但这里是小张家界啊，山清水秀，可以把旅游搞起来，靠旅游脱贫！

我就坐在他的身边，这句话听得清清楚楚。

习近平总书记发话了，十八洞村的旅游上马了。

水泥路进村了，水电上山了，手机能收微信了，青石板路铺到家门前了。公家为村民把房屋内外装修好，把卫浴改造好，把农家乐开办好，整个村子焕然一新，游客像采花的蜜蜂一样飞来。

在村委会的帮助下，我家摆满了桌椅板凳，敞开大门迎接南来北往的客人。来吃饭的客人真不少，有时十桌，有时八桌。一拨客人走了，又一拨客人来了。我掌勺，老杨打下手。我再也不用上山耕地了，坐在家里就能挣钱。

农家乐救了我，把我从绝路上拉回来！日子过好了，我想儿子了。

村干部跟我说，英华说话就要从华东师范大学毕业了，这样好的苗子，村里留不住，市县机关早就盯上了。往后，你家的日子就更好过了。

我高兴得心里开了花，掰着手指数日子，一天又一天，几次在梦中听见儿子回家的脚步声，急忙穿衣起来，开门一看，满天的星。

可是，有一天，突然的，真的太突然了，我接到了儿子的电话，他说，妈，我不回家了，毕业后要到西藏去支教，那里需要我！

啊？我愣住了，半天也说不出话，好像在梦中。

儿子不回来了！儿子要去西藏！

我就这么一个儿子，日思夜想的。西藏的高海拔环境，当地的生活习俗他能适应吗？语言不通怎么办？他的婚事怎么办？这一切，都让我揪心扒肝。

我翻江倒海。我思绪万千。

终于，我对英华说出了这样一句话——孩子，你能不去吗？

妈，你原谅我！现在咱家和十八洞村的人都脱贫了，生活都过好了。可是，我们不能忘记，没有脱贫的地方还很多，西藏就正走在脱贫的路上。这里需要我。多的话也没有，老妈老爸，请你们原谅我！

儿子的话，像鼓一样在我耳边捶响。我辗转反侧。我彻夜未眠。

第二天一早，我拨通了英华的手机——

孩子，十八洞村的人，心要像十八洞一样大！没的事。你去吧，你放心去吧！

接到我的电话，英华踏上了前往西藏的路。四十八小时的火车硬座，吃不好，睡不着。当火车翻过唐古拉山时，他上吐下泻，头晕眼花，让他瞬间体会到我们的担心。但是，没有退路！拉萨在向他招手……

后来，通过几次电话，我才知道，说全省只有一个名额，是他自己通过考试争取到的。他到了西藏后，市政府说他学习成绩好，不往下分了，就留在拉萨，在一家儿童教育学校，教那些还没到上学年龄的娃娃。市政府负责一切费用，包括工资。

合同一签就是十年！

儿懂母苦。儿子跟我说，老妈，对不起，儿子不孝，我暂时不能回去伺候你和老爸。我在这里有工资了，再也不用你们给我寄钱了！我就是担心你们的身体，开农家乐可别太累啊。

我问他，你身体怎么样？

他说，拉萨海拔三千多米，刚开始不适应，高原反应严重，头疼，没觉。过了七八天，就跟当地人一样了。来到这里半年多了，不但走路不打晃儿，都可以跑步了。老妈，你放心！

我又问，你的工作还好吗？

他说，孩子们挺好。初来的时候，他也有点儿慌，担心自己得不到孩子的喜爱，得不到家长的认可。他跟我说，老妈，随着角色逐渐转变，我放开手脚开展班级和家长的工作。很多人认为幼师不过就是保姆。不对！我不仅要教会孩子们学会生活自理、文明礼貌，还要引导他们去发展各方面的潜能，比如运动：钻、爬、跳、走平衡木。锻炼他们的勇气：有的孩子不敢上平衡木，我就上去走几个来回，让他看看没事。我还培养孩子们的艺术兴趣，引导他们发现生活中的美，让他们用绘画、手工去创造美，最后让他们把自己认为美的事物用言语表达出来。当然，除了这些，我还要保证孩子们一日生活，安全、饮食、上厕所……老妈，你放心吧，现在孩子和家长们非常喜欢我呢！

哎哟，李老师，您看，想不到我的一个问题引来儿子这么长的一段话。他给我上了一课。我再年轻三十岁，也去当一名教师吧！

听大妈这样讲，我笑了。

我说，你没问他怎么过的语言关吗？

问啦，我一开始就问啦！他说，学呗，一句一句地学，现在说得挺好了。一去的时候，他一句藏语也不懂。他不懂藏语，孩子们大都也不懂汉语。有个孩子要上厕所说半天他也听不懂。最后，这孩子没办法了，就把自己的裤子拉下来……

说到这儿，龙拔二大妈忽然叹了一口气。

唉，李老师，英华今年都小三十了，我们老两个惦着他的婚事。刚开始急得不行，现在，我们也想通了。婚姻自由，不能包办。让他自己找到相好的，一辈子才幸福。你逼他，我们喜欢了，他不喜欢，那一辈子过得也不舒服。婚事就随他自己去吧，或者找个藏族姑娘，身体健康，两个人恩爱，我们也高兴！李老师，跟儿子通话久了，不知怎么的，我更想他了。我真想去拉萨一趟看看他，也不知道我这把老骨头行不行。我有两个想法，如果我去了，身体受不了，儿子要担心；不去吧，又想他。唉，做父母的就是这样……

说到这儿，我看见她的眼圈儿红了。

她站起身，走出门，站在晒台的青石板路上。

李老师，我每天送走最后一拨客人，总要在围裙上擦擦手，来到晒台上，遥望远方的山。我知道，在山的那头儿就是拉萨。

说完，她沉默了。抬起头，望着远山。

我不由得又看看她家的店名，那是刻在一大块厚木板上的——

爱在拉萨！

（原载《啄木鸟》2020年第8期，
原题《十八洞村的十八个故事》）

作者简介：李迪（1950—2020），河北滦南人。著有报告文学《丹东看守所的故事》《十八洞村的十八个故事》，小说集《警官王快乐》等。

江山如此多娇

欧阳黔森

一

我不止一次站在娄山关的隘口，俯瞰这一片巍峨的群山。

这是大娄山脉最为险要的地方。隘口向北入川，向南入黔，过了此险便可两边长驱直入，再无如此雄关。

望着盘山而上飘入云端的公路，我想，如果没有这条公路，很难想象人们可以随时来往。我曾想象过没有公路的娄山关模样：雄伟、苍凉，连野兽都难以翻越。八十五年前，当一位伟大诗人徒步翻越这里挥毫写下“雄关漫道真如铁，而今迈步从头越”的诗句时，那种山高我为峰的豪情，至今让人热血沸腾！

人们早已不可能体验没有公路的娄山关了，就是眼前这条以“七十二道拐”的险峻而著称于世的盘山公路，也不再是连通黔渝的交通要道。凡是驱车走过这里的人都体验过，要翻越这座大山，这一上一下的，即便是小车也需要一个多小时。现在，这种情形不复存在，早已天堑变通途，一条高速公路巨龙般从山体腹部贯通，穿行过去仅仅十余分钟而已。

更令人震撼的是，这片地处乌蒙山区和武陵山区交汇点的磅礴群山中，如今是条条道路呈网状般连通，实现了村村通、组组通，无疑它将会长久地、持续地改变居住在这里的各族人民的生活，这将是改变红色老区贫困面貌的重要标志性成果，那么，红色老区彻底战胜贫困的目标还远吗？答案是已经在眼前。

二〇二〇年三月三日，贵州省人民政府发布公告，正安等二十四个县（区）符合国家贫困县退出标准。

至此，闻名遐迩的红色革命老区遵义市的最后一个深度贫困县——正安县正式脱贫摘帽，这也宣告了遵义市成为贵州省率先实现全面脱贫的地级市，彻底撕掉了绝对贫困的标签。

截至目前，全市八个贫困县全都退出，871 个贫困村出列，92.22 万建档立卡贫困人口全部脱贫，贫困发生率从二〇一四年初的 13.75% 下降到二〇一九年底的 0% 。遵义在贵州省率先实现整市全员脱贫目标，实现全面消除绝对贫困。

脱贫攻坚贵在精准，重在精准，成败之举在于精准。习近平总书记指出："必须在精准施策上出实招、在精准推进上下实功、在精准落地上见实效。"

牢记习近平总书记的殷殷嘱托，遵义市聚焦"六个精准"，全面摒弃搞"盆景""路边花""形象工程"等一切形式主义，既不降低标准，也不吊高"胃口"，实行"人盯人"战术，扎实推进精准识别、精准帮扶、精准退出工作，做到识别纳入有严格的规范性、动态帮扶有精准的针对性、脱贫退出有真实的可靠性，确保脱贫工作务实、过程扎实、结果真实。从注重脱贫实效"解穷困"，到守牢保障底线"兜穷底"；从增强造血功能"改穷业"，到攻克贫困堡垒"强穷村"；从改善基础设施"换穷貌"，到改变生存条件"挪穷窝"等举措，探索出了一条具有革命老区遵义特色的脱贫之路，向党中央、省委和全市八百万遵义人民交出一份合格的答卷。

在与遵义市委书记魏树旺的交谈中,我渐渐有了这样的一个感受,这个感受直接撞击到了我的胸口,不由使我心潮澎湃感慨万千。不难想象,全民脱贫这个人类历史上从未有过的伟大工程,如果没有共产党的坚强领导,是永远不可能实现的。我在扶贫第一线也耳闻目睹了许许多多可歌可泣的故事,可要我像魏书记一样如数家珍地罗列出那些数不胜数的扶贫事迹和翔实的数据,我只能是自惭形秽。

"群众搬迁到哪里,党组织就建到哪里,搬迁群众在哪里,党员就在哪里,无论有多么偏远,无论有多少困难,哪里有贫困,哪里有危急,哪里就有党旗在高高飘扬。"魏树旺说这段话的时候,并没提高嗓音,还是那样地娓娓道来,稳重而不失亲和。这在我听来何尝不是如雷贯耳掷地有声呢!他有这样的语调,分明就是成竹在胸的笃定和自信。

我始终坚信,凡是有底气的人,从不靠声音之大来解决问题。

事物的属性总是充满辩证,这时,我感觉我的声音必须大起来,因为我要说的这句话,即便是无须提高嗓门,本身也实在是分量十足。这样的分量,要让我的嗓门不提一个高度,这不是让我憋着难受嘛!按捺不住的我举起茶杯,嘹亮地喊了一声:干杯!为遵义"清零"出列。

魏树旺书记当然也痛饮了手中的茶。

"清零"了红色老区人民的绝对贫困,可要确保这个成果,可谓任重而道远。对于这一点,我想凡是参加了脱贫攻坚的人,都会有这样的担心。如何有效降低返贫率,或者说保持贫困发生率为零,是今后扶贫工作的重中之重。这样的问题我们肯定会探讨。无可置疑，我们的探讨绝对不会回避一些基层尖锐的问题。对于我这个常年走在脱贫攻坚一线的三届全国人大代表，他是了解的。我们曾无数次在全国人大会议期间交流过很多问题，当然，实事求是是我们永远遵循的话题原则。

他说，遵义的脱贫攻坚起了个大早、开了个好头。虽然在全省率先全面脱贫目标已实现，但并不意味着我们可以“刀枪入库”“马放南山”“松一口气”“歇一歇脚”了。

我说，清零不易，持续确保脱贫成果才是关键。

他说，只要我们的党员干部真正学懂弄通做实了总书记的系列讲话精神，我们就能攻无不破战无不胜。“在全省脱贫攻坚的‘终场铃声’没敲响时，我们不能擅自走出‘考场’，必须反复检查核对，确保交出更高分值的‘答卷’。”

我说，我要下去走走，眼见为实。

他说，好一个眼见为实。你想去哪里？

我说，正安县。

他说，正安是遵义最后一个“清零”的深度贫困县。你去过吗？

我说，十八年前去过。

二

假如你再次走进久远的记忆深处，而眼前呈现出的景象与你的记忆毫不相干的时候，你一定会很惆怅、一定会很遗憾。可是，当这样的惆怅和遗憾，仅仅是触动了你内心世界那些柔软部位的时候，那么，祝福你，因为你此时一定扬起了笑脸，眼里充满惊讶后的喜悦。

此时，我就是这样的。十八年前，我来过并留下深刻记忆的正安县城面貌一新，几乎找不到任何旧时的痕迹。这些痕迹正是我心中的挂念，而挂念久远了，那就成了乡愁。当那一缕乡愁柔软地涌上我心头的时候，有人问了我的感受。我扬起了笑脸，愉悦地说："换了人间。"

在场的人，都扬起了笑脸。

记得习近平总书记讲过：党中央的政策好不好，关键看老百姓是哭还是笑。这句质朴的话，真是切中要害、掷地有声、振聋发聩、醍醐灌顶。

我在走村过寨的采访中，始终坚持这样的一条原则，不管是谁提供什么样的资料素材给我，不到一线眼见为实地访问，决不引用。善于观察洞悉是一个作家的基础本领，你是皮笑肉不笑，还是发自肺腑的笑，我当然感受得到其中端倪。我坚持与每一个相遇的贫困户促膝谈心，交朋友。可以这样说，我到过无数的贫困村，见过无数的贫困户，只要与他们一打开话匣子，我就没有见过愁眉苦脸的人，他们灿烂的笑容，真真切切地感染了我。我的笑便也灿烂起来，此时，与他们分享幸福和获得之感，比什么都快乐。

众所周知，贵州是全国脱贫的主战场，而地属乌蒙山区和武陵山区的贵州部分，又是贵州脱贫的主战场。正安县正是地处乌蒙山区和武陵山区交汇点的国家级深度贫困县。正安县是典型的山区农业大县，也是一个人口大县，全县面积2595平方公里，辖20个镇（乡、街道）、154个村（社区、居委会），总人口66.08万，其中农业人口60.12万，有17个贫困乡镇、90个贫困村。二〇一四年以来，全县建档立卡贫困人口31298户128031人，贫困发生率为21.33%，是贵州省十六个深度贫困县之一，也是遵义市唯一的深度贫困县。二〇一九年底，全县17个贫困乡镇和90个贫困村已全部出列，31298户128031名建档立卡贫困人口按现行标准已全部实现脱贫。二〇二〇年一月，正安县脱贫攻坚在省第三方评估验收中取得了零错退、零漏评、贫困人口全部清零和满意度99.22%的好成绩。二〇二〇年三月三日，省政府正式公告正安县退出贫困县序列，在全省16个深度贫困县中率先实现现行标准下农村贫困人口全部脱贫目标。

我是二〇二〇年五月六日经过三个半小时的跋涉，于下午十六时到达正安县城的。当然是立刻走访。当遵义市人大常委会副主任、正安县委书记邓兆桃问我想先看什么时，我毫不犹豫地回答要看移民搬迁安置点。邓兆桃二话不说，立即带我们驱车前往。

于贵州而言，易地扶贫搬迁任务可是重中之重的关键所在，贵州于二〇一九年十二月二十三日，宣布全面完成“十三五”时期易地扶贫搬迁任务，全省累计实施搬迁188万人，其中建档立卡贫困人口154.33万人，同步搬迁人口33.67万人，整体搬迁自然村寨10090个。这样的数字，是令人震撼的。从全球近两百个国家和地区来看，这样宏大规模的搬迁，对其他国家来说几乎是不可想象的，说整体搬迁了一个小国的人口，我想也是说得通的。

从“怎么搬?”到“搬后怎么办?”这个问题可谓是困难重重，但又是必须解决好的。这个问题解决得好不好，与搬迁群众的幸福感、安全感、获得感紧密相连，如何让搬出大山的贫困群众实现“搬得出、稳得住、可发展、能致富”这一目标，对广大扶贫干部以及他们扶贫的对象，都是严峻的考验。

以前，我去过很多搬迁点，它们不是有这样的问题就是有那样的问题，总之矛盾还是相当突出的。自从实施精准扶贫以来，充分体现了共产党人善于在矛盾中解决矛盾的能力和决心。这些年取得的扶贫成效举世瞩目，人民群众有目共睹、感受切身。

早就耳闻正安瑞濠移民安置点做得好，今天，之所以突然提出要看看这地方，一是秉承我一贯的采访原则——耳听为虚眼见为实，二是我采访的线路和目的从不提前告诉采访地。我每次下基层都坚持这样，在没到采访地之前，无论谁问我采访对象和目的，我都坚持不说，只说到了再说再商议。这样做，有可能容易让人误会，可我还是愿意这样，我只是希望用我习惯的方法进行，看起来随意性很大，于我而言，却乐此不疲。

十来分钟就到了正安瑞濠搬迁安置点，我们下车后信步往前走，走进社区，走进街道。我们就这样随意地走在街道上。街道两旁行人不少，三三两两站着或坐在椅子上的人也不少。还好，我们的出现并未引起他们的特别注意，这正合我意，这样，我便可以随意地观察他们。

见我只看不说话，邓兆桃书记也不多言，我们就这样东看看、西瞧瞧地走了两条街。终于，我忍不住开了口，我说：邓书记，没有什么比笑更能说明问题，走这么久了，我还没见到一个愁眉苦脸的人，我能感觉到这些人的笑是真诚的，是发自内心的。

邓书记笑了，我当然也仰起了笑脸。

据介绍，瑞濠街道移民安置点是遵义市搬迁及建设规模最大的安置点。安置房总投资 11.7 亿元，占地 443 亩，共有 9 个小区、72 栋楼、160 个单元，住房 3652 套，搬迁规模达 3794 户 17534 人，目前已全部搬迁入住。为确保“搬得出、稳得住、能致富”，社区街道以“五大体系”建设为抓手，以“三心”（搬得放心、住得顺心、过得舒心）为目标，紧紧围绕“12345”工作思路，扎实推进后续扶持管理工作。

首先狠抓“三个突显”，确保群众“搬得放心”。在选址上突显优势：该安置点紧靠工业园区、县职校、三甲医院、一场五馆、物流中心等人员密集场所，区位优势明显，群众搬迁入住后有利于解决就业、就医、就学等问题；在设计上突显功能：总建筑面积51万平方米，住宅建筑面积3.4万平方米，商业面积4.3万平方米，车库10.36万平方米，配套建设了医院、小学、幼儿园、农贸市场、商业门面、车库等，满足了群众生产生活需要；在建设上突显质量：始终围绕打造“工程建设、服务管理、就业创业、社会治理、基层组织建设”示范工程和全省乃至全国的易地扶贫搬迁示范工程这一目标，在建设中严格规范操作、按图施工，在材料采购、施工监管、内在质量、外在形象等责任到人，严把质量关、严抓严管，全力打造群众放心的工程，确保了群众搬得放心。再是推进“12345”工程，确保群众住得顺心过得舒心。

一是健强一个组织，实现领导全域化：成立街道办并下设两个居委会，成立了党支部，选派了两名政治素质高、服务能力强的党员担任支部书记，充实了基层支部力量，为移民搬迁工程的长效管理奠定了坚实基础；选派配强了九个苑长、七十二名楼长，形成了“苑长制+楼长制”的网格化自治组织；依托工会、妇联、团委等机构，建立妇女儿童之家、职工活动中心，丰富了群众生活，融洽了邻里关系，让群众感受到不管搬到哪里都有组织的关心、关怀。

二是建设两个社区，实现服务更便捷：扎实推进“平安社区”创建、打造“智慧社区”，加强社会综合治理，不断提升基层社会综合治理智能化水平，深入推进智慧社区建设，着力构建便捷高效的社区管理和民生服务体系，创造安全、舒适、便利的社区生活环境，切实增强搬迁群众获得感、幸福感、安全感。

三是组建三个中心,实现服务高质量:组建了物业管理服务中心,引进物业管理公司组建多支物业管理服务队,对安置点水、电、农贸市场、车库等进行管理,对市政公用设施、绿化、环境等进行修缮和维护,全面保障群众生活有序,同时,在干部职工、党员群众中选拔身强力壮的人组建治安巡逻队,对防火防盗、党的政策进行宣传,提高安置点群众防备意识、保障群众财产安全;组建了社工服务中心,每年投入二十万元购买社会服务,采用“社区+社工+社会组织”的三社联动模式,整合政府、社区、社会等多方资源帮助易地搬迁户适应新的生活环境、转变村民到居民的生活习惯、帮助解决生活困难、实现能力增长,此外,积极鼓励有意愿为安置点群众服务的年轻人成立志愿服务队,特别针对安置点空巢老人、留守儿童、残疾人等特殊群体送关心送温暖;成立了教育培训中心,依托“新时代市民讲习所”,大力开展感恩教育、道德教育、市民化管理教育、法律教育和就业养老、医疗卫生、社会保障、民政救助等政策宣讲,增强搬迁群众脱贫致富的能力。

四是健全四个机制,确保后续有保障。

建立“三转”机制,解决搬迁群众后顾之忧:帮助落实转学,搬迁户涉及的4664名子女全部转移到安置点附近的建政中学、正安四小、安置点幼儿园等学校就读;帮助落实转户口,按照积极、稳妥、自愿的原则,有效推进了户口转移工作;帮助落实转低保,实施低保提标扩面工程,将原享受农村低保的520名群众全部转为城镇低保并提高标准,同时将在过渡期生活困难的4902名移民新纳入城镇低保,实现了移民生活有保障。

建立“三帮”机制,确保生活有保障:落实单位帮“栋”,明确65个县直部门各帮一栋楼,对所帮楼栋的特困群众采取特殊帮扶措施，截至目前已帮助了300多户特困群众购买家电、家具等基本的生活用具；落实企业帮“元”，明确神曲乐器、黔安农牧等142个企业各帮扶一个单元，对有就业能力的给予引荐，目前已吸纳425名群众到园区就业；落实干部帮“户”，明确全县2500名县直机关干部“一对一”结对帮扶，帮助群众宣传政策、理清发展思路、解决实际困难。

落实“三就”政策，确保后续能发展：解决群众就医问题，坚持从优从高、群众自愿的原则做好医保接转，同时在安置点配套建设了卫生院，并对搬迁群众开设医疗“绿色通道”，提供先诊疗、后付费和“一站式”服务；解决群众就业，根据搬迁群众的年龄、性别、特长等建立健全了信息库，精准实施培训，坚持以就业为导向，通过“移民点单”“企业下单”“政府买单”的“菜单式”“突击式”培训，截至目前，已开展培训4480人次，其中家政、护工培训11期660人次，厨师培训5期250人次，电工、焊工、建筑类培训5期300人次，保洁、保安培训7期420人次，其他技能培训1050人次，入住前培训1800人次，精准对岗对位，解决就业7528人，实现户均就业2人以上，就业率达84.1%；解决群众就学问题，配套建设建政中学、正安四小、安置点幼儿园，并严格按政策兑现“两助三免”、国家助学金等政策，切实保障搬迁户子女就学问题。

完善“三地”，确保群众有收入：在迁出地建立合作社，把搬迁户迁出后留在原居住地的宅基地、承包地、林地“三块地”进行统一收储，利用搬迁群众承包土地、部分扶贫资金、“特惠贷”等参与入股各类龙头企业，实行“保底补贴+效益分红”模式，集中发展农业产业，构建以“三变”为主要内容的利益联结机制，切实提高搬迁群众收入。

五是实施五个工程，引领搬迁新实践：一是打造“堡垒工程”，充分发挥党组织战斗堡垒作用，吹响“群众搬迁到哪里，党组织就建到哪里；搬迁群众在哪里，党员就在哪里”的行动号角；二是打造“服务创新工程”，创新服务模式，实施“党建+综合治理”服务、“党建+群团组织”服务、“党建+社会资本”服务，提升服务效能，使搬迁社区党组织工作方式更加符合服务群众的需要，提高群众的安全感和满意度；三是打造“党群连心工程”，充分发挥社区党支部战斗堡垒作用和党员先锋模范作用，从搬迁党员、机关党员、退休干部党员中选择了党性觉悟高、政治素质强的284名党员担任“党群连心户”户长，围绕政策宣传、民情反馈、引领致富、纠纷调解、工作监督、民事代办和街容整洁，以户长示范、党员带头、群众参与为主体，以“党群连心户”为抓手，通过党带群、干带群、先带后，让群众感党恩、听党话、跟党走，形成互融互促、和谐共建的良好氛围，充分发挥党员先锋模范作用，为党员搭建了一个发挥作用、服务群众的有效平台；四是打造“党建安居工程”，通过迁出地安置地“双向互动”引领，聚焦改善搬迁户民生，构建纵横联动的大党建体系，着力解决搬迁后续工作难题，确保脱贫质量；五是打造“文明提升工程”，加强搬迁社区精神文明建设，重点实施“三项活动”，居民思想道德素质明显提高，文明意识进一步增强，通过开展文化浸润活动、素质培育活动、幸福指数提升活动，引导群众感恩奋进、自力更生。

看在眼里，记在心里。这一刻，我已下定决心，要用我的笔来书写这一切。我的写作就是一种爱好，就是一种心情，就是一种真情的流露，就像我登上一座山峰就想敞开喉咙唱个痛快一样。

记忆是文学的源头，记忆是人类社会文明进程的痕迹，而这些痕迹告诉了我们什么,我想,每一个中国人都了然于胸。五千年的中华文明史告诉我们,人民,只有人民才是推动历史的动力。管子曾告诫君王以人为本。孔子说:君舟也,民水也,水能载舟,亦能覆舟。唐太宗李世民明白这个道理,推动了贞观之治,从而奠定了伟大盛唐的基石。今天,人民领袖习近平带领中国共产党人,始终以人民为中心的执政理念,是封建帝王将相所望尘莫及的。精准扶贫的实施,是中国历史上最大的惠民工程,那么,精准扶贫成为人类历史上最伟大的惠民工程,放眼世界舍我其谁。

我反复阅读习近平总书记的文章和讲话的时候,常常被文中那些伟大的情怀所感染。当一个人的人生忧乐与整个民族的忧乐乃至生死相连的时候,这样的人生经历就值得永远铭记,并且还要让它代代相传。一个失去记忆或者专记乐事不记痛事的民族是个失语的民族,而一个失语的民族注定没有未来。总书记的经历和记忆是伟大的,是我们民族的集体记忆:有苦难,又自有战胜苦难的办法、力量和智慧。

所以,学懂、弄通、做实习近平总书记的系列讲话精神,是每一个党员干部的修养所在。这样才能实现以人民为中心的各项目标和任务。

我眼见为实了,可我还想更实。于是,我见到了户长、楼长、街道办主任等人。

陈昌兴从偏远的小雅镇搬至瑞濛安置点后,当上了党群连心户长,主要负责党的政策宣传、社区工作监督、民事代办、纠纷调解等工作,经常为移民群众的生活起居琐事忙碌。

他说,很多村民刚搬来时,闹了不少笑话,如不会用马桶、出门找不到回家的路、提水桶接水冲地板导致水漫几层楼等。

见我没及时搭话，他有些腼腆，好像自己没做好工作而内疚一样。

我说，我去过很多搬迁点，这样的情况比比皆是。

陈昌兴这才轻松起来，他说，现在好了，群众从最初的“不习惯”“担忧顾虑”到“住得舒服”“安居乐业”，实现了稳得住还要能致富的转变。

我说，你很有水平，讲得真好！

他说，不是我讲得好，本身就是这样好的，不信你上街随便找一个人问问。

我说，早问过了，与你一样，都说党中央的政策好！

他说，我们都是尝到了甜头的人，不说好就太没良心了。

我说，对，太没良心了。

我们一起笑了起来，周围的人们也都笑了起来。

“楼长”是群众的法制宣传员、邻里纠纷调解员、治安防范协管员、综合信息采集员、宜居环境监督员，在服务群众、融合邻里关系等方面发挥着重要作用，搬迁户们也越来越离不开“楼长”了。“有问题，找楼长”这一句口头禅便在安置点流行起来。

楼长董志莲说：“找我没问题，只要我能办的，绝对没问题。领导和村民们信任我，推荐我当楼长，我就要尽职尽责。”

像董志莲这样的“楼长”，在瑞濠安置点一共有 71 位，他们主要为安置点 3795 户 17398 人做服务工作。这样算来，她要负责 3 个单元 72 户。作为“楼长”，董志莲的主要职责是调解邻里矛盾、管理楼栋的卫生，大家遇到大大小小的家庭琐事，也都会来找她帮忙，她从不推托，总是想尽办法解决问题。

我问她，这么多户，有事都找你，你能解决他们的问题吗？

她说，农民成市民了，大家刚来时还真心慌得很。

我说，说说大家恐慌什么？

她说，一下子从农村搬进城市，有些人一时难以适应小区的生活环境，出门不带钥匙、打不开防盗锁、有的不会开网络电视、有的把鞭炮放进冰箱里、有的出门找不到回家的路。这样的事经常发生……

搬迁后，我们接受群众咨询三万多人次，为群众开锁三千余次，开水关水一千余次，处理生活用电问题两千余次，处理矛盾纠纷五百余次，护送群众回家五百余次。街道办主任吴太玺补充说。

大家热情地围了上来，七嘴八舌地讲述他们自认为闹出的许多笑话，气氛一下子活跃起来，笑声此起彼伏。

我也忍不住笑了起来，我说，这就是你们的恐慌呀！我看你们这是快乐的“恐慌”。

大家都轰的一声笑了。这笑声一阵阵传开去，几条街之外都能听见。这一张张快乐而幸福的笑脸，传递了一个非常明确的信息，他们的获得感、满意度是真实而令人信服的。如此灿烂的笑，是勉强不来的。

我的脸也灿烂起来，心思一下子飞到了花茂村。习近平总书记曾在那里感慨地说了两句话，一句是：“怪不得大家都来，在这里找到乡愁了。”还有一句是：“党中央制定的政策好不好，要看乡亲们是哭还是笑。”

当年我采访花茂村“红色之家”的村民王治强的时候，他笑起来像一朵向日葵，他指着习近平总书记坐过的农家椅子说，习近平总书记就坐在这里，他说我们是哭还是笑的时候，在场的乡亲们都笑开了花。

此时，我感觉到我们大家都笑得像一朵朵向日葵，党中央的政策像太阳的光辉照耀着我们。

乡亲们有了这样幸福的笑容，那么，这样的眼见为实，这样的笑，怎能不震撼人心感人肺腑！百万党员干部下乡实施精准扶贫是深入人心的伟大工程，他们的辛苦指数换来的是老百姓真真切切的幸福指数。

以人民为中心是习近平治国理政的核心理念，人民立场是马克思主义政党区别于其他政党的显著标志。

习近平总书记强调："党的一切工作，必须以最广大人民根本利益为最高标准。检验我们一切工作的成效，最终要看人民是否真正得到了实惠，人民生活是否真正得到了改善，人民权益是否真正得到了保障。"

在正安县瑞濠安置点，我眼见为实，县委政府正是以搬迁群众所需为导向，以解决群众的就业和创业为重点，不断完善移民后续扶持帮扶机制，有效破解了搬迁群众不敢来、不想来、如何住、如何富等难题，让居住在深山中的贫困群众搬迁出大山，使群众的生活得到了改善、生存得到了保障、获得了真正的实惠。

为了确保贫困户能顺利入住，当地政府实行了这样一项优惠政策：每名搬迁人员只需自筹资金两千元，就可以搬进人均面积二十平方米的新房，住满五年后还可以获得房屋的产权。房屋已经装修完毕，电视、冰箱、空调等家电一应俱全，人们可以直接"拎包入住"。

正安县瑞濠移民安置点作为遵义市规模最大的易地扶贫搬迁集中安置点，居住着来自 20 个乡镇的 1.7 万余名易地扶贫搬迁群众，其中建档立卡贫困户占 95%。要让大家"搬得出、稳得住、能致富”，说起来轻松，干起来并不容易。

搬迁是手段，脱贫才是目的。搬迁群众要实现一步住进新房子、快步过上好日子，不仅需要“扶上马”，还需要多举措再“送一程”。只有这样才能使“搬得出、稳得住、能致富”不是一句空话。要做实，仅仅有工作激情是远远不够的，我们必须有办法、能力和智慧。

有数据显示，目前瑞濠移民安置点实现每户至少一人就业、户均就业两人，远高于贵州省平均水平。二〇一九年四月，瑞濠移民安置点被贵州省政府评为易地扶贫搬迁示范点。

围绕就医、就学、就业、医保、低保、社保等方面，正安健全移民生活保障机制。当地实施“企业帮元、单位帮栋、干部帮户”大走访，共同助推“迁企联姻、迁地融合、千人帮扶”大融合。截至目前，已帮助群众解决生产生活困难三千余个，提供就业岗位四千余个，解决土地流转 1527 亩。通过劳务输出、自主创业、开发公益性岗位等方式，就业率达到 90.4%。

安置点里有 2055 名老人，由于刚从农村搬进城里，生活反差较大，他们不知道该怎么打发时间。根据大家的需求，帮扶干部帮他们建起了手工、合唱、广场舞、快板、乐器等十二个兴趣小组，通过开展丰富多彩的活动，帮助他们尽快融入城市生活。依托农民（市民）讲习所，利用电视、微信公众号、广场显示屏等丰富社区群众精神文化生活，让群众归属感、获得感有根有基，让搬迁群众尽快融入社区新生活。现在，群众的获得感正在从“田间地头，锄头背篓”转变到“唱歌跳舞，幸福生活”。

有笑声的地方，一定会让人流连忘返。来到正安县后，我并未在哪个宾馆落脚，说来就来了，现在，不知不觉已三个小时过去，却仍然感觉意犹未尽。我在这里遇到了很多新朋友，我们相谈甚欢，一时要走，还真有些依依不舍。

不舍的新朋友们说，吃了饭再走。

不舍的我说，吃饱了！精神大餐呀！

挥手告别的现在，正是下次重逢的开始，既然我们成了朋友，共同拥有了一段快乐的时光，这样的快乐，必将成为我们共同的记忆，而记忆正是我们美好回忆的源头。有了这样的源头，我相信总有再见的一天。

我希望所言无虚，我明白承诺就是债务，我坚信我一定会再来。

三

屹立在山之巅，晨曦柔润的光芒乘风而来，刹那之间天空湛蓝无瑕，眼前莲花般的云朵盛开。我不由心花怒放，向着远山吆喝，远山回荡起的一阵阵嘹亮之声把我叫醒了。

一夜似睡非睡似醒非醒，也影响不了我的敏捷。翻身而起，推开窗户，扑入眼帘的是山峦连绵、碧树葱郁、芳草茂密、鲜花摇曳。昨天晚归，我竟然还不知道自己住在这样美好的地方。

我曾是一名地质队员，在野外跋山涉水八年，在山水之间流连忘返，是我放松自己的最佳方式。年过半百之后，我常沉湎于回忆之中，这些年夜里只要有梦，梦中不是在爬山就是在过河。醒来，仿佛又年轻起来，心情也愉悦起来。刚出酒店大门，遇见了县文联的美丽小姑娘。她说，邓兆桃书记昨晚已连夜赶赴道真县，在那儿开脱贫攻坚现场观摩会，她委托吴起县长陪您吃早餐。我是本想拒绝说不用了，吴起县长也忙，该忙啥忙啥去。话到嘴边，我又咽了回去。看她花一样的笑容，我想算了，别为难人家小姑娘了。凡是下基层我从不为难人，也不会为难一个小姑娘，虽然此时我的愿望是自由自在地出去走一番。

吴起匆匆地来匆匆地走。二十分钟的早餐时间里，我们见缝插针地交流。他说他一会儿还要急着赶往贵阳开会，问我还想去哪里看看。

我说，哪里最偏最远最难走，我就去哪里。

他说，桴焉镇的红岩村花开千年。

我一听，感兴趣了，不仅因为偏远难走，还在于顺耳的地名。我说，好一个花开千年，看它怎么就花开千年了。

还是说走就走。

离开县城，我习惯地看了一下表，五月七日上午八点整。

车速非常快，是因为眼前的公路宽敞而平整，看得出这是一条新路。虽然在这大山里改变不了弯道多坡度大的问题，但以我常下乡的经验，这样的“康庄大道”确实少见。

也许曾是地质队员的缘故，进了大山我就高兴。这一兴奋就无话找话说，我对同车的刘晓峰说，奇怪了，叫“敷衍”镇，咋个不叫“了事”镇呢？这一敷衍了，还不就了事了。

大家笑了起来，都说这地名太别扭。在贵州话里，“桴焉”和“敷衍”是一个音调。

到了桴焉镇，陪同的人说，要不先进镇里看看去。我开玩笑说，算了，就别“敷衍”了。我们先往山里走，先看最远的。

车一进入九道水国家森林公园，就开始盘山而上，起初我并没有意识到这山有多大多高，一路上大雾蒙蒙，几乎看不多远，只是感到车不断地盘旋转弯，一会儿左一会儿右的几乎让人坐不稳。都快一个小时了，车还未钻出阔叶林带，说明山体巨大，以我搞过地质工作的经验，知道今天遇见高海拔的大山了。赶紧打听，才知道这山的主峰叫黄砂岩，海拔 1837.8 米，是大娄山脉的最高峰，也是自然保护区，总面积 32448 公顷，森林覆盖率 78.8%，处于大娄山脉的主体部分。

大娄山脉的最高峰，也就是遵义市辖区里最高的地方了。听了介绍，我很高兴，无意中到了这块土地上的制高点，岂不快哉！我见了高山就想翻越，虽然在贵州山的背后还是山，这也不能阻挡我翻山越岭的欲望。

了解到正安最低处为海拔 448 米，那么与这最高处相对高差达 1400 米左右，真可谓河谷深切、山坡陡大、峻峭雄伟。

贵州是唯一没有平原支撑的省份，山多是这里最为显著的特征。东有神奇峻峭的武陵山脉，南有秀丽多姿的苗岭，西有磅礴壮丽的乌蒙山脉，北有巍峨挺拔的大娄山脉，烘托起云贵高原东部的贵州部分。贵州多为典型的喀斯特地貌，这种地貌的特点是极度美丽但又极为贫瘠。这也是贵州作为全国脱贫攻坚的主战场的原因。

以前，凡是贵州人都知道一句黔地谚语："纳威赫去不得，务正道吓一跳。"这指的是乌蒙山片区的纳雍县、威宁县、赫章县，武陵山区片区务川县、正安县、道真县。一目了然，这六个县都是国家级深度贫困县，正安县位列其中。如今，正安县脱贫了，彻底甩掉了绝对贫困的帽子。既然我来到正安就要眼见为实，昨天，我眼见为实的东西已记录下来，今天，我的眼见为实就在前方，虽然道路崎岖、山高路远，又何惧哉！

当车盘爬上云端，视线豁然开朗了，眼前是茅草丛生的山道，抬眼是雄伟的山之巅——黄砂岩。蔚蓝的天空纯净一碧如洗，在这蔚蓝的衬映下，高高耸立的山头显得雄浑而庄严。

在这样的高度，最多的植物就是茅草了，还好，在其间穿行并不影响我们的视线。俯瞰，不见茂密的森林，云雾笼罩着山谷；望远，白云像大海一样无边无际，那一座座连绵不断的群山，像永不沉没的船队。这样的景象，人生能感受几回？于我而言，每历经一次，我都会再次年轻一回，充满活力。我们在这云海之间，仿佛正在体验古人豪情壮志——“乘长风破万里浪”。

今天，习近平总书记亲自指挥的这场人类历史上最伟大的工程——脱贫攻坚战，青年人没有怯战，走在时代的潮头。自精准扶贫实施以来，如火如荼的脱贫攻坚一线，青年党员干部总是冲锋在前的排头兵、主力军。

如果说贵州是全国脱贫攻坚的主战场，那么乌蒙山片区、武陵山片区就是贵州脱贫攻坚的主战场，像“纳威赫去不得，务正道吓一跳”这样的深度贫困县更是主战场中的主攻方向，而桴焉镇红岩村花开村民组等便是主攻方向的最后堡垒。

习近平总书记强调，“今年是决战决胜脱贫攻坚和全面建成小康社会的收官之年，要千方百计巩固好脱贫攻坚成果”，贵州省委、省人民政府要求全省上下必须坚持目标不变、靶心不散、频道不换，一刻不能停、一步不能错、一天不能耽误，不获全胜决不收兵！要扎实做好脱贫攻坚普查，抓牢抓实挂牌督战；做好教育、医疗、住房和饮水安全保障查缺补漏工作、保持问题动态清零；进一步完善返贫监测预警和动态帮扶机制，持续巩固脱贫成果，确保全面脱贫不漏一人、不漏一户！

今天，我将看到的就是这最后的堡垒。

刘晓峰的电话响了，接听中他转述说前方有村叫桃子坪，有个青泉搬迁安置点。我说看看。

据介绍桃子坪村地处桴焉镇西北部，平均海拔1100米，国土面积27.8平方公里，耕地面积4520亩，森林覆盖率63.4%，全村辖23个村民组780户3331人；二〇一四年以来，全村建档立卡贫困户256户1082人。贫困发生率高达32.59%。二〇一四年脱贫35户155人；二〇一五年脱贫41户202人；二〇一六年脱贫53户257人；二〇一七年脱贫23户97人；二〇一八年脱贫41户139人；二〇一九年脱贫64户232人。其中搬迁至瑞濠安置点、桴焉安置点146户715人，目前全村建档立卡贫困户156户581人，现行标准下贫困人口全部脱贫，已达到贫困村出列标准。

目前，全村基础设施完善，保障了群众生活质量。原来有140户饮水安全有问题，通过修建四口水池，问题得到彻底解决；通过水泥电杆取代木电杆和增设变电四处，使147户告别了电压低、电压不稳的情况，达成用电安全标准。公路从无到有，从无一条硬化路到现在的组组通硬化公路共计31.2公里；进寨路、连户路硬化8.9公里；新建机站一个，解决了之前的七个村民组无网络的问题，现已达到网络全覆盖。村里原有老旧房屋726间，通过易地搬迁拆旧、增减挂钩、重建等方式，其中全面消除老旧房，有21间通过危改全面达到入住标准。全村义务教育阶段的学生321人，其中一名三残儿童，通过送教上门的形式，无一例辍学生，教育资助实现全覆盖。全村贫困户1082人实现100%新型农村合作医疗保障。二〇一四年人均收入才2968元，通过劳动力转移、就近务工、公益性岗位安置、产业发展等方式到目前的8128元。

一下车，眼睛一亮，在这大山里还有这样的世外桃源。走在青泉安置点的中心小广场上，看着周围三层的小楼房，心想，我要有一幢该多好呀！在这里写作，与村民们共同生活，融入他们、熟悉他们，成邻居，成朋友，再写一部关于他们的长篇小说。自从我在陕西长安区皇甫村参观了柳青生活过十四年的故居后，就一直幻想着有一天我也能像柳青一样，长期深入生活、扎根人民，创作出一部《创业史》这样的经典长篇小说。

我坐在了村民吴忠友家门口的板凳上，还在想这事。吴忠友家这个位子视线很好，全村几十幢小楼一览无余。“感谢共产党！”“辛苦了共产党，幸福了老百姓！”这些在我走村过寨时不绝于耳的肺腑之言，此时就在我耳畔回响。这足以说明中国共产党始终把人民利益放在第一位的执政理念深入人心、温暖人心，老百姓有充分的获得感和幸福感。

桃子坪村的第一书记介绍说，这青泉安置点起建于二〇一八年五月，二〇一九年全面完工，安置农户 34 户 136 人，其中贫困户 5 户 12 人。现已全面入住，基础设施建设配套全面完成……

我打断他的话说，县城里的瑞濠移民安置点这么好，为什么要在这里搞安置点呢？

第一书记说，不是所有的人，都想农民变市民，有的人有故土难离的思想，有的人是根本不习惯城镇的生活。我们做了大量的劝导工作，嘴巴皮都磨起老茧了，也没用。

我说，这个问题在其他地方也普遍存在。

桴焉镇的负责人说，是的，这种情况是不能强干，我们就因地制宜，实在不愿离开的，我们就近安置。危房不能住人的，有地质灾害隐患的，我们必须耐心劝导，不达目的决不收手，群众的安全必须有保障。

刚才一坐下，相互简单地介绍，人有点多，几个村民的名字和模样我是牢牢地记住了，要说镇领导我还一时真没对上号。这也是我的缺点，人家基层干部在脱贫攻坚中的付出实在是太多太大，感人的故事也层出不穷。可是，在服务者和服务对象之间，我更容易记住后者，因为后者是哭还是笑才是服务好或是坏的关键。有一句这样的歌词，一唱起来，就让人怦然心动："我不知道你是谁？我却知道你为了谁……"这正是千千万万共产党人的形象，他们在脱贫攻坚一线默默地奉献着，干出来的却是举世瞩目的伟大工程。

我说，这脱贫攻坚的事，要是了不了，你们脱不了手。这问起责来，严厉得很哟。

大家都笑了起来，我又问了"桴焉"的来历，大家你一言我一句的，才知道这名称来自一种叫五倍子的树，五倍子是树的果实，是一种常见的中药材。在这大山里，到处生长着这种树，而老祖辈都叫这种树为桴焉树，叫的人多了，时间长了，桴焉就成镇名了。

我说，言归正传。刚才的事，还没讲完！

第一书记说，有的群众比较固执，我们一年之中去他家的次数都数不清了。

我说，咋个搞定的。

他说，动之以情，晓之以理。

我说，这个是当然的，但即便这样，我知道，你也搞不定。

他笑了起来，是搞不定。

我也笑了，说说你咋搞定的。

他不好意思地说，我就天天去他家，结果他不好意思了，说这娃娃大老远地来帮扶我们也不容易，我知道，我不脱贫，你们是脱不了手的。行，你别再来了，我搬！我搬！

我学着老乡的口吻对年轻的第一书记说，你这娃娃有水平，搞不过你，服了你还不行呀！

在座的轰的一声都笑了。

我递了一支烟给吴忠友，给他点燃后说，这是谁家？

吴忠友指着一幢楼说，今天他不在家，干活路去了。

我说，干什么活路？

吴忠友说，他们家种了中药材白芨，清草去了。这时节，白芨长得好！草也长得快，不拔草不行。

我说，你家没种？

他说，我在外省打工，今年没出去，我们几兄弟轮流在家照顾八十岁的老父亲。

我说，你是孝子呀！你不出去打工，收入从哪来呀？

第一书记自信地说，不影响。我们村都达到退出贫困标准，很多人家远远超过退出标准。

这时，吴忠友八十岁的老父亲，提了一坛蜂蜜出来，请大家每人吃一碗。

我一听吓了一大跳，有请喝蜂蜜水的，请人吃一碗？这些年还是第一次遇见。我把头摇得像拨浪鼓，说，谢谢老人家，谢谢！

吴忠友说，老师！整一点嘛，这蜂蜜甜得很，养人哩！

第一书记说，这蜂采的都是中草药的花，老百姓称之为药蜂蜜，真养人！整一点，尝尝，也给我们宣传一下。

我说，好好！一碗是整不下去的，这蜜一匙整下去，甜一天哩！好！就甜他一天。

吴忠友说，我养蜂蜜，还种方竹，收入也不少。

我咽下一口蜂蜜说,不少是多少?

村民姬安余说,不比打工挣得少。你信不?

我笑了起来说,我信,你姬姓可是黄帝姓,周朝国姓,姓姬的话不会假。

姬安余咧嘴笑了,说,我们这里大多姓姬。只有几家姓吴。

我说,全国姓吴的比姓姬的多,这里姓姬的可比姓吴的多,你们姓姬的没有以多欺少吧!

听了我半开玩笑的话,大家都笑了,姬安余和吴忠友笑得更开心,都说他们几辈人生活在这山上,从小就没听说谁家和谁家结仇了。

快乐的时光总是令人难忘的,我不敢肯定是否还有再次见面的机会,毕竟到这样遥远的大山里来,是一件多么不容易的事情。今天,我们只是路过这里,可是,在人生当中,有许多美丽的路遇总是让人难以忘怀。

别了,这个曾让我心动并想居住下来的地方,它的名字叫青泉。这里纯朴而善良的人们,以及我们在一起时快乐和开心的笑声,将永远珍藏在我的记忆里。

红岩村有多大,说起来令人惊讶!它的面积竟然达到了29.25平方公里。后来,我见到红岩村支书郑兴涛时,问他,你有33个村民组,1041户人家,4401口人,零星散落在29.25平方公里的大山深处,你要把每个村民组走完的话,没有十天半月的,你做不到吧!

像我这样有着八年野外找矿勘探生涯的人,这样的大山是再熟悉不过的了。我第一眼看见郑兴涛,就已经把他列入了脚力强、耐力好的那种人,这样的人就像年轻的地质队员一样,跋山涉水日晒雨淋的,根本不在话下。我是曾经年轻的地质队员,他是当今脱贫攻坚一线的年轻干部，我们这种常年与大山为伍的人，对于行走的估测几乎不会有误差。

他听了我的问话后，不假思索地回答，是要这么长时间。

我说，还要有你这样脚力的人。

他说，是的，一般人做不到。

我说，扶贫干部，就不是一般的人。

据他介绍，红岩村虽然有29.25平方公里的国土面积，耕地面积却只有6368亩。人多地少，山大沟深，交通长期落后，导致贫困人口较多。有贫困户408户1716人，为此被评为深度贫困村，二〇一四年前，全村33个组经一事一议工程硬化路两条三公里，其余公路全为毛路及人行路，因交通条件限制，导致进出物资运输困难，全村住房除村所在地有砖混房屋外其余全部木架房屋，漏风漏雨严重，因地域偏远无论是教育还是医疗看病都难以保障。

现在村里原有的老旧房屋867间，通过易地扶贫搬迁、增减挂钩、人居改造、拆除重建等方式，拆除538间，改建329间，现已无老旧危房；通过建设饮水工程13个，最后的36户饮水无保障户也吃上了安全水，目前已实现饮水安全全覆盖；从以前无一条硬化公路，现已实施公路硬化19条61.42公里，除大湾组整组搬迁外，其余32个组硬化路已全覆盖；之前存在木电杆和电压低的情况，现已新增变压器5台，更换木电杆87根，实现了电力保障全覆盖；全村义务教育阶段学生183人，无一例辍学生，教育资助已实现全覆盖；全村贫困人口参加新型农村合作医疗保障达到100%，对建档立卡贫困户中患慢特病人员102人全面落实家庭医生签约服务，确保所有贫困户、慢特病对象健康扶贫政策落实全覆盖；二〇一四年人均收入在贫困线以下，现通过劳动力转移、就近务工、产业发展、公益性岗位等方式，二〇一九年人均收入7820元，达到退出贫困标准。

红岩村是桴焉镇最边远的村，而我此时要去的花开组、千年组、大淌组，又是红岩村最边远的三个村民组。

车在山脊上行走，速度只能在每小时二十公里左右，路面虽是硬化过的，却很狭窄，有些路段比车宽不了多少，稍不注意掉下深谷的话，非粉身碎骨不可。

我们的车在这连绵的群山之中，像飘荡在大海里的一片树叶，起起伏伏、上上下下、左弯右拐。窗外苍山如海，白云缭绕其间，好一幅江山如此多娇的人间胜景。

车到了一座巨大的山脊上，显然这是一段山系的分水岭。往右看一览众山小，一条大峡谷就在脚下，往左看群山连绵，沟壑纵横。

这山脊之美，用雄浑、壮丽，仍然说不尽它的美丽。在这动人心魄时刻，有两种不同感受交织在一起，一种是遗憾的情绪纠结于心，这个纠结就是眼前这条公路，它像一道划痕，刻在了山的肌肤上；一种是由衷的敬佩释然于胸，这个释然也是眼前这条公路，它像一条天路，把党的温暖送进了大山。

据介绍，山脊的中线就是县界，右面属桐梓县，左面是正安县。天气好的时候，站在山脊上，能远远地看见娄山关主峰。今天是少见的晴朗天气，有人建议下车眺望眺望。我说算了，我曾无数次站在娄山关的主峰上。

眼看车要翻过前方那个山头，我们就会驶出山脊，不承想突然向左拐下一个急弯，花开组已经在眼前。

这次，我没有立刻进老乡家，而是站在一个小平台上观察地形地貌。原来花开组就背靠着大山脊，往下是大峡谷。这样的地方，美丽是其特征，贫困是其特点。我在贵州各地采访，常常看到这样的小村寨，有的十余户，多的几十户，人口百人左右。

太阳很温暖，就站着多聊聊。

据郑兴涛支书介绍，花开组有村民58户269人，其中贫困户20户88人。脱贫攻坚前，花开组交通闭塞，人们的出行仅仅靠一条崎岖的泥泞山道，导致村民们生产、生活极度困难，看病就医很不方便。由于长期处于封闭状态，大多数人只能居住在漏风漏雨较为严重的老旧木房里，现在通过易地扶贫搬迁走了14户、拆除重建16户、人居改造9户、增减挂钩拆除19户，现住房保障已全覆盖。原来人畜饮水靠的是一口古井来供应，遇上天干旱，饮水就成了大问题，必须到峡谷里取水，一上一下要半天。针对这种情况，我们修建一口水池，保障旱季也能吃上安全水。这条公路才通了三个多月，以前要来这里得靠步行。

他说的这些，我已眼见为实了，再说就多余了。举目望去，花开组背靠的大山奇峰兀立。我问花开村民组组长黄承江老人，这山叫啥子名字？老人说，五台山。

我说五台山，刚才我们是从五台山的背脊骨上来的呀！山西的五台山我去过，我们花开组的五台山可比那五台山漂亮多了。

大家都开心地笑了。这笑甚至感染到了对面山上的一个人，他笑眯眯地朝我们这边张望。

我对黄承江老人说，我想见见这人，行吗？黄承江毫不犹豫就对着那个人又是招手，又是吆喝的。

那个人也毫不犹豫，飞快地向我们走来。从他的脚力来看，到达我们这里最少得四十分钟吧！这算快的了，我即便是回到当年地质队员的水平，也就这样了。要是以我现在脚力走过去，至少要八十分钟。这也是我想见他，而又力不从心，只好请他过来的原因。在贵州的大山里，经常出现这样的情景：一人对着另一人喊话："过来喝一杯！"另一人回答："要得！"他俩要喝上这酒，快的一小时，慢的两小时。这俩人还得是一个村，是一个村民组的，是从小一起长大的好朋友。否则，吃啥子饭，喝啥子酒嘛！到别人家是吃饱了，喝够了，等你好不容易走回家中又该饿了。有人说，既然这样你去干吗呢？在这大山里，没有比这样的邀请和相聚更令他们高兴的了，这就是他们的快乐和幸福。

在这样沟壑纵横、山高路陡的山区，别以为喊得应就近，看起来也近，无论你的脚力有多强，要穿过这沟沟坎坎就快不了。

既然时间充裕，那么我们可多聊聊。花开组显然不是地名，只是一个行政村对其所管辖的各村民组的称谓。黄承江老人说，他们这里叫"花开箐"，也可叫"花天箐"。

我说，对了嘛！我一下车就四下看，叫"花开"的地方没有花呀。这花（我一指不远的一块地，地里盛开着紫色的白芨花）可不能算。这白芨才来多久呀！最多几年吧！

郑支书说，这里去年才开始种，是产业扶贫项目托底。老百姓种，政府统筹保底收购。

我说，"花开"没见花，叫花开箐也不对呀，这箐的意思多指竹林青翠，莫非以前哪一年竹林大开花了，就叫花开箐了？

黄承江老人笑了起来，连连摇手后，他不由娓娓而谈：不是竹子开花了。这得从两百多年前讲起，我们的老祖宗从湄潭迁移过来，走到这里一看，很喜爱这里，就定居了下来。这儿常年雾大，从十月到清明这半年里，雾大看不见天，地上也看不远，一天都湿漉漉的。

我说，这左右都是大峡谷，森林植被又这么茂密，形成了这里独特的小气候，这雾大是自然现象。看您说了这么多的雾，是不是这花开之名与雾有关！

老人说，是的。老祖宗这上看下看的，见到处都雾气腾腾的，有时几月也见不到天。老祖宗不相信天不在了，有一天他一直往高处爬，想看看老天到底咋样了。当他爬到山脊上，选了一棵最大最高的树往上爬，爬到树顶，他才看到了天，看见了太阳，天上一片五彩云霞。哟嗬！这里的天是花的。老祖宗回来后逢人便说，这里的天是“花天”。反正老祖宗权威，他说是啥子就是啥子了。

我说，你们老祖宗还是个民间艺术家哩！看的有意思，说的也有意思。不讲蓝天，只说花天、天花的，这太有意思了。从表面看来，无论叫“花开”也好，还是叫“花开箐”也好，谁都会往开花上想。其实不然，看来你们老祖宗是被大雾闷坏了心情，他取名“花开”，并非取自这里有鲜花遍山坡，而是取自这里的大雾。这样看来，与其说是“花开”，不如说是“天开”更准确。天开，对于你们老祖宗来讲，这才是最要紧的，也是他长久的盼望。不过，你们这里的自然条件就是这样，前面是大峡谷，后面还是大峡谷，水汽从深谷里涌上来，在季风弱的时期，水汽变成了雾就很难散开了。所以盼望云消雾散，便是你们的常态，也是你们贫困的因素之一。要改变这样的自然条件不可能，（我指着盘山公路）可有了这一条“天路”，你们老祖宗期盼的“天开”就算是“开天”了。这天一开，你们就好了！

黄承江扬起了笑脸，说，对，我们现在好了，好了。感谢党中央！感谢习主席！

在场的人都被黄承江老人的笑感染了，大家在阳光的照耀下显得红光满面。老人说，到家坐坐喝口水。我们也没客气，都向他家走去。

坐下来,不仅有茶水,还有鸡蛋汤。大家都围坐在老人家门前小坝子上,一张小桌放满了茶杯,要喝自取,鸡蛋汤在伙房的锅里,要吃的人,自去拿碗装。大家边喝茶边聊。

黄承江老人介绍说,为了给他们修整房屋,帮扶干部们不知道费了多少心血,那时候公路不通,为了拖运沙石修路改房,干部们找了十匹马往这里转运物资,这进山路太陡太险了,人走都困难,真是心痛那些马呀!后来累死了一匹马,摔死了一匹马……

看着老人唏嘘不已,我也为那些马而感到惋惜。

桴焉镇党委书记骆国勇指着一个有着黑黝黝的脸、眼睛却分外亮晶晶的干部说,他是这里的作战队员,在这里一百天了。

一百天了!在这样的地方连续一百天没回家!!

看着眼前这位叫梁大财的人,敬佩之情油然而生。我来的时间也不短了,他一直在场,可没有抢过一句话。还有什么人能像他这样,在这种恶劣工作条件下苦干实干奋战了一百天,没有一句邀功之语,更无抱怨之言。他就是中共党员,四十九岁,桴焉镇农业服务中心主任,派驻红岩村的作战队员。

这次来到正安县,就了解到县、镇成立脱贫攻坚指挥部,县委书记、县长是指挥长,县级领导任乡镇指挥长,乡镇书记任副指挥长,乡镇班子成员任村作战队长的举措。这样坚强有力的攻坚队伍,使正安县得以在今年初全面退出贫困。

我问作战队员梁大财,红岩村已退出了贫困,你咋还在这里?

他说:“现在是稳固脱贫成果的时期,作战队还要继续作战。”

他说话的声音并不大,在我看来却是振聋发聩,掷地有声。话说到这里,似乎进行不下去了,我不知道该怎样接话了。安慰的话？鼓励的话？我想对于像他这样的人来讲是多余的，他的行为已告诉了我们，他就是一个攻无不克的战士，而共产党的战士从来都是不计个人得失，只要攻坚的号角吹响，他就会义无反顾、勇往直前。

关键之时，刚才我想见的人，已走了过来。这人精瘦干练，却长着一脸杂乱的胡须。我赶紧迎过去，难得人家越涧爬坡地跑了过来见我。当然要握手，要寒暄了。之后，知道了他叫罗付春，养了十头牛、一百只羊，是个勤劳的致富带头人。生有三个子女，一个大学生，两个研究生。

我说，你老罗不得了呀！

他笑眯眯地说，感谢党的政策好！

我拉住他满是双茧的手直摇晃，说热爱劳动就会致富。他有些不好意思了，他说，领导，我手脏。

我说，什么领导，你我认识了，就是兄弟。

正午的太阳光晒人，大家站着相谈甚欢，没人离开。

县文联主席马连红说，以前，红岩村的三个村民组，花开组、千年组、大淌组，被老百姓连在一起就是“大淌千年不开花”；脱贫攻坚之后，脱了贫的老百姓又把这三个组名重新排列一下，就成“花开大淌一千年”了。

我说谁说说千年组。大家七嘴八舌地说开了。

千年组紧邻着花开组，有村民 27 户 103 人，脱贫攻坚前的千年组仅有一条悬崖峭壁上凿出来的不足三米宽的泥土公路，由于弯急坡陡，又是临崖公路，车辆无法通行，一直阻碍着人们的生产、生活。很多年来一直过着肩挑背扛的原生态生活，居住在祖辈留下来的已经破烂不堪的老木屋里；饮用的是小枯井里的水，雨天浑浊、旱季干涸；由于交通的闭塞，孩子们上学和人们看病就医非常困难。现在已把之前一条两米多宽的泥土路扩挖了、硬化路面通车。全组 27 户通过易地扶贫搬迁 2 户，通过增减挂钩拆除新建了 25 户，住房安全保障得以全覆盖；从前饮水安全无从谈起，现在新修了一个水池，解决了饮水的安全。

千年组为什么叫千年呢？郑兴涛说，据老人讲，这地方古名叫千年坟，黎家的祖先在很久以前到这儿刀耕火种，可能是最早的当家人死了，葬在一个山坡上，垒起了一个大坟，叫作千年坟。后来，“坟”字慢慢给叫没了。这也是大家良好的愿望。

千年虽小，在没有拆小村建大村之前，不叫千年村民组，应该叫千年村或者千年寨。这样叫起来，有内涵、有历史，还颇具神秘色彩。缘此，我更喜欢民间的称呼——千年村、花开箐村。

千年组与花开组一样，背靠着一座大山，叫广山大坪，也是红岩村的深度贫困组。二〇一四年的时候，千年全组 27 户 83 人，其中 14 户 58 人是建档立卡精准贫困户，贫困发生率超过了 50%。从数据来看，这个深度贫困组，叫极度贫困组也是确切的。

桴焉镇党委书记骆国勇、镇长陈绪忠连续在花开和千年跑了几趟后，几乎夜不成寐。以前只是听说“大淌千年不开花”，当他们裤腿裹着泥巴，第一次走进花开箐，眼前的一切可以说触目惊心，让他们心痛：房屋残破不堪，仿佛一推就要倒塌；户与户之间的小路全都是泥泞，连狗叫都有气无力。

首先得找到人吧！沿着狗吠声找一定没错。在一片方竹林里先是跑出来几条狗，之后跑出来了几个小孩。小孩一脸脏乎乎的，忽闪着好奇的眼睛看着这些陌生人。

花开，多么富有想象、多么富有诗意的地方，就是这样的吗？

确实是这样的！就是眼前这几个“祖国的花朵”也没有天真烂漫的模样。当他们找到几个衣不蔽体的老人时，骆国勇、陈绪忠就在心里下了决心，无论有多大的困难，无论这骨头有多么难啃，这最后的贫困堡垒，必须改克，时间是一百天。

花开箐的年轻人几乎都外出打工了，有能力带走小孩、老人的也尽量带走，留下的几乎都是绝对的贫困户。只有春节，这里才有一些人气，可毕竟还得走，花开箐没有生计，养不活一家人呀！

千年组也是如此，14 户贫困户中有 12 户是一级危房，易地扶贫搬迁是一劳永逸的最好方式，可是，嘴都磨破了皮，只有两户搬到了瑞濠移民安置点。一户五口人，户主叫成云康，上有老人，儿子又是残疾，种不了地，打不了工，干脆一搬了之，在端濠移民安置点还有活路；一户三口人，户主叫韦济才，单家独户居住在一个叫酸枣树坪的地方。这样的情况不搬，要他脱贫，几乎不可能。就是磨破嘴皮也要劝导他搬迁。虽然故土难离，他也搬走了。

这剩下的 12 户贫困户，磨破嘴皮也不愿意走。扶贫干部有点想不通，这里有什么值得留念的？后来，扶贫干部也理解了他们的苦衷，他们放不下山坡上的祖坟，舍不得村头的百年古树和千年古井。让听惯了狗吠鸡鸣、牛叫羊咩的人，让习惯了风啸竹吟、草青花香的人，去他们不熟悉的地方，那么，难免会惊慌失措，不是滋味。

一切搬迁工作，都必须在老百姓自愿的情况下进行。

在我国的历史上，有无数的搬迁，不肯背井离乡就一个个连串绑着走，留下一个至今仍然常用的词叫“解手”。

“解手”这两个字，道尽了封建王朝给我们中华民族留下的一道伤痛的记忆。

今天,仅仅贵州一个省的范围内,就搬迁了188万人口。我们坚信,历史的记忆中也会留下两个字,那就是人民普遍获益的“小康”。

全面建成小康社会,是中国共产党第一个百年奋斗目标,也是标志性成就。相约二〇二〇,我们有决心、有能力,打好收官之战,夺取脱贫攻坚战的全面胜利。

习近平总书记视察贵州时明确指示,要“推进农业结构调整,着力发展现代山地特色高效农业”。贵州省委、省人民政府认真贯彻落实总书记重要指示精神,把产业扶贫与农业供给侧结构性改革、乡村产业振兴结合起来。二〇一八年初提出在全省来一场振兴农村经济的深刻的产业革命,加快发展现代山地特色高效农业,取得显著成效。

产业扶贫是脱贫攻坚的重中之重,农村产业发展,不仅关系到贵州280万贫困农民脱贫,而且关系到2000万农民能否走上可持续发展的小康路,是打基础、管长远的重大举措。

贵州省委书记、省人大常委会主任孙志刚深刻指出,来一场振兴农村经济的深刻的产业革命,推动产业扶贫和农村产业结构调整取得重大突破,必须把握好贵州农村产业革命“八要素”。

农村产业革命“八要素”,即选择产业、培训农民、技术服务、筹措资金、组织方式、产销对接、利益联结、基层党建,这八个方面不可或缺,是当前全省上下正在如火如荼进行的农业产业革命的必要环节和重要方法,是推进产业革命向纵深发展的具体实践过程和实现形式。它既是目标任务,也是方法措施。

“八要素”与“三个革命”,即在转变思想观念上来一场革命,在转变产业发展方式上来一场革命,在转变作风上来一场革命。“五步工作法”，即政策设计、工作部署、干部培训、监督检查、追责问责，形成了指导全省推进农业产业革命的一个完整的体系。

有了这样的体系，贵州的深度贫困县正安，正安县的深度贫困乡镇桴焉，桴焉镇的深度贫困村红岩，红岩村三个深度贫困组——花开组、千年组、大淌组这样最后的堡垒，也经不住这“痴情”的围攻。

花开、大淌、千年的脱贫成果大家有目共睹。那么，从老百姓自发的对比：从原来“大淌千年不开花”到现在“花开大淌一千年”中，我们看到了什么？我想一定是笑逐颜开吧！

只要人民群众笑了，我们的付出就对了。

骆国勇、陈绪忠回想起那一百天的攻克堡垒之战，仍然心有余悸。省市县镇村五级书记责任制，强化了各级党政一把手负总责的“双组长”责任制，各级都签订了总攻责任状。这种层层压实责任、严格考评、层层落实责任严格奖惩，可不是仅仅说说而已，因推动脱贫攻坚不力的人被处理早有事例，各级党委处理这类情况没有姑息，只有严惩不贷。

压力大，没有退路，只有把压力变动力才是最有效的方法。

这最后的堡垒是桴焉镇短板中的短板，是硬骨头里的硬骨头。“百日攻坚”是军令状，令行而动，容不得有半点迟疑。

于是，拓宽路基、硬化路面、改变人居环境、调整产业结构、优化产业布局成了向堡垒发起攻击的有力武器。

骆国勇说，脱贫攻坚产业扶贫支撑是关键，结合乡村振兴，花开、千年、大淌这三个深度贫困村的产业布局，是长中短结合，长线产业是方竹，现在已经有了16000多亩新旧方竹林，这样，老百姓明天、后天的钱都有着落了，而中短线产业是中药材和辣椒，订单由政府负责，种子由政府提供，技术我们有“新时代青年农民学校”，这样，今天和明天的钱也有抓摸之处了。还有烤烟，以前是有烤烟的，只是受交通制约，豆腐盘成肉价才放弃的；现在路通了，回来的人也多了，我们将进行土地优化布局，加快产业结构调整。这块土地适合什么我们就引导发展什么。

花开、大淌、千年地处大娄山腹地，这样的地方，极度美丽是其特征，极度贫困是其特点。如今，特征不变，特点大变。

习近平总书记清楚地表达过对生态环境优先的态度：“我们既要绿水青山，也要金山银山。”在“绿水青山”和“金山银山”发生矛盾时，必须将“绿水青山”放在首位，不能走以“绿水青山”换“金山银山”的老路。这一阐述为经济发展划定了生态保护的红线，亮出了中国绿色发展的决心。习近平总书记在贵州调研时强调，要守住发展和生态两条底线。这不仅是对贵州经济社会发展的明确要求，也是对全国各地的殷切希望。

花开、大淌、千年不变的是：守住了绿水青山的基本特征，生态环境持续向好，森林覆盖率 63.4%，远远高于全国 22.96% 的平均水平，也高于贵州 58.5% 的平均水平。大变的是：大力发展山地特色绿色经济，成功地实践了“绿水青山就是金山银山”的发展道路。

早过了吃饭的时间，也没有饥饿之感，想是青泉安置点吴忠友家甜到心窝的那一口蜂蜜还在起作用。花开人一样热情地邀请我们吃了再走。这可不行，时间来不及了。我赶紧与罗付春握手告别，给黄承江这位曾为保卫祖国边疆光荣负伤的老兵敬了一个军礼。黄承江的回礼比我标准，七十二岁的他精神矍铄，仍然拥有一个优秀战士的姿态。

这时，正好有几个穿着整洁的小孩跑了过来，显然他们是来看热闹的。小男孩在人群里东望望西看看显得天真活泼，小女孩笑盈盈的显得天真无邪。

我感觉脸一下子灿烂开来，小孩们的到来，无疑冲淡了离别的伤感。

我不由愉悦地对着小孩们挥手，转身时也没放下，我对老兵黄承江说：再见！再见！！再次向老英雄致敬！！！您年轻时保卫我这样的“祖国的花朵”（我手指着笑靥如花的小孩子们），年老时您在呵护花开箐的这些“祖国的花朵”。

告别了老英雄，我们到大淌组的时候已经下午两点，有人说时间不够了，在车上看看就行了，反正花开、大淌、千年都差不多。我说既来之则安之，车都过大淌了不下车看看，不算来过大淌。

大淌村民组长罗德斌走了过来。据他介绍，大淌组有村民38户166人，其中贫困户17户84人，村民们靠人力开挖出来的一条两米多宽的泥巴公路，由于洪水冲毁，多处垮塌，阻断了人们的出行，将这里的人们封锁在大山里，过着肩挑背扛的原始生活，人们居住的是前辈遗留下来的破旧木瓦房，行走的是臭气熏天的泥泞小道，随处可见的猪粪牛粪让人恶心，饮用的是小水井的水，极不卫生且无保障，特别是孩子上学、人们看病就医极不方便。之前没有公路，现在扩挖、硬化公路8.3公里，已覆盖所有农户。通过易地扶贫搬迁8户，危房改造9户以及人居环境改造21户，住房保障已全覆盖。从前无安全饮水，通过新建水池一口，现在饮水安全已经得到彻底解决。

罗德斌的家早已搬到了县城的瑞濠移民安置点，自从大淌组被列入脱贫百日攻坚战的目标后，村民们邀请他这个老村民组长回来坐镇，他们信任老组长，扶贫攻坚队也信任他。他的兄弟出外打工了，他就住在兄弟的房屋里。我们此时就坐在院子里，一边喝茶一边聊天。听说我是作家，他手一指旁边的小姑娘，说，我们这里也有个小作家，喜欢写作文。

我对小姑娘说，你的作文拿来我看看。她说好的，飞快向家跑去。

小姑娘叫罗欢欢，父母亲都外出打工去了，爷爷带着她姐妹俩，她是老大，今年读小学五年级了。村里人都说这孩子特别懂事，除了上学，还帮爷爷干活，照顾妹妹。

看了她的作文，我很惊讶。这篇作文不长，但字里行间无不透露出她质朴的感恩之情。她在作文中最后写道：等我长大后，我会好好报答你们。

这个“你们”，当然是指脱贫攻坚的队员们了。可以想象，自脱贫攻坚以来，她目睹了这里发生的一切变化，而这个翻天覆地的变化，将对她幼小的心灵产生不可磨灭的影响。这样的影响，无疑会伴随她的一生。在她漫长的人生道路上，可能会遇见这样或那样的坎坷，而这些坎坷绝不会成为她不可逾越的障碍，她会像一个优秀的战士一样，百折不挠、勇往直前。我从她稚嫩而充满真情的作文中，体会到了一个小孩子发自内心深处的那种纯真。在她这样的年龄，我也有过这样的纯真。纯真的誓言，今天仍然是我不可忘却、身体力行的动力。我与她一样，在各自年幼的时代所看到的英雄群像，赋予了我们理想主义的情怀，并持之以恒、坚定不移。

这是一个英雄辈出的时代，在脱贫攻坚一线那些默默无闻、无怨无悔的无数英雄，构筑了这个伟大时代、伟大工程的精神丰碑。这样的丰碑，在老百姓的笑脸中熠熠生辉，在共产党人的形象里光彩夺目。

二〇二〇年三月六日，总书记在决战决胜脱贫攻坚座谈会上强调，“到二〇二〇年现行标准下的农村贫困人口全部脱贫，是党中央向全国人民作出的郑重承诺，必须如期实现，没有任何退路和弹性”。总书记的重要指示，充分体现了初心不改、使命如磐的坚定决心和顽强意志，为我们按时高质量打赢脱贫攻坚战、与全国同步全面建成小康社会发出了总动员令。

无数事实告诫我们，最接近目标的时候，往往也是困难最大、风险最高、挑战最多的时候，稍有松劲懈怠或应对失措，就有可能功亏一篑甚至酿成败局。我们要始终牢记，按时高质量打赢脱贫攻坚战，与全国同步全面建成小康社会，是我们向党中央和全省人民作出的庄严承诺，是重大政治责任，是光荣历史使命，无论遇到什么情况都丝毫不能动摇，不能打任何折扣！我们已经付出巨大努力，我们必须继续付出努力，不获全胜决不能收兵！

在贵州 88 个县市区中有 66 个贫困县，目前，还有 9 个深度贫困县还未摘掉绝对贫困的标签，这是贵州脱贫攻坚最后的堡垒，也将在今年十月迎来最后的第三方评估、验收。

贵州大地上，正如火如荼地推动脱贫攻坚取得决定性成就，向绝对贫困发起最后的总攻。农村贫困人口“两不愁三保障”和饮水安全突出问题总体解决，易地扶贫搬迁 188 万人搬出大山，促进城乡格局、生产力布局发生深刻变化。二〇一九年减少农村贫困人口 124 万人，24 个贫困县摘帽退出，全省贫困人口数量从二〇一二年的 923 万人减少到 30.83 万人，贫困发生率从 26.8% 降至 0.85%，经过今年上半年的冲刺，剩余贫困人口达到脱贫标准，贫困村达到退出标准，未摘帽县达到脱贫摘帽条件。在国家脱贫攻坚成效考核中，连续四年处于“好”的方阵。贵州曾经是全国贫困人口最多的省，现在是减贫人数最多的省，书写了中国减贫奇迹的贵州精彩篇章！

党的十八大以来，习近平总书记从战略和全局的高度对打好脱贫攻坚战作出一系列重要指示，亲自指挥、亲自部署，推动脱贫攻坚取得了历史性成就，书写了人类减贫史上的中国奇迹。

二〇二〇年是实现“两个一百年”奋斗目标的历史交汇点，全国人民为之奋斗多年的脱贫攻坚、全面小康目标即将实现，这是激动人心的、具有里程碑意义的重要历史时刻。

如果说，一九八五年习仲勋书记对乌蒙山区海雀村事件的批示，推动和拉开了国家有组织、大规模的扶贫开发的序幕，那么，精准扶贫的实施和全面展开，在二〇二〇年全国人民一个都不落下得以实现同步小康，就是为这场人类历史上最伟大的扶贫攻坚战画上圆满的惊叹号。这无疑将赢得世界人民的尊敬和赞叹。

放眼人类历史上任何变革和改变历史进程的宏大战役，都不能与这一场对淤积了几千年的贫困症结所开展的脱贫攻坚伟大战役相提并论，这场伟大战役的胜利，必将光照千秋！当中国人民站在实现第一个一百年奋斗目标的历史制高点上俯瞰大地，眼前——江山如此多娇！

（原载《人民文学》2020年第10期，有删节）

作者简介：欧阳黔森（1965— ），湖南隆回人。著有长篇小说《非爱时间》《雄关漫道》，小说集《味道》《水晶山谷》，散文集《有目光看久》等。

建党百年
百篇文学短经典